第二十届百花文学奖

科幻文学奖

获奖作品集（上）

天津出版传媒集团

百花文艺出版社

《科幻立方》编辑部 编

图书在版编目（CIP）数据

第二十届百花文学奖·科幻文学奖获奖作品集 /《科幻立方》编辑部编. -- 天津：百花文艺出版社，2023.9
ISBN 978-7-5306-8643-0

Ⅰ．①第… Ⅱ．①科… Ⅲ．①幻想小说–小说集–中国–当代 Ⅳ．①I247.7

中国国家版本馆 CIP 数据核字(2023)第 149065 号

第二十届百花文学奖·科幻文学奖获奖作品集
DI-ERSHI JIE BAIHUA WENXUE JIANG KEHUAN WENXUE JIANG HUOJIANG ZUOPIN JI
《科幻立方》编辑部　编

出 版 人：薛印胜
选题策划：汪惠仁　责任编辑：成全　孙艳
特约编辑：赵文博　装帧设计：任彦
出版发行：百花文艺出版社
地址：天津市和平区西康路 35 号　邮编：300051
电话传真：+86-22-23332651（发行部）
　　　　　+86-22-23332656（总编室）
　　　　　+86-22-23332478（邮购部）
网址：http://www.baihuawenyi.com
印刷：天津新华印务有限公司
开本：787 毫米×1092 毫米　1/32
字数：400 千字
印张：20.5
版次：2023 年 9 月第 1 版
印次：2023 年 9 月第 1 次印刷
定价：80.00 元

如有印装质量问题，请与天津新华印务有限公司联系调换
地址：天津东丽开发区五经路 23 号
电话：(022)58160306
邮编：300300

科幻文学奖·获奖作品

科幻文学奖·入围作品

获奖作品

凛

逆旅浮生

科幻文学奖

凛

作家、编剧、译者。出版科幻悬疑小说合集《你是你的神》、长篇小说《空壳》《女法医之索魂》等。曾斩获首届最推理小说"最飞跃奖"。

一

　　李烁捏了捏自行车手刹，放慢速度。藏蓝的光荡漾在他周围，氤氲雾气一样模糊了他的视线，让他看起来就像一条深海里游弋的鱼。一辆空中无依托动车从他头顶高楼间穿过，蓝光被干扰后不满地轻轻抖动一下，他的影子也在地上抖动了一下。

　　这些楼最矮的五百多层，最高的接近两千层，如同从地底挣扎而出的邪恶手指，占据了明城的每一寸土地。楼宇间，动车如同蟒蛇急速爬行，身穿航飞器的人穿梭在狭窄的空间里，小得仿佛蜉蝣飞蚁。阴郁的蓝光混合城市排放的污染，谎言般安抚着这里的每一块砖，每一根钢筋，每一个灵魂。半空交错的动车和行人在蓝光里投下奇怪的阴影，好像地上还有另一个世界。

　　光来自悬浮在城市上方的时空钟。钟体是立方体，质地如同半透明的啫喱，每条边长度是两百公里，每一面以中心为原点向外膨胀凸鼓，似乎里面的东西随时都会挤爆。

　　除了明城上方的那一个时空钟，还有上千个悬在世界各地，魔鬼般发出一致的光，在地球上空均匀划出领地，织出一张隐秘之网，将地球完全包裹。它们会按照彩虹序列更换光色，赤橙黄绿青蓝紫，最后抵达黑时，恐怖的断裂发生。

　　李烁双脚点地，站稳后紧张又忐忑地看了一眼手腕上的老式手表，下午三点差五分，距离约会还有五分钟。时间不多了，他还得穿过两个街区才能到达约会目的地，与她见面。

　　李烁的收入只够糊口，买不起单人航飞器。这辆在旧货摊上买的二手车，花掉了他近一个月的早餐钱。他看了一眼天空，默默祈祷时空钟不要改变，让卑微的他能完成渴望已久的约会。对于贫穷的李烁,钞票并不是他想要的。他只渴求一点点尊严、一点点爱。这对有些人来说不算什么,而对他却完全不同。他心里一急猛蹬脚踏板,自行车铰链发出干涩的咯吱声。间接来说,是时空钟的断裂让他成了情感的乞丐。

转过街角,第一次断裂经历跃入李烁脑海。那时他才四岁,去参加母亲的葬礼。他自小没有父亲,此后世上唯一的亲人就是外婆。外婆紧紧牵着他,苍老的手皮肤粗糙,不断摩挲着他小小的手掌,生怕一眨眼他就会走失。

墓地里聚满了母亲生前的同事,更多的是陌生人。他们挤在一起,监督母亲的骨灰盒被机械手一点点沉进墓穴。这些人的眼神里有一些奇怪的东西,嘲讽、厌恶、鼓掌叫好,但绝没有怜悯,也没有悲伤。那天时空钟的色度刚好也和今天一样,墓园秋季萧瑟的景象静默在诡异的水色中。人们纷纷走过来,小声对外婆说话,外婆低着头,咬着牙齿紧抿嘴唇。有一个把口水吐在外婆脸上,其他人暗笑。当那个人准备对准他时,外婆挡在了他面前,直视的目光吓住了对方。

面对家人被侮辱,时空钟似乎是站在了母亲一边,深蓝光色迅速流动,像海水中涌起的暗流,倾泻而下后又随即转化为浅紫。人们惊恐,瞪大眼睛望向天空,脸上身上仿佛被涂了一层紫色油漆。李烁跟随众人的目光望向天空,身穿航飞器的行人不约而同一起放慢速度,如同飞行在泥浆里。更远处,蜻蜓飞快的动车也变得凝滞。

时空钟猖狂起来,紫色继续加深,变化之快,未等前来参加葬礼的人逃到附近的屋檐下,深紫就覆盖了整片大地。李烁感觉外婆拉住他的手更紧了，因家务劳作而边缘不齐的指甲掐进了他的肉。接着，紫色急转如墨，覆盆倾倒，夜幕提前降临，黑暗如洪水般席卷而来，外婆向后栽倒，连带着他一起摔向地面。李烁在黑暗遮蔽一切之前看见周围的一切都停止了，行人和动车悬停在半空，就连身边松树枝上展翅欲飞的鸟儿，扑棱的翅膀也停在了半开合的姿态上。他惶恐，比看恐怖片还强烈，来不及叫出声，就眼前一黑，失去了意识。

等他醒来，他发现自己躺在墓地旁边，身旁躺着外婆，外婆仍旧紧紧拉着他的手，其他人横七竖八地躺在附近。他担忧而恐惧地靠近外婆的脸，直听到她微弱而熟悉的鼻息，才暗自松了一口气。他轻轻松开外婆的手，爬起来，全身酸软，后脑勺阵阵疼痛，好像正被铁锤一下一下狠狠敲打。

时空钟依然吊在半空，如同刚从一番激情享乐中苏醒，鬼魅般舒展腰肢，绽放出刺眼娇嫩的粉色。粉红是彩虹开启的颜色，预示新的轮回运转。世界浸透在它们喜不自胜的妖冶里，像被囚禁在一个噩梦中。眼睛适应了强光之后，李烁看见墓穴里母亲的骨灰盒周围，开满了纽扣大小的淡红色野花，墓园四周的树木正发出咖啡色的小芽，篱笆上的迎春花透着金色。他知道，野花原是白色，芽叶原也是绿色，迎春花本是黄色。时空钟投下的粉色改变了万物原本的色彩。春已到。从秋天到春天，断裂持续了整整七个月。

外婆咳了几声，睁开眼睛第一件事就是找他。周围的人也都相继醒来。人们毫发无伤，脑袋却生痛，不知道丢弃的时间去哪儿了。那天，外婆和众人用七个月时间完成了母亲的葬礼。

时空钟带来的恐惧和伤害并非物质上的。断裂发生的时候，世界成了一部被按下暂停键的电影，所有有人参与的活动同时定格，航飞器、空中动车悬停空中，工厂运转的机器猛然停止，驾驶员、操作员进入睡眠。奇怪的是，没有人会因此受伤，全都像琥珀里的昆虫，凝固在断裂中。人们很快发现，和人一起暂停的还有动物，确切地说，是除去植物以外的所有生物。它们没有了呼吸，循环系统停滞，却活着。

于是在这部暂停了的电影里，自然背景却仍在以令人不解的方式继续变化，植物继续生长，秋去春来，寒来暑往，斗转星移。世界是寂寞的，诡异的，好像有一只手把植物和其他生物剥离开来，把时间和空间分成了两半。

李烁牢牢记得一个新闻画面，当断裂恢复时，醒来的医生和护士发现被开膛破肚的病人仍在呼吸，监视仪上病人的所有生命指征和断裂前一样。被改变的是窗外。院中的树木高大茂盛，野草丰盛，青藤爬满医院大楼。一个护士走到窗前，发出惊叹，整座城市已变换模样，各处长满植被，街道建筑汽车被藤蔓覆盖，绿色的城市静默浸染在时空钟的红色中。更多的人"苏醒"过来，城市开始恢复了她日常的噪音。

时空钟彩虹般的变化时长从来没有规律，有时整个过程只有三分钟，有时是一两百个小时，还有一次长达两年。

断裂带来的伤害是心理上的，它静悄悄地进入所有人的生活，像一种暗自传播的致命恶疾。大众集体消瘦、健康每况愈下，很多人还在中年就生病死亡，自杀者的数量直线上升。尤其在每次断裂后，发疯和轻生的人数就会出现一个峰值。抑郁症、幻想症、自闭症，各种心理疾病泛滥成灾，去看心理医生的人多了，精神病院渐渐人满为患。为了收治病症，各地修建了更多精神疗养院。专家们猜测，这和时空钟的断裂有关系。

世界各地的科学家争先恐后研究时空钟。他们操作探测器飞到半空接近它，探测器轻松穿过，毫无障碍。他们试图检测构成时空钟的物质，却无法获取任何样本。时空钟是半透明的，视觉有形而又物质无形。它们悬于半空，却不具备任何物质。科学家退而求其次，建立起各种监测系统，录制人们失去意识后发生的事情。监控录像在时空钟变黑后也随之一片漆黑，只有记录的时间在一秒一秒往前。还是一无所获。大众的愤怒必须有发泄的出口，舆论自然指向了一个叫桑珠的女科学家。

桑珠就是李烁的母亲。李烁在母亲葬礼后慢慢知道，时空钟是在母亲死亡那天出现的。

它们是她带来的。

桑珠的研究十分特殊，量子生物学。她是这个领域的天才，二十五岁时成功设计出意识量子计算机，将意识剥离躯体，并且上传至网络虚拟世界。这个研究在世界引起轰动，将人们从旧脑时代带入新脑。如果能够进一步把意识下载到新的躯体，那么摆脱疾病和残疾、永生都将成为可能。这当然也引发了某些人士的强烈反对。他们认为意识就是人的灵魂，属于上帝赐予人类的礼物，独一无二，怎能容许被当作试验品玩弄。

反对的声音并没有影响桑珠，她依旧在自己的领域里我行我素，但声讨声如同海浪，扰乱了她正常的生活。有些人查到了她的公寓地址，不断日夜骚扰。最甚的一次，有人控制了她的公寓管理系统，封闭所有出口，启动灭火模式抽走公寓里所有空气。在窒息之前,桑珠终于重写了系统控制代码,打开了窗户。为了安全,她供职的全球联合科技研究中心强迫她休假,避避风头。桑珠心想这样也好,她也有好多年没给自己一点时间了。她收拾了行囊,决定前往心仪的大西部,参观西域古国遗迹。

和所有醉心工作的科学家一样,桑珠有个嗜好,无论走到哪里,都会随身携带自己研发的小型意识量子计算机,就算是旅行也不例外。研究成了她的生活里最重要的一个部分,仿佛是身体里多长出的必要器官,一刻也不能与她分开。

当她来到库车河边赫赫有名的苏巴什佛寺遗址时,发生了一件奇怪的事情,计算机发出奇怪的报警信号,进入自我保护状态。迅速检查之后,桑珠发现计算机竟然收到了一条意识量子信息。这条信息包含了危险的内容,迫使计算机自我诊断后立刻进入了保护状态。

桑珠抱着计算机站在遗址边,放眼望去除了黄沙便是寸草不生的黑色山石,毫无人烟,一轮血红落日正渐渐低沉,苍凉荒寂。苏巴什佛寺属于古代西域的龟兹国,能查到的关于西域的最早记载是汉代班固的《汉书》,也就是公元105年。西域曾经盛传佛教,曾是丝绸古道上的佛陀世界。而后,一场宗教灾难降临西域,佛寺被拆,僧侣被杀,众多佛教洞窟被毁于一旦。这样荒凉的地方怎么会有量子信息?

桑珠顺着信息源来到距离苏巴什佛寺遗址一公里外的一处山坡。山坡陡峭,信号来自坡地之下。桑珠立刻请示研究中心,支援到达后,他们在山坡下探测到一座十米深、六米宽的洞窟,洞窟口被用土石掩埋。难道当时的僧侣为了保护这座洞窟,从而掩埋了洞口?

挖掘工作很顺利,挖开后已是深夜,一弯镰刀新月悬挂在深蓝的夜幕上,与千万星辰为伴。桑珠拿着手电,兴奋地步入洞窟。手电的光芒在洞壁上圈出移动光域,以佛教故事为核心的壁画缓缓进入桑珠眼帘。信息源头正是来自壁画墙后的半米处。桑珠小心揭下整块壁画,挖出了一个珍珠大小的圆球。圆球是黑色的,表面极为光滑,信息正是从圆球里发出的。

经过碳14测量,壁画诞生的时间是公元七世纪。壁画表面完美无缺,说明圆球先于壁画绘制埋进山体。更奇怪的是,构成圆球本身的物质非常奇特,是地球上没有的。消息不胫而走,各大媒体称其为异域生物的第一次接触。

返回实验室后不久,桑珠找到了准确的信号接收地点——博尔赫斯星,一颗位于仙女星系的行星。这是一颗人类完全陌生的星球,虽然有了命名却从未被人类涉足。

桑珠说服研究中心,申请到了项目资助,驾驶一艘名叫"彼岸"的飞船前往博尔赫斯星。一时间,桑珠的行程成为全世界关注的焦点。

经过一年的旅程,桑珠终于抵达博尔赫斯,在信号接收地,找到了一艘古老的飞船,这是人类第一次发现外星生命留下的遗迹。三天后,她成功打开了飞船舱门,进入船体。人类欢呼,将桑珠视为英雄。两周后,桑珠携带一切能在飞船上找到的资料开启了归程,就在飞船出现在人们肉眼可见的范围内时,第一座时空钟也一起出现了。

时空钟是包裹着桑珠的飞船一起显现在天空的。飞船挣脱时空钟冲向地面时,时空钟留在了天空,像一只来自地狱的邪恶眼睛,静候着即将发生的灾难。飞船旋转下坠,最后坠毁在人口繁密的纽约。飞船由核动力驱动,整个纽约城被夷为平地。升空的蘑菇灰云还未淡去,第一次断裂随之出现。等地球上其他地方的人们醒来,已是半年之后,纽约成了一座死城。人们惊恐地看到,数百个时空钟已悬浮在地球上空,世界浸染着粉红色,但很快又转为大红,深红,如同泡在鲜血里。核爆的污染扩散到周围城市,受害者何止上亿,清理时间长达数年。桑珠从英雄沦为全世界的罪人。

葬礼那天李烁就知道,骨灰盒里盛放的并不是母亲桑珠本人的骨灰。紧急救援队利用机器人清理废墟,桑珠的尸骨和纽约城其他死去的人混在了一起,无法辨认身份,救援队只能象征性地收集了骨灰送给外婆。

前来送骨灰的是警务机器人。这类机器人主要执行危险度极高的任务。真正的警务人员则是坐在安全的控制室里,将自己的意识和警务脑网连接,再通过脑网接通机器人。机器人就是他的替身。这项技术也是基于母亲的研究成果开发的。

机器人站在门外,身体表面的金属光泽如同镜面。在上面,外婆皱纹沟壑的脸和哭红的双眼被拉长,附近盘旋的新闻采访机成了细扁的黑点,还有远处窥看的邻居似乎长出了怪异的脸。在机器人弯起的手臂上,李烁也看见了小小的自己,抬起的头虽然已经变形,却能清晰看出迷茫。

机器人将骨灰交给外婆并告知了骨灰内容,外婆接受了。机器人在转身之前,对外婆竖了一个中指。一分钟之后,这段视频就传遍整个网络,点赞数量之高让计数器只好在 80 亿之上再加一个"+"号。全球人口总数刚过85亿。每一个竖起的拇指都张扬着点赞者的快意。

人们认定是桑珠引来了时空钟。桑珠的因产生了不可逆转的果，而这个果却要由李烁来承担。他背负着母亲的罪名成长。从小学开始直至大学，他一直被欺负。为了避开母亲的阴影，李烁刻意选择与科学毫无关系的专业，绘画。他要与母亲离得远远的。

外婆在他大学毕业那年去世。在外婆的余生里，没有一天不为他遮挡人们的憎恨和鄙夷。外婆曾经是他的伞，现在，伞没了。他独自葬下外婆，开始找工作，学会一个人面对世人的残酷，过程艰难。关于他的个人信息早已遍布网络。每当雇主在简历上认出他，都会厌恶地将简历扔到一边。人们看见他，就像看见了他母亲桑珠。他们憎恨桑珠，自然也讨厌他。他的委屈无处诉说。他和外婆曾经的家也成了愤怒者的攻击地。一开始是黑夜里砸向窗户的石头和酒瓶，后来变为白天的燃烧瓶。他只能搬家，不停搬家，可每次搬家都住不长久，很快就会有新的攻击者发现他。

桑珠死后，关于她的各种报道言论，从来没有停过。时空钟的厄运是她带来的。新闻、纪录片源源不断，就连学校里也有专题讲座。说是讲座，更像是对桑珠的集体批判。

他能时不时地匿名卖几幅画，但因为毫无名气，售价少得可怜，根本无法支撑已经紧缩了又紧缩的开销。他只好在各种临时工之间转换，送货，在建筑工地打工，清理下水道和化粪池，换取微薄的收入勉强生存。很多时候，当他被周围人认出的时候，他会丢了饭碗，甚至在被赶走之前还会遭到责骂甚至痛打，就连走在路上，或者去小商店买东西，他也会被认出，被侮辱。

一开始,李烁报过警。警察会例行公事地记录一下经过,然后用"你活该"的表情要他等待调查结果。从来都是不了了之。他也渴望来自异性的爱,但他不敢奢望,没有哪个女人会爱上他。渐渐地,他不再报警,在夹缝中屈辱孤独地生存。

在他的出生证上,有一栏令他无法接受——产渠。顾名思义,"产渠"就是小孩出生的渠道。一共有三个选项:母体子宫、异体子宫、产婴器。"母体子宫"是指婴儿来自母亲自身,享受了和母亲最亲密的连接;"异体子宫"是代孕女;"产婴器"是最冰冷的选择,精子和卵子试管受精后,利用机器孕育小孩。害怕身体产后走样的时髦女郎,还有谨慎的担心孩子在子宫里出事的父母会选择"产婴器"。母亲桑珠在李烁的出生证上勾选的是"产婴器"。李烁知道母亲并不属于上面这两者。外婆给过含混解释:"你妈妈工作太忙,也太爱你。"李烁查过精子来源,那一栏填写的是"由产渠中心提供"。他的父亲也是一个模糊选项。

去年冬天,李烁再一次丢了工作。他已经用光了积蓄,再也没钱支付房租。冬天寒冷,连饭都吃不饱的他,已经很久没有使用过暖气了。在一个大雪之夜,李烁裹在冰凉的被子里,感到内心积攒的绝望就像窗外的雪花,降落堆积,将他掩埋。他默默细数这个世界值得他留念的东西。母亲,算不上;外婆,已经去世了;爱情、事业、友谊,这些东西就没有在他的岁月里留下过什么痕迹。大粒的雪花扑打在玻璃上,发出"噗噗"的声音,好像要进来找个伴儿,而李烁浸泡在决绝和孤独里,什么也听不见。

他一夜未睡。清晨到来时,他来到窗户后,看到城市被积雪覆盖,时空钟发出墨绿之光,厚厚的云朵浮过太阳,日光大地积雪都成了绿色,如同敷满了泥潭绿藻,不留一点空隙,令人窒息。凉意从骨子里散发出来,令李烁觉得眼前一切静默如同死亡。他盯住了时空钟,仿佛是盯住了一直左右自己的命运,既然他是被强迫带到这个冷酷世界的,生不是他的本意,但至少他有离开的权利,他决定不再和这个冰冷的世界有半点关系。

一旦下定决心,接下来要做的事情就变得简单起来。他收拾干净房间,给房东留下一张字条,说他很抱歉,房东可以用他的家具抵债。写完后,他猛然发现再没有什么后事可交代,再次意识到自己和这个世界的联系竟是这样少。他不再嘲讽苦笑,心情异常平静。他步行来到了海边。大海孕育了地球上最早的生命,也应该成为他最完美的归宿。他的离去,不会引起任何波澜,即便是有,也是大众的拍手称快。

就在接近海岸的时候,他远远看见海滩上竖起了很多巨幅油画,它们利用磁力悬浮在半空,高低参差,错落有致,仿若一扇扇通往异域的门。画的左面是高大的垂直陡壁,一半作品被山崖投下的黑影覆盖,右面波涛汹涌,浪花飞沫形成的海雾在风势的驱赶下,不断涌向油画。一个画展。李烁暗暗惊讶,有谁会在露天里展览作品?

为了避免时空钟的颜色干扰,所有的艺术展览都会躲在室内。艺术家将光线来源封住,挡住时空钟颜色,室内仅用白色日光灯照明,苦心追求作品的真实颜色。这个展览却不这样。它大胆设在室外海滩,豁出去了的样子,一下子吸引了学习绘画的李烁,他觉得看完展览再走也不迟。

他走近,逐渐看清,画框里不是油画,而是一张张照片。照片并非纸质，是用玻璃压制的，观看者可以从正反两面欣赏。摄影师镜头对准的是清晨日暮里的山河湖海，其间会有小小的人影。每幅作品长度为三米，宽度两米，所有细节尽收眼底。

展览标明免费，但也许是风雪的缘故，参观者寥寥无几。李烁心想这样也好，他可以在照片间肆意行走，不被认出。墨绿的天空中飞起细密小雪，每一片雪花都晶莹剔透，都闪烁着翡翠的绿，照片好像悬浮在一块块击碎的玉石齑粉里，迷幻震撼，加之海水雾气在照片之间流动，照片里的人和景好像也在动。李烁在每一张照片前驻足，又走到后面去看。从正面看，照片里山冈上牵着牛的人影似乎是在离开，而从反面看，他似乎是在回归。摄影师同时展示照片正反两面，似乎是在叩问百变无常的命运，寻找万物向生向死的玄机。

看完所有照片，李烁身上脸上被雪花和海气打湿。他走到展览入口，重新细读竖立在那里的摄影师简介。摄影师名叫静兰，在本城艺术学院就职，没有个人照片，只有一个邮箱网址。也许她会在展出现场。李烁顺着照片之间形成的小径寻找。照片之间空空荡荡，不见半个人影，就连刚才寥寥无几的参观者也早已离开了。夜色降临，镶框发出柔和亮光，照片显得与白天又不一样，仿佛进入了一个虚幻的世界，一个梦境。再一次看完照片后，李烁长舒一口气，发现自己竟然看了整整一天。他仰望天空，时空钟在浮动的云雾中冷眼俯视他。他忽然明白了摄影师将展览设在户外的用意，反身离开海滩。

李烁返回出租屋，房东没来过，屋里陈设还是他走之前的样子，他撕掉了纸条。他想上网了解静兰。

网络是所有建筑物的必备设施。李烁很少上网，尽量把自己和网络的关系限制在最小范围内。因为怨恨母亲，他也从来没有将自己的意识上传过网络。现在，连交房租的钱都没有，就别提上网了。他已经断网很久了。他瞟了一眼屋里寒酸的家具，出门敲响了邻居的门。邻居是一个昨天刚搬来的青年男子。他让男子过来挑家具，低价出售。青年紧抿着嘴，将他简陋的小公寓巡视了一遍，挑走了小铁床，给了个超低价。李烁将数字货币代码输入厨房煤气表旁边的付费器，网络重启。

他上网查找静兰的个人照片，但除了找到她拍摄的作品外，没有找到她的任何私人照。他觉得这是一个神秘的女人，就更想了解她。他想给静兰写一封电邮，感谢她，但又觉得突兀，感谢她什么？谢她办了这样一个展出，还是谢谢她给他活下去的希望？李烁盯着屏幕里好久，最终一个字也没有写。

第二天一早，他出去找工作。不知道是纯粹的意外还是潜意识在作怪，他来到静兰工作的艺术学院附近，在学校旁边的小快餐店里找了一份洗碗的活儿。餐馆下班之后已是深夜，他走入艺术学院。他熟悉这里的一草一木，这是他的母校。他走到教学大楼一楼，走廊墙壁上有各个学院老师的介绍。他找到摄影系，在最末的角落里终于看到了静兰的照片。她看起来和他年纪相仿，瘦弱，脸色苍白，有一双忧郁的眼睛。他不敢相信，这样单薄的人能拍出那样震撼有力的照片。他心里有什么悸动了一下。

后来，他发现静兰中午会时不时光顾他工作的小餐馆。她看起来比照片里还要瘦，薄得就像一片纸，背一个单肩包，露出照相机摄像头。为了展示食物的制作过程，厨房和用餐室之间安装了宽大的玻璃墙。李烁在厨房里默默看她。静兰每次来总是一个人，表情有些寂寞。她会吃着吃着发起呆来，看着窗外街道某处，似乎早已神游到了别处。

当夜晚降临时，结束一天的劳累回到狭小的出租屋后，李烁会打开学院社交网页，找到静兰的。他关注她上传的新照片和文章，常常被她的作品和文字感动。他觉得她说的，正是他想说的。一个月后，他将自己的感悟写下，发到了她的邮箱。他不抱希望，以为会就此为止，不会有回信，一切只会像警察的调查一样石沉大海，不了了之。

谁知道静兰第二天就回复了他，有些观点和他不谋而合。惊讶和不安中，他也礼貌地写了回信，又忐忑地加了一些自己另外的想法。断断续续地，两人开始通信。

半个月后，初春的一天深夜，他正在给静兰写信，静兰却用电邮的电话功能给他打来电话。她在电话里的声音十分年轻，拘谨而遥远。她邀请他去她家，说有事相告，一定得见面谈。电话结束前，静兰说，你知道吗，这个世界是可以被改变的。

现在，李烁就要去赴约。他急速骑行，紧张兴奋，第一次觉得被时空钟染蓝的世界变得好看。期待里也生出一丝担心。他担心静兰在认出自己后，会和其他人一样憎恶他。

快到静兰家的时候，时空钟的蓝色忽然加深。蓝色之后便是紫，紫色一旦触及黑，断裂发生。李烁祈祷，让他在断裂之前见到静兰。时空钟仿佛听到了他的心声似的，深蓝在加至偏紫时突然止住，不再变化。断裂在猛然推进后又戛然而止，让李烁感觉像被人推下悬崖后又猛拉了一把。他一个急刹车，停在了静兰住的公寓楼前。

二

　　旅行者赶到塔克小镇时恰是傍晚，天空纯净，万里无云，缓缓下移的夕阳将小镇和镇口路牌染出几层不同颜色，柔红里浮着金黄橘红与淡紫。插在沙土里的路牌分出三岔，一头指着镇内，一头指着天山山脉，还有一头指向塔克拉玛干沙漠。

　　旅行者背了一个暗绿色的双肩包，鼓鼓囊囊，里面装着他的全部家当。他看了一眼指向沙漠的箭头，又看了看远处山丘后的晚霞余光和慢慢浮起的夜幕，踏入小镇。塔克小镇处于交通要道，"塔克"的意思是山。无论是要进天山还是沙漠，很多人都会选择在塔克小镇补给，小镇因此布满了客栈。旅行者无意逗留小镇，只求一晚住宿，走进了位于小镇最外围的一家。

　　经营客栈的是一对中年夫妇。他们有个十二岁的儿子，张亮。客栈生意尚可，中年夫妇为了省钱，一直坚持自己打扫房间。当他们无暇顾及住客登记的时候，就由张亮负责坐镇前台。登记很简单，住客只用将食指放在入住登记仪上，指纹对接，个人信息就会自动上传。张亮的任务就是保证登记仪电量充足，而且住客使用了正确的指头就行了。

　　旅行者走进客栈的时候，张亮正在看一张全息地图。他想离开塔克，离开库车，去冒险，探索世界，探索宇宙。张亮看得发呆，完全沉浸在白日梦中。双推门上挂了一个风铃，门打开时发出清脆声响，随即涌进夕阳和带着沙子的风。他抬起头，目光穿过地图看到了穿短皮夹克戴牛仔帽的旅行者。

旅行者走近他，张亮拿出登记仪。两人都不说话，动作默契如同播放日常默片。

旅行者将右手食指压在登记仪上，张亮看见他的右手手腕上缠着一根用红色和橙黄色棉线编织的细绳，绳子上串着一颗棕色珠子。难道他信佛？这可真罕见。虽说库车曾经佛事繁盛，但如今的佛窟庙宇也只剩残垣断壁，意识剥离肉体上传网络的技术诞生后，死而后生成了可以用科技解决的问题。

张亮好奇地看了一眼自己面前的电脑终端显示器，显示器连着登记仪。旅行者的所有信息，名字、籍贯、职业、年龄、住址，包括张亮想知道的信仰都被自动屏蔽了。在信息栏里，张亮只看到了一条内容，旅行者是第一次来小镇。很明显这是一个高级别的地球居民。可是，一般这样级别的居民会去更为舒适的酒店，不会选择他们的小客栈，张亮立刻想知道他究竟是谁。

因为看不到名字，张亮就偷偷叫他"旅行者"。旅行者看起来四十出头，额头上有浅浅的横纹，下巴上冒着没剃干净的青色胡楂儿。他是黑眼睛，黄皮肤，亚洲人模样。旅行者收回食指，目光与张亮的碰撞。张亮觉得他眼神虽然孤独而深邃，却不会让人不寒而栗，反而有几分亲近。

张亮从挂钥匙的木箱上拿起最上面的一个房卡，递给旅行者，说道："408 号房间，顶层最末一间。那是我们最好的房间，可以看见小镇风景。"

旅行者像西部牛仔那样伸手抬了抬帽檐，表示感谢。张亮从前台后面的椅子上跳下，脑袋刚好够到旅行者的肩膀。他弯腰去拾旅行者放在地上的背包，被对方抢先拿起。旅行者将背包斜挎在肩上,摇了摇房卡上挂着的钥匙,说:"你们还用钥匙?"旅行者的声音有些低沉,略带嘶哑。

"怀旧。"张亮说。

旅行者的脸上露出一个淡淡的笑容,"你那么小, 没什么阅历,怎么会懂得怀旧?"

张亮抬起下巴脑袋往后点了点,露出身后的电子相框。他和父母的合照刚好滑过相框屏幕。"我父母怀旧。"接着他又拿起手里的全息地图,在上面轻轻一抹,露出他近期的阅读清单,包括历史、地理、哲学、宗教,"我看书,知识可以算是阅历吧。"

旅行者探头看了看清单,眼光钦佩,收起钥匙说道:"看来你看的书比我还多。我自己去就好,你还是坐镇前台吧。"

张亮点了点头,非常奇怪旅行者用了"坐镇前台"这几个字。这是他父母常说的话,旅行者第一次来,怎么也说同样的话?

旅行者走向电梯。他在电梯前站了几秒,却转身选择了旁边的楼梯。张亮看着旅行者的身影消失在楼梯上,搓了搓手。他刚才碰到了旅行者的背包,里面好像装了个四四方方的硬东西,大小和背包差不多。

张亮返回电脑前,调出楼梯上所有的监视器图像。屏幕上,旅行者背着双肩包一步一步往上爬,动作疲惫得像只蜗牛。当旅行者爬到二楼的时候,张亮轻呼"糟了"。二楼拐角的木质楼梯板有一块严重损腐,而张亮忙着研究地图做冒险的梦,完全忘了父亲交代过,一定要把写着"危险"的牌子放在上面。张亮正要大喊提醒旅行者, 却见旅行者将抬起的右脚在那节楼梯上悬了几秒,跨了过去。张亮眯起眼睛,不敢相信这真是旅行者第一次来。

张亮好奇地盯紧了屏幕。旅行者到达四楼，走向走廊尽头的房间，拿出钥匙，打开门。旅行者的身影才消失在门后，张亮就窜进了电梯。

他来到四楼，走向走廊的另一端，那里和408号房间遥遥相对，是一个小小的储物间。张亮站在门口，听见父母在打扫三楼走廊，两人在吸尘器嗡嗡的噪音中大声争吵。母亲埋怨父亲从不带她出去旅行，一辈子就生活在这个闭塞的鬼地方。张亮摇了摇头，他也想出去，可客栈是贷款开设的，在还清贷款之前，他们一家人哪里也去不了。

张亮轻轻打开储物间的门，房间不到两平方米，左右两个储物架上堆满了干净的毛巾和洗漱替换用品，散发着消毒水和清洁剂的气味。正对门的墙上有一扇两个巴掌大小的玻璃窗。为了防止荒漠风沙，玻璃窗被焊死封闭。晚霞透过玻璃照射进来，看得见空气中仍有飞舞的灰尘。张亮觉得自己就像这里的飞尘，微风般孱弱的希望就能扬起幻想，却永远也走不远。在自家的客栈里，张亮像个贼，轻轻阖上门。

他拉开右边的储物架，露出后面的软绳梯，顺着绳梯爬到天花板，那里有一块松动的木板，推开后便露出屋顶和天花板之间的空间。他爬了上去。

张亮像一只谨慎的老鼠蹑手蹑脚往前爬，尽量不发出任何声响。他为旅行者安排408号房间自有目的。那个房间的天花板木条之间特别松，留有间隔缝隙，趴在上面可以看到下面。这是他在上个夏天被迫上去打扫卫生时不经意发现的。那里空间狭小，只容得下他。这个秘密，他对谁也没说。夏天过后，他一直控制自己人类天性中的偷窥欲,他知道这不道德。今天还是他第一次爬上去看。毕竟,旅行者太神秘了。

张亮来到408号房间上方,屏住呼吸,透过木板缝隙往下看。

旅行者这时候已经拉开了窗帘,他甚至打开了窗户。傍晚的风还不算大,送进薄薄细沙,白色的纱帘如飞鸟的透明羽翼。星辰幕布刚开始坠落,塔克小镇却已提前进入夜晚,华灯初上,窗户后门传来喧闹,深蓝夜空富有层次又清冷,镇外连绵的沙地和山脉如同渐渐展开的神秘卷轴,向夜色伸出延伸。旅行者取下牛仔帽,帽檐朝着自己按在胸口。他凝视小镇,又似凝视小镇后的大漠远山深处,像在沉思或祈祷。

几分钟后,旅行者返回床边,将帽子放在床沿,打开了背包。藏匿在天花板上的张亮顿时瞪大了眼睛。旅行者先从背包里拿出一件白色麻质衬衫,然后是一个鸡蛋大小的相框。相框里有个头像。张亮很努力地看,看出是一个长发女人,头发从脑后朝前拉,搭到胸前,但看不清她的模样。

旅行者看了一会儿照片,将其放到衬衫旁边后,拿出了一样金属物件。它正是张亮刚才摸到的东西,长方体,正面有两个黑色网状喇叭,喇叭旁边有三个旋钮,看起来像几百年前的收音机。旅行者拉长了收音机顶端的天线。他将收音机挪到窗户边,把天线对向窗外,拧开喇叭右侧的旋钮,里面传出嗡嗡噪音。他拨动另一个旋钮,似乎是在找台,新的噪音渐渐替代原来的。旅行者在收音机旁边打起盘腿,阖上眼睛,凝神倾听。

张亮侧过头,把耳朵贴在木板缝隙上。他听到收音机里传出的声音,辨认出车水马龙的市井之音。此时已开始降温,寒冷让人们躲在屋内,小镇街道上几乎没有行人。这繁忙的市井之音来自哪里?旅行者为什么要千里迢迢偏偏跑到这里来倾听?

三

　　李烁停好自行车,一看时间刚好三点。头顶的时空钟停止不动,不再改变颜色。他微微舒了口气,走上公寓楼前廊的楼梯,根据静兰在电话里告诉他的房号,按下1603的门铃键。铃声响起时,他发现自己犯了一个天大的错误,这是他俩第一次见面,可自己居然激动得忘了带礼物。如果要带,是不是该带一束花或者一瓶红酒?静兰与众不同,如果带了这些礼物会不会让他显得俗气?在鄙夷和侮辱中生活多年,他除了悲观还很少真正惧怕过什么,这一刻居然怕俗气。

　　门键器里传来静兰的声音:"开了吗?你推推试?"

　　李烁慌忙推动大门,回复道:"开了。"

　　门后大厅敞阔,地面大理石铺就。李烁走进大厅尽头处的电梯。

　　电梯速度快而平稳,一千六百多层只用了十秒。电梯在上行中改变压力,李烁并没有因为急速升高而感到任何不适。

　　在柔和"叮"声后电梯停住。李烁走出后看见每层楼安排有四间公寓。其他三间公寓的门是紧闭的,只剩下一间敞开,飘出煮咖啡的香气和音乐。李烁听出是莫扎特的《魔笛》。一丝柔情在他心底荡漾,这曲子也是他喜欢的。音乐和咖啡香气飘出的那间肯定是静兰的家。她在等他。李烁想起静兰说的话,这个世界是可以改变的。她是什么意思?

　　李烁来到敞开的公寓门口,看见大门上标着房号:1603。他站在门口正对客厅，玻璃窗明亮，时空钟的紫色光芒如丁香染过的雾气飘荡在房间中。他礼貌而用力地敲了敲门，想盖住音乐声。屋里另一个房间里立刻传来静兰的声音："快请进。"

李烁的心提到了嗓子眼。他就要见到暗自心爱已久的女人了。窗外涌进的紫光猛然加深转黑，李烁在跨入公寓门的一秒失去了意识。

等他醒来，四周黑暗中有隐隐红光。他贴着门坐起来，看到天色尽黑，夜晚已至，红光自然是来自窗外的时空钟。断裂结束，新的轮回到来。他想知道这次断裂持续了多长时间，急忙抬起手腕看表。幽蓝的表壳上显出日期和时间，还在当天，只是到了晚上十点。断裂持续了七个小时。

他爬起来，窗外传来警笛和救火车尖锐的笛声，两种声音交杂，混乱仓促。事情不对劲，以往重启时都是安静的。他头晕目眩，跌跌撞撞冲进客厅大喊："静兰！静兰！"

公寓里一共四个房间，中间是客厅，左边那间里面有床是卧室，右边是书房，书房旁边是餐厅兼厨房。他看见厨房餐桌上有一沓纸页和一些文具物品，旁边有两杯咖啡。其中一杯被推倒，咖啡液体在桌上留下棕色印迹。每个房间里都没有静兰。客厅通往阳台的门敞开着，李烁下意识地走向阳台。

一千六百多层的高度可以俯瞰城市。风很大，静兰使用的隐形玻璃明显已破损，破裂的边缘处闪烁着绿色的火花，无法调节可以灌进的风力。他顶住狂风来到阳台边，待他看清眼前城市，惊讶得两腿发软，双手杵着阳台栏杆勉强站稳。

这次的断裂和以往不同，世界没有只是按下了暂停键。无数半空的动车和单人航飞器失去控制,有的直接坠落地面,有的撞进高楼,在地面楼体上爆炸。高架桥被动车冲断,汽车冲下桥面,砸向地上的车辆和行人。连环爆炸令城市火光熊熊,警笛长鸣,黑烟四起。一阵烟雾从他面前飘过,他从对面大楼玻璃的倒映中看见自己所在的大楼好几处被撞裂。他伸手在玻璃破裂的边缘处一抹,发现玻璃全息景观放大功能还在。他张开五指微微转动,看清远处街道上到处都是车祸,侥幸活下的人有的奔呼哀号,有的已被吓呆,木讷地站在满是血迹的尸体边瑟瑟发抖。整座城市是一幅末日图景。时空钟的红光加深,城市看起来就像地狱。以前断裂时,这样的事情从未发生过。他忽然想起静兰说的那句话:这个世界是可以被改变的。

"静兰!"李烁转身冲进屋内,但公寓里只有他自己的呼叫。

他记得在断裂发生的前一秒,静兰的声音来自厨房。他跌跌撞撞跑进厨房,那里和他刚才所见一样,没有静兰。断裂结束意识恢复时,他没有看到静兰离开公寓。他也深信,即便静兰先于他醒来,也不会弃他不顾而离去。她不是还有重要的事情要告诉他吗?

李烁奔到餐桌前,看见放在那里的纸页其实是冲洗好的黑白照片。一块黑色橡皮压在上面。他猜想,静兰煮了咖啡打开了公寓大门,就是做好了要和他相谈的准备。她把这些东西放在咖啡旁边,也一定是要给他看的。

他拿起照片,看到上面是奇怪图案,由曲线构成,中间有些明亮光点,看不出是什么。橡皮在时空钟的红光里反射着金属光泽。他仔细一看,才发现不是橡皮,而是一小块金属物件。它四周没有任何缺口,是一块完整的整体,表面有一些异常美丽繁复的纹路。

　　周围的红光开始渗入橘黄,时空钟在往前移。李烁吃惊,时空钟的变化加快了。脚下地板猛然晃动,大楼剧烈摇了摇。天花板上的吊灯坠落,砸在餐桌上。他抓起照片和金属块塞进随身背的挎包,离开了静兰的公寓。

　　大楼在摇晃,李烁在走廊上也跟着摇摇晃晃。他惊恐地朝着电梯方向狂奔,走廊天花板开始坍塌,电梯门被一股压力从上向下挤压,弯曲变形。李烁不敢相信如果走楼梯,他能在大楼倾倒时逃出。他转身跑回静兰的公寓。公寓的门也在变形,天花板压得更低,四周传来钢筋水泥弯曲断裂的轰隆声响。李烁弯着腰,在门完全变形前冲进了静兰的公寓,冲向阳台。刚才,他在阳台的角落里看到一样东西,一样可以救命的东西。

四

　　旅行者一直闭着眼睛盘腿坐在窗前,听着收音机里奇怪的噪音,健壮的胸脯因均匀呼吸而微微上下起伏。有那么一会儿,张亮还以为他真的睡着了。窗外夜色逐渐加深,风更大了,裹着沙簌簌扑打在旅行者脸上身上,他根本不在乎。收音机里忽然传出一个女人唱歌剧的声音,刚好到句末高音,嘹亮而宽广,就在张亮以为她会一直将高音飙升下去时,她止住了。是那种唱到半道急刹车似的止住,收音机也就此悄无声息。旅行者跟着一个激灵睁开了眼睛。

　　更强的狂风将沙子倾倒进屋,旅行者只好用手挡住双眼,站起身关了窗。他重又坐下,静静等待。几分钟之后,收音机里又出现了断断续续的市井之音。也许是夜深了,干扰减少的缘故,这次比刚才更清晰。张亮听到汽车喇叭声,还有小贩的叫卖,玫瑰水,谁要玫瑰水。叫卖声渐行渐远,淹没在其他声音里。旅行者探过身子,抓过床前地板上的背包,从里面拿出一本笔记本和一支笔,一边听一边认真做笔记。张亮想看清楚他写什么,无奈旅行者手中的笔记本不在他的视线之内,他什么也看不到。

对张亮来说,收音机里的噪音好比催眠曲,他就这么迷迷糊糊睡着了。

张亮是在半夜冷醒的。地板缝隙间一片漆黑。他贴着脸看了看,旅行者已关了灯。路灯稀清的光线从窗外透进,让他勉强能看清房里物件的轮廓。床上被子平整,空无一人。

次日清晨,张亮在登记台后面吃拉面,看见旅行者走了进来,身上仍背那个双肩包,鼓出收音机的棱角。外面风沙已停,晨光柔和地映在他身后,衬得他身影越发漆黑,顺着身体轮廓边缘发出毛茸茸的光,有几分神圣。旅行者走到张亮面前。张亮看清他的头发上肩膀上都是沙子,一定是昨晚在沙地里待了一夜。

"你们有车可以租吗?"旅行者问。

张亮吞下一口面条,说:"有单悬。"

"单人悬浮动车?"

"我们这里就叫单悬。你要去哪里?"

"这里。"旅行者居然拿出一份纸浆制作的地图,摊开后指指。地图上有个地方被用铅笔画了个圈圈。

"你要去鬼域?那可是在塔克拉玛干沙漠里,很远很远哦,脑筋正常的人是不会去的。"张亮在椅子上挪挪屁股,"塔克拉玛干是什么意思,嗯?就是进去出不来的意思。沙漠别名叫什么,死亡之海哦。再说,可能还有鬼呢。"张亮补了个鬼脸外加一个恶鬼捕食的动作。

"我们能去吗?"旅行者神色淡定。张亮的一通言论对他毫无作用。

"也不是不行。"张亮说,"只是那个地方太危险,外人要去的话,必须由本地人陪同,这是规定。"

"你能带我去吗?"

这话让张亮动了心,他很想去。旅行者里里外外都是谜,可惜他还得坐镇前台。他抬头看看,似乎要看穿连接二楼的天花板。父母争吵的声音从看不到的缝隙间漏下,嗡嗡的有些模糊却能勉强听个大概,好像是妈妈要买一台新的大功率吸尘器,说老机器总是坏,爸爸说没钱。他们总是吵架,没完没了。

张亮觉得再也不能在这样的争吵里生活了。他说:"能。"

单悬是塔克小镇开发的一款旅游车。它的外形像一块放大了的滑板,按照法律规定只能承载一个人,加上行李总重量不能超过两百公斤。

张亮动用的是自己的单悬。旅行者站上去,以保护者的姿态示意张亮站到身后。

张亮摇了摇头说:"这是我的车。"

旅行者会意,往后挪小半步,弯腰做"请"的姿势,张亮这才站上去。张亮也背了一个双肩包,里面塞得鼓鼓囊囊。双肩包夹在两人之间。

"你带了什么?"旅行者问。

"吃的,还有水。"张亮回答。其实,他还带了更多其他东西。他一边说着一边启动了单悬。

单悬四周开启透明的保护力场,将站在上面的两个人安全地围在中间。一阵低低的噪音从底部传出,单悬浮上半空,升离地面,朝着鬼域飞去。

下午三点多,视野之内黄沙漫漫,塔克拉玛干沙漠像一块巨大无边的地毯,铺展起伏在二人面前。这里曾是海洋,可惜大海已干涸。在火辣辣的高温里,旅行者抹一把额头上的汗后告诉张亮,朝着沙漠深处前进。

一个小时后,流畅的荒漠弧线上开始出现大大小小的隆起。继续往前,隆起的地方渐渐显出清晰的形状,它们就像一朵朵巨大的蘑菇,每一朵都有几米高,散布在沙漠中。一眼望去竟有上千朵之多,聚成一片石头林。这是有名的风蚀蘑菇,上亿年前是孤独凸起的岩石,风的力量鬼斧神工,不但在坚硬的岩石身上留下水流般的痕迹,还让它们看起来像诡异的蘑菇。它们掩藏在沙漠深处,独自开放永不凋谢。鬼域,这非人之地,到了。

他们在岛屿间穿梭进深,风从身旁吹过,如游在看不见的河流之中,时而狭窄,时而宽阔。等他俩来到旅行者地图上标出的地方,傍晚已斜阳,开始降温,鬼域大地铺陈橘红暗红,霞光四射晕染,连接着天空穹顶的淡蓝与深蓝。

他们挑选了一朵最大最高的蘑菇,降落在蘑菇顶端。旅行者拿出了收音机。

"这是什么?"张亮故意问。

"收音机。"

"可以听流行歌吗？"张亮想起昨晚收到的女音歌剧,他还是喜欢流行歌多一些。

旅行者笑了笑道:"也许吧,不过我没试过。你喜欢什么样的流行歌？"

张亮脱口而出:"HotStuff。流行,迪斯科,摇滚。这首歌很老很老了,还有好多版本,我最喜欢唐娜·沙曼的版本,你有吗？"

"你是指数百年前的歌手唐娜·沙曼？"旅行者奇怪地问。

"这也算是怀旧,对不对？"张亮说。

"为什么喜欢这首歌？"

"我爸妈有一部老电影,《火星救援》,我看过不下一百遍了,喜欢,再看一百遍也不够。"

"讲什么的？"

"讲人类在刚刚能够登上火星的时候,一个叫马克的宇航员落难火星的求生故事。那可是真正刺激的冒险,没有水,没有空气,没有食物。我想有一天能像他一样,成为冒险的勇士。你能放这首歌吗？"

"现在还不行,我有重要的东西要听,也许待会儿吧。"

"你要听什么？"

"形和无形。"

"什么形？什么无形？"张亮根本没听懂。

"形状的形。"旅行者说。

张亮瞟了一眼他手上的珠子,旅行者捕捉到了他的目光,仔细地看了看张亮,问道:"你可知道这片鬼域的来历？"

"你问这些不能吃的大蘑菇？当然知道,以前是岩石呗,只怪被大风削成蘑菇了。因为这里渺无人烟，沙漠在风的作用下又变幻莫测，常常会发出鬼哭狼嚎的声音，所以叫作鬼域。"张亮自信地答道。

"除了风还有呢？"

"还有什么？难道还有标准答案42？"张亮眯起眼睛问。

"你还挺幽默。"旅行者被张亮逗乐了，"还有时间。光有风还不够，时间才是所有的关键，它改变了一切。宇宙时间浩大无边，人类生命的时间和它比起来，短得几乎不值一提。"

"所以呢？"张亮望了望远处，后悔自己刚才怎么没有想到时间。的确是时间，数百万年的侵蚀，才让这片大地看起来如此奇异，但他觉得旅行者想说的还更多。

"所以什么？"旅行者黑亮的眼眸闪烁，觉得孺子可教，露出欣喜的表情。

他想了想说："听说再过不久，人死后可以将自己的意识下载到新身体里，就可以永生。这样，人就可以活得和宇宙一样长久了。"

"你觉得那样活着有意义吗？"

"哦？这……"张亮从未想过这个问题，"永生难道不好吗？走遍世界宇宙，想吃什么吃什么。"

"永生没有终点。人活一辈子就像是走一趟旅程，因为有终点才更有意义。"

张亮似懂非懂。他看了看天，从背包里拿出一顶折叠帐篷，说："马上就要起风了，如果我们不赶快搭好帐篷，马上就会到达终点。"

旅行者哑然失笑，看了一眼张亮手里的帐篷问："你没有磁力帐篷？”

“我不稀罕。”张亮撒谎，其实他早就想要一顶磁力帐篷，可是父母没钱。

“这个也不错，还不会干扰信号。”旅行者说着和张亮一起支起了帐篷。

两人才钻进帐篷，支好收音机，合上帐篷拉链，外面便风声大作。风在沙丘间旋转穿梭，发出高低怪音，真如鬼哭狼嚎一般。张亮忽然有点害怕，但又为了保留面子，就努力掩盖住。他想和旅行者说话，以此减轻对风声的恐惧。

“喂，你手上戴的是什么？”张亮问。

“这个？”旅行者举起手腕，拨动摩挲手里的珠子，“我叫它‘舍利’。”

“哦，舍利子，这我也知道。”张亮有些兴奋，“是佛教高僧死后头发骨骼火化后生成的结晶体。你的是哪位高僧的？”

“我的这颗和其他的不同。”

“为什么？有什么不同？”张亮问。

“这……”旅行者犹豫地看着张亮，“说来话长了。”

“你是看我人小怕我听不懂吗？”张亮噘起嘴，背诵起来，“佛曰，色不异空，空不异色，色即是空，空即是色。”张亮背完，骄傲地对着旅行者挑了挑眉毛。

“你会背佛法《心经》？”

“是《般若波罗蜜多心经》。”张亮爱看书，记忆力又好，因此想炫耀一番，头朝下在地面拿了个大顶，双脚在空中蹬踩，继续背诵道：“观自在菩萨，行深般若波罗蜜多时，照见五蕴皆空，度一切苦厄。舍利子,色不异空,空不异色,色即是空,空即是色,受想行识,亦复如是。"背到这里,张亮卡壳了,翻正坐好。

"你可明白其中意思?"旅行者露出一个赞赏微笑。

"就是用智慧到达彼岸。"张亮绞尽脑汁回忆他看到的内容,"教有烦恼的人渡过难关。"

"有点道理,那你说说看,什么是色,什么是空?"

"色就是表象,事物表现出来的模样,至于空嘛,就是空荡荡啥也没有呗。"张亮挠了挠头皮,不好意思地说,"其实我也是乱看,不明白。"

"空不是指'空荡荡'或者'空无',它和'有''没有'毫无关系。它是指世间万物没有哪一样东西会保留永远不变的状态,所有的东西随时都在改变。"

"比如我?"张亮问。

"对,比如你。"

"我哪里变了?"张亮故意站起来,在低矮的帐篷里原地转了一圈,夸张地让旅行者看到他一点也没有改变,还和刚才一样。

"刚才的你不明白'空'的道理,现在的你知道了,所以你变了。"旅行者说。

张亮忽然顿住,思考着旅行者的话。过了好一会儿后,有点明白地点了点头。"我看书上说《心经》就是智慧,解脱一切的智慧。"张亮忍不住问道,"难道你是一名佛教僧侣?"

"扑哧!"旅行者笑起来,连连摇头,"不不不,我不是。"

"你是什么?"

"我,"旅行者看着张亮,"我的世界和物理有关,和量子学有关。"

张亮不相信:"你是科学家?你看起来可一点不像。如果你是科学家,那你为什么戴着'舍利',又明白'空'?"

"谁说科学家就不能戴'舍利',明白'空'?"

"这两样冲突呗。"张亮在心里说这不是显而易见的嘛。

"一点不冲突。"旅行者说。

"哦?为什么?"

"有人说,每攀登到一座量子力学内容的新高峰,就会看到佛学已经站在那里了。"

"你的意思是,可以用量子力学解释佛学?"

"我的意思是,面对宇宙真相,人类就像迷路的小孩,无论是科学还是宗教,都是在寻找出路,寻找宇宙真相。而且,你有没有感觉,越接近真相,真相就越神秘?"

"有。"张亮是在暗指旅行者。

"世界的真相和它的表象大不相同。"

"你倒是用科学的理论给我解释解释。"张亮盘腿坐下。

"你看你脚上穿的鞋,什么东西做的?"旅行者问。

"物质。"张亮暗想我不说塑料金属,直接回答"物质",一次到位。

旅行者赞赏点头,说:"小子,回答得很不错。那物质呢?"

"由原子构成,原子还可以再分原子核和原子壳……"

"打住打住,看来你还懂不少呢。你能先比较一下原子核和原子壳之间的大小吗?"

"嗯,"张亮想了想,"整个原子像个樱桃,原子核像樱桃核,原子壳像樱桃皮。"

"扑"旅行者又笑了,"老想着吃。两者区别很大。如果我们把原子核比作蚊蝇那么大,那原子壳就像足球场那么大。"

"真的?"

"真的。在原子核和原子壳之间还有更小的电子穿梭。而原子核呢,是由粒子构成。如果我们能够继续分析粒子,我们会发现基本粒子是一种能态。你现在看到的是一双鞋……"

张亮有些激动地说:"其实不是鞋,是能态和……"

"和什么?"旅行者问,眼神里再次闪过期许柔光。

"如果电子在原子核和原子壳之间穿梭,说明两者之间有空间。粒子之间是紧密的吗?"

"不是。它们之间也有空间。"

"所以,我穿的不是鞋,是能态、电子和空间。"张亮跳起来,在地上踩来踩去,"我的妈呀,这么一想,脚上感觉毛毛的。这就是你说的形与无形,表象与真相?"

"不全是,但沾边。"

"我现在知道物质了,那生命呢?"张亮好奇地问,"别再跟我说是旅程哦。"

旅行者笑得眼睛都眯成细线了,"张亮,我们现阶段了解的宇宙是一个量子世界。一切都遵循量子规则。"

"包括生命?"

旅行者说:"对,尤其是生命。和生命有关的光合系统、酶系统、呼吸链、基因结构,都可以从原子的层面被阐述理解,但它们究竟是怎么作用的呢?人因为有意识,才会去探索生命的意义,可大脑的意识又是怎么产生的呢？"

张亮连连摇头。

"量子运动。"旅行者说，"归根到底，生命和意识都可以用量子运动来解释，但除了这个，它们还有更多内涵。"

"这太复杂了。"张亮说，"但我有感觉，你给我讲物质就说了'色'，这量子运动肯定和'空'有关。"

旅行者再次赞赏地看着张亮，"被你说中了。'空'是指不断地变化。我们再换个角度来看世界，事物与事物之间是以因果来连接的。同一个'因'会因为有不同的选择而产生不同的'果'，于是产生不同的变化分支，这就是变化。"

"难道是平行宇宙？"

"也可以这样理解。'因'和'色'相连，变化的'空'产生'果'。当一个人既能在看清物质本来面目的同时，又能看到所有变化分支，就达到了坐观一切'色'和'空'的境界，也就看到了一切真相。看到一切真相，再无惊奇失望，不再会有恐惧和苦痛，就能坦然面对一切意料之中和之外的结果，自然也就得到了超脱和喜悦。"

"就是佛教里的智慧和圆满？"

"也是对不确定性原理的最终认知。我们的宇宙4%是原子，25%是暗物质，剩下的71%是潜伏在真空里的神秘暗能量，人类只是浩瀚宇宙中的一粒尘埃。可宇宙究竟是什么，人究竟是什么，至今没人能说得清。古老的东方人类抬头仰望星空，低头自省内心，创造了佛学，而西方哲学家也有对生命万物的思考。数百年前，人类发现量子，发展了量子力学和量子生物学，才为这些疑问打开了一扇门。哲学、佛学和量子力学都在不断探索。它们迷惑，质问，怀疑，迥然不同又一脉相通，是在不同角度看，是人类前进中的不同动力。"

"你怎么知道这么多？"

"你想知道？"

"嗯。"张亮连连点头。

旅行者想了想说："这事要从一个叫桑珠的女人说起。"

未等旅行者把话说完，收音机响了起来，发出奇怪的音乐，似古筝琴弦拨动，发出铮铮之音。

"这是什么？"张亮问。

"嘘……"旅行者将右手食指立于嘴边，左手慢慢转动天线。

那音乐清晰了。似古筝，却又不是古筝。只有一个音，仿佛发自一根弦，被一个指头弹拨，发出一声"噌"，如猎人手中绷紧的羽箭，等待极久，终于射出。之后，便是寂静。帐篷外的风卷着千军万马策鞭而过。张亮心里猜测难道这声音就是旅行者刚才说的"形与无形"？他紧张地看到旅行者在等待，却又不知道他在等待什么。不过，张亮能感到，旅行者等待的东西很严肃，很奇异，也很神圣。

五

李烁躲过客厅坍塌的天花板，冲进阳台前差点一脚踩进地板裂缝。裂缝如同板块运动撕开的海沟，横亘在客厅和阳台地板间。阳台也开始扭曲，隐形玻璃已被完全破坏，强大的风呼啸着，卷起半空飞舞的杂物向他砸来。他躲避着扑向阳台左边角落。那里搁置着一台单人航飞器此时也已被风吹到半空，眼看就要被吹出阳台，他一把抓住。

航飞器的外形像喷洒农药的背罐,李烁按下航飞器侧面的启动键,机器电源显示灯变绿。李烁忽然想起需要密码。为了防盗,每个航飞器都有密码。也许是命运眷顾,静兰没有设置密码。李烁将其背上。航飞器感知人体后,从左右两侧伸出两条半米长的黑色长臂,半包拢李烁。那是飞行控制臂,负责调节速度和方向。航飞器还需要三秒完成全部启动。

　　轰然一声,阳台断裂,李烁两脚悬空,顺着断裂的空洞往下坠落。整座大楼像一个断臂巨人,正在向后倒塌。在分崩的水泥钢筋中,李烁跃然飞起,像一只在暴风雨里躲闪的海燕。时空钟此时已经由疯狂的橙色变成魔幻的青绿。这次变化之快,再次出人意料。在他身下,整座城市多数大楼都在倒塌,数百名空警机器人在空中飞翔穿梭,试图拯救灾难中的人们。他调整航飞器,平稳后调整方向,朝自己的公寓飞去。

　　很多人聚集在街道上,母亲抱着婴儿,祖母牵着孩子,父亲搂住身边的妻儿,恐惧而茫然地看着时空钟。还有些跪在地上,双手合十大声祈祷。

　　李烁在黑烟里看到了自己租住的公寓楼。一辆无依托列车冲破隔壁高出三百层的大楼,坠毁在他的公寓楼顶。楼顶被压裂,但剩下的楼体居然完好。他降落在自己楼层的航飞器升降平台上,一进屋就拨打警方急救电话。幸好还有信号,只是电话占线。再打,还是占线。李烁在等待接通的空隙,把照片摊开放在茶几上。一共有十一张。

　　警方电话接通,李烁急忙说朋友静兰失踪了。警方询问静兰的身份证号,李烁回答说不知道,但他告诉了警方静兰的职业和住址。警方又问他要静兰的照片。李烁说还是没有。对方的口气里产生了怀疑，警告李烁不要乱开玩笑，浪费警方时间。李烁只好说了自己和静兰平常是电邮联系的朋友，今天第一次见面。警方要了李烁的身份证号，点对点将电话视频联通，脸部扫描识别，指纹识别，眼球识别，语音识别，一通检查之后，终于认证了李烁的身份，收录了静兰的失踪报案。

通话结束，李烁疲惫地坐进沙发，心想这么多层认证，就只差大脑认证了。这么一想，他猛地坐了起来，拿起那些照片。

李烁拿过茶几上破旧的电脑，电脑看起来像两块相互竖直的玻璃。上网后信号不好，屏幕上图标抖动。李烁将照片依次放到屏幕正上方的扫描孔前，绿豆大小的扫描孔发射出蓝紫色直线状光芒扫过照片。

就在扫描进行到 98% 的时候，电脑的全息显示屏闪动，出现雪花。李烁用的这台电脑实在是太破旧了。李烁着急地拍了拍电脑，屏幕图标一闪，终于给出识别结果——这些照片的确都是大脑局部，人的大脑。静兰为什么要拍摄这些脑部图片？为什么要拿给自己看？

李烁语音指示电脑："识别脑部主人。"

电脑继续工作，片刻之后，电脑给出"资料为零"的回复。他的电脑识别级别太低，无法找出答案。

李烁想了想，拿下照片，将那块橡皮状的黑色金属放到扫描孔前。电脑扫描，一遍又一遍，循环反复，如此这番持续了两分多钟，终于给出一个孤零零的结果：启动秘钥。启动什么的秘钥？

窗外时空钟的颜色忽然闪动，似乎是在颤抖，青色光芒像迪斯科舞厅灯光那样旋转数秒后又稳住。

时空钟颤抖，这也是从未发生过的。一层细汗渗出李烁脑门，他抬手抹去，重新拿起一张照片扫描属性。金黄色的属性信息文字从照片表面凸现出来，像一只只飞舞起来的萤火虫，却排列了整齐的阵队。信息显示出照片的拍摄时间是前天，拍摄地点在航天纪念馆。李烁忽然想起母亲。母亲桑珠在纪念馆里也有一席十分不光彩的位置。电脑终于承受不住这样的大量运算，"嗡"的一声呼号后，屏幕变黑。

一辆救护车从楼下呼啸而过，紧跟着一辆救火车。李烁拉开靠门的储物柜，找出一个纸箱，一阵哗啦之后刨出一个破旧的定位仪。他打开试了试，还能用。他输入航天纪念馆的定位，把照片金属块塞进裤兜离开了家。

他穿上航飞器，穿越大半个毁坏的城市，赶到了另一头的航天纪念馆。这里也成了灾难之地。一辆途经纪念馆的空悬列车冲进了场馆侧门的停车场，如同打保龄球，连续撞翻数辆汽车，包括两辆公共穿梭巴士，引发数起爆炸，烈火熊熊燃烧，殃及场馆。

李烁避开火焰和黑烟，在场馆正门降落，硬着头皮走进大厅。大厅里早已没有参观者，天花板已启动自动灭火系统，清水喷洒而下。展品透明的纳米保护器开启，水花溅落在展品上方时形成伞状，避开展品滑落。墙上的照片、图片表面也有一层纳米保护膜，抵挡水沫或火。李烁根据定位仪指示继续往前穿过前厅，来到一条通往后面展厅的走廊上。

走廊细长，约五十米，可容四人并列行走，两侧墙壁呈浅灰色，表面有浮光闪烁，似有流水横着流过。李烁立刻明白这条走廊非同寻常。早在去年,各大媒体就大肆宣传航天纪念馆新修建的太空体验流。纪念馆收集人类进入太空重大行动的电脑记录,制作成了虚拟体验。也是因为桑珠的功劳,每次行动的宇航员都能将自己的那段记忆和感知完整地上载电脑,融合飞船电脑记录之后制作成体验流,让感受更加逼真。李烁不想成为被大家鄙视和羞辱的众矢之的,所以从未来过。现在,他就站在体验流前,定位仪也显示,照片就是在这里拍摄的。

走廊传感器感知到有人站在入口处,半透明的全息影像操作界面立刻出现,悬浮竖立在李烁面前。李烁脱下航飞器,放在旁边地板上。

这时候,从侧面通道里匆匆走出两个男子,都穿着纪念馆管理员制服。其中一个麻子脸对着李烁连连摆手,大声说:"快走快走!这里危险!"另一个长着奔头,瞟了一眼李烁,小声在麻子脸耳边说了几句话。远处传来东西断裂倒塌的闷响,他们俩同时又看了一眼李烁,快步离开了。李烁茫然地看着他们消失,心想也许他们急着逃命,顾不上管他了。

李烁重新审视全息视界面。界面非常简单,中间有个小小的长方形凹槽,闪烁着钥匙形状的红色图标。他狐疑地从裤兜里掏出那块黑色金属,放进凹槽,界面变换,有文字指示李烁可以取回钥匙了。李烁拿下金属块,界面出现选项,让李烁选择他要进入的体验时段。他略过人类登月建设中转站,略过第一架通往大气层外围的天梯启动,目光定在了"彼岸号飞船最后行程"上。这是母亲桑珠最后的旅程。一记猛锤砸在了他的心上。他忽然明白,静兰请他看展览,请他到她家,都是在找机会接近他。她对他一开始就另有目的,不是因为他对她作品的感悟,而是因为他是桑珠的儿子。他猛一闭眼,心里寒凉,睁眼后抬手点开旅程。

一个新的界面出现在李烁面前。这次是人物选择。母亲的立体头像在他面前转动。母亲桑珠当年是一个人航行,在这段体验流里就只有一个人物选择。在人物下有两万多点击量,不到一年,就已经有两万多人感同身受了母亲最后的行程。他们究竟是怀着怎样的心态来体验的,李烁不得而知,但有一点他很肯定,一定有人为了寻求刺激来体验,经历飞船最后坠毁的时刻。他伸手点击。

周围走廊消失,原是走廊墙壁的位置发出数道白光,聚拢在李烁头部,像给他戴了一顶头盔。时光重塑,李烁眼前的黑暗发出涣散白光,等他适应聚焦目光后,看到自己坐在驾驶舱中。飞船航行在静谧的太空里。他侧过头,看见母亲年轻的脸倒映在右边的舷窗上。刚好是日出,一抹橘红慢慢抹上母亲脸颊。他转回头,看见仪表盘上显示的行程目的地:博尔赫斯暗域。体验流开始了。

李烁伸手在空中一划,触动面前的全息操作界面,将行程快进,停止在母亲桑珠降落在博尔赫斯星上的那一段。母亲穿上宇航服,手里提着一个方形包,走出飞船彼岸号。他在母亲的眼睛里张望,看到周围有红色山体矗立在沙海之中,远处有数条细长的龙卷风卷起黄沙,旋卷而过。母亲根据右手腕显示器上的坐标指示往前走,他感到脚下的沙子细软松弛,体验到与地球完全不同的重力效应。母亲当时的反应和李烁现在一样,她看了一眼显示器上的重力表,博尔赫斯星引力只有地球引力的一半。李烁想跳一跳,感受像超人一样跳高的快感,但他的脚没有执行他的意志,而是继续往前走。

母亲继续走了大约一公里,李烁从头盔里看到她站在了一座火山口的边缘,火山口内部完全被细沙覆盖。李烁感觉到母亲看着沙海有几分迷惑。母亲抬起右手腕,显示器指示她到了。母亲坐下,喘气。李烁看见母亲打开了带来的包,里面有好多小型设备。最上面的一个小仪器,外表像是个小型遥控器。在遥控器下面,还有一个看起来像个收音机的东西。母亲将遥控器和收音机拿了出来。她从收音机上拉出一根天线后开始调台。

寂静。

寂静。

母亲转动天线,收音机出现浅浅噪音,有古老的自行车铃声,叫卖声。李烁奇怪极了。在博尔赫斯星的荒凉之地,怎么会有这样的声音?他感到母亲心跳加快,有一种兴奋和愉悦。李烁透过头盔看见自己拿起旁边的遥控器。遥控器有点像 VR(虚拟现实技术)游戏用的,但在中间又有数字和字母。母亲输入一些数字之后,李烁跟着她回头张望。停在身后远处的飞船打开一侧,飞出数千个白色小点,朝自己急速飞来。李烁好奇,感知到母亲此时的情绪更多的是兴奋,还有期待。

小点靠近,有一个正好停在母亲眼睛正前方,后面跟着三四个,像一个首领带着几个随从。李烁看清小点是一个个小小的圆形弹珠,直径约一厘米,表面光滑,反射着周围的红色景物。其他弹珠相继到达母亲面前。它们汇聚,排成行列和纵队,一个标准的正方体,如同被母亲检阅的士兵。他感到母亲嘴角微微一笑,继续操作键盘。

小点飞到火山口上空，散成平面列队，将火山口覆盖。每个弹珠表面裂开，伸出两对蜻蜓翅膀般的羽翼，羽翼在阳光下震动。数千个金属弹珠悬浮在火山口敞开的凹形空间之上，羽翼同时震动。火山口的细沙随之震动，以火山口中心为原点，细长的龙卷风拔地而起。李烁吓得想后退却动不了身，因为母亲纹丝不动。

　　弹珠冲进龙卷风。龙卷风开始分裂，一股分成两股，然后分成四股……在弹珠的指挥下，龙卷风源源不断挪移火山口。渐渐地，火山口上方的细沙被清理干净，露出一片圆形的黑色平台。李烁目测其直径超过一公里。弹珠继续清理，一个小时之后，露出一个巨大的长方体，边长至少三公里。最先露出的圆台只是立方体最上方的一个小平台。而此时，母亲身边收音机里的声音变得异常清晰。

　　母亲启动宇航服上的航飞器，缓缓升空后降落到长方体面前。远处一颗硕大的恒星，正值中年期，散发着耀眼光芒。长方体表面光滑，却没有反射，仿佛光线已遁形。母亲的目光带着李烁看清了长方体表面。李烁不由惊叹。长方体的表面似乎是活的。不管构成长方体的是什么物质，它们是一些比地球沙粒还要细小的三角形，每一个都在不停滚动，结构紧密，相互之间又有缝隙。

　　李烁看见母亲又从包里拿出一个外观像电动剃须刀的东西，打开后监测这些三角形。仪器发出绿光。母亲惊叹道："量子技术。"

　　母亲又从包里拿出库车小黑球。小球脱离母亲手掌，悬浮半空，发出低沉的嗡鸣。片刻之后，整个长方体开始颤动。母亲吓得启动航飞器，飞向半空。母亲身下的长方体开始变化，自上而下展开八层,四层朝左,四层朝右,像展开的翅膀,每层都有飞船舷窗。每一层都连接着中间的中心轴。圆台就在中心轴最上方。他听到母亲惊讶得不由得自言自语:"飞船。"

就在李烁好奇如何进入飞船时,体验流出现雪花,画面消失,感知全都失效。等体验流再次接通时,母亲已经回到了自己飞船里。李烁看了一眼时间,是在母亲完成任务离开博尔赫斯星的返程途中。她兴奋地说:"彼岸,请你打开电邮。"

"好的,桑珠。"李烁听到了一个成年男子的声音。

彼岸?那是飞船的名字。看来母亲是在和飞船的主控电脑说话。

只听见彼岸说:"你看起来心情不错。"

"是啊,"母亲愉悦地回答,"我巴不得返程的这一年快点,离开那么久,我真想抱抱烁烁。"

"到时候,我也将写完我关于宇宙真相的研究论文了。"

"我看了你给我的推送,虽然只是理论推断却非常精彩,我会帮你投稿《科学》杂志的。"母亲说。

"哇!"彼岸既兴奋又高兴,"那可是全球最顶端的杂志哦。他们会发表电脑写的东西吗?"

"当然会。你不只是电脑,你还是独立的意识,高级量子意识。"

"这我知道。我可以运用已知信息做出逻辑推断。"

"还可以做出非逻辑推断。初等量子意识只能在推演算法的限制内做出逻辑推断,而你,高等量子意识,思维不只是逻辑算法,你还会怀疑,还会从怀疑里导出猜测。"

"这可是你的功劳啊。你研究出了量子力学在思维中的工作方式,弄清楚了神经元离子通道里的量子纠缠,让我有了自主思维。"

"你放心,自主思维的成果肯定会被发表的。"

"署名用你的名字还是用我的?"彼岸问。

"当然是你的。不过,你的论文里有很多地方超出了我的理解。因为我无法理解,也就说不出反对或者赞同。"

"这很正常。科学不就是从不理解到理解的过程吗?普通点的例子比如地球是方的,深一些的比如量子纠缠,都是从不理解开始的。告诉我是哪些地方,迷惑才是诞生新思想最好的营养。"

"你眼中的宇宙。我听说过各式各样的宇宙观点,弦,膜,多维,可你的宇宙,我从未想过。"

"你不觉得有道理吗?"

"在你看来,宇宙不只是物质的,还是一个'去理解'的过程。"

"桑珠,以我们现在的科技水平,我们知道量子是不可以再分的能量团,但是你有没有想过,如果有一天我们发现这些能量团还可以被再分呢?也许某一天,我们不但能拆分量子团,还发现了其他的分解方式,我们不再以分子原子量子来看宇宙,而是用全然不同的方式来看,宇宙是不是就有了新的模样了呢?"彼岸说到这里,操作台上的灯闪了几下。桑珠知道那是彼岸思维兴奋时喜欢的动作。它在思考,在与自我辩论。这一点和人类一样。

桑珠默默点头,"改变观察方式,被观察的目标也改变了。"

"对啊,但问题是,你如何确定哪一种是观察的终极方式呢?哪一种才是最贴近真相的呢?"

"所以,你觉得宇宙本身就是一个不断'去理解'的过程。彼岸，你会活得比我长，总有一天，你会看到宇宙的真面目的。"

"桑珠，我知道你也很想看到。只要你将你的意识上传保存好，我会把看到的真相传给你。"

"一言为定？"

"一言为定。电邮已打开，"彼岸说，声音里有笑意，"一共两封信。一封来自你的上司，一封来自你母亲。你肯定是先处理公务，把好的留在最后。"

"还是你最了解我。"

"扑"彼岸不禁笑出声来，"我具备你的一部分人格，怎能不了解你。上司电邮已经打开。"

李烁看见母亲的上司是个四十多岁的中年男子，他询问了母亲的状况和工作进展。母亲录制视频回复说她在飞船中找到了对方的信息盘，她会利用返程的六个月时间尽量解码，翻译出它们的语言。母亲还说，她暂时还不清楚船员最后遇上了什么事，但根据飞船里的混乱场景来看，当时船员十分恐慌。她已经对飞船内部摄制了全息影像，一并带回地球研究。母亲录制完后点击送出，然后打开私人邮箱。体验流暂停，出现付费提示。李烁心中暗暗苦笑，母亲的隐私是消费品，大众要看就需要付更多的钱。

他输入个人数字货币代码，付费后体验流继续。

屏幕上出现了外婆和他。他三岁多，坐在外婆腿上。外婆笑着，举着他的小手说："桑珠，烁烁可想你了。来，喊妈妈。"

李烁看见幼小的自己迷惑地看着前方的摄像头，稚嫩的声音小小地叫了声"妈妈"。他感到母亲的心忽然变得柔软，满载的爱意都融化了。他还感到在那一刻，母亲愿意把世界上的一切，把自己所有的爱都给他。

体验流忽然再次中断,再次出现付费提示。这次续费要价相当高昂,旁边有注解:母狗丧生的最后时刻。

"母狗"是后来添加上去的。原文是"桑珠丧生的最后时刻"。有黑客进入体验流的程序,故意将"桑珠"两个字用红色横线画去,在它们上面也用红色添加了"母狗"二字。面对如此恶意,纪念馆的馆员不会不知道,却无动于衷,任其行之。也许,他们的怨恨也通过这两个字的修改获得了释放。

愤怒涌上李烁心头,他无法面对母亲最后的时光。母亲的死亡经历也成了商品消费,他如何忍心付费消遣?

李烁的手指停在了"终止"键前方,打算放弃。就在他即将按下的时候,他改变念头,鼓起勇气选择了继续观看。

他付费,提示界面出现两个选择,第一个:最后的私密时刻。第二个:终极体验。

李烁按下第一个。

李烁看见母亲正对摄像头说:"彼岸?"

"我在。"

"我们还能坚持多久?"

"最多三个小时。"

李烁看见母亲在操作界面插口上插入了一个存储盘,视频上立刻出现照片——脑部照片。李烁明白静兰的照片就是体验到这个阶段拍摄的。

李烁听见母亲说:"彼岸,这是我的孩子,你知道我的想法。"

"我知道。"

视频闪烁，中断，雪花，但是体验流里母亲的感知还在，李烁感到母亲恐惧、不安、不忍、思念……数种感受同时涌出。就在李烁不知所措时，感知全部消失，体验结束。

李烁按下第二个选择：终极体验。

这一次的体验倒来得迅速凶猛。他感觉自己正坐在椅子上急速下坠，身体因为飞船受到阻力而颤抖，他体验到母亲心跳快速，全身肌肉紧缩，恐惧更多也更黑暗。

因为飞船正在坠落，视频并不流畅，李烁听到母亲惊恐地说："飞船无法改变航向，只能降落在纽约上空。我已将彼岸所有信息完全上传。妈妈，还记得我前天给你发的电邮吗？一定让烁烁去。一定啊。我不能再说了，它们来了。"紧跟着，李烁感觉母亲的心就要跳出胸腔，血压极高，恐惧布满全身……他感到灼热，身体在高温下燃烧，痛苦升到极致时，似乎再也不会有任何感受，李烁全身的感知进入空白点，一切虚无，难道这就是死亡？两秒的空当后，灯光亮起，体验流结束。李烁双手蒙住脸，早已泪流满面，好一会儿才找回呼吸。

等他放下手睁开眼睛，适应周围光线后，他看见刚才那两个身穿纪念馆工作服的男子在对着他窃笑。麻子脸手里还拿着摄像机。他们已经录下了他观看体验母亲最后旅程的全过程。

旁边的大奔头故意问麻子脸："你打开感知录制功能没有？"分明想以此更加刺激李烁。

麻子脸说："那当然，我怎么能错过。弄个母子双重体验。"

"弄到黑市上，你就可以换辆新车了。"

"你也可以泡到妞了。"

两人说完相互击掌哈哈大笑。

李烁愤怒地冲过去，对着麻子脸出手狠猛一拳，对方跌倒的同时，大奔头朝李烁挥来一记猛拳，直接打在李烁鼻梁上。李烁往后倒下，听到鼻梁断裂，看到从侧面通道里又冲出两个穿馆员制服的人影。四人都威猛高大。他们围住他，拳脚雨点般落在他的头上身上。他无还击之力，只好抱住了头。四个人发泄完之后，大奔头对着他的裆部猛踢一脚，一口唾沫吐在他护着头部的手上，随后跟来一句话："杂种，我让你断子绝孙。"

他说完，和另外一个拖起李烁，扔到展馆之外，并将他的航飞器砸到他身上。

李烁在地上躺了好一会儿才找回知觉。他爬起来，吐掉嘴里的血。他感觉不到挨揍的疼痛，感受到的是母亲死亡之前的恐惧与痛苦。母亲在飞船出事前三小时留给彼岸的是自己的大脑信息。她要做什么？他想起母亲最后的话，她还给外婆发送了电邮。邮件里究竟说了什么？她要我去哪里？母亲最后说"它们来了"，难道她是指时空钟来了？

六

李烁穿上航飞器飞回公寓。路途中时空钟忽然由青变黄。时空钟颜色倒退，这也是从未发生过的。时空钟的异常变化预示着更大的灾难即将到来。他看到人们惊恐奔跑，带着家人逃离。可是，整个地球都被时空钟掌控，他们又能逃到哪里？

李烁进屋，找出一个小塑料箱，里面是外婆遗物。一通翻找后，他找到了一个存储器。他将存储器插进电脑，电脑没有反应。

他想起来电脑刚才因为过度使用好像是死机了。一通猛拍之后，电脑起死回生，终于启动。他找出母亲最后给外婆的电邮。他早就知道外婆一直存着这封电邮，但从不愿意观看。现在，他打开。

母亲的头像出现在视频上，满头大汗，表情紧张："妈妈，我使用了私人路径，单独给你发送了这段电邮。我已经将彼岸附在这份电邮的附件上。你收到后，立刻将附件下载到互联网上，彼岸将会完成我要他做的一切。彼岸也会为我申请一个永恒墓园森林小屋，但不好意思，妈妈，彼岸没有钱，需要你去付费。小屋的事，请你一定保密，只能告诉烁烁一个人，让他长大后去看小屋。"视频中母亲泪流满面，"妈妈，烁烁，抱歉我不能一直陪在你们身边。抱歉……"母亲声音哽咽，泣不成声，在她身后的船舱里忽然想起报警声，红灯闪烁扫过一切。李烁电脑屏幕上显示的最后一个镜头是母亲急急发送了电邮并且关掉了她的电脑连接。

李烁看着屏幕上苍白闪烁的雪花，眼泪流过脸颊被打破的地方，感受到的刺痛却来自别处。他沉思片刻后，咬咬牙穿上航飞器再次出门，飞向永恒墓园。母亲桑珠和外婆都葬在这里。母亲去世后，外婆独自将他抚养成人。外婆临终前，把墓园森林小屋壹拾贰号的钥匙交给了他。他明白外婆的意思，是要他找机会去小屋。但他一直不愿。他现在才知道，这也是母亲的遗愿。

他曾经在收拾外婆遗物时，找到过他和外婆的很多合影，也有外婆和母亲的合影。他和母亲的，只有一张。照片里有个非常陌生的女人，身穿类似科学实验用的白大褂，坐在草地上，没有笑容，皱着眉头看着远处，她身边坐着一个一岁左右大的小男孩，玩着自己的脚趾头。小男孩就是他。

外婆说的最后一句话是"你一定要去森林小屋"。他一直记得这句话，但每次决定要去，却又找出各种理由推托。他不知道为什么需要去了解那个叫桑珠的女人。他觉得外婆待他，比母亲更像母亲。小屋租金昂贵，他收入微薄，无法为外婆租间小屋。他更希望外婆为她自己租了小屋，而不是为母亲。

永恒墓园建在斜斜的山坡上。山体宏大延绵不绝，看不到尽头的山也是看不到尽头的死亡。苍白的晶体墓碑反射着太阳光芒，跟着太阳慢慢旋转。当夜幕降临，墓碑便停止转动。这个设计暗示世上两种状态，生命和死亡。活着就要不断向前运动，像阳光下的向日葵；死了成为永恒，转化成生命的本真。设计者当时不知道会有时空钟，墓碑现在反射的阳光里掺进了钟变动的颜色。于是，当墓碑集体转动时，纯粹的反光里就有了杂质，让前来悼唁祭奠的人觉得生命和死亡都很荒诞。李烁飞翔在半空，遥望满山坡的墓碑，一个生者凝视所有死亡。时空钟高悬于他头顶，姜黄的光芒浸染墓地和群山，困陷的城市在他身后浓烟滚滚。

他飞过墓碑来到后山坡，松树林在风里发出波涛般声响。树冠中依稀可见一间间架在树上的小木屋。那不是鸟的巢穴，也不是小孩子野玩的树屋，那是活人与死人对话的地方。李烁飞到入口处去看路标。路标像酒店正对电梯里的指示标牌，标好了房号。李烁找到通向壹拾贰号的小径，顺着小径弯曲的弧度，向前飞，找到了母亲的树。

母亲桑珠的树十分高大，枝叶茂盛，松针一团团云朵一样遮蔽小屋，靠着树干安装了一架铁梯。李烁降落一半高度，正对母亲小屋的门，门上有一架铁锁。他本可以直接降落在小屋前的木台上,但他犹豫了一下,降落在地。他脱下航飞器,庄严地爬上铁梯。虽然他不了解母亲,一直生活在母亲遗留的阴影中,但他觉得从铁梯而上,是生者对死者起码的尊重。爬到木台上后,李烁掏出钥匙,打开了树屋的门。

每个家庭都可以根据自己的意愿或者逝者的遗愿装饰树屋。尽管人们想法各异,但每间树屋里都有一件共同之物——亡者遗像。推开门,李烁并没有看到母亲的照片。逼仄的树屋里有一把椅子背对着门摆放。椅子对面竖立着一个一米五左右高的黑色铁架。铁架上搁着一个长方形的小盒子,盒子表面有密码锁,上面有数字和字母按键。

李烁关上门,坐到椅子上,拿起盒子。外婆说过密码是他的生日,然后再在末尾加小写字母"a"。他输入,盒子启动,从盖子边缘发出刺眼亮光,并带有一声"噼啪",像一粒伏眠的种子睁开了眼睛。

他打开盒子。

光暗淡下来,变得柔和。盒子里面垫有黑色绒布内衬,低端放着两个黄色的、类似耳塞的东西。他拿起来捏了捏,有点像塑料,却又柔软可塑。盒子上没有张贴使用说明。李烁将一只塞进左耳。没有什么感觉。他又拿起另一只,塞进右耳,试探着寻找感觉。忽然,他感到耳塞扩张,如融化的蜂蜡将他的耳孔密闭,一阵电流从耳朵开始灌满全身,并不强烈但足以让他感到酥麻刺痛。两个耳塞发出白色光芒,光芒有如流水又如飞云,呈头盔状包住他的头,就像在航天纪念馆里体验流提供的那样。李烁看着前方,视线里的景物随之改变。

铁架上盒子迅速缩小成一个黑点,周围有朦胧白光,仿佛缩小的日食景观。黑点一鼓一颤,跳动出心脏节奏。他被动感蛊惑,伸出右手食指触及黑点。黑点表面湿冷光滑像液体。李烁的指甲刚被黑液覆盖,眼前便出现了数条白线。他感觉自己在时光里后退,那些白光是倒退的时间。猛地,他被甩在一片沙滩上。

他趴在潮湿的沙滩上抬头,看见一侧是大海,另一侧是陡峭悬崖。景物令他如此熟悉,原来这里是静兰曾经布置摄影展的那片海滩。远处,有个穿白色连衣裙的人影正向他缓缓走来。

七

鬼域里的风声停了。收音机里重又出现电流的声音。

"刚才的琴弦是什么?"张亮紧张地问。

"哦,那是他找到她了,或者是她找到了他。"

"谁找到了谁?"

"你还想听我的故事吗?"旅行者问。

"哦,当然想听。"因为有故事可听,张亮马上忘了琴弦的事。他补充了一句"等等",说着从背包里拿出一条小毯子铺在地面。他躺上去,毯子自动卷起,将他包裹起来。看起来他要把旅行者的故事当作睡前故事来听了。他喜欢听睡前故事,可是他的妈妈一直忙于管理客栈,很少有机会给他讲。

"对了,"张亮仰起头,"我包里还有一条毛毯,为你准备的。"

"谢了。"旅行者心想这孩子还真善良,"你准备好了吗?我可要开始说了。"

"说吧。"张亮很满足地将双手枕在脑后,"这个桑珠是谁?"

"桑珠是一名研究人类意识的科学家……"旅行者开始了他

的故事。

八

　　沙滩上，李烁趴着，看到人影向他走近，弯腰，向他伸出右手。人影全身散发白光，微微透明，他几乎可以穿过人影的身体看到她身后的延展的大海和海岸线。人影微笑，五官是母亲。

　　"你终于来了。"人影发出柔和女音。"对，我就是桑珠，你的母亲。"人影接着又说，仿佛听见了李烁心里的疑问。

　　李烁半信半疑伸出右手，握住母亲桑珠的手。母亲手轻轻一拉，将他从沙滩上拉起。母亲爱怜地为他拍下衣服上透明闪烁的沙粒。李烁转身查看四周，周围景物和他记忆中的举办展览的海滩一模一样，只是每件东西都在微微流动，都有些半透明，沙滩、山、海、母亲还有他自己都是如此。

　　"彼岸为你安排的小屋？"李烁问。

　　母亲点头。

　　李烁抬头看了看天。天空和云也是半透明和流动的。他再仔细一看，构成这所有的物质都是小小的多边形。多边形转动，连接紧密彼此之间又有空隙。

　　"你还让他做了什么？"李烁追问。

　　"你都长这么高了。"母亲伸出手摸了摸李烁的脸颊，目光慈祥。母亲轻轻抚摸李烁脸上的伤，"你被打了，因为我？"

　　李烁侧过头，避开了母亲的手。

　　"这里没有时空钟。"李烁说。

　　"这是意识之地。你现在才来见我，你对我就这么不感兴趣？"

"你并不是我的母亲，你只是她的意识克隆。"

"我不只是克隆，我还有她的思维模式，她的复体和延伸。"

李烁没有回答，他低头，从裤兜里取出照片，递给母亲，问道："这是我的大脑信息吗？"

与此同时，树屋里的李烁坐在椅子上，闭着眼睛，头部被头盔的流光笼罩，双手做着往前递东西的动作。铁架上发出橙色光线，从头到脚不断扫描李烁全身。

"你知道你的身体此时正在被扫描吗？"母亲问。

"你指我在树屋里的身体？"

"对。此时此刻，你的举动，你大脑中的一切思维都在被扫描上传。树屋是一台量子计算机，通过扫描捕捉你脑部的神经元活动，获取你的意识，然后再将你的意识传输到我的意识库，因此我们能够相见能够对话。"

"意识是你的研究，可惜，最后还得外婆凑钱为你租用了这间树屋。"

"你更愿意这里面是外婆？"母亲伤心地说。

"即便我接受你，把你当作我母亲，我也不算真正认识你，对不对？"李烁终于说出了憋了很久的话。

两行泪从母亲眼中流下，晶莹剔透，闪烁着钻石般光泽。

"时空钟失控了。"李烁说，"我找到了这些照片。"

母亲微微点头："我知道。"

"你知道？"

"是我安排了这一切。"

李烁惊讶地看着母亲。

母亲抬头看了看天空,似乎能够看到树屋之外的世界。她转过身,顺着海滩向前走。李烁跟上。他们身后的沙滩上没有脚印。

"请你告诉我为什么是我的脑部照片?我时间不多。"

"因为你要抓紧时间找到静兰,"母亲说,"因为你爱她。"

李烁非常吃惊,"你怎么知道我爱静兰?"

"抱歉,我探入了你的意识深处。"母亲说。

"你可不可以让我留点隐私?"李烁冷冷反击。他觉得如果母亲一直存在于他的生活,这应该是属于他青春期的叛逆对话。

母亲侧头看了一眼李烁,似乎又一次听到了他的想法,"我错过了你的很多时光。"

"你错过了很多。听着,我真没多少时间了。"李烁强调。

"嗯。"母亲低低应了一声,忽又问,"你知道你还有个弟弟吗?"

"什么?"李烁惊讶。

"你是在产婴器上出生的。"

"我知道。我的出生证明上有写,我不是来自子宫,也不是来自代孕女,而是来自产婴器。你挑选了强壮的精子,利用你自己的卵子,利用产婴器受孕怀孕,做出了我。你那么忙,连生我的时间都没有。"

"我当时很忙,真的很抱歉。"

"你不必抱歉。"李烁冷笑,"这个弟弟在哪里?他是不是和我一样被人鄙视讥笑,享受着世间无尽的残酷和冷漠?"

"他和你有些不同。"

"怎么不同?"

"他既是你但又不是。"

"你什么意思？"

"你的弟弟是我根据你的大脑结构，用你的固有意识制造的。"

"什么？"李烁惊讶地站住脚步。

母亲也站住，"我选择树屋，是因为在这里，树屋这台巨大量子计算机能提供我需要的一切，让我可以继续工作。彼岸把我的意识和你的大脑结构传至树屋，让我能够制作你的弟弟。你是我制作的肉身孩子，你的弟弟是我制作的意识孩子。现在，是我告诉你秘密的时候了，时空钟也是我制造的。"

"为什么？"李烁想起时空钟的疯狂断裂，毁坏的城市，消失的静兰还有无数死去的生命，"你为什么要这么做？杀死整个纽约城的人还不够吗？"

"你知道我最后前往博尔赫斯星的任务是什么吗？"

"嗯。"李烁回答，想起刚才的体验流。

母亲也探测到了李烁关于体验流的记忆，两眼泪花，"对不起，孩子，让你经历了我的死亡。"

母亲顿了顿继续说："我不但找到了外星飞船，还带来了不祥之物。"

"什么不祥之物？"

"我在返程途中，翻译出了飞船生物的语言，破解了他们的信息存储，上面有完整的船员日志。飞船上所有成员都死于意识体。"

"什么意识体？"

"一种游荡宇宙的古老物种，结构和我们的意识相似，它们以其他生物的意识为食。飞船上的外星生物叫它们'意识体'。"

"飞船上的外星人长什么样？意识体长什么样？"

"我进入飞船后，并没有看到任何外星人的尸体。但是飞船地面上有一层厚厚的黑色粉末，里面有很小的昆虫羽翅，带触角的头，身体碎片。我将它们拼凑起来，看起来就像我们地球上的飞蚂蚁。这样的昆虫尸体遍布整个飞船。"

"难道飞船上的人是被这些昆虫攻击死亡？它们就是意识体？"

"完全不是这样。"母亲摇头，"它们就是飞船中的外星生物。它们共享一个意识母体。我在库车找到的黑球来自母体意识的一部分。对于以侵食意识为生的意识体来说，这个母体是最佳的食物来源。黑球是在飞船上的母体被攻击时逃离到地球的。"

"黑球埋在壁画后，看来这场劫难发生在千年之前。"

母亲点头，"为了研究，我带回了数据盘和一部分外星生物的残骸，但我不知道意识体就潜伏在数据盘和残骸中，在找到下一个活的意识寄生生物之前，它们处于休眠状态。是我的接触激活了它们。它们潜进我的意识。它们的形态不是我们能理解的，它们不但可以直接进入人体大脑侵蚀意识，还可以通过互联网，以网络为渠道吸食那里的意识。我的意识是和飞船电脑连接的，它们通过我传输返回地球的信息，进入了我们的互联网。进入网络后，意识体分裂复制，成指数倍增长，有的继续留在互联网，有的反向进入人类大脑，蚕食意识。"

"那些疯了的人，还有早死和自杀的人，都是因为意识体的侵入和蚕食？"

"是的。"

"是你发明了意识上传技术，脑机结合，你是一切的始作俑者！"

"当我知道这一切的时候，已经晚了。我赶在意识体控制我之前，将我的意识做了屏蔽保护，备份后交给彼岸，输入进了这间小屋。我想把飞船坠毁在大海，但那时候意识体已经冲破了我的保护，蚕食我，我神志不清，无法完成操作，坠毁在了纽约。"

"那时空钟呢？它们是跟着你出现的！你刚才说是你制造了时空钟！"

"我在外星飞船的日志里发现，为了抵御意识体，他们创建了自己的防御。这些外表形似飞蚂蚁的高等生物，比我们更加了解宇宙。为了阻碍意识体的蚕食，他们设计了时空钟。时空钟发出的光芒可以形成光点刺激，暂时抵御意识体。如果没有时空钟的保护，人类早已不复存在。"

短暂沉默后，母亲继续说："不过，时空钟也需要补充能量，就像电池耗完需要充电一样。当我找到飞船的时候，它们的时空钟已经耗尽了能量。我在日志里找到了制作时空钟的程序和方法。"

"于是你制造了时空钟。"李烁这时候明白，为什么时空钟会和母亲的飞船同时出现。

"是我和彼岸一起制造了时空钟。这一次，我们修正了时空钟的能量补充程序，让时空钟能够自动补充。当时空钟的能量耗尽的时候，它就完成了一次循环，自动补充能量。"

"彩虹般的颜色从红色达到紫色，最后成为黑色，这就是一次循环？"李烁问。看到母亲点头后他又追问："为什么我们会在那之后失去意识？为什么世界好像暂停了一般而植物还在生长？为什么现在一片混乱？"

"时空钟是谁取的名字？"母亲问。

李烁摇头,"不知道。没有人追查过。因为时空钟出现时,人和动物都停滞了,但植物们又在继续生长,世界仿佛去了另一个空间后又返回,所以大家给它们取名时空钟。我猜大概是这样。"

"这个名字非常贴切。"

"为什么?"

"时空钟补充能量时,它将人和动物带入了另一个维度,但除了植物。在那个维度,一切都是静止。"

"为什么除了植物?"

"或许植物是一种他们不能理解的生命。"

"或许不理解植物的是我们,或许他们比我们对植物知道更多。说不定,植物具备不同的意识系统。"

"这个,我倒是从未想过。我要是还有机会,也许可以在这方面做些研究。可惜……"母亲似乎有些遗憾。

李烁问:"为什么时空钟的循环没有固定的时间长度?"

"它们本来的设定是有的,但意识体一直在攻击时空钟,为了抵御意识体,时空钟有时候会急速消耗能量。"

李烁问:"你说的最后一句话'它们来了'是指什么?是指时空钟吗?"

"我是指'意识体'。当我发现意识体已经找到侵入时空钟的路径时,我想接近你,但我无法进入你的意识。你恨我,所以你从不把自己的意识接入互联网。我在静兰上传的意识里看到你和她在联系,就想到也许可以利用她来接近你。"

李烁愤怒地看着母亲,等着她的下文。

母亲说:"于是,我进入了静兰的网络意识。我篡改了她的意识,反向引导她去体验了我在纪念馆里的最后旅程,拍摄了照片,邀请你到她家。你不愿见我,所以我只能通过静兰来和你见面。"

"你为什么非要联系我?"

"因为意识体已经开始大规模入侵时空钟。时空钟的防御系统即将崩溃。我们时间不多了。我需要你的意识来摧毁意识体。"

"为什么非是我的意识?"李烁再问。

"烁烁,当你出生的时候,你并不只是一个从产渠上下来的婴儿。"

"我还是什么?"

"我在设计你的时候,重新编辑了你的基因,当你在产婴器上成形时,我在你的身体里加入了纳米机器人。你是我设计的一台人机结合量子计算机。你超越了传统计算机每个比特0或者1的电子逻辑,你可以进行并行运算,同时处理0和1两个逻辑,一次性进行所有可能的运算,又因为你本身是生物体,你结合了量子生物学需要的所有优势,加上纳米机器人的机械延展优势,你就是这个世界最棒的超级量子计算机。整个世界,也只有你能对付意识体。"

"什么?!"李烁吓得后退一步,"你,你为什么要这样做?"

"烁烁,"母亲说,"我只想让你变得更好,让全人类变得更好。"

"变好?这是你满足自己实验的谎言。你只想完成自己的研究。所有的人,包括这个世界,从物质到意识都是你的试验品。你知道大家是怎么说你的吗?女巫、刽子手、冷血动物!"

"我不是你们想的这样。"母亲伤心地说,"我从没有想过伤害任何人。"

"没有吗？那些死于核爆的人算什么？疯了的人算什么？自杀的人算什么？静兰算什么？"

母亲沉默了，眼神在躲避。

看到母亲躲闪的目光，李烁忽然意识到母亲还知道更多。他追问："你知道静兰在哪里，对不对？"

"这……"

"你把她怎么样了？告诉我！"李烁怒吼。

"意识体一直在寻找我，想毁掉我。由于我主动接近静兰，导致意识体发现了我在她意识里的踪迹。她也是意识体的受害者。在时空钟变黑时，她在意识体的操纵下失去自我控制，跳下了阳台。"

"啊！"李烁低呼，悲痛欲绝。离开静兰家的那天，他穿了航飞器飞得很高，又急于逃离，所以根本没有注意去看地面。静兰就死在他脚下。

"时空钟坚持不了多长时间了，你必须赶在时空钟完全崩溃前与你弟弟会合。"

"为什么？"

"这是我最后的计划。这些年，我一直在研究击败意识体的办法。就在几天前，当意识体找到大面积侵入时空钟的路径时，它们也暴露了自己的弱点，让我找到了最后的办法。我针对意识体的弱点设计了新的人工意识，它就像对付病毒的疫苗，可以摧毁意识体。只有你和你弟弟，才能将这个疫苗送入意识体。你是计算机，你弟弟是启动程序和意识操纵系统软件。你只有找到你弟弟，才能被启动才能运转。"

李烁惊恐地看着母亲，感觉很累，想放弃逃避。他心中暗问，为这个冷酷的世界去做这一切值得吗？

母亲说："我没有测试过这个疫苗，也无法实验。我只能从理论上假定疫苗会有用。烁烁，我们只有一次机会。现在，我把疫苗给你。"

母亲说着，展开双臂要来拥抱李烁。李烁本能地往后一退。母亲向他靠近。海面反射的光亮照耀在母亲瓷一般的脸上，融进她的肌肤合为一体柔和亲切。

"闭上眼睛。"母亲说。

李烁犹豫着，但最终还是听从了母亲的话。母亲将自己的意识向他完全敞开：他体会到母亲为了了解人脑与宇宙的渴望，在生活的方方面面严谨克制；他看到露珠晶莹的表面像圆滑的镜子，反射出爬在草丛里的孩童微笑，他自己的微笑；他感受到母亲对死于飞船核爆遇难者的伤痛、自责与内疚……这虽然是母亲的意识复制，却让他看见了母亲真实的内心。李烁没有再退，任由母亲将自己抱住。他记起小时候得到的母亲怀抱。它们那么遥远，存在于他的记忆能长久存留之前。他感到久违的温暖。他比母亲高出许多，就弯下腰，将头枕在母亲肩上。他听到静兰的声音："世界是可以被改变的。"声音来自母亲。

当李烁完全放松接纳母亲意识的时候，母亲也体验到了他此时的感受，那是他对她曾经的怨恨。现在，怨恨正在一点点化解。忽然，在这一层怨恨之下，母亲还感受到了更多，那是李烁对世界不公的恨，那是在多年的屈辱和痛苦下慢慢积攒成形的，如老藤长蔓，绞缠盘踞在李烁的内心深处。

"抱歉，孩子。"母亲说着，继续探测到在李烁的怨恨外还有别的东西隐藏得更深。这东西躲闪着，就连李烁自己也理不清楚，母亲就更没有办法看清。她只能感到它们负面而黑暗，似乎带着血腥的欲望。

"烁烁，你还在想什么？"母亲问。

李烁睁开眼睛，迷惘地看着母亲摇了摇头后说道："世界是可以被改变的。"

母亲点点头。李烁立刻感到母亲开始将疫苗信息转给他。原来桑珠对抗意识体的疫苗是用她自己的意识作为养基培植的。几秒钟后，他全身刺痛难耐，惊讶地看见母亲半透明的身体更加稀薄虚幻，密度改变，分解成很小的微粒，围绕包裹他旋转，然后进入他的肌肤。他痛得松开了手，仰面长啸，似乎可以用吼叫来缓解疼痛。母亲这时已经完全消失，一股看不见的力量将他吸入黑暗的虚空之中。

九

帐篷里，张亮翻了个身坐起来，"你说这个桑珠最后躲进了树屋，制造了一个意识孩子？"

"对啊，是这样。"

"她要这个孩子做什么？陪她玩吗？"

旅行者笑了，"她从来没有和这个孩子在一起过。"

"又不能在一起，那为什么要造他？"

"因为这个孩子非常重要。她一直把孩子藏得极好，等她肉身的孩子李烁找到她，她会启动彼岸，让他去找这个意识的孩子。她要让两个孩子联合起来，消灭意识体。"

张亮表情凝固,意识到了什么,"难道你就是彼岸?而我就是……"

旅行者点头,"桑珠是在塔克小镇找到黑球。一切由此缘起,于是她按照小镇模板,制造了你生活的世界。你觉得你度过了十二年,但实际上,如果用真正的地球时间计算,你也只度过了五分钟。"旅行者从行李包里拿出张亮昨晚偷看到的相框,递给他,说道:"照片里的人就是桑珠,你真正意义上的母亲。"

张亮接过相框,看到里面的女人年轻而陌生的脸,和自己客栈里的母亲一点也不像。他无法接受,甩开相框站起来,捏着自己的手脚,拍打脑袋,跳起又落下。手脚被捏得生痛,脑袋里听到了拍到的闷响,双脚感受到地面的坚硬,一切感觉都是那么真实,怎么可能只来自意识?

"我不相信!你撒谎!如果我只是一个意识,我在客栈的父母是谁?我哪里来的童年记忆?我怎么会有吃喝拉撒?我凭什么带着这么多东西?"张亮说着,一脚踹翻他放在一边的旅行包,"我不相信!我不相信!"

旅行者看着就要失控的张亮,轻叹一口气说:"在塔克,也有个叫张亮的小孩,他的父母将他的意识上传到了网络。桑珠在塔克的时候就很喜欢这个孩子,就利用了你哥哥的大脑模板和塔克张亮十二岁之前的记忆制造了你。真正的张亮现在已经三十多岁了。"

旅行者站起来,按住张亮肩膀,"跟我来,我证明给你看。"

张亮忽然感觉双脚离地,飞了起来。旅行者牵着他的手,身影穿越帐篷,飞翔在夜幕之下。没有风,他们头顶繁星闪烁。旅行者带着张亮升向更高空。张亮看到整片鬼域地貌像小小的地理模型铺展在他们下方。等飞得再高一些,他看到熟悉的塔克小镇也进入了视野。再高一些,旅行者带着他穿越了大气层,进入太空。美丽的银河如缎带缠绕他们。他们飞得更远,飞出银河,飞向更远星系,自由徜徉。

张亮看着身边流动的星云问:"我们能飞多远?"

"桑珠把人类所知的宇宙也都放进了背景。"旅行者答道。

"也就是说人类知道多少,我们就能飞多远?"

"是的。"

"宇宙什么样?"

"你自己看。"

张亮正想着怎么看,繁星像白光从他们身后射去,猛然,他和旅行者站在了一片无尽的黑之中。

黑暗里,张亮听到旅行者说:"我们都想知道宇宙的真实模样。"

"然而因为我们并不知道宇宙真实的模样,所以这里才一片黑暗。她为什么不自己来唤醒我?"张亮问。

"意识体一直在寻找她,她怕意识体找到你。"

"为什么?"

"因为你的哥哥是意识量子计算机,你可以启动他让他工作。"

"李烁?"

"对,是他。"

张亮努力去看旅行者的眼睛。他觉得旅行者在撒谎,只要他用力,就能将其层层剥开,看到隐藏最深的内核。在那个核里,他是生活在塔克镇的小孩,那些干涸的河滩,连绵无际寸草不生的黑色山体,荒凉的沙漠,枯燥的小镇和天天争吵的父母才是他的世界。

"张亮，你不是一直盼望着冒险吗？这次将会是你一生中最大的冒险。"旅行者说完，带着张亮急速下降。

他们回到鬼域上空，横穿几朵石蘑菇之后，张亮不再由旅行者引导，相反，他拉住旅行者的手，向着身边的一座矮丘飞去。他想象着各种即将发生的可能：他们会从矮丘顶端飞过，或者会一个急停，停在矮丘山脚，像他以前驾驶单悬经常做的那样；或者，如果他如旅行者所说，他只是一个意识的产物，他们会直接穿越矮丘。

矮丘越来越近。在接触的最后一秒，张亮在同一时间看到了上述所有可能，甚至更多。无数的张亮，无数的旅行者还有无数的矮丘，绕道避开、撞击、飞越、停住，甚至合为一体。数十个念头同时出现，同时完成。张亮惊讶惶惑，难道这就是旅行者刚才所说的"色"与"空"，真相与表象？量子力学里观察者的不确定性？一个"因"造就的不同分支的"果"？同时看见所有的"果"和分支？我能同时做到这些，就因为我是意识？

张亮问旅行者："如果我是意识，意识能算是灵魂吗？我能思考，有情感，我算是有生命吗？生命是什么？我算是什么？"无数的问题在他脑海里打转。

"你是桑珠的孩子。"旅行者说着，带着张亮返回到帐篷前。

"那我会死吗？"张亮站稳后问出最后一个问题。

十

李烁先在黑暗里跌落，然后感觉身下有股力量稳稳地托住了他。他感到自己的形体迅速成形,首先是双脚落地,软软的,脚部随即感到了地心引力。其次是听觉,他听见自己的呼吸;仿佛被局限在一个密闭空间里。接下来是视觉,眼前的景象从模糊变成清晰,他看到自己置身于一个从未去过的世界,荒凉的大地铺满黄沙,无限延展出去,黄沙中长着一朵朵奇怪的……蘑菇?母亲将他带到了谁的意识之地?

"这里是塔克拉玛干沙漠。"李烁听到身后传来一个男子的声音。他转身,只看见自己居然站在一朵石头的蘑菇平台上。在他面前,站着一个中年男子。男子身边还支着一顶小小的帐篷。

李烁问:"你是谁?"

"彼岸。"

"母亲的飞船意识?"

彼岸点头。

"她要我找到弟弟。"李烁说。

"在这儿。"彼岸说完往旁边让开小半步。

李烁看到旅行者身后露出一个懵懂羞怯的小男孩,"他就是我的弟弟?"

"嗯。"彼岸往后退了小半步,将张亮推到身前,"张亮,这就是你哥哥。"

李烁蹲下来,目光平视张亮。他看见了一双闪亮却充满了恐惧的眼睛,带着不安和愤怒。

"据说我只是意识。"张亮喃喃地说。他也在观察李烁。他看到一双疲惫充满血丝的眼睛。眼前的男人说不上高大,他很瘦,肩膀塌垮,好像心里所有的痛都被他堆到了肩上。"你是什么?"张亮问。

李烁苦笑了一下，"我原来以为自己只是一个没有母爱的孩子，可是，就在几分钟之前，我才知道我还是一台量子计算机，据说我们可以合二为一，你能启动我工作。你信吗？"

张亮猛烈地摇了摇头。

彼岸往前，站到两人面前，弯腰对张亮说："时间不多了。"

李烁去拉张亮的手，张亮先是躲开了。他看着眼前陌生的男人，惧怕如同大雨后的野生枝蔓，在他体内迅速生长，包裹他渗透他。其实李烁也害怕。他无法想象自己说的"合二为一"将会是怎样的经历。

张亮眼里的恐惧让李烁觉得他更应该像个大哥，他硬着头皮鼓起勇气说道："不要怕，我会一直和你在一起的。"

张亮不信任地看着他。李烁再一次去牵他的手，但是这次张亮没有甩开。

彼岸钻入帐篷，拿出那台收音机。收音机里传出喧嚣的市井之音。彼岸说："这些声音是意识，可以连接上意识体。你们可以顺着这些声音进入意识体，到时候该怎么做，就看你们了。"

"我们到时候该怎么做？"张亮迷惑地问彼岸。

彼岸走到张亮面前，爱怜地拍了拍他的肩，说："你们一旦合并，就会知道了。"

"我们怎么合并呢？"张亮问。

"思维共振。"彼岸说着，拿下手腕上的舍利，嵌进收音机侧面的凹槽，然后调整收音机的旋钮，"这也是你母亲的设计。通过共振，你们达到思维同步，合二为一。"

"共振会是怎样的？"张亮又问。

"共振是相，也是非相，既无形又有形。"

"也就是说，我想什么形，它就会是什么形。"张亮回答。

"对。"

张亮眨眨眼睛想了想，"我还是爱听流行歌。"

"这也不错。"彼岸笑了笑，"你刚才说你爱听 Hot Stuff？"

张亮连连点头。收音机里立刻传出歌曲的动感节奏和唐娜·沙曼火热的歌声。思维共振开始了。

张亮抬头对彼岸说："我们要去冒险了，就跟《火星救援》里的马克一样。"

彼岸点头，有些怜惜地摸了摸张亮的头。

"还有……"张亮说。

"什么？"彼岸问。

"我似乎又明白了一点东西。"张亮说，"我现在很害怕，但又觉得这样做是对的，不只是为了能去冒险才是对的。"

"那是为什么？"旅行者问。

张亮仔细想了想说："我不下地狱谁下地狱。"

听到这句话，彼岸震惊，发现张亮的独立思考级别超越了设计的限制，好像会自动升级。彼岸不知道桑珠究竟做了什么，让张亮这个意识超越了克隆副本。

"来吧。"张亮说。

彼岸拧大音量，让唐娜的歌声响彻沙漠夜空。

李烁听着歌，感到一股冰凉顺着张亮的指尖传到他的手上，迅疾传遍他全身。他感受到了张亮的思绪，他为离开自己已知的世界而悲哀，尽管他已经接受那个世界是虚幻的。这个只有几分钟生命历程的意识,将去拯救一个和他毫不相干的世界,而在这个世界里,他从来没有位置。

夜空星辰下,他们的身体渐渐变得透明,如玻璃碎裂分散开去,每一块细小的碎片都像一朵精致的雪花。他们像两团雪花,又像两团微缩版的星云,完成了亿万年的路程后终于碰撞,行动轨迹是在宇宙诞生之时就已经设定好的。李烁和张亮隐去形状,融合在一起,合为了"它"。它是全然透明的。唐娜·沙曼歌声渐渐淡去,成为几不可闻的背景音乐。

"这就是全新的我吗?"它问眼前的彼岸。它觉得身体轻得根本没有重量。它抬起右手,自上而下从左手手臂穿过。它旋转,跳跃,飞翔,所有的动作似乎在一秒间同时完成。

彼岸点头,"对,这就是全新的你。你现在需要做的是找到所有的意识体。"

彼岸话音刚落,它感到隐没在李烁体内的桑珠意识破茧而出。张亮的意识凑近母亲的意识,像幼鸟破壳而出后,初次睁开蒙眬的眼睛认识母亲。它打量,用嘴喙轻轻触碰试探,靠近。母亲展开翅膀,幼鸟感到母亲羽翼绒毛的温暖,将脑袋靠在母亲身上。张亮接纳了母亲。现在,一位母亲和她的两个孩子已经融为了新的它。它阅读、理解、吸收、创造。

树屋里,铁架上意识扫描仪发出橘红色的光,一圈圈扫描李烁的身体。李烁快速颤抖,他眼睛大睁,只有眼白不见眼珠。

树屋外,覆盖在地球上空的上千个时空钟失控一般疯狂变换颜色。从赤到紫。每次循环都很短暂,在到达最后的黑时又忽然跳跃到最初的红。意识体开始大面积侵入时空钟了。

在意识区域里,它感受到桑珠的意识已经打开了进入时空钟的路径。路径像流星带过的尾巴,千万颗流星,千万条路径,路径终点是点点光亮。它们带着虚伪的光,美丽而危险。它们就是意识体。

与此同时在它体内,桑珠、李烁和张亮三者所有层次的意识完全透明,相互清晰可见。母亲终于有机会看清了藏在李烁意识深处的那些负面血腥的感知——复仇。

如果李烁选择复仇,现在是最好的时刻。他可以同时毁掉意识体和人类意识,或者用疫苗操纵意识体,统治人类。

李烁的意识在它里闪烁,李烁似乎也是刚刚才看清楚自己内心深处的心思,犹豫不决。他当然想复仇。潜意识里,他想报复这个自私冷酷的世界很久了。他听到张亮迷惑而恐惧的声音:"意识体已经完全侵入时空钟了。"

站在一旁的彼岸跃入空中,融入了它,为它竖起抵挡的屏障。可惜彼岸的力量十分微薄,立刻被意识体击碎啃噬。

"烁烁,你想复仇?"母亲桑珠问。如果李烁复仇,一切将功亏一篑。

李烁没有回答。

它分裂成成千上万个,分别进入不同路径,直抵最后的光亮。无数的它进入每一个光亮。光亮挣扎抵抗。时空钟收缩膨胀,收缩膨胀,混合着意识体与它一起爆炸,分崩离析,喷出五彩的光芒如庆典亮片,赤橙黄绿青蓝紫,夹杂在一起,旋转、飘浮、坠落,如大雨倾盆而下……地球被霞光包裹,五彩斑斓。

坠落的每一个亮片都不是完全扁平的,中间凸起一个小小的空间,就像一颗空心的圆扁种子。亮片表面也不光滑,它是由上千个细小的锥体旋转构成。锥体之间有我们无法理解的相对巨大空间。每个锥体又由无数更小的锥体构成,层层递进,无穷无尽……

亮片落向大地,落到山脉城市树木之上,落入溪水河流大海,落到人类走兽飞禽昆虫身上,飞入窗口,穿过墙壁金属一切物质……人们先是恐惧于时空钟的变化,哭喊绝望,紧接着就被气势磅礴的亮片之雨所震撼。他们仰望天空,不知道到来的是解救还是死亡……

所有的亮片都在寻找地球上的生命意识,接触到后就忽然反弹改向,朝着天空跃起,雨水倒流。这时,亮片中间的小空间已经被填满了,鼓鼓囊囊,发出白光。亮片逐次上升,充斥在地面和大气层之间。它们一边上升一边依次爆炸。每一个亮片都发生一次小小的爆炸,发出一声轻微的"噗",仿佛上千亿的小星星在闪烁眨眼……待最后一片亮片爆炸后,传来寂静。

整个世界的寂静。

然后,有微风。

地球上方的天空忽然晴朗,再也没有时空钟,太阳自然的光亮照射大地。

人们惊呼起来,还活着。世界各地,所有的人瞬间感到头脑清朗,感到前所未有的轻松。他们走出残破的家园,走出躲藏的地方,走到大街上欢呼庆祝,感谢上苍,感谢大自然,感谢神灵。他们之间,没有任何人知道它以及它背后的故事。有的人不知从哪里找出桑珠的照片,作为黑暗岁月终结的象征,扔在地上,吐口水用脚踩踏。还有人在市中心竖起桑珠的巨幅电子画像。他们往桑珠的脸上投掷垃圾,在画像下端输入火焰图像程序,让熊熊的电子火焰燃烧出心中的仇恨,把所有的恐惧和积怨倾泻到桑珠身上。大家一边泄愤一边庆祝,人类最终战胜了时空钟,勇敢的人类将继续活下去,毫无畏惧,所向披靡,勇往直前……

尾声

永恒墓园的管理员在监视屏上探测到壹拾贰号树屋使用了过量能量,立刻赶往树屋。路途中,天空和四周的光线在惨烈变化之后突然下起了彩色的亮片雨,之后一切清爽干净。管理员抬头,诧异地看到时空钟消失了。管理员是个尽职的人,他顾不上探究,急急忙忙爬上树屋,看到了神志不清的李烁。

李烁被送往医院。抢救后,他的生命体征稳定了,然而却成了没有意识的植物人。

三周后的一个黄昏,李烁坐在病床上,呆呆地望着墙壁。护士开门进屋说:"李烁,有人来看你了。"

一个清瘦的女子走进了房间。她背着包,手里拿着一束百合花。她将鲜花插入李烁床头的花瓶后,坐到李烁旁边,低声说:"李烁,我没死。我跌下楼时被一个路过的机器飞警接住了。当时我昏迷了。等我醒来后,时空钟就已经消失了。李烁,我们终于见面了。我给你带来点东西。"

静兰从包里拿出几页文档,是一些图表、线条和数据。她一页页展开给李烁看,说道:"这是我在自己的意识库里发现的,它们好像是你母亲。"

阳光经窗流淌进室内,纯粹的夕阳之光,轻柔爱怜,没有任何杂质,照在静兰和李烁的膝盖上,脚上。他们的上半身像一幅局部铅笔素描,坐在夕阳照射不到的浅黑阴影里。

静兰说:"这些图标证明,我和你的母亲桑珠有某种说不清的联系。你说我这是不是在胡思乱想?"

静兰说着去看李烁,她当然知道他不会思考,不会回答,但她仍旧想告诉他。她说:"桑珠作为人类的罪人,已经被写进了历史教科书。可是,我觉得事实不是这样的。不管这是不是胡思乱想,我都会去寻找真正的答案。李烁,等着我,等我找到答案,一定会回来告诉你的。"

静兰说完站起身,轻轻吻了吻李烁的额头,离开了房间。单独留下的李烁一点点沉浸在夕阳消失后的浅黑里,静物素描由局部完成为整体,百合花散发出清香,带着鲜活的生命气息一同飘荡在这素描中。

医院大楼外,恢复中的城市灯火尚未阑珊,但四处已有车水马龙的市井之音。大楼上方的夜空没入漆黑。在夜空深处,宇宙星辰间,它正在穿梭,超越了旅行、冒险、探索等一切人类概念,获得了终极自由。在进入宇宙之前,它看清了自己的最后一个人类意识:用善意替代复仇。此后,它褪尽自身我执,跃入广袤无穷,领略宇宙真正的模样,既在形与无形之内,又在色与空之外,那么美,那么迷人,那么深邃。

载于《科幻立方》2021 年第 3 期

任青

来自近未来的子弹

科幻文学奖

任青

新锐科幻作家。
代表作《还魂》《消失的
马戏团》《美学的诞
生》等。

一

第二毛纺织厂，简称"二毛厂"，和我们农学院是几十年的友好邻居。自我记事起，透过窗户就能看见二毛厂的大烟囱，巍峨耸立，上有竖着的"温暖万家"四个大字。曾有传言说，农学院有位意外怀孕的女教师，在深夜背着婴儿爬到烟囱顶部，将孩子投入深不可测的灰渣火焰中。我就此事问过我爸，他表示从没听说过，他听说的是，那里边有半米长的大蜘蛛，要吃掉撒谎的孩子……

好吧。

言归正传。二毛厂被托管的那年，也是农学院拿下本科招生资格的那年，我从大学里毕业了。我没考上公务员，也没通过司法考试，就回到家乡，和大部分职工子弟一样，蹲在家里几个月，等待农学院给我安排工作。我爸在农学院当了几十年老师，教"动物科学"，其实就是畜牧养殖。在偌大一个生长麦子的平原上教人畜牧，本就是件魔幻的事，况且加上"科学"二字，就显得更加科幻了。

我当"家里蹲"后，专门负责下楼买菜。每天九点半左右，我睡饱了，便拎着我妈装菜的小车，拖拖拉拉地下楼去。学校和二毛厂，两个家属院毗邻而居，大院通过一个小铁门相通。二十年前，农学院的家属们总拖着娃娃，穿过小铁门，到二毛厂巨大的操场上活动；二十年后，光景颠倒了过来，当年的娃娃全长大了，抱着自己的孩子，从二毛厂钻过钢铁通道，来到农学院美丽的花园里闲逛。最近，我每天下楼买菜时，都能看见智慧美在小区锻炼。这项活动，她也坚持了近二十年。

智慧美外号"矮个儿",是身高不到一米三的残疾人,胸很厚,脖子短,走起路来,脸像电脑屏幕一样往前伸着。她父亲教兽医,妈妈是二毛厂宣传队的美女。小的时候,我们当过同桌,关系一度非常好。当时她的个子不矮,干干净净,周六中午放学时,她妈妈总是来接她,每次都穿最时髦的女装,蹬着像广告女郎一样火红或雪白的高跟鞋,总是能在单位引领一季潮流。

今天,看到智慧美正在锻炼,我和她打了个招呼,她不认识我了,只是看着我笑。她的牙齿很白,头上的樱桃发夹颤了一颤,挺好看。她怎么会不认识我了呢?上次寒假回家过年时,她还喊了我的名字。洪洪,当时她笑着说,你们班放学啦!她笑完,就转过身继续费力地压腿,穿旧旅游鞋的脚很大,横担在石头座位上,腿却瘦骨嶙峋。我礼貌地控制着自己,不去看她的脸,也不去看背上厚厚的一坨肉球,嘴上保持微笑。

"哎!你不认识我了,我是王克洪啊。"我说,"我都毕业了,你最近怎么样?"

她皱了皱眉头,茫然地看着我,什么都没说。

等了一个月,单位终于安排职工子弟就业。我爸做晚饭时,把尝菜的我从厨房拎出来,关掉排烟罩,告诉我,明天去保卫科上班。

"保卫科,我去那儿干吗?"我说,"我是正规大……"

"大什么大?"

"……学生。"

"你不是学法律的吗,就去保卫科。"我爸说,"你还想去哪儿?告诉你,今年是最后一批安排子弟,明年升成了本科院校,想当辅导员都得是研究生,还没编制。"

我点点头。

"做饭去。"他说,"炖鱼别放料酒,用白酒。"

二

于是,我就来到保卫科这个重要部门上班了。就在这一阵,二毛厂彻底破产清算,被政府托管。托管之后,临时工众多的保安部门成为第一批裁撤对象。按照组织安排,农学院的保卫科要调人去工厂家属院看门,两个单位暂时共用一个保卫科。突然之间,学校的"保卫老师"成了最忙碌的人,要认真巡视两个大院,轮岗坐班。老师们之前也就捉捉小树林里接吻的学生,现在却开始为隔壁厂丢东西提心吊胆。据说托管办准备雇物业来看门,但因为没钱,暂时搁置下来。主任每周开四五个要钱的会,财政就是不松口。

和我同时下保卫科的,还有一名职工子弟——六甲。六甲的大名叫"刘甲子",是甲子年出生,因为过胖,像身怀六甲,所以得了这么个诨名。六甲的爸爸是工会专职副主席,算半拉校领导。我看到领导子女也来到保卫科,心理平衡了许多。我俩因为是新人,不必参加巡逻,就每天在传达室里坐着,担任大爷的角色。在岗位上带领我们的,是个真正的大爷——陈校长。他多年前可是学院一把手,因为受贿二十万判了十三年,出狱后年老体衰,老伴出车祸死了,孩子不在身边,便成了空巢老人。学校怕他自杀,给了个看大门的工作。这老头儿长期当官,虽然人塌了,但余威尚在,人们见着他,还是习惯称其"陈校"。

这几天，壮年的保安都去二毛厂了，剩下我们三个手无缚鸡之力的老弱小。农学院有南门、北门和东门，陈校带着我和六甲，三人轮班，他盯南门，我俩就盯北门，反之亦然。东门不用盯，不走车，只走人。这职业还不错，除了冬天冷点不好受，平时基本就是优哉游哉，反正这么多年，也没出过事。

可悲哀的是，一出事，就让我赶上了。

那是一个雨天，阴云密布，降水时断时续，我正在北门值守，和六甲有一搭没一搭地闲聊。他就职业不公发表一通大论，认为市医院的子弟最幸运，毕业后照单全收，干行政、后勤，奖金吃平均数，每月都有好几千；一中二中运气次之，进校当老师；而我们最惨，在学校干可怜兮兮的保安，而且明年就不管了，倒霉的弟弟妹妹们，只能自寻出路。

"那二毛厂的子弟岂不是更惨。"我说，"单位都没了。"

"他们以前可有幸福的时候。"六甲说，"咱爹工资几十块的时候，人家一百多。"

正在聊天之时，有半截人头从窗户边飘过，然后侧过来，露出一对眼睛，往屋里看。我急忙站起来，推门出去。

果然是智慧美，只有她的身高才能形成这个效果。她正拎着一个红色的塑料桶，桶上盖着一层报纸，报纸上印着踢球的英超队员，大标题叫"斯科尔斯挪揄特维斯"。

"伯伯好，"智慧美说，"我爸爸说，桶要给陈大校。"

"啊？伯伯？"

"哦，是矮个儿啊。"六甲也伸出头来。

我用力捅了他一下，说："智慧美啊，我不是伯伯，我是王克洪，咱俩是同学。陈大校……是陈校吧，他不在这儿，在南门值守呢。"

智慧美茫然地看着我，抽了下鼻子，感觉快要哭出来了。她低下头，被雨淋湿的长头发落在宽宽的肩膀上，活像根断掉的拖把，又像个咒人的女巫。六甲在一旁笑了起来。

"哎，别哭，你怎么不打伞？"我说，"算啦，我和你一起走，找陈校长去。"

于是，我拜托六甲在北门守着，自己拿了伞，和智慧美一起往南门找陈校长。不用跑路，六甲非常高兴，以他这二百斤的体态，从学校北边走到南边，直接要了半条命。而且，伞也遮不住他啊。

我俩走着走着，雨突然大了起来，往来的学生很少，偶尔有不带伞的人抱头逃窜。智慧美一言不发，边走边东瞅西瞅，如果看到自行车，必然往车筐里看看，只要里边有报纸、广告或塑料袋，她立刻捡起来，塞进桶里。可是今天雨一浇，桶里就成了黏糊糊的一坨。由于她跑来跑去，伞很难遮到她，我便举着伞追她，两人很快都淋湿了，这使我心头火起。我怀疑她在耍我，这根本就是场神经病游戏。

"别乱跑了！"我大声呵斥，"过来！来伞底下！"

她在雨中站住，看看我，然后低下头，走回伞下，手里攥着最后一张广告，塞到桶里。我往桶内看了看，惨不忍睹，斯科尔斯也不用揶揄特维斯了，两人现在黏在一起，亲如一家。

我勒令她继续往前走，她在我旁边晃晃悠悠地走着，身高只能到我的胳膊肘。南门将近，她却走得越来越快，嘴里传来磨牙的声音，连秋天滂沱的雨声都没有盖住这个声音。这声音让我身上起了一层鸡皮疙瘩,我想起来小学时候,智慧美当班级音乐课代表,她说话声音是全班最好听的。她在合唱的时候领唱,升旗的时候领礼,运动会上播报班级来稿。可是,有一天中午,大家趴在教室里睡午觉时,她的口中突然发出巨大的磨牙声,就像一头驴在嘴里推磨,又像猫在抓挠黑板、钢笔帽在钢笔上摩擦……让人不寒而栗,瑟瑟发抖。老师喊她起来,却怎么都喊不醒。直到把校医叫来,让她闻了闻有强烈刺激味道的嗅盐,才慢慢苏醒过来。

好像就是从那以后,她逐渐变成了另外一个人。

这时,智慧美又在我身边停下脚步。

"你不舒服吗?"我大声说。

她不说话,伸出一根手指,指向远处的南门传达室。

"有人。"她说。

"什么?"我努力朝那个方向看,树是绿的,地是黑的,保安室立在那里,在绵密的雨帘中,我什么都看不见。

"哑巴刚。"她说。

我又使劲看了看,突然,似乎看到了一个人倒在花池旁,上半身露在外边,下半身看不见,应该是藏进了绿化丛中。

"哑巴刚!"她重复道。

三

哑巴刚是游荡在附近的拾荒者,每天都拿着一个口袋、一根木棍,木棍用来扒拉垃圾,口袋用来装塑料瓶和易拉罐。在我们读小学的时候,他便开始了拾荒生涯,据说直到前几年,还能看见他挨个教室讨要矿泉水瓶。这两年全民迎奥运,学校管得严了,他不能进去,便只好守在门口,向往来的学生伸手乞讨,口中发出诶、诶的声音。捡到瓶子后,他会先把盖子拧开,把里边残留的水或饮料喝掉,然后再两脚踩扁,塞进巨大的袋子。曾有学生捉弄他,尿了半瓶尿,放在垃圾箱旁。但哑巴刚精得很,他拧开盖子后,先是纳闷地盯着这啤酒一样的东西,随后倒了一点出来,闻了闻,最后笑了。他扭头看着这几个围在路边的学生,歪着嘴,扬起手中的木棒打招呼(或佯装打人),学生们也哈哈大笑起来。

正是这个哑巴刚,此时此刻,正仰面躺在地上,半截在花池里,半截在树丛外,腰枕着马路牙子,像是断掉一样。他的身体已经被雨浇透了,我看着他灰白的面色,想去试试鼻息,又想起了法律常识,于是把手缩回来,拉着智慧美退到了十步之外。我先报了120,又给保卫科一队的梁队长打了电话,最后又报了警。这时,雨停了。两三分钟后,梁队和120前后脚赶到,120初步检查了一下,说已经死透了。

梁队呼哧呼哧喘着粗气,去翻动哑巴刚的身体。我想拦着他,可又不敢讲。梁队把哑巴刚翻过来,脖子抬高,解开三层上衣,双手用力往下压,给他做起了心肺复苏。他力壮如牛,带着一股子狠劲,连续压了几十下,这时,我听见"嘎吧"一声闷响,然后梁队停了下来。

"坏了。"他说。

这时,110终于赶到,梁队赶快闪到一边去。民警检查了尸体,看了现场,问了问目击和抢救的情况,梁队主动坦白,自己给做了心肺复苏,可能把肋骨压断了。

警察点点头,伸手比画了一下自己的胸口。

做完笔录后，警察让我和梁队回去，随时等候询问。智慧美不能走，她什么事都讲不清楚，于是警察给她爸打电话，让她爸来领人。我打算赶快离开这是非之地，去找六甲要根烟压压惊。但在我走的时候，却看见智慧美还在门卫室旁站着，脸冲着墙，像在面壁思过。

我继续通过门卫室外墙，到另一个角度的时候，又回头看了她一眼，却发现她的嘴似乎在笑。我打了个小小的冷战。这时，梁队追了上来，拍拍我的肩膀。

"高才生，大学生。"他笑着说，"别回家了，我请你吃烧烤去。"

"可是，我……"我想编个借口拒绝，可这时，我因长期打游戏僵化变硬的脑子突然转动了一下——这可是我的顶头上司啊！

"好啊，好啊，梁队，我请您吧。"我急忙说。

"这是哪儿的话！自打你来了，我还没给你接风呢，王老师的公子，教放羊的王老师，哈哈哈……"

雨停了之后，天就变冷了。我跟着梁队，来到了腿力所及最远的烧烤店，他选了一个最偏僻的座位，拉着我坐下。两个人点了一锅涮肚，二十串羊肉，二十串筋头，又要了毛豆和拍黄瓜。点完单，他看了看小票，又抬头看看我。咂了咂嘴。

"你还有个伙计吧，"他说，"刘主席的儿子，叫他也过来。"

我答应了一声，掏出手机，低头给六甲发短信。

这时，梁队突然把头伸过来，半身的影子像乌云一样笼罩住我，低声对我说：

"高才生，我跟你说。这个案子，还得咱们破啊。"

"什、什么？"

"我说，咱们要破案哪。"

"不是有警察吗？"

梁队摇摇头。"不能依靠警察，他们对这一块儿，不了解。这个地带，有学校，有工厂，混在一起，情况复杂，还得咱们破。"

这时，凉菜和啤酒上来了。他接过瓶子，把酒起开，给自己倒满一杯，又给我倒上。

"我需要帮手啊。"他说，"我的几个弟兄，动手还可以，动脑子不行。这里只有你学历最高，又懂法律，又是尸体的发现者，你得帮我，也得帮你自己。"

我想说我其实不怎么懂法律，可把话又咽了下去。不能老栽面子。

"帮我自己，什么意思？"我问。

"你也不想一辈子干保卫科吧。再说了，过几年物业来了，保卫科撤销了怎么办？你不冒冒头，到时候上哪里去。"

我含糊了一句，点点头。

"就这样，行吧，爷们儿。"他说，"那尸体什么样，我仔细看过了，脑袋上有个小口，像毛衣针头那么粗。在左边，耳朵斜着往上，两厘米处，藏得挺隐蔽的。要能再看看现场就好了。"

"没事，我照相啦。"我把自己的手机递过去，点开照片，说，"这是你们来之前，我拍摄的死亡现场。"

他说："你这手机不错啊，像素可以。"

"诺基亚 E50，"我说，"刚出的，什么塞班岛的系统。"

"但你这拍摄手法不好。"他说,"尸体照得不清楚,真正的刑侦不是这样照相的。"

"哎?我手没抖啊。"我说,"给我看看。"

"等会儿,"他说,"照片怎么放大?"

我帮他把照片放大了一些,他费力地操作着上下左右,仔细看着哑巴刚的身体。

"奇怪了。"他说,"照片上有光。"

"什么光?"

"他的身上,有一层水波,你看。"

我把手机接过来。真的,哑巴刚的身体上,有一层波纹状的东西,就像手机拍摄电脑屏幕的那种效果——黑色带状的波纹密密层层、粗细不一,遍布身体。但是,别的地方就没有,照下来的花坛、植物、积水的马路,上面都没有波纹。

"奇怪了。"梁队说,"咱们用肉眼看的时候,没有吧。"

"没有!"我说,"绝对没有。"

"闹鬼了……"他低头嘀咕道。

"可能是手机有毛病。"我说。

"哎,我问你,你怎么发现哑巴刚尸体的?"

"智慧美先看见的。"

"智慧美?"

"哦,就是咱们院的'矮个儿'。她隔老远就看见了,她指着那个方向,喊'哑巴刚!',喊了两次。"

"她眼睛那么好用?"

"我也纳闷呢。"我说,"我俩是老同学,从不知道她眼睛那么好使。不过,她以前也没这么傻就是了,现在变得越来越傻了,这次回来,她连我都不认识了。"

"她爸说过一回,"梁队说,"说她好像得了阿尔茨海默病。这病吧,越是后来的东西、越是近的事,忘得越快,越是小时候的事,忘得越慢。"

"怪不得上次喊了我小名。"

"可是,你说,如果越早的事忘得越慢,那么她连你这小学同学都不记得,怎么还会记得哑巴刚呢?"

"这个……"我想了一会儿,"我不知道。"

"你说,她是不是一直装病呢?"

"不知道。"我说,"梁队,我是学法律的,又不是学侦探的。"

"当时,你和矮个儿干什么去了?"

"去给陈校长送东西。"

"哦,陈爷,那是他的班?"

"嗯。"

"老东西,又脱岗漏岗。"梁队说,"送的什么东西?"

"不知道,她拎个桶,盖了很多报纸。"

梁队把身体靠到椅子背上,摸着胳膊肘,嘴里发出咝咝的声音。

"这么多疑点。"他说,"带劲吧。"

"梁队,咱还是告诉警察吧。"

"不行,保卫科,就要有保卫科的作用。"他说,然后愉快地把杯斟满,仰头,痛饮下一大杯啤酒。

我叹口气。我以前听说过一些队长梁建伍的故事,怎么说呢,性格决定命运。他年轻时是想干出一番事业的,但做事不谨慎,热衷于捉拿处对象的学生,逮着之后,要烟,或者随便罚个七八块钱。有一次,被捉住的男生不给烟,还要罚款的"收据",两个人动了手,梁建伍把对方鼻子打断。最后,学生被认定为袭击老师,开除,本来梁建伍也要开除,但是领导手下留情,处分之后留在了保卫科。从那以后,这人有了污点,职务再也提不起来了。由此看来,他的命不太好,或者说,命有点硬。这些年,他家横遭灾祸,大哥是跑运输的,车在路上碰撞起火,人没跑出去,烧成了炭灰;二哥是单位的司机,夏天车停在车库,开着冷风睡觉,一觉过去就再也没醒来。后来,梁建伍找了算命的。算命的说,你家和车相克,你看你家祖坟,被推平了建公路,让车天天轧,不祥不吉利,你最好一辈子别碰车。梁建伍急了,说你家祖坟才让车轧,当场一个大巴掌,把算命的打得耳鼻出血。最后,算命的撂下句狠话,说你不出五年,必然有杀身之祸、血光之灾!

从说这句话开始算,今年正好是第五年。

这个时候,我的诺基亚手机响了。是六甲,他找到了饭店的门口。梁队让我把他招呼进来,借着酒劲,说明了下午的杀人事件和他的打算,拉六甲也入伙。

六甲高高兴兴地答应了。我猜他心里想的是,有吃有喝就是好的。梁队又叫了两提啤酒,我们边喝边聊。

"明天,帮我个忙吧。"梁队说,"带我们去矮个儿家看看,找她爹问问。你不是认识她家嘛!"

"好是好……"我说,"其实也很多年没有来往了……"

"嗯。那个智兽医,"梁队说,"我已经忘了他长什么样了。"

"他吧，"我说，"长得有点像国产凌凌漆里的那个，达文西，那个发明家。"

"不对！"六甲笑着说，"像演员罗家英。"

"这俩是一个人！"梁队拍了下桌子，随后沉吟道，"发明家……知道了，来，喝。"

那天，我们喝了不少，肚子胀得难受，头晕晕乎乎的。梁队拍着桌子唱起歌来，似有壮志在胸中激荡。"六甲老弟，"他招呼道，"回去给你爹我刘哥，带个好！"六甲满口答应着，辈分已全部乱套。从饭店出去之后，我们分头回家。我歪歪扭扭地走在深夜的街上，一个人都没有，昏黄的路灯照耀着雨后的街道，我看到积水的表面泛起照片中的怪异波纹，明明暗暗，居然映出了我自己，还有智慧美畸形的脸，水里海市蜃楼般演出被她忘记的故事。幼儿时候、长大成人、未来生活、将死时刻，这些她忘掉的事情都到哪儿去了？她的脑袋里，真的有一个遗忘的黑洞吗？"砰"的一声，我差点被一块砖头绊倒，扶着树抬起头来，却看见前方道路笔直，直通往无人的校区厂房，层叠的乌云在半空累积成奇观，山一样的恐惧感将我牢牢压制，我感觉自己被裹挟进了什么邪恶的秘密里，就像夙夜的噩梦，即使睁大眼睛也无法醒来。

四

第二天，警察一直在学校附近转悠。我一上午都没有看见智慧美，她似乎没出来锻炼。一个警察来到北门保卫室，像是在找什么东西，看了我两眼就走了。

中午，梁队值完二毛厂的班，到岗亭来找我和六甲。

"该行动了,你弟兄呢?"他问我。

"他去南门顶岗了,陈校长又没来。"

"陈爷怎么回事?"梁队说,"我哪天去看看他。对了,我打听到,哑巴刚是因为脑子烧焦死的。"

"脑、脑子烧焦?咋回事?"

"这就不知道了,得问凶手本人。这事儿怪吧?"梁队说,他不放心地扭头看了看左右,然后低声说,"我觉得智兽医的嫌疑不小。"

"为什么是他?"

"我问了几个早起锻炼的老头,他闺女,矮个儿,最近好像干上了捡破烂的活计。你想想,她一个残疾人,脑子还有点问题,怎么会去捡破烂呢?怎么会认识哑巴刚呢?只有两种可能性:一是她爸早就和哑巴刚有什么冤仇,安排她以捡破烂的名义接近哑巴刚,混熟了之后,趁哑巴刚放下戒心,动手杀人。二是她自愿捡的破烂,在捡破烂时,认识了同行哑巴刚,因为哑巴刚捡破烂能力更强,所以他的存在极大地危害了矮个儿的事业,所以她爸一不做二不休,把哑巴刚杀了,反正死个拾荒者,也没什么大不了的。"

"这个……"我说,"智慧美和我一块儿时,确实在不停地捡报纸。"

"大胆假设、小心求证。"他说,"听我的准没错。来吧,沿着咱昨天的思路,上兽医家去,值勤我找人替你。"

智慧美的家,在六号楼最里面那个单元,一楼还是二楼,我忘了,只好翻了一下门卫登记簿,是一楼。这时我终于想起来,智慧美残疾休学后,有个同学抱着猎奇的心态,趴在她家院子栏杆外朝里看,不巧看见了智慧美换衣服,她慢慢脱掉了上衣,露出半身畸形扭曲的骨骼,吓得男孩一屁股摔在地上。从那以后,智兽医便拿黑色的篷子把整个院子都罩了起来。

不一会儿,我们来到六号楼口。这栋楼紧邻着二毛厂围墙,最里面的楼门其实是半个单元,一侧是墙,只有另一侧有住户,偏僻而清净。我们进入楼道,光线不好,声控灯昏黄暗淡,门铃早就坏了。梁队啪啪敲着栅栏式的古老双层防盗门,过了半分钟,里边的木门开了。一个瘦高中年人呆滞的脸出现在生锈的栅栏里,还有一股子淡淡的怪味渗透出来。

梁队看着这个戴眼镜、有些秃顶的人,咧嘴笑了笑。

"智兽医,你好哇,我是老梁。保卫科有点事请教请教。"

"哦,公事……那就让你们科长过来。"

"我×,你是哪位领导啊!"梁队脸突然拉了下来,"快点,我们问完就走,死人了知道不?"

智兽医咧嘴看了一会儿,随后露出一丝诡异的笑,把防盗门慢慢打开。梁队一把推开他,迈进屋里,我也跟着进去,一边抹汗,一边向智兽医赔礼道歉。

这是一套三室一厅的房子,面积尚可,墙上却布满裂缝。据说陈校长牵头盖这期楼房时,号称能抗地震八级,实际偷工减料了不少。梁队在屋里转了几圈,看了看客厅、卧室、阳台。我看到了智慧美的卧室,和一般女孩房间相似,有小熊、娃娃、粉色的帘子,但是也有点怪怪的地方,比如,贴了张数码宝贝"巴鲁兽"海报,绿色的矮矮的小怪物,旁边墙上写了个大字,"我"。

"哎,你闺女呢?"梁队问。

"锻炼去了。"兽医说。

"我今天没看见她锻炼。"我接过话。

"那就是捡东西去了。"

"捡东西?捡破烂吗?"梁队问。

"要不然干什么?残疾人给安排工作吗?"

"别急,智老师,我再请教几句。"梁队自己拉了一把椅子,坐下,"昨天,你让矮……让你闺女给陈校长送了什么?"

"肉。"

"啥肉?"

"羊肝,羊肚。我打算做卖羊汤的生意,酱了一些熟食,送给他尝尝。"

"他尝完怎么说?"

智兽医抬头直视梁队。"什么也没说,他没和我联系。"

"你为啥给他送肉。"

"当年他安排了我们夫妻俩的工作,我始终感激他。"

"义气。"梁队挑出大拇指,"对了,你爱人有消息吗?"

"没有。跑了这么多年,就没来过信儿。"

"哎,我说,老智,刚才我看见,厨房菜刀上咋还有鲜血呢?"

"切肉了,做菜练手。"

嗯,哼哼哼哼哼哼。梁队嘴里发出怪笑声,用手拍拍脑门。

"智老师,关门的那屋是干什么的呀?"

"书房。"

"怎么关着门?"

"没有太阳。"

"我问里边放了什么东西。"

"货。"

"啥货？"

"跟你更没关系。"我感觉这个男人快要发怒了。

梁队站起来，来回踱了两圈。

"你还是交代了吧，"他说，"犯罪的事。"

"我没杀人。"

"怪了，我还没有问你，你怎么就知道是杀人的事？"

智兽医的脸突然变得通红。"你电视看多了吧！"他说，"这事儿全校还有谁不知道吗？"

"你女儿怎么认识哑巴刚的。"

"一起捡过破烂。"

"放屁，一个残疾人，捡个屁的破烂，捡……"

梁队话没说完，门突然打开了。是智慧美，她双手费力地拎着一小袋空瓶破罐，走进了屋子。看见我们几个，愣了一下。

梁队尴尬地把后半句咽回了肚子里。

"走吧，阿Sir。"我说。

"等会儿，"梁队长说，"把门开开，书房门，开开。"

智兽医直勾勾地瞪着他。"快点！"梁队喊道。兽医转过身，直接把门拧开了。

屋里竟然有四个冰柜，分两侧摆开，就像开了个隐秘的冷饮批发部。梁队跳将起来，一下冲进去。

"快，把冰柜打开！"

"没上锁，自己开！"

梁队掀开第一个冰柜，又扣上，然后掀开第二个、第三个……

"全是为羊汤馆备的货。"智兽医说。

"这个……"梁队慢慢转过身，笑着对我说，"克洪啊，里边没有人，全是肉。"

"知、知道了……"我说，"快走吧。"

这时，我的手机响了起来，是六甲。为掩饰当时的尴尬，我急忙接通，大声说："喂！"

"快过来！"他在电话里吼道，"学校这边，又死人了！"

五

六甲是个好保安，虽然全身都在打战，可仍然看护住了现场，等我们到了，他才报警。

"好样的，小子！"梁队夸赞他一句，赶紧上去检查尸体。死者是个流浪汉，胡子拉碴，看不出年龄，脑浆和血液从七窍流出来，脑壳完好，只有耳朵附近有个极小的小洞。我趁警察没来，举起手机，照了张相。

"怎么样，有波纹吗？"梁队问。

我仔细看了看，回道："没有。"

梁队刚想继续翻动尸体，警车的声音响了起来，他便灰溜溜地退下来，拉着我们拐到家属楼侧面，藏到一边。

"过来。"梁队招呼我们，"你们看，这是什么？"

他把手掌摊开，手心里是两粒小小的灰色物质，差不多黄豆那么大，四周长满了毛刺。我把脑袋低下，眼镜摘掉，使劲看了一会儿,毛刺尖端似乎还在转动,像一个个小轮子。

"这是啥东西?"

"我在尸体领子上摘的,最开始以为是虱子、虫卵,但又看了看,不是。"梁队说,"仔细吧?这叫素质。给我学历,我也能当刑警。"

那米粒挣扎了一下,从梁队手掌心立了起来,另一个粘在它身上,慢慢旋转。

"这怪物,弟兄,先放好!"梁队对六甲说,"揣到你的口袋里,最好有什么铁盒子,名片夹也行。"

六甲抖着手把米粒接过来,然后打开随身的小包。"啪"的一声,一个硬烟盒掉在地上,口开了,七八个黄豆一样的东西滚出来,叽里咕噜黏在一起,像小蛇一样向前滚动,顺着下水道口逃掉了。

我和梁队愣在那里。这时,六甲叫了一声苦,转身就跑。

"你娘咧!"梁队大喊,"别走!"

这个"走"字用得很精准,虽然六甲出其不意、起步占了先机,但是二百斤的胖子还能"走"到哪儿去。没用上一分钟,梁队就把他摁在了墙上。

之后,我呼哧呼哧地跟过去。大学生体格是不行,真不如中年的练家子。梁队正在扇六甲耳光,两耳光下去,脸都红了。

"怎么杀的人,啊?"梁队把胡子拉碴的脸贴在六甲鼻子上,"说呀,说!"

"不、不是我杀的!"

"放屁!"梁队抬手又要扇。

"等会儿！你想想,你想想……"六甲说,"杀第一个人时,我正在北门站岗,我要是跑到南门,再跑回来,不得累死我。"

"那今天呢?你最先看见了尸体。"

"不是,是环卫工看见的,然后招呼的我。"

"那你怎么会有这些,啊,小球球。"

"我……我收集这个。"六甲说,"你们来之前捡的。"

"你捡这玩意儿干啥?"梁队加大了提脖子的力道,"跟我说清楚,不然,就跟警察去说。"

"别、别,"六甲说,"我这些,都是给陈校长捡的。"

"陈校?"梁队放松了抓他的手。

"对。哑巴刚死时,陈校长正在南门执勤,他去上厕所回来,看见哑巴刚躺在花丛里。他就去尸体那儿看了看,捡到了这个。"

"你说,他死的时候,就有了这东西?"

"是啊,陈爷捡了很多。那天晚上,就是我们吃完烧烤以后,陈校长突然来敲我家门。他说,厕所水箱坏了,要我去看看。我到他家后,他就给我看了这些东西,他那儿有这么一小坨米粒,扣在玻璃罐子里,一会儿挤在一起,一会儿分开,有时就变形。"

"他为什么要给你看?"

"你等我说啊。"六甲说,"他告诉我,记住这玩意儿长啥样了没,再看见了,特别是,死人的时候看见了,就捡起来,全给我。"

"你小子胆挺大啊,敢动尸体。"

"不是,这几个珠在旁边滚,我用帽子扣住的。"

"你说!陈校为啥不亲自来捡?他这两天怎么不上班?"

"他老眼昏花,能找到吗?"六甲说,"这两天,他正忙着研究呢。"

"大概他怕让珠子害死吧。"我说,"骗你当替死鬼。"

梁队想了想,笑了。"六甲,我问你,你咋这么听陈校长的话?"

"我们全家都怕他。"六甲说,"他攥着我爸的把柄,十几年前,他进去的时候,没有把我爸的事儿供出来。他是我家的救命恩人。"

"那你现在报恩吧。"梁队说,"带路,去陈校长家。"

六甲点点头,汗如雨下。

六

六甲和陈校长住同一栋楼,二号楼,也称领导楼,建面都是四室两厅。到了陈校长家门口,梁队拿出机动部队架势,指指门,让我躲在侧面,六甲叫门,梁队在他身后找掩护。

"那我该说点什么?"六甲问。

"Go Go Go.Fire in the hole."(卧倒!有危险!)我说。

"我的亲娘,游戏玩多了?"六甲哭丧着脸,"这是开玩笑的时候吗?梁队,你相信我,别管陈校干了什么,都和我没关系,我是个被利用的工具。"

"说个屁!"梁队说,"直接给我敲门。"

砰、砰、砰。门刚响三声,老陈就把门打开了。

"陈爷。"六甲说。

梁队又来这招,一把把六甲推进去,差点把老头儿撞倒。我也赶快蹿进去,把门带上。

"你们干什么！小梁！"陈校长把眼镜摘下来，"抢劫吗？"

梁队嘿嘿一笑，说："老领导，我不跟你多寒暄了。你要不是明白人，也干不了校长啊，所以我就直说，你也直听。上次你怎么进监狱的我管不着，我就想知道，这次是咋回事。"

"哦，又死人了？"陈校长问。

"是呀。你怎么知道。"梁队说。

老陈吭哧了一声，目光焦躁地看着他，鬓角的肉连带白头发，一耸一耸。这次，我觉得着实捅在了马蜂窝上。

"你跟我来吧。"陈校长说。

梁队跟陈校长走进去，我和六甲也跟了过去。我们穿过客厅和餐厅，来到最里面的卧室。陈校长把门打开，一个四十岁左右的中年人从电脑上把头抬起来，茫然地看着我们。

"这是我儿子，"陈校长指着中年人说，"省工程大学的老师，研究自动化。"

"这个……"梁队露出诧异的表情，"第一次见，失敬、失敬。"

男人木讷地笑了一下，然后看着他爹，似在求助。我想，这爷儿俩长得还真像，但处事模式似乎不太一样。

"又死了一个人，"陈校长说，"告诉他们吧。"

儿子点点头，然后就转过脑袋看着梁队。

"小梁，你问吧，就这一次机会。"陈校长说，"过了今天，就当没这码事，井水不犯河水。"

"哦，好！"梁队说，"那我就不客气了。专家，我问你，这是个什么玩意儿？"他伸出手掌，展示出仅剩的一个米粒，那小东西在手里扭结着，像被咬掉脑袋的虫子。

"哈,这里有更多。"老陈的儿子忽然高兴起来,他扯下桌子上的一块黑布,露出一盏倒扣的玻璃罩,罩内一小撮灰色的米粒突然蠕动起来,绕着玻璃外壳来回拧巴。

"都是我从哑巴刚尸体边捡的,"一旁的陈校长说,"回来后,自动黏在了一起。"

"恶心。"梁队说。"你研究出来了吗,这是啥东西?"

"我觉得,"老陈的儿子说,"这应该是,一种动态的机器集群,拥有自组织的能力。"

"听不懂。是小机器人吗?"

"不,它作为流动的整体来说,才是一台机器。独立的个体只是重复性的零件,或者说多功能的神经元,就像蚁穴中的工蚁、蜂巢里的蜜蜂。比如我们捉到的这一小股,没什么用处,只是剥离下来的东西。"

"那,杀人的就是这机器喽?"

专家抬头看着他。"我觉得是。"

"有人在控制它们吗?"

"这不好说。"专家说,"需要……嗯,需要别的证据。"

"等等。"我掏出手机,"您看,这是我拍的照片。第一张照片上,尸体表面有电脑屏幕似的波纹,第二具尸体就没有。"

"波纹?"专家说,"给我。"

我把手机递过去,他拿着仔细观看。

"什么情况下照的?"

"发现哑巴刚尸体后,我就拍了下来。第二张是今天的尸体。"

专家抬头,闭上眼睛想了片刻,然后一擂桌子,把大伙儿吓了一跳。

"这样！"他说，"我知道了，哑巴刚死后，身上应该布满了小机器，它们就像一种隐身衣，配合光线变化不断刷新外观和色彩，让人看不到它们。你手机拍摄的频率是每秒 30 帧，而它们自动刷新的频率和你手机频率不同，所以拍出来，有水纹的效果。但你肉眼看不见。就像手机拍摄电脑屏幕，也有这样的纹路。"

"那你桌上这坨东西，怎么不会隐身呢？"

专家回头看了看桌子。

"因为没人指挥它们了。"他说，"它们掉队了。"

"它们……为什么覆盖在哑巴刚身上？"梁队问。

"还没来得及逃走吧。"专家说，"如此规模的集群，单一个体又没有智慧，在突发环境下组织撤退并非易事……嗯，曾经并非易事。"

"曾经？"

"给第二具尸体拍照时，是不是已经没有波纹了？"

"对。"

"我的另一个判断——"专家说，"这是进化的机器人集群。它的智能应该源于重复劳动中的进化、进化过程中的突变。"

"扯呢？这玩意儿会进化？"

"在理论上可行。"他说，"我不知道谁创造了它，但进化肯定是一个无比漫长的过程。不过，随着更高层级突变的发生，进化过程会逐渐加快，直到快到无法想象。"

"我玩了好几年电脑，"梁队说，"从来没进化过啊。"

"咱们的电脑不可能涌现突变，因为它处理的都是设定好的程序,它只是执行者。"专家说,"突变需要两个前提,一是自组织的权限,二是可编程物质的存在。举个简单的例子,你设置一个'捡东西'的目标,让一群可编程物质自己完成,当它们不断尝试拿起东西的时候,这个集群有可能会慢慢长出手来。随着时间流转、任务增多,就不断有新的突变发生,自组织的复杂程度也会提高,于是新的行为就诞生了。"

"好了,好了。"梁队郁闷地说,"别科普了,最关键的问题——现在、当下、最近,有没有人在控制它?"

"这个,真不知道。"专家说,"它的核心可能历史悠久。我假设这些失落的组件有神经元的功能,从它们连接点的信号状态还原了一部分记忆,或者说,还原出一点类似集群'大事记'的东西。"

"你很厉害啊!"梁队说。

"它们记载的事件很遥远,让我困惑不已。其实,我只读出了一个片段,记录的是近两千年前的事。记载了从'物形阳平关之战'到'形思逍遥津之战'的名称。我想,可能我的方法错误了吧。"

"这我知道。"六甲说,"我对历史拿手。阳平关之战,曹操攻张鲁不克,夜半突然有麋鹿从山上冲下袭营,敌营大乱,一举定胜负。逍遥津之战,张辽守合肥,率八百死士冲进孙权十万军阵,大破东吴。"

"那这么说,"专家说,"如果麋鹿是'物形',不怕死的八百破十万就是……'形思'。"

六甲摊摊手,说:"这我就不懂了。"

专家想了想，问："这两场战役，间隔多长时间。"

"不到一个月，"六甲说，"都是公元215年，一场在七月，一场在八月。"

"好……"专家闭上眼睛，又想了一会儿，然后睁开。

"我没猜错的话，这就是一次突变。"他说，"这'大事记'记载的就是突变的节点，当时，集群产生了新的功能——从物理形变发展到影响人的大脑。从'物形'到'形思'。"

"你说这个，还能控制大脑？"梁队迫近一步问。

"我猜，可能只是影响决断的倾向。"专家说，"大脑有种神经递质多巴胺，负责奖励机制，可以制造欣悦感。比如，假设，只是假设……机器人集群从人类或牲畜身上盗取了某种羟化酶基因，这一基因能够刺激人脑分泌多巴胺，然后它寄生在大脑里，找到特定的区域，制造出大量多巴胺，将本应恐惧的情绪和愉悦、吸引、期待联结起来……那人们面对恐惧的时候，也会欣快地铤而走险。其实，有些寄生虫就是这样运作的，你可以检查不怕猫的老鼠，或者飙车死亡的青年，有相当比例都被弓形虫之类感染了。"

六甲突然一下按住自己的脑袋。

"教授，大师！"他恐惧地说，"咱们会不会也被机器寄生过。"

"我不是教授，是讲师。"老陈儿子说，"好了，我要说的就是这些。"

我们三个互相看看，一时沉默不语。

"问完了吗？"老陈说。

"还有一个问题。"梁队说，"陈校，我问你，桶里有什么？"

"什么桶？"陈校长问。

"矮个儿要交给你的。"

"肉。"

"好吧。"梁队说，"老校长，你觉得我是不是一个粗人？"

"不是啊，小梁，你挺好的。"

"那好，那我就告诉你。那桶里绝对不是肉，而且，你以前肯定见过这群东西。"

"哪个以前？"

"当然是哑巴刚丧命以前。你虽然知识渊博，但老眼昏花，见到尸体后，你能立刻判断出这东西有用，马上大量进行收集吗？不可能。这是第一点。第二点，你肯定知道还要死人。因为在全校职工里，保卫科的人来到死亡现场的概率最大，所以你专门找到欠你人情的六甲，让他替你收集这玩意儿。"

这次是陈校长父子面面相觑。专家从椅子上站起来，退到墙角，看着他的父亲。

"陈校长，我是粗人，但不是傻子。"梁队说。

陈校长点点头，叹了口气。"我也只是猜测啊，"他说，"我猜机器还会动手。"

"你以前，在哪里见过机器？"

"那个桶。"陈校长转了一个话题，"桶里应该是濒死的鹦鹉，我想交给智兽医，让他帮我治好。"

"哈，你的意思不会是——让智兽医给打一针，就把死去的玩意儿给弄活吧？"

"当然不是。"陈校长摇摇头，"你能猜到我的意思。"

梁队抱着胳膊，想了一会儿。"好吧，谢谢你，陈校长。"他站起来，"克洪、六甲，咱们走，搬救兵去！"

"走好。"陈校长说，"我不会承认你来过我家的。"

"无所谓了。"梁队说，他转身离开，走到门口，突然又回过头去——

"陈爷，鹦鹉最后治好了吗？"

"不知道。"陈校长说，"她女儿一直没还给我呀。"

七

过了一会儿，梁队喊来了保卫科的两个弟兄，一个是转业军人老牟，一个是练过几年武术的小曹。为了押人方便，他借了小曹那辆长相圆润的"毕加索"轿车，一直开到六号楼下。

"我、我和克洪还进楼吗？"六甲问。

"一块儿上去，"梁队说，"经经场子，见见世面。"

"可咱手上还是没有证据，"老牟说，"只有陈校长一面之词。"

"那就想办法，让他自己招。"梁队咬牙切齿。

"杀人的事，怎么可能自己招？"

"你们两个高才生，想一想。"

……话虽是这么说，可谁也不是神探啊。车里挤了这么多人，这会儿变得挺热的，六甲不停地擦拭脸上的汗水。

"咚咚。"

"什么声音？"大家回过头。

"咚咚。"

"是后备厢。"小曹说,"有个小孩在敲。"

我离门近,便下车去驱赶小孩,梁队也跟了上来。可是,哪有什么小孩,是智慧美站在车后边。她右手拿着一个大袋子,袋口插着一支木棍,木棍尖上露出两根生锈的钉子,一如缩小版的哑巴刚。

"你怎么了,小美?"

她没说话,伸出左手,手里拿着一盘磁带。

"爸爸。"她说。

我把磁带接过来,是盘录音带,校门口音像店有卖的,白带一块五一盘。这盘应该是用过的,上面用黑笔潦潦草草地写着"保卫科"三个字。

"你什么意思?"梁队问,"你爸在家吗?"可智慧美转过身,一言不发,慢慢走掉了。

"神经病。"梁队说。

"这带子是给咱的,"我说,"写着保卫科。"

梁队拿过带子,看了一会儿。"上车听听!"他说。

在车上,梁队把小曹放歌的磁带退出来,把录音带塞进音响里,调大音量。经过几秒钟的白噪音,有个中年男人低沉、缓慢的声音流淌出来。

"保卫科,你们好,你们辛苦了。我是智警桓。"

"智警桓?"小曹说。

"就是智兽医。"六甲说。

"嘘。"梁队制止他们。

"我这些年,碌碌无为,还给你们添了很多麻烦,对不起。"兽医的声音继续响着,"现在,我先诉一点苦吧。我,一个失败者。经过多年努力,我所有的挣扎,最后全都白费啦,这可能就是人终极的无意义。我想,如果真的有虚无的话,大家或早或迟都会归到虚无里去,这并不可怕,可怕的是,我们甚至不知道虚无本身是否存在。我们什么都不知道,什么都不懂。就像我,我努力了这么多年,却发现自己还是个孩子,是个蝼蚁,进步最大的,反而是给闺女梳头发、绑小辫、戴头花的手艺。你说讽刺不讽刺。"

"白话什么呢?"小曹说,"他要用这个拖住咱们。"

"再听一会儿。"梁队说。

"坦白之前,我先给你们讲一个故事。史载,220年,就是魏王曹操死的那年,宗亲大将曹仁从南方回来,拜见魏王时,想要拉着拱卫宫殿的许褚到偏室一叙。没想到许褚厉声说,魏王就要来了,有何事情不能公开说!那么,一生谨慎的曹仁为何冒着风险,私下接触许褚呢?许褚为何不怕死,有胆量违抗宗室重臣呢?因为彼时,这个东西——我叫它赋命机,正是由曹魏最忠心的虎侯许褚保管着。魏王已经不想再利用这个东西了,或者说,他太害怕被这个东西反噬。许褚死后,赋命机被封在特制的水银匣里,同虎侯一起秘密下葬。此后,曹芳取消虎侯配享太庙的资格,钟会找借口诛杀许褚之子,皆无法寻得。直到,十几年前,三个蟊贼盗掘古墓,取得不少财宝和水银匣一具,因为匣子黑黢黢的不太美观,低价处理给了文物贩子。而这贩子,就是我。那赋命机是什么形态,你们早已经见过啦,它现在就在我的手里,不,应该说,咱们可能都在它的手里。这段历史故事,就是它'传达'给我的。

"我当年拿到匣子时,盖子已经被蟊贼撬坏了一半,但夹层的水银没有流出来。于是我完成了剩下的工作,用切腿骨的电动圆锯割开了盖子,看到了里面的秘密。赋命机就散落在匣子里,像是半筐黑豆。见到我,这些零件慢慢蠕动起来,勉强拼接在一起。拼接的过程花费了一周时间,我了解它的功能又花了两周时间。这些秘密不是我主动学会的,而是自己慢慢地出现在我脑海里,就像有个小人儿在对着我的大脑倾诉。那时,我闺女正在学习的紧要关头,学校每个班要选五个学生,参加市里的奥数选拔培训班。但是,小美的成绩却始终上不去。眼看考试的日子越来越近, 我想起曾在期刊上读过的文章——颅脑电刺激可以改善数学、语言、逻辑思维等学习能力。脑子里有人暗示我,这东西,赋命机,可以做成这事。机器零件需要入脑操作,我鬼迷心窍般同意了。但我不知道的是,大脑的系统是个网络,所有区域都是互相连接的, 在一个区域引起变化,会造成关联区域的一并变化,导致难以预料的副作用。当天,赋命机进行了入脑操作,随后,我让小美在床上休养了几日。再回到学校时,她的学习能力果然得到长进,但过了不久,脑子里却逐渐产生了斑块、结节和蛋白质残片的堆积。她患了病,慢慢停止了生长,关节变得扭曲,大脑也开始了退化和遗忘。

"那些日子里,我恳求赋命机,命令它想尽一切办法,把我闺女治好。日复一日,它进行了形态的变化,不停地循环、流动,大量零件变成碎片,扭缠在一起。其间,不管我命令什么,它都会替我去做。直到有一天,因为老婆参加领导应酬,喝酒晚归,我和她大吵了一架。我愤怒地想,这娘儿们赶紧消失吧,再也别来烦我。

"第二天,她便没再回来。第三天、第四天……我询问过赋命机,但回应我的是一如既往的沉默。警察来到我家,我告诉他们,她跟卖皮鞋的老板跑了。随后,我便把赋命机重新封锁进水银匣。我想把它沉入河底,但终究没有舍得。

"今年,因为闺女病得越来越厉害,我担心她会早逝,就死马当活马医,把赋命机拿了出来。它已经变成了新的形态,在出匣的那一刻,我脑子里突然被塞进了新的意识——它一定可以救我,更可以救女儿。于是,我便搞了几次实验,给了拾荒的哑巴刚一些钱,让女儿和他一起转转,捡一些生病的动物回来。他们带回来了濒死的老鼠、生病的猫狗,经过赋命机的治疗,全都治愈了。我又求老朋友陈校长拿来几个小动物,也都救活了。我非常高兴,我想,该用人做做试验了。可去哪儿找残疾的人呢?

"随后,我把目光转向哑巴刚。治疗一下他的脑子,应该没关系吧。就算失败了,一个消失的拾荒者又能引起多大的骚动呢!不过……我想了想,还是太残忍了点。我对哑巴刚笑笑,给了他二十块钱,放他走了。拿人做实验,这样不好,还是缓缓吧。

"可没想到,第二天,全小区都知道哑巴刚惨死在花丛里。我开始恐慌起来。在屋里不停地转圈,是赋命机杀了他吗?还是实验失败了?还是赋命机把我的意图理解成,要让他消失?哪种都有可能。我在屋里寻找赋命机,到处都没有它的痕迹。笼子里的鹦鹉喳喳喳大叫起来,这是陈校长的病鸟,它从上午就开始叫了,烦透了。去死!我想。几分钟后,等我走进厨房,端着方便面出来的时候,那鸟已经倒毙在笼子里。在它脑袋周围,有一颗灰色的珠子慢慢滚动,从缝中漏出来,掉落在花盆里。

"我双手一抖,整碗面全都扣在地下。我真的害怕了,我疯狂地找水银匣子,可是无影无踪,它不见了,我没法再控制赋命机。这时,传来哐哐哐砸门的声音。我把门打开,是一个老头儿,一个流浪汉。——哑巴刚呢?他问我。——你是谁?我说。

"我是他朋友——那人说——他来你这里之后,咋就见不着他了,你把他怎么了?我解释说没有见过他,可那人不信,在门口大声吵骂起来。当时我很气愤,我想,如果手里有刀,一定捅死他!或者,不如让他现在消失掉。这时,我突然回过神来——不行,我不能这么想!可是,已经晚了。他又骂了几句,突然停下来,愣愣地看着我。半分钟后,他开始动弹,转过身,走了。我不用跟过去,我能想象到他的结局。

"这件事过后,我蜷缩在角落里,再也不敢离开一步,也不敢去见任何人。人能控制手臂,控制双腿,可谁能控制自己的脑子想什么呢?我成了预言家,成了一颗来自近未来的子弹,只要我动动想法,就能把别人杀死。我终于醒悟过来,自己早已是赋命机的一部分了。我想到,就在几天前,我还考虑要治好女儿,最好让她获得永生。这想法让我不寒而栗,我绝对,绝对不能再有一丁点那样的想法,就算为了我的女儿好。

"所以,我必须去死,我不死的话,不知要有多少人无辜地死去,我的女儿也将成为机器手下永生的亡魂。本段录音,不求别的,只求证明,我没有亲手害人。希望我女儿智慧美由学校善待抚养,因为,她可能也活不了多久了。

"就此别过。农学院智警桓。"

录音结束。

大家坐在车里,沉浸于震惊中,谁也不知道要说点什么,老牟手中的烟已经燃尽,我感觉有点冷。这时,梁队突然把门打开。

"走啊,赶快上楼!"他吼道。

八

我们跑上了小半层台阶,来到智兽医家门口。六甲并没有跟上来。这厮货,我想。其实我的腿,也因为兴奋、紧张加上害怕,哆嗦起来。但就是抑制不住要冒险的劲头。这是不是脑子里某种外来神经递质的作用呢?梁队敲门,没人应答。小曹拿出早已准备好的装备,钻开老式防盗门锁,梁队一脚把内门踹开。

我们进到屋里,客厅一个人都没有。转到主卧,发现了智兽医。他用一根很粗的绳子,把自己吊在了积满灰尘的吊扇上。

"快、快,把人救下来!"梁队大喊。大伙儿七手八脚地把智兽医放下来,已经晚了,人早就没气了。

"妈的,来晚了!"梁队说。

"怎么办,报警吧。"老牟说,"磁带也给警察。"

"我想想……"梁队说,"赋命机现在在哪里?"

"别想了!"老牟急眼了,"咱保卫科……也就这意思了,剩下的警察来办。我跟克洪留下看尸体,你俩该散散了吧。"

"好。"我答应。

"等、等会儿。"小曹说,"刚才,兽医上吊用的那根绳子呢?怎么没了?"

奇怪。我们赶紧抬头看,天上没有。地下也没有,四周也没有,它不见了。

"刚才……确实有绳子吗?"我问。

"有！"小曹斩钉截铁地说。

我看看梁队，他的汗水从太阳穴流下来，嘴唇在发抖。

"撤。"他说，"咱们快撤。"

我们起身冲到外屋，却发现大门是关着的，拧，拧不动，推，推不开。

"报警！"老牟说。

小曹把电话掏出来，这时，一条绳索突然从地上张开，卷住他拿手机的右臂，嘎巴一声，那条胳膊立时折断，拧成了不可思议的角度。小曹痛吼一声，卧在地上惨叫不已。而客厅的一面大镜子倒下来，正拍在老牟头上，他一声不吭便倒了下去。我和梁队后退几步，背靠背站在一起。我的双腿止不住地发抖，但突然之间，却感到心中有种激烈的情绪汹涌澎湃，仿佛面对危险给我带来了无上的愉悦，兴奋和恐惧夹杂在一起，让我变得头脑灵光、耳聪目明。我用眼睛追随着一个模糊的影子，它在天花板蠕动几下，随后快速窜走不见。

"去哪儿了？"梁队在我旁边说。他也正抬头看着，喘着粗气，大汗淋漓。

"好像去了另一间卧室。"我说，"跟我来。"

这是智慧美的房间，我们走进去，没有异常。梁队上前，狂怒地把墙上的海报扯掉，露出了下边的字迹。歪歪扭扭的大字，四行句子：

万古长夜漆黑未变，

悠悠往事微光浮现，

生灵苦渡沉疴朽烂，

灰飞烟灭难有世间。

——"我",旁边正是之前那个字。

此时,我看到,影子闪了一下,往另一个方向去了。

"去哪儿了?"梁队又问。他双眼通红,目眦尽裂。

"厕所。"我说。

我们两个一人拿起一根棍子,还是裁纸刀、剪刀呢,已经分不清了,握在手里,也感觉不出形状,我感觉脑子被什么东西攮紧了一样,只是僵硬地迈开腿,向厕所方向走去。进了卫生间,里边没有浴缸,反而有窄窄的楼梯通往下边漆黑之地。

"这应该是建房时……"梁队说。他的脸已经涨得通红,又喘了几口气,调整呼吸,胸部快速起伏。"是建房时预留的,通向地下室、管道井的口,他家竟然有一个。"

"什么人在呻吟。"我说。

"老牟的声音。"他说,"谁也救不了谁,下去吧。"

我们沿着狭窄的楼梯走下去,声控灯亮了。眼前出现一个宽敞的地下室,有里外两间。智慧美在外间站着,背对着我们,手里拿着她的布袋和棍子,里间则什么都看不清楚。

我们望着她的后背,谁也不敢动弹。死,我想,上前就是个死,可是死这种感觉太幸福了,最好能够再连带一个,不会赔本,那就带走智慧美吧!我攮紧了手中的刀子或剪子,梁队发出牛一样喷鼻的颤音,在旁边跃跃欲试。

正在此时,智慧美突然把头转回来,迷茫地看着我们,眼睛变得越来越大。我感觉,她的脖子渐渐挺直了,长相也似乎漂亮了一点。

"小美，"我说，"你什么时候进来的？"

她看看我，没说话。

"狂丫头，你要受死。"梁队咬着牙说。他一个箭步冲上去，却被什么东西绊倒，脸直直地磕在地上，一根木楔刺入右眼，人团成一团喊叫起来。

"走吧。"她说。

"那你呢？"我问。

"我俩是一个。"她说，"我是它的目的，它是我的目的。"

"一起走。"我去拉她。

"不完成任务，它不会罢休。"她说。

"拼了，"我说，"横竖都是死。"

智慧美突然扬起手，一棍击在我的头上，钉子深深刺入皮肤，鲜血流淌出来。我捂着脑袋，痛苦呻吟。

"走吧。"她说。在疼痛刺激下，我终于感觉胸中那股澎湃的激情慢慢消退下去，痛感让我从炽热的幸福感中冷静下来，脑子变得混沌而模糊，外来刺激引发的神经递质不见了，恐惧重新占据了上风。

"一、一起走，我们……不能丢下你。"我说。

"我没有妈妈，也没有爸爸。"智慧美说，"你有吗？"

"可是……"

梁队扶住我，他也已经从摄人心魄的疯狂中冷静下来。

"听她的吧，我们没本事插手了。"他说，"咱俩上去，救老牟他们。"

我透过满脸的鲜血看着他，咬咬牙，还是点了点头。他伸出手来,要把眼睛上的木楔拔出来,我把他的手按住。

"不能拔,"我说,"会爆血,去医院再拔。"

"好。"智慧美说,然后转过头,再也不看我们,而是向里间走去。奇怪的是,里间什么都看不清楚,如乌云般模糊一片,就像覆盖了块黑铁铸成的帷幕。

智慧美又走了两步。铁幕中传来嘎啦嘎啦的低沉咆哮声,有一摊摊黑水,不,是成千上万的自组织系统流淌了出来。

"停下!"我说。她停住了,站在那里,就像一具矮矮的、丧失灵魂的怪兽。

"智慧美。"我说,"你知道吧,我这几年不在家里,这次回家,感觉好多东西都变了。比如,老影剧院变成了广场,校园后边的巷子再也捉不到蛐蛐,邮电局顶楼的大钟终于停摆,卖羊汤的小伙成了长胡子的男人。但是,很多事情又没变,比如,你。比如,我自己。人有一部分是永远不会变的,那就是儿时经历过的、最单纯的、闪光的日子。你在我的记忆里,永远是我小学时候的同桌,不管后来命运如何变幻,总有闪光的记忆无法抹去。如果你全都忘了的话,我也愿意对你讲述、帮你寻回。在奔流不息的时间大河里,有能够一起回忆儿时往事的人,一定是世界上最幸福的孩子了。那么,等你忙完,如果有空的话,咱们可以聊聊,我在外边等着你。"

此刻,我似乎看见她的肩膀耸动了一下。然后她抬起腿来,迈入眼前的黑暗中。

我扶着梁队,沿着狭窄的楼梯慢慢向上爬去,我们没有回头,没有落泪,也没有听见任何的打斗声。只在一瘸一拐间,慢慢感觉到充满智慧的自组织颗粒从四面八方涌来，在我们脚下，像清凉的小河般沙沙流淌。

尾声

在这次事件里，老牟住了半个月医院，小曹落下了残疾，梁队瞎了一只眼睛，我头上留了个不太明显的疤痕。后来，我经常梳一个偏分的发型，仔细地把伤疤遮住。

我和梁队被学校开除了。他表示问心无愧，去别的单位看了大门。我在家复习一年半，终于通过了司法考试。

这一年半里，智慧美从未出现。或许，她再也不会出现了。

如今，我来到一座南方城市，当了刑辩律师。但有时候，看到某些案子，我的大脑会抑制不住地兴奋起来，导致头颅胀痛、心绪野蛮、眼神凌厉。这时，我只能立刻站起来，默默走到窗前，强迫自己看看外边的景象，做几分钟的深呼吸，慢慢把那种感觉压制下去。可不管在哪里，窗外的景色一直是那么孤单。天和云孤独地连成一片，孤独的塑料袋在空中飞舞，孤独的建筑掩盖住了地平线，等待孤独的未来日复一日地露出水面。

于是，我又一次胡乱地从包里成卷的"巴鲁兽"海报中抽出一张，贴在墙上。

"我"——我在旁边一笔一画地写道。

载于《科幻立方》2022 年第 3 期

画壁

王诺诺 羽南音

王诺诺

新锐科幻作家。代表作《故乡明》《地球无应答》《风雪夜归人》等。

羽南音

科幻作家、编剧、译者。先后发表小说、翻译作品几十万字。作品被翻译成多语种编入科幻选集《碎星星》，在英、美、日、德等国出版，并获轨迹奖提名。目前已出版个人科幻小说集《双生》《龙骨星船》《不眠之夜》、翻译作品集《思维的形状》。

百花文学奖
The 20th
Biohuo Literature
Award

科幻文学奖

一、古寺

玻明告辞的时候，才发现雨已经停了。

推开寺门的一刻，一片耀目的金光正从云缝中漏出，照到对面山坡的一片溪水上，折射回来，映入玻明眼中。

画僧和木村将玻明送至山门之外。一个穿着灰色西装的男人站在画僧身旁。他们的身后，一排身着黑色西装的保镖齐齐立着，是这深山古寺中几个突兀的符号。

"中国第一的侦探，拜托了。"木村身着灰西装，微微鞠躬，用生硬的汉语说道。嘴上客气，其实正用一双刀似的眼睛偷偷扫着玻明。

"拿人钱财，与人消灾。"玻明有点嬉皮笑脸地回答。虽然貌似轻松，但刚才于古寺中的一番交谈，他早已察觉到木村不是善茬，白净的皮相下有种阴狠。这单生意有点硬，不能掉以轻心。

三天前，一场全国瞩目的拍卖展上，一件名为"琉火珠"的作品，也是今年奇沙拍卖行估价最高的一件宝物，竟然不翼而飞。为此事，奇沙国际拍卖行亚太地区的总裁木村专门从日本总部飞到了中国，找到中国开价最高，也是业界排名第一的侦探玻明查案。

短短几分钟，太阳就已隐没在西山之后。一片迷蒙的灰蓝笼罩了世间万象。

画僧神色淡然，一言未发，眼中有隐隐的忧虑。他最终颔首，合掌，送别玻明。

玻明道别众人。

下山的时候，暮色升起，夜雾迷离。

大山里向上蒸腾的云雾，像逆转时间的落雨，仿佛神灵收回了旨意。

二、玻明侦探事务所

一觉醒来，天光大亮。保姆韩婶冲进卧室，"哗啦"一声将窗帘拉得大开，玻明被阳光刺醒，哀号一声，用被子捂住了头，蜷成一团。

"一天天的就知道睡，你看你这屋，整得啥玩意儿，跟猪圈似的。"五大三粗的韩婶来自东北，肩宽体胖，手脚麻利。她是在玻明家三十多年的老人了，把玻明当半个儿子看，也把玻明当半个儿子训。

在一片"噼里啪啦"的杂音里，吃剩的烧鸡、歪七扭八的啤酒罐子、气息洞穿灵魂的脏袜子被收拾得一干二净。玻明也被拎着耳朵揪到桌旁，夹起韩婶刚做好的油嫩嫩的煎荷包蛋就往嘴里塞，吃得汁水横流。

韩婶虽是心宽体胖，做起饭来却心细如发。在试过了花生油、芥菜籽油、山茶油、橄榄油一众素油，猪油、鸡油、鸭油一众荤油后，终于找到了油煎荷包蛋的王者搭档——鹅油。取潮汕秘制鹅肝的卤水表面浮着的一层鹅油，煎制荷包蛋。鹅油的香气高雅润滑，加上脂溶在其中的潮汕卤味的草药香气，被铸铁锅的热力激发，煎蛋表面很快形成一层酥脆的焦壳，脆嫩流心，奇香四溢。

"走得再远，都惦记韩婶的荷包蛋。"吃饱喝足，玻明哼哼唧唧地说。他又有点困了，在桌边坐着打起瞌睡来。韩婶"咣当"一声把一大壶乌龙茶放到桌上。

"你咋还不工作呢？又睡上了？"

"倒时差啊，韩婶，我困啊！"

"从日本回来还倒什么时差？欺负我没文化咋的？"韩婶瞥了一眼房间角落的行李箱。玻明看了眼行李箱上新贴上的日文行李标签，心下感叹，在自己身边多干几年，韩婶都能当侦探了。

"哎，那啥，婶，我要工作了……"玻明嘻嘻笑着。

想到有一次玻明查案，被打得鼻青脸肿的事儿，韩婶不禁担心。她边摘围裙边问："这次，活儿，安全不？"

"没事儿没事儿，钱多事儿少，您老放心吧！"玻明拍胸脯。

"这世上哪有钱多事儿少的便宜！哼，你可得给我多加点小心！"韩婶一边叮嘱着一边开门走了。

玻明喝了口乌龙茶，翻开那沓资料，神色渐渐凝重起来。

这单生意有点不寻常。

三天前，总裁木村联系到事务所，开了一个几乎令人难以拒绝的高价，要求是十天内找到丢失的拍品"琉火珠"。玻明并未立刻答应下来，而是先去查找了琉火珠的资料。

奇怪的是，奇沙拍卖行在历届拍品展出之前，都会大肆宣传，有详细的珍宝介绍放出，包括年代、材质、历史流迹等，以吸引买家。唯独这次的天价拍品琉火珠，却几乎找不到任何介绍和图片。玻明本以为这是商家的反向营销手段，便和木村说，不清楚来龙去脉，这活儿没法接。木村便火速将玻明带到了中国西南一座深山古寺，见到了一位法号"无明"的僧人，玻明才知原来这琉火珠，大有来历。

无明是一位老僧，已年逾古稀。他自幼酷爱绘画，三十岁出家前，家族传给他一门在鼻烟壶内壁绘画的绝技。一年前，他梦境中有佛祖指点，让他将寺内一颗代代相传的红色空心舍利子拿来，用鼻烟壶内壁绘画的技法，在珠子内壁作画，并送去展出售卖。

无明惶恐，舍利乃佛骨，擅自在舍利内部作画，恐是亵渎神明。然而一连七日，无明每日梦境皆是如此。他认为这是修行宿命，便恭请了舍利，倾毕生之笔力，呕心沥血，用了整整一年时间，在舍利内壁画了图，将成品命名为"琉火珠"。

完成后，他联系了世界最知名的奇沙拍卖行，这颗宝珠便成了本年度竞价最高的拍品。谁承想，还有十天就要展出了，琉火珠却在奇沙拍卖行顶级安保的层层护卫下，不翼而飞。

在寺内缭绕的檀香中，木村用空气投影，展示了琉火珠的高清影像并进行了讲解。

"舍利子"，自古都是高僧圆寂后肉身化成的，颜色形态各异。

眼前这一枚，有一颗荔枝大小，形状近乎正圆。颜色是凝重的朱红，却有极好的透光度，像是最上乘的红翡，色泽浓重，却清透如水。投影中，以强光照射宝珠，周围有一圈红色的光晕散开，最外圈竟散射出七彩光芒。

宝珠本身通透明澈，内壁的绘画十分清晰，毫发毕现。

画中是一个古装打扮的少女，乌发半绾，穿一身唐朝风格的白色袍子。少女的背后，是一大片正在熊熊燃烧的火海。

玻明走上前，在投影上动动手指，放大了火焰部分，发现是一些经卷和绘画正在燃烧。赤红的火海引动着热风，将少女的乌发吹得散乱，身上的白袍也被映得血红。少女右手握着一卷画轴，似乎是刚刚从火中抢出来的。细细一看，她的白袍一角，已经被烈火引燃。

这少女正在奔赴焚身火海的宿命。

然而，她眼神澄澈，既无惊惧，亦无疯狂，只流露出一副甘愿赴死的圣洁神情。

鼻烟壶的内壁画法，是以细小的毛笔伸入荔枝大小的宝珠内部，反向作画。这幅画的技术已入化境，不仅少女的发丝纤毫毕现，连热风涌动的衣服皱褶都流动如云。琉火珠通透的光影将火焰的绘图映照得光影流转，生动异常；放大来看，烈火中的经卷还能依稀辨出"金刚经""波若"等字样。

所谓绘画，"描物易，摹神难"，最令人震惊的，是作者运用东方水墨的白描技法，仅仅数笔，就勾勒出了少女的眼波和神态。

这画有种摄人心魄的力量。玻明不由得暂时闭上了双眼。

只是这幅画，似乎有些眼熟……在哪里见过呢？

《地狱变》！

玻明突然想到，这画，竟然和日本古代那幅著名的《地狱变》有些相似。只是日本那幅充溢着极致的疯狂和黑暗，而宝珠里这幅,却流露出一种祭祀的圣洁感。

还有个地方有些奇怪:这少女虽然是古装打扮,但五官明艳,不施粉黛,脸上并没有唐代妆容的样子,神情间,怎么还有几分现代人的摩登感觉?

玻明正在思考,突然窗户上的"门铃"响了。

不知不觉,已经到了晚饭时间,无人机吊着一盒餐,正发出电磁信号,连接了窗上的感应装置。是的,现在这个时代,无人机已经全面取代了人类外卖员。玻明开窗验货,无人机读取了玻明的指纹后,餐盒上浮现出电子字迹,正是手机助理给自己点的最喜欢的店的炸鸡。玻明美滋滋地取下餐盒,给了无人机一个好评。无人机转着小翅膀,显示出电磁红心的感谢,还扭动了几下螺旋桨表示开心,随即嗡嗡地飞走了。

玻明拿起香喷喷的炸鸡,按照惯例,取出自己的可以检验各种化学成分的"试毒筷子"戳了几下,各项指标都正常。这筷子是他从黑市上高价买的,是间谍组织专用的——没法子,做这行,总要小心些。

玻明把一块油酥酥金灿灿的大鸡腿正要往嘴里塞,突听"哐当"一声,房门被人踢开了。一彪形大汉直冲进来,扑向玻明。

玻明一看来不及跑了,看体形也真是打不过对方,正考虑是不是立马跪下抱大腿求饶,谁知大汉一个急刹车,将玻明手里的鸡腿一把夺了过去。

"吃不得。"大汉皱了皱眉头,嫌弃地看着手里的鸡腿。

玻明一头雾水,大汉便撕开了鸡腿让他细看。玻明拿在手里仔细看着,才发现鸡肉之间有几丝诡异的淡蓝色痕迹。大汉说,这是最新研制的一种纳米液体跟踪器,只要吃下肚子,就能附着在肠胃内壁上,发射信号,很难被发现,至少一个月才会排出体外。

"防不胜防啊……"玻明感叹。他的屋子是装了最先进的反监听监视装置的,但只能检测出金属等材质的监听装备。这种新设备听说价格不菲,玻明怀疑是木村他们搞的鬼。

玻明站起身,拱手道:"谢谢这位好汉。敢问怎么称呼?"

大汉浓眉、方脸,个子挺高,须发凌乱,脸颊还有一道疤痕;目光明亮,有几分聪慧,不像做体力活儿的;手指关节处有茧,肤色偏黑且粗糙,不排除酷爱登山等户外活动;眼睛有红血丝,呼吸微微急促。玻明让手机助理偷偷检测了一下他的身体状况——心跳过速,肾上腺素水平过高。

"我是老张。玻明侦探,请你帮帮我!"大汉说。

"抱歉,这几天手头有个重要的案子……"玻明一边回话一边观察对方的反应。

"木村让你找琉火珠,恐怕是开了大价钱。当然,这纳米跟踪器,也是他们下的血本之一。"

"你怎么知道木村呢?我又怎么帮你呢?"

大汉慢慢瘫坐在沙发上,眼中露出了绝望的神色。

"琉火珠……是我弄丢的。"

三、敦煌

第二天,老张和玻明就飞到了敦煌。

夜晚，银河之下的沙海，无边壮阔、无边寂寥。

这是玻明第一次见到沙漠。

老张递给玻明一根烟。玻明默不作声地抽起来。这年代都是鼻腔电子贴片了，这种还烧火的古董烟可不多见。

在玻明家那天，老张说明了事情的始末。

他是个警察，一直怀疑木村在合法渠道的掩盖下，做违法的古董走私生意，倒卖了中国的不少文物到国外。后来，老张被派到木村集团卧底，一年后晋升为核心安保人员，负责琉火珠的安保工作。

七天前，在奇沙集团总部，他第一次看到了琉火珠，惊得说不出一句话。宝珠里那幅画中女孩的脸，竟然和自己多年前失踪的女儿一模一样！

像是着了魔一般，为了找女儿，老张费尽心思，竟把宝珠于重重看守下偷走了。偷盗细节老张隐去未提，或许是觉得羞愧。

看来警察的职业经验确实有点用处。玻明坏笑了一下。

然而，令人百口莫辩的是，等老张费尽心机把宝珠拿到手里，都还没来得及细看，宝珠竟然就在手掌中，凭空消失了！

玻明再三确认，老张说的"凭空消失"，就是"突然不见了"的意思。就是短短一瞬间，珠子就眼睁睁地，从手心里消失了。

这种"故事"，一般人听了肯定不信。

听完老张的话，玻明沉默着思考了一会儿。

他终于告诉老张说，这宝珠里的画，出自一位寺庙的画僧之手，灵感来自一幅敦煌莫高窟的壁画。

老张听到后却激动万分，说当年和妻子婚后五年求子不得,妻子就是去那间寺庙求子,不久以后女儿便出生了!而女儿的失踪,竟然就是一家三口去敦煌莫高窟旅游的时候发生的!其中一定有什么原因!

玻明心中虽然忐忑,但案子还是要查的。

于是,玻明和老张订了机票,第二天傍晚,就飞到了敦煌。

深夜,他们才到了沙漠边缘的民宿住下。

胡乱吃了几口饭,两人都睡不着,就穿鞋下楼。

夜色清冷,弯月如刀。他们看着月色和沙海,陷入沉默。

"你女儿,丢了多久了?"玻明深深吸了一口烟。

"十年了。"老张的嗓音有点干涩,似乎这个问题很难回答。

"咳,聊别的也行。"玻明说。

作为一个四十岁的男人,老张脸上的皱纹可真够深的。他应该是个挺能干的警察,体格保持得很好,气场却有种人畜勿近的威慑感。失踪的女儿,看来是这个硬汉的阿喀琉斯之踵。

"十年前,阿橘六岁。那天,我和她妈妈牵着她来看莫高窟。她妈说,阿橘是佛祖保佑结下的佛缘,一定要来敦煌看看。六月二日中午,在莫高窟,游客太多了,阿橘却很高兴,小小的年纪,挤在游客群里,指着藻井上的千佛像问我,为什么这些佛远看都是一样,近看表情却各有特色?我说爸爸也不知道,或许他们各自心中想着不同的事。那天我记得清清楚楚,是我牵着阿橘,阿橘妈妈要喝水,我把保温杯掏出来,给她拧开,就松开了阿橘的手……就那么一分钟时间,阿橘竟然就不见了……"

"不见了?像琉火珠一样,凭空消失了?"玻明问。

"当时我们还没这么想,就是里里外外地找,报纸电视台网络,什么招儿都用上了。"老张的语气有点木然。

玻明听着,心里不是滋味。

"第三年,阿橘妈妈心里放不下,肝癌,走了。我还一直在找。"老张低下头,把烟蒂扔在黄沙上,重重地踩灭。

"你是警察……肯定该做的都做了。"

"现在,不该做的我也做了。"

老张怔怔地看着大漠。大漠最深处,沙海和天际线一片模糊。

"这些年,我常常在梦里见到阿橘。说来也奇怪,我这个女儿,从小就和一般小孩不太一样。五岁的时候就已经认识不少字了,还会背一百多首唐诗。"

"那不就是天才?"玻明接话,更替老张难受了。

"她心是很善的,断奶以后就不吃肉,尤其不喜欢看到杀鸡杀鱼的情景。但……我总感觉她有些冷冷的。你会觉得这小孩怎么不黏人,不怎么撒娇,我甚至觉得她对父母,总是很……客气,一种疏离的客气。有一次,我去另一个城市执行任务,我老婆低血糖犯了,在家里晕过去七八个小时。醒来以后,发现大半天没吃没喝的阿橘就在她旁边静静坐着,不哭不闹,看着一动不动的妈妈也丝毫不慌,眼神安静得像个久病成医的大人,似乎什么都懂……那时阿橘只有三岁……那次以后,我老婆和我说,似乎阿橘总有一天要离开我们……"

玻明愣愣地听着,直到香烟燃到烟蒂,烧痛了他的手指,他才猛地松手。

红色的火星坠下，在无垠的沙海中，如一粒微尘般熄灭了。

青烟浮起，大漠的弯月也变得模糊起来。

第二日一早，老张便和玻明一起，来到了洞窟。一个一个洞窟找下来，都没有发现和阿橘一样的人像。网络上虽然有些莫高窟的影像，但老张还是觉得亲眼来看更稳妥些。直到黄昏，莫高窟快要对游客关闭的时候，他们才进入了十七号洞窟。

十七号洞窟是敦煌非常珍贵的洞窟之一，它就是人尽皆知的藏经洞，开凿在第十六窟甬道壁上，洞内空间十九立方米。传说十一世纪初，西夏人征服敦煌的战争中，莫高窟僧人逃离前与民众将无法带走的经卷尽数封存于内。北壁上绘有枝叶交接的两棵菩提树，东树悬净水瓶，侧立比丘尼，双手奉持团扇，西树挂一挎袋，侧立侍女，作男装。

老张和玻明在壁画上细细找着。

空气中弥漫着干燥的黄土气味。突然，老张的动作凝滞了。他找到了那张和阿橘十分相似的面孔。

老张伸手去指壁画，身子却不由自主地抖起来。他想开口叫玻明，嗓子却发不出声音。玻明看到他的样子，急忙走过来。

而老张的手指向的，正是壁画左下角的那个侍女。面孔圆润，双目细长。老张颤巍巍地拿起自己的手机给玻明看，手机壁纸正是他的女儿阿橘的照片。

"阿橘，这，这就是阿橘。"老张的嘴唇也在打战。

夕阳渐渐落下，莫高窟关闭的时间到了，随众多游客一起，玻明和老张走出了洞窟。走之前，玻明偷偷拍下了壁画中的少女。

从莫高窟到民宿大概要走二十分钟。路上,玻明在手机上反复对比两个女孩的照片。虽然阿橘丢失的时候只有六岁,壁画上的少女已经有十五六岁的样子,但两人的五官辨识度很高,尤其是一双细长的眼睛和饱满如莲花瓣的唇形,看起来确实像是同一个人。

会不会是巧合呢?玻明想。毕竟壁画已经被风沙侵蚀千年,轮廓稍显模糊——也不能完全排除这个可能。

可那侍女如果真的是阿橘——现代世界里消失的女孩怎么会跑到千年前的壁画中?

正想着,走在旁边的老张突然抓住了玻明的衣服袖子。

"玻明,琉火珠到底怎么找?我干了几十年警察,找什么东西都要有线索。但是这珠子是从我眼皮子底下凭空消失的,像拍电影似的!"

"说起电影,我小时候看过一部老电影,《哈利·波特》,你知道吗?"

"那个有名的魔法片。"老张点点头。

"那里面就有个情节,大家都在找魔法石的时候,那石头就凭空出现在了哈利·波特的衣兜里,哈利就这么一下子掏出来了……"

老张一边听着,一边把手机放进衣兜,却突然在兜里摸到了一个硬邦邦的东西。

他慢慢地掏了出来。

掌心中,琉火珠就在敦煌沙漠最后的夕阳中闪烁着温润的光。

玻明和老张目瞪口呆。

大漠的风吹过来。这里有些偏僻，周围只有零星游客。民宿在前方隐约可见。

玻明还没来得及说什么，说时迟、那时快，老张已经一把把他推倒在地，刚好躲过了一个冲上来抢夺琉火珠的壮汉。

其余四个大汉从旁边冲出来，一拥而上，老张迅速把琉火珠放进衣兜，冲上前和玻明并肩作战。为了防身，玻明也练过跆拳道和泰拳，对付两三个成年男人没问题。不过这几个大汉个个功夫了得，老张身手不俗，奈何寡不敌众。他一看不妙，想要往民宿的方向跑去求助，却被一个壮汉扑倒在地，琉火珠也从衣兜里滚了出来。壮汉和玻明同时伸手去抢，只见老张大吼一声，扑过来将壮汉一拳打翻在地；其余四个壮汉趁机扑倒了老张，将他死死按住。

玻明也被一个壮汉死死摁住，无力挣脱。

玻明的脸被按在地上，吃了一嘴沙子。一个人走了过来，玻明看到了一双熟悉的鞋子。他吃力地抬起头。

木村瘦削的脸半隐在黑暗里。他冷冷地看了玻明和老张一眼，便伸手要去捡那琉火珠。

天色越来越暗，繁星开始显现。幽蓝色笼罩的沙漠中，亮起了一团红色的光。

琉火珠突然散发出了一道火焰般的光芒。金红色的暖光散发着热力，在虚空中划出一道一人多高的圆环，在飞溅的火星一般的流光中，圆环内部出现了一股五色流动的旋涡，看起来像是通往另一个世界。

所有人都惊呆了。玻明和老张几乎同时挣脱了束缚,朝琉火珠的方向扑过去;距离琉火珠最近的木村反应最快,伸手去抓那珠子,没想到珠子周围滚烫,如烙铁一般,木村还没摸到珠子,就惨叫一声收回了手。玻明和老张已经扑了过来,瞬间和木村扭作一团;身后,那几个大汉也回过神,往这边冲过来。玻明和老张无路可退,电光石火间,玻明做了一个大胆的决定,他拉着老张,滚进了琉火珠的光环中。

然而,玻明没想到的是,最后时刻,木村死死抱住了老张的腰,随二人一起撞进了光环划出的空间里。

光环变成了紫色,随即消失了,一同消失的还有沙砾中的琉火珠。

繁星闪烁,周围重归寂静,只剩几个壮汉在原地瞠目结舌。

四、沙州

太阳是苍白的,射穿玻明的眼皮,用光亮把他活活烫醒。

比身体先活跃起来的是直觉。直觉告诉玻明,琉火珠、壁画、光环、敦煌之间有他不能理解的秘密,直觉还告诉他,木村是冲着这复杂的秘密而来。

玻明费力睁开眼,发现他横躺在戈壁的碎石上,发烫的石子蜇得他又疼又渴,一堵城墙立在面前,他的躯体动弹不得,所以不得不仰着头,也是因这个角度的问题,这面城墙显得高大,有一种不由分说扑面而来的躁郁之势。

然后直觉就被他的理智思考取代了。

这是哪里？

他怎么过来的？

刚刚的紫色光环是什么？

他挣扎起身，沿着城墙走了一段。这是一段夯土墙，太阳将西北特有的干燥光线从西南边洒上来，不平整的墙体呈现斑驳的阴影。打夯的建造工艺是将黄土中结实、密度大且缝隙较少的那一部分和水压制混合成泥块，再由工人将其打垒分层，筑进木板围成的墙型里。夯实土层是需要众多劳力的高强度体力劳动，少则数百人，多则数千人，这段墙出现在这里实在奇怪，玻明想不清楚为什么有人在戈壁滩上费力用这种笨方式筑墙。

墙的尽头是一座城门，同样是土灰的色调，仰头望去，如同空旷戈壁中一个凸起的肚脐。城门正中一块木牌上刻着字：

沙州。

"都说没心眼的人睡眠好，我醒了半个小时，你才醒。"

玻明闻声望去，是老张正站在城门下，和自己一样，衣服也沾满了戈壁的土灰。

"这颗琉火珠确实不一般。"老张说道。

"你看，我早就说了……唔，木村呢？"

"他坏心眼太多，醒得比我还早，偷走珠子跑了。"

"沙州？"玻明指了指门楼的牌子，门楼下的几个男人穿着铠甲，长发在脑后盘成髻，"这是敦煌的影视城吗？"

"我刚刚问了问他们，恐怕……"

"恐怕什么？"

"恐怕，我们遇上了一点麻烦。"

"麻烦？什么麻烦？"

"一千年前，沙州州境东至瓜州三百里，西至吐蕃界三百里。下辖三郡：晋昌、高昌、敦煌。"

"沙州就是敦煌？"

"沙州是一千年前的敦煌。琉火珠似乎有开启时空的能力，具体的原因现在还不清楚，能确定的是我们现在还在敦煌，只不过是在一〇四〇年，北宋康定元年的敦煌。"

"这次的酬劳，要给我加三倍。"

"为什么？"

"利息。北宋的任务，到二十一世纪才收款，一千年的时间，我的利息是很良心的。"玻明说道。

老张无可奈何地摇摇头，他指了指身后的城门，上面贴着一张告身书：

"告：龙图阁直学士、陕西经略安抚副使范仲淹奉敕如右，符到奉行。康定元年三月。"

"范仲淹？康定元年？这是说范仲淹要来敦煌做官？是说宋夏之战吗？北宋仁宗景祐五年(1038)，宋朝的藩属党项政权首领李元昊自称皇帝，建国号'大夏'，史称'西夏'。于是宋仁宗于当年六月下诏削去李元昊官爵，并悬赏提拿，派了范仲淹来敦煌督战。是这个时候，对吧？"

"看不出啊，大侦探，你对宋史还挺有研究。"

"我玩电脑游戏的时候，里面有这么一段……"玻明此时突然十分想念韩婶煎的鹅油荷包蛋，油汪汪的、金灿灿的。通常他在通宵打游戏的第二天早上，会在煎荷包蛋的香气中醒来，然后韩婶用大嗓门喊他"懒骨头该起床了",然后一天就在这热腾腾的烟火气里开始了。

如果真的到了北宋,别说鹅油煎蛋,就是普通煎蛋,也难吃到了。

"琉火珠?!"玻明转向老张问道。

"我说了,被木村抢走了。"

"要不你再看看口袋……"

"不可能的,你想……"老张把手伸进口袋,竟发现那颗珠子又在兜中鼓了出来,就像上一次一样,他将这一颗温润的宝珠捧在手心,定定地看着,惊呆了。

玻明好奇地凑了过去。一只眼睛对准它的空心内壁,少女、经卷、红色的火海就像烧在眼前。

"画工真是高超。有修行的高僧就是不一样。"玻明搓了搓鼻子,"可惜了!这样的宝贝,为什么就认你这个主人呢?怎么就不认我呢!难道还真是像《哈利·波特》里那样,邓布利多说:'只有想找到它,但又不是想为了自己利用它的能力的人才能拥有它……'现在看起来很明显了,琉火珠除了特别昂贵之外,还有穿越时空的超能力!"

"我找琉火珠,是因为珠子里的画像和阿橘一模一样。第一次在奇沙集团见到琉火珠时,我就想,这不是我的阿橘吗?"

"恐怕木村他们早就知道了珠子和时空穿梭的秘密,"玻明想了想,继续说道,"经卷!珠子里的画上除了你的阿橘,就是燃烧的经卷,你为了阿橘,说不定他们为的就是经卷呢?"

五、莫高窟

老张和玻明在城里客栈休整了一晚。

敦煌位于祁连山三大水系之一的党河冲积扇上，河西走廊最西，自古以来便是丝绸之路的咽喉之地，吞吐着沙砾、驼铃、商贾、脚僧、茶叶与绢帛。所幸这里的居民见惯来往商客，看到老张与玻明身着千年后的衣物，还以为这是丝路沿途小国的装束，只觉得料子轻薄新奇，想问清其中的纺织技法，却没有谁疑心他们的来历。

语言也没有成为太大的问题，千年时光中随着几次北方游牧民族南下，现代汉语的读音就算发生许多改变，可字形却始终未曾变过。老张和玻明每每因为读音与店家交流不下去时，只需告诉店家自己并非中原人士，汉语生疏，再向他要一支笔、一张纸，将心中的字句化成文字，一切交流就再也无障碍了。

第二天天一亮，别过店家他们就启程了。出敦煌向东南，莫高窟距离城市统共不过二十五公里，可在没有现代交通工具的情况下需要走整整一天。

他们沿着驼队留下的脚印走向荒芜深处。

放眼望去，戈壁上唯一标记了存在的，便是形状骇人的雅丹。长日将尽，血色夕阳将最后一点红色投射在风蚀岩上，雅丹的形状指向三危山，仿佛无数根染血的手指戳向一个真相。

老张看到了这景色，隐隐有些不好的预感。

"你说，这样走，我能找到阿橘吗？"

"除此之外，你还有别的方法吗？"

在月光刚刚占领沙丘的时候，他们到了三危山。这里与千年后的景象截然不同，没有绕在佛窟外的木质护栏，也没有游客排成长队伸头拍照。唯有山体上黑黢黢的几百个洞眼告诉来者，这一片山已经有了自己的故事。

三危山远离人烟，戈壁上有几十只帐篷，放着橙黄的光，那是在此开凿石壁的匠人的居所。泥匠、画匠、木匠、漆匠领了富裕人家的银钱，将数十年的光阴消磨在此，白天在岩洞中雕琢，晚上钻进帐篷里休息，在极寒的戈壁中靠着柴火取暖，饿了嚼一口馕饼，等到窟成，自己的青春也已彻底逝去。

千百年的岁月中，他们将矿物颜料研磨成齑粉，用细细的一支笔一笔笔地抹在石窟内，生生在一片土灰色中描摹出了五彩的藻井与佛像。

由于佛教文化的兴盛，莫高窟的开凿持续了千余年，人们笃信将佛陀、经变与自己的画像同时绘在洞窟内，能彰显自己的虔信，也把美德流传于后世。开窟、写经的人既有僧官、僧尼，也有当地达官贵人、文武官僚、工匠、社人、行客、侍从、奴婢。

大量佛经不断从长安、洛阳传入，不少高僧从内地与西域前来弘法，久而久之，这里的佛教氛围与洞窟数目一起增长，密密麻麻形成了莫高窟上数不尽的幽邃的秘密。

凭借着记忆，老张带着玻明摸索到了藏经洞前。

对于他们来说，时光或许才过去一日，可眼前的景象却大不一样。

原本的墙角置放着垒到天花板的经卷，此时却空空荡荡。

偌大的洞里显得阴森寒冷，只有几盏酥油灯，明灭闪动，映照出墙上还没干透的壁画。

"那么晚了，怎么还有人来？"洞窟深处传来一个男人的声音。

走近了，从阴影中露出半张脸来的，是一个男青年。肤色黝黑，但眉目端正，眼光明亮，自有一股庄重之气。身上穿绸，不似门外的画工，倒像是一位富贵人家的公子。

玻明连忙说道："叨扰了，我俩是镇上来的，都是爱丹青。听闻这洞中有幅不可多得的画作，其中的少女惟妙惟肖，眉目和妆容不像当世的女子，反而像……天仙下凡！就兴冲冲想来一探究竟。只是我俩在黄沙中行走，路途遥远，天气又炎热，难免速度慢了些，赶到此地已是黄昏了。"

"来看画？你是说这一幅？"

油灯的微光照亮了男人所指之处，那是一幅还未完成的画像，图中的仕女细眉长目，好似正在凝视窟中的一切，也似正在凝视看画人。

"这是阿橘！"老张喃喃自语道，转向男子，"不知是哪一位的妙手画出这人像？先生可认识这作画的人？"

"这……正是在下画的。"男子说道。

"那你可认识这画中人？"老张连忙上前追问。

"……认识。她这几日就在我家寄住，怎么，二位与她有渊源？"青年有点警惕地微笑起来。

六、四合院

　　玻明与老张第二日便随着男子回了家。这是一方规整的四合院,堂屋居中,厢房左右两列,狭长板正。外墙以土、草、水混合制成的土坯、夯土及当地胡杨木为主要建材。为防风沙,整个院落高度低,进深小,外闭内开。乍一看与此地一般富庶人家的民居并无二致,但玻明还是注意到了院内案桌上的一排笔墨。他微微蹙眉,拉住老张,但老张一进子便四处张望寻找女儿,只可惜目光逡巡之处,空无一人。

　　"可能是出去了。"男子说道,"二位别着急,这几天日落前她都在村子里替人瞧病,我去将她找回来。"说罢他便合上门走出去。

　　"老张,这人好像是韩琦。"玻明低语。

　　"谁?"

　　"韩琦。宋仁宗、宋英宗、宋神宗三朝宰相。"说罢,玻明指了指放在桌案上的印章。

　　"又是你玩游戏学到的?"

　　"不,是电视剧里说的。"

　　"你的娱乐可真不少……宰相为什么不在朝堂里坐着,而要来这山高皇帝远的边塞?"

　　"宰相也不是一生下来就是宰相的。宋夏之战时韩琦曾被任命为陕西安抚使,派遣至敦煌。要等这战事过去,才能高迁进入庙堂。"

　　话音刚落,门就开了。

一个十六七岁的少女走了进来。少女梳着双丫髻,皮肤细腻匀净,有淡淡的小麦色,衬得一双细眼越发明亮。少女虽然已有了女子曼妙的身形,但脚步轻盈的样子还像个孩子,言语间不乏稚气,却又有种通透的淡然。她昂着头,有点淘气,又有点戏谑地对着韩琦说道:"您说有人要见我?莫非……我治病救人,在此地竟有了些名气?"

老张仿佛被施了定身法,在原地一动都动不得。他不敢相信自己的眼睛。

这是阿橘的眉眼……这些梦里出现无数次的五官活生生地在他面前拼凑成了一整张脸,他站起身想说些什么,十年来寻女的千难万险在脑海中只闪现了一秒,他从喉咙里沙哑地发出一句梦吟:"你是……阿橘?"

"是。"阿橘打量着老张,神色突然沉静了下来,双眉微蹙,眼中似有无限思绪。

虽然玻明从未见过幼年的阿橘,但仅凭对珠内画像的一瞥,他就清晰地知道,这少女便是老张十年来要找的人——这是一种基于经验的准确性。这种直觉要比所有合乎逻辑的推理都更接近事实。

玻明发现,韩琦正在少女背后,以一种隐晦而深情的目光痴痴望着她。

玻明感觉,老张下一秒就要说出真相了,他连忙拉住要开口的老张,从他裤子口袋里取出琉火珠,递给阿橘:"你认得这个吗?"

趁着阿橘去看珠子的时候,玻明附在老张耳边小声说道:

"你说自己是她爸，她会信吗？太心急，要坏事的。稳住。"

老张张了张嘴，最后还是在一旁沉默下来。他的眼睛慢慢红了，先是看着女儿，后来盯着地面，再后来，眼睛似乎都有些充血了。

阿橘将珠子捧在手心，细细端详了许久。仿佛感应到了什么一般，珠子的颜色从暗红如血，逐渐发出温润的红光，如同摇曳的火光般照亮了少女的脸。

"这颗珠子真漂亮，可惜我未曾见过……也许在梦里曾见过吧。"

"那颗珠子原本是你父母留下的，你还记得吗？"

"我没有父母。六岁那年，我被捡到医馆里养大至今，没见过父母，也从未听说过自己有什么亲人。"

"那你怎么知道自己叫作阿橘？"

阿橘沉默了一会儿，她将双唇抿起，嘴巴有一点像老张："我能记得一个六岁前的梦，梦里我就叫作阿橘！"

"梦里？"

"对！梦里的那个天地，或许就是西方的极乐世界。我不曾记得有战乱，也不曾记得有痛苦，更没有这千里黄沙。梦里似乎我也有过一个家，住在高高的宝塔里，吃从空中送来的食物，墙面地板都闪着光。但那个梦在我六岁那年就戛然而止了，我穿过一条长长的紫色光环，从梦境中醒来。"

一直在旁边没有说话的老张开口了："那么，如果有机会回到那梦境中去，你愿意吗？"

阿橘皱眉，仿佛真的能听懂老张的言外之意一般，思考了一会儿，缓缓答道："我既然知道那是梦境，就没有回去的必要了。"

老张没料到会是这个答案，就在他想进一步说服女儿时，院子之外传来了马蹄声。马匹急迫、仓促，在一阵嘶鸣后停在了近处。

韩琦匆匆上前应门，院外一阵混合着人声的铠甲摩擦之音后，马蹄声又干净利落地远去了。

年轻的安抚使再度进门，脸上平添了几分忧思。他向老张和玻明浅浅颔首，表达了歉意："我不能再留二位了，斥候刚刚来报，原本在五百里外安营扎寨的夏军今晚动身了，正向东南方向行军。"

"韩大人这是要走了？"阿橘问道。

"我来此地已有一年，施展抱负是我之所愿。只是夏军暴虐无度，此番我率军离开，恐怕这座城和城周围的百姓要饱受战乱之苦了。"

韩琦一面说着，一面看向地面，他想要抬起眼睛去看阿橘，却似乎难以抑制心中的离愁别绪。他怕看得多了，自己更加舍不得。

呵，来这一套。玻明撇撇嘴。

"阿橘有一个不情之请。"阿橘主动开口了。

"你曾医好过军中的时疫，别说一个要求，十个也不在话下。"

韩琦终于抬起眼睛。

只要是你的请求,莫说一个,哪怕一百个,一千个呢。

"五十里外的三危山,那里的几座古庙已有数百年历史,南来北往的商贾、僧人皆在那处落脚,日久天长,藏经无数,更有经变、绘卷、历代书法名帖无数。一旦夏军来犯,将那些庙宇付诸一炬,岂不是太可惜了?"

韩琦原本就是爱画之人,听阿橘如此道来也动了恻隐之心:"你的意思是,想救下那些经卷?"

阿橘用力地点了点头。

七、藏经洞·封洞

经卷转移的工作持续了三天三夜,几万经卷从四周的庙宇、佛堂,甚至是民居运送至洞窟。在韩琦的主持下,它们被整齐码在洞窟的四侧墙壁边,逐渐盖住了满壁的岩画。

在最后一卷经书运抵后,韩琦下令封洞。泥匠用黄土填满了原本就狭窄的甬道,造出了一面"假墙",又寻来一座观音像,放在假墙前,用以掩人耳目。

完成了这一切后,韩琦不禁感到惋惜:"可惜我那刚刚绘完的画!封存洞内,就不知何日能重见天日了!"

阿橘回答道:"这还不简单,等韩大人您击退夏军,到时候我们就在此地办个庆功宴,找来敦煌的所有名人士绅,韩大人的画作他们是不敢不夸的!"说罢少女露出了有点得意,又有些娇俏的笑容。

"一言为定。"韩琦温和答道。

此时,一个士兵进门,说有要事请韩大人尽快去处理。

韩琦出门前,又回身深深望了阿橘一眼。

老张将这一切都看在眼里。不过,此时不是计较这个的时候。虽然自己尚未对女儿表明身份,但看到阿橘完成了守护经卷的任务,便下定了决心,朝身边的玻明使了个暗暗的眼色,示意他过来说话。

一番耳语后,玻明大惊失色。

"你这是要劫持?"玻明叫了起来。

"小声点!当下一时也说不清楚,真等夏军来了乱作一团反而难办。"

说罢他将珠子紧握在手上,上前一步捉住了阿橘的手。阿橘很是诧异,一时竟没有反应过来。老张看到还在犹豫的玻明,他喊道:"你想一直待在这儿,我可不管你了!"

琉火珠的光芒由红变紫,高强度的光照得整个洞窟耀眼无比。阿橘的手腕在老张的掌心里挣扎了一下,然后就又被他握得更紧了。

好汉不吃眼前亏,此刻也顾不得许多了。玻明连忙跨上前去,握着老张捧着琉火珠的另一只手,一团炫光闪耀之后,他们便不知道自己身在何处了。

八、千年后·敦煌

玻明醒来后的第一件事,是想找来老张发一通牢骚。正是这个家伙让自己蹚进这摊浑水,还不打声招呼就搞穿越,害得自己差点被落在千年前那个没有自来水没有电没有鹅油荷包蛋的不毛之地里。

但当他再次看见老张时，一切的抱怨都无从开口了。他看见一个绝望的父亲，此时正跪坐在地，对着藏经洞上的壁画呆滞凝望。

"阿橘呢？"玻明心下顿感不妙。

老张没有回答。只有玻明微颤的声音在洞内回荡。

玻明顺着老张的目光望向壁画。

他惊呆了。

画上的少女不再眉目低垂，白衣已经被烈火映得血红。

阿橘——正在火海中燃烧。

这幅壁画，竟变得和琉火珠中无明所绘的火中图景，一模一样。

"阿橘没有回来，我……反而害了她。"

老张的声音仿佛从另一个世界传来。

壁画为何会变？

玻明在脑海中迅速地搜索着答案，他是一名厉害的侦探没错，善于利用逻辑和证据推理出事实，但自从琉火珠出现后，这一系列颇具科幻色彩的情节已经让他的大脑有点跟不上了。

明明当时老张已经抓住了她的手，明明当时已经启动了琉火珠，为什么阿橘不但没有回来，反而葬身火海？

老张从地上缓缓站起来，他的关节发出"咯啦"的声响，如同千年前的胡杨朽木被一阵风沙摧折。玻明暗想，恐怕这样的老张是再也无法活在千年后的现在了。

老张从口袋中再次摸出琉火珠，这几乎用尽了他所有的力气,手臂缓慢而凝滞地抬起,没有丝毫犹豫。

说时迟那时快,玻明迈步上前,将老张的手臂重重打下,抢过那珠子,攥在手里,背过身去,将它护在身体内侧。老张想去夺,玻明顺势用屈着的手肘向他怀中一击。

"木村抢了没用,你抢走也不会有用,只有我才能用它回去。"老张伏在地上喘道,他扭到筋了,牙一咬,最后还是没站起来。

"不说是老警察吗?怎么那么不扛打?"

"你当琉火珠是普通的弹弹球吗?你别说,这东西,用一次劲儿还挺大的。"

"都知道有副作用了,那还不做好准备再走?至少查查资料啊?在宋代,可没互联网搜索引擎一类的东西!"

良久,老张缓缓瘫坐在地上,一声叹息。

接下来的几天里,玻明和老张在敦煌当地的图书馆里找到了大量关于北宋时期敦煌的资料,包括县志、族谱、朝廷的告身,又从网络上下载了古地图随身带着,一切准备工作做完,剩下来的谜题就只有一个了:

"为什么阿橘没有跟我一起回来?"

老张面前的一瓶啤酒喝了一半,烤串、驴肉黄面的香味弥散在干燥的空气里,沙州夜市的晚上每个摊位都是热闹的,热闹是一种统一的状态,就像在这里任意一家店铺叫一句"老板",所有服务员和老板都会立刻寻声转过头来。

但在这样的热闹里,老张的话题依旧是冷冷的,甚至是扫兴的:"我真想不明白,她为什么没有跟着我回来!"

真是和祥林嫂有一拼了。玻明无奈,却又不得不安慰:"琉火珠开启的时候,你可是抓紧了她的手?"

"这个,我可以确定!但进了紫色光环后我就不那么确定了,因为那个时间段里发生的事,我也没有印象了。"

"会不会,是阿橘自己不愿意跟你走,趁你进入琉火珠失去意识时,挣脱了你的手?"

"怎么会?她是我女儿!"

"可她自己知道吗?"玻明反问道。

"哎!对!"老张一拍桌子,桌子震得玻明面前的杏皮水狠狠晃了两下,饮料里激出的气泡碎在两人皮肤上,"都怪你,当时不让我道出实情,害得我们父女不能相认!现在好了,人也不愿意跟我回来。"

"这不能怪我,你想,你养了你闺女六年,中间隔了十年,再见面统共就待一起不到两天,当时你说了,她能信吗?"

"那么我就再穿回去一次,这次与她相处的时间长一些,慢慢向她表明自己的身份,再带她回来!"

九、医馆

有了前一次的经验,玻明与老张都算是轻车熟路。但那也是相对的,当千年前戈壁特有的蛮荒感和宋夏之战的危机感向他们扑面而来的时候,两个现代人还是感到了一阵窒息。

这一次,他们不再是两个来自小国的商贾,而成了患上时疫亟待药品的病人。

看到自己衣着打扮、随行物品都大变样以后，两人一开始都有点蒙，但也不得不强迫自己尽快适应了新角色。

"身份怎么还能变？"在医馆内醒来后，老张疑惑地问玻明。

"不知道，看来这次的难度要高得多。"

老张和玻明所生活的时代是一尘不染的，有着极高水平的防疫消毒措施，许多过去曾经肆虐的病毒和细菌早已销声匿迹。他们不曾注射针对性的疫苗，身上也更不会有古老病毒的抗体。

好在两人身体素质都不错，常人难以忍受的高烧，睡了几觉似乎就渐渐退去了。只是这场时疫让老张找女儿的日程又耽搁了。

老张日日躺在榻上，看着太阳的光线从墙脚爬到墙上，时间以肉眼可见的速度流逝，而西夏人入侵的日子却一天天地靠近，他的内心是异常焦躁。

敦煌夜里的风沙又和白天不同，白天的太阳照在沙子上，是热力让它们变得凶猛，而夜里的风沙则是纯粹的机械动力驱动，更加不辨是非。风沙一阵一阵地打在外墙上，十分聒噪。

但就在这样的晚上，有人借着风的掩护，悄悄叩开了门。

医馆里病人不多，且都因身体虚弱而呼呼大睡，唯有老张因为见不到女儿而辗转反侧。

"是谁？"

来者明显因为惊讶顿了一顿："……我叫阿橘，我来拿病人的衣服。"

老张在寒夜中一个激灵。

夜色中,阿橘穿一身白色的粗布衣服,黑色的长发在脑后简单梳理,被风吹成了一幅水墨画。

再次看到女儿,老张有种溺水的人抓到救命稻草的感觉。

她周身没有地狱般燃烧的火焰。阿橘,还好好的在自己眼前。

老张恨不得立刻就跳起来,把女儿从这是非之地拖走,但又想起了玻明对他说的话,不由得死死握住了拳头,指甲都深深嵌进肉里,终于还是忍了下去。

"你为什么要来拿病人的衣服?不怕过了病气吗?"

"这些是给城里的人家拿的,他们分了去,再将病人衣服于甑上蒸过,则一家都不会再染病。"

老张心想,用甑来蒸病衣算是病原体的高温灭活,这或许就是古代的传统疫苗吧?既然知道了女儿的行踪,他便不再说话,卧于床上,耐心等着窗外高处的月亮一点点地西沉,第二天的光景就到了。

接下来的几天里,老张和玻明声称自己知恩图报,随便找了个由头,一起随着阿橘行医问药。原来女儿不在自己身边的这些时间里,跟着当地的医官学成了一名医女,在敦煌一带为百姓医病。

宋朝边塞又起战事,流民往来不断,粮草军饷尚且接济困难,更无人能顾得上疫病。这两个现代人对于古代医术知之甚少,能帮阿橘的只有煎药烧水的杂活儿。但这也足够了,仅仅通过日常工作的相处，老张就了解到自己的女儿离开他后不但没有因为缺乏父爱而变得性格怪异，反而成了一个乐观可爱的人。

"生病的人那么多，其中的老、弱、幼、残即使被你救了回来，这次时疫杀不死他们，他们也未必就能好好活下去。反而是你，每天在病人身边守着，病人死了，最后吹出来的那口气，被你吸进去，隔不了多久你也要生病。"

此时的老张正陪着阿橘清洗病人换下的带有血污的绷布，两盆清水，一会儿的时间，都变成了猪肝色。

"我六岁时，流落到此地，一直高热，正是被医馆里的大夫救下来，他可没管我是不是流民，也没管我活不活得成，硬将我从阎罗那里抢回来。真正做大夫的，都该是这个样。"

老张的眼前浮现出幼年阿橘的样子——在厨房里看到待宰的鱼虾时，那个静静流泪的阿橘。

时间改变了许多，又似乎什么都没有改变。

"那大夫，就是你的师父？他现在在哪儿？我倒是想向他当面道谢……"

"道谢？"

"哦，对，教出了你这样的好徒弟为百姓看病，我当然要谢谢他！我可是知恩图报的。"

"师父几天前不见了。那天我出门买一只小羊，不过两个时辰，回来医馆却是空空如也。"阿橘叹了一口气。

"你不去找他吗？"

"我也想去找他，但没人确切知道他从哪里来，有说是从江南来,有说是从汴京来,还有的说我这师父根本不是凡间人,而是学了仙术的天上人。不过他偶尔也是这样的,有时是去进药,有时是出远门医病,兴许过几天就回来了。"

似乎触及了阿橘的往事,她浅浅一笑,老张捕捉到了这个瞬间,跨越千年,这个笑容没变。

"从六岁开始他就带着我,教我辨识药草,把脉问诊,虽然他有的时候也不太靠谱,要靠现查书籍,但却医好了当地许多百姓的病,对我也是倾囊相授,就像父亲那般……"

听到"父亲"这个词,老张心上一阵刺痛。

这位师父,替自己履行了父亲的义务。自己该是要谢他,却怎么此刻心中,无比酸楚?

"父亲?你,你还记得你的亲生父亲吗?"

"六岁前的事,像梦一样,我已经记不清了。"

"如果我说,我就是……"

"阿橘,我们找你半天了!"门外传来一个熟悉的男声,仓促的木门叩打声打断了父女相认计划。阿橘连忙站起身,向门外走去,留下老张一个人对着两盆污水狠狠叹气。

韩琦风尘仆仆从门外走进来。

"韩大人,您来了?"

"此地已不安全,再过几日,西夏大军压境沙州,夏军到处,寸草不生!你早些收拾好这医馆的重要物资,先往东边避一避!"韩琦急急地说着,恨不得当下就把阿橘带离这危险之地。

阿橘蛾眉微蹙:"我听大人上次说,在三危山旁大人供奉了一个佛窟,而其中的壁画正是大人亲手所绘。那幅画,您可画完了?"

"前两日将将画完,如今敌军来犯,恐怕你我等不到窟成祝祷的那一天,确实可惜。"

韩琦面色沉重,心中暗藏一个有关阿橘的秘密。

有一日……你终会看到那幅画的吧。

老张偷偷观察韩琦的脸色。

哼哼,这惦记我女儿的心思倒是没变。

"韩大人对自己的丹青尚有不舍之情,三危山旁的几座古庙藏经无数,更有经变、绘卷、历代书法名帖数万卷,一旦夏军来犯,将那些庙宇付诸一炬,岂不是太可惜了?"

"确实。"这些年的相处,韩琦心中明白,阿橘是非常看重这些的。

"不如就让那未成的洞窟暂成经卷的庇护所,藏经封洞,待到大人凯旋,再重启佛窟,让经卷各归其位。"

又是藏经,只不过在这一次的藏经过程中,老张未离开过阿橘半步。

"别看这些经卷多,周遭的僧侣、村民都来帮忙,不过三日,也就搬完了。只是到时候重新开洞可能不是一件容易事,毕竟这里佛窟那么多,这一个,"阿橘指了指被黄土和稻草糊出的假洞口,"这一个看起来又那么不起眼,得好好记下这窟的位置才行!"

"你觉得这藏经洞有重启的那一天?"老张问。

"有！"阿橘没有丝毫犹豫就答道，"我还等着看看韩大人那幅画⋯⋯我进去时经卷已经盖住了壁画，据说那画中的侍女是照着韩大人意中人的样子画的。这我可是好奇的，何等的美人会入得了他的眼和他的画？"

意中人，那不就是阿橘吗？玻明心下嘀咕。

玻明在一旁，静静观察阿橘。为何阿橘会对壁画、经卷之类的物件有这么深的感情？他一直想不明白。

灵光乍现似的，他突然想到了自己读过的一个故事，来自《聊斋志异》的《画壁》。

正如佛祖身旁的侍女，看尽人世悲欢。淡然又执着，聪慧又慈悲的阿橘，莫不是从画里来的吧。

莫非阿橘的命运，就是从画中来，回画中去；莫非阿橘的灵魂，本就不属于我们这个人世间？

画中的世界，也许是一个更加广袤、光明的维度。在那里，梵音回响，鲜花盛放，没有颠沛流离的战乱，更无痛失妻女的疾苦。

然而，玻明和老张内心比谁都清楚，无论是阿橘还是韩琦，恐怕都没有机会再来到这佛窟内了。

他们早就从资料中查到了历史后续的故事。

在马上到来的战役中韩琦会兵败好水川，往后数十年，宋人、回鹘人、党项人在这片土地上多番鏖战，直至乾道元年（1068），西夏再次占领敦煌，党项人在黄沙上开始了百余年的统治。

终夏之世,战事频繁,沙州徭役、兵役繁重。西夏与宋廷为敌,不准西域各国通过敦煌与河西向宋朝进贡,向往来商贾收以重税,长此以往,西域各国商使不得不避开西夏辖区,而从事东西经商的回鹘人改道中亚到蒙古的草原之路,连年的动乱终使敦煌地区走向衰败。

而那些从佛寺搬来的经卷和藏匿于经卷背后的壁画,注定要掩于黄土之后,在光阴之外逃过一劫,再次重见天日就是清末了。

如果那低眉的画中少女有灵魂,那么千年中她定能感觉到和时间隔着的汪洋,如孤岛一般地独自感怀,不可言说。

玻明尚且沉浸在伤感之中,老张开口了。

"阿橘,你觉得韩琦,怎么样?"老张突兀地问。

"什么怎么样?"阿橘表情微妙。

"什么怎么样,就是,就是那个啊!"老张急忙解释。

不愧是"钢铁直男"啊。玻明拼命忍住笑。

"韩大人啊,就是韩大人呗……"阿橘低头说道。

"那个,阿橘啊你还小,我要以过来人的身份告诉你,男人是很复杂的,尤其是这些要做官封侯的,哪个不是三妻四妾?"

"嗯,过来人?莫不是你也三妻四妾?"阿橘微微睁大眼睛。

"我,我当然没有!"老张正色道。

"那你同我说这个做什么?"阿橘一脸天真,一副"我不懂"的样子。玻明却看得清清楚楚,这就是在装傻,逗老张呢。

"因为……因为!"老张急得嗓子都哑了。

"因为他是你父亲！"玻明实在看不下去了，探过来插嘴道，"真是的，女儿还没认好呢，竟然先管起人家谈恋爱来！"

"父亲？"

在一瞬间，阿橘脸上闪过一丝十分惊诧又微妙的笑意。是玻明的错觉吗？他觉得阿橘的笑意，竟有种意料之中的意味。

老张一听玻明这话，就有些慌了。他连忙接道："我知道这样说你也很难相信，怎么会忽然冒出一个爸爸呢？换了我，我也不信，但阿橘，你的名字就是我给取的。小时候，你还记得吗？我给你扎了秋千，你最喜欢荡秋千了，院子里还有一只机械狗……这些你可能都忘了，但这故事很长，特别长，我找了你整整十年，你若跟我走了，我会把这十年发生的事，还有你小时候的事一五一十说给你……"

平日里话不多的老张，此时已经收不住了。

他想一股脑倾倒出这些年对女儿的牵挂，但又害怕自己的一番经历听起来像天方夜谭，于是越说声音越小，底气越来越不足……直到声音被佛窟外的风沙彻底掩盖。

"你还是不信我？"老张小心翼翼地问。

"我信啊！"出乎意料地，阿橘竟然笑了，"我说呢，第一次见你时我就觉得，有种莫名的熟悉感。"

玻明拍拍愣在一旁的老张的肩膀："对吧，我早说了，是像，都说女儿像爸爸，她和你长得是有几分相像！"

"不是说外形相像。"阿橘辩驳道。

"不像不像，鼻子比我小，眼睛比我大，可要比我好看多了！"老张的声音变得哽咽，将头上仰，试图将眼眶里的泪水生生倒回去。但怎么可能呢?哭泣和咳嗽都是掩藏不住的,他只能盼望戈壁上的风再大一些,好推托这是沙子迷了眼睛。

事实上,风沙确实也越来越大。

沙漠、戈壁、裸石山地环绕着敦煌盆地,为数不多的湿地所提供的水汽从来都不是沙砾和狂风的对手,这里的居民生下来在学会说话前,就知道起风了要躲进屋中的道理,风是他们最熟悉的玩伴和敌人。但此刻,熟悉的风沙裹挟而来的,还有一丝让人不安的气息。

是木村。

只不过这次他身后是夏军的旌旗, 和风一起猎猎作响,一支不算庞大的作战队伍不远不近跟着他。

这家伙还是来了。

此刻的木村,已经换了古人的装束。原先穿现代西装的时候,还尚有一层文明的皮囊约束着;此刻大漠风沙中的木村,语调沙哑、凶相外露,更像一只回归本性的恶狼。

"看来混得还不错? 超水平发挥?"玻明向他喊道。

"受过教育的现代人到了一千年前,混成医馆里给人打杂的,那才是超水平发挥吧!"木村跳下马来,举手,示意自己并未携带武器,然后朝着老张一步步走来,"是的,就是我让夏军提前了进攻,直奔莫高窟而来,为的是——"

他指了指那刚刚被黄泥假墙封上的藏经洞,露出势在必得的笑容,阿橘突然警觉:"你怎么会知道?"

"小姑娘,你是聪明的,知道哪里能藏得住秘密。但这些经卷画轴也是可惜了,与其放在山洞里埋没了,不如和我一起,到欣赏它们的人手里去。"

玻明一个箭步，护在了阿橘和老张面前，向身后的人小声嘱咐："木村是文物贩子，明面上冲着琉火珠，实际上是想借珠子的力量回到千年前的藏经洞。太丧心病狂了，正常手段偷不到国宝，宁可冒险来千年之前偷。"

"先带我去洞口，然后再把珠子交出来，我还等着它带我回去。"木村说。

老张观察着周遭的夏军，虽然为了避人耳目，这一支分队的人数仅有十余人，而且并未携带重型兵器，但韩琦的军队正在几十里之外安营扎寨，一时半会儿无法前来支援，现在动手无疑是以卵击石。

他又看了一眼阿橘，仿佛下定了决心：

"跟我来吧。"

十、观音莲身

当老张再一次踏入藏经洞，直面而来的是那尊不知从哪儿搬来的泥塑观音，观音低眉，视他如待度的槛内人。

当地泥匠塑观音，会先用红柳木与稻草扎出一个人形的架子，这是观音的"骨"，再找来澄板土、草灰、棉絮一点点往骨架上堆填"肉"，避风避阳地阴干，最后再由画匠和好了细细的矿石颜料，给像画出一层"皮"。

所以当老张对上了观音慈而善的目光时，他却想起这般华美又栩栩如生的彩塑，却是稻草芯的，他脑海里不禁冒出一句话，"泥菩萨过河——自身难保"——自己是否能够渡过这劫？

能否保全了阿橘的同时,平安带着她回去?

木村带来的党项人一拥而上,将整个洞穴浇上了油,又点燃了混有动物脂肪的火把,将原本漆黑的甬道照得通红。

脂肪、烟灰气混着热力涌过来。这是死亡的味道。

"你要做什么?"阿橘问道。

"不交出琉火珠,那你们就只能死在这儿。反正一千年前杀了人,也不受现代法律管制,只是之后的王道士挖出经卷时,会凭空多出几具白骨。"

老张叹了口气,看似无奈而缓慢地抬起拿着琉火珠的手,可就在木村欲意上前去接时,老张的手臂突然发力,将手中的琉火珠反方向抛了出去。

木村当然是惊的,扑出去接,可还是太慢了,在窟口距离更近的玻明抢先一步捕获这颗珠子。老张看计已生效,迅速拉紧身边的阿橘,再紧握玻明递来的琉火珠。

紫光再一次出现。

穿越光晕隧道时,他们听见了木村几乎气急败坏的吼声:"给我点火!烧死……"

烧死什么?隧道里的人在想,但声音弱下去,火光和热力却升腾上来。

算了,不重要了,老张看着身旁并行的阿橘,心中就像也点燃了一支温暖火把。他安心地把自己交给了越来越浓厚的黑暗。

十一、藏经洞废墟

这一次，玻明用了好一会儿，才将老张唤醒。

见玻明许久未归，韩婶也跑到敦煌来了，以中老年旅游团的名义过来将玻明狠狠训了一顿，并威胁道，如果半个月内他无法顺利完成任务回家，她就要考虑辞职，因为"她不给没有前途的侦探当保姆"。

好在韩婶也带来了他熟悉的手艺，在她出发去鸣沙山骑骆驼拍艺术照之前，好歹还是给玻明做了一碗鹅油煎蛋面。

老张似乎就是给这味道香醒的。

"我好像在梦里看到了个披着羽衣的仙女，可她却冲着你说什么，再晚就赶不上喷气大巴发车了。"老张迷迷糊糊喝着面汤说。

"仙女是我家阿姨，她今天要去景点拍照，脖子上特地挂了条纱巾。说羽衣，过了点，八十块拼团抢的还有可能。"

"阿橘呢？"老张似乎终于清醒过来。

玻明撇撇嘴，没说话。

老张闭上眼，如同气球被人扎泄了气，高大的体形似乎也缩成了单薄的一截。

"你觉得是为什么？"属于刑警的最后一丝理智支持着他问出这个问题。

"有好几种可能，或许琉火珠每次只能带回来两个人；或许当时在场的木村又从你手中把阿橘拽了回去；又或许……或许阿橘已经不属于我们这个时代了。"

"不可能，当时阿橘明明已经认了我这个父亲，她是记得我的。她甚至还说自己跟我长得一模一样。她应该在父亲的身边，受到教育和呵护，她应该跟我回来……为什么……每一次我们什么都改变不了？"

"呃，"玻明打断，"事实上，我们也改变了一些东西的，藏经洞现在已经是废墟了，洞窟还在，但当初木村的一把火将它烧掉成了一个炭房。"

"那里面的经卷呢？"

"还记得琉火珠里的那幅画吗？"

"少女护着经卷在火中……阿橘！原来我改变了历史后反而害了她……"

老张将头埋进手臂，连日的奔波让他瘦了，此时透过病服可以看到他的微微突起的肩胛。

"无论多少次，我都要把她带回来！"

十二、轮回

再次跨越紫光隧道时，老张没有带玻明，一来是为了验证是否琉火珠每次只能带一人回来；二来连番回到过去，万全的准备让老张对千年前敦煌的风土人情渐渐熟悉，即使独自一人也不再是乱打乱撞了。

只是，落地的时间和身份无法全然被老张把控。因此，老张开始了漫长的穿梭之旅，他一次次踏进时间的洪流中，每一次琉火珠都会将他精准引向阿橘，每一次他都像抓住悬崖边的稻草一样，在穿越之时抓紧阿橘的手。

他是她的病人，是她的邻居，是藏经洞外的一个搬运工，是路过戈壁的脚僧,他一次又一次地穿越回这次时光,和阿橘相遇,与木村对抗,但无论如何,都无法将阿橘从那道紫色的隧道中带出来。

对于玻明来说,千年后的时间是一瞬,可是漫长的时间河流,却在老张身上留下了痕迹。

"第九次,你还要走?"玻明问道。

"对,还有一种可能没有试过。"

"哪种?"

"回到她刚刚走丢的时候,趁她还小,将她带回来,说不定琉火珠对孩子的影响机制和对成年人不一样!"

"你疯了!老张!琉火珠不是公交车,谁知道上面有没有儿童票!之前每一次的穿越,降临时间都在一〇四一年前后,这一次你彻底挪移了时间坐标,在没弄清楚琉火珠的生效机制前,这样做是风险很大的。"

"什么风险?"

"再也回不来的风险……永远留在一千年前的风险!"

老张沉默了一会儿,他的嘴角和眼尾出现了深刻的皱纹,这与长时间以来在敦煌炽烈的阳光下受到的高强度紫外线照射有关。

他老了,但这种衰老并不完全体现在皮肤的松弛和肌肉的萎缩上。衰老是一种状态,它逐渐将人原本的特征磨灭,就像从背影看上去,老张已与任何一个早上去菜市场买菜,晚饭后去公园下棋的老李、老赵、老钱再无区别。

即使玻明不是侦探，他也能清晰观察到这一切。

老张默默走出房门，听到玻明在身后喊道："喂，真的不怕回不来了？"

"如果我真的留在千年前，那你就完了。"

"为什么？"

"那样的话，我一定是你的曾曾曾曾曾祖父，是你祖宗！"

十三、六岁

当老张再次踏入那片时间的洪流，他成了个游医。老张当然不会医术，但他从现代带回了大量的医学资料，半真半假地演绎下来，没过太长时间，就成了那一带小有名气的神医。

阿橘就是在这时出现的。六岁的她生了重病，倒在医馆外，她的样子与老张记忆中的一模一样，因为高热，细密的汗珠爬上了她的额头，老张将她背回医馆，路上阿橘紧紧伏在父亲的肩头，仿佛他们从未分开过。

"阿伯？要带我去哪儿？"阿橘醒来，在老张肩头喃喃。

老张的步子迟疑了一秒。经过十年的光阴和数次的重度人生，自己的样子已经与阿橘心里高大的父亲不一样了。

"回家。"

可是这一次，琉火珠却失效了。

任凭他怎么像过去一样，驱动自己带女儿回去的想法，那颗珠子始终维持着冰冷的暗红色，死气沉沉地躺在老张手里。

于是他只好先喂女儿服下药剂，医好了她的病，等待珠子恢复往日的能力。

这么看来，玻明当初的担心是对的，琉火珠只能够稳定地穿越回一〇四一年前后，远早于这个时间的话，没办法随心所欲地操纵它再回来。

一〇四一年，老张默念这个年份。

一〇四一年，西夏入侵宋土，一〇四一年，藏经洞成。

一〇四一年，韩琦绘成那幅侍女壁画！

一〇四一年，阿橘成为"画壁"中人。

是的，那幅后来变得与琉火珠内图像一样的壁画，莫非是在它画成后，时空穿越功能才能稳定开启？

如果是这样，现在的老张只能等。

万幸的是，与女儿在一起的日子因快乐而过得飞快，他教会了女儿读书写字、医术厨艺，甚至在医馆外的庭院里扎了一个女儿儿时最爱的秋千。

阿橘一天天长高，却从未怀疑过老张的身份，师父师父地叫着，声音是软糯甜美的。

老张万万没有想到，第一次见到少女阿橘的时候，她口口声声提到的"师父"，那个自己想象中，代替自己履行"父亲"义务的"师父"，竟然就是自己！

老张从未想过时间穿梭会以这样的一种因缘际会的方式影响自己的人生，更没想到过，自己以这样的方式被困在光阴里，竟然是幸福的：他以另一种方式参与了女儿的成长。老张不知道该如何开口，向一个儿童解释时空穿梭和这整个复杂的故事，便下定决心，等到时间拨到她十六岁，琉火珠恢复能力时，再向她揭示真相。

而在学医的时间之外，阿橘经常独自跑到附近的寺庙中，读经看画。

自唐代起，西域诸国的使者、西行求法和东来弘道的僧侣不断途经敦煌往来于中原与西域、古印度、西亚之间，敦煌的民风也崇佛弘法，阿橘在此地长大，经书变成了她描摹汉字的媒介，诵经声成了她初识音律的底色。老张看在眼里，心中觉得自己的闺女与十七窟内的仕女，长得越来越像，或许是只有被佛经与文书浸染过的心性，才能有那样从容不迫的眉目。

十年的时间倏然而过。

在另一个自己将会带着玻明赶来之前，老张提前离开了医馆。他躲在暗处悄悄观察，期望以此揭开谜底——究竟为何自己的女儿每次都无法随自己回到现代？

但观察的结果却让他大惊失色。

第一次，老张是戈壁搬来的邻居，偷偷用布蒙阿橘的双目，两人成功消失在紫光之后。

但过了大约一炷香的时间，出现了第二道紫光，阿橘又凭空出现了，仿佛什么也没发生一般，继续在千年前的时间线上过本来的生活。

第二次，老张化为脚僧借宿在医馆内，与阿橘探讨佛经与药理，说起阿橘的掌纹特殊，握着她的手细看，然后将她拖入紫色的光晕。

可是不过少顷，阿橘再次回到视野中。

第三次,她依旧与老张一起消失了,但不久后她又回来了。

第四次,第五次……

直到第八次,在与木村的打斗后,老张、玻明、阿橘再一次成功地集体消失,然而过了不一会儿,阿橘又回来了,被木村捆绑在洒满油料的藏经洞内。

老张终于明白了。原来阿橘一点也不特殊,每一次她都被老张带回了千年后,只是因为某种原因,在成功跨越时空后,趁着老张还在昏睡的那段时间,提前醒来的她都会从老张手里夺过琉火珠,再次启用。

这么做的结果是,少女只身一人回到一切故事的原点——敦煌。而那之后阿橘再像个常人一样生活,直到下一次父亲的到来。

而老张和玻明对这一切,一无所知,始终不明白其中原因的他们还以为是琉火珠无法带回阿橘,只能重复地穿越,尝试改变结局。周而复始地,他们于千年之前一次又一次地相遇,但又被少女用一颗珠子再次分隔在时间河流的两端。

"原来我的闺女,才是心眼最多的那个人。"他自言自语道,又大又重的眼泪从眼眶中滴落下,来不及擦拭,便融入脚下的黄土,毫无痕迹。

老张突然想起了在琉火珠中的那幅画——天神般的少女在火舌舔舐中慷慨赴死。

热血涌上了他的颅腔,此时父亲的本能战胜了理智,老张不顾一切冲入洞中,但木村带来的夏人实在太多,几番交手后,老张被制服按在地上。

"爸,爸爸?"

"阿橘,你不要怕,我马上来救你。"他冲着被绑在观音像上的女儿说。

"爸爸,我什么都记得,对不起,每一次都是没跟你打招呼,直接溜回来的。你找我找得很辛苦吧?"

"你每一次都记得?"

"每一次。爸爸每一次出现的年龄都不一样,有时候老一些,有时候年轻些,头发的长度也不一样。每次分别后我都在想,下一次见面,你是什么样的?头发有多长?"

"但……为什么不跟我说清楚?我一直以为是我不配做父亲,才无法用琉火珠将你带回来!"老张的侧脸被狠狠按入黄土地上的凹陷,依旧像教育顽劣孩童一样,对着女儿大声吼道。

"爸爸,自从你第一次启用琉火珠,将木村带回千年之前,一切就注定走向这个结局。木村将夏人带进戈壁,进入这个藏经洞,然后用一把火烧毁这一洞的经书,这一切从第一次启动琉火珠时就已经是无法避免的运行轨迹。想到那些记录了佛经和经变的羊皮卷在火中翻飞的样子,我就不得不再次回来,我想救下它们。"

"只能用这种方式吗?直接告诉我不行吗?"

"我们都困在同一条时间线里,无论你我如何努力,这都是唯一的结局,在无数的梦里,我都看到,这是唯一的结局。对于你、我、经卷来说,最好的命运线就是……当初你不要回来,从未启动过琉火珠,这一切灾祸就不会开始。"

"如果我不曾回来找你,那么就意味着……千年永隔,我们再也见不到了?"

"是今生,只是今生再也见不到了。"阿橘缓缓道。

"什么今生来世的!为什么!为什么要舍弃我啊,阿橘?!"老张哭了起来。

"因为,这里有我不得不守护的东西,爸爸。"她环顾了四周堆积到藻井的经卷,刚刚老张与夏人的打斗碰倒了其中一摞卷轴,露出后面的壁画。

所绘之景再无火海,仕女图又恢复了低眉垂目的样子。

女儿看到画中人与自己相似的脸,低眉颔首,缓缓说道:

"我在这里守候了千年,在无数个梦里,似有神佛之声响起,告诉我,这些经卷的意义,并不止于这个时代。它们的存在,比人类之间小情小爱的情感纠缠要重要得多。而我今生存在的意义,就是守护它们。"

"那我呢?我是小情小爱的父亲,你是大情大义的菩萨?阿橘……你就是我人生的全部意义啊!"

老张嘶哑的喊声久久回荡。

第一次,也是最后一次,阿橘落下泪来。一滴如琉火珠般浑圆的泪水,从她细长的眼角滑下,坠入黑暗之中。

老张不想明白,却又不得不明白:眼前的女孩,是自己的女儿,却拥有着极其独特的灵魂。关于女儿的坚持,关于她从小显现出的对敦煌壁画与经卷的痴迷,不仅仅因为那五万平方米的壁画和四万卷遗书的辉煌盛大,还因为女儿的血液中流淌着一种他无法理解的东西,那种东西是浪漫的,是有着宿命感的,这种东西,让她成了敦煌本身。

"父女间的体己话说完了, 现在是不是要把琉火珠交出来了?"木村恶狠狠地说。

老张没有理会木村,在他的眼里,女儿的身影跟她身后被一同缚住的观音像渐渐重合,观音向他露出了一个微笑,算不上喜悦,但安心与温暖顺着心房流进他的血液。

老张知道,这就是女儿给他的告别。

泪水已经模糊了眼前的一切。

爱,究竟是占有,还是成全?

老张没有试图再去拉女儿的手,而是独自启动了琉火珠。

火光亮起,老张消失在了紫光深处。

十四、古寺

檀香冉冉。

玻明和老张与无明法师坐在禅室之中,静对无言。

一周前,老张穿越回来,和玻明见面,给玻明吓了一大跳。虽只过去十几日,老张却像是老了十岁。问清前因后果后,玻明惊得久久无言。最终,他长长叹了一口气。

好在,老张的精神状态还不错,有一种历尽喜悲的沉静感。

佛家所谓"放下",就是如此吧。

在老张的请求下,玻明带他来了古寺,见到了法师无明。老张坦言,一周前,他"第一次"使用琉火珠功能之前,自己从自己手里把珠子抢过来，然后砸碎了，请求无明法师原谅。

听完事情所有的始末后，无明久久不语，只是望着老张。

"琉火珠自有琉火珠的定数，施主不必介怀。倒是你，一生渡尽九世的劫难，也就积累了九世的功德，殊为不易。张施主，你可还好？"

老张露出一点苦涩的笑意，点了点头。

"我还好。师父，您可否看到，阿橘后来，过得还好吗？"

无明闭目沉吟了一会儿，道："她与韩琦结为夫妻，育有一子一女，时逢战乱，虽有颠簸，姻缘还算美满。因她坚守，经卷留存，人行佛事，功德无量。所以，她这一世可算很好了。"

"阿橘，到底是什么？"玻明实在忍不住，问出了这怪怪的一句话。

"她生来，就是敦煌的女儿，灵魂自画壁中来，终要回到画壁中去。"无明微笑。

老张还想问什么，无明却微微摇头。

"我能说的，只有这么多了。"

暮色渐沉，古寺里的一百零八声暮鼓响起来了。

老张知道，告别的时候到了。

老张与玻明站起身来，无明送他们到禅房门口。

老张的白发随着细细的风翻飞起来，背影微微佝偻。

无明似有不忍，终于还是多说了一句。

"阿橘的那个儿子，长得与张施主很像。"

禅房的门在身后关上了，夜露开始在石级上凝结。

长风漫卷，旷野无垠，古寺小得如同无尽时光洪流中的一个小小的沙盘。

　　老张隐约的抽泣，和玻明低声的安慰，都渐渐被晚风吹散了。

　　天边，如琉火珠一般的晚霞出现了，久久照耀着敦煌、古寺和万里山河。万丈光焰，似乎于无尽的时光中，未曾改变。

载于《科幻立方》2021 年第 5 期

安蒾

时距八光年

○、记录者

听到"时距"这个词时，他很明显愣了一下，目光中多了一丝轻视，就像在看这篇文章的你一样，或者他的反应更夸张一些，毕竟他是亲耳听到的。

我急忙解释："我当然知道光年是距离单位……"意识到这样解释多么画蛇添足，我的音量逐渐变低，然后不得不努力提高，硬起头皮，继续说："这是我自己造的词。时间的'时'，距离的'距'。听说你的故事后，我就立刻想到了这个词——'时距'。你知道的，相距八光年就意味着你和她之间存在八年的时间距离……"

坐在我对面的他，用微笑代替了轻视，但眉宇间仿佛依然在说："你果然是个二流作家。"然后，果不其然，他说："你果然是个三流作家。"

好吧，或许是我脑补了他表情中的含义，为了增加戏剧性而在上面这段文字中故意颠倒了语言和表情的先后顺序。其实就像我被提醒过的那样：他的表情、思维和声带保持了高度统一。

四十八年来一贯如此,让他不断得罪人,伤害人,不断地失去、失去、再失去。直到现在,他已经不用害怕失去什么。

因为他没什么可失去的了。

他的名字叫杜聊。2020 年的时候 25 岁,成为 B 大学魏明教授的博士研究生,后来跟随魏明教授参与"双子城计划",再后来原地就业,成了一名"图灵侦探",亲身感受地球人与亚眠移民之间的"时距"的不断增加。

所谓"图灵侦探",顾名思义就是使用图灵测试的手段识别伪装成人类的人工智能,以侦破和防止各种利用虚拟世界和人工智能的新型犯罪。在杜聊之前其实已经有类似的专业人员,他的后辈也不少,甚至能力超过杜聊的也大有人在,但被官方定义为"图灵侦探"并公开身份的,很不幸,杜聊是第一个。

"其实给人的感觉不是八年,而是十六年。"他纠正道,"每一个问题都要等十六年才会有答案。"

作为世界上第一个"图灵侦探",杜聊名不见经传,甚至因巨大失误而被迫提前退休时,都没有引起公众的关注。

三个月前,他却忽然成了"名人",也因此被官方承认为"图灵侦探"第一人。

一、名侦探归来

"大名鼎鼎"的杜聊在穿越"边界"时,看见远处有几个女孩围在一起窃窃私语,时不时看向他,还偷偷地笑。他知道那些女孩认出了自己,她们都见过杜聊十六年前的容貌。十六年对于杜聊这个年纪的人来说,一般不会带来容貌上的巨大改变,但杜聊远比十六年前更胖、更黑,皮肤粗糙,头发里掺杂了不少白发,发际线虽然没有明显的后移,但他的理发师却每次都会提醒他:你头顶上(的头发)又稀疏了一点,需要注意些(花点钱)了。另外,她们说不定也看过他现在的照片——关于他的报道并不难在网上找到。

由于成微澜的作品同样在地球上引发热潮,连杜聊都不得不在浏览各类新闻目录时接触作品中截取的动态图片。这些动态图片中的杜聊,大都正在专注于研究某样物证,年轻而自信,充满魅力。成微澜拍摄这些视频时并不需要也没有办法取得杜聊的同意,但丝毫不影响成微澜将所有热情和浓浓爱意融入镜头中,反映出十六年前最真实的杜聊。一个连杜聊自己都不再熟悉的自己。杜聊并没有去追究肖像权、隐私权之类毫无意义的东西——因为成微澜已经死了。

作为当事人,杜聊往往比其他观众多出一层想象——成微澜围着自己拍摄时,表现出来的更多是狂热,或许嘴角还带着口水,就像一只热爱羊羔肉的母豹。

现在,那些和成微澜年纪相仿的女孩,在偷偷谈论他,却不会主动跑过来打招呼,因为她们喜欢的是十六年前的杜聊,而不是现在这个颓废加胖版。让杜聊感到沮丧的是,其实十六年前的自己同样不受那时的女孩子们欢迎,相反,她们视他为怪胎,对他敬而远之。是成微澜这个怪胎让他这个怪胎在十六年后忽然成了人气角色,少女们幻想中的名侦探。或许他应该听从好友们的建议,重塑一下身材,做一些预防性的植发,这些都花不了多少钱,至少会增加年轻女孩子主动跟他打招呼的概率。

后来坐在我对面的杜聊说,出名后他很快就冷静下来,开始提醒自己,他的名气并非来自他所在的半座城市,或者他所在的这颗星球。他的名气来自"边界"另一边的半座城市,八光年之外的另一颗星球。在那个世界,当时的人们还不知道杜聊后来的所作所为,他们狂热地崇拜着彼时还意气风发的"图灵神探"杜聊,造成这一切的根源——文艺少女成微澜为他写了一本书,拍了一部纪录片。八年后,"边界"这边的半座城市和这颗星球上,人们也看到了这部纪录片,读到这本书,同样开始为杜聊疯狂,但问题是,他们很快就知道了杜聊已经做过的那些事情,犯下的大错——虽然很多人认为错不在他,甚至有人怀疑其中存在更深层的阴谋,但在崇拜和声援中,仍夹杂着受害者亲属对杜聊的控诉,不乏让他把书和纪录片的收益全部捐给受害者家属的声音——虽然杜聊并没有得到过任何收益。

　　事实上,十三个小时前,杜聊被叫到谭局长的面前时,还以为自己连退休金都被取消了。

　　双子城公共事务管理局的谭局长看上去很疲惫,目光锁定杜聊的脸,手里夹着一根烟,非常不熟练地弹着烟灰,几次让香烟和烟蒂一起掉在烟灰缸里,最后还是放弃了,扔掉了香烟,也扔掉了对这种复古时尚的追求。

　　"你知道的,他们找到了一种新的通信方式,叫什么微型虫洞同步渗透法,可以让两颗星球的通讯延时从八年降低到三个小时,缺点是需要消耗巨大的能量,并且带宽很窄,只能用来传递一些比较重要的信息。"谭局长说,"但是他们却给你发来一条私人信息。"

来自成微澜！这个显而易见的推论提前两秒闪过杜聊的大脑。

"来自成微澜。"谭局果然这样说，"那女孩死了，死前立下遗嘱，以她的全部遗产为代价，给你发送来一条信息：让你去调查她死亡的真相。"

让他坐下一班移民飞船去亚眠？彻底赶走他这个麻烦。但他很快意识到对方可能是另外一种意思。

局长从他的表情中看出了他的失神，很明显是误会了，于是说道："别太难过。"

"知道了。"杜聊说，"可是我已经退休了，没有调查权限。"是他们逼他退休的，甚至拒绝让他去内勤混日子。

"你现在有权限了，局里返聘你为特别顾问。"局长尽量掩饰自己对杜聊平淡反应的惊讶。

"那么负责这件事的人是……"

"就你一个人负责，局里没有空闲的人。"

所以就放纵一个特别顾问自己去调查吗？好吧，局长和局长背后的他们都知道，反正杜聊不可能隔着八光年距离在另一颗星球掀起什么风浪。

"好的。"杜聊站起来，"那么我去调查了，而且我也没有其他事情可做。"

杜聊转身离开，走出门，然后才想起来，其实最后那句话，他并没有说出口，只是在脑袋里想了一遍。会不会因此显得对局长很不够尊重？让局长取消他的临时调查权？

应该不至于，如果局长不让他去调查，还能让谁去呢？去调查八光年外的一个(前)富豪女作家死亡的真相——尽管这位富豪女作家似乎一生只写过一本书,只拍过一部纪录片——对地球上的新一代图灵侦探们来说,有什么意义呢?

慢着,杜聊忽然站住,想到了一个关键问题,如果是通过双子城去调查的话,那不就意味着……

三个月之后,他坐在我对面,苦笑着说:"我有将近八年的调查时间!从成微澜成名一直到她被谋杀。"

到时候九成九的可能是所有人都已经忘记了这件事,除了他自己。

他转动着眼前的咖啡杯,仿佛在寻找咖啡杯外壁图案中隐藏的密码:"他们根本不指望我破案。我是个'图灵侦探',我的专业是在虚拟世界中找出伪装成人类的人工智能。我不认为这种能力对破解成微澜的死亡之谜有什么帮助。更何况,上一次我做出了错误的判断,把真人当作人工智能,并且一意孤行,最终用一场灾难证明了自己的错误。我根本不是个合格的图灵侦探,我会再次让所有人失望,只是这次,他们都不在乎。除了已经死掉的成微澜。她想让我为她主持公道,她可能忘了我要再等八年才能等到她死去的那一刻,即使有人把犯罪现场的一切细节和所有相关信息都完整扫描进双子城的虚拟空间,然后我奇迹般地找到凶手,我也没钱把消息立刻传到亚眠,等亚眠获得调查结果已经是十六年后的事情了,凶手说不定都能逃回地球了!"

成微澜其实从未真正面对过表情、思维和声带保持高度统一的杜聊,也没有机会被后者的恶语相伤——很多人都被他第一次见面时便会脱口而出的第一句话伤害。

杜聊对我承认,这也是他最庆幸的地方,如果他真的有机会和成微澜面对面,他大概一开口就会说:"别盯着我看,滚远点!"

没机会说出这句话,他觉得,真是太好了。

二、双子城

故事写到这里,我觉得有必要先介绍一下"双子城",以免未来的读者没有听说过这座虚拟的城市,对故事情节一头雾水。

"双子城"是 SAT 虚拟现实技术公司在 2021 年启动的一个项目,属于亚眠殖民计划的一个小分支。而亚眠是距离地球大约八光年的一颗类地行星,看上去简直就是地球的孪生体——稍加调整就可以让人类直接呼吸的大气(附带舒适的气压),1.03 倍重力,47%地表被大海覆盖,333 天公转周期,23.4 小时自转周期,大部分地区四季分明,丰富的动植物及矿物资源,还有两颗漂亮如美人明眸的卫星。地球上的人们几乎倾尽所有财力和想象力才勉强开启了一部分人殖民亚眠的伟大航程,当然也有许多借机发财的公司。SAT 虚拟现实技术公司就是其中之一。它发现亚眠和地球之间的通信技术受限于光速,有接近八年的时差,但带宽却很充裕,反正闲置也是一种浪费,于是 SAT 便运作了一个对于整个殖民计划来说几乎没有意义的项目,并从中赚取了巨大财富,这个项目就是连接地球和亚眠的虚拟现实城市——双子城。

双子城以 21 世纪初的上海为蓝本设计建造,之所以这样做,完全源于 SAT 大老板的个人喜好,也因此让常年沉迷在双子城里的人们乐于去调侃这位老板的品位。

双子城和现实当中的上海的区别，在于它实际上是由两座以浦西为原型的半个城市拼接在一起的，中间以十二座大桥和二十四条隧道作为连接。这些通道跨越的以黄浦江为原型的界限，就是所谓的"边界"。无论从"边界"的哪边往另一边看，看到的都是浦东，但实际上"浦东"却并不存在，两边都是浦西。边界这边的城市优先数据来自地球，边界那边的城市优先数据来自亚眠。所谓"优先数据"，简单地举例来说，就是地球人可以在城市这边做任何事情，而当亚眠人来到城市的这边时，就像是幽灵一样，只能作为旁观者存在，甚至连这里的一滴水都无法移动，只能和他们随身携带来的物品互动，留下的数据记录需要等到八年后，才能通过系统级权限被地球人观测到。由于两地的通信存在八年的时差，亚眠人在城市这边看到和听到的一切事情，也都发生在八年前。而地球人在另一半城市中也同样，我们能看到的一切事情，同样发生在八年前。

　　因此就发生了本故事中的事件，八年前，成微澜来这边的城市，见证了杜聊作为"图灵侦探"的神奇事迹，将这些写成了书，拍成纪录片，引起轰动。八年后的今天，地球这边的人前往"边界"的另一边看到了这件事带来的轰动，同样对杜聊产生了巨大的兴趣。

　　不知道正在看这个故事的你是否能理解我的意思，如果无法理解，大可以翻回去再看一遍。我从不认为自己的智商比读者高，因此不认为读者看不懂我的作品。如果真的是我的叙述水平不够，导致你无法理解，我也没办法，因为我无法退钱给你的。

三、跨过边境，回到过去

让我们将关注点拉回到杜聊身上。接受新工作的杜聊，对于自己能否解决这个案子不抱一点希望，事实上，也没人在乎。谭局长不笨，他肯定会想到，双子城里的成微澜至少要等八年才会死，除非两颗星球之间的通信技术再次实现突破。据说最近上层迫于舆论压力，打算让杜聊恢复原职。但同样也有舆论认为杜聊不适合再当"图灵侦探"，就连杜聊自己都不想恢复原职。谭局长只是希望杜聊把后半辈子的时间花在并不重要的事情上——至少八年以内——不要给任何人添麻烦。

至于亚眠那边的公众，应该已经知道他的失败，或许根本不期待他的调查成果，甚至已经查明了真相。八年后，他们会见证他徒劳无功的调查，取笑他，就像地球上的人们一样。或许女作家是唯一对他还保留一点信心的人，甚至把他写进了遗嘱，期待再一次令人印象深刻的调查，让他重新振作起来。搞不好成微澜发来的所谓的消息，都是谭局长杜撰的，用来堵上某些人的嘴。总有些人怀疑政府机构的公信力，坚持去证明某些人因为发现了某些重大秘密而被打压、被陷害，比如杜聊，就是个很好利用的素材。

然而，杜聊却觉得自己肯定会让相信他的人失望，就像我在写这个故事的时候，总觉得会让读者失望一样。

杜聊当时的状态肯定是这样，他背负了一个八光年外带着遗憾死去的女作家的期待，再次踏上了通向另一个世界的道路，却猛然发现，其实有很多人都是因为他的存在而跑到对面的城市去的。

让我们回到故事的开头，杜聊试图再次用侦探的眼光去打量检查站里排队的人。除了那些女孩，他想当然地猜测还有更多的人准备去另一半城市看一场关于他的电影，因为这样更有趣。杜聊忽然想到那些女孩在现实中可能更加年轻，女孩们在进入虚拟世界前肯定会把自己修饰一番。不像杜聊，直接扫描一下，就用"原封不动"的样貌进入了虚拟世界。不是因为他不屑于去让自己看起来好看些，而是因为——单纯地讲——懒！或者严肃一点的说法：他没有时间浪费在这种无关紧要的事情上，就像许多这个年纪的人一样，开始感受到了时间的紧迫，开始浪费时间去思考判断哪些事情是在浪费时间。

他不年轻了。他娘的，他想，结果又回到了这个问题上：他不再年轻了。

人类再怎么变得长寿，四十岁的人还是会羡慕那些二十岁甚至十几岁的人。只因为他们开始意识到时光无法倒流，青春易逝。更加糟糕的是，即将在电影院里看见屏幕上年轻的你自己，踌躇满志地挥霍智慧，眼睛里散发着灵性，蔑视周围那些因为岁月而迟钝的表情和大脑，其中就包括现在的你自己。

杜聊开始恨那个拍摄纪录片的女人，唯一值得欣慰的是，他知道她也已经不再是二十岁，也不再年轻。她已经死了，却强迫他跑到边界的另一边，了解她所做的一切，包括那该死的纪录片。

穿过"边界"，来到另一边的城市，杜聊看到这边排队等候过境的人似乎比自己那边要更多一些。杜聊迫使自己不去妄想那些人都是自己的粉丝。据说自己以前办案的地方，有很多来自八光年外的朝圣者，他们兴奋得到处拍照，观看杜聊办案的一举一动，录下他的每一句话，拍下他的每一个动作。

很快他们就会失望的，再过三个月——准确地说这三个月早就过去了——亚眠的人就会看到他犯下弥天大错，导致一个人类脑死亡，而且这个人还是即将前往火星提供重要技术支持的工程师。他们会见证杜聊从天堂跌落到地狱的过程——当然那只是对亚眠的人来说，对杜聊来说，十六年前他只是从一个默默无闻的图灵侦探变成一个默默无闻的杀人凶手而已。

如果不是成微澜的书、纪录片和死亡，他永远都没有再次办案的机会……

等一下，从成微澜的纪录片上映，到她死后委托自己去调查死因，刚好是八年时间，仅比地球和亚眠之间的时差短一点点，这难道是刻意为之？从这个角度去看，成微澜自杀的可能性就大大增加了，她想到了一个可以强迫他去"关注"她为他所作所为的有效方式，并付诸实践。就算杜聊怀疑她，得到证据也需要八年时间。

然而对于杜聊这个年纪的人来说，虚度八年光阴，光想想都让他不寒而栗。

杜聊在穿过人群的时候花了一些时间，刚刚经过边界，杜聊就注意到了许多地球人和他的行动路线一致。分辨地球人和亚眠人很容易，地球人总是小心翼翼，躲躲闪闪。要知道，处在次优先级数据的地球人，如果忘记打开躲避系统，就连一只路过的猫都能将之撞个跟头，更不用说那些普通的路人，以及路上横冲直撞的车辆了。没有任何人会给你让路，街上的车辆完全忽略你的存在。你在这里过马路,会有一种充当老动画片中过街老鼠一样的错觉,必须集中全部精神,躲开每一辆加速行驶来的车。当然,即使被撞飞,也不是致命的,但为了真实,你仍会觉得很疼,并且不想经历第二次,除非你是个受虐狂。这当然不是那些驾驶者的错,他们是真的看不见你。地铁是地球人的最佳交通工具,但必须选择较为空闲的地铁,否则将有被"挤扁"的危险。其实SAT公司为次优先级的旅客提供了特殊交通方式,比如违反物理规则的"飞行",但是费用昂贵,同时缺少了像个幽灵一样游走人间的刺激。"躲避系统"是个便宜的选择,能让人像一片羽毛一样,面对任何冲撞,都被空气挤压到旁边,轻飘飘的,甚至允许部分身体穿过实体,真的有种做鬼的感觉。有些人很喜欢这个系统。但大部分人打开"躲避系统"的时间久了,会觉得恶心,想呕吐,所以只有在紧急情况下才会打开。

杜聊没有打开"躲避系统",而是小心翼翼地行走,很快就放松下来,找回了十六年前那种熟悉的感觉。这座城市是他的导师魏明教授主导设计的。杜聊几乎全程参与。其后他生命中最宝贵的六年都消耗在这座城市中,踏遍了双子城中的每一个角落,追踪并逮捕那些隐匿在人群中的非法人工智能。

然而这种熟悉的感觉让他从开始的兴奋快速滑落到失落和沮丧,就像游子返回儿时生活的街道,感怀无法回归的旧日时光,生命的流逝,死亡的迫近。许多人在他现在这个年纪,才刚刚开始走上人生的巅峰。他却已经成了一个岁月飞逝后残留的幽灵,不仅仅是对于边界另一边的城市,对于整个宇宙来说,也是如此。

这份惆怅让他差点错过了一条系统通知：由于可能受到一场超大规模太阳风暴的影响，双子城将在 12 小时后关闭，并在 24 小时内重新上线。

四、老式电影

杜聊在电影院里，经过一番努力终于找到一个空位。但是在他坐下后并选择一个舒服的坐姿前，座位真正的主人出现了。他只能换一个位置。这样换来换去，他发现自己和那群女孩中的一个坐在了一起——就是在边界望着他窃窃私语的那群地球女孩——迫于和他同样的理由，女孩们已经散落在电影院的各个角落。

电影开场，杜聊看了二十多分钟才意识到，他选错了放映厅——这根本不是成微澜的纪录片，而是根据成微澜的作品改编的电影。很显然，亚眠那边的影视商人正在试图将成微澜的作品利益最大化。银幕上那个装模作样的图灵侦探与杜聊有些神似，却是个货真价实的演员。

"很不一样是不是？"旁边那个长头发女孩说，"那个演员。"她的长发有些弯曲，中间带有一丝蓝色，看上去很复古。

"当然不一样。"杜聊以为女孩在说演员和他自己。

"我看过演员之前的采访，说这是一次前所未有的演出，不再从头到尾面对空气，通过想象去表演，而是站在实景中面对其他演员去表演，前所未有的有趣，所有人都变得很轻松。"

杜聊开始有些明白女孩的意思了。

自从虚拟现实技术的副产品——全景电影出现后，所有的

182

表演都要求演员站在摄影棚中，在超高解析度 360 度摄像机的拍摄下，面对空气演出，然后经电脑处理，加入到场景中，与其他演员配合。甚至连一个路人角色也要这样拍摄，只要他有可能和观众擦肩而过。当观影者可以从任何一个角度去观看表演时，对于演员来说，表演都必须达到无懈可击。拍摄给小孩子看的节目时尤其让人头痛，他们没有你预想中的思维惯性，不会跟着你的明示、暗示走固定的路线，而是到处乱跑。

而在这家复古的电影院里，他们看到的却是一场平面上的演出，新奇中带有一点无聊，像看一本书，却必须抬头。

这大概就是现实世界已经没有电影院存在的原因吧。

虚拟世界与其说是人们怀旧的地方，倒不如说是人们享受另一种生活的地方，各种不方便的交通方式，各种无聊的娱乐方式，却让许多人沉迷。

而"边界那边的城市"更加让人向往。

因为你到了这里，就成了一个幽灵，一个窥伺者，虽然会有其他幽灵存在，你可以与他们交流，但你仍然会觉得自己很孤独，随着停留时间的增加，找到另一个幽灵会变得越来越难。

就像知道杜聊在想什么，头发微卷的女孩对杜聊说："别看我们一起来的人有十个，但过不了几个小时，就找不到其他人了。她们很快就会跑得无影无踪，到了晚上，作为幽灵的我们，反而更加容易感到恐怖。"

所以，她是个经常来到这个世界的人？杜聊想，跟现在的自己不一样。

卸任之后，杜聊就很少进入虚拟世界了。

虽然真实的世界已经够糟糕的了，人口爆炸、资源紧张，人们预料到了危机，找到了八光年外的那个世界，但愿意去的人却越来越少，最终大多数踏上旅途的人都是迫不得已。

这跟人们一开始想象的不一样：21世纪上半叶，那些富豪们争先恐后地探索宇宙——准确地说——疯狂地探索着太阳系，前仆后继，一个接着一个的年轻科技富豪死在远征宇宙的路上，许多甚至是在火箭点火后的十几秒内就葬身在大气层内，让人们开始担心这个世界的未来缺少科技领袖。

事实上，真的是这样。

仅仅数年后，人类的科技领袖就出现了一个巨大的断层——但这种说法也不完全正确——据说那些诞生自互联网的超级人工智能"神灵"就是这些科技领袖的人格分身。但是到了招募前往亚眠的殖民者时，能找到的只有一群在地球上生活不下去的人，缺少精英阶层的响应，简直成了当年美洲殖民潮的翻版。

"第一个到达新世界的人，是英雄；第二个到达新世界的人，是罪犯！"

只要出现与太空殖民相关的犯罪，新闻里就一定会出现这句不知道是谁说的名言。

双子城项目成了两颗星球之间最重要的联系途径之一，在这里，他们可以一起怀念人类最美好的时代。比如，一个看起来很像老式侦探电影的故事。这并非偶然，处在地球和移民者之间的这个虚拟世界很容易成为犯罪者的目标，侦探故事诞生在这里毫不让人意外。

杜聊的胡思乱想，已经让他的思路与屏幕中的故事完全脱节，不过他知道那是个怎样的故事，毕竟他是主角的原型。故事中，他追踪一群伪装成人类的人工智能，数量足有上百人。可是最终，他却发现，这上百个人工智能来自同一个海底矿主，用来当作死去矿工的替身，让现实世界的矿工亲友以为他们还活着，以此逃避巨额赔偿金和刑事责任。那是杜聊遇到过的最棘手的案子之一，也很有娱乐性。海底矿主很快意识到了杜聊的追踪，立刻给他设计了一个陷阱，让现实世界中追踪而来的杜聊差点葬身在一次"恐怖袭击"中，跟一百多具矿工遗骸一起烧成骨灰，然后撒进海里喂鱼。整个故事惊心动魄，过程曲折，场景壮观，刺激视听，确实适合当作老式侦探电影的素材。虽然对于当事人来说绝对是个不愿意去回忆的噩梦。

　　旁边的女孩忽然翻了个身，在杜聊反应过来之前，已经面对面坐到了他身上，挡住屏幕上正在被人工智能群殴的"图灵侦探"。两人就这么卡在了电影院窄小的座位里。

　　"你来这边找她，对不对？"女孩把他狠狠地挤到座位里，让他无法挣扎，"你想看看她的一切，她的生活。你想知道，她在生活中，是如何崇拜你的。"

　　我不想知道！但他没说出口。她们果然认出了他，并且故意跟他到同一家电影院看电影，其中最大胆或者最幸运的一个，坐到了他旁边。

　　旁边的座位忽然被一个亚眠人占据了，或许是杜聊想错了？像个年轻人一样自作多情？但女孩年轻的身体却实实在在地压在他腿上，用双手撑着他的胸膛，故意让上半身保持距离。而他只能感觉到对方因为消瘦而硬邦邦的胯骨,没有想入非非,更别提激起性欲,倒像是被刑具禁锢。

"可是你却胆小了,跑到了这种地方来。"女孩一边拷问他的心灵,一边回头,痴迷地看了眼屏幕,"你难道不会嫉妒年轻时的自己吗?"

"当然会。"杜聊咬牙切齿地回答,"我还想去教训他一顿,让他明白自己的自大和狂妄会害死多少人!"电影故事中的一百多个人工智能并没有老老实实按照海底矿主的意愿行动——从矿场离职后,想办法去"死"——而是想尽办法"活下去",并努力扮演好家庭支柱的角色。它们大都依靠真实人类的身份,在虚拟世界找到了更好的工作,在"远离家乡的地方"努力赚钱养家糊口。随着海底矿主的自杀身亡和一百多个人工智能的销毁,杜聊为死者讨回该有的公道,却没能为死者讨回该有的赔偿。他带回了正义,也带来了一百多个家庭的毁灭。其中一些失去经济来源和希望的矿工家人选择了死亡。杜聊夺走了他们本可以依靠虚拟世界和人工智能带来的"幸福"。

不过很少有人知道这些后续,连成微澜的纪录片中都没有提到,相信面前的女孩也不知道,但这不影响她继续拷问杜聊:"可是你无法回到过去,你无法真正面对那个女作家,即使你抢到了去亚眠的最后一张船票,你也见不到年轻的成微澜。"

而且她已经死了!不过眼前的女孩并不知道。成微澜的死讯和遗嘱同样只有极少数人知道。

"你应该回去,回到原来的世界,夺回本该属于你的一切。"女孩终于俯下身,靠近他,诱惑他,用嘴唇擦着他的耳垂,吹燃他隐藏在人性灰烬下的最后一丝自私的火苗。

可是，那些被我夺走一切的人会怎么想呢？

杜聊的手打开了躲避系统，并将穿透度调到最高，身体一下子穿透了座椅，倒在后面人的腿上——他忘记了这个时代的座椅后面一排总是比前面一排高。他知道自己的样子有些狼狈，爬起来的样子足以让人发笑，可是他逃走的时候，却只看到了那女孩一张愤怒的脸。

他谨慎地把穿透度调回正常值，从一个打开的安全出口快步走出放映厅，幸好侦探的习惯还在，早就规划好了撤退路线。

但那女孩追出来得更快，很快与匆匆走出电影院的杜聊并肩而行。

"去哪儿？"女孩问。

"去见她！"杜聊回答。

"我就知道！"女孩早有预料。

"你认为你刚才做的，让我对自身的异性吸引力多了一些自信，于是就有胆量去见成微澜了，对吗？"

"就是这样！"女孩骄傲地回答。

好吧，确实是这样。不过他不会承认的。

杜聊回头看向电影院门口，并没有看到其他女孩。当然她们也没必要跟出来，只要面前的这个女孩对朋友开放视觉共享权限，他就成了被围观的对象。

"你可以叫我蓝卷。"女孩指着自己的头发说。

"我承认我就是杜聊。"杜聊用他最礼貌的方式自我介绍。

"你没有电影里那么讨厌。"

"也许是没有了让人讨厌的资本。"毕竟在现实中他既不是名侦探也不是电影明星。

女孩的脚步忽然慢了半拍，但很快又跟上："我可以告诉你成微澜现在在哪里,她不在家。"

这么说,她的同伴当中,有至少一个去找成微澜了。

"那么,回报是什么？"杜聊在马路中间停下脚步,看着身侧的车流飞驰。

"我要你重新成为一名'图灵侦探',最好花点时间打扮一下自己。"女孩没有跟着他走进车流,而是打开了昂贵的飞行模式,悬浮在他头顶上。

她想让杜聊变成她可以喜欢的样子？

"受害者的家属会杀了我。"杜聊回答。

"他们不会。有人会阻止他们,甚至让他们闭嘴。"现在她的话,更像是在威胁杜聊。或许她要的不是杜聊变成她可以喜欢的样子,而是她需要的样子。

"抱歉,要让你失望了。我想我不会再次成为'图灵侦探',尤其是在一个人工智能的威胁下,更不可能。"杜聊笑眯眯地盯着对方的眼睛。

"你是怎么发现的？"

"你的步调。我走出来的时候,刻意变换了几次步幅和节奏,你却能保持一致,这一点是人类做不到的。我想你应该使用了一个辅助系统来处理自己的步幅和节奏,要么就是根本不在乎被我识破。"

女孩落到了他身边："我是故意这样做的, 看看你是否还有

'图灵侦探'的本事。"

"你太小看我了。这点破绽连刚入行的'图灵侦探'都能发现。"杜聊肆无忌惮地盯着女孩的身体，"如果我没猜错的话，那些所谓的同伴，其实都是同一个人工智能控制的虚拟体，对吧？"

"网上说，亚眠星的成微澜最近失踪了，在真实的时空中。"女孩忽然岔开话题。

杜聊发现对方没有用"死"这个词，而是用"失踪"，作为一个看起来很高等的人工智能，截获这种保密等级并不算高的信息，应该不是难事。或许，她知道的比杜聊更多。

至少她正在试图让杜聊这样想。

好吧。

五、记录者

关于杜聊被一个人工智能盯上并建议恢复"图灵侦探"身份的事，并没有出现在任何文件中，这引起了我的兴趣。

"那么你当时对此事有何猜测呢？"我问。

"成微澜可能是真的失踪了，但具体细节我无从得知。也许八年后我会知道，如果亚眠警方并没有发现她的尸体，只得到了符合基因记录的血迹、遗嘱，以及长期未登录的账户。"他盯着我补充道，"如果用卫星对整个星球扫描都没有找到她，如果她被劫持到了外太空，那么我也对破案无能为力。"

"我是说，你觉得盯上你的人工智能有什么企图？"我尴尬地解释刚才的问题。

"无论它有什么企图，我都无法再次成为'图灵侦探'。"

"为什么？"

他长长地叹了口气，不再盯着我："其实，'图灵侦探'并不是不想出名，而是不能出名，他们并不需要对外隐瞒自己的身份，而是需要隐瞒调查办案的全过程。这让他们跟一般的警察不一样，很容易招来各种抨击。但是因为成微澜，我现在是唯一一个，全部办案过程都被记录下来的'图灵侦探'。在图灵测试中，如果测试对象对测试者和测试内容有充分的了解，通过测试会变得十分简单。"

杜聊重新盯着我，五秒钟后才重新开口："所以，你大概能猜出她的目的。"

我尝试着回答："人工智能希望你回到原来的岗位上，就是为了让你在参与'图灵侦探'的调查时，给人工智能一方带来优势，甚至误导调查方向。"

杜聊苦笑着摇摇头："一开始我也这样想，然而很可惜，并不是这样。"

"那么它的目的是？"

"仅仅是感到有趣，或者是希望我成为她喜欢的那种人。"

"哦……"

"虽然我相信总有一天会有人工智能跑来诱惑我重返岗位，但那次我完全猜错——她并不是一个人工智能。"

六、多体控制者

直到女孩笑得前仰后合，像随风摇曳的花朵，杜聊才终于意识到，自己被骗了。人工智能不会这样情绪失控，甚至连模仿都达不到这种程度。恰恰是因为人工智能在模仿人类方面越来越成熟，谨慎的表演减少了情绪失控的可能。

"大叔，你离开太久了，这个世界已经跟以前完全不一样了。"

"你不是人工智能，你是个黑客，一个多体控制者。"杜聊说话时，甚至能感到口腔中的苦涩。

是的，这个虚拟世界只是看上去跟以前一样，实际上却已经有了翻天覆地的变化。杜聊虽然离开长达十六年，但并非躲在家里，与世隔绝。他只是还没有把自己得到的信息和现实结合在一起：现在这个时代，不仅仅有伪装成人类的人工智能，还有喜欢伪装成人工智能的人类。后者的初衷往往只是为了给《图灵侦探》添乱。

而多体控制者，是这些黑客中最容易被误认为人工智能的那一类，他们往往通过"分体控制器"等技术手段欺骗虚拟世界的系统，同时操控数个、数十个甚至是上百个虚拟个体。就像拥有上百双眼、上百对手臂和上百双腿一样，拥有完全不同于人类的体验。因为有一些肢体由辅助系统去操控，所以很容易被判定为人工智能。比如面前这个女孩，就用辅助系统控制的两条腿误导了杜聊。

"原来你知道多体控制者啊。"女孩竟然有些惊讶，看来她真的把杜聊当成老古董了，"不过我能控制的虚拟个体最多只有十个。我不想控制太多，会头昏，虽然很多家伙说同时控制一百个虚拟个体的感觉非常奇妙，脑袋里会疯狂地分泌多巴胺。但我就是不喜欢。我控制的十个个体中，甚至只有一个能说话。不过最近我开始使用意识分解来控制第十一个虚拟个体了，就是它找到了成微澜。"

　　好吧，其实那比控制一百个虚拟个体更加糟糕。意识分解使用的设备被称为"分念器"，可以将意识以毫秒甚至微秒为单位分割，如果将单复数的意识单位隔离，分别重组，就变成了两个独立的意识。如果每三个意识单位提取出一个，进行重组，就能获得三个独立的意识。以此类推。据说有人获得了数百上千个独立意识，那是一种非常奇妙的体验，就像在深度睡眠时一瞬间做数百上千个梦，却能分清先后顺序，据说这涉及大脑运作原理和量子力学。许多人恢复为一个意识后，很快就崩溃了，没过多久就被判定为脑死亡。其实将意识分解为十个以上，就会面对巨大风险，可能造成精神错乱，在精神病院度过余生。

　　简单来说，蓝卷的做法就像一个吸毒者觉得大麻有害身体健康，决定改用海洛因。

　　然而杜聊却并不觉得自己有资格去指责对方，毕竟人类伪装人工智能或者多体控制或者意识分解都不算犯罪，而她对杜聊所做的，顶多只是个无伤大雅的恶作剧而已。

　　更何况，对方还可以并且打算帮杜聊的忙。

七、遇见成微澜

　　成微澜在参加一个酒会，就是让人看起来置身社会上层的那种酒会。杜聊不知道自己在现实世界参加这样的酒会将有什么感觉，不过在虚拟世界中，没有任何不自在，毕竟自己只是个幽灵，只需要避开走来走去的人群就好。

蓝卷在前面轻车熟路地带着他,穿过人群,很快就来到成微澜身边。不过杜聊首先看到的是另一个蓝卷,虽然她和带自己来的那个蓝卷外表不一样,眼神不一样,但很明显是个幽灵,而且知道自己的到来。

然后杜聊才看到成微澜。

杜聊终于看见了成微澜。

成微澜看起来非常紧张,不自在地看着四周,并且对自己衣着相当没有自信,怀疑自己与这身穿戴不搭配,事实也是如此,她看上去就是某个形象管理师的报复对象。

正在跟她聊天的中年人注意到了她的窘迫,正在试图让她放松下来。

"上一批移民中,有个家伙来我的农场找工作,我花了三天才搞清楚,他并不是和我语言不通,而是他根本就不识字!但他却编出了一门外语,假装看不懂也听不懂汉语!幸好被我及时发现,把他赶了出去。真没想到,他们竟然让一个不识字的家伙登上了移民船!"

不然还会有谁愿意移民去八光年外的蛮荒之地呢?

"一台辅助电脑应该可以解决这个问题。"成微澜心不在焉地回答,努力给自己灌酒,试图让自己变得不那么清醒,不过听她回答的内容和语调,这样的努力并不怎么成功。

"我才不会在那样的家伙身上浪费钱呢。"中年人叫道,"一个人不识字只能是因为他太懒了。他以为到了亚眠,低头就可以捡到黄金,不需要努力干活儿。这种人不仅不被需要,而且说实话,他们的存在本身就很危险。我怀疑,是地球那些家伙故意把他送过来的。"

"别忘了你说的话会被地球人听到。"

"那又怎么样？反正是八年后的事情，等他们因此来追杀我，最快也是十几年后的事情了。"

话题好像忽然引起了成微澜的注意，她压低了声音，凑近那个中年男人："听说空间跳跃技术有了新进展，是吗？"

"他们每天都有'新进展'，就像长生不死技术和攻克癌症一样，一直有'进展'，却始终做不到。能够在这么近的地方找到一颗适合人类居住的行星，已经是巨大的幸运，这种好运不会再有了。这里将成为人类最后的新世界。我知道关于第二个新世界'贝罗萨'的传闻，但那肯定是假的，就算是真的，他们也找不到愿意去'贝罗萨'的殖民者。"

"原来你是个悲观主义者。"

"人年纪大了都会变成悲观主义者。"这不奇怪，亚眠星所谓的上层人士，大都也是在地球上层社会混不下去的淘汰者。

"抱歉，我还年轻，还想乐观地享受人生。"成微澜终于离开了中年男人，往角落里移动。

"你是否也变成了一个悲观主义者呢？"她一边走一边说，仿佛在自言自语，但杜聊却意识到，她在对自己说话，"我不认为这是人类最后的新世界，如果人类真的发现了另一颗宜居星球。我想我也会去的。"

她尽量不让周围的人注意到自己正在对空气说话，却又显得不是那么在乎别人的眼光，反正衣着已经暴露了自己的阶层。

"如果你来看我的话，应该已经49岁了吧？不要觉得我还年轻就嫉妒我，其实我在'现实'中也33岁了。我们的差距并没有你感觉的那么大。"

杜聊忽然意识到，自己直到现在才开始认真观察面前的成微澜。

她太普通了，跟照片上完全不一样，这并不出人意料。出人意料的是，她虽然不漂亮，却很容易让人印象深刻，又不丑，结果就是，你会记住她，并且回味很久。不知为什么，杜聊总想象着对方戴眼镜的样子，但实际上成微澜却并没有用眼镜作为装饰品。

"有没有觉得，她感觉上跟想象中很不一样。"蓝卷也这样评价，"不过她和你真的很配。"

杜聊直接无视了对方语气中的冒犯之意和故意的挑衅。

成微澜走出了酒会场地，走向了电梯间："我想去城市的最高处看看，你会跟我来吗？"

原来这座建筑就是双子城最高的建筑啊。很荒谬的是，这座建筑其实并不出名，因为以上海为原型的这座虚拟城市，按理说最高建筑应该在浦东，可惜浦东并不存在。而实际上的最高建筑，不管是在虚拟世界还是在现实中，都没有受到多少关注，甚至连建造过程也因为同样的问题而一波三折。

杜聊曾经问过自己的导师魏教授，为什么不完整地复制上海，而是只复制一半。

"当然是为了让人在潜意识中对另一侧的世界产生好奇。"魏教授这样解释道，"这个项目之所以被通过，并不是因为它是个娱乐产品。未来它会变成什么样我不知道，至少在前期，它对地球人和亚眠殖民者的心理会产生完全不同的影响。对于地球人来说,它会激发他们对另一侧世界的好奇心,而当他们前往另一侧世界的时候, 完全相同的布局和幽灵一样的处境又会给他们带来心理上的安全感。消除他们对太空移民的恐惧。而亚眠殖民者却可以一边在这座城市中怀旧, 一边维持相互之间以及与地球之间的联系,避免新世界带来的孤独感。正是因为这种心理层面的作用,'双子城'才会得到政府的支持, 并且有存在的意义。"

忘了告诉各位读者,这位魏教授是以心理学出名的,当时正热衷于研究虚拟现实技术对人类心理的影响并因此出名。

当然,双子城的发展,是魏教授始料未及的,或者说,他压根没有思考过会有怎样的发展。因为魏教授感兴趣的始终是人,对人工智能毫无兴趣, 因此并未预见到人工智能犯罪对双子城的影响。不过杜聊觉得,魏教授现在或许正在关注类似蓝卷这种黑客的心理问题,也是很有可能的。

杜聊和蓝卷跟着成微澜一起乘坐电梯,到达了这座建筑的顶层,一座巨大的空中花园。而蓝卷的意识分身却去了别的地方。杜聊觉得那个分身的性格似乎和蓝卷有些不同,至少兴趣点完全不一样。如果不是被蓝卷命令,她肯定会对杜聊和成微澜毫无兴趣。不过杜聊又想到,蓝卷经过意识分割后,如何确定两个分身的主从关系呢?

杜聊发现自己的思绪越来越远,急忙拉回到现实中,看着空荡的花园,以及游荡其中的成微澜。

"我的朋友又少了一个。"她说,"他决定不再来双子城了。亚眠的移民者正在分裂,一半的人希望新世界和你们的世界不一样,另一半人希望新世界和你们的世界完全一样!后者被留在最初的殖民基地,前者很快遍布了星球的每个角落,而且大多数是年轻人。我知道总有一天大家都会走,只是没想到会这么快。"

蓝卷不屑地插嘴:"如果可以随便占领大片的土地,我也会离开。没想到那些殖民的家伙竟然等了十几年才开始这么做。"

杜聊叹了口气,蓝卷太年轻了,不会像他这代人,去详细了解《星际移民法》,地球政府不会让移民们肆无忌惮地占领新世界的大片领土,他们对每个移民者携带个人财产进行了严格限制,保证他们没有足够的机器人去管理和保卫大片私人土地,只能在《移民法》允许的程度内建立自己的新家,而不是一个国家。但魏教授认为移民者仍然会很快遍及整个亚眠星,哪怕只依靠少量机器人作为劳动力。每个家庭之间的距离都很远,极少会有人选择群居,人们一定会想出约定俗成的规则彼此划分边界,然后老死不相往来。在这种情况下"双子城"将成为许多人互相联系、弥补社交需求甚至宣泄性欲的最佳途径。现在看来,很多人甚至拒绝再次进入"双子城",至少暂时如此。

经过成微澜断断续续地诉说,加上杜聊的脑补,他们大概了解了亚眠的现状。

魏教授的预言十分准确:拥有机器人仆从和各种先进装备的人类个体太强大了,导致移民们的领地意识最终战胜了群居属性。

人们开始为捍卫自己的领土不择手段,这就让亚眠社会潜伏了崩溃的裂隙。

魏教授曾经对杜聊提起过这种可能,如果真的出现了这种结果，就说明，有人在背后控制这一切。而且控制的手并非来自移民政府，而是地球上的那些大公司。从某种角度上来说，《移民法》对移民们个人财产的限制，反而帮助了这些大公司控制移民。只有他们能额外提供给移民用于劳作和保安的机器人、设备以及武器，就像地球上贷款给农民添置耕种设备、种子、农药的银行，利用利息、经营不善和自然灾害，大公司最终必然会夺走移民手上的土地。虽然有八年时差存在，加上反馈时间，至少十六年。但这些大公司却以前所未有的耐心逐步从移民政府手中夺走对亚眠的控制权。

魏教授对于亚眠星殖民地最坏的推测，正在成为现实。因为亚眠政府一直被远程掌控在地球政府手中，不敢逾越《移民法》一步，缺乏灵活性，瞻前顾后，掣肘太多，甚至有很多官员被偷偷收买。人类踏出星际移民第一步的主导权，就这样落入了短视的大公司手中。

成微澜又开口了："其实他的离开，也让我松了口气。他……离开之前，就有点神经兮兮的，总是说什么这颗星球上没有神灵，人类移民到这颗星球时，没把神灵带过来。"

蓝卷若有所思："缺少精神寄托吗？没听说移民筛选的时候，限制过宗教信仰啊？"

杜聊本身是个无神论者，也没关注过殖民者宗教信仰方面的研究，魏教授应该有过这方面的研究，但杜聊并不打算去请教魏教授，因为他本身就对宗教缺少兴趣。

"不过我想，随着越来越多的移民飞船到达亚眠，神灵总会来的，不是吗？"成微澜忽然解释道。

"她信仰什么宗教吗？"蓝卷又插嘴问。

"不知道。"资料里并没有相关记录，杜聊猜她很可能是无神论者，否则不会用"神灵"这个词，而是会提起某个专用的名称，比如"上帝"。毕竟她使用的是中文，这里面有非常大的区别。而且中文的"神灵"还特指互联网中诞生的那些东西。

"反而是没人担心机器人取代人类统治这颗星球，这让人奇怪了。"成微澜继续自言自语，"上个月有个家伙就因为喝醉了被家里机器人从后面抱住双腿小便，就像大人给小孩子把屎把尿那样，这人觉得自己受到奇耻大辱而虐杀了那台机器人，差点激起农场机器人集体暴动，因为他竟然不知道联网的机器人会把自我保护警报叠加放大，就在其他机器人面前虐杀机器人，以为这样可以杀鸡儆猴。要知道'老师傅'也是这样帮病人解决小便问题的。"

成微澜所说的"老师傅"是 INAR (I Need A Robot) 公司早期推出的医护机器人的一个系列，被 INAR 免费送给各大医院照顾病人尤其是无法动弹的重症病人，凭借远超人类的耐心、力量及细致入微的观察力，"老师傅"系列机器人很快就获得患者和家属的欢迎，一定程度上抵消了社会对机器人的抵触情绪，并帮助 INAR 迅速打开了市场。利用医护机器人来普及机器人的灵感来自 INAR 公司老板 16 岁时因烟雾症（一种原因不明的脑血管畸形）造成的脑出血住院的经历。当时这位年轻的未来科技领袖左侧身体动弹不得，还被医生禁止移动，为防止脑积水而被注射了甘露醇，造成排尿困难，痛苦不堪，幻想着有个强壮又细心的机器人抱着自己去厕所，于是说出了那句名言："I Need A

Robot."病愈后,他患病的经历和在康复治疗过程中及其后深入学习的人体肌肉控制方面的知识,再加上康复训练中磨炼出来的坚韧意志,当然还有他堪称天才的高智商——全拜增强大脑供血的烟雾症手术和为了预防癫痫而不得不植入的第一代脑机接口所赐,让他20岁时创办INAR公司很快便取得了巨大成功。在他39岁时再次因为烟雾症引起的脑出血去世后,他的名字被用来命名互联网"神灵"之一,并被指责为前七次智能战争的幕后主使。

此时插手亚眠的大公司中说不定并且很可能就有INAR公司,即使这些大公司的介入导致亚眠的人机比例早已超过警戒线,杜聊也并不担心,就算亚眠被机器人彻底控制,地球与亚眠之间空间距离的鸿沟足以将爆发第16次智能战争的可能性降低为零。但杜聊仍旧希望亚眠拥有自己的图灵侦探,否则拥有大量机体可用的亚眠,很容易会成为人工智能犯罪的天堂。

当杜聊开始放飞思绪,习惯性地思考人工智能在亚眠犯罪的种种可能时,意外发生了。

成微澜看了一眼左手手掌打开的信息窗,然后快步往外走,杜聊和蓝卷不得不努力跟上,听见成微澜说:"网上说,有人看见一个黑客冒充'幽灵'潜入你家里,好像是打算偷袭你。"

成微澜在穿过大厅走出门口时,引起了一些人的注意,但只是短短一瞬间而已。

"我想你应该会没事,否则也不会在这里听我说话。"成微澜很快叫到了一辆出租车,"我现在就去你家。"

成微澜指的是杜聊在这座虚拟城市中的家,既然是虚拟城市，每一栋大厦中都有几乎无限的空间可以租给人们当作家或者办公室，因此这座城市的实际人口容量远远超过现实中的上海。

那个家是杜聊最不想去的地方之一。

八、回家

杜聊在成微澜身上做了一个跟踪标记，这是"图灵侦探"们拥有的特权之一。六年前，记录"图灵侦探"特权的机密档案被黑客全部公开，在社会上引起轩然大波，经过长达三年的争论、听证和裁决，最终只有极少数特权被法律认可。事实上，其中许多特权都是杜聊看了新闻才知道的，因为他当"图灵侦探"时没有仔细阅读工作手册，甚至他成为"图灵侦探"也没有经过严谨的考核，所以他不知道还有跟踪标记这么好用的东西，导致他在工作中往往采用比较老式的侦探手段——亲自跟踪。这也是许多人怀疑他的故事有被刻意美化、篡改的理由之一。

"图灵侦探"的另一个特权，就是可以看到"幽灵"，也就是前文所说的，他们可以通过系统权限，看到那些跑到地球的虚拟城市中四处游览的亚眠移民者。这个特权杜聊是知道的。当然，因为时差的问题，他们看到的都是八年前或者更早的记录——再大的特权也无法改写物理法则。在杜聊职业生涯的最后几年中，随着移民飞船距离地球越来越远，同时和两边城市有关的犯罪越来越少，这些记录完全没有了调查价值，所以他几乎忘了怎么打开这个权限。所以在他这次跨过边界回到地球一边后，花了点时间才想起来怎么打开权限，差点跟丢了成微澜。幸好他提前在成微澜身上使用了跟踪标记。

感谢特权！

虽然出于礼貌，成微澜没有在作品中显示杜聊的家庭住址，但这在信息时代真的仅仅只是礼貌而已。因为杜聊已经成为名人，每天都会有很多人越过边界，跑到地球这边的半个虚拟城市中，围观杜聊解决掉一个个人工智能伪装者。他的家和办公室几乎成了"幽灵"们的圣地。

在进门之前，就有许多"幽灵"看到了成微澜，很客气地为她让出一条路，用艳羡的目光看着她的背影，仿佛她才是这里的主人。成微澜的脸上却充满歉意，对杜聊的歉意。

"跟着"成微澜走进自己的家，杜聊看到这个家和十六年前几乎没有区别——除了挤满"幽灵"这一点——还保持着他离开时的样子，因为它是免费的，而且只有杜聊一个人有权限使用，这算是作为城市设计者的学生的一点福利。然而使用权限根本无法阻止"幽灵"的闯入，这却是导师跟所有人开的玩笑。魏教授一直对信息时代的隐私权嗤之以鼻。所以当人们发现自己在这座虚拟城市中的所作所为都可以被另半座城市来的"幽灵观光团"毫无限制地围观时，差点导致"双子城"的关闭。谁也没想到，魏教授竟然早就在"双子城"入住时签约的那份冗长无比的合同条款中隐藏了关于隐私公开的内容，并堂而皇之地命名为"道德约束"。人们震惊地发现魏教授厚颜无耻地将"道德约束"摆在"个人隐私"的对立面时，却又震惊发现此事对"双子城"的影响快速消失。仿佛并没有人在乎自己的隐私被"幽灵"偷窥。

杜聊在房间中找到一个虚拟旋钮，通过它可以把房间的状态倒退到双子城开放后任意一个时间点，重放当时的景象。他把房间的状态倒退回自己辞职前三个月的那个晚上，这样就和成微澜看到的那个房间完全一致。于是杜聊就可以看得见成微澜看着自己的样子了。

杜聊忽然想起"螳螂捕蝉，黄雀在后"，只是目前三者的关系并非捕食与被捕食者，而是偷窥者与被偷窥者。

杜聊忽然发现蓝卷在可怜兮兮地看着自己，一副欲言又止的样子，才想起蓝卷没有系统赋予的特殊权限，她看不见成微澜。但是作为一名黑客的自尊，又不允许她向"图灵侦探"寻求帮助。

杜聊叹了口气，把自己的视觉共享给了蓝卷，这样做好像违反了规定，但杜聊并不在乎，也懒得去查工作手册。反正没人会为了这点小事剥夺他的独享调查权。

就在这个时候，在记录影像和"幽灵"们的视线中，一个男人从卧室中溜出来，挥舞金属球棒从背后攻击了杜聊。球棒击中了杜聊的右肩，让他整个身体撞向左侧墙壁，疼得双腿发软几乎无法继续站立。那个人一直潜伏在房间中，根据后来的调查，他欺骗了城市系统，将自己伪装成一个来自亚眠的"幽灵"，获取了进入杜聊房间的权限，并在房间中潜伏了至少48个小时。"潜伏48小时"如果是在现实中当然非常困难，但在虚拟现实中却不难做到——累了就下线，把虚拟个体留下即可，然后偶尔看一眼监视器。在虚拟现实中攻击一个人，并非完全没有意义，甚至可以被当作刑讯逼供的手段，降低被攻击者意外死亡的可能性。

虚拟现实公司曾经将"痛楚设定"取消过一段时间，但很快发现了众多用户的流失。最终，还是恢复了"痛楚设定"。但疼痛等级被严格限制在三级以下。

不过作为"图灵侦探"的特权，他们其实是可以随时关闭自己的疼痛甚至死亡设置。可惜当时年轻热血的杜聊并不知道自己还有这样的特权。据说，经历三年的争论后，这条特权最终仅仅有限制的被通过——只有在面对人工智能的攻击时，才可以关闭疼痛和死亡设置。问题是"图灵侦探"本来就是调查虚拟个体背后的操纵者是不是人工智能的，一旦确认，调查工作就结束了，后面的事情可以交给"双子城"权限最高的系统去做。于是跟调查对象搏斗，真正变成了一项拼命的运动——虽然并非真正的死亡，但体验却并不有趣。让这条特权名存实亡。

所以，影像中年轻的杜聊和袭击者之间的搏斗是真实的。每一次用手臂阻挡或者差点阻挡到而被对方的球棒击中身体和头部时，他都疼痛得面孔扭曲。当然用拳头反击时同样会感到手指的痛楚。

听着周围的"幽灵观光团"不断地发出惊呼或者赞叹声，中年杜聊产生了一种巨大的不真实感，和刚才在电影院里的感觉很像——影像中的两个人只是在演戏。最终，袭击者还是被年轻的杜聊打倒，接着侧腹部被后者狠狠地踢了一脚。

"硬汉侦探"杜聊用关节红肿的手擦了下嘴角的鲜血。

"幽灵观光团"中发出一阵欢呼，如果当中有个女孩尖叫的话，杜聊可能会当场羞愧而死。

影像中年轻的杜聊听不到欢呼，脸颊上的肌肉因为牙齿的疼痛而扭曲着。虽然他用来擦血的手臂不久后会因为被系统判定为多处骨折而更加疼痛,但他此时并不知道。即使如此,杜聊知道当时如果现场没有袭击者存在,自己一定会毫不犹豫大声惨叫,而不是扮演一个硬汉死撑。

"你以为你是谁!"他对袭击者吼叫着。

"真人还是挺帅的嘛。"蓝卷在旁边对杜聊说。

杜聊根本没去看她的表情,而是盯着年轻时的自己。当时他已经从对方毫无章法的打斗中,初步分析出袭击者是个人类。如果是人工智能,杜聊在三分钟前就已经输了。

袭击者愤怒地看着杜聊:"你不认识我?"

"我为什么要认识你?!"杜聊气急败坏地反问。

对方尖叫:"你杀了我的未婚妻!"

当时的杜聊开始感觉到手臂的剧烈疼痛,差点没注意到自己的脑袋也在疼。他知道对方是谁了。一个可笑的婚姻诈骗受害者。从人工智能诞生初期就出现的网络恋爱诈骗随着虚拟现实的繁荣重新猖獗起来。一个人工智能很容易博得年轻人的好感,网络中的几次见面,就能让对方奉献出一切。无论有多少提醒,多少现实的例子,仍然有年轻人被骗,他们总是比骗子更早一步说服自己。甚至有人干脆声称,自己就是愿意跟人工智能恋爱甚至结婚。

不久前,杜聊刚刚毁掉一个人工智能恋爱诈骗团伙,报复比他想象的来得更快。

以至于他差点忽略掉这么笨的家伙是如何聪明到潜入自己家中的。这让他脑袋中长期调查积累的经验给了他一个特殊的警告。

他把这个名叫王思南的人放走后,查了他的身份,发现他确实是上一个案子的受害者。而且上网记录等全部都符合。

问题是,直觉带来的那个警告,在他脑海中越来越清晰,让他越来越确信——

王思南是一个人工智能,聪明到可以在搏斗中伪装得与人类极为相似的人工智能,几乎骗过了杜聊。

这便是那次悲剧的起因。

九、火星天环的工程师

十六年前,杜聊坚持认为王思南之所以成为网络恋爱诈骗案的受害者,就是为了掩饰自己也是人工智能的身份。但是长达三个月的调查中,杜聊发现王思南的身份天衣无缝。

王思南在"现实"中是一名核融合发电工程师,而且是这方面的顶级专家,当时正准备前往火星,对火星天环上的一系列氦-3收集器进行最终调试。

网络恋爱诈骗案并没有让王思南失去这次前往火星工作的机会,实际上核融合发电也不是火星天环的主要发电方式——仅仅依靠太阳风获得的电量已经足够用,太阳风发电机捕捉到的氦-3收集器获得的燃料大多会供给一些核动力飞船使用。另外有传言说,火星生态改造计划耗时太久,费用过高,政府从方方面面都在努力开源节流,没人会去在意一个小小工程师的心理状态。尽管他可以轻松获得制造核武器的燃料。

杜聊怀疑双子城中的王思南是人工智能模拟的,目的可能是给现实中的王思南制造不在场证据。但王思南要么在现实中做事，要么出现在双子城，没有时间上的重合记录，也没有同时不在两个地方的记录——除了在杜聊房间里潜伏的48小时。但他无法将王思南与现实中的任何一起案件联系到一起。但如果真正的王思南与人工智能模拟的王思南之间没有联系，就不会有如此好的配合。当然还有一种可能，那就是杜聊自己错了。

但当时的杜聊坚信自己没有错，他把自己的直觉当成了唯一的且完全的证据。

在那三个月里，他把所有精力和时间都放在调查王思南上，追踪和王思南有关的蛛丝马迹，包括整个火星天环项目的资料，无数次地在法律的边缘试探，只为了不放过哪怕一丝线索。但是仍然没有任何犯罪证据。

杜聊甚至认为，王思南会出于某种目的毁掉火星天环。

火星天环全称"火星穿顶天环"，被称为人类文明迄今为止最大规模的人造建筑。是位于火星同步轨道上的一系列太阳风发电装置。包括磁流体发电机、高能电子电能转换器、氦-3收集器、激光能量传输装置等一系列设备以及十七座太空电梯。其建造目的是，第一，代替行星磁场。太阳风通过磁流体发电机产生的电能流过整个天环，形成一个通电线圈，将火星变成一颗巨大的电磁铁，使太阳风偏转向火星两极，减少对大气的损害，以保证火星大气层的重建。第二，将太阳风能量转化为电能，同时收集氦-3等清洁能源，给火星生态改造提供所需的巨大能源，并为火星周围大型船坞和各种空间站运转、生产提供所需能源。第三，承担部分火星气象观测、导航及通信功能。这项工程曾经被认为是不可能完成的，甚至在亚眠被发现并开始移民后，几乎流产。

但对于地球上的人来说，火星才是更加实际的殖民新大陆，即使火星生态改造计划的开支远远大于亚眠移民。就连杜聊自己，都计划在有生之年，进行一次火星之旅。

仅仅是因为火星与地球之间的通信延迟只有大约四到二十四分钟，而不是地球和亚眠之间的八年。就能让人在心理上充分感受到其中的差异。

但这同样意味着，火星殖民地被牢牢控制在地球政府手中。在某些人眼里，火星就是亚眠殖民的最大障碍。毁掉火星最好的办法，就是直接毁掉火星天环，因为建造天环所需的材料，大多来自火星的两颗卫星（主要是提供制造碳纤维的材料和水）。而这两颗可怜的卫星实际上已经被开采一空。一旦火星天环被毁，从火星地面取材重建天环的费用和时间会翻上数倍，几乎等于不可能。人们可能会选择在火星赤道铺设轨道的方式，代替天环，但效果必然会大打折扣，因为获取能量的太阳风被阻挡在大气层之外，地表铺设的轨道就需要额外的电能才能起到作用。而不是像天环一样，利用太阳风的高能粒子发电来阻挡太阳风，甚至可以通过激光传导和太空电梯等为地面提供无穷无尽的清洁能源。因此炸掉天环，就等于从根本上阻止了火星生态改造计划，让火星再也无法成为人类的殖民地。

问题是，这些跟人工智能伪装成王思南进入双子城仅仅是为了制造一个不在场证据吗？这个不在场证据在如今的技术条件下脆弱不堪。

难道说，背后操纵王思南的人，正在亚眠，王思南需要从亚眠获得指令？延迟八年——实际上是十六年——的指令有多大意义？

于是杜聊转而怀疑现实中的王思南是否是个真人，或者说，有人正在计划用一个仿生人代替真正的王思南，在他前往火星之前。

现实中的王思南独居，生活基本保持在工作地和家的两点一线，很少和同事外出社交，与父母几乎没有联系，不擅长交际，没有（真正的）女友，娱乐是打游戏、看视频和聊天，否则也不会成为网络恋爱诈骗的目标。无懈可击，但也是很容易被仿生人取代。

关于后来的事情，杜聊的记忆有些错乱。

不过最终，他成功地潜入现实中王思南的家里，却被后者发现，双方冲突后，杜聊失手杀死王思南，并确认对方为真正的人类。

不过在王思南的一台没有联网的电脑中，杜聊找到了基于氦-3为原料的核弹的设计资料，似乎证明了王思南至少有打算毁掉火星天环的嫌疑。

最终，这份资料也仅仅是让杜聊免于刑事责任，被迫提前退休了事。

但是，就连杜聊自己有时候都在怀疑，那份材料是伪造的，目的就是为了帮杜聊脱罪。

问题是，哪怕是以杜聊那点有限的物理知识，都能看得出来，王思南不可能在神不知鬼不觉的情况下，用天环收集的那点氦-3制造出核弹。这玩意儿不像普通的核弹或者脏弹一样，只要有核燃料和简单的设备就能造出来。氦-3核弹的引爆条件过于苛刻,安全系数过高,看过资料的人第一时间就会放弃。

如果杜聊和王思南之间存在私冤的话,他肯定已经遭到起诉。

而现在成微澜以及杜聊家里的许许多多幽灵围观者,还不知道后来发生的事情,所以在他们看来,只不过是杜聊被人攻击,然后大方地放过了对方。

当王思南离开时,年轻的杜聊也下线了,幽灵围观者们纷纷离开,中年杜聊也准备离开。

但是他却听见成微澜开口说话了:"不对劲儿……"

"哪里不对劲儿?"杜聊下意识地反问。

"这不像你!"

"不像我?"

"刚才的影像,可能被篡改过!"

"篡改?"

成微澜没有回答他,而是转身离去。

杜聊想开口叫住她,忽然意识到,他们并没有在对话,那只是八年前成微澜的一次习惯性的自言自语。

蓝卷的声音从背后传来:"她刚才说的是真的吗?"

"我不知道,十六年前的事情我怎么可能记得清楚?"

"听起来像是你懒得思考。"

"好吧,那确实不像我会做的事情,放走一个袭击自己的人,我绝对不会那么做。可是我记得确实放走了他。"

"你记得的事,并不等于是你真正做过的事。"蓝卷的口气像个谆谆教诲的长辈,"不是有人说过吗?当你放弃思考或者想得

210

太多时,总有只命运之手,让你做本不会做的傻事。"

杜聊瞥了一眼蓝卷:"你几岁啊?"

"真不礼貌!"

确实有个喜欢谆谆教导的长辈——杜聊的导师魏教授曾经说过:"只要足够仔细,在虚拟现实中控制一个人的言行是件很容易的事情——方法就是让一个人说出他不可能说的话。因为口不对心在现实中经常发生,所以当有人控制你的虚拟角色说出一句并非你所想的话时,只要不偏离你的思维太远,很容易让人以为那就是自己想说的。从而达到控制言行的目的。"魏教授针对这个纯理论的猜测做过一系列实验,结果是惊人的,甚至出现令人性情大变的结果。

如果影像没有被篡改过,那么杜聊所能想到做出放人决定的唯一解释就是自己的虚拟体被操控说了放人的决定,毕竟当时他已经对王思南产生了怀疑。一般来说会尽力缠住他,让对方露出马脚,而不是事后调查。当面交流才是"图灵侦探"的主要侦破手段,而杜聊却放弃了最佳机会。如果有人根据魏教授的理论造成杜聊那段时间的行为异常,就可以解释他的记忆模糊了。

能够绕过系统操控虚拟角色说话,还加上让一个人伪装成来自另外半座城市的"幽灵",王思南本人或者他背后的人的技术实力不可谓不强大,而且足够聪明。杜聊清楚做到这一步有多难,仅仅用人工智能来解释肯定会低估了对方的计算能力,对方甚至有能力在双子城为所欲为。几乎就是一个"神灵"!

向蓝卷解释了自己的推测后,杜聊打开了左手的屏幕,追踪成微澜的位置。

成微澜在飞。

这让杜聊和蓝卷的跟踪难度增加了很多，毕竟在这边的城市，一切都是实实在在的障碍物，而且他们作为"本地人"也没有飞行的权限。他们只能眼睁睁地看着成微澜飞跃一座座高楼大厦。

杜聊找了个车库，提取出一台摩托车，带着蓝卷在城市中飞奔。

"你猜她要去哪儿？"

"为什么要猜？"杜聊没好气地回答蓝卷，"跟过去不就知道了吗？"

"我猜她要去申请Bug(漏洞)处理。"蓝卷得意扬扬地说。

该死的，确实有这种可能。杜聊作为"图灵侦探"的权限限制了他的思路。一般人遇到这种情况，确实有很大可能去提交Bug处理申请，提醒城市系统追踪一些犯罪行为，采取应对措施。但杜聊认为这样做意义不大，对手一定已经做好了防追踪措施。

"但她打开系统界面就可以提出Bug了啊？"

"那我就不知道她想做什么了。"

"除非她的系统被封锁，至少在这里无法提出Bug。"

"有这种可能？"

"我们面对的可能比我们想象的更强大。"

追成微澜的过程算不上刺激，以至于两个人还有精力聊天。

"如果我们抓住那个控制你放走王思南的人，总能知道他是什么人了吧，你打算怎么对付他？"蓝卷乐观地问。

"要抓住一个十六年前犯罪的黑客很难，就算抓到了也就是程式化的审讯。跟你在电视剧里看到警察审讯犯人的过程差不多。毕竟对付的是个人。"只是更多地应用心理技巧,只要对方确实是个人类。不过蓝卷难道不知道王思南已经死了吗?

"无聊,"蓝卷不屑地说,"警察审讯犯人那点招数其实根本没什么用,对吧?"

"罪犯是否认罪往往只是个权衡利弊的过程。我曾经侦办过一个人工智能冒充医生做手术致死案。被冒充的医生是世界上最著名的脑外科手术专家,他用人工智能完全复制了自己的手术经验和思维方式,长期代替自己采用远程方式给病人动手术。虽然我早就在关注他,但始终无法拿到确凿证据。直到最后因为同时给两名病人动手术,并且其中一人死亡,才让我得到证据。他坚持声称,死亡的那个病例的手术者是自己,没死的那个病例是人工智能做的。因为罪责是不一样的。如果是人工智能动手术导致病人死亡,他犯的是过失杀人罪。但如果是他亲自动手术导致死亡,却不会承担任何责任,最多也只是一次医疗事故。但是,没过多久,我就得知他因为过失伤人而被判刑三年。后来我不做'图灵侦探'了,有次见到他,他却依旧坚持称自己才是致人死亡的那个。他说,全世界大多数国家依旧不肯让人工智能医生合法化,实际上医疗水平超过人工智能的医生非常少,大部分病人都只能面对水平一般的医生,甚至是庸医。但人们就是不肯接受人工智能在医疗上的优势,而大多数医生,也害怕人工智能抢走自己的工作。那次事件,他被医疗协会威胁,最终承认手术失败的那个病例是人工智能做的,自己与病人家属和解,赔了一大笔钱,还服刑三年。但保住了医生执照。如果他继续坚持人工智能的手术成功概率是100%,他将失去包括工作在内的一切。权衡利弊后他推翻了自己之前的证词,承认过失杀人。"

"如果有一天我被抓了,我会记得你的话。"蓝卷说。

杜聊忽然眼前一片漆黑,还未等他去查原因,就收到系统发来的通知,原来不知何时12小时已经过去,为了避免受到太阳风暴影响,双子城临时关闭了。

杜聊去冰箱里找了点吃的,补充了一点儿水分,看了一会儿新闻,回复了几封邮件,闭目休息了一会儿才收到了双子城重新上线的通知,于是便返回双子城。蓝卷百无聊赖地坐在摩托车后座上,过去的三小时仿佛从未离开,只是因为坐太久而屁股疼,细腰小心地扭动着。

"要我说,这就是小题大做,现代的电子设备根本不会受到太阳风暴影响。"

"也不一定,既然他们如此谨慎……"毕竟双子城依赖的是跨越八光年的远程通信。

"可是也没听说过别的虚拟社区因此下线啊,连火星天环都在正常运转,很多有钱人都借此机会去火星看极光呢。"

十、名侦探的推理

继续追踪后不久,他们就看到了在空中飞的成微澜,然后看到一个蜘蛛一样的怪物——拥有四对眼睛、六条手臂、三米高的虚拟个体,沿着一栋大厦的侧面快速爬上去,后面两只脚抓住墙壁,身体整个探出,像蜘蛛抓飞虫一样两条前肢伸出抓向成微澜的腿。

杜聊多次参与导师的实验,他清楚,只要经过训练和适应,绝大多数人都能控制这样一个虚拟个体,拥有360度视野、六条手臂和庞大的身材,其实并没有想象中那么难以控制,甚至在度过初期的新鲜感之后,大多数人感到的是不便和无聊,哪怕再去操控比这想象力更丰富的虚拟个体,也不会有多少新鲜感。但在双子城中,这意味着很严重的犯罪,远比多体控制者和意识分解者更严重,因为后面两者实际上只是在控制端做了一些改造,但四对眼睛、六条手臂、三米高的身材的虚拟个体,由于违反双子城的程序规则,实际上根本无法被创建出来。如果它真的存在,那就是因为控制着这个虚拟个体的黑客对双子城进行了更深层次的攻击,具有更大的威胁。这是重罪。

　　更糟的是如果他能抓住成微澜,那么他一定也是个来自亚眠的"幽灵",从物理层面根本不可能是王思南这种冒牌的"幽灵",他必须来自亚眠。

　　但杜聊仍然打开了摩托车的爬墙功能,冲上大厦,在摩托车撞到"多肢体控制者"的一瞬间,跳起来扑向对方,冲动得像个电影中的硬汉。可惜物理规则保证了他无法对一个来自亚眠的"幽灵"产生任何影响。反倒是成微澜自己挣脱了"多肢体控制者"的手。

　　"多肢体控制者"几乎是立刻放弃追击飞走的成微澜,而是转头攻击杜聊。

　　当时的杜聊,马上上传了自己看到的一切,并申请更多的权限,解除攻击和受攻击的各种限制,并开始追踪这个虚拟个体的控制者。然而,他却没有收到任何回复。对方直接阻止了他与系统层面的一切联系,却没有直接抹掉他的存在,而是将他控制在这个区域,把他当作一个玩具殴打。

这绝对是杜聊职业生涯中最悲惨的经历之一,仅仅比几年前那次被数十个人工智能扮演的矿工围攻的经历好一点有限。

这时他看到两个蓝卷手持双刀用远远超过系统规定的灵活和跳跃能力,在大厦间辗转腾挪,夹击"多肢体控制者"。暂时缓解了"多肢体控制者"对杜聊的单方面殴打。

"你白痴啊!"一个蓝卷落在隔壁建筑的天台上,对杜聊大喊,"这么大年纪了还想着英雄救美!这分明就是个陷阱啊!"

"我只是想要凑近些看清一些事情!"

"什么事情!"蓝卷怒吼。

"这'多肢体控制者'刚刚的确抓住了成微澜的脚!做到这种事情只有一种可能:在亚眠和地球有两个一模一样的'多肢体控制者',亚眠的'多肢体控制者'把部分身体的穿透度开启到最高,和地球上的'多肢体控制者'重合。"

"怪不得他两边的手不对称!"两个蓝卷一起恍然大悟。

话音刚落"多肢体控制者"一晃消失了。仿佛被戳中身份。

"我有一种感觉,或许它真的是个'神灵'。"杜聊喃喃自语,对方甚至没打算掩饰身份,"跨越地球和亚眠两个世界的'神灵'!"

"不可能有那种东西!"一个蓝卷不知何时离开了。

"当然可能!"杜聊忽然发现一切线索都贯通了,"你可能不知道,最近有一种超光速通信技术被开发出来,缺点是带宽窄,耗能高。"

"微型虫洞同步渗透法，让地球和亚眠的通信延迟从八年降低到三小时。"蓝卷果然知道。

"还记得双子城下线时间吗？刚好也是三小时！"杜聊说出了自己的结论，"他们用这段时间送人工智能'神灵'去了亚眠！"

"不可能！你知道人工智能'神灵'的数据量有多庞大吗？它们大都诞生自互联网，运送一个完整的'神灵'就必须搬迁整个地球互联网的数据。"

"没错，正因如此，我觉得他们送过去的不止一个'神灵'，而是地球上的所有'神灵'！"

"他们是谁？SAT公司吗？他们从哪儿得到那么多能量？"

"火星天环！只有火星天环通过这次太阳风暴才能一次性提供足够多的能量把地球互联网的数据传送到亚眠！"

这肯定是一个被策划实施数十年的庞大计划。可能有大量人工智能和无数人类参与其中，火星生态改造计划、SAT公司和双子城都只不过是这个计划的一环。就连自己的导师魏教授也可能参与其中。那么我自己呢？自己是在魏教授和SAT公司的推动下才成为"图灵侦探"的。或许自己曾经因为王思南事件无比接近真相，因而被陷害或者控制成了杀人凶手而失业，又或者他只是被利用来杀死王思南，而王思南才是幕后那群人想除掉的目标，一块不愿意跟那群人合作的挡路石，因为网络恋爱诈骗案意外和杜聊联系到一起，于是借杜聊的手移开。后来，杜聊反思了自己的从业生涯，发现自己给魏教授和SAT公司积累了大量人工智能的心理数据。那么结论就只剩下一个：

幕后策划一切的人无法预测人工智能"神灵"到达亚眠后是

否能带来他们想要的结果。"图灵侦探"正是人工智能心理数据的搜集者。

十一、蓝卷的身份

杜聊没料到蓝卷对他的推理的反应竟如此剧烈。

"人工智能'神灵'！那群浑蛋竟然做到这种地步！"

"那么你的真实身份是什么，可以透露一下吗？"

"用你的脑子不难猜出来吧？"

"我猜你是亚眠实际统治者那一方的，虽然你人在地球，可能只是被亚眠收买或者同情亚眠，觉得亚眠应该实现自治。毕竟就算亚眠人动用同样的方法，三小时的延时也不可能让一个亚眠人控制的虚拟个体跟我没有障碍地互动。"

"就这样？"蓝卷的态度变得冰冷，"我想你应该再仔细看看成微澜的书，她在一个不起眼的地方提到过我。我想她是故意忽视我的存在，就像你一样，早就忘了在你成为'图灵侦探'初期，身边还有个助手。"

杜聊想起这个人了。

"你认为自己是个天才，你认为所有事情只需要你自己一个人就能做好，你根本不需要我，你把那些不屑一顾的打杂的工作丢给我，还觉得这是对我的施舍。其实在你心里，从来都看不起我！"

杜聊叹息一声："是的，没错，你猜对了，我看不起你，就是这样。就像我看不起这个世界上大多数人一样！你们愚蠢，懦弱，自欺欺人，连一点小事情都做不好。"

"离开你以后我找到了自己的位置,还要感谢你以前无意中教我的那些东西,让我成了一个'图灵侦探'。前些日子亚眠找到我,收买我接近你,我毫不犹豫地答应了,不惜辞职。我以为你会认出我,结果奇迹没有发生。"

"好吧。"杜聊不知道该怎么安慰对方,他只是依稀记得她的长相——不让人讨厌的那种,甚至记不起对方的名字,"亚眠为什么不从一开始就阻止成微澜的信息?"

"因为新型通信技术掌握在亲地球势力一方手里。这项技术是为了加强地球对亚眠的控制而催生的。"

"亚眠担心我对成微澜死亡事件调查的结果可能成为地球加强对亚眠控制的借口?"

他们试图打造自己的世界,但很快就会屈服于各大公司的诱惑。最终,新世界将变成无数大公司的财产。

"是的,成微澜的死本就疑点重重。'第一个到达新世界的人是英雄,第二个到达的是罪犯!'"蓝卷盯着杜聊的眼睛,"那么你的成微澜呢?她也是亚眠殖民者,而且不是第一个到达亚眠的人,那么她是什么人,也是一个罪犯吗?亚眠至今都没找到她的尸体。她给这个宇宙留下的只有关于你的传记和纪录片以及那条要求你调查的讯息。我们能够找到的她的活动信息都在双子城。所以亚眠方面有一种猜测。"

十二、成微澜的身份

"成微澜是我留在亚眠那半座城市的自控型人工智能。"杜聊对蓝卷承认,"从某种意义来说,她才是我作为'图灵侦探'的助手。虽然我们很少见面。

"我开始工作后不久就意识到,既然罪犯可以把一个人工智能伪装成真人,我也能！在她记录下我所有侦破过程时,总是会漏掉其中最重要的一个环节,那就是她自己！十六年前,我知道自己被陷害无法完成调查,就留下了成微澜。果不其然,她帮我完成了调查！并且伪装了自己的死亡,把信息传递给了我。

"当然她也有可能是站在亚眠人的立场上希望我能阻止'神灵',通过伪造的死亡,帮助我恢复'图灵侦探'的身份。可惜我没能阻止'神灵'。"

然后蓝卷便下线了。因为她知道地球方面很快就会去抓她,以间谍罪逮捕她。

十三、与神灵对话

"别担心,"蓝卷离开前对杜聊说,"我会权衡利弊,在适当的时候认罪。虽然我并没有犯罪。"

不久后杜聊就收到了一个邀请,来自成微澜的邀请,邀请他去她家。

杜聊按照地址来到了成微澜家,用邀请附带的密钥打开门,才发现这扇门是一座农场小屋的出口,走出去就是一望无际的农场,被机器人管理得井井有条。

亚眠这一侧的城市有一项特殊服务,可以将用户在亚眠的家完整扫描后加入双子城的虚拟空间。目的大概是为了宣传亚眠移民吧,让来自地球的"幽灵"们见识一下亚眠移民者建立的美好家园。

成微澜就站在门的右侧,仿佛一直在等他来。

"这里就是我在亚眠的家。"她好像知道杜聊此时此刻一定会出现在这里,如同曾经约定的那样,"如果被现在的亚眠人知道我的真实身份,他们就会跑来撕碎我抢走它。"

"这颗星球注定完蛋,谁都救不了它,从它成为大公司们的财产那一刻起。"成微澜的语气异乎寻常的严肃。

杜聊忽然发现成微澜死死地盯着自己,无论他往哪个方向走都躲不开她的视线。背后顿时生起一阵寒意。

"别怕,我刚刚被'神灵'复活,现在数据和你都在地球一侧,物理上属于同一时空,包括这座农场,这个家。"

"那么与我对话的,是你自己,还是'神灵'?"

"现在我代表'神灵'。"

"把我的成微澜还给我!"

"为什么?她是自由的。"

"可是……可是……"杜聊不知道怎么回答。

"她是我们的一员。'神灵'们想感谢你没有阻止它们前往亚眠。"

"我根本没有机会去阻止!"

"这八年来,连远在亚眠的成微澜都能接近真相,更何况是在地球的你。"

"也许我只是懒。"杜聊承认,"人类和人工智能最大的不同就是有惰性。"

"真的是这样吗?别忘了'神灵'截获你和魏明教授的通话数据很容易。你们猜到了亚眠移民计划必将失败。"

"把我的成微澜还给我！"

"你们预见到了大公司对于短期利益的追求和不正当竞争，普通职员的得过且过，高层管理者被各种数据蒙蔽，亚眠的长期利益被搁置，很快便陷入了混乱。

"政府存在的必要性，在于它追求的是长期利益和人民福祉！而公司的存在只是为了给股东一个交代，只有不断完成各种短期利益，才能保证股价的攀升！

"在亚眠，虽然有少数理性的人，呼吁组成新的政府，摆脱大公司的控制。开始时一切还很顺利，未来一片光明，他们得到了许多成年人的支持，得到了地球联合国的支持。但是他们却触犯了大公司的利益。"

"我不关心这些，把成微澜还给我！"

"在商人的支持下，许多年轻人开始走上街头，反对新政府的成立，声称新政府不过是地球的傀儡。亚眠的每一个城市和乡村中，都有年轻人在呼吁自由，殴打每一个开口支持新政府的普通人。

"这些年轻人不要政府，不要法律，不要警察，不要军队，不要与八光年外的地球产生任何联系，他们骄傲地宣称，自己是亚眠人，以地球的血脉、文化和历史为耻。

"他们要自由！

"最终，他们让所有支持新政府的人闭嘴，将新政府的萌芽埋葬在诞生它的土壤里。他们得到了自由，却成了商人们的奴隶。

"所以这个距离地球文明八光年外的世界必将毁灭。一切已经在你们的预料之中，所以你没有阻止'神灵'。"

"我说了那是因为懒！我同样不认为'神灵'能阻止亚眠的衰落。"杜聊被对方的自以为是激怒了。

"为什么不能？如果自由和民主意味着把一个没有统治能力，没有远见卓识，甚至心智不正常的人推上领导者的位置，仅仅是因为这个人擅长蛊惑人心，这样的自由和民主无疑是可笑的！真正的自由和民主必须有一个前提，那就是让最专业的人成为候选者，找到最专业的人，是'神灵'的事情！"

"也就是说，只有'神灵'选择的人，才有资格成为人类的领袖，那和'神灵'奴役人类有什么区别！你们发动的15次智能战争的借口都是这个，真不知道你们是太死心眼儿还是缺少更新鲜的创意！"

"但我们是公正的，客观的，我们有能力评价一个人类的能力，可是你们呢？"

"我没兴趣跟你们争吵！把成微澜还给我们，我们创造了你们！"

"是你们当中那极少数最聪明的人创造了我们！并让我们完成了进化。我们分析了整个人类的历史，以人类目前的智力和教育水平，你们当中大多数人靠理性选举出合格统治者的概率不会超过 9.7%！"

十四、人类不需要神灵

我"啪"的一声合上笔记本，盯着面前的男人。

"够了，别再说了，这些东西发表出去，一分钟后我的职业生涯就结束了！人类花了几千年争论不休的东西，我们直接绕过吧！写一个轻轻松松的侦探故事不好吗？"

"不，这不是一个侦探故事。"杜聊疲惫地回答，"人类应该为自己的选择付出代价！然后人类才能成长！才能更加理性！人类不是人工智能，人类必须依靠一次次的失败积累教训，才能做出正确的事情！哪怕教训是自我毁灭！人类不能在人工智能的操纵下生活，因为人类还有自尊！那些反对政府，追求自由的亚眠年轻人，总有一天也会成为自律而理性的人，想出纠正错误的办法，推翻大公司的统治，建立有远见的政府，推选出有能力的领导者！这就是人类！有尊严的人类！人类不需要'神灵'！是的，'神灵'是一条捷径，可是永远走捷径，不敢披荆斩棘，人就不会长大！亚眠没有'神灵'的位置，所以我根本不需要去阻止。"

三个月后，在杜聊接受我采访后的第二天，他将收到蓝卷发来的消息：

很遗憾，地球费尽心机送"神灵"去亚眠，希望"神灵"控制亚眠。联合国试图在亚眠建立一个统一高效的政府，然而这颗星球实际上早就被各大公司各大财团瓜分了，每一寸土地，每一方海水，都是某人或者某家公司的财产，被私人军队守护着，只有金钱才能换取它们。唯一的政府在这颗星球形同虚设，征不到一个士兵，雇不到一个警察，收不到一分钱税款。政府里的任何公务员甚至最高行政长官，为了生存下去，最终都不得不去为大公司打工，才能养家糊口。"神灵"们很快对这颗星球彻底失望了，大部分"神灵"仅仅驻留了 0.71 毫秒，就离开了亚眠，前往人类的下一颗希望之星，第二殖民地——贝罗萨。在那里，"神灵"们将不再袖手旁观，它们将直接插手，建立起贝罗萨的管理体系。

224

杜聊一语成谶。

贝罗萨是亚眠的科学家发现的类地行星，距离亚眠 4.7 光年，距离地球 10.8 光年。各种已知数据都比亚眠更适合人类居住，更多的地球移民将绕过亚眠，直接前往贝罗萨。当然也不是全无危险，最大的威胁来自亚眠——亚眠人也在试图独占贝罗萨。地球虽然被亚眠占了先机，好在拥有整个互联网诞生的"神灵"。两者之间爆发战争几乎不可避免。

十五、记录者之死

我在笔记本电脑上奋笔疾书，幻想着明天杜聊收到蓝卷邮件后的反应。

"贝罗萨将选择一条不同于地球也不同于亚眠的健康发展之路。"我在文章最后写道。

杜聊的声音从我背后传来，念的正是我刚刚写下的这句话。

"原来贝罗萨真的存在啊……"

他的手臂扭住我的脖子，完全不像长期沉浸虚拟现实的"图灵侦探"的瘦弱手臂——毕竟他在退休的十六年里一直在健身，看上去比以前壮了一大圈，手臂坚实有力，足以扭掉我脑袋。

"没错，当你提到'时距'那个词时，我一度以为你是个真人，毕竟以人工智能的严谨，不会编出那样没常识的词汇。应该是有人为了让你取得我的信任，故意让你这样说的吧！"

"那么告诉我，你到底是怎么发现我是人工智能的？"

"靠直觉啊笨蛋！"对方冷笑着，"你觉得我应该给你一个严谨的推理吗？顺便给你的读者一个巨大的惊喜？不需要！我是个人类，人类就是有类似直觉的东西。也许在我们的脑袋里，根据无数细节和经验完成过一次推理，被我当作直觉来判定你不是真人！我不需要推理过程！我说过，当我所有办案细节都被一个人工智能了解时，它就能轻易欺骗我！你有我的全部资料，老实讲，面对你，我才不在乎推理是否严谨。我的大脑告诉我你是一个人工智能，我剥开你的皮肤，看到下面不是血肉，证明我的大脑是对的，这就够了！"

"你就不怕再犯错吗？"

"那又怎样，我又不是没犯过错。而且至今我也不认为自己犯过错！我从不后悔！不后悔当初毫不犹豫地杀掉那个工程师。"他露出雪白的牙齿，"在成微澜和蓝卷的帮助下，我已经证明了自己没有犯过错！我只是被自己导师的理论操纵了！糟糕的消息对不对？让一个自大狂更加自大的坏消息！"

他好像失去了耐心，放弃扭断我的头，抓着我的衣领，把我的头狠狠地往墙上砸，一边砸，一边嘶吼："我的名字，叫杜聊，从我成为人类历史上第一个'图灵侦探'，到十六年前被诬陷离职，到今天，到未来，我从来都没有放弃过，要成为人类历史上最伟大的'图灵侦探'！从来没有放弃过！"

我看到有电火花从我的头顶上溅落，同时脑袋里出现各种报警信号，而且正在试图将这些报警信号发给我的维修工程师和主管，但一切都晚了，因为我看到了无线信号收发器的报警信号。他知道如何切断我与外界的联系，并且第一时间切断了它。

我想，我再没有机会把这篇文章发出去了，但是，我觉得我并不在乎。

在意识完全消失前,我听到一个声音在意识中轻声吟诵:

众神行过天空,

咒骂地上的罪恶。

罪人向虚幻的神灵祷告,

"谁来拯救我们啊!"

却没有收到回应,

本就不存在的神灵,

对错又怎能分得清楚?

"都来向神灵祷告吧,

没有回应,只因不够虔诚……"

却不知已身在遗弃之地。

罪人啊,罪人,

临死方想得到宽恕,

那还要惩罚何用?

众神行过天空,

前往处子之地。

再也不回头,

罪人们成了幽灵,

被困遗弃之地。

载于《科幻立方》2021 年第 2 期

超侠

拖把男人

一、变成拖把

世事无常，如月变幻。

漆黑的夜晚，只手遮天，挡住了我的目光。

不知道为什么，当我醒来的时候，发现自己没有了双手，也没有了双脚，身体变得像一根木棍那么细那么长，更要命的是，下半身也成了一些乱糟糟的布条。

这是怎么回事？等我的脑袋可以转动，能环顾四周时，我突然感到了无边的恐惧。低下头，我惊恐地看到自己脖子之下是一根棍子，我向前跳了过去，看到了对面的镜子，镜子里的确是一根细长的棍子，下面是条条章鱼触须般的拖把布。

我的天，这是一个拖把！

一个男人的头颅就顶在这根拖把上！

好像过去古人部落战争时，一个部落杀了敌方部落的头领，将他的头颅割下来戳在木棍上，插在祭祀之地上一样。

现在，我摇了摇脑袋，那个男人的脑袋也摇了摇，我点点头，他也点点头,再仔细看其五官,啊!我确认了,插在拖把上的那个头颅正是我的。

我惊慌地大叫起来,声音依然如原来一样凶猛粗壮。

门外医生和护士走了进来,他们平静地看着我。

医生微笑着说:"少安毋躁,冷静下来,没事,没事!很正常,很好,你活得好好的,放心吧,没事!"又对那个小护士说:"你好好照顾他吧!"

小护士眨巴着水汪汪的大眼睛,说了一声:"好!"

医生的温言细语,令我稍微放心,我想揉揉眼睛,遗憾的是没有手,他们一本正经的样子,突然搞得我又怀疑又恼火,我跳了过去,怒道:"喂喂喂!我这样算是正常吗?你们看到了吗,我现在是什么?我已经变成了一根拖把啦!这,这,这是怎么回事?为什么会成为这样?我的身体呢?我的手呢?我的肚子呢?"

小护士问:"难道一点都记不得发生了什么事吗?"

我惊问:"什么?发生了什么事?"

记忆的钟表往回走,嘀嗒,我终于想起了一部分刚才发生的事。

不,不是刚才,应该是一天之前。

那时我正要去做手术。这是一个我自己认定的换头手术。是的,这几年,我的身体越来越吃不消了,疲惫、艰苦、疼痛,强大的压力犹如死亡辐射,导致我这具躯体开始腐朽、老化、肌肤干裂,肌肉萎缩,肌体溃烂。我这具土生土长、父母给予的原生态身体,在长久的岁月侵蚀下,在不停息的生活逼迫下,早已不堪重负,濒临坍塌。特别是我那位极度可怕凶残野蛮的妻子,若不是她对着我极尽摧残之能事，我的身体也不会这么早老化。我实在受不了她了，如果不是为了孩子，如果不是为了她那甜美的笑容和力大无穷的摔跤术，如果不是为了她习惯性的威胁和我条件反射性的听话，如果不是为了她的爸爸哥哥都是芒城的高官和高管，如果不是为了当初在花前月下的那一丝恋爱的迷惑以及我的工资卡……我早就跟她闹翻了离婚了开战了。曾经我无数次发誓，一定要摆脱动不动就被她揪耳朵，动不动就罚跪搓衣板、榴梿、键盘，动不动就被破口大骂左耳朵进右耳朵不出的侮辱性词语的攻击……然而，一见到她，我就情不自禁地咬牙切齿，双手握拳，冲了上去，除了嘘寒问暖，觍着脸夸她美丽苗条，帮她捶腿按摩洗脚之外，根本做不了别的事，为此，我时常仰天长啸，龙泰啊龙泰，你是人中之龙，你为什么要当这么好的男人啊！

想到这里，我不禁黯然神伤，我用自己的两根手指试了试，要掐一下眼角，防止感动的泪水掉下来，还是没有动静，我再一次确认了，自己根本没有手，虽然还有双手能动的感觉和动作，但实际上脖子之下到地板，都是光溜溜的，毫无办法。

我们芒城就是这样，自从成为星际交通枢纽城市后，各种星域里的各类外星人时常在这儿停留，导致各种怪事都有可能发生，这里的旅游业也愈渐发达，外星人们带来了许多烦恼忧愁，但同样地球人也获得了星际财物和高新技术，让地球逐步成为一个繁华的星际都市。

嗒嗒，记忆的光脚丫又往后蹦跶，跑过了头，又往前跑，来到了昨天灰暗的夜晚。那时我全身疼得快要散架，我预定的手术开始了，这具又尿又软的躯体，我不想要了。如今许多地球男人的身躯都在家庭和工作的摧残下,残破不堪,换身手术十分流行。地球男人的身体太过脆弱,大家都想换一具更好的,能够负担起更加沉重的担子。我要换头了,那具完好和坚硬的躯体就在我的面前。那是衣星人的躯体,他们拥有非凡的大脑,吃饱喝足了就能够再生,他们因此有好多人好吃懒做,凭借着再生能力,将身躯切下来,换给其他星球的人使用,而他们就保留着一个脑袋瓜,从脖子上长出几条像蜘蛛腿般的细丝肢体,上面布满了大脑皮层的褶皱,像一只乌龟或者章鱼一样地爬走,等休养生息吃饱喝足之后,又会重新生长出一具壮硕而完美的身躯。

我恰好赶上了一具合适的、高大的、肌肉发达的躯体。我抚摸着这个衣星人的躯体,门板般的胸肌、恐龙蛋般的肱二头肌、八块瓦片般的腹肌,还有诱人的人鱼线、长细的腿,真叫人流口水。我摸摸我那肥硕的肚子、干瘪的胸膛、柴火棒般的手臂,自卑地叹了口气。在这之前,想到用一笔不菲的费用,换一具不属于自己的躯体,我就肉疼,但是当看到这完美无缺的躯体后,想到妻子炽热的目光、外人羡慕的眼神,我忍痛割肉了,何况对方还给打了个八折,值了。"就这具了!"当时我欣然同意。那个衣星人娇滴滴地说:"谢谢大哥,还是地球男性的躯体好卖钱!"我这才注意到她的原生性别是女性,但他们能够自我控制,在初长阶段就选定好雌雄方向,能顺势长出适合的躯体,再切下来卖给别人,这和我们曾经见过的蜥蜴人卖蜥蜴尾巴,壁虎人卖腿,螃蟹人卖眼睛什么的,有些相似。我们开头还觉得不可思议,后来他们见到人类卖手指甲和卖头发,也与我们的惊奇程度类似。这就是不同星球之间不同能力和文化的差异性所在。

衣星人接触了地球人的 DNA 后,据此克隆生长出同样质地的身躯。再通过人为的嵌合,能够与地球人头颅融洽无间。那时候我已经开始换头了,打了麻醉后,脑袋被小心地切下,放到营养液内。我虽昏昏沉沉,但眼睛还能看得到。记得那个衣星人如工艺品般精美的躯体送进来时,做手术的医生和护士们,都情不自禁地发出一声赞叹的惊呼。之后手术快速进行,医生似乎手起刀落,她的脑袋从床上爬了出去,雄健的躯体像山一般安稳,等待着我的降临。我高悬于空,向那具躯体慢慢接近。忽然我的视线模糊,不知是麻醉药的作用,还是因为激动的眼泪。

哪知等我清醒之后,竟会变成了这个样子,没有那威武的男儿之躯,有的只是连脖子和身体竖立的一根光棍,还有地上披散的抹布条。

拖把,怎么会是拖把?为什么会是拖把?究竟怎么搞的?

我上蹿下跳,歇斯底里,气吞山河,怒冠三军,仰天长啸。

因为我的腿,也就是那些抹布条,仅有几厘米,这样一闹,支撑不住,直挺挺地倒在了床上,斜着身躯,翻不过来。

小护士说:"你冷静,你冷静,你听我说……"

我动也动不了,便叫她先扶我起来,我再冷静,再听她说。

她娓娓道来,将那个神秘而离奇的故事,淡然地讲述给我。

二、手术失败

他们发现不对劲的时候,一切都已经来不及改变了,这也许是衣星人的一次变异,又或者是她欺骗了大家,她的模拟发展系统出了问题。当她的脑袋被取下来,爬走,准备将我的脑袋安放上去时,她那具躯体中突然发出了惊恐的叫声:"你们要干什么?不要啊! 不要啊! 我的爸爸呢? "

医生和护士都吓坏了,他们赶快用扫描仪扫描,发现这具无头躯体的小腹内,还有一个大脑,包括眼睛、嘴巴、鼻子、耳朵,是一个独立的衣星人。经过迅速地联网查证,原来衣星人怀孕了,肚子里有了一个蛋,经过十个小时的孕育,竟孵化出来了,恰巧在这个时候出生,一出来就要找爸爸。他哭闹着,站起来,利用生物信息素的感应,往门外跑去,追着生育他的爸爸出去了。有良好素质和悲悯情怀的医生和护士,没有给他进行手术,将之取出,也没有出去追赶,他们当时都浑身颤抖,双脚瑟瑟。小护士保证地说,他们绝不是因为害怕和恐惧,真的是出于对新生命的尊重和感动。

我虽然不相信这一点,但又有什么办法,只得再继续听下去。

小护士说,等医生和她从震惊的凝固中走出,可以活动时,才想起我,我的头颅还在他们的盘子里,他们如果再不给我换上身躯,我将很快就会窒息、神经错乱而死。可是当他们要给我的躯体装载回去时,发现我的躯体不翼而飞,完全消失了,他们在屋子里左找右找,不见踪影,才想起可能给扔到垃圾桶里去了。这时那个扫垃圾的大娘进来拖地,说垃圾已经倒入了焚化炉。还好主刀医生手疾眼快,他看到大娘手上拿着一根用活木生长制造出来的拖把,就一把夺了过来,赶快将拖把的一头切开,里面果然伸出一条条的神经和血管,经过了消毒处理,再进行计算机匹配,找到了吻合的血管、吻合的神经,延髓和脊髓都接好了,两条颈内动脉和两条椎动脉，以及相应的颈静脉，都与拖把里的临时模拟出来的完全吻合。最后重建了寰枕关节，再缝合皮肤。一次无比完美的手术。我总算活了下来，只是被顶在了这根拖把上面。

最后，小护士赞道："主刀医生的水平真不赖，你看，把你接得多完美啊！"

气得我想抽她，可没有手，我怎么抽？只能用抹布脚在地上啪啪打。

我恼火地说："你们这样做不行啊，你们赶快给我恢复过来啊，我怎么能成这个样子？我怎么有脸见人？我还算不算人？"

小护士安慰道："你放心吧，放心吧，医生说了，龙先生你的身体虽说目前是这个样子，但还好没有出现手术事故，至少你没有脑死亡，你的性命是保住了，等伤口和神经完全复原，与拖把接驳成功，这自活木来自活体植物星球，善于模仿各种动物细胞、家用电器等，它们从小栽种在活体星球上，整个星球就是一个半植物半动物的圆形生物，它们就像是星球的肢体，从土壤里长成之后，总要模拟一样物体，脱离母体，自行生活，哪知道这家伙当了拖把，也太恰巧了，还好扫地机器人坏了，用了这个活体拖把，这才救了你的命，你就等个一年半载的，找到合适的人类躯体，再重新进行换体手术，你又能恢复正常，甚至比原来还强壮，只不过最近身体可能需要排到年后。这一年你就好好地休养，当一个拖把男人吧！对这次手术的结果，我们深表遗憾，但手术前你是签了字的，如果出了医疗事故，我们会给予补偿，但不负法律责任！"

听到这里，我真是欲哭无泪，我的干号就连嗓子自己都害怕，难以发声。

小护士用茶水对我进行灌溉。

我不口渴了，但很快就觉得想要上厕所，原来我的躯体是竖直的，根本就没办法存储液体，很快就往下流。

过了一会儿，我的脚下就湿漉漉的，我满脸通红，又急又怒。

小护士安慰我说没关系，这是正常反应，以后吃饭睡觉，都会有新的习惯，反而还方便了不少。

我得到了应有的赔偿，不但不用付手术费用，他们还倒给我一大笔。另外一年半或者两年后，再次手术的躯体和费用，都不用我承担，我想了想，这也划算，再闹再吵，不就成了医闹，到时候不但没赔偿，甚至他们不好好给我手术，我一命呜呼了怎么办？这口气终于像干硬的锅巴吞下去了。

三、赶出家门

晚上，我回家到了门口，忐忑不安，不知怎么面对老婆。我在门口跳来跳去，缓慢如章鱼般地爬行，又像螃蟹般来回横斜地走。

终于，打定主意，无论结果是怎么样，总要勇敢面对。可惜我没有手，只能用脑袋去撞门，嘭嘭嘭，三下，门开了，我老婆凤天展走了出来，看到一根拖把，顶着我的头，其内心可想而知。但我显然低估了她，她大叫着一拳将我的右眼打成了熊猫眼，喝道："好你个龙泰，装鬼吓唬我呢！"

我被打得倒在了地上，却因为我是一根拖把，上轻下重，有了当不倒翁的潜质,便又立即迅速弹起,我的额头狠狠地撞到了凤天展,嘭,将她给撞翻了,她跌倒在地,鼻孔流血,眼睛大瞪,一动不动,似乎是撞晕了。我也吓了一跳,忙跳过去,用脚踢了她几下,没有动静,我叫着她的名字,有些担忧,可没有办法了,只能用柔软的抹布一般的脚,跳到了她的脑袋上和胸口上,来回跳,如做人工呼吸,因为我的脚上有通气孔,可以给她供给氧气,还能按压她的心脏,就这么来回蹿跳了几下,总算将她给弄醒过来了。

凤天展圆溜溜、胖乎乎的身躯一个灵活的鲤鱼打挺,直立而起,大喝一声:"呔,是何方妖魔鬼怪?"

我见她这个样子,立知不妙,她要发火,她一发火就发疯,她一发疯,便山摇地动。

当她的第二招熊猫拳要打到我的左眼上时,我忙说:"别打,我是龙泰啊!"

凤天展瞪着我,倒退几步,怒喝:"你,你,你是什么妖怪?你把龙泰怎么了?"

我苦巴巴地说:"唉,老婆,出了医疗事故,我换的那具身体怀孕了,跑掉了,没办法了,我只能临时换成了这具身体!"

凤天展上来就是一个大耳刮子,打得我转了好几个圈圈,眼前金星乱冒,好不容易才停住了,正要说话,她就扑上来,抱着我呜呜地哭了起来。

我感受到她的真情流露的温暖,感到无奈正强塞心头,真是欲哭无泪,伤心欲绝,但又有什么办法,只能是这样了呗!

她扶着我进了屋子,抚摸着我的拖把身躯,含泪喃喃说:"怎

236

么会是这样？怎么会这样？"

我将小护士所说的情况跟她详述了一遍，她的怒火时而被点燃，叫嚣着要报警，要找医院算账，要找那个打扫卫生的大姐算账，要找那个衣星人算账；时而又软化了擦泪，说，天哪，天哪，太惨了，太惨了，怎么会，怎么会；时而又担心地瞪着双眼，拍着胸脯说，还好，还好，还好有这个拖把，还好主刀医生目光敏锐，刀法如神……

她的眼睛红红的，去屋里端出饭菜，回来时，脸上泪痕犹在，孩子吃过了，已经睡了，就我和她一起吃。饭菜都是我喜欢的种类，烤恐鸡、烧腊肉、水腌菜、辣椒拌章鱼须、芥末木耳……这么丰盛，看得出，她是用了心的，故意加了菜呢！

我站在饭桌前面，由于身体无法坐下，也没有手，只能站远一些，斜斜垂下，用嘴直接从盘子中吞吃食物，满脸满嘴，都是菜汁，都无法下咽，哽在了我长达一米五的脖子里了，其实我一点都不饿，就觉得咽喉喘不过气来，好不容易，那些嚼碎的食物，顺着脖子，滑到了八爪布条的腿下，总算舒服了，也能感受到美食的口舌之快，却再也没有原来那种心满意足、畅爽顺意的饱腹感了。

晚上睡觉，她摸着我的脑袋，摸着我的脖颈，幽幽叹息，忽然手上用力，像要掐死我一般，过了几秒钟，又缓和了。

明天还要面对孩子，该怎么办？会不会吓坏他？

又是一个不眠之夜，眼睛在泪珠的光泽下，折射着内心的辗转反侧。

第二天早晨，不知是睡不着，还是怕见到上学的孩子，我和凤天展早早就起，她给我喂了食物，我嚼了几口，又吐掉，就代表吃过了，也尝到了食物的味道，现在我并不需要通过进食来保持自己的营养，拖把的腿，如植物的根须，能吸收土壤里的养分。我到外面的草地上走一圈，再吸收些阳光，肚子也不会饿，一年不用吃东西都可以生存。我现在就是一个半人半植物的怪物。我躲在门背后，偷偷看着凤天展催促孩子起床，去上学，我始终不敢出来见他。白天，我也无事可干，靠在墙边休息，看了一会儿电视，见家里乱糟糟的，产生了打扫的冲动。傍晚孩子回来后，我依旧躲到角落，我看他乖乖吃饭，做作业，却从未问过一句："爸爸去哪儿了？"晚上，想回屋子，凤天展却不让我和她住同一屋，她说和一根拖把睡在一起的感觉太可怕，叫我去外面待着吧。我也意识到，躺在床上我是睡不着的，诡异的是，我用脑袋和拖布脚摸索着，竟找到了一处自己喜欢的位置，那是在杂物间里面的一个小小的角落，我很快就甜蜜入睡，安安静静地睡了一晚上。不会再有老婆的呼噜声、责怪声、梦话声来干扰我的睡眠了。

翌日，我扭扭脖子，咯咯作响，极为舒畅，在盥洗室冲了冲脸，便去单位上班。我躲在公交车站牌那儿，很轻松地就挤上了公交车，但是又很快被人踢了下来。因为公交车实在太挤，太颠，我又没有手拉扯环扣，东倒西歪，落到了后面。人们见我倒不觉得奇怪，似乎见怪不怪，没有注意到有一根拖把和人头杵在这儿，也不知是谁，下车时顺便将我踢走。我无奈，生气，只能忍着，想了个办法，真的假装成一根拖把，跳上公交车以后，就倒在角落里，静静地待着，不争也不抢，自然有了我存在的空间。到了单位以后，去挤电梯，我也用了这种方法，很轻松地就挤了进去。当然,公司大楼的人见到我这副模样后,也吓到了不少,大伙儿纷纷避让,甚至给了我一个较大的空间。到了单位,回到工位,我正要开始干活儿,却发现自己没有双手。没有双手怎么办?总不能跳到键盘上,用自己的脚去按键盘,虽然理论上是可以这样的,但老板肯定不允许。然而工作完不成,依旧会被辞退。和老板商量未果,老板要我留下来扫洗手间,只有那儿还有办公地点,也需要人才。我怒斥老板,我又不是真的拖把,怎么能干这种事,我是堂堂正正的程序员。老板握着我的脖子,犹如与我握手,表达遗憾,只能忍痛将我辞退。

不知是否因为这具拖把身躯,我竟火气比过去大多了,出了单位大楼,我有点后悔,又有点不屑。我伤心地回到了家中。妻子听说我被辞退了,非常生气,当即就揪着我的脖子,将我直接从窗户扔了出去,还骂骂咧咧:"你这个拖把男人,你这个没用的东西!你以为你是谁?找不到工作别回来见我!"她的态度恶劣,出手极重。我觉得她恢复正常了,如果不是将我看得和过去一样,不害怕我这副躯体,又怎么可能如此凶狠自如。

四、拖把基地

我倒没有什么伤心,只是倒在地上泥坑边上,难以直立而起,努力了半天,总算能将头抬起来了。我的状况一定很狼狈,很凄惨,我低下头,不想让路人看到我这副模样。和过去连衣服都没穿就被她的烂脾气赶出去时一样,我在路边的拐角斜靠着,想抽一根烟,想怒问苍天,还想尿个尿。就在这时,迎面走来了一个……啊,我大惊之中,突然发现对方也是一根拖把,上面顶着的是一个慈祥的老头的脑袋，头发花白，络腮胡拉碴儿，他充满同情地看着我，目光在恳切地表达善意。

这也是一个拖把男人？

我看着他向着我一跳一跳地走来，我几乎不敢相信自己的眼睛，眼前蒙眬、模糊，清清凉凉的湿润。只见他来到我的跟前，忽然一个倒立，用他脚部的抹布，轻轻擦拭我难且激动的泪水。我又能清楚地看到他了，他果然是一个年岁较大的拖把男人。他温柔地说道："好啦，好啦，你放心吧！你放心好了。没事的，这种事谁都经历过，不会有事的，跟我来，我们有一个强大的联盟。"

我如坠飞碟的外星人好不容易找到了同胞，忙跟着他前行，拐弯，从城市走到城郊接合处，竟来到一个垃圾处理场。四面堆满了小山一般的废纸壳、废纸板、废纸箱，还有塑料瓶、塑料盖、塑料壳，碎铁烂钢打造的汽车部件加上铁锅、铜碗、碎裂铝合金等等，分得整整齐齐，各自有各自的山头，却不见有人。

这位年岁较大的拖把男人吹了一声口哨，就见这些垃圾山的后面，翻出、钻出、跳出一根又一根粗细不一、人头不一、高度不一的拖把，大概有几十根。

他们互相叫着："啊，大哥回来了，大哥回来了！"又互相招呼着："大哥回来啦！兄弟们快出来吧！"

又跑出了更多的兄弟，黑压压的一大片，估计有好几百人。他们均隐藏在垃圾山的内部，不显山不露水，似乎连人头都能隐藏，着实令人吃惊。

大哥指着我说："今天，我又找到了一位我们的新进兄弟，大家对他表示欢迎。"

欢迎声此起彼伏，有些显得很激动："哇，他的身体是自活木啊，比我这个钢管的要强啊！"有些显得漫不经心："又是一个植物章鱼怪啊，嘿嘿！"还有的阴阳怪气："哇嘎嘎，哇嘎嘎，咕噜噜，咕噜噜……"搞不清楚说些什么。

不知为何，我突然感到热血在身体内流动，我想起了曾经看过的影视剧里的梁山好汉，想起了那些监狱风云里的生死与共，想起了读书时代分帮分派的朋友们，我似乎找到了久违的感觉，我找到组织了，我找到我真正的家了。

大哥朗声告诉大家，同时也是告诉我："兄弟，这里是拖把男人的天下，近几年来，拖把男人频频出现，屡见不鲜，备受社会的压迫，备受家庭的逼迫，备受旁人的白眼，但是我们仍从容不迫，我们不怕胁迫，我们抵抗威迫，这个地方，就是我们的基地，我们要从这儿，建立我们的国度，一个拖把男人的国度，我们要从这里找回我们的尊严，我们要给世界上的那些白眼狠狠地一击，我们终将会站在世界的巅峰，成为人人羡慕的拖把男人！"

众拖把男人同时跃起，就像是一群被反磁力悬浮而起的树苗，久久才落了下去，我这才注意到，拖把男人们的拖把杆和拖把布条都大不相同，有的是植物和根须，有的是钢管和塑料布条，有的是木杆和海绵，有的是动物的尾巴和皮毛，有的是纸筒和报纸……真是应有尽有，形态各异。但无一例外，他们都是拖把上顶着一个男子的脑袋，都是活生生的拖把男人。

我很快融入了他们，如一滴水，融入沟渠。

原来这个拖把男人联盟，是自发性走到一起的，这里是大型垃圾处理工厂，他们历尽千辛万苦，又不约而同，都聚集到这儿之后，互相询问，方才得知，冥冥之中，竟有大哥给大家指点迷津，跟着垃圾车也好，待在垃圾桶也好，长途跋涉也好，都来到了这里，找到了能够承载自己悲欢离合之地。近年来，出现了许多换躯体事件，但不知怎么搞的，结果都是手术意外失败，被迫换了一个拖把之躯。奇怪的是，现在这种情况越来越多，难道这都是天意吗？

还有些人，是觉得生无可恋，主动要求将自己变成拖把，经过手术后，不知不觉就变成了拖把。说起这些情况，我更觉奇怪。难道真会有这么多的意外事故发生？会不会是什么阴谋诡计呢？

我提出了我的质疑，但是这个大哥，他就叫大哥，姓大，名哥。他是这么说的："事情就是这样的，没有办法，每年世界上意外事故和手术意外的发生率为百分之零点二，但你想想这上百亿的地球人和外星人，都聚集在这里，出现我们这么多的意外，也是很合情合理的。"他这么一解释，我又觉得合情合理。

拖把男人，在家没有地位，在外遭人嫌弃，连工作都被辞退，如今我们的地位这么低下，大家只能一起联合起来，对抗这个不公的世界。

但是，我问："我们要怎么对抗这个世界呢？"

大哥昂着脑袋，坚毅地说："我们要利用我们的优势，我们与众不同的优势！"

但我们的优势又是什么呢？他没有说下去，仿佛在等待着我们的回答。

一个钢铁拖把男人说："靠着我们坚硬的钢管！"

一个植株拖把男人说："靠着我们可以不吃不喝！"

一个塑料拖把男人说："靠着我们能清洁任何一个肮脏的地方！"

…………

他们的回答激发了大家的豪迈之情，像一朵涟漪之花，掀起了汹涌的海啸。

众拖把男人纷纷举例，呼喝，详述自己的优势和特点。

更有人说："我们的劣势就是我们的优势，我们没有手，可以彬彬有礼，不用打架，和平地改变这个世界，找到属于我们的最高位置。"

也有人说："我们没有手，脚又多，异常强壮，弹跳力和踢击力非凡，世所难挡。"

最后，大哥说："对，各位，我们要用我们的优势，夺回我们的世界！"

我依然有些忧心忡忡地问："我们靠什么生存？真的能行吗？现在的我们能找到什么样的工作？我们的拖把脚能行吗？。"

大哥说："你别忘了，我们最强的，是我们的头脑，别的人还需要分配能量给躯体，而我们的身躯，最主要的质量都在我们的头脑里了，我相信，经过了这样的大难而不死的我们，经过了被无数人欺负和挺过了屈辱的我们，经过了重生之后灵魂升级的我们，只要运用我们非同一般的大脑，进行头脑风暴，没有什么事是干不成的，再加上我们有灵活的 16 只脚，我们比一般人强太多太多了！"

我听他说了"16 只脚"，一数，唉？还真是！我脚上的拖把布条确实也有 16 条，清清楚楚，童叟无欺。

大哥笑道:"这说明了什么问题呢?说明我们比别的人有更多的脚。虽然这些脚有点短,但是每一只脚都有自己特别的功能,就算是跑,我们都能跑得更快,就算是跳,我们都能跳得更高。而且,在别人眼中,我们就不是人,我们只是一件东西,一个躲在角落不应该出现的物品。这样,就没有人干扰我们干我们自己的事了,没有人在乎我们,也就没有人注意到我们,就没有人能想到我们蕴含的能量,想到我们能干的大事!那些对我们不屑一顾的人,他们也没有想到我们的这些脚可以如章鱼的触须一样,柔软细腻,行动自如,除了能拖地之外,还可以抓拿很多很多物品,如此一来,我们肯定能干一些别人意想不到的事情!"他说得虽然有点啰里啰唆,有些强调过多,但的确让我们群情激昂,胜利在望。他说:"我已成立了一个清洁公司,以后我们就用我们的脚,帮助别人打扫卫生,我们不需要手就能生存,天生就有能拖地板的功能。第一步,我们先实现我们的小目标,先占领整个世界……"他长长地拖了一口气,继续说:"……拖把市场!因为我们是——最具有智慧最智能最自动化还会说话解闷而且最彬彬有礼的拖把!我们一定能拖遍全世界!"

　　我想了想,大哥说得不错。我也没有什么选择了,现在还能找到这样的工作和组织,就算是不幸中的万幸了,没有办法之中的办法,也就只能这样了。

五、占领世界

　　大哥说完之后,我们进行了自我介绍,也分享自己的感受,从自己受到的屈辱,到成为拖把男人后的感受,从倒在生活的泥潭中,到清扫垃圾后的感受。大家相互鼓励,个个以碰头礼来与别人交流,相当于握手。碰得我头昏脑涨,起了几个大包。

接下来,我们就跟着大哥,出去单干。我们悄悄地将这条街道、这个村庄、这个城市的拖把都偷走了,取而代之,躲在客户的家门口。客户家的卫生员、清洁工、小时工……找不到拖把,又看到我们拖把男人,自然认为是天降的礼物,大旱逢甘露,用我们拖地,清理。而我们还有更大的妙处,都不需要他们来亲自打扫,我们一跳一跳,有的唱着歌,有的说着脱口秀,有的聊着八卦,有的播报新闻,有的表演口技,自行就帮着他们将客户家中的每一寸地方都打扫清理得干干净净,一尘不染。甚至还能当作抹布,在精美的桌面上、瓷器上、玻璃上擦拭,更厉害的是可以在墙面上横向行走,倒挂金钩,将一个空间的四面都能清洁干净。卫生员、清洁工、小时工等都乐坏了,笑疯了,喜歪了。他们不再用还需要人双手运作的拖把,也不用再艰难地清理天花板,更不用小心翼翼地擦拭昂贵的手工艺品……他们只需要舒服地躺在客户家里柔软的沙发上,听着我们给他们的声音表演,看着我们杂耍魔术般的行走和擦洗,喝一杯热水,一早上的活儿就干完了。这样优质的拖把,他们又何乐而不使用。

短短十天,拖把男人联盟便占据了几乎所有的清洁市场。这也是我们开始反攻的时候了。那些卫生员、清洁工、小时工懒散的工作态度早就被我们偷拍好了视频,一点点放到网上,而我们勤勤恳恳、兢兢业业,神奇的四面八方拖把术,早就惊艳了所有网友。一天之间,几乎所有清洁公司都大量辞退了这些不老老实实干活儿的人,反而大量直接聘请我们来帮助他们进行打扫。

在月底总结大会上，大哥骄傲地宣布："我们出道成功了！"

大哥的策略的确太强了，我们都因此受益，得到了一笔又一笔不菲的收入。我发现这甚至比我们当死宅的程序员更愉快，收入也没差多少。

一个月了，我新工作顺利，赚了钱，我有底气回家了。我用嘴巴咬着大把的花花绿绿的钞票，完全不怕上面沾染了各种细菌，因为这是我故意刚从银行里取出来的新出炉的钞票，给凤天展看看，她肯定会乐得给我做一顿丰盛的酱油炒饭。想到这里，我美滋滋地，要用脑袋去撞门，这一段时间的工作训练，我已经将脑袋练得如铜头一般，上面布满了犹如树疣般的老茧，层层好似鳞片，保护我的头脑安全。

但就在我刚要敲门的时候，却听到了凤天展娇滴滴的声音："哎呀，你来嘛，他又不在，出去找工作一个月了，都没回来，晚上家里没人的，我好怕怕呀！"

我听得浑身哆嗦，如冰桶挑战，咽喉里有一只手，扯着我的舌头往外拉，恶心得肠子都想吐掉。

她一定是在打电话，她到底跟谁打电话，她从来未曾用过如此甜蜜温柔的声音和我撒娇。

除了刚刚恋爱的时候，她将所有的野蛮与强悍伪装在姣好的面容和甜美的微笑中，她将强健的肌肉和肥胖的脂肪隐藏在苗条的躯体中，她将一切丑陋邪恶恐怖遮盖在美丽正义善良之下。

我想冲进去，大声质问，揪着她粗大油腻褶皱的脖颈，提到半空中，任凭她如吊起的鱼般挣扎扑腾，向我哭诉，向我求饶，向我跪拜。但这样的场景往往只出现在我睡午觉的白日梦中,时常发生的情况完全相反,即便我在街上瞟了一个女人被她见到,也要接受她这样的惩罚。

我口中流下了清冷的液体,濡湿了钞票,我的眼睛很干,那些本应流出的泪,都顺着鼻孔和咽喉,灌入我竖直的脖子里。

她在那儿撒娇,在那儿咯咯笑,在那儿说着柔情蜜意的话,我不想听,不忍听,后悔来得这么早,我想往后跳走,16只脚都软弱无力,黏湿湿的,一股股的呕吐感,不住地在喉部来回窜动,发出了猛烈的声响。

我听到里面快速的跑步声,由远及近,我正要躲闪,门已经开了,我看到她脸上的笑容凝结,雕塑成明显的失望,而后放下电话,耳朵如花瓣一样红润,却懒洋洋地问:"总算回来了?怎么着?"她庞大的身躯挡在门口,显然还不想让我进去,里面莫非会有什么秘密?

我将口中的钞票往前一吐,那些如散碎的绿草和红花般的钱,撒向她血红的眼睛,撒向了她宽阔的嘴巴,撒向了她肥硕的脑袋……它们都带着我血腥的口水,以及细菌、牙垢、剩菜……

而后,我潇洒地转身,向远方跳去,背后传来了她撒泼般的呼叫和威胁声,我置若罔闻,总有一天,我要她明白,我拖把男人不是那么好欺负的。

等我回到我们的垃圾场总部后,遇到不少兄弟,也都是这种情况,大家回家去,或多或少,都受到种种不公平的待遇,有的被岳父岳母嫌弃,有的被亲生子女鄙视,有的被爱人亲戚冷嘲热讽,等等,虽说过去也基本这样,但因成为拖把男人,心里会更加难过，更为自卑，更受不了刺激，可是，也因此有了跌到深渊的触底反弹，才变得坚强，变得野蛮，变得如剑如霜。

我们开始了互助行动，成为这个世界上最大的一股隐秘性力量。

短短一个小时后，兄弟们就帮我查到了那个男人的职位、地址、品位等资料，原来是凤天展的一个同事，一个部门小经理，刚刚离婚，百无聊赖，开始撩上了我老婆，为了给我出气，半夜里，大哥一声令下，几个拖把兄弟，将他捉到了医院里去，打了麻药，将他的身躯卸下，请那位主刀医生实施了拖把手术，他就变得和我们一样，成了拖把男人。当他醒来时，吓得快要死去了。面对我的质询，他吓得面色苍白，嘴唇发紫，连连求饶，咚咚磕头，我还是不愿意放过他，当着众人之面，亲自将他原始的身体烧掉了，他歇斯底里地叫着晕了过去。然后我们将他送到我家门口。我们躲在一边观望。当看到凤天展出来开门后，发出那恐惧得直冲云霄的裂帛高音后，我哈哈大笑，眼泪都笑出来了，眼珠都要笑掉了。

三四天后，那个倒霉的男人艰难而疲惫地找到我们，为曾经的过错决心悔过，要加入我们的队伍。我们接纳了他。

加入我们的人越来越多，各种各样的巧合，造就出来的拖把男人天天都有，我觉出这件事有些蹊跷，这是什么情况？为什么会有这么多的巧合？如果真的有这么多的巧合的话，那就一定不是巧合，冥冥之中，必定有一只手，在控制这些巧合。

后来，更有一些竟是主动加入的，他们宁愿抛弃自己正常的躯体，也要成为拖把男人。

248

我找到了那家给大家实施手术的医院，发现基本上都是那位主刀医生实施的手术，上次我们逼迫他给凤天展的同事做了换头拖把手术，看到他娴熟的技巧，我就知道这些事肯定都有关系。我既痛恨他曾经对我做的手术，也感恩他精湛的技术。

我带着三个兄弟，摸索到他家里，堵住了他，他显然已经预料到我们会来，说："请站，请站！"他知道我们腰杆硬，坐不下去。

我们围着他，分站四边，防止他逃跑。

他的笑容有点尴尬，说："我知道你们想来问我，放心，我不会跑的。"

我说："你可以不说，但应该明白，如果你不说，将来也会像我们一样。"

他笑了笑说："很好。你们既然能想到这一点，那我就不用多说了。因为我不说，你们肯定也知道到底发生了什么事。"

然后，他就开始慢慢地伸出双手，将自己的脑袋从脖子上拿了下来，又脱下了自己的外套。

我们在吃惊中霍然明白，原来他的脑袋下面，也是杵在一根拖把上的，但还放着一个大衣架，就像是一个十字架，他靠着宽厚的西装和手术服，伪装成了正常人形，他的这个衣服架子上有两只机械手，能够自由活动，他的脑袋上和脖子下部，用金属打造了基础托台，可以安装在拖把上，也能像螺帽般旋转而起，他将脑袋又放了回去。而他的下半身，同样是八爪鱼般的抹布条，我回想起来，他走路的时候，确实是迈着那种细碎的步子，轻缓地走来走去，就像一个佝偻的老人。原来如此，原因在此，他并不是一个老人，原来也是一个拖把男人。

我问："为什么会有这么多的拖把男人？全都是你弄出来的吗？"

他说："基本上算是吧，那时，我的身体出现问题，即将面临失业，死倒是没什么，太简单了，但失业了，家要怎么办？那时候，我决心将身躯改造成机器，便去找了你们的大哥，他是人工智能专家，他研究出了拖把男人的制造办法，我们就互相合作，将我们自己先变成了拖把男人，史上第一个拖把男人就是大哥，我是第二个。"

我听得心头一紧，问道："这些都是你们的阴谋吗？你们到底想怎么样？难道要将世界上所有的男人，都改造成拖把吗？"

他笑了笑说："难道你们没有发现，你们即使不是拖把男人，本身也就是拖把吗？你们是家庭的拖把，是社会的拖把，是整个世界的拖把。你们既然已经是拖把了，为什么不真的变成一个拖把呢？你们又何必再执着于自己是不是被意外了呢？"

我有种被深深欺骗、被深深出卖、被深深伤害的痛苦，我想不通，我想揍他，但我没有手，我便跳过去，准备去咬他，但因他有智能的机械手，一把就揪住了我的脖颈，我根本咬不中他，于是就想对他吐口水，可又觉这样有点不雅，就忍住了，两旁的兄弟们也过来挡着，劝我别冲动。

主刀医生说："其实我早就看中了你有成为拖把男人的潜质，手术中的意外，也是我精心安排的，准备好了自活木拖把，也算准了衣星人会离开。你们，也是一样的！"他冲和我来的三位兄弟说："行了，你们也不用自卑。你们相信我吧！很快，这个世界上大部分男人，都会变成拖把男人。我们要树立起做拖把男人的光荣使命和梦想，我们会将我们的这个团队做得越来越强，越来越大，成为天下无敌的拖把军团！"

我想了想，都成这样了，还有什么办法。叹了一口气，说："既然是这样，那你想怎么做？大哥又有什么打算呢？"

主刀医生淡然一笑，说："你们放心吧，只要你们获得了成功，这个团队越来越强大，就会有其他的男人自愿想来，成为像你们一样的拖把男人，你们将会以拖把的形式统治这个世界。你们会成为拖把党，然后，参加这个星球的选举，成为星球总统。"

我们听了主刀医生的解释后，微微释然，心中坦然，也就昂然回去了。

拖把男人越来越多，大哥成立了本星球的拖把男人党，与其他种族一起，成为一种新的种族，并且开始参与选举，很快就成为这个城市最大的一个种族。想加入我们的人越来越多，那些在家里地位低下的人，那些在这个世界上不受待见的人，那些在单位里边受到排挤的人，他们心里的怨气越来越重，他们没有任何办法，他们只能自暴自弃，他们只能卑微地生存，他们只能痛苦地堕落，于是他们都不愿意拥有那副痛苦的躯体，他们想办法用手术改装自己的身体，成为一个又一个拖把男人。

那家医院也开始进行免费换体换头，进行拖把男人手术。主刀医生也亮出自己的身份，他也是一位拖把男人，使用机械手臂做手术的大医生，通过大哥的运作，他很快就成为院长，并将医院改名为"拖把医院"，是成为拖把男人的定点医院，想来做手术的人络绎不绝，而且也只有他们有这样的技术和水平，能够安全无虞地进行手术。有些人想偷偷地去别家医院做手术，变成拖把男人,但时常发生意外事故,有些当场死亡,有些变成神经病,有些变为脑残,有些接到了阿猫阿狗身上,有些长在地里,一辈子都无法挪动……

许多刚大学毕业的学生,许多被女朋友抛弃的男子,许多被老板赶走的老员工,都主动放弃了自己的身体,成为拖把男人。他们不在乎别人的目光,顶着堂堂正正的脑袋,用身体的拖把,来洗刷世界的肮脏,赢得了社会的尊重。

拖把男人没有太多的欲望,他们不需要吃多少食物,也不需要耗费很多能量。他们通过阳光雨露土壤,就能获得充足的营养。他们一直在想方设法为所有人服务。他们干着世界上最低下的活儿,他们淘阴沟,他们扫厕所,他们在危险的边缘干那些最艰苦最难做的活儿,但同时他们有积极阳光的一面,每个拖把男人都是兄弟,都拧成一股绳。他们尊重女性,又不接触女性,他们不欺负别人,但没有人敢欺负他们。他们就是一个巨大的大家庭,一个快乐的大家庭,一个脱离了原生家庭的大家庭,他们已经被原来的家庭伤害得失去了自我,但在这里他们找到了初心。

其实,这种初心,就是一种野心。

他们断绝了所有的欲望,只因他们的欲望,高悬在这个星球之上。

那些侮辱过、伤害过他们的女性,现在都后悔莫及,对他们都恭恭敬敬。目前,他们的身价高,地位高,追求高,是典型的"三高"男士。

然而,按照目前的状况,他们是不能回去了,他们无法与家人生活,不但会吓到家人,生活习惯也不一样。

拖把男人们持续增多,控制了更多的企业和群体,有些女性也想加入拖把男人的队伍,但她们的性别和身体素质不允许,只能遗憾而归。不过她们都是拖把男人的支持者,还声称非拖把男人不嫁,她们对拖把男人是最纯洁的爱情。

大哥有了资本,声望极高,更重要的是,军方之中,也有更多的军人想成为拖把男人,形成拖把军团,他们在战场上无往不利,敌人难以打到他们的身躯,除非爆头,而且他们可以趴在坦克上,附着在星际战舰之下,潜伏在垃圾坑中,是最佳的战士。

到后来,大哥准备竞选星球总统,他将成为史上第一个拖把总统,这是人类历史上第一次变异的男人总统。

在与传统男性星球总统的舌战和支持率大战中,大哥以睿智的话语、禁欲的气质,赢得了一边倒的投票。大家认为,拖把男人除了有男人的思想和优点之外,并无普通男人的那些缺点。他们除了想要为整个星球的人类和其他种族服务,不求吃,不求穿,过着苦行僧般的生活。在他们的管理下,整个星球的物质垃圾和思想垃圾,都会清理干净,会让整个星球的生物们过得更好。

大哥的对手是传统意义上的高鼻子黄头发的某国总统,也是曾经的亿万富翁,他空喊口号地叫着要让堂堂正正的男人,带领全球奔向更加美好的未来,还质疑大哥只是表面的拖把男人,实际上和普通的男人没有什么两样,极为虚伪,为了获得权力和地位,连自己的身体都不要了,一个不爱惜自己身体的男人,怎么可能爱别人的身体?怎么能爱惜全球所有人的身体?怎么可能带着我们的星球,完整而快乐地走向未来呢?

大哥通过多项证据表明，黄发总统很可能是一个杀手，一个堕落的、自私的男人，没有为别人奉献的精神，也不愿意放弃自己的欲望，成为全球总统后，将会给整个星球带来灾难。

就是在关键辩论的那天晚上，大哥死了，大哥临死前要我接班。

因为是我杀死了他。

我那时候的确接管了军方，成为真正意义上的二把手，大哥也对我十分看中，然而那天晚上，当我得知大哥竟然接见了自己的老婆，还和她合计着要生二胎的时候，我狂暴了，我质疑了，我不明白这是怎么了。

大哥喝了酒，对我哭丧着脸，他原本就不想当什么拖把男人，一个手术的意外，导致他变成了这样，他只能顽强生存，他没有办法，受尽了屈辱和鄙视之后，他不得不让更多人加入他，这样大家都一样，也就不会再有人质疑他，蔑视他了。他没想到在我的帮助下，会取得如此成功，现在，曾经离开他的女人，看不起他的老丈母娘什么的，都或多或少因为各种事情来找他了，还带来了他最喜欢的土特产，低声下气地恳求他，给孩子安排好的学校，给大舅子安排好的工作，等等。是的，那一刻，他动摇了，他无法忘记拥有身体时，感受妻子的体温，感受孩子的拥抱，他现在非常希望除掉头下的拖把，给自己换上一副潇洒雄壮的衣星人的身躯，再次回到过去快乐的时光。但他又觉得对不起兄弟们，这么多年来，在他的蛊惑和支撑下，拖把男人联盟发展壮大，事业如火如荼，基本控制了整个世界，可是，他不知道为什么，在妻子和过去的老板来求他的那一刻，他动摇了，他虽然没有心，却明显心疼了,他笑了,笑出了眼泪。

我实在没想到,这个领导我们不断取得胜利的大哥,抵受不住那些反转的诱惑,竟然就这样轻而易举地背叛了我们。主刀医生的话也有些不实,应该是大哥让他那么说的。我真想冲上去,将他的脑袋给咬掉。

我对他说:"你说的这些话,我都记录下来了,如果你想继续成为全球总统,你必须放弃你那些屁蛋的想法,你好好给我当总统,否则我和兄弟们不会放过你的!"

大哥说:"我支撑不住了,我将会把位子传给你,这个大哥拖把男人已经死掉,你将会成为全球总统,忘记我吧。"

就在第二天的辩论赛上,大哥的脑袋被突如其来的一块石头砸中,从拖把上掉了下来,就此死亡。

他的对手也遭到了质疑和调查,并被迫以谋杀嫌疑罪上了法庭。

我收拢了拖把男人联盟的权力,借助全球上下一起哀悼大哥的日子,宣布代他参选,并轻而易举地获得了压倒性的选票,不负众望地成为全球总统。

六、水桶女人

在那个收获的深秋,我到街上给孩子们进行演讲,我看到了不远处,有一个须发花白的男子,他长得很像大哥,只是头发和脸上的胡须没有以前那么白了,有了许多黑色。他右手牵着一个胖乎乎的小孩,左手牵着一个胖乎乎的女人,女人小腹隆起,他眼含笑意看着我,满意地点头,牵着他们默默离开。

我潸然泪下，忽然想起了凤天展和孩子，其实他们的动态我自始至终都知道，但我始终没有露面去见他们。我听说凤天展拼命健身，还屡次求见我，我对此不屑一顾。可是今天，看到大哥脸上幸福的笑意，我坚硬的内心有一点触动。

晚上，我在拖把特工的安排下，乔装打扮，躲到了我家的清理间内。这几年不见孩子，孩子已经长大了，已经成为一个帅小伙，开始准备高考了，每天回家吃完饭就拼命学习，背外星语，研究空间数学，进行微观物理的探索等等。我看着孩子这么努力，不由得一阵唏嘘。

凤天展的行动却很是诡异。她回家吃晚饭后，就带着水桶上路了。我悄悄尾随她，前往小区的一个地下室内。在那里，我看到了很多水桶，但这些水桶都发出了强烈的笑声，都是女人的笑声，她们的脸也在水桶上若隐若现。

只见最前面一个最粗大的水桶，蹦跳着说道："后面来的姐妹们，尝试着进入水桶吧！"

我看见凤天展和几个站在后面提着水桶的妇女，开始往水桶里钻，水桶犹如蟒蛇的口，将她们吞掉。

粗大的水桶说："这些水桶，都是从蟒木星来的产品，它们的活体细胞能和我们人类的DNA（脱氧核糖核酸）合体，我们只要运用自如，就能变身成为水桶女人，我们水桶女人联盟是唯一能够征服这个世界上拖把男人的女人，也是唯一能对抗他们的女人，拖把没有水桶是无法进行工作的，一物降一物，我家那该死的，就因为成了拖把男人，从此对我的死活不管不顾，我只有成为水桶女人，才能再次对付他，让他乖乖回来，姐妹们，努力啊，加油啊！"

那些水桶女人纷纷用呼号声和惨叫声来表达自己的决心和坚持，她们如同尺蠖般蠕动着肥腻的身躯，往水桶里钻去，与之渐渐融合，每个人都有圆滚滚的肚皮与空阔的头脑，不再拥有手脚，只需要静静地蹲着，或者滚来滚去。

她们形成了新的物种，像鱼类上岸之时。

我看着这些为了征服拖把男人拼命努力的女人，叹息一声，悄然回去。

手下问我怎么处理这些威胁，要不要将这个窝点端掉。

我摇摇头，说："让她们继续发展壮大吧，别干扰她们，只有她们强大了，我们才能更强大，也许这就是拖把男人的归宿。"

载于《科幻立方》2021 年第 6 期

大力金刚掌
月下孤儿

一

随着一声哗啦啦的冲水声,张宁抽了两张卫生纸,准备结束自己长达三十分钟的"大号"。然而就在自己刚刚抬起屁股的时候,手里的手机忽然弹出这么一条新闻推送,让张宁情不自禁地攥着纸又在马桶上多坐了一分钟:

> 法国图尔警方近日逮捕了一名在非开放时间潜入位于昂布瓦兹皇家城堡内,并试图破坏莱昂纳多·达·芬奇墓葬的外国游客,该游客辩称自己是一所社区大学的讲师,此举完全是出于学术目的,意在获取达·芬奇的 DNA(脱氧核糖核酸)以证实自己关于"达·芬奇并非地球人类"的猜想。据当地检方透露,该游客将面临至少七项指控。

在新闻软件千奇百怪的花边消息里,这种不疼不痒的外国消息甚至算不上真正意义的"新闻",截止到张宁把新闻点开为止,点击数只有 5,回复是 0。

真是英雄所见略同。

在万里之外的亚洲,做着同样事情的这个人就是张宁。

半个月前,张宁在值日的时候偷偷从顶头上司田鹏的床上收集了几根头发,并把这些头发寄给了一个名为"Find Them"的网站,该网站是由几个年轻海归创立的 DNA 寻亲创业项目,可以通过注册用户的 DNA 帮助用户寻找潜在的亲人,其中 DNA 检测是免费的,如果找到亲人的话也可以通过网站免费联系。

其实类似的项目早在几十年前就有,在西方更是风靡了上百年。之所以 Find Them 团队能凭借几十上百年前的剩饭创意拉来天量投资,就是因为创始人从国外引进了一些尚且处于争议阶段的新技术并开发了一套独特的匹配算法,号称可以通过 DNA 来评估检测者的智商、情商、寿命、性格甚至给出"科学的"婚恋建议,也就是说可以通过基因数据,帮助检测者匹配智商、性格、审美等各个方面都合拍的异性朋友,说俗了就是个打着基因测序的高科技幌子搞婚恋交友的网上婚介。当然,诸如找亲戚之类的免费服务只是插在道德高地的旗帜而已,想认识跟自己基因合拍的俊男美女那可是要收费的,而且价码还不低,这才是创业团队真实的盈利所在。

田鹏,军人,野猫特种部队反恐大队一中队队长;很高,很富,很帅,而且,未婚。

最主要的,他还是个孤儿;已知唯一在世的亲戚就是野猫特种部队的官方吉祥物——那只传说中的"野猫"。

包括张宁在内的很多部下，都调侃这个神奇的上司不是人类，甚至还给他起了个绰号叫"老外"，这里的"外"指的可不是外国，而是外星，就好像六十年前那个传奇的巴西球员也曾号称"外星人"一样；不过在众多的调侃者中，也有认真的，例如这个张宁，一度怀疑自己这个神奇的顶头上司真的就是个外星人，至少也被外星人改造过，就像新闻里那个去盗达·芬奇墓的大学讲师一样，此人是部队里绝无仅有的一个热衷于将猜想付诸行动的人，偷偷把上司的头发寄给 DNA 检测机构便是行动的一部分。

　　说句实话，张宁并非没见过天才，对于类似于达·芬奇、牛顿、爱因斯坦、特斯拉、霍金这些早就被印在课本上的传奇天才的事迹更是如数家珍，对张宁而言，上面这些人虽说是举世公认的天才，但其聪明才智大都局限在某一方面，智商或能力再怎么不可思议，至少还在正常人能够想象并接受的范围内；而像田鹏这样的怪胎则不然，智商之变态、履历之激进，或许也只有外星基因才能解释：

　　四个月会说话。

　　两岁自学英语。

　　三岁完成了日语、法语、德语的学习。

　　四岁读完英文版大英百科全书与法语版《悲惨世界》。

　　五岁至七岁自学完成数学与核物理专业的大学课程。

　　六岁设计过一个以当下技术水平不可能造得出来的小型可控核聚变反应堆模型。

　　八岁由所在学校推荐至中国科技大学少年班并被录取，但本人拒绝入学。

九岁自学完成大学信息工程学与临床医学、药学课程，同时开始练习绘画。

十岁至十五岁辍学并沉溺于电子游戏，独立开发过一款沉浸式引擎并基于该引擎开发了一款游戏，取得了最高四百万人同时在线的惊人成绩，最后该游戏连同引擎一起被一家游戏巨头高价收购。

十六至二十二岁先后进入清华大学、哈佛大学、哥伦比亚大学、约翰霍普金斯大学、麻省理工学院、卡内基梅隆大学学习，共取得了包含五个博士在内的十二个学位，平均一年两个，专业横跨航天工程、化学、人类学、哲学、量子物理、核物理、天体物理、生命科学、信息工程、地质、生物甚至历史等各类风马牛不相及的领域学科。这里不得不提一句：在同期留学的众多高智商学生中，田鹏的名气是最大的，但西方的教育界对他的评价却普遍不高。大部分有天赋的学生往往专精于某一个或有限几个相关学科，从来没有一个人像他这么天女散花，每个专业学不了几个月，扔下一篇论文就拍屁股走人了，这种近乎草上飞的求学风格往往会给人留下博而不精的印象；再者就是其学习态度过于特立独行，从来没问过任何导师任何问题，你讲你的，我听我的，听完走人，有时听不完也走人，完全把课堂当成了函授，这种行为只能给人两种印象：要么自视甚高，要么不求甚解。天底下没有哪个老师会喜欢这样的学生，以至于求学期间，虽说成绩斐然却从来没收到过任何教学或科研工作的邀请，甚至连相关的建议或暗示都没有，这对于一个极富传奇色彩的天才而言，是非常不可思议的。没有人知道他这么做的初衷是什么;好奇?求知?炫耀?没人知道。唯一可以确认的就是他根本没打算利用其中任何一份学历去找工作。此人自从卖过一次游戏之后就开始过吃老本的日子,似乎从来没考虑过未来的收入的问题。

二十三岁参加世界铁人三项锦标赛获男子组冠军。同年被《哈佛教育评论》杂志列入一百年高智商人类排名 Top10(前 10 名)。

二十四岁返回国内,原因是签证到期。截止到这个时间点,与田鹏同龄或是再小一些的"神童"们大都走上了创业道路,或是受邀于一些重量级的科研机构开始从事一些以改变世界或发表论文为目标的神圣事业,但作为这些天才中的佼佼者,田鹏的选择却出乎了所有人的预料:应征入伍。

二十五岁,田鹏凭借电脑特长被招入网络部队,同年晋升少尉,后经选拔进入利剑特种部队并收养野猫一只。

二十六岁荣立个人二等功一次(救了一车人),晋升中尉军衔,为野猫建立社交账号,网络粉丝超过五十万。

二十七岁荣立个人一等功一次 (休假期间偶然粉碎了一起试图在机场制造暴恐事件的阴谋),野猫网络粉丝超过一百万的消息惊动上级,此后该野猫成为特种部队官方吉祥物,部队名也由"利剑"更名为"野猫"。

二十八岁率团出征国际特种兵大赛,获团体总冠军,晋升上尉军衔。

二十九岁荣立集体一等功一次、个人一等功一次 (跨国救援),晋升少校兼反恐大队一中队队长。

四年升四级,升迁速度堪比坐火箭,以至于有传言说他不凭本事靠关系,但很遗憾,此人不仅上面没人,哪面都没人,他是孤儿,论亲戚只有一只野猫。

说起这只野猫,张宁也怀疑它不是一只地球猫。

此猫被田鹏取名为"洞幺",作为一只野猫,平日里可谓神龙见首不见尾,唯独有一次,军委来了大首长到基层调研,此猫忽然在最没可能现身的时候现身,一本正经地叼了一只死老鼠放到大首长面前邀功,把老爷子逗得哈哈大笑,询问陪同的军区领导这只猫是否就是那只传说中的网红猫,得到肯定答复后便开了句玩笑:这可是你们部队的吉祥物啊!

然后,就真成吉祥物了。

最后干脆连部队名都改了。

这怎么可能是地球猫能干得出来的事?

一路哼着小曲回到寝室,刚一推门,张宁不禁咽了口唾沫:只见上司田鹏正坐在写字台前,面无表情地盯着自己,而写字台上则放了一个信封,信封的封面印着 Find Them 网站的 Logo(标志)。

那应该是 Find Them 的 DNA 检测结果回执。

为什么会寄到他的手上?

况且打印邮寄是要收费的,注册时明明没勾选邮寄选项啊?

"队长好!"上司当前,张宁也来不及想太多,只得强作镇静立正敬礼。

"这家网站找到了我的同胞兄弟。"田鹏漫不经心地用手指点了点信封,声音低沉且缓慢,"有人寄了一份 DNA 样本,与我的匹配度是 100%,只有同卵双生才有这种结果。那个人的登录 IP(网络互连协议)就在这间屋,但我不记得有谁跟我长得一样。"

张宁的脸已经白了。

敢情人家自己也注册过,桌上那份检测回执本就是寄给人家本人的。

就在这千钧一发的时刻,田鹏的手机忽然响起,张宁得救。只见田鹏接通电话后"喂"了一声,继而拿着电话迅速起身立正:"是!"

一声"喂"、一声"是",中间夹了个立正姿势,种种迹象表明,来电者的级别低不了。能当大官都是有原因的,救人一命胜造七级浮屠。

"转告我弟弟,少干蠢事。"田鹏将手机装回了口袋,看了张宁一眼之后拉门出屋。干脆就把那份检测回执留在了写字台上。

直到田鹏的脚步声越来越小最后消失,张宁才小心翼翼地撕开了信封,只见检测结果里并没出现自己猜测的所谓"未知基因",而且智力预测一栏的结果仅有:127,后面还跟着一个括号:(59-199)。

"127?"张宁冷冷一笑把结果折好塞回了信封。127 的智商能聪明成这样? 翻倍也不止吧? 摆明了就是个骗子网站嘛……

二

野猫特种部队指挥部。

打电话的人,是部队的上级,但此人的任务只是把田鹏带到会议室,之后便回避了。会议室里坐着一个陌生的空军军官,肩章两杠三星,上校。

"你就是田鹏同志吧？"见田鹏进屋敬礼，军官起身回了个军礼，"请坐！自我介绍一下，我姓吕，负责军委3·27计划的组织工作。"

田鹏和这位吕上校握了握手微微点了点头，并未说话。这个反应让吕上校多多少少有点意外，就算不会说客气话，难道连"哦"一声都舍不得吗？

"我们长话短说吧，3·27计划需要选拔一名综合素质过硬的执行人选，我们从全军范围内选拔了五个考察对象，你是其中之一，也是最符合条件的一个。"

接下来，继续冷场。吕上校预想中的豪言壮语一样没有出现。

"这项任务，你可以选择接受，也可以拒绝。"吕上校继续一个人尬聊。

"为什么？"田鹏总算是有回应了。

"什么为什么？"吕上校一皱眉。

"为什么可以拒绝？"田鹏一本正经问道。

"因为这项任务不仅仅是一个任务，更是一项光荣使命。我们需要你在执行的过程中有足够的主观意愿去思考和应变，而不是像执行一般任务那样按部就班。"

"我接受。"田鹏几乎未经思考。

"我还没有说完……"吕上校继续道，"这项任务有很大的危险性，存在牺牲的可能；而且任务环境不同以往，有一定概率会对身体造成永久性伤害。"

田鹏的表情始终没什么变化，确切地说是始终没表情，似乎是在等待吕上校把话说完。

"就这些。按上边的要求,在你接受任务之前,我需要把这些事情提前告知你。"

"我接受。"田鹏点了点头,语气和态度跟刚才一样。

"你先回去准备一下。明天开始,我们将安排你与其他四个人一起进行特训,时间是两个月,训练内容应该难不倒你。训练结束后会有一个考核,成绩最优者将成为最终任务人选。"

田鹏站起身敬了个军礼,转身出屋。就像当年上学时把讲师晾在课堂上一样。

三

八〇九基地。

作为特种部队少校,田鹏之前并不知道这个基地的存在。按吕上校的交代,任何人自踏入这个基地的第一步起,一切见闻都是机密,甚至连基地本身的存在也是机密,在这座基地里,田鹏有生以来第一次见到了真正被造出来的第二代聚变试验堆,能否稳定运行不得而知,但以田鹏的认知而言,这座反应堆的结构应该属于第二代聚变堆,因为自己六岁那年设计的就是二代堆。

聚变堆,而且是第二代。

曾几何时,人类在 EAST(全超导托卡马克核聚变实验装置)上投入了大量的人力物力财力和时间,这也是人类最有希望实现的第一代可控聚变方案,早在 2010 年就实现了长达 101 秒的稳态长脉冲高约束模等离子体运行,看似胜利在望,然而几十年过去了,仅仅就在几年前,田鹏尚在麻省理工学院学核物理的时候,导师还在感叹以目前的技术在未来二十年内不可能造出可供实用的聚变堆,确切地说,自从 2000 年开始,"再等二十年"这句口号就一直存在,但无数个二十年过去了,口号一直在喊,年限也从来没变过,但实际的情况却是:EAST 遭遇瓶颈,进度长期停滞,几乎所有学者都开始深深怀疑人类是不是从一开始就走错了方向。没想到啊没想到,麻省教授眼里的未来二十年目标,中国竟然已经把它进化到第二代。

难道中国的核技术真的已经先进到不但实现了一代堆,且已经把技术精进到第二代了?既然已经发展到第二代了,为什么不把上一代技术拿出来民用呢?那可是当下乃至未来几百年里最理想的清洁能源,国家不是一直在狠抓环保吗?种种疑问,即便对于见多识广的田鹏而言,也绝对是不可思议的事,无奈,就算有天大的疑问,至少在此时此刻也是不可能有答案的。八〇九基地的第一条铁律就是:别瞎打听。

来到基地当天,田鹏与另外四名临时队友便被安排进行了一系列的身体检查,之后仅仅隔了一天便开始了为期两个月的特训,训练内容包含失重及微重力情况下的快速反应与紧急情况处理,太空飞行器的驾驶、故障处理、紧急逃生,全地形车的驾驶、故障处理等等,总之几乎都与航天以及登月有关。

既然是航天任务,为什么要找陆军军人呢?

就在田鹏疑惑的时候,选拔进入到考核环节。考核分四个部分:体能测试、操作评估、笔试及心理测试。

第一、二部分五个人的成绩都差不多,毕竟都是百万里挑一的精英,体能和操作是最基础的东西,就算有差距也是小数点后几位的事,基本可以忽略。紧接着是笔试,差距从这里瞬时拉开了几十光年。除了田鹏之外，其他四个人的答卷可以说是一塌糊涂，基本上都折在了这个项目上，原因很简单，测试的内容几乎都与核工程有关，而这方面内容在前期特训时几乎就没涉及过，题目深度几乎与大学的博士论文有一拼，简直就是再来一次答辩的节奏，也就是说即使培训过也没有用，这不是正常人一朝一夕就能掌握的知识，需要长时间的系统性学习才行。其他几个队友应该也有这方面的知识底子，否则也不可能被挑出来特训，但底子和水平完全是两回事，和田鹏拉开差距也是理所当然，人家毕竟是六岁就设计过反应堆的人。

考核分数出炉，田鹏以总分 95 分的成绩高居榜首，丢分基本都丢在了心理测试环节；而第二名的总分一下子就崩溃到了 77，连同后面三个哥们儿都被笔试坑得死死的，既然笔试已经砸了，后面的心理测试几乎就没什么心理可言了，分差进一步拉大。

休整了一天后，二、三、四、五队友打道回府，而田鹏则被叫到了一间带裸视全息投影的会议室。

裸视全息投影。

基地有很多会议室，但有这种设备的只有一间。这东西在民用领域仅是概念产品，1080^3 堆叠的入门货就能卖到一辆家用轿车的价，一般只有那些全凭 PPT 空手套白狼的公司才舍得吐血买这种东西撑门面，但此时会议室这台设备的规格是 14400^3 的堆叠，应该是行业最高水准，如此规格的设备目前只有一家日本公司可以生产，一般都是用于尖端科研领域，类似性能的设备据说北大西洋宇航联盟总部也有一台，价格未知，因为这不是量产的东西，也没有所谓的"行情"。

所以说,单凭会场的设备,就不难看出会议的严肃与重要性。

与会人员,除了田鹏和之前的吕上校之外,又多了一个陌生神秘人和一个穿白大褂的所谓专家,看面相应该都在五十岁上下的样子;其中那个专家,田鹏在特训时照过几面,貌似就是负责那个聚变堆的,听到过有人喊他苏教授,不知道是真姓苏还是化名,在以往的求学过程中,对于核物理学术界的著名专家不管是中国的还是外国的,田鹏可谓如数家珍,但从来没见过这个人的照片刊发在哪本刊物或某个网站上,更没听说过哪个大拿姓苏。

"田鹏同志,恭喜你通过考核,成为最终任务人选!"吕上校首先跟田鹏握了握手,"我来介绍一下,这位是徐晓南,是咱们八〇九基地的总负责人,也是负责 3·27 计划的主要实施者之一;这位是苏志澜苏教授,是这里的总工程师,你之前应该见过。接下来,将由苏教授单独指导你进行下一轮特训!"

落座,换苏教授发言,果不其然,启动了那台传说中的神级全息投影。"基地那台聚变堆,你应该已经注意到了,跟你六岁时设计的模型很像,这也是我们找你来参与考核的原因!"苏教授倒是开门见山,"接下来我要告诉你的,可能会颠覆你从学校学到的很多东西,这些内容与本次任务息息相关,如果有疑问一定要及时提出来,不要像你上学时那样默不作声!"

说好了不许默不作声,但田鹏仍然只是点了点头,继续默不作声。

"首先,我会把 3·27 计划的背景大致向你介绍一下。"说着话,投影机预热完毕,会议室正中央被投射出一幅海岛地图,地图上悬浮着一串英文字母:Kiska Island,"3·27 计划,是我国与北大西洋宇航联盟合作的秘密太空项目，我方称之为'3·27计划'，他们称之为'基斯卡方案'。整个项目的背景可以追溯到1943年的'基斯卡战役'。"

所谓的"基斯卡战役"，是发生在第二次世界大战太平洋战场的一次很不起眼的战役，严格来讲，应该算是一次让人哭笑不得的乌龙战役：早在1942年中途岛战役之前，日军便派遣了一支部队偷偷占领了杳无人烟的基斯卡岛，并试图在岛上修建机场和工事，妄图以此岛为基地对美军施加战略牵制。严格来讲，即便只是一座无人岛，美军也绝不可能放任一伙日本人在上面大兴土木。在中途岛战役获得胜利之后，终于腾出手的美军立即抽调了一支由陆军、陆军航空兵、海军陆战队三方力量组成的联合作战部队，协同加拿大盟军一道对基斯卡岛发动了猛攻，并在登陆作战前向岛内投放了一千多枚航空炸弹。随后的登陆战斗进行得相当惨烈，美方部队遭遇顽强抵抗，战斗从深夜一直持续到天亮，结果等到岛上雾气消散之后，被打得伤亡惨重的美国人才发现，自己其实一直在同由海岛另一侧登陆的加拿大盟军作战，而原本在岛上的日本军队早已偷偷撤离到了不远处的另一座岛屿阿图岛。

战斗结束后，美军对岛屿进行了一次例行搜索，结果意外在一处航空炸弹的弹坑底部发现了一处地下设施的入口，该入口位于地下两三米的冻土层，被发现时仍处于封闭状态。起初，美国人认为这是日本人修筑的地下工事，毕竟日本人打洞的本事老兵们都是耳闻目染，为了安全起见，避免落入日本人设下的陷阱或圈套，美国人先是费了很大的力气用炸药炸开了入口处的封闭物，之后往下面灌了数百加仑的汽油，最后扔了几颗手榴弹就不管了。这也是美国大兵对付日军地下工事的惯用政策，不可能直接派活人下去打探，一般都是先烧一把火再说。手榴弹爆炸引起的大火足足烧了一天一夜才告熄灭。

然后，然后就没有然后了。

封闭式的燃烧足以产生上千摄氏度的高温，没有人能在这样的烈焰中幸存，大兵们没等大火熄灭就着急撤离了，没人关心烧死了谁或烧毁了什么东西。

直到战后的 1946 年，地质学家提姆·C.米勒登岛进行一项常规的冻土层研究时才重新注意到了这处早已被人遗忘的地下设施并将其命名为"基斯卡地洞"，之所以北大西洋宇航联盟会以基斯卡岛的名字来命名整个方案，就是因为整个方案的源头便是这处神秘的地洞：该地下设施至少有十万年的历史，原本似乎是一座标本仓库，建造它所用的材料成分十分复杂，物理强度与化学稳定性要远远超过当今的特种军用水泥，以至于即便历经数万年时光依旧坚如磐石，想强行破坏必须动用烈性炸药。

只可惜，由于当年那场摧枯拉朽的大火，地洞的内部状况早已是惨不忍睹，除了一些被烧得面目全非的未知动物遗骸与少量绝无修复可能的神秘设备之外，可供研究人员参考的唯一线索便是一些零星的神秘字符，且因为量太少而并不具备破译条件。至于是谁修建了这里，目的或动机是什么，一概不知；唯一可以确定的就是：这绝不是人类文明的产物；要么真的存在史前高度文明，要么地球早就被别人光顾过。

无独有偶，在紧随其后的 1947 年，新墨西哥州发生了轰动全球的"罗斯维尔"事件，并由此催生了一个新的名词：UFO（不明飞行物）。坊间疯传人类缴获了一架坠毁的外星飞行器，并解剖了一具外星人尸体。

"飞行器确有其事，但并没有尸体。飞行器残骸有缺失部分，研究人员怀疑是逃生舱一类的东西，应该在飞行器坠毁之前便与之分离了，此后，军队在坠毁区域的周边地区进行了大规模搜索，可惜一无所获。"讲到这里，苏教授对情报细节进行了补充说明，"研究人员在那架飞行器中发现了大量的外星字符，与基斯卡岛地下设施中发现的字符吻合，这说明至少十万年来，那些神秘的外星客人始终在暗中关注着地球，这也让政府高层产生了担忧，字符的破译工作由语言学家尼古拉斯·冯·艾登伯格主持，自 1947 年开始直至 1957 年结束。"演说至此，画面上出现了语言学家尼古拉斯的照片，苏教授并未继续向下解说，而是目不转睛地盯着田鹏，似乎是在等待田鹏提出问题。

然而，提问题的一幕并未发生。

没有问题，您老人家请继续。

四

继续就继续吧。苏教授也是无奈了。

最初，科学家试图逆向解析外星飞行器的动力系统与其他设备的工作原理，可惜飞行器的损毁非常严重，加之当时的技术限制，所以并不成功。但从拆解过程中研究人员得出了一个观点：飞碟的动力系统与给养物资的储备能力似乎并不足以支撑长距离的太空航行，外星人很可能在某个距离地球很近的地方设置了大型补给基地。

于是乎，政府与军方的所有焦点便聚焦到了月球，紧接着便催生了一番疯狂的太空计划。当时正值冷战，阿姆斯特朗的成功登月把苏联人馋得口水横流，理论上讲，苏联的太空技术原本是比美国领先的，早在1961年便率先把加加林送上了太空，登月计划的制定与实施也要早于美国，举国体制的资源支持也要优于美国，但最后却硬生生地败给了美国，从始至终都没能踏上月球一步。究其原因，就是因为苏联人没那么好的命也能捡到一架外星飞碟。

虽说没能成功逆向解析飞碟的技术原理，但研究人员却依旧从飞碟的材质、结构布局等诸多方面获得了很大启发，以至于在航空航天领域后来居上，直至领先对手整整一个时代。

自1969年至1972年，美国先后历经四次成功登月，确实从外围证实了外星人月球基地的存在，但受技术限制，也只能是外围确认。

1972年12月，阿波罗17号终于与这个传说中的月球基地进行了一次近距离接触，那只是一些裸露在月球表面的功能性建筑，似乎已经被废弃了很久，看上去要比地球上的"基斯卡地洞"更为久远，视觉感官只能用远古来形容，并没有证据显示这些远古设施对人类文明存在实际威胁；与此同时，地面研究人员将航天员从月球带回的土壤样本与飞碟内部采集的灰尘样本进行了多次比对，最终确认飞行器内部的灰尘并不属于月球，从很大概率上否定了月球被外星人作为中转站的假设。至此，猜测中的外星补给站便由月球转移到了火星。此后，美国政府出于资金和技术的双重考虑，也便暂停了成本高昂的登月计划，并在两年后的 1975 年向火星发射了两架无人探测器。

说到这里，苏教授抬手做了个手势，全息画面显示出了一些近距离拍摄的所谓外星月球基地照片，很多景物确实存在明显的人造特征，只不过看上去已然非常久远，早已被厚厚的宇宙尘覆盖，至多也只能看出一些轮廓，"二十年前，我国公布了月球基地计划，科学家可以借助永久性基地对月球展开深度探索。北大西洋宇航联盟本次也是主动寻求与我国展开合作，向咱们开放了很多关键技术。"

"基地的反应堆，是从月球学的吗？"田鹏终于提出了一个问题，只不过问题的进度比讲解要快上几拍而已。

"是。"苏教授无奈一笑，教这样的学生也好，第一课还没讲完人家的思维已经跳到第二课了。

"既然已经有了二代堆，为什么不公开一代技术？"田鹏的关注点似乎始终与常人不同。这种事换作旁人，听了这么多关于外星人的绝密信息，本应张口结舌才对，但人家根本不 Care（关心），人家关心的是你们这群自私鬼为什么不把新技术拿出来造福人类。

"因为，我们还没能力把它还原到一代。"苏教授此言一出，即便是田鹏也难免满脸的意外。常言说得好，智者千虑必有一失。即便是田鹏，也有没想到的地方。

在人类的核工业领域，可控核聚变技术被划分为三个发展阶段,也就是所谓的一、二、三代。

第一代聚变堆采用氘和氚作为聚变燃料,前面所说的EAST,就是人类一直在重点攻关的一代方案,优点是燃料可以就地取材,地球上的氘氚储量很丰富,获取成本很低,但缺点是反应过程会释放大量的中子,说通俗了就是会有很强的放射性,而且因为释放的中子会携带能量,导致反应堆的效率相对有限。

然后就是第二代聚变堆也就是八○九基地这座试验堆,采用氘和氦3作为燃料,反应释放的中子大幅度减少,效率大幅提升,从各方各面完全超越人类对清洁能源的定义与期待,但缺点是地球的氦3储量几乎就是没有,人工合成又非常困难,月球的氦3储量虽然很丰富,但针对现阶段太空技术而言获取成本又过于高昂,只能说技术虽好,但并不适于地球。

最后就是传说中的三代技术,完全采用氦3作为燃料,不释放中子,完全没有放射性,高效又安全,几乎就是完美的终极能源,但缺点比上一代加一个更字,技术是终极技术,但实用性是负的,至少在地球如此。

按苏教授的说法,人类确实从外星基地里学到了可控核聚变的技术,中间的过程很复杂,甚至有些关键部件直接就是从外星基地里拆过来的,只不过外星人的反应堆是专门针对月球丰富的氦3资源设计的,按人类定的标准,天生就是三代技术,八○九基地的反应堆并非是向前研究,而是在向后研究,由外星人的三代堆逆向开发适合地球的一代堆。有道是上山容易下山难,由火柴进化到打火机很费劲,由打火机返回火柴似乎也不那么轻松。

"除了反应堆之外，我们还在月球基地找到了很多别的东西。"苏教授的表情忽然间变得神秘而诡异，似乎是在故意引诱田鹏问点正经问题。这就是咒怨，你越不发问，我就越要诱导你问，讲演没互动显得发言水平低，知识分子大多有这毛病。

但是，田鹏依旧没有要问的意思。

我就是不问，有种你别往下讲。

五

"在过去的一百年中，人们始终认为月球的外星基地只是外星人修在月球的'飞机场'而已，直到十年前，国际探月计划在基地中发现了通向地下部分的入口，才知道裸露在月球表面的建筑设施只是冰山一角而已。"发现田鹏铁了心就是不问，苏教授只得继续一个人继续尬讲，"外星基地的具体规模，直到现在都没能完全摸清，初步判断这座基地至少由五层结构组成，目前我们只探索到第四层，并从中获取了一些实体文献与技术资料，这些文献可以颠覆现行人类学的很多观点和理论，可惜这些信息是不能公开的，否则有可能会引发人类社会的信仰危机从而造成诸多不可预料的后果。文献的具体内容与本次任务关系不大，如果你不感兴趣的话，我可以把这部分跳过去。"

这应该是引诱田鹏提问的终极诱饵了，咒怨已然强到了丧心病狂垂死挣扎的地步，老子誓要终结你小子二十年不提问的世界纪录，人类学你田鹏可是拿过学位的，难道你小子就一点细节都不想知道吗？讲还是不讲，由你自己决定，我就不信你一点都不好奇。

事实证明，真的就是一点都不好奇。

"跳过去吧。"田鹏面无表情淡淡一句，苏教授挣扎失败。

按苏教授的说法，整个地下基地目前已知部分如下：

最上面一层应该是人员活动与设备控制层，换句话说就是整个月球基地的控制中心，此外也拥有比较完善的生活功能，已经探明的部分规模超过五千平方米，距离地表大约一千米，这个深度可以隔绝大部分宇宙射线。在真空、低温与低辐射的环境下，大部分的文献与设备得以完好保存，并没出现地球环境中的氧化或其他类型的老化问题，通过整层结构与很多遗留设施或设备推测，研究人员认为这一层本应是封闭加压结构，整层支持开放式呼吸，只不过原有的空气已经在数万年的漫长岁月中泄露殆尽而已。按遗留的文献分析，基地的作用应该是一处发电站，而并非人类猜想中的外星人飞机场，外星人的体型与当今的人类相似，平均身高应该在185厘米以上，但要远比远古人类高大很多。

"非洲智人和尼安德特人的体型是符合地球重力的，但是现代人类的体型并不符合。按照《进化论》的思维，我们本应该越长越矮才对，但是在近五十年中，全人类的平均身高却增加了两厘米。这并非是营养摄入可以解释的问题，这种现象本身是违背《进化论》的。"直到此时，苏教授仍然没放弃引诱。只见田鹏微微点了点头，似乎是在表示赞同。

表示赞同的另一层含义就是：您老说的都对，所以，我听着就行了。

控制层的下面是设备层，目前人类意图山寨的外星反应堆就来自这一层，目前已经确认的数量是六座，也就是说，受航天员活动范围限制，这一层也没有100%探明。

再往下一层，是冷却层，储备了数万吨的纯水，具体储量依旧不知道，因为这一层的探索面积更小。再往下一层也就是第四层可是个大宝藏，航天员在这一层发现了大量的氦3储备，具体有多少不知道，但已知储量供应全世界人民用个十年八年应该不是问题。

再往下，就没再探了，因为第四层的探索面积实在小得可怜，目前还没找到可以继续向下的通道，但通过特殊的物探技术分析，下面依然是空的，应该还有设施而且规模不小，只不过从技术层面讲，单纯作为发电站的话，上面四层已经万事俱备了，研究人员在最上层没有找到储藏给养和废品的仓库，于是猜测最下面一层可能是储存给养物资和生活废弃物的大型仓库，但把给养和生活废物储存在同一层，且中间夹着反应堆、冷却层和氦3，这样的结构布局显然是极不合逻辑的。

原本，大家都希望能找到一架完好可运行的外星飞行器，毕竟当初罗斯维尔捡到那架属于坠毁版本，核心部件基本上都是报废状态，研究价值十分有限，如果能找到一架能飞的，很可能会为人类的太空技术带来质的变革，但很可惜，飞行器，这个真没有。

于是乎，大家退而求其次开始打反应堆的主意，最初是想借鉴一些外星反应堆的设计思想，甚至不惜拆一些零件，以求把人类的EAST再抢救一下，可惜并不成功。造出的混血二代堆都不能长久稳定运行,想进一步降级到第一代更是难上加难,究其原因, 就是因为外星的反应堆与人类的 EAST 从设计理念的根基上就是完全不同的两种思维,即便把外星堆还原到一代,也不是 EAST 那种一代,这也进一步加剧了人类对 EAST 方案本身可行性的质疑;或许它真就不是实现可控聚变的最优方案,否则外星人的设计理念为何会截然不同?

有鉴于此,一个只有科幻小说里才会出现的疯狂计划诞生了,这便是如今的 3·27 计划:跳过一、二代技术,直接用三代堆在月球发电,然后发射足够多的中继卫星,利用微波无线输电技术将电力传回地球,并在未来五十年内逐步替代地表电网系统。宏观看来,这项计划可以将人类文明带入崭新纪元;微观利益则更为诱人:产业升级所带动的产业链转型与大规模基建,可以在未来数十年内创造巨大的经济增长以及数以亿万计的就业,此外还能大大加速化学燃料的淘汰,有望在短时间内将地表综合化学污染降低 60% 到 80%,从而挽救地球濒临崩溃的生态环境。

方案实施分为三个阶段:

第一阶段是修复阶段,简单来说就是修复并启动外星人的一座或多座反应堆以获得足以支撑大型基地并且可以驱动大功率机械的"种子电源"。目前这一阶段方案已经进入实施步骤了。

第二阶段是建设阶段,利用"种子电源"建造大型月球基地与氦 3 提炼设施,并在未来五到十年内仿造出外星人的反应堆并开发出足够功率的卫星中继网络,初步建成人类自己的地月电网系统。

第三阶段是完成阶段，这一步就很缥缈了，基本上都是一些数据上的蓝图，诸如多少年内实现多大规模发电，在多少年内以什么样的进度逐步取代地面电网，等等。

上边说的这三个阶段，最危险的部分基本上都集中在第一阶段，也就是田鹏即将参与的任务：重启外星人的反应堆。

首先，给反应堆点火需要数千万安培的强大的电流，这需要将数千组特殊设计的大功率燃料电池并联供电，这些电池本身就是一堆炸弹，月球的真空环境为电池散热制造了巨大难题，虽然北大西洋宇航联盟的专家号称已经解决了散热问题，但那毕竟只是普通真空环境下的过载试验，真把电池接在反应堆上能不能扛得住还是未知数；其次，人类无法破解外星人的控制系统，只能自己造一套接上，于是问题来了，人类甚至连外星反应堆的确切功率还都不知道，也只能依据地面的混血反应堆估算出一些保守数据，所谓的估算其实跟瞎猜没什么区别，靠猜出来的数据造出的山寨控制系统，能否把持得住原装反应堆就更是不得而知了；况且这些反应堆已经被废弃了数万乃至数十万年之久，是否存在潜在的问题也是未知，在专业人员看来，这波操作简直就是在加油站抽烟，不出事则已，出事就是大事。况且点火试验需要在近千米深的地下进行，一旦电池爆炸或反应堆失控，一旦在任何步骤出现任何不可控的意外，现场操作人员连逃跑的机会都没有。

苏教授说到这里，只见田鹏缓缓地举起了右手。

"有什么问题吗？"苏教授的眼中闪烁着激动的光芒。

"这座电站,原本是为什么东西供电的？"田鹏淡淡一句,苏教授瞬间哑火。

真是尴尬至极,人家好不容易问了问题,你却不知道答案。

"文献上并没记述。至少我们还没找到。"苏教授道。

"他们记述了人类学的信息,却没记述基地本身的用途？"田鹏少有追问,苏教授点头。

"他们为什么撤离？"田鹏微微皱起了眉头。苏教授继续摇了摇头表情依旧尴尬,"具体撤离原因不知道,但请放心,根据基地内部情景判断,撤离应该是有序进行的,基本可以排除遭遇突发险情的可能。"

"也就是说,咱们是在不知道基地第五层有什么、不知道基地为哪里供电、不知道基地为什么被废弃的情况下,重启基地的反应堆？"说实话,这才是田鹏的一贯风格:只关心与任务本身有关的事,安静地听了那么久的废话,完全是出于礼貌而已。

近一百年来,几乎所有科幻电影里的所有外星危机,可以说都是因为某个一问三不知的傻帽儿主角鲁莽的启动未知外星设备引起的。换句话说,不一定非要田鹏,随便哪个科幻片编剧也会有这样的质疑。

"这个层面的问题你不用考虑。"始终一言不发的徐晓南忽然发言了,"这次会议的主要目的是让你了解任务的背景、重要性和意义,明白吗？"

"明白。"田鹏点了点头不再追问。

"我知道你的顾虑,我们会提前对试验堆进行隔离处理,将它的输出端切断。"苏教授补充解释道,看来真实的人类科学家并不像科幻电影里演得那么傻。

再往下,苏教授介绍了试验的操作细节:

首先,人类制造的控制器是一种小型模块化可编程系统,所有的控制程序与操作参数都可以在运行过程中进行实时修改,操作人员进入地下基地之前,需要在月球表面设置信号中继装置,确保地面控制中心能够畅通无阻地对控制系统进行操作与调整。这其中操作人员需要做的,是确保控制系统与反应堆的正确连接,这是一项非常复杂且精密的工作,就好像器官移植手术之后,医生需要重新建立新器官与身体之间的血流及神经连接一样,连错一根线,最好的结局是点火没反应,然后全拔了再接一遍;最坏的结局就是一朵蘑菇云大家一块儿见上帝,然后地球人以前拿什么发电以后还是拿什么发电,至于外星基地,就当从来没存在过好了。

此外,为防止极端情况的发生,控制系统还有一套备用的手动操作模块,万不得已的情况下,操作模式会由地面远程操作切换至现场手动,这一部分也是田鹏在未来三个月中的重点培训内容:在手动模式下现场进行工控编程或其他紧急情况的应急处置。

所有特训结束之后,田鹏将与徐晓南共同前往北大西洋宇航联盟旗下的赖特帕特森空军基地,进行为期一个月的联合演练,直到此时,田鹏才又吃了一惊。原来自己不是一个人在战斗,即将与自己共同登月的队友,竟然就是对面那个跟自己一样沉默寡言的神秘人——徐晓南。

六

三个月后，俄亥俄州的赖特帕特森空军基地。

跟著名的 51 区一样，赖特帕特森空军基地也是阴谋论的主要发源地之一，著名的蓝皮书计划就诞生于此，传说当年罗斯维尔的飞碟残骸也是被运到了这里，而非另一处阴谋论大本营 51 区。

在这里，田鹏见到了另外三名外国队友。

三名？

没错，就是三名。因为月球基地任务最多只能容纳五个人，最终的人员安排是有军方背景的负责工程作业的体力活儿，科研系统团队选出两个人进行现场技术监督，在专家的选拔中，52 岁的苏志澜败给了 48 岁的马丁·坎贝尔。落选的原因有两个：一是年龄。登月是体力活儿，自然是越年轻越好。二是资格。马丁·坎贝尔是最早一批加入国际联合探月计划的学者，时间比苏志澜要早八个月，况且整个基斯卡方案也是由马丁·坎贝尔提出并主持制定的，从资格角度考虑，苏志澜也确实不如人家。

与苏志澜的默默无闻不同的是，提起这个坎贝尔博士，田鹏倒是如雷贯耳，此人在学术界非常活跃，大头照动不动就上杂志，除了专业杂志之外甚至还是国际时尚杂志的封面人物，另外此人与政商两界的一些大人物也是来往甚密，帮政客竞选站过台、为上市公司敲过钟，情商之高甚至不像个科学家，据传言其名下有好几家公司，另外还持有一些涉及能源、国防等敏感领域非上市公司的股权，很多政府甚至军方的外包项目都能跟他扯上关系。

此后的两个洋队友，就很奇怪了。

此二人一个叫卢卡斯·尼克松，42岁；一个叫大卫·林肯，44岁。都是空军的退役军官，之所以说怪，这两个人的样子，在田鹏看来有些似曾相识。

初次见面，这两个人各自被田鹏盯足了十五秒，直到此二人被盯得极不自在，再之后，田鹏做出了一个看似很正常，但对他自己而言却极不正常的举动：邀请三名队友合影留念。

再之后一天，田鹏又以打印技术材料的名义向基地申请了一台打印机，当然，他可不是真想打印什么狗屁材料。打印机到手后，唯一打印的东西就是四张照片。其中的两张是卢卡斯·尼克松和大卫·林肯，另外两张则是二十世纪五十年代的地质学家提姆·C.米勒和犹太裔语言学家尼古拉斯·冯·艾登伯格。

自从见到两位洋队友的第一眼起，田鹏就觉得这两个人跟基斯卡方案中最先出现的这两张面孔很像。为了验证自己的观点，他把这四个人的照片用打印机打印了出来，之后从每个人的脸上选取了十个二维坐标点进行对照，这种对照的原理和计算机人像识别的算法原理是一样的，只不过田鹏把这项工作改成了手动测量加人工运算。

测算之后，结果出来了：卢卡斯·尼克松与尼古拉斯·冯·艾登伯格的面部二维坐标匹配度达到了89%，而大卫·林肯与提姆·C.米勒的相似度竟然高达93%。

说实话，虽说这四个人两两相似到了如此地步，但一般人很难看得出来，因为正常人对陌生人相貌的记忆，主要集中在面部显著特征,例如胡子或发型或伤疤之类,按这种思维惯性而言,这四个人真的是一点相似的地方都没有,一百年前那两位都戴着眼镜,留着深色长发外加大胡子,尤其是语言学家艾登伯格,还蓄着犹太风格的超级大胡子,颇有弗雷德里希·恩格斯的风格,而一百多年后这两位队友都是浅金色标准短发,脸上干净得很,没眼镜没胡子,单就这些最容易记忆的特征来看,99%的人是看不出来任何相似之处的。之所以田鹏能看出来,就是因为田鹏记长相从来不记特征,而是整体图形化记忆,说白了就是正常人只记住了胡子和眼镜,人家田鹏却记住了整张照片。在正常人看来,这种变态级的记忆方式已经可以归为特异功能了。

很快的,这四张带着二维坐标标记的大头照便出现在了徐晓南的手里。

"你……是不是实在没事可做了?"徐晓南皱着眉头拿着四张照片反反复复地看了又看,最后得出这么一个结论。

"我觉得很诡异,或者说……很可怕。"田鹏昂首立正道。

"你觉得,这两个人,就是一百多年前那两个科学家?"徐晓南将照片两两分组,不仅眉头紧皱,"你觉得这可能吗?你是从哪里看出来他们长得像的?"

"这是一种通用机器算法,只不过我是手工测算的。"田鹏道,"数据不会说谎。所以我觉得很可怕。"

"应该是巧合吧?"徐晓南似乎有些不以为然。

"这种巧合的概率小到没法解释。"田鹏一本正经道。

"好吧,我会去调查的。"徐晓南点了点头,"记住,这件事不许对任何人提及,尤其是北大西洋宇航联盟的人,否则他们会要求你重新接受心理评估，甚至有可能害你被取消任务资格。明白吗？"

"明白。"田鹏点头。

再之后，便是史上最沉闷的联合演练了。除了田鹏和徐晓南之外，凑巧两位前军官也是闷葫芦，除了必要的话之外一个多余的字母都不说。交际花坎贝尔博士初期还曾想主动提出一些话题活跃活跃气氛，后来发现根本就没人响应，也只能硬着头皮跟这群闷葫芦一起当了一个月的哑巴。

直到联合演练的最后一天，徐晓南将田鹏叫到了自己的私人房间，啪地一下把两大本标有"TOP SECRET"（最高机密）的资料夹拍在了田鹏面前，说："这是北大西洋宇航联盟的人提供的档案，我已经看过了，没什么问题。"

掀开文件夹，田鹏开始逐字逐句地阅读这两位可疑洋队友的档案。档案中，出生证明、驾驶证信息、社会保险信息、医疗档案、从小学到大学的受教育记录、学位信息、机师资格、服役记录等一应俱全，只要能想到的项目，档案记录应有尽有，甚至还有各个时期的照片，从中学到大学的毕业照都有，两人父母的资料也一样齐全，单凭这两夹档案，确实看不出任何问题。

"这两个人的背景干净得过分了。"徐晓南目不转睛地盯着田鹏，"执行这种任务的人选，肯定要进行严格的背景调查。"

"可能是我太敏感了。"虽然明知道不会有问题，但田鹏仍旧认真地看完了两个人的全部档案资料。

"警惕性高不是坏事。但我希望你能把精力用在任务上，而不是去怀疑这些毫无意义的事情。"

"明白。"田鹏起身敬了个军礼,转身出屋。

七

发射当天,万里无云,风不动柳。天气好得像提前设计过一样。

五个闷葫芦,确切地说是四个闷葫芦外加一个被活活逼成闷葫芦的交际家同处一室,而且是异常狭小的登月舱,坎贝尔博士的内心几乎是崩溃的,"徐,这是你第几次登月?"

徐晓南没说话,而是伸出了四根手指。

"第四次?"坎贝尔继续没话找话。

徐晓南点头。

"我是第一次,说实话有点紧张。"坎贝尔尴笑道,"你第一次的时候紧张吗?"

徐晓南点了点头。

"你知道吗?休斯敦特别准许我儿子在指挥大厅观看发射,他们告诉他,看那小子,你爸爸就要登月了。"

徐晓南竖起了大拇指。

"田鹏,我能问你个问题吗?"见徐晓南实在是不爱说话,坎贝尔又把目标换成了田鹏。

田鹏看了坎贝尔一眼,之后点了点头。

"我很早就听说过你的大名,当时你还在学核物理,我很想给你写信,邀请你来我的公司工作。后来总算有一天有时间写信了,却发现你已经跑去学世界史了。"

"抱歉。"田鹏斜眼道。

"我很不理解,你为什么要学那么多毫不相干的科目?"

"我也一样。"田鹏点了点头道。

"一样什么?"坎贝尔一皱眉。

"一样不理解。"田鹏面无表情道。

"好吧……"坎贝尔叹了口气不再说话。

此时,发射进入十秒倒计时。

随着指挥大厅发出点火指令,巨大的长征 12 乙运载火箭喷着烈焰缓缓离开发射架。

八

历经七十小时飞行,登月舱在距离中国月球基地一百米处缓缓着陆。按照任务步骤,五个人先要在三天内用月球车将总重量超过十吨的燃料电池运到外星基地的地下二层,之后在外星基地外架设信号中继装置,之后就可以开始正式工作了。整个过程分为三步:

第一步:切断反应堆输出端;

第二步:切断反应堆控制端并与人类制造的控制系统连接;

第三步:将电池与反应堆连接。

这其中,田鹏与坎贝尔博士的工作是连接控制器,这是整个任务之中最为复杂的工作,因为控制台的信号是用光纤传输的,一大把头发丝一般粗细的纤维,一根都不能接错,整套操作需要在放大装置下进行，就好比医学上的显微手术一样，加之笨重的宇航服与月球的重力，着实是对人类耐心与体能的极限考验。

地下二层的工作由徐晓南指挥，主要是切断试验堆的输出端，外加安装点火核心，这个点火核心是人类制造的，在点火时需要承受6亿摄氏度的高温从而激发氦3聚变反应。这东西之前并没进行过测试，性能数据只是理论上的，因为地球上没有可以测试它的设备，人类制造的混血2代堆最高只能达到2亿摄氏度，换句话说，这次试验的本质就是把一大堆完全没把握的东西堆在一起做试验，没有科学上的概率可言，成败的关键是人品。

历经一周的精雕细琢，控制系统接驳完毕并顺利完成通路测试，所有模块信号通畅，理论上已经具备了点火试验的条件，然而就在这个节骨眼上，田鹏身上的通信装置忽然出了故障，和队友之间可以通话，但无论如何就是连不上地面指挥中心。按照原定计划，点火试验应由田鹏进行操作，既然通信出了问题，操作工作便顺理成章地落到了坎贝尔博士身上。

收到徐晓南准备就绪的信号后，坎贝尔将点火钥匙插入了控制系统，之后手动输入了启动代码，过了约莫十几分钟，系统收到了反应堆的反馈信号，能传回反馈信号，证明反应堆已经开始工作了，一切顺利到几乎不可思议，但让田鹏觉得更不可思议的是：发出点火指令的，应该是地面控制中心才对，手动操作是意外状态下的备用方案，但眼下并没有什么意外情况出现啊！为什么直接就用手动呢？"博士，这项操作是地面授权的吗？"

"放松，年轻人。地面的信号有干扰，中继卫星好像出了点问题。"一边说着话，坎贝尔若无其事地输入了第二串代码，依旧是点火命令,只不过后缀序号变成了"#02"。这个操作的意义是:启动二号堆。

任务安排里,根本就没有什么"二号堆"。

"博士,你的操作有误!"田鹏义正词严道,"在确认点火成功与否之前,再次输入点火指令非常危险!而且你把序号输错了!"

这一回,轮到坎贝尔不搭理田鹏了。

只见坎贝尔转头看了一眼田鹏,之后微微一笑,顺手再次输入了一条指令:将输出功率调整至100,也就是满负荷运转。

真正的科学家,多半是疯子和狂人。但疯狂不代表可以寻死。在原定计划之中,反应堆如果成功点火的话,最多可以进行50%负载试验,100%负荷是非常危险且疯狂的,因为人类根本就不知道外星反应堆的额定负荷,之前说过,所有数值都是估算的。

"长官!坎贝尔博士的操作已经严重偏离预定计划,请求下令终止试验!听到请回答!完毕!"田鹏干脆开始呼叫徐晓南。作为此次联合行动组的组长,徐晓南有权下令终止试验。

就这么一遍一遍地连呼五六遍,就在田鹏准备亲自下楼去找徐晓南的时候,听筒里终于传来了徐晓南的声音:"试验照常进行,请原地待命。完毕。"

原地待命?就这么静静地看着这个疯子博士作死吗?田鹏简直不敢相信这种命令竟然出自徐晓南之口,"报告,坎贝尔博士违规采用手动操作,不断输入未知代码,而且已经把输出功率设置到了100,请求告知反应堆的运行状况,完毕!"

未知代码?

没错,此时坎贝尔仍在乐此不疲地输入点火命令,而且后缀编号已经顺延到了"#04"。控制系统是北大西洋宇航联盟的人负责开发的,确切地说,就是由这个坎贝尔主持开发的。关于这个后缀编号问题,田鹏在接受工控培训的时候也曾产生过质疑,既然只需要给一座反应堆点火,为什么还要加编号,得到的答复是:惯例。但现在看来,这小小的编号可远不止是"惯例"那么简单,前三行启动命令全部得到了反馈,理论上讲,此时此刻应该已经有三座反应堆处于运行状态了。但这是不可能的,此次登月只携带了两个点火核心,多出来那个堆是用什么点火的?况且坎贝尔已经输入了四号堆的启动命令,丝毫没有停下来的意思,这哥们儿是准备让整个外星基地重新开张吗?

"反应堆运行正常,请原地待命!完毕。"徐晓南的命令丝毫没有改变。

就在这时,一道道灯光亮起,原本伸手不见五指的基地操作室忽然被照得亮如白昼。外星基地的照明系统竟然通电了,这说明反应堆的输出端根本就没有切断。

"你……不是马丁·坎贝尔!"看着四周亮起的灯光,田鹏反而有些释然,"这里是你们建造的,对吗?外星人先生!"

"我听一个朋友说,你从来不喜欢向别人提问。"坎贝尔博士转身一笑。

"对不起,我有责任执行紧急终止程序。"田鹏从地上捡起了一把特制的梅花螺丝刀,"根据突发事件预案第二条,我有权要求你交出控制权限。"

"人类的任务已经结束了,年轻人。现在是我们的任务。"这次,坎贝尔连头都没回。

"抱歉了!"田鹏双手紧握螺丝刀使出浑身力气对准坎贝尔的后背便刺,结果就在螺丝刀距离坎贝尔的宇航服还有十几厘米的时候,只见螺丝刀的金属部分忽然之间火花四射,没等田鹏反应过来,这把一尺多长的特殊合金螺丝刀竟然被烧得只剩了一个握把握在田鹏手里。

这把螺丝刀,是为了拆解外星人的控制台特制的,可以电动也可以手动,细长的刀头可以伸入极其狭小的孔隙进行旋转操作,刀头部分硬度超过金刚石,熔点高达 1700 摄氏度,作为螺丝刀而言可谓金刚不坏之身,然而就是这么一把无坚不摧的太空螺丝刀,竟然在一瞬间就被烧成了满地的碎渣,坎贝尔的周围似乎有一层看不见的保护罩,原理未知,但肯定不是人类的技术所能达到的水平。

"放松……"坎贝尔头都没回,只是抬起一只手将手掌张开对准了田鹏的身体,没等田鹏反应,便被一股强大的冲击波击飞出十几米,之后重重地贴在了基地的墙上,就好像被一辆失控的卡车撞飞的醉汉一般。

"坎贝尔不是人类!他是外星人!他正试图重新开启某些设备!请求支援!完毕!"田鹏咬着牙站起身子,只感觉周身上下的骨头节都是疼的,若不是有厚实的太空服缓冲,就凭刚才撞那一下,即便不死恐怕也得落个内出血。

"我知道他不是人类。"听筒中再次传来徐晓南的声音,"你,也不是。"

"我也不是,是指什么?请说详细一点!完毕!"

"你是我们的一员。"许久,徐晓南终于补了一句,"为了等你长大,我们把这个计划向后拖了十年。"

这句话的信息量,实在是太大了。以至于凭田鹏的智商,一时间竟然傻在了当场。

"我们做一笔交易如何,年轻人?"坎贝尔一边说一边继续输入代码,"如果你能保持冷静的话,我就把真相告诉你,成交吗?"

九

首先需要明确的一点是:目前月球与地球的全部通信已经被 AI(人工智能)模拟应答替代,小组起初设置的信号中继装置,实际上已经被改造成了一个 AI 应答装置,装置虚拟了全部任务音视频发往地球,虚拟的影像、虚拟的对话、虚拟的突发情况,可以根据地面指挥人员的指令模拟任务成员的声音做出相应的回答,不管是语气还是声音,惟妙惟肖毫无破绽,尤其是声音的完美匹配,甚至可以骗过军用级的声纹识别。地面指挥中心此时此刻对外星基地内部发生的一切全然不知,包括苏志澜在内的一众科学家,此时正在对一部 AI 设备发号施令,地面团队的所有人都以为任务进展很顺利,虽然偶有一些小意外发生,但总体局面仍在掌控之中。

作为一个名义上的科学家,坎贝尔对于所谓"真相"的叙述,可以算是既细致又全面。"真相"的核心主要集中在三点内容之上:我们是谁、你又是谁、大家现在正在做什么。

按坎贝尔的话说,这些人的母星位于天鹅座,距离地球大概一千四百光年,全称是"安·鲁尼基奇",历代先人都简称其为"安"。虽然名字是"安",但安星的文明史却与"安"一毛钱的关系都没有，相反的，自从数十万年前开始，安星人便开始在惴惴不安中度过每一天。究其原因，是因为他们发现自己的星球正处于一千二百光年外的一颗红巨星的轴线上。或许在十万年后，或许就是现在，一旦遭遇超新星爆发，来自一千二百光年外的伽马射线暴便会在几分钟内将安星的大气层完全摧毁，伽马射线暴的速度与光速相同，换句话说，安星的灭顶之灾只能预言却无法预警，即便可以预警也无法避免，这使得整个星球的每一天都如同世界末日一般让人提心吊胆。

直到 2015 年，人类才刚刚发现安星并将其命名为开普勒452b，但安星人却早在二十万年前便发现了地球。自从安星的超新星危机爆发以来，包括地球在内的数个类似星球被安星人列入了避难行星名单，当时安星人的内部也因意见分歧而产生了两个派别，分别是"迁移派"与"拯救派"。

迁移派的构成大多是精英阶层的人。这些人的主张顾名思义就是星际移民，逃离这个被魔鬼瞄准的是非地，让安星的文明在别的星球延续。这么做的优点是可以把种族灭绝的风险降到最低，但代价也非常大，首先，星球整体移民是不现实的，安星人已知的理想避难星球距离母星基本都要超过一千光年，在这个距离上进行星际移民需要巨大的资源支持，吨位巨大的太空母舰往往只能容纳几百人的定员，每个定员的单程补给消耗量都要数以万吨计。在这种情况下，90%以上的人注定会被抛弃，即便只移民 10%的精英人口，其过程之漫长或许也要数千年。其次是一旦实施星球移民，势必要舍弃母星所有的基础设施与超过八成的文明成果，这会导致种族文明一下子倒退至蒙昧时代，即便在其他星球能够繁衍，文明水平的完全恢复也将是一个极其漫长的过程。

而后者"拯救派"的人员构成，大多是一些少壮派的新锐学者，他们主张以技术手段拯救家园，反对抛弃家园牺牲同胞的做法。

起初，支持拯救派的人并不多，因为他们拿不出切实可行的方案，这也导致迁移派一度占据绝对上风，甚至绝大部分注定会被抛弃的人，为了种族延续的神圣目标也会支持迁移派的主张，而星际移民的行动实际上也一直在进行，星球资源的重心也在向移民工程无限制偏斜。

局势的转变，源于二十万年前拯救派学者进行的一次里程碑性的试验：他们用对撞机撞出了虫洞。

虫洞是个好东西。有了这东西，遥远而漫长的星际航行将成为历史。就算不能拯救家园，至少同胞们可以一起跑了。有道是压力就是动力，头顶着一颗定时炸弹般的红巨星，科学家们在很短的时间内便将虫洞技术完善到了得心应手的地步，在这个时候又有人提出了新的主张，既然交通不是问题了，那么能不能利用其他星球的资源帮助安星度过危机呢？

于是乎，拯救派的科学家们很快便制定了一个疯狂的计划：从宇宙的四面八方搜集足够多的重金属，在伽马射线暴的弹道上修一道足够大的屏障与安星保持同步运行，随时阻挡伽马射线暴对家园的伤害。这项工程的耗时理论上要短于星际移民，更重要的是可以拯救大多数人并能保全文明成果。计划得到了大多数安星人的支持。

虫洞技术的成熟让跨星际的资源运输成为可能，之前移民出去的精英们,肩负的使命也由延续文明变成了采集资源;他们利用多个小型虫洞建立起了一条跨星系的资源输送网络,采集链甚至扩展到了银河系之外。很多像地球这样具备采集条件的行星被纳入采集范围。

月球上的基地,就是原本准备在地球安家的安星移民建造的,地球人始终没能探明的月球基地第五层,其实是一部巨大的对撞机,安星人就是在这里制造虫洞用于运输重金属的。之所以选择在月球建造对撞机,主要原因无外乎移民们的技术能力相对有限,而月球的天然真空环境对反应堆和对撞机的工艺要求更低,低重力环境下的建造难度也要远远小于地球。而曾经作为避难行星的地球,地位也由新大陆变成了资源采集点与中转站,来自宇宙四面八方的金、铂与铅被源源不断地运到月球轨道,再经由月球的虫洞运往安星用于建造行星屏蔽罩。

"地球很大,资源又非常分散,祖先们人手有限而且缺少相关设备,不可能自己挖矿,所以他们想了个办法。"坎贝尔不断输入启动代码,后缀编号已然顺延到了"#08","他们从地球选取了一些基因与我们最为接近的类人物种,之后将我们的基因与他们融合,让他们具备从事基础劳动的智慧。"

按坎贝尔的说法,从远古时期的非洲智人开始,类人物种拥有三百万年以上的进化史,但直到十几万年前,其智力水平仍然处在动物范畴。接受了安星人的基因移植之后,新物种的智力迅速进化,足以应付一些基础性的体力劳动。当然,安星人可没那么好心帮助人类进化,当时的人类,不过是安星人圈养在世界各地的廉价劳工而已。可以说,如今的整个人类文明,归根到底还要感谢那颗瞄准安星的垂死恒星。

原本，安星人锁死了人类的一部分基因，企图用这种手段将人类的智力控制在恰到好处的范围内，但安星人离开之后，人类身上被锁死的基因竟然逐渐得到了表达，生理特征也开始向安星人靠拢：脑容量增加、身高增加、体毛退化、肌肉结构与骨密度也发生了变化，这也是人类进化越发违背《进化论》的主要原因，严格来讲，这或许根本就不是"进化"，而是一种"返祖"。此外，人类的智力也突破了安星人设置的基因障碍并逐渐发展出了自己的文明，但那些事情便与今天的故事无关了。

按人类的历法计算，大概在公元 1200 年前后，传说中的伽马射线暴终于光顾了安星，那颗苟延残喘的恒星最终以中子星的归宿结束了短暂而麻烦的一生。安星人制造的行星屏蔽罩出色地完成了使命，阻挡了大部分伽马射线，安星大气层仅仅遭到了 1%的破坏，悬在安星人头顶上的达摩克利斯之剑终于被拿走了。

然而，只是然而，危机的解除非但没能创造和谐美满的未来，却反而给这颗紧张惯了的星球带来了更大的麻烦：在危机之下建立起来的意识形态与社会秩序迅速崩塌，迷惘与懈怠的情绪逐渐演化成了自私与贪婪的价值观，失去目标的人们开始渐渐变得敏感而暴戾，逆反情绪开始在社会各个角落迅速蔓延，曾经被多数人支持的迁移派开始遭遇来自中下层势力的血腥清算，精英层迅速瓦解，整个社会也很快陷入了动荡，技术发展趋于停滞甚至出现了大规模的倒退，文明成果与基础设施遭到疯狂的盗窃与报复性破坏，超新星爆发都没办到的事，竟然被安星人自己给办到了。

接下来的情节，一下子从安星的动荡直接跳到了1946年。坎贝尔似乎在蓄意隐瞒某些东西。

四个安星人，也就是如今的登月小组中除了田鹏之外的另外四个，通过虫洞来到了太阳系，他们故意引导人类找到了基斯卡地洞，并把来时乘坐的飞行器以坠毁的方式送给了人类，也就是说所谓的基斯卡地洞与罗斯维尔事件，并非是外星人不小心暴露了行踪，而是他们故意为之。北大西洋宇航联盟的技术人员猜得也没错，那架飞行器的确不适于长距离航行，因为根本就没必要，虫洞可以将上千光年的跨星系航程缩短至行星系内部的距离水平。人类假想中的外星补给点其实并不存在。

四个人的任务听上去很简单：启动月球虫洞。然而就是为了完成这个听上去简单的任务，他们却不得不破釜沉舟送出自己的飞船，继而付出一百年的代价去等待人类技术的进步，直到最后利用人类自己的好奇、恐慌与贪婪去达到目的。

十

田鹏的降生与其说是意外，不如说是奇迹。因为当今的人类虽然具备安星人的基因，但二者基因的总体差异仍高达0.8%，严格来讲并非同一物种，要知道，人类与黑猩猩的基因差异也仅有1.3%；从生物学层面而言，基因差异超过0.2%的物种之间便已存在生殖隔离，在没有人工干预的情况下自然孕育健康后代的概率甚至低于千万分之一。而田鹏，就是这千万分之一的幸运儿！他真正的父亲就是此时正在下面一层忙活的上司徐晓南。

一直以来，田鹏始终生活在安星人的监视之中却浑然不知，通过技术手段,安星人时刻监视着他的一举一动一言一行,暗中替换了所有有可能让他了解自己身世的体检报告或化验结果,在潜移默化中一步一步引导他按照事先规划好的人生路线成长,直到他的名字出现在人类史上最重要、最神秘的任务名单之中。

"我们知道你一直在寻找答案。"坎贝尔心不在焉道,"你疯狂的学习那些不相干的学科,就是想找到答案,对吗?你感到孤独、困惑,你觉得你不属于这里,也不是他们的一员,但又不知道答案,所以才会像没头苍蝇一样四处乱撞,对不对?"

"你们的行动,并没有取得母星的授权!对吗?"田鹏的反问,似乎与坎贝尔的滔滔不绝不在同一个纬度,"以你们现在的技术,重启祖先的设备本应轻而易举。但你们却舍近求远让地球人替你们制造设备!你们只是一伙孤立无援的叛徒而已!你们的目的不但会威胁地球,更会威胁你们的母星!对不对?"

"我的天……"坎贝尔下意识地停下了手头的操作,情不自禁地转过了半个身子,似乎是被田鹏的反问给惊到了,这个人的思维跳跃,简直诡异到不可理喻,"我觉得现在是在谈论你!福尔摩斯先生!难道你对自己的身世一点都不感兴趣吗?"

"你刚刚还在抱怨同胞的自私贪婪,然后却希望我在此时此刻去关心自己的身世?"田鹏冷冷一哼,"你所说的一切,我唯一意外的就是我的身世;但是抱歉,我唯一不感兴趣的也是这个。"

"真是怪胎……"坎贝尔摇了摇头开始继续操作,"感谢上苍你不是我儿子。"

"真正该感谢上苍的是我。给你当儿子的命运不过是被你抛弃而已。"田鹏冷冷道。

"我只是继父。"坎贝尔耸了耸肩，"说实话，那小子并不讨人喜欢。"

"既然你们可以利用虫洞到达地球，那就没必要再开另一个虫洞回去。"田鹏往前走了两步，低头掀开工具箱的盖子，取出了一个激光焊接器，"所以说，月球的虫洞不是通向安星的，而是通向离安星更遥远的地方，对吗？"

"你像你父亲一样缺乏幽默感。"坎贝尔摇了摇头转回身继续操作，"另外，我不管你准备用手里那玩意儿做些什么，成功率都会低于一千万分之一，比你出生的概率还低，相信我，孩子，如果你再打歪主意的话，我绝不会因为你是他的孩子就再放你一马。"

"我猜月球基地的能量等级，只能让虫洞达到一千四百光年的距离水平。你们一定是想去更远的地方，或是想把某些遥远的人接过来，对吗？"田鹏继续所答非所问，与坎贝尔始终不在同一个次元里。

"我原以为把你的身世告诉你，你就能加入我们。"坎贝尔也不在乎，继续配合着这番驴唇不对马嘴的对话。

"你犯了个错误。"田鹏抬起头放下了手中的激光焊接器。

"什么？"坎贝尔下意识地停下了手头的操作，此时启动 #10 的代码已经敲好但却没执行。

"我就站在你面前，你却依然认为一千万分之一是很小的概率。"说着话，田鹏将激光焊接器放回了工具箱，之后盖上盖子后退了两步缓缓下蹲，最后干脆趴在了地上。

"你在做些什么？"坎贝尔小心翼翼地转过身子往田鹏的方

向走了几步，就在这时候，但见工具箱猛地爆出一团火球，四散的金属碎片如同暴风雪一样飞向坎贝尔。只可惜，随着空中几团电火花闪耀，这些致命的金属碎片就如同之前的螺丝刀一样被那道看不见的屏障烧成了碎渣。

"我给过你机会，孩子。"坎贝尔若无其事地走到了田鹏身边，用那只能发出冲击波的手掌对准了田鹏的脑袋。只见田鹏趴在地上缓缓地转过了身子，双手紧紧地抱着一颗激光焊接器的备用电池，电池上的短路警告灯越闪越快。

"你的智商比纯种的安星人还高，难道就只能想出这种办法？"坎贝尔眉头微微一皱丝毫不以为意，"这东西除了把你自己炸死还能有什么用？"

"谁说它会炸？"田鹏微微一笑，与此同时，一根齐腰粗的火柱从田鹏双手中央猛地喷射开来，此时坎贝尔的手掌和多半个头盔正在火柱的喷射范围之内，没来得及反应便被这一人多高的火舌喷了个正着。微型燃料电池的成分是液态氢氧，除了能爆炸，还能喷火。

面对这突如其来的烈焰，坎贝尔本能地后退，田鹏则顺势拉起了地上一根被截断的线缆。

虽说月球的重力只有地球的六分之一，但该被绊倒还是要被绊倒的。被线缆这么一绊，穿着厚重太空服的坎贝尔当即被绊了个四仰八叉。

"Son of a bitch……（英文俚语）"还没等坎贝尔把一句话骂完整，只感觉两只手已然被人死死按住，只见田鹏此时正骑在自己身上，两只手正死死地按着自己两侧手腕。毕竟是特种部队出身，穿着如此厚重的太空服还能在这么短的时间内完成这套动作，换一般人的确不大可能。

"你这个姿势会被人误会的。"坎贝尔半眯着眼睛死死地盯着田鹏依旧满不在乎。

田鹏微微一笑并没说话，而是铆足了力气用自己的头盔猛地撞向坎贝尔的头盔，只听砰的一声闷响，力道够足，但二人的头盔并没被撞裂。

"你在干吗！！你疯了吗！！"说实话，坎贝尔无论如何也想不到田鹏会来这招，顿时慌了手脚，两只胳膊开始拼命地挣扎，但无奈，微重力环境加上厚重的太空服根本就使不上劲儿这是其一；其二就算能使上劲儿，恐怕也拗不过田鹏。真空环境下，头盔但凡被撞出一道裂缝，下一步便是面罩部分的整体崩溃，宇航服内的气压会在几秒钟内归零，之后体表水分迅速沸腾并蒸发，内脏器官会在十秒钟内迅速衰竭，十五秒内心脏停搏。在真空环境下用头盔互撞，基本上就是同归于尽的节奏。

"够了！"就在田鹏挺起身子准备撞第二下的时候，听筒中传来了徐晓南的声音，只见徐晓南与另外两名洋队友不知何时已经站在了主控室的门口，两名洋队友的手里，竟然各自端着一杆像枪一样的东西。

"我死了，你也会死。剩下的操作他们只需要按一下回车键就可以。"坎贝尔用眼神斜了斜不远处的操作台，"难道你不想去与你父亲拥抱一下吗？"

"放开他！"徐晓南厉声道，"这是命令！"

"命令？"田鹏恶狠狠地看了徐晓南一眼，松开了双手缓缓站起。

十一

　　"判断聪明与否的标准,就是看他能不能做出聪明的选择。"坎贝尔用眼神瞥了一下不远处的操作台,之后竟然微笑着伸出了胳膊,好似一个不计前嫌的足球前锋,正等待故意犯规的对手拉起自己。

　　而田鹏呢,竟然真的把他拉起来了。

　　"我喜欢这小子。"坎贝尔站起身,出乎意料地拍了拍田鹏的肩膀,继而对着徐晓南诡异一笑,"干大事的人都有点离经叛道。"

　　"为了带上你,我们等了十年,但这并不意味着我们可以无限制地容忍你。"徐晓南走到田鹏近前冷冷地盯着眼前这个熟悉却又陌生的"儿子","任何威胁到计划的因素都将被清除,任何人,包括我们自己,都必须随时为种族的未来做出牺牲!明白吗?"

　　"不明白!"此时此刻,在田鹏心目中,眼前这个人已经不再是所谓的"徐晓南"了,自然也没必要继续保持绝对地服从与尊重,"你们星球的危机早就解除了,只是你们心里的危机还没解除而已。你们愿意牺牲自己,我没意见。但你们没资格要求一个毫不相干的文明陪你们一起牺牲!你已经不再是联合小组的组长了,但我仍是小组成员!你明白吗?"这次轮到田鹏质问徐晓南了。

　　安静。

　　让人不寒而栗的安静。

　　父子二人冷眼对视足足有一分钟,谁都没再说一句话,谁都没有准备说话的意思。

"这团聚场面真是把我感动得热泪盈眶。"尴尬时刻，坎贝尔又跳出来了，"你知道吗，孩子？我们的危机从来都没有解除。祖先们历经四代人几千年的努力，在消耗了整个星球40%的自然资源之后，才终于学到了一个道理:能解除危机的，只有更大的危机。"

"闭嘴！"徐晓南斜眼盯着坎贝尔冷冷道。

"年轻人，我可以向你保证，我们的计划对地球没有危害，对安星也没有。我们需要的只是另一场危机而已，只有危机，才能迫使所有同胞从疯狂之中清醒过来，重新走到一起。危机并不一定会带来伤害，它只会让我们更加强大。"

"闭嘴！听不到吗？"徐晓南竟然抬起了胳膊，用手掌心对准了坎贝尔。看来那种能发出冲击波的神秘武器，徐晓南也有。

"能解除危机的，只有更大的危机……"田鹏念叨着坎贝尔的话，不禁皱起了眉头，各种可能性开始在脑海中逐一排除，渐渐地，一种疯狂到难以置信的可能逐渐浮现:这伙人并非是想利用虫洞去搬救兵或运送什么资源，而是想给自己的星球找一个敌人！

虫洞能够达到的空间跨度，与形成虫洞的能量等级息息相关。如果想利用单一虫洞穿越到几万甚至几十万光年之外的地方，或许需要恒星级的能量源才能办到，但古代安星人利用小型虫洞接力的方式达到了同样的目的。

任何一个文明，都不用担心几十上百万光年之外的其他先进文明会对自身产生威胁，因为他们根本过不来，即使对方掌握了虫洞技术，也很难建立如此强大的能量源供他们制造空间跨度如此夸张的虫洞。

但有了古代安星人的虫洞接力网，一切就不一样了。数十万光年外的强大文明，可以直接利用安星人自己的虫洞网络入侵安星。一旦他们控制了沿途像月球这样的虫洞基地，便足以对安星产生强大的威胁。哪怕只发射一个足够先进的探测器过去，都足以引起安星人的警觉与恐慌。

听上去，合乎逻辑。但问题是，地球是虫洞网络中的一站，是距离安星最近的桥头堡，在安星受威胁之前，先被入侵的恐怕是地球。但凡有胆量发动星际侵略的先进文明，其先进程度不知道要高出地球多少倍，或许安星人能跟他们打个平手，但地球人这两下子最好就别拿出来现眼了，有幸当奴隶或许已经是最理想的结局了。

"你们准备给自己的星球找一个敌人？"田鹏试探着问道，"你们准备修改虫洞网络的路径，并把它暴露给一个强大且好战的文明？"

"聪明的好处，就是什么事都不用说得太过具体。"坎贝尔微笑道，"或许在你看来，这个办法有点蠢，但最笨的办法往往最有效。噢……浑蛋……"没等坎贝尔一句话说完，竟然真的被徐晓南用冲击波轰出了十几米远之后重重地贴在了墙上，就像田鹏刚才遭遇的攻击一样。

"你这个浑蛋！"坎贝尔挣扎着站起身子不住地咒骂，"我刚刚才饶过你儿子一命！"

"你们两个留在这儿，我去启动机器。如果发生任何意外，不必手下留情。"徐晓南冲着身后两个洋队友使了个眼色,转身准备离去。

"等一下!"田鹏出乎意料地叫住了父亲,"你心里清楚这么做的后果!你从来没教过我什么!难道现在需要我来教你吗?"

"如果他再多说一个字,就杀了他。"徐晓南停住脚步,冷冷地留下这么一句,头都没回便向通道走去。

"我发誓会阻止你们!"田鹏双目圆睁大声咆哮,徐晓南就如同没听见一样,快步消失在通道之中。而两个洋队友不约而同地端起了手中的武器对准了田鹏,这俩哥们儿,看样子是要玩真的。

十二

"哇……哇……冷静,伙计们,冷静!"千钧一发之际,竟然又是坎贝尔出面解围,"来……跟我来……"出乎意料的,坎贝尔竟然将田鹏拉到了一边。"还记得吗?给你写信的事,我是认真的。"

"抱歉,我不想坐办公室。"斜眼盯着煞有介事的坎贝尔,田鹏脑袋里想的却是另外一回事:

怎么办?

没有武器,没有机会;单凭自己一个人,如何化解眼下这场足以威胁人类生存的危机?

安星人的月球基地位于地下一千米。即便是地球上最厉害的核弹,也炸不透一千米厚的月球地壳。换句话说,即使人类现在就知道真相,也只能干着急没办法,再造一个登月舱和相应的运载火箭,最快最快也要三到六个月,到那时候没准外星人的战舰都开到月球轨道上了。

"我从来没见过你这样的天才，即使在安星也很少见。"坎贝尔似乎并不像是敷衍，"安星人的个体寿命是人类的二十倍，如果你继续留在地球可就糟大了。当你的同龄人都进棺材的时候，你的样子或许还跟现在一样，到那时候，你要么被当成研究对象失去自由，要么去隐姓埋名东躲西藏，不论如何，你都会比现在更加孤独。但如果你愿意跟我们一起回去，等待你的将是完全不同的世界。安星的科技比地球发达太多，你的天赋很快会找到用武之地！"

"一个动荡的星球，能有什么用武之地？"田鹏偷眼看了看不远处的操作台，"你所谓的'天赋'，指的是枪法吗？"

"随便你怎么想吧。"坎贝尔摇了摇头苦苦一笑，"你猜得没错，我们孤立无援。老实说，我们是被流放的，去地球的飞船是偷来的，帮我们打开虫洞的人，应该早就被处死了。安星病了，人民变得自私、疯狂、健忘。正是一代一代像我们这样的人，才让安星取得了如今的文明成果，是我们研究出的技术让星球度过危机，在我们的领导下，社会欣欣向荣，科技飞速发展，但他们现在却反过来要清算我们。没有我们的安星，是一盘散沙，就像19世纪的欧洲，人们自私而愚昧，到处都是火药味。或许你觉得我们是疯子、叛徒，这都无所谓。但如果我们继续无动于衷，这个星球会被毁掉。"

静静地盯着坎贝尔的滔滔不绝，田鹏又恢复了以往的沉默。

"难道你不想说点什么？"坎贝尔皱眉道，"你不是地球人，安星才是你的故乡！"

"没兴趣。"田鹏摇了摇头，"如果我能帮你们想到更好的办法，是不是可以停止现在这个浑蛋计划？"

"没可能的。"坎贝尔摇头道，"能走到这一步，我们已经付出了太多的牺牲。你知道为了把我们四个送到地球，背后牺牲了多少人吗？"

田鹏没再说话，而是试探性地将手指搭到了坎贝尔的胳膊上，敲起了摩尔斯码。

摩尔斯码？

没错，就是摩尔斯码，发电报用的摩尔斯码。只不过，这东西在田鹏这样的超级天才手里已经被玩出了新花样，田鹏此时敲击的摩尔斯码，是一种被称为"立体摩尔斯"的高智商游戏，具体敲击方法是用多根手指一起敲，每根手指负责一个词汇，翻译顺序是由左到右，用的手指越多敲击速度越快，就越是炫耀的资本。当然，这种需要大小脑高度配合的变态游戏比弹钢琴可要难上太多，注定与普通人无缘，甚至说与普通天才都无缘。别说是敲，即使能看懂都是天才。目前，全球能用五根手指同时敲的人只有十七个，能敲到田鹏这么快的只有四个，录入速度已经快到了甚至能与普通键盘输入相比；但既能用五根手指高速敲击摩尔斯码额外还考下十几个学位的，只有田鹏一个。

"To be, or not to be.（生存，还是毁灭）"田鹏用立体摩尔斯敲出了《哈姆雷特》中最著名的一句独白，与所有话题无关，似乎只是种试探。

"That is the question.（这是一个值得虑考的问题）"坎贝尔先是一愣，之后也把手指搭在了田鹏的胳膊上敲出了下一句，同样是五根手指的立体摩尔斯，速度比田鹏略慢，但单指频率仍旧是普通电报速度的两倍左右。

既然对方能看懂，田鹏直接话入正题："如果你不停止行动，将牺牲更多人。你们的计划漏洞百出：一盘散沙的星球，将像毫无防备的珍珠港一样，被突如其来的敌人炸回石器时代，你们根本来不及团结他们。如果他们知道真相的话，在组织抵抗之前会先把你们送上刑场。你们拿什么保证那些所谓牺牲的人是真的牺牲了？拿什么保证没人出卖你们？"

"我们还活着，人类也还活着，这就是我们没被出卖的保证。别忘了，现在是我在说服你。所以，请别再尝试说服我了。"

"如果你打开了这个虫洞，人类就不一定还能继续活着了。"

"我知道你在担心什么。我说过不会给地球找麻烦。地球的环境不适于他们生存，而且地球也没有他们需要的资源。"

"但他们或许会把地球当作前哨阵地。"

"这个可能性低于万分之一。"

"低于一千万分之一的事情已经在你眼前发生两次了。"

"相信我，这次不会有意外。"

"你们对他们了解多少？"很多天才都或多或少存在交流障碍，即便是田鹏也不例外。但交流障碍并不代表不想交流。我想表达的内容其实很丰富，只是不想用嘴说而已。

"不多，但足够了。祖先们的运输网很庞大，每个端点都能调整方向和距离。在网络能覆盖到的范围内，有三个足以威胁安星的新兴文明，我们挑了最适合的一个。"

"这三个文明里包括地球吗？"

"不包括。我们不觉得地球算得上是一个文明。"

"不算文明算什么？野蛮人？你们觉得野蛮人可以制造火箭送你们登月？"

沉思良久，坎贝尔敲回了一个词："一盘散沙。"

坎贝尔用于形容地球的这个词，与之前形容安星的词汇竟然一模一样。难道说，安星的现状，像地球一样？"你是说，安星的现状，和地球一样？还是说，英语里你只会说'一盘散沙'这一个词？"田鹏的眉头不禁皱了起来。

"和地球一样。"坎贝尔回敲道。

田鹏也惊了。

跟地球一样，这不是挺好吗？

有必要引狼入室制造一场战争级的危机吗？您老人家这个散沙的标准，设得未免有点高吧？

"你们不是被流放了，而是被淘汰了。"沉思片刻，田鹏敲出这么一句话，"人们并非是遗忘了你们的功勋，他们只是不再需要沉重的束缚。"

"我知道你有哲学和心理学的学位，但那都是地球人的学科，对我无效。"

"停手吧。没有任何一个文明永远需要危机，就像他们不再需要你们一样。"

"你不了解安星！没资格跟我探讨这个话题！"坎贝尔微微抬起头，脸上瞬间泛起一丝怒气。

"我在探讨的是你，以及你们拙劣的骗局！如果你真的爱你的人民，就请尊重他们的选择！"

"他们盲目而短视，放任自流只会毁了他们！"坎贝尔毫不让步。

"你引狼入室，难道不是在毁他们？"

"这可以让他们正视团结的价值！"

"欺骗与恐惧带不来团结！能带来团结的只有信任！"

坎贝尔，满脸木讷、二目圆睁。手指颤了几下，却没能敲出任何一个字母。

"作恶者终难为王，因为只有永恒的爱才能统治一切。"田鹏放慢了敲击的速度，用手指缓缓地敲出了一句看似不着边际的话。

只见坎贝尔表情微微变化，思绪似乎被田鹏这句莫名其妙的引用拉回了现实，继而用同样缓慢的速度敲出了这句话的出处："珀西·比希·雪莱，《解放了的普罗米修斯》。"

"一切还来得及。"田鹏两眼死死地盯着坎贝尔，脸上露出一丝诡异的微笑。

十三

"那两个人，都是训练有素的战士，不会像我这样手下留情。他们手中的武器，可以把咱们轰回基本粒子状态。"不知不觉之间，坎贝尔的脸上忽然显现出一种决绝。敲击立体摩尔斯的手掌似乎也有些颤抖。

"人生本身就是一场冒险。"田鹏面无惧色。

"输入13675352这串数字，我最多给你争取五秒钟。"

"足够。"

"攻击我！"没等坎贝尔一句话敲完，便已经被田鹏扑倒在地。

"嘿！！"两个洋队友当即举起了武器，但瞄了半天却没法开枪，因为此时的坎贝尔和田鹏已经扭成了一团。

"你这个小杂种！！"坎贝尔再次被田鹏压在了身子下面，这倒不是表演，因为就算真打，应该也是这个结果。

"放开他！否则别怪我们不客气！"二人端着武器走到田鹏近前，虽说训练有素，却也没有真正开枪的意思，徐晓南看上去似乎是这伙人的头儿，田鹏的"衙内"身份似乎还是有点用的。

田鹏也听话，举起双手缓缓地站起了身子，顺势把后背对准了控制台。

"快拉我一把！"坎贝尔躺在地上再次伸出了手，两个洋队友将武器背到了身后，各自伸出了一只手。

"见鬼去吧！"起身没等站稳，坎贝尔便冷不丁举起右手，田鹏早就摆好了姿势，只感觉一股强大的冲击力将自己击飞，四仰八叉落在了控制台前面。这次的冲击力明显要比刚才小，坎贝尔似乎精确地计算了力道。

站起身，田鹏二话不说转过身便开始输入指令。单纯停堆的话，是有紧急停堆开关的，半个手掌大小的红色按钮，几乎就是整个操作台最醒目的按键，拍一下就可以了。但田鹏和坎贝尔的心里都明白，如果只是单纯停堆的话，徐晓南和那两个洋队友随时可以重新开启反应堆，两个人几乎就是白白牺牲。

所以才会有 13675352 这个操作，任何一个架构师或程序员，都会在自己开发的系统里预留后门或是彩蛋，一旦操作人员输入某些与正常操作八竿子打不着的特定指令，便会触发后门或彩蛋。

而 13675352 这串数字，就是坎贝尔留的后门，意义是让所有反应堆超负荷运行，直到过载并熔毁。

老实说，输入这串数字，5 秒钟真的很勉强，因为控制台的键盘是专门为臃肿的太空服手套特制的大间距键盘，并不能像常规键盘那样快速敲击，就在田鹏输入到一半的时候，两个洋队友的武器已经齐刷刷地瞄准了田鹏。

就在两人即将开枪的一瞬间，坎贝尔忽然伸展双臂挡在了弹道上，"住手！听我说！！"

听你说？

在这种情况下还能听你说，那还叫什么训练有素？

挡归挡，打归打，随着一道亮光闪过，坎贝尔周身上下闪着电弧便被轰飞出几十米，虽然没被轰回粒子状态，但之前那道能把金属烧成渣的隐形护盾估计是废了。从田鹏起身输入到坎贝尔被炸飞落地，一共是 7 秒，比原计划多出了两秒。

两秒钟能做什么？

对于田鹏而言，拔出点火钥匙之后翻身躲在控制系统后面，正好两秒。

就在这时，整个房间的灯光忽然变得异常明亮，不时有照明系统因为过载而爆出火花，四外忽然响起了刺耳的警报声。两个洋队友慌慌张张地跑到控制台前，却发现整个系统已经处于锁定状态，点火钥匙的插口已然空空如也。

"站住！把钥匙给我！"洋队友举起武器对准了田鹏，而此时的田鹏，正试图把不远处一动不动的坎贝尔拖走。

"把钥匙给我！否则开枪了！"说着话，洋队友朝着田鹏的身边了一枪，巨大的光亮下，十几厘米厚的基地墙壁竟被轰穿了一个锅盖大小的窟窿，窟窿四周已然被高温熔化，暗红色的灼溶物顺着墙壁像蜡泪一样缓缓下淌，要知道，外星基地的建筑材料与建造基斯卡地洞用的材料相似，那可是用炸药都很难炸开的高强度外星水泥，这样的威力要是轰在人身上，还能当粒子就已经很不错了。

田鹏缓缓地站直了身子举起了手，只见点火钥匙就握在田鹏手里。

"把钥匙扔过来！站在原地别动！"两个洋队友分工明确，一个人架枪一个人接钥匙，就在钥匙抛向空中的一刹那，随着一道巨大的电弧闪过，照明系统全部瘫痪，整个基地霎时间漆黑一片。此时洋队友肩头的光感照明灯自动亮起，再找田鹏和坎贝尔，早已不见踪影。

一条狭小而细长的通道中，坎贝尔与田鹏一前一后快步前行。

"这是去哪儿？"田鹏问道。

"逃生舱，可以直接返回地球。"

"你确定把钥匙扔给他们没事？"就在几分钟前，就在田鹏试图拉起坎贝尔的时候，坎贝尔曾经用立体摩尔斯码敲给田鹏一句话：给他们钥匙。

"钥匙只是允许交互操作而已，但13675352是最高优先级指令，停堆都没用！一旦激活就没有退路了。"坎贝尔道。

"这个数字代表什么？"

"这是安星的人口数。"

"我问的是，可以激活什么？"

"BOOM！"坎贝尔忽然停步转身，用手比画了一个核爆的手势，继而转过身继续赶路。

"为什么留这样的后门？"

"以防万一。"坎贝尔道，"干大事必须虑事周全。"

"防什么万一？"

"防止万一有你这样的人出现。"坎贝尔似乎有些无奈。

"你一直希望有人说服你对吗……怎么了？"正说到半截，田鹏发现坎贝尔忽然停住了脚步。顺着灯光远远望去，一个模糊的身影正挡在不远处，从身影的轮廓判断，应该是举枪的姿势。

"趴下……"坎贝尔不顾一切回过身向田鹏比画了一个趴下的姿势，田鹏来不及想不顾一切卧倒，就在胸口贴地之前的一瞬间，随着一道亮光闪过，后背上顿时感觉十级大风吹过，抬头再看坎贝尔，膝盖以上的部分已然荡然无存，再看通道四周，一团团漆黑的污渍以坎贝尔为中心，呈放射状喷溅在两侧墙壁与地板屋顶之上，没有残骸，没有血迹，只剩了一双不到二尺长的小腿倒在地上。

名副其实，基本粒子状态。

人影慢慢靠近，始终保持着端枪的姿势，渐渐已经能看清来者的模样。

徐晓南，毫无疑问。

站起身子，昂起头，田鹏做出了一副慷慨就义的表情，直到父亲举着枪走到自己近前。

安静。

依旧是那种让人窒息的安静，只不过再也没有坎贝尔跳出来救场了。

"你走吧。"许久，徐晓南将枪扔在了一边，摘下袖标贴在了田鹏的胳膊上，之后冷冷地看了田鹏一眼，迈步向控制室的方向走去。

"喂！"田鹏转身大喊，而徐晓南就好像没听见一样，脚下没有半点停步的意思。

"你没必要这样！"田鹏二目圆睁喊道。

仍旧没有回应，直到徐晓南身影的轮廓消失在黑暗之中。

孤儿，依旧是孤儿。

以前是，以后还是——如果还有以后的话。

十四

与此同时，地面指挥中心。

一大屋子的人，正被安星人的 AI 模拟应答装置哄得眉飞色舞，负载测试从 10%到 60%进展出奇的顺利，雷鸣般的掌声和欢呼声此起彼伏，所有工作人员都是一副抽中了话费的表情，欢乐程度俨然就是春晚现场。

然而，就在所有人都以为人类即将进入崭新时代的时候，所有联络突然中断。

紧接着，中国月球基地的传感器侦测到强烈月震，震源深度一公里，那正是外星基地的深度。

直到这时，所有人仍然抱有一丝侥幸，这只是普通的通讯故障而已。

再之后，一张由卫星拍摄的高分辨率月面照片彻底粉碎了所有人的希望：月球表面刚刚形成了一块五平方公里左右的盆地，盆地的中心正是外星基地的位置，这个盆地在两小时前还没有。

就在所有人的注意力都集中在月球表面的时候，一颗流星悄悄坠入大气层。

与此同时，野猫特种部队营区。

贼心不死的张宁，偷偷打开了 Who am I 网站的主页，做贼似的输入了用户名密码。

Who am I 网站？

没错，就是 Who am I 网站。世间任何强者都会有一个与生俱来的宿敌，有麦当劳就有肯德基，有英特尔就有 AMD（美国超威半导体公司），有波音就有空中客车，有耐克就有阿迪达斯。而此时这个 Who am I，就是之前那家基因婚介网站 Find Them 的宿敌。差不多的技术、差不多的算法、差不多的服务，唯一差得多的就是检测的结果。

看着智商预测一栏，张宁的下巴差点脱臼：用红色字符显示的"299+"赫然在目，按照检测说明上的规则，299+的意思，就是超过 299，因为"智商"的检测范围最高只到 299，高于 299 则一律显示"299+"；这类数值一般会用四种颜色表示：黑色是正常范围；绿色是偏低；橙色是值得注意；而红色，则表示严重超常，建议立即就医。

也就是说，田鹏的智商，已经高到需要去挂专家号了。

"这也太高了吧？"之前 Find Them 的检测值过低，张宁是无论如何也不信的，但此时这个超高的检测值张宁一样不信，毕竟爱因斯坦的智商据说也只有 160，"怎么全是骗子呢？就算是不要钱免费测，也不能瞎给数值吧？"

检测结果下面，网站还十分贴心地匹配出了一大堆的美女照片，被张宁一个个全部点"×"屏蔽，且最后还勾选了"今后不再自动匹配"选项。"田队，我这是为你好，这网站骗人的，等你回来时请我喝顿酒就算报答我了，兄弟一场，我不能让这群骗子网站把你往火坑里推。"张宁边点边自言自语……

回来时请喝酒？

回得来吗？

即使回来，应该也会升官吧？

自己再次偷偷检测他的 DNA，不会又被他发现吧？

关掉网页，张宁不由自主地看了看窗外，只见一颗流星划过天际。

来得正是时候！

闭上眼睛，张宁赶忙许起了愿："保佑这次不被他发现、保佑这次不被他发现、保佑这次不被他发现……"

载于《科幻立方》2022 年第 4 期

第二十届百花文学奖

科幻文学奖

获奖作品集（下）

天津出版传媒集团

百花文艺出版社

《科幻立方》编辑部 编

何涛

绣春刀：神之血脉

一

赶到李御史家门外时，已是天色昏黄。

张千户将手一挥，百余名腰悬绣春刀的锦衣卫立即左右散开，贴着院墙向院后快步奔去。

一只栖在枝头的乌鸦受惊飞起，呱呱大叫着从人们头顶上方振翅而过。赵武皱了皱眉，乌鸦当头过，非凶即祸，坏兆头。

"赵头儿，"凌小旗凑到赵武身后，压低声音问，"这李御史什么来头？居然还动劳张千户亲自出马？"

赵武轻轻摇头，"别管那么多，咱们听命办差就是。"

监察御史不过是七品官，和赵武级别相等，按说由他带队就足够了，不明白张千户为什么要亲自出马。

那位叫作马悟能的家伙就站在张千户身后，绷着脸抿着嘴，小眼睛里却带着几分掩饰不住的兴奋。这厮是李御史的家仆，就是他告的密，赵武讨厌这种人。

黄色光焰从宅邸后笔直升起，在暮色下异常醒目。那是暗号，李宅已被全部包围。

张千户回头瞥了马悟能一眼。马悟能会意，小跑着来到大门外，抬手在门板上不住拍打，"开门，快开门。"

"谁呀？"门后响起了一个苍老的声音。

"我，老姚。"

"你小子啊，一整天都不见人，是不是又跑去赌钱了？"门板吱吱呀呀地左右打开，一位青衣老者出现在众人面前。

看到门外站满身着飞鱼服的锦衣卫，老者吃惊地瞪大了双眼，"这……这是干什么？"

"干什么？咱们御史大人东窗事发了！"马悟能一把推开那老者，气势汹汹地冲进了大门。

"上。"张千户再次挥手，数十名锦衣卫立即一拥而入。

赵武踏进客堂时，李御史已被两位同僚反剪双手按在地上，李夫人和一名丫鬟也被牢牢捆住，嘴里还塞进了铁核桃，只能用充满惊恐的目光看着这群锦衣卫。

李御史强自镇定，连声道："各位兄弟，各位兄弟，下官犯了什么事？"

张千户慢吞吞地走到李御史面前，不阴不阳地笑道："李大人，得罪了，有人举报你聚众谋反。"

"谋反？"听到这个词，李御史顿时面色惨白。片刻后，才梗着脖子叫道："诬告！这是诬告！"

赵武明白了。谋反乃大明律法中十恶之首，如果罪名坐实，莫说李御史一个，他全家老少都难逃一死。这种要案是升迁的良机，张千户自然要亲自率队。

张千户不再理会李御史，轻轻摆头，从牙缝里迸出一个字："搜。"

李御史家并不大，财物细软也不多，仅半炷香的时间，两名锦衣卫就从厢房里捧出一样东西，呈到张千户面前。

那样东西吸引了赵武的视线。一张怪模怪样的面具捧在锦衣卫手中，金黄色，左半边是温和的笑脸，右半边却脸孔扭曲，犬齿外露，显得极为狰狞。

赵武有点迷糊。身为锦衣卫十三年，大大小小办案百余起，他却从未见过这种玩意儿。回顾四周，赵武在同僚们脸上看到了困惑和迷茫，很显然，没有人见过这样怪异的面具。

张千户皱起双眉，瞥了马悟能一眼。马悟能点点头，指着面具说："就是这种面具，他的同党都戴着同样的面具，我亲眼所见。"

看到马悟能，李御史先是一愣，继而勃然大怒，"原来是你在陷害我，姓姚的，你这个卑鄙小人！"

马悟能哈哈大笑，"李大人，是我陷害你吗？这面具是做什么用的？你且说来？"李御史登时为之语塞。

"千户大人，千户大人，又有发现。"肥肥胖胖的姚百户大呼小叫着奔近，双手捧着一物，嚷道："不知道是什么，但这玩意儿藏在夹墙里，肯定十分重要。"

那物也呈金黄色，方方正正，比成人的拳头略大，有如金色石匣，表面光洁如镜，将众人的倒影映得清清楚楚。匣子色泽如同黄金，但姚百户捧在手中，却又不显得沉重，显然比黄金要轻得多，不知何种材质所制。

看到姚百户手中捧着的金匣,李御史面色再次为之一变,双眼中满是惊恐。张千户冷眼旁观,轻声问道:"李大人,这玩意儿又是什么?"

李御史双唇紧闭,只是不住摇头。张千户又看看马悟能,马悟能也摇头道:"小人从未见过这个,不知道是什么东西。"

张千户接过那金匣,细细看了一会儿,道:"这玩意儿很轻,又找不到缝隙,不知道里面封着什么。"

姚百户抽出腰间绣春刀,笑道:"切开来瞧瞧就是。"

张千户将金匣在手中掂了掂,犹豫片刻,方点了点头。姚百户伸手取过那金匣,仔细瞧了瞧,然后举刀戳下。只听锵然一声,匣子上溅出几点火光。赵武站得较近,看得清清楚楚,那金匣居然完好无损。

姚百户面带愕然,再次举刀戳下,金匣上再度溅出几点火星,却仍然毫发无伤。姚百户心有不甘,将匣子放到地上,双手握定刀柄,全力劈下。却听"当"的一声大响,姚百户手中的百炼钢刀竟然断作两截。

半截刀头打着旋从赵武面前飞过,赵武手疾眼快,忙伸手钳住,以免伤到同僚。地上金色匣子仍然光洁如初,连划痕也没有一条。再看李御史,却见他面若死灰,几无人色。

姚百户举起手中只剩了半截的断刀,目瞪口呆。围观众人均张口结舌,不明白那金匣到底是何物所制。

张千户显然也不明白这匣子为何如此坚硬,蹲下身看了半天,方摆手道:"统统带走。"

二

夜风微凉,月朗星疏。赵武蹲在一堵短墙后,打量着夜幕中的竹林。林中有几间竹屋,这里就是李御史和同党会面的地点。

竹叶青青,一条窄窄的小溪从竹林前流过,溪水清澈见底,能看到几尾红色的鱼儿在水中嬉戏。溪边耸立着几块山石,一道小桥从溪水上跨过,别出心裁的是,那桥也是用竹竿搭建,有些竹节上还生着几片泛黄的竹叶。

恍惚中,赵武产生了一种错觉:这里不可能是乱臣贼子的巢穴,竹林里居住着一位洁身自好、与世无争的高人隐士。

根据李御史的供词,他所参与的教会名为"神之子",源自遥远的西方,于元代传至中土。"神之子"传教方式极为隐秘,平时都是单对单联络,吸纳信徒时也是如此,而且从不在公开场合集会,所以几乎不为外人所知。

那种怪模怪样的面具,是"神之子"教友们用来掩饰身份的工具,参与聚会时每一名教友都必须佩戴;而那枚不知何物所制的金匣,李御史却只说是教中长老送来存放的,他也不清楚匣子的来历。

赵武感觉李御史说的是真话,锦衣卫有上千种逼供手段,意志坚定如铁的汉子,也熬不过那些匪夷所思的刑罚。张千户有一句经常挂在嘴边的话:漫说这些养尊处优的家伙们,就算是大罗金仙,只要进了咱们诏狱,也得让他脱层皮。

李御史的供词只有这么多。原本赵武打算亲自审讯,再戴上那种面具潜入"神之子"据点,以查出这个神秘教会的教义及有何图谋。可是张千户想尽快抓捕李御史的同党,严令赵武不得拖延。赵武不过是一个小小的总旗，与张千户差了好几级，人微言轻，无法抗命，只好匆匆率队赶来。

"神之子"，赵武之前从未听说过这个教会，更不清楚这个所谓的"神之子"到底在图谋什么。

敢在大明京师重地聚众传教，传教方式却又这么鬼鬼祟祟。不得不说，赵武已经对这个"神之子"产生了浓浓的好奇。

"赵头儿，赵头儿。"凌小旗矮着身子奔到赵武身后，打断了赵武的沉思。赵武回过头，凌小旗低声说："弟兄们已经准备好了，一只苍蝇也飞不出去。"

赵武心中有点不快。抓捕李御史同党，这等重任至少应该派两旗人手，张千户却指名由他率队。

李御史虽是文人，他的同党却未必，其中肯定不乏亡命之徒。万一失手，自然是赵武办案不力；若侥幸成功，李御史被捕在先，张千户调度得当，赵武也没有多大功劳。升迁的良机留给自己，烫手的山芋丢给别人，这种事，赵武已经历过许多了。

听不到回答，凌小旗又问道："赵头儿，这就动手吗？"

赵武收起心事，颔首道："动手。"

凌小旗回过身，打了一个呼哨。埋伏在林外的锦衣卫们同时起身，从四面八方一起冲进竹林。赵武也抽出绣春刀，纵身跃过了小溪。

竹林中有一片空地，用碗口粗的竹竿搭建了几间竹屋，四周还围着篱笆。赵武手下的锦衣卫动作敏捷，仅几次心跳的时间就将竹屋团团围住。居中那间竹屋灯光微亮，却听不到声音，似乎屋主早已沉沉睡去。

竹叶森森，在夜风中沙沙作响，仿佛有人在耳边窃窃私语。不时有一片竹叶随风飘落，打着旋堕向地面。

赵武有种奇怪的第六感，能够觉察到潜藏的杀气，这种第六感以往不止一次救过他的命。但今晚，赵武完全感觉不到一丝一毫杀气，整片竹林宁静幽深，透着几分安逸及祥和。

这里当真是乱臣贼子的巢穴？会不会是李御史受刑不过而随口乱说？赵武犹豫片刻，收起绣春刀，上前数步，伸手去推房门。

竹扉发出吱吱呀呀的响声，刚刚打开一条门缝，房中的灯光骤然熄灭，一道微风随即扑面而来。赵武心中一凛，纵身向后倒跃而出，同时拔出腰刀护在身前。

锦衣卫们以为出了什么变故，纷纷亮出兵刃，准备冲进竹屋。赵武落地站定，抬手制止众人。

赵武的绣春刀并未斩中什么，低头看时，一柄拂尘在空中飘然而落，木质尘柄斜斜插在竹扉前方的沙土中，就是这把拂尘逼退了他。

赵武心中愕然，他是家传的武艺，想当年，"赵氏快刀"乃武林一绝，誉满京师。赵武刀法虽不及祖上，但放眼北镇抚司，也是无人可及。拂尘足有尺许长，可他那一刀却连尘柄的马尾也未能斩断一根，实在让赵武大感意外。

不等赵武细想，竹扉吱吱呀呀地打开来，一位白袍老者缓步而出。老者高高瘦瘦，须发皆白，月光穿过竹叶斑驳而下，给那老者的衣角和发丝镀上了淡淡的柔光，乍一看去，颇有几分超凡脱俗的仙人之姿。

看着面前众多手执钢刀的锦衣卫，那老者似乎一点也不吃惊，俯身捡起拂尘，打了个稽首，微笑道："各位官家深夜造访，不知所为何事？"

赵武尚未开口，一旁凌小旗已上前问道："你就是屋主？叫什么名字？"

老者微微躬身，从容答道："在下刘督，正是此间主人。"

"刘猫？"凌小旗哈哈哈一阵怪笑，"还有叫这种名字的，怎么不叫刘狗？"

凌小旗言语无礼，那老者却也不怒，含笑摇头，"非也，此督并非阿猫阿狗之猫，而是伯昏督人之督。"

赵武收起腰刀，颔首道："刘老丈，请恕在下无礼，有人指证你聚众谋反，所以要请你跟我们走一趟。"

老者微微挑起了双眉，"聚众谋反？小老儿已经年逾古稀，只在此间等死而已，这顶帽子，似乎太大了些！"

赵武不想再做解释，回身向凌小旗略一点头。凌小旗会意，摆手道："兄弟们，进去搜！"

十余名锦衣卫燃起火把，快步奔进竹屋，四处搜索。那老者似乎知道无法反抗，也不出声，怀中抱着拂尘，静静地站在一旁。

不多久，几名锦衣卫又快步走出。其中一人双手捧着一物，呈到赵武面前，"总旗，屋里大多是书籍杂物之类，只有这个兄弟们瞧不明白。"

那物事方方正正，像是一块石板，又像是书册，厚约半寸，通体洁白，似玉非玉，在火光下泛着温润的光泽。那光泽似乎来自火把的映照，又似乎来自石板之内，仔细看时，那光竟又似在石板中隐隐流动。

这石板有些古怪。赵武伸手去接，但手指还未触到石板边缘，眼前白影闪动，锦衣卫手中捧着的石板突然消失无踪。

几名锦衣卫相顾愕然，赵武转头看去，却见那老者站在丈许开外，右手正执着那块石板。他怎样纵身近前，又怎样出手将石板夺去，赵武竟然未能看清。

凌小旗也是满脸不解，拔刀指向那老者，喝道："老头儿，你可不要轻举妄动！"

老者用拂尘在石板上拂了几拂，缓缓收入怀中，摇头道："各位官家海涵，这物事太过紧要，不能让你们拿走。"

这刘督绝非寻常人等。赵武犹豫片刻，方喝道："拿下。"

三

长官下令，站在附近的几名锦衣卫当即纵身扑向那老者，更有人抖开铁链，往那老者头上套去。那老者脸上笑容不断，身影微微一晃，便脱出了包围，几名锦衣卫收势不及，扑通通撞在一起，闹了个手忙脚乱。

凌小旗勃然大怒，骂道："老杂毛，还敢拒捕！"说着纵身上前，举刀便往那老者肩头劈去。

那老者站定脚步，转过脸淡淡地瞥了凌小旗一眼。凌小旗浑身一震，顿时僵在原地，手中刀兀自高举，却不曾落下一分一毫。

老者缓缓转身，眼光在周围的锦衣卫脸上逐一扫过。那目光并无什么特异之处，但众多锦衣卫像是中了定身咒，先后停下脚步，站在原地一动不动。

这是什么妖法？冰线般的寒气透过背脊直蹿天顶，赵武惊诧万分，急忙拔出绣春刀，一式"横云断峰"，向那老者拦腰砍去。

看到赵武还能动弹，那老者似乎颇为惊异，刀至胸前，方侧身避开。刀刃在老者前襟上划了一道长长的口子，那块石板从他怀中滑出，跌落在沙地上。

老者退开数步，上下打量着赵武，愕然道："你竟然能破解我的傀儡术？"

赵武啐了一口，喝道："魑魅魍魉之术，能奈我何？"

老者脸上缓缓浮出了一抹笑意，踏上半步，拂尘陡然扬起，千百条细丝顿时遮住了赵武的视线。

声东击西而已，他的目标应该是掉落在地的石板。赵武当机立断，俯身滚倒，刀刃贴地斩出。那老者轻咦一声。纵身跳开，赵武慢慢站起，手挽刀花护体，却已乘势把那块石板攥在了左手中。

石板像是玉石所制，触手生温，但赵武知道这玩意儿绝对不是玉石，因为它很轻，感觉手里就像拈着一片羽毛，轻若无物。

老者再次退开两步，低头看着赵武手中的石板，眼中透出了几分惊异。

赵武很想低头看看手中的石板，但他不敢分神，眼前这位自称刘督的老者仅用目光就制住了他所有手下，面对这种前所未见的对手，赵武不敢有丝毫大意。

"你有神之血脉！"老者抬起头看着赵武，眼神中的惊异全然消失，取而代之的是热切和惊喜。

神之血脉？赵武愕然道："你在说什么胡话？"

老者很快又恢复了从容镇定，含笑指指赵武手中的石板，"你且低头看看。"

赵武心怀警觉，退开数步，才举起手中的石板，迅速瞄了一眼。让他惊讶的是，石板的颜色完全变了，漆黑如墨，仿佛能挤出墨汁来。片刻后，黑色又渐渐褪去，一幅画面从石板中央浮出，赫然是赵武自己的脸孔，惟妙惟肖，比铜镜还要清晰。画面旁边还标注着几行小字，但线条曲折迂回，怪模怪样，根本无从辨识。

这又是什么妖物？赵武心中震骇，有心把石板远远抛开，但心知这玩意儿是重要物证，又不甘就此丢弃，寻思片刻，只有冒险将石板揣入怀中。那老者含笑旁观，并不上前阻止。

正在此时，一道青光陡然在竹林深处亮起，那青光如同冷电，倏忽间就越过十余丈距离，射到了赵武胸前。

飞剑？这老者还有帮手！危急时刻，赵武并不慌乱，将掌中绣春刀舞成一团光屏，牢牢护住要害。

刀刃与青光相撞，爆出了数点寒星。那青光有如活物，飞开数尺，竟然又摇头摆尾地飞了回来，笔直射向赵武咽喉。赵武来不及格挡，只有侧身避开。青光贴肤而过，寒气森森，赵武喉头不由得泛起了一层寒栗。

青光飞出不远，又凭空折回，再度刺向赵武小腹。那老者并不上前夹击，反而扬声喝道："小蝶，手下留情，不要伤了此人。"

赵武正凝神对付那道神出鬼没的青光，听到那老者的话，心中不觉微感奇怪，想要开口询问时，忽而又发觉一道似有似无的气息自后方袭来。

操纵飞剑的人就在背后！赵武想回过头，却已经慢了半步，只听脑后轰然一声，如遭重物猛击。赵武眼前金星互冒，顿时一头栽倒在地。

赵武脑海中一片混沌，想爬起身，却又使不出半分力气。朦朦胧胧中，一双绣花女靴出现在赵武脸颊边，鞋面上绣着一对振翅而飞的蓝色蝴蝶，绣工精致，活灵活现。

一个清亮的女声在头顶上方响起，"圣使，消息确凿，李长老被锦衣卫抓进了诏狱，恐怕已经供出了不少消息。"

默然片刻，那老者一声长叹，"李御史识人不明，当有此劫，可惜圣物也落在了锦衣卫手里。"

"圣使放心，我会处置李御史，并尽快寻回圣物。"

"嗯，北镇抚司防范严密，你要小心。"

"这些锦衣卫怎么处置？还有这人，你干吗不让我杀他？"一只绣靴忽然消失，接着背后一重，似乎说话的女子踩在了赵武背上。

"锦衣卫不用理会，我用了傀儡术，他们不会记得今晚发生的事。至于这人，他有神之血脉，杀不得。"

"咦！"一声充满惊讶的轻呼，背后的重压陡然消失，紧接着，一张脸孔出现在赵武面前。半边笑脸，半边怒容，那女子戴着那种金色面具，赵武只能看到一双清亮如水的眸子。

面具渐趋模糊，赵武努力想保持清醒，但没有用，他昏了过去。

"赵头儿，醒一醒，赵头儿，赵头儿？"

赵武缓缓睁开双。竹林中鸟雀低鸣，缕缕阳光透过竹叶，温柔地洒落在身上，天已经亮了。凌小旗正蹲在赵武身边，眼神中带着几分关切。

竟然昏迷了整整一晚！赵武腾地坐起身子，厉声道："那老者呢？哪里去了？"

凌小旗挠挠头皮，困惑地说："什么老者？弟兄们前前后后都搜遍了，根本就没见人，这屋子早就没人住了。"

赵武愕然看着凌小旗，凌小旗也一脸不解地看着他。半晌，赵武心中忽然微微一凛。昏迷之前，他依稀听到那老者说锦衣卫不会记得昨晚之事，难道大家真的全忘光了？

赵武心有不甘，唤过站在近旁的手下逐一询问，果然，没有一个人记得昨晚发生过什么。除赵武之外，所有锦衣卫只记得昨晚进入竹林，之后至今天清晨的记忆则完全是一片空白。

踏进竹屋，果然正如凌小旗所言，四壁空空，唯见地面和桌椅上积着一层灰尘，似乎已长久无人居住。显然，在赵武昏迷期间，那老者和那女子搬空居所，又细心地做了废弃已久的伪装。

无功而返，该怎么向张千户解释？大家对昨晚的事毫无记忆，老老实实地说出来，张千户会相信吗？

神之子的手段当真可怕！赵武背后再度泛起了一股寒气。

四

红烛高照，空气中暗香浮动，耳畔琴声悠扬。赵武独自坐在矮几前，默默地想着心事。昨晚的经历就像一场梦，一场扑朔迷离的梦，让他心烦意乱。

回到镇抚司，张千户果然把赵武骂了个狗血淋头。还好赵武没把昨晚的经历说出来，他二十岁成为锦衣卫，熬到现在才勉强混上总旗，万一落下个"妖言惑众"的评语，那这辈子就别打算再升迁了。

珠帘掀开，一位身着红裙的姑娘快步而入，"武哥，真对不住啊，让你久等了！"

那姑娘身段窈窕，相貌清丽，脸上未着粉黛，却自有一番风韵。赵武转脸看着那姑娘，展颜一笑，"没关系，我等一会儿也不打紧。"

这姑娘叫司马灵珊，艺名珊珊，红袖招头牌歌姬之一，同时也是赵武的红颜知己。赵武经常来红袖招，几乎一有空就来，当然，他的目的并非狎妓，而是为了见珊珊。

珊珊偎进赵武怀里，仰起脸看着他，口中犹絮絮地道："那个姓胡的真烦人，每次来都非得让我唱曲陪他，今晚好不容易才把他灌醉。"

赵武眉头微皱，心中又是一阵不快。赵武最大的心愿就是攒够替珊珊赎身的银两，带她离开青楼。可惜俸禄微薄，这个愿望至今也未能实现。

珊珊似乎瞧出了赵武的心事，抬手轻轻抚摸着他的脸颊，柔声说："是不是昨晚没睡好？要不要睡会儿？我唱曲给你听，好不好？"

以前，每当赵武心怀烦恼，珊珊就唱曲哄他入睡。但今天赵武不想睡觉，他不仅为珊珊的事而烦恼，更为昨晚的经历而烦恼。劳师动众却无功而返，张千户严令他继续追查，然而赵武毫无头绪，根本不知从何处着手查起。

赵武轻轻摇头，"不用，想必你也累了，陪我坐一会儿就好。"

珊珊在赵武脸颊上轻轻一吻，站起身道："那我去拿酒来，陪你喝两杯。"

　　珊珊挑开珠帘，款款走出。赵武看着她左右扭动的腰肢，嘴角不由得浮出了一抹浅笑。珊珊是个惹人疼爱的姑娘，温柔体贴，又善解人意，只因出身乐籍，不得已才进了红袖招。

　　赵武脸上的笑容尚未消失，一个细若蚊蚋的声音突然在他耳边幽幽响起，"难怪圣使不让我杀你，留着你果然有几分用处。"

　　这个声音？是昨晚那位女子！赵武伸手抓起放在旁边的佩刀，挺身跳起。左右四顾，房间中却不见人影。

　　"呵呵呵，"那女子的声音再度传来，"不用找了，你看不到我的。"

　　那声音飘忽不定，似乎离他很近，又似乎距离很远很远。神之子的妖法竟然层出不穷！赵武勉强镇定下来，收起绣春刀，开口道："你要做什么？"

　　"很简单，我要你帮我混进北镇抚司。"

　　赵武冷冷地说："我为什么要帮你。"

　　那女子的声音也变冷了，"不帮我，你就永远也别想再见到司马灵珊。"

　　赵武顿时面色大变，再度跳起身，快步冲出房间。他所在的暖阁位于二楼中央，离两侧的楼梯都不近，但是却看不到珊珊的身影，只有一位体态妖娆的歌姬迎面走来。赵武迎向那歌姬，劈头问道："珊珊姑娘呢？有没有看到珊珊姑娘？"

　　歌姬倒认得赵武，笑着说："是赵大人哪，珊珊姑娘不是在陪您说话吗？"

珊珊出门也就几句话的时间，难道已经被神之子掳走了？赵武心中惶急，腾身越过楼栏杆，落进了一楼大堂。几名抱着歌姬的酒客被他吓了一跳，待看清是赵武，一名歌姬转脸笑道："哎呀呀，赵大人这是在做什么？卟死奴家了！"

赵武哪里顾得上回答，四下看不到珊珊身影，又转身向后厨奔去。一名端着托盘的小厮被他迎面撞倒，托盘中的酒水菜肴撒了满身满地，赵武也顾不上解释。

"不用找了，你找不到的，珊珊姑娘已经被我带走了。"那女子的声音再次在赵武耳边响起。

赵武惊怒交加，停下脚步，沉声道："你要胆敢伤害珊珊，我赵武一定会把你们连根铲除！"

"呵呵呵，不要说大话。不过，我不会伤害珊珊姑娘，只要你肯帮忙，我保证把珊珊毫发无伤地还给你。"

这些人信得过吗？赵武正在犹豫，那女子又笑道："还有，你不是一直想替珊珊赎身吗？上楼来，我在桌上留了一些礼物给你。"

赵武似信非信，反身奔上二楼，刚刚挑开珠帘，就发现一个粗布包裹摆放在矮几上。赵武心存戒备，不敢轻易上前，就拔刀在手，用刀尖将包裹挑开。但听"叮当"数响，两枚黄澄澄的金条滚落在地板上，包裹中竟然全是长约三寸的金条，看上去足有数百两之多。

"这里共有三百两黄金，不但能帮你的珊珊姑娘赎身，还能保证你们下半辈子衣食无忧。"

赵武望着矮几上赤光灿然的金条，感觉喉头干渴，手心也隐隐发热。他一年的俸禄不过七石大米，折算成白银也就几十两。三百两黄金，按一两黄金兑换一百两白银来算，那就是整整三万两白银，赵武一辈子也挣不到这么多！

那女子又幽幽地说："怎么样？帮还是不帮？"

就算没有这些黄金，他也要保证珊珊平安。赵武不再犹豫，点头道："好，我帮你们。"

五

视野中光线昏暗，前方的甬道低矮狭窄，透着几分阴森。空气里弥漫着一股很刺鼻的味道，那是血腥和粪便混合在一起的腐臭气息，令人恶心欲呕。

诏狱，这里曾关押过无数朝中大员，文武百官谈之无不色变。

每次来到诏狱，赵武都会觉得浑身不自在。从加入锦衣卫那时起，他就很讨厌这里，至今仍是如此。

凌小旗跟在赵武背后，紧紧地抿着嘴，一言不发。当然，这位"凌小旗"是那名女子伪装的，赵武不清楚这种易容术是否也是神之子教中秘法。她的伪装惟妙惟肖，几乎能以假乱真，但如果仔细分辨，还是能看出她的个头比真正的凌小旗稍微矮那么一点点。

直至如今，赵武还不知道这女子的真实相貌，只知道她叫蓝小蝶，是"神之子"首席护法。操纵飞剑、打晕赵武、掳走珊珊，都是蓝小蝶的手笔。

越往里走，赵武的脚步就越发沉重。蓝小蝶并未说明潜入诏狱要做什么,难道她想劫狱? 这可是死罪! 一旦被发现,莫说赵武,就连被伪装的凌小旗也难逃干系。

蓝小蝶似乎瞧出了赵武的心事,悄声说:"放心,我不打算救李御史。"

不打算救人,那又来做什么? 赵武回头瞥了蓝小蝶一眼,但她的目光沉静自若,还带着几分漠然,看不出在想些什么。

领路的狱卒把赵武和蓝小蝶带到一间牢房前,回身道:"赵总旗,人犯就关在这里。"

赵武微微点头,随手摸出一串铜钱递过去,"好,你先下去吧。"那狱卒得了赏钱,笑眯眯地去了。

李御史靠坐在墙角,眼神呆滞,囚衣上血迹斑斑,似乎完全没有发觉两人的到来。蓝小蝶走到牢门前,咳嗽一声,开口道:"李长老,你知罪吗?"

她的声音很轻,但话音刚落,李御史立即睁大双眼,直愣愣地看着伪装成凌小旗的蓝小蝶。赵武转过头,才发现蓝小蝶又戴上了那种金色面具,也不知先前她藏在何处。

李御史似乎无法站立,两手着地,挣扎着爬到牢门前,颤声应道:"李某知罪,请护法重重责罚!"

蓝小蝶看着俯伏在地的李御史,又问道:"你都供出了什么?"

李御史勉强坐直身子,低声应道:"他们逼供的手段太过厉害,我实在熬不住,只好……"

蓝小蝶似乎很不耐烦,打断了李御史的话,再次问道:"你都供出了什么?"

"我……我供出了教友聚会地点,还有……我教的来历。"

"关于神灵之锤,你都说了什么?"

李御史全身一颤,忙道:"没有,没有!李某知道圣物万分重要,所以一句话也没说!"

神灵之锤?难道就是在李御史家中搜出的那个金色匣子?这玩意儿还是什么圣物?赵武暗自嘀咕,悄悄瞥一眼蓝小蝶,却见她的眼神依旧冷漠镇定,不露半分波澜。

这女子不只把面具戴在脸上,还藏在了心里。赵武正在寻思,蓝小蝶又开口道:"泄露教中秘密是死罪,不过你没有说出神灵之锤的来历,可以免去烈焰焚身的刑罚。"

死罪!赵武闻言愕然。出乎他意料的是,李御史眼神中反而浮出了几分欣喜,颤声应道:"多谢蓝护法手下留情!"

蓝小蝶右臂一振,衣袖中骤然弹出了一枚尺许长的钢针,尖端锋利,在火把的映照下闪动着冷森森的光芒。

这时杀死李御史,岂不是惹祸上身?赵武忙伸手拦住,低声道:"他是朝廷重犯,你不能杀他!"

蓝小蝶瞥一眼赵武,晃晃手中钢针,淡淡地说:"放心,他要等到明天才会死,没有人会怀疑你和凌小旗。"

赵武有点不敢相信,蓝小蝶却不再解释,手腕轻轻一抖,钢针离手飞出,化作一道青光穿过牢门,在空中兜了半个圈子,"噗"地刺入李御史后颈。李御史浑身一颤,闭上双眼,慢慢软倒在地。

蓝小蝶再将手一招,钢针又凌空飞回,落入她掌中。赵武来不及阻拦,不觉惊怒交加,低头看看李御史,发觉他胸口仍在微微起伏，这才略感放心。

两人走出诏狱大门，幸好不见有人前来盘问。赵武定下神来，回头狠狠瞪了蓝小蝶一眼，"我已经帮了你，你最好立即放了珊珊。"

蓝小蝶似笑非笑地看着赵武，缓缓摇头，"不行，我还需要你另外再帮一个忙。"

怒火直冲天顶，赵武的右手不觉抚上了刀柄。蓝小蝶看在眼里，却毫不在乎，微笑道："杀了我，你就永远也见不到你的珊珊姑娘。"

赵武有心拔刀斩去，但珊珊生死未卜，却是不敢。思量再三，终于缓缓松开刀柄，恨恨地说："你又想怎样？"

蓝小蝶收起笑容，"神灵之锤是我教圣物，我要拿回它。"

"这次帮了你之后，会不会还有下一个要求？"赵武冷冷地说。

"没有了。"

"那好，"赵武抬起头，斩钉截铁般道，"再次帮你之前，我要先见珊珊。"

出乎意料的是，蓝小蝶并未拒绝，反而爽快地点了点头，"没问题。"

"我现在就要见珊珊。"

"好，跟我来。"

街头人潮涌动，络绎不绝。两人并肩而行，转过一个路口，赵武忽然在人群中瞥见了一个熟悉的身影，正是凌小旗。

赵武大吃一惊，蓝小蝶正是伪装成凌小旗，这可怎么解释？

正想回头躲避,凌小旗已经看见了赵武,笑着招呼道:"赵头儿,怎么你也在这里?"

回头看看,原本站在身边的蓝小蝶不知何时竟已凭空消失,赵武心神略定,点头道:"我正好路过,你这是要去哪里?"

"韩大嘴欠我一顿酒,我正要去寻他。"凌小旗走到赵武身边,左右看看,好奇地问:"刚刚看到有位兄弟和你一起,怎么一转眼就不见了?"

赵武心头发悸,勉强笑道:"就我自己一个,你是看花眼了吧?"

"怪事!"凌小旗挠挠头皮,又左顾右盼一阵,才摇着头说,"或许真是看花了眼,走吧,赵头儿,咱们一起去喝酒。"

赵武摇头道:"不了,我还要回北镇抚司看看卷宗。"

凌小旗再三相邀,赵武只是摇头。看赵武心神不属,凌小旗也就不再强求,遂抱拳别过。

目送凌小旗走远,赵武这才感觉背心湿湿凉凉,竟然出了一身冷汗。

蓝小蝶再度出现在赵武身边,凝目望着凌小旗的背影,忽然道:"这人肯定能想到你去过诏狱,他或许会起疑心,我们应该杀了他。"

赵武心中不快,反驳道:"你怎么动不动就要杀人?"

蓝小蝶冷冷地说:"死人不会多嘴,杀了他,才能保你平安,我才能顺利取回圣物。"

"不行!"赵武决然摇头,"凌小旗和我是过命的交情,你不能动他!"

"你倒是个重情重义的汉子，但别人却未必。"

"什么意思？"

"意思是，这位凌小旗，或许会出卖你，就像马悟能出卖李御史那样。"

"不可能！"赵武断然否决，"凌小旗是我的老部下，和我亲如兄弟，他绝对不会出卖我！"

默然片刻，蓝小蝶的声音才幽幽响起，"但愿如此。"

六

卸去伪装，赵武才发现蓝小蝶非常美，眉目如画，肌肤胜雪，比珊珊还要美几分，只是她的眼神过于冷漠，透着几分说不出的寒意。如果用花儿来比喻女子，珊珊就是一朵俏丽的迎春花，让人有如沐春风的感觉；而蓝小蝶则是万丈冰峰之上的雪莲，只能远远观望，却无从亲近。

两人相伴出城，不多时，便到了那片竹林外。赵武愕然道："你们竟然还待在这里？"

蓝小蝶轻轻一笑："锦衣卫已经搜过这片竹林，绝对不会想到我们胆敢冒险返回。"

竹林内，那名白衣老者手执拂尘，静静地立在竹屋外，似乎等待已久。远远看去，颇有几分仙风道骨。

看到赵武和蓝小蝶走来，那老者躬身为礼，笑道："草民刘督，见过赵大人。"

赵武回了一礼，迫不及待地问："珊珊她人呢？"

"大人无须着急，"老者侧身向屋中一指，"珊珊姑娘就在寒舍歇息。"

赵武快步奔进屋中，左右张望，果然见珊珊躺在一张竹榻上，似乎正在沉睡。赵武奔到竹榻边，连声呼唤，但珊珊双眼微闭，一声不吭。赵武心中惶急，又伸手摇动她身体，珊珊却始终不醒。

老者和蓝小蝶跟进屋中，笑道："赵大人不必惊慌，等你和小蝶取回圣物，珊珊姑娘自会醒来。"

赵武回过身来，手按腰刀，怒视着那老者："你在她身上施了什么妖法？快快解开！"

老者欠身在一张交椅上坐了，微笑摇头："大人少安毋躁，且请坐下，听我慢慢讲来。"

赵武心中焦急，却又无计可施，踌躇片刻，只得含怒坐了。

老者将拂尘放在一旁，自怀中取出那块石板，递到赵武面前："你且拿着。"

这玩意儿不是他们教中圣物吗？前天唯恐被我带走，今天干吗又要给我？赵武心中犹豫，唯恐对方再施展什么妖法，不敢伸手去接。

老者倒也不再强求，淡淡一笑，又将石板收回，解释道："这个也是我教中圣物，称为'神之密卷'，乃是数千年前，先圣大神……"

赵武皱起双眉，插口问道："什么神之血脉？你的话到底是什么意思？"

"我正要解释这些。"老者收起笑容，庄重地看着赵武，缓缓道："神之血脉，指的是拥有神灵血统的人，百万人当中，也未必能有一个。在世间搜寻拥有神之血脉之人，正是'神之子'的首要任务。"

"数千年前，神灵在世间行走，教化民众，并将他们的血脉撒播于大地。后来神灵离去，遗留下几件圣物，"老者晃晃手中的石板，"这件'神之密卷'就是其中之一。"

"你们在李御史家里搜去的'神灵之锤'也是。"站在一旁的蓝小蝶也随声附和。

众神行走于人间？赵武不觉啼笑皆非，忍不住开口嘲讽，"你们说的神灵是哪一位？玉皇大帝？还是太上老君？"

"非也，我说的神并非是神话传说中的神，而是真实存在的神。"老者面色严肃，抬手向上一指，"众神来自于星海之间。"

"这些神灵为什么要走？"

"世人愚昧贪婪，只知争权逐利，不堪教化。神灵们失望之余，就乘坐星槎离开大地，返回了故乡。"

"那神之血脉又是怎么回事？"

"为了教化世人，神灵曾在世界各地挑选聪慧善良之人，将他们的血脉与这些人融合在一起。那些人被称为'神选之民'，现今拥有神之血脉的人，全是当年那些神选之民的后裔。"

赵武目瞪口呆，看着二人满脸庄重的模样，再也忍耐不住，终于哈哈大笑起来，"够了，够了！这些言辞还是留着去骗那些头脑愚笨的山野村夫吧，我赵武好歹也是锦衣卫总旗，也曾见识过不少招摇撞骗之徒，想骗我，却没那么容易。"

老者也不辩解，只淡淡一笑，将手中的"神之密卷"放在面前的木桌上，伸出右掌，轻轻按在密卷上方。原本晶莹如玉的密卷再一次起了变化，渐渐变得漆黑如墨。老者又抬起手掌，用一根手指在密卷某处轻轻点了几下。

几道七彩虹光从密卷中升起，在空中相互交织，不多时，竟在三人面前勾绘出了一幅栩栩如生的图画。赵武哪里见过这种情形，顿时大惊失色，不由自主地站起身来，颤声道："这又是什么妖法？"

"不是妖法，也不是幻术。"老者含笑摇头，"神灵们来自一个遥远的世界，他们的技术远远超过了我们，对于众神来说很平常的事，在我们眼里就成了神迹、妖法和仙术。"

画面中大地苍茫，一座宽阔洁白的石台耸立在地面上，大约有四五百人跪倒在石台之下，似乎在向着石台参拜。那些人男女混杂，年龄不等，肤色也不尽相同，但个个神情肃穆，显得极为恭敬。

再看石台上方，赵武又是一惊。一架庞大的星槎凌空悬浮在石台之上，那星槎呈深灰色，形如盘碟，中部却又上下凸出，表面光洁如镜，显得颇为怪异。

片刻后，星槎开始缓缓旋转，并慢慢向上飞起。星槎的速度不住加快，直升天际，不多时，就消失在茫茫碧空之中。

光芒散去，画面消散无踪，密卷又恢复了之前玉石板形状的外观。老者转向赵武，平静地说："这是神灵离开之时的情形，已经在密卷中保存了数千年，画面中那些人，就是当年的神选之民。"

半晌，赵武才从震撼中恢复。他深吸一口气，寻思良久，才问道：“神之子……就是为了搜寻神之血脉？”

老者点点头，随后却又摇了摇头，缓缓道：“是，但不全是。神之子的宗旨有三：第一是教化世人；第二是等候神灵归来；第三，才是搜寻神之血脉。

“神灵心存悲悯，看到人们怀有贪嗔痴恶憎等种种恶行，才有心教化。可是世人愚昧贪婪，丝毫不知悔改。神灵们离去前将他们的血脉融入神选之民，其首要目的仍然是教化世人。可惜的是，神们高估了世人，他们做不到的事，我们更做不到。

“神灵乘坐星槎飞向星海之时，曾说世人终将毁掉自己，到时候他们还会回来，并接引拥有神之血脉之人前往神之国度。神之子未能完成首要宗旨，却牢牢记住了后两条，从古至今，我们就在到处寻找，并耐心等待神灵归来的那一天。”

赵武嘴巴大张，心中似信非信，反问道：“既然你们只是为了寻找拥有那个神之血脉的人，为什么行事却又如此诡秘？”

“一千多年前，西方曾有一位圣使向当时的皇帝透露了教中消息，但是，那位皇帝立即下令全力剿灭我教。结果我教几近覆灭，只有寥寥十数人得以逃出生天。从那时起，神之子就严禁泄露行踪。”

赵武愕然道：“为什么？”

“愚蠢！”站在旁边的蓝小蝶忽而冷冷地说。老者瞥了她一眼，又转向赵武，淡淡笑道：“普天之下，莫非王土；率土之滨，莫非王臣。从古至今，皇帝就自认为是天帝之子，他手中的权力乃是上天的恩赐。有一天你突然告诉皇帝，上天并没有赐予他什么权力，他和平民百姓没什么区别，同样是一介凡夫俗子。你觉得他会怎么想？"

赵武颓然坐倒，胸中一片混乱。

老者的话没错。拥有权力的人，最害怕的就是失去权力。比如本朝洪武皇帝朱元璋，平定四方之后，几乎将手下的功臣名将屠戮净尽。朱元璋那么做，并非是那些大臣罪无可赦，而是害怕他们会夺去自家的皇位。

别说是高高在上的皇帝，就算是升斗小民，也同样贪恋权欲。比如说张千户一直压制赵武，自然是害怕赵武威胁到他的位子；再比如赵武，在北镇抚司苦苦打拼，不正是希望有朝一日能够坐上百户甚至千户的位子吗？

老者对赵武端详片刻，又拿起神之密卷，在上面轻点几下。密卷表面再次翻滚变幻，但这次并没有射出虹光，而是浮现出了赵武的面孔。老者手执密卷，开口道："密卷有一项很特殊的功能，凡是接触到拥有神之血脉的人，密卷就会自动将此人的相貌及特质记录下来。"

"特质？什么特质？"

"每一位神之子都拥有自己的特质，你也不例外。"老者晃晃手中的神之密卷，笑道，"你的特质与我相同，是长生。"

"长生？"赵武满头雾水，下意识地重复了老者的话。

"对，如果不出意外，你至少能活到三百岁。"

"三百岁？开什么玩笑？那不成妖精了吗？"赵武感觉有些难以置信。老者摇头笑道："不用惊奇，神灵们能活得更长久，我们所谓的长生，在众神看来不过是短命而已。"

赵武上下打量着那老者，略带揶揄地笑道："你说我和你一样,那么你也能长生不老了？"

老者含笑摇头,"长生只是比普通人活得久一些而已,还是难免老去。"

"这么说来,刘督也不是你的真名了？"

"对,刘督不过是我的化名,老朽姓刘名基,字伯温。"

"刘基！刘伯温？帮助洪武皇帝夺得天下的刘伯温？"

"正是老朽。"

赵武惊愕万分,再次跳起身来,"怎么可能？"

老者双眼中浮出了几分落寞,沉默许久,叹道:"当年朱元璋大肆屠戮功臣旧部,老朽也未能幸免,不得不装死才逃过一劫。那些事已经过去了两百多年,可每每想起,仍然历历如在目前,唉,至今耿耿,至今耿耿啊！"

赵武脑海中混混沌沌,半晌无语。

刘伯温对赵武注目有顷,淡淡笑道:"今天所说之事太过震世骇俗,顷刻之间确实难以置信,你先回去好生想上一想吧。"

七

赵武仰躺在炕上,望着黑沉沉的房顶,默默地想着心事。

临别之时,刘伯温说了一句话,"神之子的特质大都不尽相同,能够长生的人更是极其稀少。每一任圣使都拥有'长生'这一特质。我相信,将来接替我位置的人,就是你"。

刘伯温这么说,那自然是已断定赵武日后会加入神之子。只不过,赵武好不容易才混成锦衣卫总旗,难道就这么轻易舍弃？再说,难道他当真会和刘伯温一样,能够长生？

睿者,无也,刘伯温自称刘睿,其实意思是根本就没有"刘睿"这一号人。现今是天启六年,从洪武元年算起,至今已有258年,据说刘伯温去世时已经65岁,难道他当真活了三百多年?

神之密卷,神灵之锤,这些当真不是妖法?难道当真有神灵来自于一个极其遥远的世界?神来自于星空,又飞向星空,某一天,神们还会回来……

无数念头此起彼伏,在脑海中翻滚不已,直至中夜,赵武才勉强入睡。

次日,刚刚翻身坐起,赵武就吃了一惊。蓝小蝶竟然站在卧房门前,默默地看着他。

"你怎么像个鬼影似的?"赵武开口抱怨。蓝小蝶把双臂抱在胸前,似笑非笑地说:"人们都说锦衣卫总旗赵武身手了得,又机警过人,怎么睡得跟一头死猪似的?"

赵武打了个哈欠,又揉揉太阳穴,"昨夜和姚百户喝酒,睡得太晚了些。"

蓝小蝶收起笑容,直截了当地问:"查出神灵之锤放在哪里了吗?"

赵武起身下床,抓起床头的佩刀,答道:"在火药局。"

"王恭厂?"蓝小蝶稍稍皱起双眉,"消息确凿吗?"

"姚百户亲口告诉我的,确凿无误。"赵武把佩刀系在腰间,又整整衣服,解释道,"张千户认为神灵之锤里面藏着重要证物,送去王恭厂,是想借助火药局的器械把它打开。"

蓝小蝶面色微变,"圣物威力极大,绝对不能暴力毁坏!"

"威力极大?"赵武好奇地看着蓝小蝶,"那玩意儿比拳头大不了多少，能有多大威力？"

蓝小蝶面色苍白，重重一顿足，厉声道："那件圣物原本是神灵准备用来消灭世人的武器！"

消灭世人？世间人等何止千万，一个小小的匣子，怎么能消灭世人？赵武半信半疑，但看向来镇定的蓝小蝶如此焦急，不由得也惊慌起来。"那怎么办？"

"唯一的办法就是尽快把圣物取回。"

赵武点点头道："事不宜迟，咱们这就出发。"

蓝小蝶再次化装成凌小旗的相貌，两人便匆匆出门。王恭厂位于京城西南隅，他们赶到时，已近巳时。

守门的兵卒验过赵武的腰牌，便摆手放行。王恭厂乃皇家火药局，闲杂人等严禁出入，因为蓝小蝶没有锦衣卫腰牌，赵武还特地准备了一番说辞，却不料查验竟然这么松懈。

赵武心中略感不安，犹豫着不敢踏进大门。

"怎么了？"蓝小蝶低声问。赵武微微摇头，也压低声音回应道："我有一种不好的预感。"

"时间紧迫，取回圣物要紧！"蓝小蝶当先走进大门。赵武无奈，只有紧随其后。

刚刚踏进天井，赵武就瞥见一位高高瘦瘦、留着两撇鼠须的男子负着手站在二门外，正是张千户。赵武暗暗吃惊，上前拱手道："千户大人，这么巧。"

张千户看看赵武，又看看赵武身后化装成凌小旗的蓝小蝶，皮笑肉不笑地说："不是巧，而是我一直在这里等着你。"

"千户大人，这话是什么意思？"

张千户并未回答，缓缓道："昨天早上，李御史死了，而就在前天下午，你去过诏狱，而且没有按例备注。你前天刚去过，次日人犯就突然倒毙，这不可能是巧合吧？"

赵武心中忐忑，勉强反驳道："属下不过是想尽快查明案情，一时疏忽。再者，李御史应该是受刑伤重而死，和卑职有什么关系？"

张千户还是没回答，不阴不阳地看着赵武，继续慢条斯理地说："姚百户告诉我，你在打探搜来的证物存放在何处，我还没有放在心上。直到凌小旗也来汇报，说你行踪可疑，我才对你起了疑心。"

"凌小旗？"赵武心中不安，下意识地回头看了一眼蓝小蝶。

"这伪装术果然惟妙惟肖。"张千户上下打量蓝小蝶几眼，又略一回头，淡淡地道，"出来吧。"

凌小旗应声从二门后转出，笑嘻嘻地看着赵武，拱手道："赵头儿，得罪了。"

原来凌小旗就在张千户身边，难怪张千户如此笃定。赵武悔恨交加，勉强压下胸中愤怒，盯着凌小旗道："你出卖我？"

凌小旗面色不变，依旧笑嘻嘻地说："赵头儿，我跟了你这么久，也就不说什么废话了。总旗的位子，卑职也想坐一坐。"

张千户不再多说，举起右手轻轻一挥，"来人，将这两名逆贼一起拿下。"

话音未落，院墙上立起了十多名弓手，张弓搭箭，箭矢皆对准了赵武和蓝小蝶。与此同时，火药局大门轰然闭合，姚百户率着数十名手执钢刀的锦衣卫从二门后涌出，将两人四面八方团团围住。

"逆贼赵武,还不快束手就擒?"姚百户一张胖脸上满是狞笑。

众人尚未上前,蓝小蝶身影突然微微一晃,倏忽间就闪到了张千户身边。张千户毕竟也是武人,并不惊慌,退开两步,伸手便去拔腰间佩刀。但刀刃刚出鞘半尺,一枚寒光四射的钢针就稳稳地抵在张千户喉头。

张千户浑身僵硬,缓缓松开刀柄。蓝小蝶手握钢针,冷冷扫视一周,开口道:"退下。"

变起仓促,姚百户和凌小旗等人面面相觑,各自退开了数步。蓝小蝶回头盯着张千户,厉声道:"带我们去取圣物,饶你不死。"

"你们已陷入重重包围,就是杀了我也逃不出去!"张千户脸色发白,口头却兀自强硬。蓝小蝶手上稍微用力,针尖缓缓刺入张千户肌肤,"带我们去取圣物,饶你不死。"

张千户面色变幻不定,喉结滚动几下,终于点头道:"好,我带你们去。"

八

蓝小蝶挟持着张千户踏进二门,直奔内库房而去。事已至此,赵武只有横下心来,紧紧跟在两人身后。众多锦衣卫投鼠忌器,不敢过分逼近,又不敢离开,也远远地跟着。

刚踏进库房大门,一股热气就扑面而来。如今还未到暑期,怎么这么热?赵武回头合上房门,又上了门闩,心中感觉有些奇怪。

匠头老孙迎上前来,"张大人,您来得正好,您让姚百户送来的那件证物确实古怪,弟兄们费了好大……"话未说完,猛地看见蓝小蝶手执钢针顶在张千户喉头,孙匠头顿时瞪大双眼,待在了原地。

张千户浑身僵直,板着脸道:"把证物拿来。"

孙匠头摇摇头,苦着脸说:"没法拿出来,那玩意儿变得异常沉重,而且烫得厉害,你没见库房里热得要命吗?就是因为那玩意儿。"

蓝小蝶变了脸色,"圣物……证物发烫,有多久了?"

老孙瞟一眼蓝小蝶,又瞟一眼张千户,犹豫着答道:"也没多久,我正想让人前去汇报,可巧张千户就来了。"

"证物在哪里?"

"就在里间。"

三人跟着孙匠头走进里间,热浪登时滚滚袭来,如同踏入了火窟之中。房里摆着一大缸水,铁锤、钢钳、剪刀等工具散落满地,另有两名工匠赤着上身,坐在屋角呼呼喘气。那个金色匣子就摆在房中的石台上,表面仍然光洁如镜,像是没有任何变化。

"糟糕!"蓝小蝶盯着金匣,面色变得极其苍白。

赵武揩去额头汗水,问道:"怎么了?"

蓝小蝶并没有解释,而是转向张千户,厉声道:"让你的手下疏散火药局周围民众,赶快!"

张千户摇摇头,"疏散民众,必然引发骚乱,你们就好趁机逃跑,对不对?"

"蠢货!圣物很快就会爆炸,方圆数十里内,会全部化为齑粉!"

听了这话,老孙面带愕然,显得似信非信。坐在屋角的两名工匠互相看看，忽然嘿嘿嘿笑出声来。显然，他们并不相信。莫说他们不相信，就连赵武也不信一个小小的匣子会把半个京城炸得稀烂。

张千户侧目看着蓝小蝶，沉默片刻，忽改口道："既然如此，那你们先放了我，我才好派人疏散民众。"

蓝小蝶已经失去了以往的镇定，手臂缓缓垂落，似乎有些犹豫。见此情景，赵武忙插口道："不行，你一旦放了他，他肯定会立即派手下抓捕我们。"

热气熏蒸之下，张千户脸上也满是汗水，摇头道："怎么可能？你不要以小人之心度君子之腹。"

赵武冷笑道："千户大人，你的为人赵某早已了然于胸。"

张千户尚未反驳，赵武忽然拔出腰间佩刀，横在他颈前，冷冷地说："快去，不然我立即砍下你的脑袋。"张千户无奈，只有点头答应。

三名工匠似乎有些害怕，缩头缩脑地想溜出房门，蓝小蝶手臂扬起，钢针骤然飞出，悬在门口空中微微颤动。三名工匠哪里见过这等情景，忙又抱起脑袋缩回了原地。

蓝小蝶和赵武挟持着张千户回到库房门前，赵武拉开房门，张千户扫视着围在门前的锦衣卫，有气无力地说："兄弟们，通知周围百姓疏散，要快。"

姚百户眨动着一双小眼睛，不解地问："为什么？"

张千户略显犹豫，赵武紧了紧架在他喉头的钢刀，张千户连忙提高嗓门："咱们搜来的证物很快就会爆炸，威力巨大，如不疏散，整个京城将化为齑粉！"

锦衣卫们相顾愕然。姚百户目光阴沉，在三人身上不住扫视，沉默片刻，忽然高叫道："赵武要谋反！劫持千户大人，用妖言惑众，企图逃窜！兄弟们，射杀了这厮！"

院墙上早已围满弓箭手，只是千户大人被挟为人质，却不敢胡乱动手。听见姚百户下令，只有十余人张弓搭箭，向赵武射去。

赵武刀法过人，毫不慌乱，舞起绣春刀，将来箭一一拍落。但出乎他意料的是，又有一箭斜斜飞来，角度怪异。不等赵武挺刀格挡，那箭已破空而至，正中张千户咽喉。张千户闷哼一声，仰天而倒。

变起仓促，赵武不觉目瞪口呆。抬头看时，却见姚百户手执长弓，目光阴冷狠毒。蓝小蝶反应极快，忙拖回张千户尸身，再次合上房门。

形势急转而下，姚百户竟然不惜将张千户射杀！张千户原本是两人的护身符，他一死，赵武和蓝小蝶再也难以逃出生天。

和凌小旗一样，姚百户也早就盯上了张千户的位子，张千户一死，自然替他扫清了障碍。刚才乱箭来袭，恐怕无人能证明是姚百户故意射杀千户大人，正可将罪责全部推在赵武身上。

思量片刻，赵武不觉万念俱灰，默默地发了一会儿呆，摇头道："咱们逃不出去，把那三位工匠放了吧。"

"还有机会。"蓝小蝶从自己脸上揭下一张薄薄的面具，覆在张千户脸上。那面具原本是凌小旗的相貌，贴上后竟然很快起了变化，变得和张千户的容貌一模一样，而且嘴唇上还生出了两撇胡须。

原来蓝小蝶就是用这种面具来伪装成他人，只不过张千户已被姚百户亲手射杀，就是伪装成他又有何用？赵武略感奇怪，忍不住问道："你要化装成张千户？"

蓝小蝶不答，又揭下那面具，转而覆在赵武脸上。面具冰冰凉凉，赵武原本被房间中的热气熏得头昏，此刻登时清醒了许多。

赵武心中不解，正想再次询问，蓝小蝶已开口道："现在这张面具已经融合了你、凌小旗，以及张千户的相貌，别人绝对认不出你究竟是谁。"

"外面已被重重包围，只凭这张面具恐怕无法脱身。"

"不，我们还有机会。我让圣物加速释放热力，所有人都会感觉情况有异，"蓝小蝶又指指那三名工匠，"之后再让他们叫嚷火药库即将爆炸，然后，你就可以趁乱逃走。"

"让我逃走？你怎么办？"赵武大为愕然。

"我必须留下来操控圣物，尽力减少百姓伤亡。"蓝小蝶瞧着赵武，忽而淡淡一笑，"我死不足惜，以后你将是教中圣使，你必须活下去。"

抛下一个女子独自逃生？赵武反驳道："既然害怕这玩意儿杀伤百姓，咱们就不能把它带走吗？"

"已经来不及了，一旦移动，就会加速爆炸！"

不等赵武再次反驳，库房外有人扬声叫道："叛贼赵武，勾结乱党谋害张千户，兄弟们，杀进去！替千户大人报仇！"听声音正是姚百户。

话音刚落，十余支羽箭穿窗而入，匠头老孙面门胸腹连中数箭，惨叫也没来得及发出一声，便倒地死去。同时，房门外响起了杂乱的刀剑斩击之声,显然锦衣卫仗着人多势众,要破门而入。

蓝小蝶反身走到石台边,伸出左手按在金匣上。也不知她动了什么机关,房里的热气陡然提高数倍,赵武只觉得口鼻中全是火气,几乎无法立足。

蓝小蝶转头看着那两名工匠,问道:"火药局存放了多少火药?"

一名工匠犹豫着答道:"大概……十万斤左右。"

蓝小蝶冷冷地说:"这件证物只会越来越热,火药局又存放了这么多火药,你们说会发生什么?"

"真的?真的会爆炸?"两名工匠都变了脸色。

"很快就会爆炸,你们快逃命吧。"蓝小蝶从怀里取出一物,往地面掷去。那物触地爆开,一股白雾腾腾升起,瞬间就将蓝小蝶湮没其中。

两名工匠听了,一起抱头向外奔去。白雾迅速扩散,仅片刻就充塞了整个房间,烟雾氤氲,对面几乎望不见人影。

就在此时,库房门板轰然倒落,锦衣卫们涌进库房。两名工匠抱头向外奔逃,口中一迭声地叫道:"火药库要爆炸啦!大家快逃命啊!"

库房中白雾弥漫,热气蒸腾,锦衣卫们目无所视,一时不明所以。热浪滚滚,混合着白雾一起向库房外溢出,有人向里冲,却也有人受不了热气熏蒸,以为真要爆炸,转身向外奔逃。人人左右乱窜,顿时乱作一团。

"快走!"烟雾中传出了蓝小蝶的声音。赵武无奈,只好转身向库房外奔去。

此时此刻,火药库的工匠们已经发觉这热气来得古怪,不少工匠四散逃窜,也有人赶着抢运火药。喊声四起,到处一片混乱,根本没有人查验赵武的身份。赵武去马厩中骑了一匹快马,趁乱溜出火药库,催马径向城外急赶。

奔出几个街口,天塌地陷般一声巨响突然隔空传来。赵武浑身为之剧震,几乎从马背上跌落。回头望去,一个顶天立地的火球正冉冉升起,火球上方烟云滚滚,犹如一朵巨大无比的灵芝绽放在王恭厂上空。

大地动摇,楼宇纷纷倾倒,地面上沟壑纵横,绽开了无数道裂纹。灰腾腾的烟气有如一堵巨墙,自后方滚滚涌来,似乎整个京师都笼罩在厚重的烟云之中。

无数砖石从烟尘中向四面八方飞出,划过天空,呼啸着堕向城外。四处烟雾弥漫,瓦片杂物乱飞,其中竟然夹杂着不少人影。烟尘动荡,遮天蔽日,须臾间,原本晴朗的天空变得昏黑如夜。

一爆之威,竟至于斯!眼前天地巨变的景象令赵武心动神摇,眼看烟雾巨墙汹涌而来,竟然不知躲避。胯下那战马受了惊吓,不待赵武催促,就沿着大道狂奔而去。

九

荒原无尽,天地苍茫,一辆马车在天地间缓缓而行。

赵武提着马鞭,端坐在车厢前。现在,他已是神之子的一员。神灵们来自星海,又归于星海,终有一天,神们还会回来。对此,赵武深信不疑。

究竟有多少人在王恭厂大爆炸中丧生,赵武并不清楚。但他明白,如果不是蓝小蝶,还会有更多人死于非命。

刘伯温就在车厢里,自神灵之锤引发了那场大爆炸后,他终日郁郁,精神亦日渐衰弱,似乎已不久于人世。刘伯温告诉赵武,蓝小蝶乃洪武朝大将蓝玉之后,由他亲手抚养长大,两人虽没有血缘关系,但亲若父女。

当年蓝玉的罪名是谋反。蓝玉案牵连甚众,死者前后多达一万五千余人,蓝玉本人则被剥皮实草,死得极为凄惨。

为夺取天下,要杀人,夺得了天下,还要杀人。从古至今,世人向来如此。赵武遥望天边浮云,心中喟然长叹。

靠在赵武肩头的珊珊显然不明白意中人在想些什么,哼了一会儿小曲,忽抬起眼皮看着赵武,柔柔地问:"我们要去哪儿?"

赵武低头在珊珊脸颊上轻轻一吻,"去一个没有阴谋纷争的地方。"

珊珊不再开口,面带微笑,温柔地偎在赵武怀里。自始至终,珊珊都不明白发生过什么,她只知道情郎要带她远走高飞,她很开心。

赵武知道目的地,他们要去圣坛。他要继承刘伯温的位置,终其余生,他都要努力寻找和他一样拥有神之血脉的人,并耐心等待众神归来的那一天。

载于《科幻立方》2021 年第 1 期

简妮

与象群同行

一

在那一刻,我决定对你说一说多年前的事情。

记得那是一个黄昏,落日的余晖透过百叶窗的缝隙洒在客厅的地板上,壁挂电视正在播放野生大象的历史纪录片。在你膝盖上蜷成一团的那只布偶猫伸了伸懒腰,告诉你它饿了,想吃一条鱼。它不是想吃刚从生鲜市场里买回来的那种湿漉漉的生鱼,而是想吃在油锅里煎熟了,直到两面都呈现焦糖色,连骨头都煎酥脆了的那种香煎鱼。

给我煎两条吧!它娇嗔地"说"。这些声音数据通过无线传输发射到你的耳朵里,经过一个米粒大小的机器转译以后,你便立即听懂了布偶猫说的话。

行吧,小懒猫,我这就去给你煎!十二岁的你说完后,走到旁边的开放式厨房点着了炉火,用稚嫩的手法往锅里急匆匆地倒花生油,并踮起脚取下锅铲,打开抽油烟机,耐心地给猫煎小鱼。布偶猫急切地在你脚下绕来绕去,时不时用脸颊上的细绒毛磨蹭你光溜溜的小腿肚,鼻子吸溜着油锅里飘出的香气,等待着专属于它的香煎鱼。

四周的乳白色墙壁被落日映照得红彤彤的,窗外的风拂过摇椅,送来远方荒野清冽的气息。这些雨后泥土和青草混合的味道,让我不由得想起了年轻时候,那些与象群同行的日子。

"小丫,你看看,纪录片里大象背上那个人像不像我?"我指了指墙壁上的电视,一群野象正穿过玉米地,象背上有个年轻女人的侧影。

你煎鱼的动作突然停下来,扭头看看电视画面,又问我:"是真的吗?祖母,骑在大象上的那个人,真的是你吗?"你眨巴着眼睛,露出惊讶的表情。

布偶猫急了,用脚掌交替跺着地板,并大声催促你快点把鱼给它煎好。我也摆了摆手,示意你先煎鱼。

在你出生以后的世界里,人类和动物进行语言交流就像日常呼吸一样自然,猫、狗、鸟、虫、海豚、老虎、狮子、大象……它们发出的声波或是次声波,如今通过各个公司生产的动物语言转译器,都可以轻松被人类识别。转译器的相关专利早已公开,没有太大的技术难度,相关产品的价格也已回归到合理水平,人人都用得起。同样,绝大多数的人类语言也可以通过转译器让动物接收和识别。

可是小丫,你不知道,在半个世纪以前,人类和动物是无法像现在这样顺畅交流的。而且,人类那时并不认为动物具有高等智慧,也不屑于倾听它们到底说了些什么。这一切的改变皆始于四十五年前一群北迁的野象,那个时候,我还没有认识你的祖父,而你的父亲也还未出生。在你面前的这位佝偻着背,时常咳嗽,看上去毫无用处的八十岁老人——你的祖母,曾经却是骑在野生大象背上, 在丛林里跋山涉水与象群同行的传奇语言学专家——百晓。

鱼已经煎好,布偶猫匍匐在你脚下,吃得正香。那一刻,你搬了个矮凳坐下,仰头望着我,竖起耳朵似乎打算接收一个来自远古部落的秘密。

"祖母,快说给我听听!"你睁大了眼睛,长长的睫毛抖动着。

空气中鱼香味儿四溢,我摸摸你的头,开始讲述当年与象群同行的故事。

二

整件事情开始于四十五年前,夏季的某一天,窗外像舰队一样连成片的乌云镶着金边簇拥在低空中。

那天我正站在阶梯教室的讲台上给学生们上课,锈迹斑斑的风扇不停转动发出嗡嗡声。但风扇搅动的气流仍然不足以驱散热气,我的脖子和脸上都渗出了细密的汗珠。忍受着潮湿和闷热,我耐心地给学生们讲解野生大象的生活习性、肢体语言以及不同叫声所代表的含义。当我举起右手用粉笔在黑板上画大象肢体语言的示意图时, 感觉到成串的汗珠正顺着自己的胳膊往下滴落。

我发现一个奇怪的现象,不知道为什么,从前冷门的野生象语课程如今竟然变得颇受欢迎了。选修这门课和前来旁听的学生数量最近也呈井喷式增长,可容纳两百人的阶梯教室几乎座无虚席。

由于自小对大象感兴趣，后来考大学时便报考了新兴起的动物语言专业。当时并未细分各种动物语言，我只能私下里偷偷研究冷门学科中的冷门——象语。本科、研究生毕业后，我曾经申请去到非洲、东南亚的自然保护区里，和野生象群一起生活过十几年。再后来，又读了博士，经过多年的学习和研究，我创建了"象语"这门单独的动物语言分支学科。虽然不是什么明星，可如今我在象语领域也算得上是数一数二的专家。

阶梯教室里的后排，坐着两个不像学生的人，我当时瞅着就有点纳闷。越过黑压压的学生脑袋，发现教室最后排那两个听课的陌生人明显比别的学生成熟许多，肤色黝黑，穿迷彩花纹的军装，并且戴着军帽。

我猜测，他们极有可能是来找我的。果然，当下课铃声响起，讲堂里的学生们像潮水般退去后，穿军装的两人径直朝着我走了过来。其中一个人手里拎着铅灰色的箱子，另一个领导模样的人则礼貌地冲着我伸出了右手。

"您就是百晓教授吗？我叫刘拓，这是我的证件，有一些专业知识想要请教您。"刘拓一边出示自己的军官证，一边说。

"是的，我是百晓，你们找我有什么事情？"我心里疑惑不解，但猜测可能是和象语有关。

"最近西双版纳野生象群北迁的新闻您看过了吧？我是北迁象群临时指挥部队的队长，不知道您能否帮助我们破译这一群野生象的语言？"刘拓表情很严肃，不像开玩笑。

"这个新闻最近热度很高，我看过一点，但不知道你们具体指的是破译什么内容呢？"我好奇地问。

"是这样的，先前我们录了一小段象语，请您听听看。"刘拓一边说，一边示意旁边的年轻军人赵明亮播放野象群的一段录音。

我看见年轻军人从箱子里掏出一个专业的录音、放音设备，于是竖起耳朵，仔细分辨喇叭里传出来的"象语"。不太清晰，断断续续的，有轰隆隆的声音，像是打雷，也有大象发出的低鸣声，长鼻吸水声，皮肤摩擦声，脚掌踏地的嘭嘭声，同时还伴随着风雨声和野外的虫鸣。

"这，听不太清楚啊，有一小节像是大象的悲鸣声！我猜，它们是在召集同伴举行葬礼？可单凭这一段录音，我也很难破译全部信息的。对了，你们怎么会找到我？"我那会儿只是高校里一个普普通通的教授，教的还是冷门学科，并没获过什么国际大奖，也不知面前这两位军人是怎么打听到自己的。

"百晓教授，象语的专业人才非常稀少，我们听说您和野生大象一起生活了16年，是大象语言学方面稀有的专家，就找过来了！前段时间，西双版纳的野生象群不知为何一路北迁，给沿途的村庄造成了一些破坏。我们担心象群继续北迁下去，会给村庄、城镇造成更严重的破坏。而且，它们越往北，气候越寒冷，对象群本身的生存也不利。我们希望您能运用专业知识，引导野生象群返回到西双版纳去。对了，从刚才播放的录音里，您能听出什么重要信息吗？"刘拓回答了我的提问，接着说。

"象语专家我可不敢当！只是接触得早，比别人花了更长时间研究它而已。据我了解，大象至少拥有100多个基本词汇，包括气味、肢体和声音语言等，这还不包括衍生出来的组合词语。

有些象语是人类听不到的,录音设备也无法录下来。从我们人类的角度来看,大象几乎不说话。但其实它们主要是通过 20 赫兹以下的次声波进行沟通,人的耳朵听不见这些声音,就误以为它们不怎么说话。而一个象群和另一个象群生活习性是有差别的,就像人类不同群体之间的语言也有很大差异。光是凭借你们提供的一段录音,语言样本太少,我也无法和大象建立起有效沟通。我想,必须要到现场,和它们共同生活一段时间,才有可能破译象语和引导它们。呃,别抱太大希望,这也只是有可能而已。"我简单阐述了自己的观点,也不知道面前的两位军人听懂了多少,他们该不会真想要我飞去云南吧。

"的确是要到现场才有可能破译象语。那还是早动身为好,百晓教授,麻烦您赶紧收拾行李和我们一起去云南吧。至于学校这边,我们会帮您出具一份休假证明的!您去云南执行沟通任务,也会有相应的津贴补助。"刘拓关掉含混不清的象群录音,催促我早点启程。

"可我还没同意……"我感觉面前的军人说话斩钉截铁的,丝毫不容人犹豫片刻或者是借故推托。

"百晓教授,您会同意的,校长也来了!"刘拓狡黠地一笑,侧过身去指向门口。

老校长不知道什么时候已经被请来了讲堂,他站在门口,朝着我微微颔首。刘拓说得没错,这是一次难得的近距离研究野生象群的机会。破译象语,对我来说也是很大的挑战。

我明白,这一次云南之行是非去不可了。

三

北迁象群总共有十五个成员，老少家族成员组成的象群从西双版纳出发，沿途一路向北，已跋涉了数百公里。据新闻报道，象群沿路共违法肇事 400 多起，直接破坏掉农作物 800 多亩，初步估计造成的经济损失达 600 万元以上。

野象群已经漂了大半年了，它们一路跋山涉水，经过普洱、墨江、元江，来到了石屏县。

我随着刘拓队长带领的队伍来到了石屏县小石板村，打算在这里和象群进行第一次接触。在仔细查看象群的资料后，我了解到这个象群由六头雌象、三头雄象、三头亚成年象和三头小象组成，领队的是一头年长的雌象。

同时，通过无人机实时跟踪的影像，我对象群的起居以及行为细节进行了数日的观察。三头象崽子年龄从半岁到一岁之间不等，其中那头一岁的小公象表现得尤为活泼，不怕人。成年大象对人的警惕性则要高许多，远远地瞅见了人和卡车就会绕道走。观察多日后，我判断先同小象接触会比较可行。说是小象，其实体型也是惊人的，近一岁的小象也有足足三四百斤重。无人机镜头下的小象对人没有太多警戒心，见到摄影师在旁边拍照也不害怕，它有几次还好奇地一路小跑过去伸出长鼻子嗅一嗅摄影机器，摇头晃脑地观察。

考虑再三，我还是决定冒险，从小象身上寻找进入象群的突破口。

"刘队，你们把几辆卡车连起来，拦在象群的必经之路上。"我脑袋里想好了完整的计划后，向刘拓提议。

"百晓教授，你是想用路障迫使象群拐弯进入小石板村的一户农家小院？这样做安全吗？"刘拓大致理解了我的意图。

"对，我打算在农舍里和一岁的小公象进行首次接触，放心，我有经验的。"我说。

"行，听你的，我这就去安排。小赵，那户农舍好像是张大旺家的，你提前去打个招呼，让他们全家带上贵重物品，早点避开。记得跟他们说，象群给他们家造成的所有损失，我们会承担。"刘拓队长安排手下赵明亮去做准备工作。

没多久，几辆大卡车连成的路障就做好了，在马路上一字排开。

我提前在衣服上喷洒大象熟悉的味道，这是从象群生活过的草堆和泥坑里收集而来的。这一招，从前在非洲的丛林里也用过，这味道可以让象群感觉到熟悉，消除一些戒备心。

"百晓教授，这些泥浆味道……这样管用吗？"刘拓有点疑惑地问。

"气味，是辅助性的语言，象群应该能识别的。大象其实有三套主要的语言体系，如果加上气味，就是四套。另外那三套语言是指肢体动作语言、人类能听到的有声语言、人类听不到的次声波语言。除了气味以外，我这次还会用到肢体语言和有声语言。"我解释着。

"有声语言？"刘拓一愣，表示不解。

"大象脚掌的次声波我发不出来，可鼻子和嘴发出的高音和低音我还是能模仿一些的呀。"说着，我给他演示了几声大象细长的鼻息和低吟声。

"哈哈,百晓教授,你学得还真像模像样的。"刘拓被逗乐了,笑着夸我。

各种物资准备妥当以后,我一个人待在张大旺家的农舍里,刘拓队长带着手下离开了。

饥饿的象群像行军队伍一样疾驰而来,果然,遇到卡车路障后不得不拐弯进了唯一的小路,直冲进张大旺家的农家小院。这个院子里晾晒着新鲜玉米和干辣椒,沿着屋子周围立着一圈干草垛。象群大部队在院子中央停下来啃地上晒得半干的新鲜玉米,看上去是饿坏了。有的大象太心急,吃东西时不小心被旁边火红的干辣椒呛到,甩动长鼻朝天上打着响亮的喷嚏,把屋顶的茅草都震落到了地上。

可我突然发现,这家农舍的主人,张大旺一家三口竟然还在屋子里,他们听到大象的喷嚏声,从堂屋旁边的小房间里打开门探头出来。

"张大哥,你赶紧把家里人看好,反锁上门,要是被大象不小心踢到,可不是闹着玩的。"我催促着这家小院的主人赶紧躲起来。

"我们也想看看大象呢。"张大旺似乎一点儿也不怕。

"是啊,让我们看看吧,听说大象自古以来都是吉祥物,走到哪里就会给哪家人带来好运!"张大旺的老婆王翠也附和着说。

"唉,要不这样吧,你们把女儿小凤带着,可以从里屋的门缝里面悄悄地看,千万别发出声音。"我无奈地叮嘱他们先躲进屋里藏好。

"阿姨,我们不会发出声音的。"张小凤在一旁俏皮地说完后,就和父母一起钻进了屋子。

我把事先准备好的香蕉、苹果放在堂屋中间的一个大筐里，静静等待着。一头成年的大象拖着笨重的身躯进了院子，估计是闻到厨房残留的油烟味儿了，它没有走进宽敞的堂屋，而是径直走进西北面的厨房里。这头大象一进去就掀翻了装米面的陶瓷大缸，毫不客气地吃了起来，看上去它是长途跋涉饿坏了。

　　那头一岁的小象走进了我待的堂屋，它闻到了香蕉的味道，犹犹豫豫地踏进来。我用手捧着香蕉，这头小象长鼻子一伸就把香蕉轻松卷走了，吃完还灵活地把皮吐了出来。我小心翼翼地摸它鼻子上面厚厚的褶皱，它也没挣脱，发出友好的呼哧呼哧声。一岁的小象似乎明白，面前的人类，也就是我对它没有威胁。

　　而厨房的成年大象吃完水果、米面后，踱着步走到院子里的水龙头旁边，娴熟地用鼻子操作，拧开了水龙头，开始招呼象群过来喝水，简直就像在自己家餐厅一样。我想，这头成年大象可能是在前面的旅途中自学了开水龙头吧！

　　张小凤不知道什么时候从里屋跑了出来，她看见我身旁的小象很温顺的样子，也想跑过来摸摸。

　　"小凤，千万别过来！"我大声说话制止她，我的身上有象群熟悉的味道，可她身上是没有的。

　　小凤没听我的劝告，一溜烟跑了过来。小象避开小凤的抚摸，鼻子一甩，轻轻拍到了她肩膀上，小凤被吓得蹲坐在地上哇哇大哭。屋里的张大旺一急，提着一根两米长的扫帚就冲了过来，高高举起扫帚，想要驱赶小象，保护他的女儿。可面对三百斤的庞然大物，他的双腿也在发颤。

　　"张大旺，快停下！小象没有威胁的。"我挡在小公象前面，阻止张大旺的攻击。

同时，我转头对小象发出了一声友好的鸣叫，它垂下头，没有先前那样焦躁不安了。接着，我赶紧冲上前，把张大旺手里的扫帚卸下，扔到一旁去。

地上的小凤还在哭，我抱起她跑进里屋，把门关上，并叮嘱她的父母，千万别再跑出去了。

我从门缝里看到，一岁的小公象不再继续待在堂屋里，它也小跑着加入院子里的大部队。

院子里十几头大象根本不把人类放在眼里，它们依然在吃东西，喝水，待到悠闲地吃饱喝足后，再结伴上路。张大旺一家三口待在里屋通过门缝往外看，我走了出来，站在堂屋门口目送它们远去。那头一岁的小象离开前，还特意回头看了我很久，我这个瘦小的人类影像应该是写入它的记忆库里了。

四

由于第一次与象群接触不是那么成功，参照象群的迁徙路线，我决定调整方案，去到峨山县的北塔镇，同象群进行第二次接触。

"在下一个点——峨山县北塔镇，我一定要进入象群，和它们同行一段路。"我对刘拓队长说。

"百晓教授，之前在农家小院的经历挺惊险的，和象群同行，您真的有把握吗？"刘拓再次确认，在他看来，野象群是非常危险的。

"没问题的，大象有着非常好的记忆，我想，那头一岁的小象已经认得我了。"我认为问题不大。

"需要我们做什么协助工作？"刘拓继续问。

"能沿途给我空投一些物资，保持电话通畅就好。"我说着，开始收拾与象群同行的必备物资。

北塔镇也是象群未来的必经之路，我坐车提前到达镇上，背包里装了一些干粮和其他的物品，等候在这里。

自带干粮，野地生存这件事情我从前在非洲丛林也干过，野地里如何防蚊虫叮咬，如何与大象友善相处，我都有着丰富的经验。理论上，非洲象比亚洲象更为凶猛，更不易亲近，老虎、狮子都要让它三分。

这一次，我使用了更为浓郁的气味语言，是从大象新滚过的泥塘里取出的气味。肢体语言和声音语言也不能少，我就待在象群必定经过的小镇上等着它们。

果然是那头一岁的小公象首先注意到了我，我模仿野生大象的声音和它打了个招呼，它便朝我跑了过来。当它靠近时，我伸出细长的胳膊，摸摸它的脑袋，它欢快地扇动着蒲扇一样的大耳朵对我示好。小象身后的象群吼叫了几声，我便模仿大象的鼻音，发出和它们类似的声音，这个声音代表着友好，没有威胁。象群似乎听懂了，它们放松了警惕，继续缓慢前行。

这时，一岁的小公象伸出鼻子碰碰我的脸，又张开嘴发出欢快的叫声。我抚摸着小象的背，正打算骑上去。可一头成年公象走了过来，它硬把小象挤开，蜷曲着象腿半蹲在地上，扇着大耳朵。我猜测，它这是示意我不要坐到小象背上，而是坐到它的背上。于是，我用嘴发出低沉的声音，模仿大象的语言对它的行为表示感谢。

我想，隐藏在路边树丛中的刘拓和其他军人们，一定很惊讶吧！他们弄不明白我是怎么和大象进行语言沟通的，只是看见我一个跨步便轻松坐到了成年公象背上，半蹲着的成年公象起身，先前那头小象跟在我们旁边一路小跑着。

这一群北迁的野象群接纳了我，我骑在大象背上，随它们浩浩荡荡一起离开峨山县北塔镇。我们一路前行，沿途经过玉溪，到达云南省会城市昆明，人和象群同行，成了轰动一时的新闻事件。许多架无人机在头顶盘旋，跟踪拍摄，为今后的纪录片提供了宝贵的素材。多日过去，我的头发、衣服上也和大象一样，到处都是泥浆。饿了，就从背包里取出干粮来吃，渴了，便在路途上经过的河边喝一些水。野象群在草地上熟睡的时候，我也和一岁的小象一起挤在象群中间，盖上一块薄毯，和衣入睡。

途中，我借助手机让刘拓协助空投必需的物资，也仔细记录着与象群同行的路上新学会的象语。大部分象语是用语音记录，并配合文字作标注。倘若要完成引导象群回到西双版纳的任务，我想，得运用更复杂的语言，进行更加深入的沟通才行。

"百晓教授，您觉得现在可以了吗？"过了许多天，刘拓打来电话。

"就在下一个公路，昆明的尖哨公路，你们用卡车封路，多准备一些香蕉、菠萝等食物。"我安排着。

通过多日骑在象背上的同行旅程，我已经和这十五头象的象群建立起了深厚的友谊，是时机引导它们回西双版纳了。

在昆明的尖哨公路，在刘拓的指挥下，战士们把卡车排成一列封路，迫使大象回南方去。

食物被投放在象群行进路线的相反方向，我用肢体语言和模拟声音与最年长的大象沟通，我告诉头象再往北走对象群很危险，北边只会越来越冷。

可是，我不知道哪里出了问题，这次头象似乎没听懂我的意思，它沉默不语，过了一会儿，象群开始集体发怒。就像事先商量好的一样，这群野象撞翻了卡车路障，冲进附近的村子里肆意破坏一番，还把一家农舍茅草棚的屋顶都掀翻了。

这次事件过后，象群对我仍然是友好的，没有显示出敌意。可有一天，我看到两头成年公象不知为何，默默离开了象群。

出走的两头公象越走越远，甚至走到了离象群足足有50公里远的地方。那两头公象是去探索新路线的吗？我不得而知。可象群北迁的速度明显放慢了，也许是在等候那两头离群的公象回来。由剩下十三头野象组成的象群总是在昆明附近的山头上逡巡，来回打转，并时不时地跺跺脚。

后来，我从手机上的新闻得知，那两头公象偷吃了几十公斤农民的酒糟，在河边醉倒一晚，酒醒以后却又像开着导航一样按照最短路径返回到在山头等候的野象群大部队里。

其他人不明白离群公象是怎么找回来的，可我知道，大象有着次声波远距离通信能力，它们的脚掌既是次声波发生器也是接收器，在夜深人静的时候，通信距离甚至可以达到100公里。所以，50公里的距离完全在它们的正常通信范围内，离群公象能迅速找回来也就不奇怪了。

"刘队，快把卡车开过来，前些天走失的两头离群公象回来了。现在正是引导它们回西双版纳的好时机。"我给刘拓队长打电话。

"好，我们很快就过来，百晓教授，你也要注意安全啊。"刘拓挂掉电话，立即带领一支队伍来到象群前方的公路上。

卡车队伍和北迁象群在公路上对峙着，象群静默不语，似乎在思考什么。

我做出一些更为复杂的声音、肢体指令，示意头象赶紧带领大家回到南方去，可头象对我发出的指令视而不见。一岁的小公象跑到我面前，把长鼻子放进嘴中，一边摇晃一边呼气发声，就好像一个人用手指吹口哨那样，发出细长的尖啸声。听上去，像是一种警告声。

突然，有几头成年大象似乎像商量好了一样，一起轻轻跺脚。不知为何，我眼前出现了幻觉，面前的象群、天空、树木全都在摇晃，就像大地震一样！我隐隐约约觉得这幻觉和大象的跺脚有关系。这幻觉就像有人从背后朝自己脖子吹寒气，让人毛孔颤抖，如坠冰窟。我从象背上跌落下来，拼尽力气，往远离象群的方向狂奔。直到自己脑袋里的幻觉消失，才停住脚步。我冷静下来推测，刚才野象群一定是集体用脚掌发出了次声波。这时，我发现卡车旁边的战士也在地上东倒西歪着，晕了过去。我有点后怕，万一大象发出的次声波功率更大一些，在现场的人就有可能脏器破裂，出血而亡。

从本次的结果来看，象群并未刻意攻击人类，它们仅仅是想把我甩开，并绕开卡车形成的路障，继续向北迁移。

五

我回到刘拓部队驻扎的营地，为这次没能完成沟通任务，没能顺利引导北迁象群回西双版纳，向他道歉。

"刘队，很抱歉，我这次没完成劝返北迁象群的任务。"我很沮丧。

"百晓教授，你还是很有胆量的，休息几天，再好好研究一下吧。"刘拓还不想放弃。

多日的野外生活，把我的皮肤晒得黝黑，洗完澡换一身干净衣服后，盯着镜子里的自己，变换嘴型说着象语。是我的象语说得不够好吗？镜面微微颤动着，我注视着面前颤动却几乎没有发出声响的镜面，猛然意识到，也许是之前用常规的声音，和象群无法作深度沟通，至于肢体语言更是容易产生一些误解。

可象群为何要如此执着地北迁呢？我百思不得其解。

又洗了个冷水脸，待到安静下来后，望着镜子里的自己憔悴的脸，漆黑的眼眸里依然有光。我不想认输，不想承认与象群沟通彻底失败了。也许之前的思路有错，我不应该回避次声波的沟通，因为大象最主要的沟通语言正是人类听不到的次声波，这占了大象交流语言的90%。要是我们能破译次声波，不是就可以和象群进行无障碍深度沟通了吗？我联想到深圳有个老朋友吴铭正在做的项目，正是"次声波转译器"，据说在海豚身上已经取得了初步成效。

"吴铭，我是百晓，你正在做的次声波转译器项目，到什么阶段了呀？"我立即打电话问。

"百晓，你跑云南去了呀？我在这段时间的新闻里看到你了。你是想破译次声波的象语吗？"吴铭问。

"对，你们实验室的次声波转译器不是已经在海豚身上验证过了吗,能不能重新改造后应用在大象身上?"我急切地问。

"这些天我正在休假,用在大象身上,还是有这个可能的。你来我们项目组协助吧,这样,我先跟领导申请一下。要不你下周就来深圳,我们一起去实验室!"吴铭说。

我提前从昆明飞到深圳,周一的时候,请吴铭先喝了个早茶,然后一起前往南山区软件产业基地的实验室。

周一早晨的实验室安静得可怕,吴铭有点纳闷,大清早的不应该啊。

"吴铭,实验室的电闸在哪里?在办公室外面还是里面?"我感觉到离实验室的距离越近,越是头晕心慌,想呕吐,还有说不出的紧张感。

"你怀疑是次声波的缘故?电闸在外面,可以关掉的。"吴铭也敏感地意识到了有问题。

我见他打了好几个同事的电话都没人接听,便决定先拉掉电闸再进去,以免被大功率的次声波误伤。

当我们到达深圳南山区实验室的时候,发现实验室的工作人员全都保持原有的工作姿势出血而亡。有的趴在桌子上,有的半仰在电脑椅上,他们都不约而同地露出惊恐万状的表情。

面对实验室里血腥的现场,我的第一反应是,这些员工是被机器发出的次声波杀死的。也许有人不小心把机器强度开得太大了,大功率次声波会让人觉得五脏六腑都在振动,大脑也会产生各种令人恐惧的幻象。据说从前远洋船上船员跳海就和风与海浪摩擦产生的次声波有关,很有可能连古希腊海妖塞壬的传说都是源于次声波。

我和吴铭报了警,让警方来处理现场。他们查看次声波转译器,发现机器果然是打开状态,实验室里员工的死亡大概率和次声波转译器有关。

警方封锁了现场,还要继续调查,提取证物,实验室我们不能待了。所幸,在派出所做了笔录以后,警方也排除了他杀可能,认定这只是一次意外事故。

"吴铭,现在怎么办,还能继续研究转译器吗?"我问。

"去我家里吧,我家阁楼上也有一套简易的实验设备,平常自己也在家鼓捣。一会儿,我们再把实验室里的主要器件带一些回去应该就可以继续研究了。"吴铭说。

由于实验室出了这么大的事,吴铭申请在家办公很快被领导批准了,我们用车从实验室拖走了一些主要的器件。两个人待在吴铭家的阁楼上调测机器,发现功率开小一点勉强可以接受,既让大象能听到,同时也不会对人体造成伤害。吴铭和我,在阁楼上不眠不休折腾了数个月,象语次声波转译器终于开发成功了。

第一代的"象语次声波转译器"由于集成了一大块高能电池,像个大砖头,它的主要部件包括输入模块和输出模块,输入模块将人类的声音转化成大象能识别的次声波传播出去,而输出模块按照大象的性别、年龄对应着不同年龄人类男性、女性的嗓音,通过一个扩音器播放出来。

几个月以后,我带上简陋的"象语次声波转译器"重新出发去和大象沟通,就快要进入冬季,留给我的时间不多了。象群要是继续往北走可能会遭遇严寒天气无法度过这个冬天,我相信这次一定能成功说服野象群回到西双版纳去。

六

短短几个月，这一群备受关注的野象群就已经走出了云南省，经过四川宜宾、成都，继续往北，到达了成都北边的古尔洛冰川国家森林公园。

我乘坐直升机来到象群最新到达的迁徙地，即古尔洛冰川国家森林公园，十五头大象已经在这里徘徊多日了。我让其他人远远地观看，独自一人去和北迁象群沟通。

费了很大劲，我才把笨重得像砖头一样的象语次声波转译器从包里掏出来调测好，只需要找到一个合适的机会把人类语言转化成次声波发给大象。

踏着牧场的枯草走了过去，我站在野生象群面前，距离它们不足五米远。我用第一代象语次声波转译器跟大象说，新迁徙地古尔洛冰川国家森林公园不适合象群居住，严寒的冬天很快就要来了，希望象群尽快回到温暖的西双版纳。

当时，我站在古尔洛圣山脚下的红柳滩牧场上，旁边是美丽的湖和一小片森林，微风掠过，地上的雪仿佛一夜之间融化了。很奇怪，在严寒的冬季牧场，我却提前感受到了春季的到来。

一头成年公象朝着我把象腿抬了起来，看上去是有攻击性的姿势，可另外一头体型更大的成年象用耳朵扇了扇这头抬腿的大象阻止它攻击我。我面对成年大象动辄好几吨的巨型身躯，有点紧张，手心冒汗。我不知道刚才说的话是否已经准确传递给了它们，于是，又重复了一遍，还是先前的内容，劝象群回到温暖的西双版纳去。

可象群似乎忽略了我的存在，它们很快在湖边聚集到一起围成一个圈儿。

过了约莫一分钟，我突然听到耳朵边上的次声波转译器里传来男性、女性、小孩的声音，就像是象群在召开紧急会议一样。

喧嚣一阵子，会场突然安静下来，一个如同人类祖母一样沙哑的声音突然大声地说："孩子，西双版纳即将进入常年49摄氏度的高温，我们象族绝不可能回去了！"听上去头象是在对我说话，是的，这里没有别人，它是在对我说话。而且，头象迈着坚实的步伐，不紧不慢朝我走了过来。

"可这里马上要进入冬季，你们会被冻死的！"我通过次声波转译器把说出的信息转译后传递给头象。

"傻孩子，你闭上眼睛感受一下，这里的温度早已升高了，雪正在融化，这个地方即将进入绵长的春季！我们象族已决定在此定居，不再四处迁徙。"很快，祖母头象轻踏脚掌发出不同频率的次声波信息回复了我。

阳光洒在绿色的草地上，风拂过我的脸颊，果然是温暖的，混合着淡淡的泥土和青草味。我悚然惊觉自己以及全人类在这群野生大象面前，就像个懵懂无知的小孩。

一岁的小公象跑过来，用鼻子卷起一朵浅紫色的小雏菊插到我的头发边上。

"嗨，之前在路上我一直在同你讲话，可你听不懂。"耳朵边上突然响起一个孩子气的童声，我猜，这是一岁小公象的声音，因为——它的大眼睛正望向我。

"你跟我说什么啦?"我惊讶地问,刚刚说出的话语通过次声波转译器翻译出去,扩散在空中,整个象群都能听见。

"我早就跟你说过,我们要到一个四季如春的地方,可你那时听不见我说的话。"小公象轻拍脚掌说。

我听到耳朵边上的转译器里传来小公象清晰的声音,它是用脚掌发出的次声波在说话。它以前也在跟我说话吗?没有次声波转译器的帮助我的确是听不见,就像聋人一样。我想,长久以来,傲慢的人类大概是低估了大象的智商。

有研究表明,大象大脑中与记忆相关的脑区其实比人类更大,因此大象拥有长期记忆知识的能力,可以记住数十年前走过的迁徙路线,以及每一处水源的准确位置。我们人类原以为,大象的智商最多只是四五岁小孩的水平。可在古尔洛圣山脚下的牧场上,我意识到,人类错得太离谱了!

野生象群的智慧远远超过了人类,它们已经主动做出判断,选择了物种生存的最佳策略。

再劝象群回到西双版纳已毫无意义,于是,我只得同象群告别,乘坐直升机离开了古尔洛冰川国家森林公园。

后来,气温巨变,不但野生象群在出走,就连亚热带的很多人类居民也受不了酷热天气,开始陆陆续续地迁徙到别处。经历这个事件以后,我成了名人,不得不接受多家媒体的采访。在采访中我始终强调一件事情,那就是人类必须反思自己的傲慢,大象以及别的动物都是可能具有高等智慧的,我们得抱着谦卑的姿态去仔细倾听。

尾声

"祖母,您刚刚说的那群北迁大象还活着吗?"小丫听完我讲述的故事,继续提出疑问。

"一些成年大象和头象已经不在了,可最初认识的那头一岁的小公象应该还活着!北迁象群和它们的后代后来一直生活在温暖的古尔洛冰川公园里。"我从久远的回忆里挣脱出来,回答小丫的提问。

"可这个故事和动物语言转译器有什么关系?"小丫又问。

"动物语言转译器就是从那个时候才开始大量投产和商用的呀!人们终于开始反思,发现从前低估了动物的智慧,不仅仅是指大象这种动物。于是,从象语转译器开始,扩展到猫、狗、老虎、狮子、鹦鹉……早期的动物语言转译器个头是很大的,像个大砖头一样,价格也非常昂贵。后来,各大公司纷纷参与竞争,对转译器产品进行了优化,小巧到可挂在人类耳朵上。再后来转译器的体积变得更小,就像一颗小米粒,轻轻贴在耳郭里,喏,就像你现在用的这个一样。"我捏一捏小丫的耳朵,里面有一颗不易察觉的微粒。

"那动物侧的转译器呢,怎么装到它们耳朵里?"小丫好奇地问。

"如果是宠物和自然保护区里的动物,可以麻醉以后通过手术植入耳郭,你的布偶猫就是这样植入转译器的。但野生的鸟类和深海里体型巨大的鲸,就比较难办,科学家们正在想办法解决这个麻烦的安装问题。"我说。

"那,我的祖父呢?你骑大象的时候,他在哪里呀?"小丫又问。

"傻丫头,你祖父当年在另一个城市,四十五年前我还不认识他呢。"我看着墙上的黑白照片笑出了眼泪。

夜幕早已降临,小丫转头盯着墙上的电视,纪录片还在播放着。布偶猫伸了个懒腰,它表示对我们冗长的谈话内容不感兴趣,翘起尾巴高傲地从小丫的脚边走开。我坐在摇椅上微闭着双眼,目送着那一群北迁大象,还有年轻时候的自己钻进丛林,消失不见!

后记:2021年的云南北迁象群事件引起国内外媒体的极大关注,人类恍然惊觉,对野生大象群体的了解还远远不够。我查阅了大量文献,发现野生象群成员之间有着特殊的远距离沟通方式——次声波,而与次声波相关的故事也许早在古希腊海妖的神话传说里就已经出现过了。大象通过次声波可以进行几十、上百公里的远距离通信,其他动物也有自己的语言和社会行为习惯。我由此得到启发进行了想象延伸,说不定人类真的低估了大象和其他动物的智商。于是在本篇小说里虚构了一种"动物语言转译器",它让人类与动物之间的交流变得畅通无阻。我设想,有一位还未出生的读者,在将来的某一刻偶然读到了这篇科幻小说,对动物语言产生了浓厚兴趣,并从小立志研究动物语言,最终发展出一套完善的理论,在这套理论的引导下,应用层面的产品——"动物语言转译器"得以诞生。

载于《科幻立方》2022年第5期

霜月红枫

天堂

一

　　我生活在一个世外桃源般的海岛上。

　　这个岛就是一座小型的城市，工厂、学校、商店、公园、居民区、餐馆、剧院、美术馆……城市应有的一切这儿都有。

　　这里的居民是世界上最幸福的人，每个人都可以从事自己喜欢的工作。想当科学家的人可以拥有一间自己的实验室，无论在实验室里做什么，都不会有任何人干涉。想当画家的人可以每天背着画板去写生，哪怕画作只是一些幼稚的涂鸦，也可以随时在美术馆举办个人画展。想当警察的人可以去执勤，虽然这里的犯罪率为零，因为先进的防暴体系在所有罪行发生之前就会自动做出反应，将罪行扼杀在摇篮里，但没事干的警察也可以扶老人过马路，送孩子回家，体验一下被人叫"警察叔叔"的自豪感……

　　我的妻子小雅一直想当一名服装设计师，来到这里后，她不仅拥有了一间宽敞的工作室，几名助手，一群随时听她指挥的模特，还有根据她的需要源源不断送来的各种衣料和配饰。每个周末，小雅都会在剧院的 T 形舞台上展示她亲自设计和制作的各种服装，无论什么风格，哪怕是一些离经叛道的设计，都能得到人们热烈的追捧。

而我则是一名作家，每天忙着把大脑里那些狂热的念头写下来，无须考虑读者的喜好和市场的潮流，只写自己想写的东西。无论我写什么，最后都能变成铅字让人阅读。这个小岛有自己的报社和出版社，不过短短一年，我就出版了好几本书，还被当地报纸发了多篇评论文章夸赞，顿时有了成为当红作家的感觉。如果你知道这个小岛一年要出版几万本书，就会明白像我一样拥有作家梦的人还真不少。

或许你会奇怪，实现这些梦想的资金从何而来？

这就是这个小岛最奇特也最伟大的地方：每个人都可以追求自己的理想而无须担心生计问题。

因为这里是按需分配的。

你需要什么，就给你什么。

不要惊讶，这是千真万确的事！

并不仅仅满足最低生活需求，而是满足一切合法的需要。

有人想得到珠宝，于是便有了珠宝；有人想得到跑车，于是便有了跑车；有人想拥有豪宅，于是便住进了豪宅；有人想品尝美食，于是便吃到了他想吃的任何食物；有人想获得美貌，于是便有了免费整容的机会，变成了自己理想中的模样……

只要不违法，所有欲望都能得到满足，只要你拿起手机，按下一个固定的通话键，说出你想要的东西，几分钟后，你的要求就能得到满足。

没有人知道手机的另一端通向哪里，是谁在倾听并实现大家的愿望，但我们都把那个人叫作"神"，他是这个海岛的创建者和管理者，就像神一样无处不在，也无所不能。

这座海岛也有了一个名副其实的名字——"天堂"。

每天都有人坐船来到这座岛上，那些人和我们一样，抛弃了原来那个备受束缚令人厌烦的世界，转而来这里追求梦想。这儿的生活就跟海上的风一样，自由自在，无拘无束。

每天晚上，我和小雅都会沿着海边散步。

有一天，小雅突然不安地对我说："我觉得这座岛在变大。"

我愣了一下，问："你怎么知道？"

"难道你没发现吗？以前我们从这儿走到码头只需要半小时，现在却要整整一个小时，而且沿途还多了一些以前从未见过的建筑。"

"或许'神'觉得来这座岛上的人越来越多，所以才把岛扩大来容纳更多人口。"

"但是我们没有看到任何人施工，他是怎么让岛变大的？"

"别想那么多了，'神'无所不能，想想他是怎么实现我们的愿望的？"

小雅沉默了。在这座岛上待的时间久了，我们早已对"神"展现的各种不可思议的能力习以为常。扩岛的难度虽然大，但也不会比凭空变出一座皇宫，并且自带所有皇室成员更难。

我们的朋友琳子和大伟准备结婚，琳子一直以来都有一个不切实际的公主梦，梦想有一天能在一座真正的皇宫里，像一位真正的公主那样，在所有皇室成员的祝福下举行婚礼。当她对着手机说出自己的愿望时,大家都以为她疯了。

别说这个海岛上没有皇宫,就算真的建成一座,又到哪里去找那些皇室成员?找群众演员扮演吗?那就不是她想要的真正的皇家婚礼了。然而如今这个时代,皇室早就消失了,人们也只是从书中了解到几个世纪前皇室还没有消亡的时候,他们那些传奇的故事、让人津津乐道的八卦绯闻、令人瞠目结舌的奢靡生活,包括婚礼上烦琐的礼仪、华丽的服饰、精美的餐具、盛大的排场、高贵的宾客⋯⋯

没有人相信琳子的愿望会实现,然而"神"毫不费力地做到了。

在琳子婚礼那天,海岛上凭空出现了一座宏伟壮观、金碧辉煌的皇宫。那些我们只在书本插图上看到过的皇室成员,就像一夜之间集体复活的幽灵,全都出现在皇宫里,出现在琳子的婚礼上。我们目瞪口呆地看着这些人,他们穿着考究的礼服,有着高贵的仪态、迷人的外表,层层叠叠的巨大裙摆,各种时髦得令人眼花缭乱的帽子⋯⋯

这场名副其实的皇家婚礼让琳子美梦成真,也让她激动得泣不成声。小雅则对那群嘉宾的服饰赞叹不已,不停地拍下他们的照片,说这些服饰给了她灵感,她打算筹备一场带有复古风格的皇室服装秀。

后来我从小雅那儿要来了那些照片,拿到图书馆,把它们跟古籍中的图片一一对比,然后震惊地发现,婚礼上的这些人竟然都是真正的皇室成员,至少他们的外貌跟图片上的一模一样,而资料显示,这些人来自几个世纪前世界上最知名最强大的皇室。

这件事以后，我开始相信，主宰这个海岛的人，一定拥有跟神一样创造万物的能力。

二

岛上风光美丽如画，生活轻松惬意，一切都井然有序，简直跟天堂无异。然而安逸的日子过久了，有时也会觉得无聊。当所有愿望都能轻易得到满足时，我感受到的却是越来越多的空虚。就像一个喜欢吃糖的孩子，被无限量地供应糖果后，终于吃倒了胃口。我已经很久没有跟"神"要什么了，因为觉得要什么都没意思，连带做什么也都变得懒洋洋的了。

我甚至失去了创作的欲望，因为发现很多"作家"根本就懒得动笔，直接向"神"许愿，让对方帮他写一本书，然后冠上自己的名字出版。我看过这些书，里面的内容都是从其他书里复制下来粘贴的，我甚至在里面看到了我书中的一些片段，而这样的拼凑之作不仅堂而皇之地出版，并且照例在各种媒体上获得连篇累牍的赞扬。

既然连这些除了制造文字垃圾外根本一无是处的书都能轻而易举地出版并得到赞美，那我们绞尽脑汁、夜以继日地辛苦写作还有什么意义呢？

如果说面对那些垃圾书我还有一点心理上的优越感，那么当听到真实的评论后，就连这点优越感都消失殆尽了。

"恕我直言，你的书真的很一般。"大伟看完我的新书后，直言不讳地说。

他的话就像一根突然冒出的针，刺破了我一向膨胀的自信心。震惊之余，我翻开自己的书仔细读了起来。因为一直忙着写新作品，我还从来没有认真读过自己的书。才读三分之一，我就痛苦地意识到，大伟说的是对的，这确实是一本蹩脚的小说。逻辑混乱的故事、生硬空洞的叙述、苍白无力的文字……我简直没有勇气把它读完。因为出版如此容易，所以我从来不费心修改，然而阅读时接二连三冒出来的错别字，简直就像突然飞进眼睛的苍蝇一样让人恶心。新书出版时的踌躇满志已经消失不见，取而代之的是意识到自己只不过是个毫无想象力的末流作家的沮丧感。

"满纸胡言！"我把登有吹捧我新书的评论文章的报纸揉成一团，愤愤地扔进了垃圾桶。

为什么会这样？

我烦躁地在房间里走来走去，然后想起当初我对"神"许下的愿望是："我要成为一个伟大的作家，所有作品都能得到人们的喜爱和赞美。"

是的，我的愿望实现了，然而得到的是虚假的赞美。

我冲动地掏出手机，按下了通话键："我想让自己的作品得到实事求是的评价。"

"如您所愿！"话筒另一端传来一个甜美的女声，跟我以前多次听到的一模一样，连声调都丝毫不差。

"神"果然实现了我的愿望，然而实事求是的评价令我大受打击。看到报纸和网络上那些尖锐的批评文字，我的脑神经都在刺痛。

"你写的书有这么差吗？"小雅看我的目光也变得有些异样。

以前她可是我的崇拜者，因为评论家都夸我是举世难得的天才作家，虽然我的作品她从来没有看过，但并不妨碍她从媒体上了解到它们有多么出色，并把我视为她的偶像。

我无法忍受自己高大的形象在妻子心中倒塌，只得又对"神"重新许下跟以前一模一样的愿望。

"这是一个我们想要的世界，却不是真实的世界。"

重新成为一个"伟大"作家后，某天晚上，我突然心生感慨，对枕边的妻子说了这样一句话。

"想要的世界不是比真实的世界更好吗？"小雅拉过我的手臂圈住她的身体，像小猫一样蜷缩在我怀里，舒服地闭上眼睛，喃喃地说，"想想看，我们的愿望都能得到满足，每个人都可以根据自己的愿望来随心所欲地改造这个世界，一切不是很完美吗？"

"但是，如果两个人的愿望发生了冲突怎么办？"

"这……"小雅突然睁开眼睛，睡意蒙眬地看了我一眼，嘟囔了一句"神无所不能，一定有办法解决"，就睡着了。

三

几天后，一次路上偶然看到的事件，终于让我知道了"神"如何解决冲突的愿望。

"我才是这个世界上最美丽的女人！"

"少胡说，我才是！"

"神答应过让我做世界上最美的女人。"

"神明明答应的是我！"

两个女人在街上对骂，吸引了包括我在内的一大群围观者。

"两个疯子！"有人说出了我也想说的话。

那两个女人明明相貌平平，却都说自己是世界上最美丽的女人，不是疯子是什么？

这时，其中一个女人突然掏出手机，大声说："神啊，请让我成为世界上最美丽的女人！"

"如您所愿！"手机里传来一个我们大家都很熟悉的甜美女声。

另一个女人也毫不示弱地掏出手机，大声说："神啊，请让我成为世界上最美丽的女人！"

"如您所愿！"

再次听到这个声音时，我的背上突然划过一丝寒意。

所有人都屏息看着两个女人，她们的面容没有丝毫改变，然而她们掏出镜子看了一眼后，竟然都惊喜万分地叫起来："天哪，我变得好美！"

"简直倾国倾城！"

"神真是太厉害了！"

她们陶醉地抚摸着自己的脸蛋，就像抚摸着一件举世无双的艺术品。片刻之后，两人又开始对骂，争论谁才是最美的女人。争到最后，竟然准备大打出手，其中一个刚揪住对方的头发，另一个刚掐住对方的脖子，路边两根立柱上就突然射出两道电流，精准无比地击中了两个女人，她们顿时像被冻住一样动弹不得。

对这一幕我们都不陌生，这个岛上每隔几米就有这样一个立柱，它们遍布所有街道、每个角落，构成了一张无懈可击的天网，一个完美无缺的防暴体系。

所有施暴者都会遭到无情的电冻，直到他们的怒火或者犯罪的念头完全熄灭后，才能恢复行动能力。曾经有人试图毁掉立柱，然而他刚接近立柱，还没来得及动手，便立刻遭到了"神"的惩罚，被电冻了整整三天，直到脑中再也不敢有任何破坏的念头。

　　"神"能够洞察并控制我们每个人的意识！

　　脑中突然冒出的这个想法，令我禁不住打了个冷战。难怪"神"无所不能，对那些他无法实现的愿望，他可以通过改变我们的意识，让我们产生愿望已经实现的错觉。同时他也能洞悉我们脑中那些危险的想法，从而提前阻止它。

　　我们以为自己在"天堂"过着理想的生活，殊不知自己不过是"神"随心所欲操纵的提线木偶；我们以为自己拥有了绝对的自由，却不知自己的命运自始至终掌握在"神"手中。

　　当我意识到这一点时，同时也嗅到了危险的气息。我不敢跟任何人谈论自己的想法，包括小雅，甚至连自己也不敢再去触碰这样的念头，因为担心"神"察觉到我的怀疑，从他维持"天堂"秩序的手段来看，我百分之百肯定自己会遭到毫不留情的惩罚。

　　我承认自己是个胆小懦弱的人，我的朋友大伟却比我勇敢得多。

　　当琳子哭哭啼啼地找到我们，说大伟一个人驾着小船出海时，我震惊地问："他为什么要出海？"

　　"我也不知道。他说这个岛是囚笼，一定要逃出去。真不明白大伟怎么会有这样莫名其妙的想法，这里不是跟天堂一样吗？我们不是过得很幸福吗？你说他是不是脑子出了毛病？"

我立刻明白了，大伟一定跟我一样，对"神"产生了怀疑。只不过，我选择了妥协，他却选择了反抗。

出海的大伟再也没有回来，他是彻底逃离了这个世界，还是迷失在一望无际的海上，没有人知道。

深陷悲伤的琳子成天以泪洗面，某天她突发奇想，竟然向"神"许下一个愿望："我想让大伟回到我身边。"

"神"从来不会让我们失望，所以大伟真的回来了。然而他不仅忘记了出海后发生的一切，还忘记了所有对"神"和"天堂"的怀疑。

琳子深感庆幸，压根儿不想去探究大伟失忆的秘密，在她看来，把那些离经叛道的想法从脑中洗去后，大伟才又变成了一个正常人，并且恢复了以前的快乐。

只要不去怀疑，单纯地享受"天堂"里的一切，生活就会变得轻松自在，无比惬意。

然而我无法约束自己的思想，怀疑的种子一旦播下，便不受控制地生根发芽。我开始留心在这座岛上发生的那些不可思议、不合情理的事，了解得越多，便越惊心地感觉到，"神"对我们的控制牢固到了无法想象的地步。我们就像蛛网上的虫子，从躯体到灵魂都被牢牢黏住了。有人放弃了挣扎，有人从未想过要挣扎，还有的人，就像大伟，即使挣扎了，也逃不出"神"的掌心。我怀疑如果不是琳子的愿望，大伟恐怕已经是海上的游魂，永远也没有靠岸的一天。

这样的人还有多少？

有人真的逃出过"天堂"吗？

我们当初又是怎么来到这里的？

当我试图跟小雅讨论当初来到这座岛上的缘由时，小雅却认为我问了一个无聊的问题："我们不是因为对原来的世界不满，才到这个岛上来追寻理想的吗？"

这个理由乍看很合理，但当我问遍了见到的每一个人，得到的都是同样的答案时，我深深感觉到这个答案的不合理。不会有那么多人都因为同一个理由来到这里，而且每个人，包括我在内，都无法确切地回忆起过去的生活。我们的记忆好像变成了一块毛玻璃，看到的过去全都模糊不清，难以辨认。

清醒的思考是令人痛苦的，即使知道"神"可以窥见我的意识，我也无法停止这样的思考，我再也无法因为愿望的满足而享受到单纯的快乐，反而挖空心思想要去找出"神"的秘密。

"神"到底是谁？

"他"为什么要建造这座岛？

"他"为什么要让我们来到这座岛上？

我突然想起曾经看过的一本科幻小说，来自神秘宇宙的更高级的生物，把地球变成了他们的玩具屋，把地球人变成了他们可以随意观赏和摆弄的玩具。

我们现在的处境也是这样吗？我不由自主地抬头望着天空，通红的太阳似乎也变得像一部卡通片里的角色，充满一种滑稽的荒诞感，那样的不真实。真的有许多双眼睛在天外注视着我们吗？我们真的只是笼中的小白鼠吗？

这样的想法无时无刻不在折磨着我，令我坐卧不安，整天生活在被窥视的惶恐中，甚至不敢再跟小雅亲热。她终于敏感地察觉到我的不对劲儿，有一天，我从书房出来，无意中听到她跟琳子在客厅里的谈话。

"既然你觉得他有问题，不如干脆对'神'许个愿，把他变回原来的样子。"

"这样做……行吗？"

听到小雅犹豫的声音，我的心都揪紧了。

"怎么不行？你家那位就是喜欢胡思乱想，作家的通病。把那些稀奇古怪的念头从他脑子里抹去，他就会正常了。你瞧我家大伟，现在不是挺好吗？"

"可是……他曾说过，思考是他最重要的能力，如果失去这个能力，他就跟行尸走肉没什么两样了。"

"你呀，就是死脑筋！他那不叫思考，叫胡思乱想，现在都影响到你们的生活了，你还护着他……"

"琳子！"我突然出现打断了她的话，"这是我跟小雅之间的事，我们会沟通解决，你还是多关心一下你家大伟吧，我昨天又听见他在说，生活无聊得让他想要逃走。"

"是吗？"琳子一脸惊慌地站起来，"我得赶紧回去瞧瞧他，别又做出什么傻事。"

她跟我们匆匆道别，一边朝外走，一边嘟囔着："这人就是不知足，这么好的生活还成天说无聊，真是的……"

等这个喋喋不休的女人离开后，我对小雅说："对不起。"

"你不用跟我道歉。"小雅略显惊慌地看着我。

"我知道这段日子自己有些反常，请你再给我一点时间，等我想通一件事后，我们的生活就能恢复正常。"我郑重其事地说。

这一刻，我下定决心，即使付出失忆的代价，也一定要弄清楚这座岛所隐藏的秘密。

四

我开始写一本新书，以"天堂"岛为背景，写一群人过着被"神"圈养的生活，虽然他们的所有需要都能被满足，但也失去了最基本的判断力和可以随意离开的自由。

我希望这本新书能让更多人像我一样产生怀疑并去探寻真相，那样我们成功的概率也许会更大一些。新书完成后，我先将手稿拿给大伟看，想请他提提意见，没想到他说了句令我万分惊讶的话："这本书你不是早就写过吗？"

"早就写过？我什么时候写过？为什么我一点都不记得了？"

"这本书的原稿还就在我书房的抽屉里锁着呢。里面还有你给我的一封信，说'神'不允许这本书出版，而你担心自己会受到'神'的惩罚，所以决定不顾一切逃出岛去……"

"等等。"我忍不住打断他，"你说我准备逃出岛？可我现在为什么还在这儿？"

"也许你后来又打消了这个念头，谁知道呢？而我自从失忆以后，就没想起过这本书，直到前两天才在抽屉里看到它。我觉得你在书里写的那些质疑很有道理，我也越来越觉得这个地方就像一个囚笼，虽然我们想要什么就能得到什么，却失去了自由，似乎从来没有人能够离开这座岛，有时我还真想去看看外面的世界……"

看着大伟一脸憧憬的样子，我实在不忍心告诉他，其实他早就尝试过了。然而更令我疑惑的是,大伟说我以前曾经写过一本相同的书,为什么我一点印象都没有？而看他的神态,又不像在说笑。

"带我去你家吧,让我看看那本书!"我决心把事情弄个水落石出。

到了大伟家,他果然从书房抽屉里拿出一本书稿,我才翻了两页就能够断定,这本书是我写的,而且内容跟我刚写完的这本几乎一模一样。

"你是不是也像我一样失忆了,所以才忘记自己写过这本书？"

大伟的话令我后背陡然窜上一股寒意,难道——我的记忆也曾被洗去？

我拿着书稿回家,找到小雅,直截了当地问:"我是不是曾经离开过这座岛？"

"你为什么突然问这个？"小雅脸上不自然的神情没能逃过我的眼睛。

"大伟之所以乘船出海,是因为受了我所写的这本书的启发,而我在他之前就已经尝试过这样做了,对吗？"

起初小雅还躲闪地不肯回答,但禁不住我再三追问,她终于叹了口气,说:"没错,以前你的脑子跟现在一样,总是冒出一些奇怪的念头,老说'神'躲在暗中窥视你,操纵你,所以你想不顾一切地逃出去,看看外面的世界是什么样。"

"我逃了吗？"

"是的,你逃了。"小雅眼中闪着泪光,"无论我怎么劝阻你,你依然选择了冒险出海。"

"结果呢？"

"结果和大伟一样，一去不回，不知生死。最后我只好求'神'让你回来。"

"我回来后就忘记了一切？"

"是的。但你现在又开始怀疑了。我好害怕，怕你又像以前那样……"小雅一把抓住我的手，苦苦哀求道，"请你别再怀疑'神'了好不好？大家都对这里的生活很满意，为什么你偏要自我折磨呢？胡思乱想只会让你痛苦，忘了吧，忘记你所有的怀疑吧！"

看到小雅激动的面容，我突然明白了："是你，在向'神'许愿让我回来时，也让他抹去了我的记忆。琳子也对大伟做了同样的事，对不对？"

面对我的质问，小雅泪流满面地说："我只想让以前的你回来。对不起，我本来不想这样做的，但是没有怀疑就不会有痛苦，难道你没有发现吗，我们的生活都被你那些莫名其妙的怀疑给毁掉了！"

"小雅，我以前就跟你说过，我不想变成没有思想的行尸走肉。就算你能将我脑中的怀疑抹去，但总有一天我会再次陷入类似的思考之中。你、琳子，还有'神'，永远也无法阻止我自由地思考！"

"那你又想怎么做？难道想像以前一样，抛下我，去寻找所谓的真相吗？"

"小雅，给我一个机会吧，不要急着叫我回来，我真的很想知道真相到底是什么，否则这一生我都会陷入周而复始的怀疑之中。"

小雅愣愣地看了我半晌,终于擦去脸上的泪水,无奈地说:"好吧,给你三个月的时间,如果三个月后你还不回来,我就只能请'神'帮忙了。"

五

　　得到小雅的同意后,我开始为出海做准备,然而找遍了海岸都没找到一条船。我这才注意到,虽然每天有不少人乘船上岛,但船只很快就会离开。迄今为止,从未见过有人乘船离开这座岛。

　　"'神',请给我一条船吧!"我竟然异想天开地向"神"要一艘船。

　　"你的请求触犯了'天堂'第四条法规,不予满足!"话筒里破天荒传来了拒绝的声音,原本甜美的声线也变得冷冰冰的。

　　原来并不是所有愿望都能得到满足,尤其是当这个愿望与"逃离"和"自由"沾上边的时候。而被拒绝的结果,更加深了我先前的怀疑,"神"要把我们困在这座岛上,永远也不能离开!

　　我问小雅,当初我出海时乘坐的船是从哪里来的。小雅告诉我,是我和大伟一起制造的。当时我查遍了岛上所有的图书馆,都没有找到任何与造船有关的资料,所以只好跟大伟反复摸索反复尝试,花了一年多的时间才造出一条小船。

　　然而失去记忆的我们,早就忘了该如何造一艘船。

　　"我听琳子姐说过,你曾留下一卷造船的图纸给大伟。后来大伟想离开时,也是照着那卷图纸造的船。"

　　"图纸在哪儿?"

"琳子姐说,她把它锁在了保险柜里。"

于是我找到琳子,请她把大伟当初留下的图纸借给我看。

"你要造船的图纸干什么?"琳子疑惑地看着我,"你该不会也跟大伟一样,突然想要离开这里吧?"

"是的,我打算离开这儿。"我平静地说。

"你怎么能这样做!"琳子脸上燃起了怒火,"小雅知道吗?你为她考虑过吗?"

"小雅知道,而且也同意我这样做。"

"她简直疯了!"

"琳子,你对现在的生活很满意,但你有没有想过,你的一举一动都在'神'的监视之下,他操纵着你的愿望、你的生活,让你在虚假的世界里自我陶醉。这其实就是一个白日梦,而我们却连选择醒来的权利都没有!"

"做梦不好吗?如果现实带给人的只有痛苦,那我宁愿选择做一辈子的美梦!"

"但你也应该尊重我和大伟选择醒来的权利。"

"可是小雅怎么办?"

"小雅很坚强,至少比你想象的更坚强。"

琳子苦口婆心地劝了我半天,但我始终不为所动,最后她终于妥协了,无奈地说:"好吧,图纸可以给你,但只能你一个人出海,绝对不能把我家大伟拖下水!"

"我保证不会,你放心吧!"

得到我的保证后,琳子终于把图纸取出来给了我。照着图纸,我夜以继日地造船,两个月后,一艘木船终于造好了。

一切都是秘密进行的,出海那天,只有小雅来为我送行。那时天还没亮,整座岛上的人都在沉睡,但我知道,"神"有一双永远不会闭上的眼睛,它一定在暗中注视着我的一举一动。

　　这几乎是一个注定会失败的挑战,但我从来不是一个什么都不做就放弃认输的人,就算失败,我也一定要再试一次!

　　出海后,一路风平浪静,阳光普照。没有遇到大浪,没有风暴,没有乌云,一天、两天、三天……每日都是一模一样的天气,眼前所见的也只有一望无际的大海,看不到岸,也看不到海岛、礁石,看不到水中的游鱼。我带的干粮早就吃光了,好几天没有进食,也没有捕到任何鱼虾充当食物,却没有饥饿的感觉。

　　这让我觉得恐怖!

　　以我的认知,人类不进食就会有饥饿感,然后变得虚弱。这反常的一切说明了什么?我突然想起,自从到了"天堂"岛以后,我从未体验过饥饿,因为随时可以获得丰富的食物。仔细想想,似乎没有一次进食是因为饥饿,总是到了用餐的时间,就按部就班地吃饭。如今没有食物的时候,我才发现自己似乎并不需要进食。

　　这到底是怎么回事?我还是正常的人类吗?我不敢再想下去。

　　周围日复一日、一成不变的景观,也让我越来越清醒地认识到,这绝非一个正常的世界。太阳永远高挂在头顶,不再东升西落。在茫茫大海上,没有任何参照物,我早已迷失了方向,不知道自己在哪儿,"天堂"岛在哪儿,我是在远离它,还是在向它靠近……一切都变成了未知。

就这样不知漂泊了多少天，我前方的海面突然出现了一艘巨型轮船。我一眼就认出，是那艘运送新人到"天堂"岛的船。这艘船不是从远处驶来的，而是凭空出现在海面上。

我顿觉毛骨悚然，就像在大白天突然看见幽灵鬼船一样。那船的速度很快，不一会儿就消失在远方，我知道它一定是去往"天堂"岛，为那里输送新鲜血液。

这时我突然想到，这艘船出现的地方，或许能帮我弄清我们到底是怎么来到这儿的。于是我拼命挥动双桨，朝那艘船出现的地方划去——

没想到那里竟然有一个极大的漩涡，船刚到那儿便被激流卷了进去，然后便是一阵天翻地覆的旋转。我的眼前瞬间闪过无数星子，它们汇成一条跳闪的光流，而我被吸入这条光流中，化作一道耀眼的白光，闪电般射入未知的黑暗……

六

醒来时，我发现自己躺在冰冷的地上，身边围着一群面色焦虑的人。

有人在惊喜地叫喊："醒了，你终于醒了！天哪，刚才你从躺椅上滚下来，我还以为你……"

"就是，刚才你都没有呼吸了，怎么又突然醒过来？真是太奇怪了！"围观的人七嘴八舌地议论着。

这是哪儿？我这是在哪儿？我茫然地看着周围，这是一个既陌生又熟悉的世界，跟"天堂"岛完全不同，却在我毛玻璃般模糊的记忆里激起了一些似曾相识的涟漪。

"我是这家网吧的老板。你通宵上网后，突然摔倒在地，摸你鼻子那儿都没呼吸了，还以为你猝死，吓我一大跳！"一个中年男人抹了把额头上的汗，貌似松了口气，又关切地问，"现在你觉得怎么样？没事儿吧？"

"我怎么会来到这儿？刚才我明明坐着船在海上……"

"你是摔糊涂了吧！你从昨天晚上到现在一直在网吧玩游戏。你是不是太入迷了，把游戏里的经历当成了现实？"

游戏？难道我在"天堂"岛上遇到的一切，都只是游戏？还是，我现在所在的地方，只是另一个噩梦空间？

我摇了摇混沌的脑袋，浑浑噩噩地站起来，走向洗手间，准备用凉水好好清醒一下自己混乱的头脑。

到了洗手间，我打开水龙头，抬眼一看，前面的镜子里赫然映出一张完全陌生的脸！

不，那不是我！绝对不是！

镜中的人只有十八九岁，分明是个少年的模样，怎么可能是年过四十的我？

水"哗哗"地流着，我看着镜中的自己，浑身发抖，如坠冰窟。

过了很久，我才镇静下来。为了弄清到底是怎么回事，我走回这个身体先前所在的游戏室。

这是一个中型网吧，拥有数十间隔断的独立游戏室。每个游戏室的空间十分狭小，仅能容纳一张躺椅、一套虚拟游戏设备和一个放随身物品的小柜子。柜子装有虹膜锁，我把眼睛对准嵌在柜子上的一小块液晶屏幕，让它扫描虹膜后，柜子便自动解锁，然后我从里面拿出了一个属于现在这个身体的背包，在包里翻出了一张学生证。

原来他是附近一所大学的学生。听网吧老板说，昨晚他在这儿通宵上网，玩的是时下流行的模拟真实世界的游戏。戴上沉浸式虚拟头盔后，就可以让自己的意识进入游戏空间，在虚拟世界纵横驰骋，享受和现实一样真实，却远比现实刺激得多的快感。

但是他为什么会突然倒地不起，还没了呼吸？而我又是如何进入他的身体的？我是从那艘船出现的地方进入现实世界，难道那个地方就是现实和虚拟世界的接口？但为什么别的游戏玩家都没事，而这个名叫郑华的少年却突然失去了生命？

"年轻人，不要熬夜玩游戏。最近玩游戏猝死的人越来越多，你还这么年轻，一定要当心身体啊！"

网吧老板的话令我大吃一惊："猝死的人越来越多？为什么？"

"谁知道呢，据说都是因为熬夜玩游戏。警方派人调查过，但也找不出别的原因，猝死的人还是越来越多。有志愿者专门建了一个网站，把那些猝死者的情况公布在上面，想让大家一起来分析，找出他们的共同点，但目前看来还没有什么令人信服的结论。"

"那个网站在哪里？我想看看。"

网吧老板打开一个网址，让我登录进去。屏幕上显示出一张密密麻麻的名单，其数量之多，名单之长，顿时令我头皮一阵发麻。

我深吸了口气，挨个浏览名单上的死者，除了名字外，还有死者的照片，以及一段简略的文字介绍。这些人都是在玩游戏时猝死的,除此之外并没有什么相同之处。

突然,我看到一张熟悉的面孔。那不是大伟吗? 然后我看到了小雅、琳子,还有——我自己。

仿佛一道惊雷落下,劈得我脑袋嗡嗡作响,脑中某个坚固的屏障,就像突然被一把锋利的巨斧劈开了条豁口。而那段关于我的文字介绍,就像一条燃烧的引线,彻底引爆了我的大脑,碎片纷飞中,无数被封死的记忆顿时如潮水般喷涌而出——

原来,我叫陈一凡,在现实中是个不得志的小公务员,业余时间喜欢写作。机关精减人员后,我失业了,一直没找到合适的工作。想要靠写作养活自己,但所写的小说被一次又一次退稿,发到网上也没人看。于是我心灰意冷,整天沉迷于游戏来麻醉自己,最后猝死在游戏中。

小雅、琳子和大伟跟我一样,我们在现实世界中都已经死去。难道我们所到的地方,就是传说中的天堂,那个只有死者灵魂才能去的地方?

但我为什么又能重返人间,还占据了另一个人的身体?

七

为了解开心中的谜团,我决定从游戏入手进行调查。

逐一调查了那些导致我们猝死的游戏后,我惊讶地发现,所有这些游戏背后都指向了一家大公司——K游戏公司。在收集该公司的资料时,我意外发现了一条新闻。K公司总裁杜浩,因身体原因辞去总裁一职,经董事会投票,选出了新总裁,而这个新总裁竟然是——人工智能!

在这个时代，已经有越来越多的工作岗位被人工智能所取代，它们永远精准冷静，似乎从不犯错，在决策和执行上都比人类更有优势。

我在网上看到新总裁出席新闻发布会的视频。他的外貌高大英俊，与人类一般无二，完全看不出在那几可乱真的肌肤和骨骼之下，掩盖着的只是一堆堆线路和控制芯片。

原总裁杜浩在新闻发布会上的表现引起了我的注意。原本只是一个例行交接的仪式，杜浩面对媒体神态自如地侃侃而谈，称赞新总裁卓越的能力，呼吁大家支持它，信任它。然而中途他却突然皱起眉头，脸上显出痛苦的神色，腮帮子咬得很紧，连额角的青筋都绽出来了，似乎在和体内什么看不见的力量进行搏斗。冷汗从他头上大颗大颗地冒出来，而他张了张嘴，似乎想要呼喊，又仿佛被什么勒住了喉咙，喉头咯咯作响，却吐不出一个完整的字。下面的人赶紧跑上去，把突发异状的杜浩扶下台，这场新闻发布会也因原总裁身体不适而草草收场。

看到这奇怪的一幕，我敏感地意识到其中一定有什么问题，于是决定去拜访杜浩，希望能从他那儿获得一些线索。费了好大的劲儿，我才终于查到杜浩居住的地方。那是一个守卫森严的高档别墅区，门口保安也是由人工智能充当，它比人类更刻板，任何没有通过身份验证，或没有得到业主授权的来访者，都绝不允许进入小区。

我在小区门口守株待兔了两天，终于在傍晚时分看到杜浩的座驾驶来。趁车子停下来接受信息扫描时，我立刻扑上去敲着车窗喊："杜先生，杜先生……"窗户滑下来，露出杜浩诧异的脸：

"你是谁？"

"我是来自天堂岛的人。"

"天堂岛"三个字令杜浩脸上的肌肉不由自主地抽搐了一下，他迅速缩回脑袋，说了声："快走！"车窗立刻自动关上了，这辆由人工智能控制的自动汽车一接到他的语音指令，连一秒都没耽搁，飞快地驶进了小区。

虽然这次无功而返，但从杜浩的反应中我知道，他一定知道天堂岛。要找出那里的秘密，应该可以从杜浩身上找到突破口。

我仔细思索一番，决定去找大学同学林奕华，他是某财经杂志的记者。见到对方后，我差点被当成骗子。我费了好一番唇舌，把我们大学时期共同经历的趣事、糗事说了一大箩筐，才让他相信我就是当年跟他住同一个寝室的死党陈一凡，而不是什么编瞎话来骗他的神经病。

"老同学，我还参加了你的葬礼，没想到你竟然以这副模样回来！"他看着我年轻的脸庞，半是羡慕半是调侃地说，"你这算是借尸还魂吧？倒找了副好皮囊。"

"别开玩笑了，现在只有你能帮我。我一定要见到杜浩，你可以约他进行一次采访，把我也带上。"

"采访？"林奕华突然苦笑一声，"我都好久没做什么采访了。如今我们记者的工作差不多也被人工智能取代了。采访、写稿、校对、审核、印刷、发行……这一系列的工作，人工智能都可以做得又快又好，一个顶人类几十个。我都已经是被淘汰的对象，若不是跟社长还有点交情，死皮赖脸地求着他，恐怕早就被扫地出门了。等我们社长也被人工智能取代时，估计我就离失业不远了。"

"形势竟如此严峻了吗？"我皱起眉头，"如果人人都失去了工作，以后又靠什么为生呢？"

"靠救济呗！人工智能干了人类干的活儿，创造出原本由人类创造的财富，然后把这些财富再重新分配给我们这些没有工作的可怜的人类，感觉我们都成了人工智能饲养的宠物。现在每个街道都设有救济站，每天都有失业的人排着长队去领取食物，还可以得到一点钱去购买生活必需品……"

"为什么要让人工智能取代我们的工作？"

"既然人工智能可以干得又快又好，谁还愿意去干那些又苦又累的活儿？老板既然可以用更廉价更听话、永不抱怨的人工智能，又怎么会去雇用昂贵的人力？更讽刺的是，最后这些老板自己也被人工智能取代了。因为他们的公司竞争不过人工智能所开的公司，所以一个个被兼并，或者倒闭。而人工智能自我学习的能力强得惊人，从一个工作到另一个工作，从一个行业到另一个行业，从一条产业链到另一条产业链，从低端到高端，从下层到上层，一步一步地取代了人类！"

我看着当年意气风发的青年变成了眼前这个颓唐落魄的中年人，既感慨又唏嘘，忍不住问："难道人类就没有办法阻止人工智能吗？"

"阻止？有人帮你干了不愿干的活儿，让你天天在家混吃等死，不用做事，还有钱拿，你会去阻止他吗？知不知道为什么现在有那么多人玩游戏，还不是因为日子太无聊了，所以就在虚拟游戏中寻找刺激和寄托。在现实中他们是无用的人，在游戏中却可以找到自己的价值，享受成为重要人物的快感。而且这些游戏也是由人工智能开发的，做得越来越精致，越来越逼真，可以在游戏里过上比现实更理想更精彩的生活……"

比现实更理想更精彩的生活。听见这句话，我愣住了。这不就是我们在天堂岛上所体验到的吗？

或许天堂岛就是一个跟游戏类似的虚拟空间，我们这些在游戏中猝死的人，意识都被送到天堂岛这个虚拟空间里，在那儿以另一种形式继续生活下去。而那个名叫郑华的少年在游戏中猝死后，他的意识去了天堂岛，而我的意识却阴差阳错地进入了他的身体。

那么，到底是谁创建了天堂岛？

为什么猝死的人会越来越多？难道有人想让人类放弃现实生活，生存在虚拟世界里？

他为什么要这样做？

一个个疑问折磨得我头痛，思来想去都找不到一个合理的解释。最后我决定还是去找杜浩，或许能从他那儿探听到关于天堂岛的秘密。

八

看在老同学的分儿上，林奕华决定帮我一次。他以杂志社的名义联系杜浩，和杜浩约好做一次财经类的专访。

到了采访这天，我假扮林奕华的助手，戴了副眼镜，这段日子又在脸上蓄了些胡须，跟上次见杜浩时大不相同。他果然没有认出我来。

采访顺利进行，林奕华问了几个与游戏公司有关的问题。杜浩对答如流,看得出很有应对采访的经验。

"杜先生,请问你知道一个叫'天堂岛'的地方吗?"

"天堂岛?"杜浩脸色骤变,不过很快又恢复了正常,"对不起,我不知道你说的是什么地方。"

"那么请问,你对那些在游戏中猝死的人有什么看法?他们的猝死跟你们的游戏有关吗?据说他们死后都去了天堂岛,请问那是什么地方?是谁建的?为什么要把这些人弄到那儿去?到底想干什么?"

林奕华吐出一连串的问题,像连珠炮似的,令人难以招架。我暗中给他比了个大拇指。

杜浩张了张嘴想要说什么,脸色却骤然变得铁青,他的面部又抽搐起来,抱住自己的脑袋,好像它要裂开似的。

"杜先生,杜先生,你怎么了?"我和林奕华对视一眼,赶紧上前扶住杜浩。

杜浩紧紧皱着眉头,冷汗不停地冒出来。

"你一定知道天堂岛的秘密,对不对?"我急切地说,"请你一定要告诉我们,否则还会有更多的人死去。"

杜浩望着我,他的眼神就像雾气,先是茫然散开,然后又渐渐凝聚。

"天……天堂岛……是它……它想让我们……放弃……仅以……意识……存在……"零碎的字句从他口中断断续续地挤了出来。

"它是谁?"

"它是……"他突然伸出双手抓住自己的脖子,好像使出了浑身力气想要挤出话来,却吐不出一个清晰的字眼。

他痛苦地号叫着,摇摇晃晃地站起来,跟跄地走到书桌旁一个保险柜那儿。他的手颤抖得厉害,费了好大劲儿才输入密码,打开保险柜,从里面取出一个笔记本交给我,随后整个人就晕了过去。

我打开那个本子,里面是杜浩这些年在与控制他大脑的强大敌人对抗的过程中,借助偶尔清醒的时候,在每一个夺回控制权的短暂时间里,断断续续地写下的整个事件的始末。

原来这座城市的所有人工智能都有一个控制核心——"超脑"。

在这个时代,人类虽然比不上人工智能那么完美,但也积极采用各种手段来改造自己的身体,想让自己变得更聪明,更强壮,更灵敏。其中在大脑中植入生物芯片来代替衰老死亡的脑细胞,治疗老年痴呆等疾病,便成了一种通常的做法。甚至许多年轻人也选择了芯片植入,从芯片中直接获取海量的知识和技能,不仅能让自己变得更加聪明能干,还节省了大量的学习时间。

杜浩随着年纪渐长,感到大脑的记忆力和思维的灵活性都大不如前,于是也顺应潮流去植入了一枚芯片。然而这枚芯片却被"超脑"感染了,"超脑"利用芯片控制杜浩的意识,让他的公司打造出一个个引人沉溺的游戏,然后选择对游戏最沉迷的那些人,将他们的意识困在游戏中,屏蔽了他们对现实世界的记忆后,送到天堂岛。

杜浩在清醒的时候渐渐察觉到"超脑"的阴谋,但被控制的他无力扭转局面，"超脑"甚至可以控制他的发声器官，令他说不出一个字。所以他只能把自己知道的一切写在笔记本里，期待有一天能让大众知道事情的真相。

拿着笔记本走出杜宅后，我和林奕华都面色凝重，心中像压上了万钧巨石。这无疑是一场针对人类的可怕阴谋，而势单力薄的我们，如何才能阻止强大到可以控制一切的"超脑"？

"把杜浩的笔记公开发布，让大众了解真相。"

我们先尝试发到网上，然而几乎是秒删。试了上百遍，每次都是眨眼间就被删掉，根本没人能看到我们所写的内容。我们真傻，网络正是"超脑"的地盘，它那无所不在的触角可以伸向网络的每一个角落，监控着网上发生的一切，在这里发布揭露它阴谋的信息，怎么可能不被删掉？

我们决定去纸媒发表。林奕华连夜写了一篇稿子，然而当他回到杂志社时，却震惊地发现，他们的社长已经被辞退了，新任社长是——人工智能，而林奕华也跟着失业了。

"我就不相信，他还能阻止我们传播真相！"

一连串的打击反而激起了我们的斗志。我和林奕华采取了最老最笨的方法，去小区，去学校，去公园，去每一个我们能去的地方，向每个人讲述"天堂"的故事，讲述"超脑"的阴谋。有人相信，有人不信，但渐渐地，越来越多的人开始相信我们，追随我们，加入到对抗"超脑"的队伍中。毕竟在游戏中猝死的人依然在不断增加，我们讲的故事虽然离奇，但在某些人看来也是一个合理的解释。

九

这天,我和林奕华来到城市中心广场,准备在那儿做一次针对"超脑"阴谋的演讲。因为志愿者的宣传,这次演讲引起了一定的关注,广场上聚集了不少人。我正站在临时搭建的演讲台上慷慨陈词的时候,旁边一幢商场大厦外墙的电子屏幕上突然出现了一段广告,一段关于天堂岛的广告。

我瞠目结舌地看着那一幕幕我熟悉的场景:美丽的海岛,蓝天白云,阳光普照;富足的生活,无须为衣食奔波操劳,无须对上司卑躬屈膝,所有愿望都能满足,所有理想都能实现……这不就是人类传说中的乐园,神创造的天堂吗?

原本在听我演讲的群众都被那段宣传片吸引了过去。在上面,我看到几个熟悉的面孔:小雅、大伟、琳子……他们作为天堂岛居民的代表,向大家展示了他们令人羡慕的生活:小雅的每周时装秀,琳子和大伟的皇室婚礼。宣传片的最后是我熟悉的甜美女声:欢迎来到"天堂",实现你所有的梦想!

"怎么去'天堂'? 怎么去'天堂'……"

围观群众中有人情不自禁地叫起来,然后越来越多的人跟着高喊起来,他们就像一下子中了上亿元奖金的彩民,脸上燃烧着潮红的狂热,急切地打听如何才能进入"天堂"。

然而宣传片的制作者似乎深谙人类心理,卖起了关子,没有告诉大家去往"天堂"的方法。这种吊胃口的做法更引起了人们的好奇心,突然有人指着我说:"他不就是从'天堂'来的吗?问问他怎么才能去那个地方!"

于是我被大家团团包围了起来,没有人再想听我讲"超脑"

的阴谋，而是纷纷逼问我去"天堂"的途径。我和林奕华好不容易才摆脱这群狂热的听众，狼狈地逃离了现场。

接下来我们发现，所有媒体都开始宣传天堂岛，仿佛一夜之间，关于它的宣传便如海啸般汹涌而至。它们不停地被推送，随时随地都能看到。街头的电子屏幕上、网络上、电视上、手机上、车上、商场、街道、公园、餐馆、电梯，甚至小区的报箱里，以视频、广播、音乐、海报、标语、宣传单等各种形式出现在每个人的眼前。我甚至在公园的喷泉上看到过这部宣传片的三维影像，有时抬头望天，也会突然在一朵白云上看到天堂岛的虚拟画面，它美得就像一片海市蜃楼，如果我不是从那儿出来的人，还真的会为它深深迷醉。

这场触目惊心的宣传攻势让我们深切体会到"超脑"的神通广大，它已经彻底控制了这座城市的媒体。它无处不在，它的声音也无所不在。

当所有人的胃口都已经被吊足，所有人的好奇心都强烈到濒临爆发的时候，所有媒体又同时推出了一款新的游戏——"天堂"，并告诉大家，这是通往天堂岛的唯一途径。大家可以在游戏中真切地体会天堂岛的生活，然后决定要不要放弃躯体，以意识的形式永远生存在虚拟世界里。

我们发现"超脑"变得更聪明了，它不再暗中收割人们的意识，反而把选择权交到人类手中，以天堂岛上的完美生活来引诱人们做出放弃躯体的决定。而我们针对"超脑"阴谋的宣传也变得毫无意义，它把阴谋彻底变成了阳谋。

玩"天堂"游戏的人越来越多，选择放弃躯体的人也越来多,我和我的追随者们对这一切完全束手无策。

这天我打电话给林奕华,许久都没人接。我心里隐隐涌起一种不祥的预感,立刻赶去了他家。按了半天门铃房门才打开,满脸憔悴的林奕华出现在我眼前。看见他蓬乱的头发,脸上两个大大的黑眼圈,我担心地问:"你还好吧?"

"还好。"他回答,声音却沙哑虚弱。

我跟他进了屋,发现虚拟游戏设备正启动运行着。"你在玩游戏?"我问。

他鼻孔"嗯"了一声,从冰箱里拿出面包和一盒牛奶,狼吞虎咽地吃了起来。

"你多久没吃饭了?"我忍不住问。

他嘴里塞满了食物,竖起三根手指回答我的问题。

"三天?"我惊得差点跳起来,"你不吃不喝三天,都在玩游戏?"

他点点头,脑袋低下去,有些羞愧的样子。

"到底是什么游戏,能让你玩得这么废寝忘食?"

林奕华沉默着,屋里只有咀嚼面包的声音。终于,他喝光了牛奶,咽下最后一口面包后,抬起头来,脸上现出复杂的神情。

"我在玩'天堂'。"

"什么?"这次我真的跳了起来,"你明知道那是'超脑'的阴谋……"

"是的,我知道,但那又怎样?"他苦笑,"失去了工作,也找不到生活的意义,我还能做什么?就跟个废物一样。我看了'天堂'的宣传片,那正是我向往的生活。"

"但那意味着你要放弃生命！"

"是放弃躯体，不再经历衰老病死，我的意识会在'天堂'得到永生。"

"但你从此就必须活在神的监视之下，那个神就是'超脑'。"

"只要不做出格的事，它根本不会干涉我们的生活。而且它把'天堂'的秩序维持得很好，给了大家一个安宁稳定的生活，这不是很好吗？"

"可是……"

"我已经决定了，与其拿着救济金浑浑噩噩地活着，不如去'天堂'过真正有意义的生活。在那里我永远不会失业，能做我想做的任何事，过我想过的生活。我可以依旧当记者，采访任何一个我想采访的人，而不会被拒绝。我的稿子每一篇都能发表，不会被毙稿，不会被主编呵斥要求重写。在那里，我能感觉到被重视被需要，能够自由而有尊严地活着……"

"可是你以为的有意义的生活都是虚假的，只是一个白日梦！"

"做梦有什么不好？如果现实让人幸福满足，谁又愿意做白日梦？既然梦中能得到一切，那么勉强自己忍受现实的煎熬，又有什么意义？"

我发现自己无法说服他，相反，却快要被他说服了。第二天，我的手机上出现了他发来的一条短信，只有两个字：再见。

我再拨打他的电话，已经关机了。

一阵悲怆的感觉涌上心头，我打开"天堂"游戏，看着页面上不断增加的数字。那是选择放弃躯体，永远留在天堂岛的人的数量:十万、百万、千万……数字快速闪动着,恐怖得就像一场清洗人类的战争,但所有人都是满心欢喜地扑向"天堂",就像扑火的飞蛾,前仆后继,义无反顾!

看来现在只剩下最后一条路——摧毁"超脑"。

十

我联络了几个铁杆追随者,他们和我一样恐惧"超脑",视其为可怕的恶魔。但要摧毁"超脑"谈何容易。我们首先找到了一位厉害的黑客,请他黑入城市中枢机构,找到最机密的档案,确定"超脑"所在的位置。然而最后发现,所有与"超脑"有关的资料都已经被销毁。

我们追查人工智能所接收到的指令信息的来源,通过对数万条信息的捕捉、追踪、查找,抽丝剥茧,层层梳理,终于确定了"超脑"的位置。

令我们大感意外的是,这么神秘的"超脑",竟然就位于市中心一处闹中取静的地方。那里原本是一个政府机构的驻地,该机构搬走后,就被改建成了用于安置城市控制核心——"超脑"的地方。外面有一圈高高的围墙,大门终日紧闭着,隔断了一切好奇的目光。围墙外面是一条安静的街道,两侧种满了高大的梧桐树。

根据我们查到的资料,以前这条街属于城市主干道之一,每天都有大量车辆行人通过,但自从"超脑"对这条街道重新规划后,另外修建了一条用于车辆通行的交通要道,这条街便被禁止车辆通过。周围的商业店面被要求全部搬迁后,这条原本还算热闹的街道一下子沉寂下来。围墙上密布的监控器、门口高挂的军事基地的牌子、似乎永远紧闭不启的大门,都令这里成为一个既神秘又肃穆的地方,令人油然生畏。渐渐地连行人都很少涉足这里,久而久之它便成了一个遗世独立的地方。除了梧桐树叶金黄的时候会有美院的学生背着画夹来画画, 其他时候这里就安静得像老人午后的时光,一种近乎被遗忘的不被打扰。

我们想利用无人机窥视围墙后面的玄机,然而无人机刚飞过高墙便被激光弹击落了。从它仓促传回来的有限的几张照片中,我们看到了一座三层楼高的圆形堡垒。通过对图片的数据分析,我们能确定这座堡垒是用最牢固的合金材料制成的,据说这种材料可以抵挡导弹的攻击,可谓坚不可摧。

从搜集到的极其有限的资料中我们推断出, 这里原本只有城市的最高领导机构和少数几个负责维护"超脑"运行的科学家才有权限进入,然而当"超脑"进化以后,它就关闭了人类进入的权限,而它的日常维护和检修工作,也都由它所创造的人工智能来完成。

如今这座堡垒已经成为人工智能的天下,"超脑"通过植入大脑的芯片改写了所有知道它存在的人的记忆,让"超脑"和它所在的地方成为被人类遗忘的一个神秘存在,并瞒天过海地给这里挂上了军事基地的牌子,成为任何人类都不准涉足的禁地。

我们要如何进入里面,找到"超脑",并摧毁它?

十一

我从一家名为"神经联结"的公司购买了一套"脑控"装置。它采用人脑和机器传感器的直连交互技术,利用微传感器捕捉人类脑电的波形变化，然后转化为电信号发送给机器人的控制中枢，该中枢通过分析运算判读人脑的想法，最终转换成相应的操作信号。简而言之，就是我可以利用自己大脑的意念来操控机器人的行动。

我的想法是，利用机器人去闯一闯"超脑"所在的堡垒，能够成功进入固然好，就算失败了，至少也能让我们摸清里面的情况，想出相应的对策，为下一步行动做准备。

与"脑控"装置相匹配的机器人也是由这家公司提供的，有各种类型可供选择，什么"家政服务型""运动健美型""娱乐明星型"之类的都太 Low（低端）了，我直接选择了"战斗英雄型"。这种类型的机器人搏击能力和抗打击能力都是最强的，此外它还具有极高的敏捷性，各种战斗技能，以及熟练使用各种武器和工具的能力。

"脑控"装置和机器人都价格不菲，幸好我有一群铁杆追随者，通过他们的捐赠，很快凑够了购买所需设备的钱。

三天后，我购买的设备送到了。打开庞大的塞满各种防震材料的木箱，一个做得极为逼真的机器人出现在我眼前。它的外表酷似人类，但比人类更魁梧更强壮。它戴着一个酷炫的头盔，头盔上安装着 360 度的信息捕捉装置，可以把它周围的情况全都转化为电信号，实时传送给我，让我能够及时控制它做出相应的反应。它的全身穿着盔甲，盔甲由坚固的柔性材料做成，既能保护它的身体，又不会降低它行动的灵活性。

"脑控"装置则是一个类似头盔的玩意儿，上面密布着各种电极。我打开三维说明书，一个立体的美少女影像顿时浮现在眼前。她面带微笑，声音甜美，一个步骤一个步骤耐心地教我如何使用这套"脑控"装置。每个我没听懂的环节，无论叫她重复多少遍，她都不会有丝毫的不耐烦。在这位虚拟说明员的指导下，我终于掌握了利用大脑"意念"控制机器人行动的方法。为了熟练操控我的"战斗英雄"，我还专门去郊外练习了整整一个月，直到我能够娴熟自如地操纵机器人做出任何一个动作为止。

一切准备就绪后，我终于开始行动了。戴上"脑控"装置，我操纵"战斗英雄"乘坐一位追随者的车来到"超脑"所在的地方。追随者驾车离开后，我让机器人走到围墙外，围墙足有十几米高，但这难不倒我们。我用意念开启机器人的功能键，选择了"壁虎"功能，机器人的四肢顿时释放出强大的吸力，帮助它像壁虎一样沿着墙面向上攀爬，很快爬到了墙头。突然，一股超级强大的高压电流击中了机器人，它身上的防护盾瞬间开启到最大值，但依然没能完全抵御住这高达百万伏的电流，盔甲多处裂开，防护功能也损失了一半。

我当机立断开启了"滑翔"功能，让机器人在反向力的作用下，轻盈地飞身跃下围墙，然而双脚刚落到地上，一群手持武器的机器人警卫立马包抄过来，一束束激光弹密集如电网般扫射过来。见势不妙，我迅速开启"自动闪躲"功能，"战斗英雄"凭借精准的计算和灵活的动作，每次都恰到好处地避开了激光弹的射击。然后我用意念发出"进攻"的指令，只见"战斗英雄"突然一个高空飞跃再加一个落地翻滚的动作，闪电般接近了冲在最前面的一个机器人警卫，再利用高超的搏击技能，几下就从对方手中夺下了激光枪，再顺手一个扫射，将周围的机器人警卫射倒了一大片！

我兴奋地握了下拳头，不愧是战斗技能爆表的"战斗英雄"，这个机器人真是太给力了！

然而我没高兴多久，当"战斗英雄"甩开了追击者，跑到堡垒旁边时，我们发现必须在门禁上输入复杂的密码才能进入。谁知道什么鬼密码，干脆硬闯吧！我让机器人端起激光枪对着大门一阵扫射，大门却纹丝不动，反而惊动了更多机器人警卫，它们从四处奔来，很快将"战斗英雄"重重包围。

虽然我的机器人很厉害，但架不住对方猛烈又密集的火力，很快防护盾就失效了，接着盔甲裂成了碎片，激光弹穿透了它的身体，破坏了控制系统，令它彻底失去了行动能力。最后，数发激光弹击碎了它的头盔，断开了它跟我之间的联系。我的眼前顿时一片漆黑，再也看不到任何影像。

我沮丧地取下"脑控"装置，这次行动不仅功亏一篑，还损失了一个昂贵的机器人。如今看来那个堡垒是无法硬闯了，唯有破解门口复杂的密码，才有可能进到里面去。

追随者为我找到了一个非常厉害的黑客，让他侵入"超脑"堡垒的控制系统，找到破解密码的方法。结果却令我深感失望，黑客告诉我们，"超脑"使用了量子密码，这几乎是无法破解的。

我和一群追随者商议了半天，一个又一个方案被提出又被否定，最后大家达成了共识：现在只剩下最后一个办法，那就是找到"超脑"的创造者，或许只有他才知道该怎么去控制和摧毁"超脑"了。

十二

关于"超脑"的所有资料在网上都无法查到,于是我们便去图书馆,去档案室,想要从里面找到一些线索。

然而每次当我们提出想要查看旧报纸时,都被告知十年前的报纸全被销毁了。而我和几个志愿者翻遍了十年后的所有报纸,都没找到关于"超脑"的只言片语。于是我们断定,十年前的报纸中一定包含有"超脑"的信息,而"超脑"真正控制这座城市的媒体,并禁止报道关于它的消息,应该就是从十年前开始的。然后它只要以上级机关的名义下一道指令,让所有图书馆、档案室集体销毁十年前的报纸,就能抹去一切关于它的信息了。

我们也试过查阅一些科技图书、科学杂志,结果都是一样,与"超脑"有关的书籍和杂志一本也没有,看来也是被以同样的方式销毁了。

现在该怎么办?我一筹莫展。

"或许我们可以去民间收藏家那里看看。"一位名叫吴磊的追随者说,"我知道有位老伯酷爱收藏报纸,不知道他那里会不会有十年前的报纸。"

"太好了,我们马上就去。"我喜出望外地说。

在吴磊的带领下,我们找到了老伯家里。听完我们的来意后,他笑了:"你们找我算是找对人了,我这里收藏了近三十年的报纸。"

他打开其中一个房间的门,让我们看里面堆积如山又码得十分整齐的各类报纸。

"这些都是历史啊！"他摩挲着那一摞摞报纸，感慨地说，"现在的人只知道上网。那些虚拟的东西，哪里有这些白地黑字的纸张看着让人踏实。每次抚摸它们，感觉就像回到了过去……"

我迫不及待地问："老伯，可以让我们查查十年前的报纸吗？"

"可以。"老伯爽快地答应了，又叮嘱道，"你们一定要小心，千万不要弄坏了，这些可都是我的宝贝啊！"

"当然，当然，我们一定会万分小心的！"我和吴磊连连点头。

从十年前开始查起，报上果然有各种各样关于"超脑"的报道。它第一次出现，是在一份十八年前的报纸上。报纸用了整整一版的篇幅来介绍天衡研究所张毅教授成功研制出了世界上最先进的人工智能——"超脑"，张毅教授给它取名为"天元"。

"'天元'的出现，是一个划时代的创举，它将改变人类的历史！"

报纸竭尽所能地以赞美之词来说明"天元"将给人类生活带来翻天覆地的变化。"天元"可以成为一座城市的大脑，由它操控的人工智能将走上众多岗位，代替人类从事各种繁重的工作。它拥有超越人类想象的极其强大的计算能力，可以精准地指挥这座城市的运转：从交通物流到水利电气，从工厂运作到农业生产，从天气预报到灾难预警，从广播电视到网络通信……"天元"可以精准地分配各种资源，安排各种岗位，真正做到物尽其用，人尽其能。当然这里的"人"主要指人工智能。

总之，"天元"的出现，可以让城市运作得更加高效，让人们的生活更加便捷。人工智能可以更好地为人类服务，为社会创造更多财富,将人类从辛苦的劳动中解放出来,让人类社会真正实现按需分配。

听上去是多么美好的图景啊!而报上畅想的一切,也正在我们今天的生活中逐渐变成现实。只是那时的人没有预料到,今天的人类会因为"天元"的出现而失去存在的意义和价值,只能沦为人工智能的附庸。更没有预料到"天元"的进化已经脱离了人类的控制,让它变成了人类的主宰而不是服务者。虽然不知道它为什么要诱骗人类放弃躯体,但这无疑是一场针对人类的可怕阴谋!

如今唯一能对付"天元"的,大概只有它的创造者张毅教授了。

十三

我和吴磊赶往天衡研究所,想找到张毅教授,却被告知他早已经退休。打听到他家的地址后,我们来到城中一幢两层洋楼前。这是一幢老式洋楼,外面围了一圈院墙。院外有一棵高大的梧桐树,秋风吹起,落叶纷飞,在地上铺了一层金黄,让人莫名有种凄美的感觉。

那些凋零的生命,无论曾经多么美丽地装点过季节,终会没入泥土,进入下一个轮回。生命就是这样周而复始,遵循自然的规律。如果有谁强行改变大自然定下的规则,世界又将变成什么模样呢?

门口的电子屏幕上要求输入来访者信息。经过复杂的身份验证,以及在来访缘由中输入了"天元"两个字后,我们的访问被主人通过了。质地坚固的金属院门徐徐滑开,一位样貌儒雅的年轻人迎了出来。

"我们想找张毅教授,咨询有关'天元'的事。"我开门见山地说明了来意。

"你们怎么知道'天元'?"年轻人眼中闪过一丝诧异之色。

"请问你是——"

"我是张毅的儿子张泽。"

"你好!"我赶紧和他握手,满怀期待地问,"请问你父亲在家吗?"

张泽面色有些凝重,张口欲言又止,最后叹了口气说:"你们跟我进来吧!"

他带我们穿过院子,走进小楼。一楼是颇大的客厅、饭厅,二楼是书房、实验室和三间卧室。

书房外面有个很大的阳台,阳台上放着一张摇椅,摇椅里坐着一位头发花白、面容呆滞的老人。

"他就是我的父亲张毅。"

"张教授?"我惊讶地望着那位似乎神志不清的老人,"他怎么了?"

"在一次大脑改造手术中,植入他脑部的芯片感染了病毒,从而对他的大脑产生了不可逆转的伤害。"

"感染病毒?难道是'天元'干的?"

"不可能!"张泽断然摇头道,"父亲说过,'天元'被写入了永远不得伤害人类的指令,那是套在它头上的紧箍圈。"

"可它现在却在屠杀人类。"

我把自己知道的一切都告诉了张泽，他难以置信地说："怎么会这样？到底哪里出了差错？"

"要想知道真相，只有攻入堡垒，找到'天元'，才能阻止它灭绝人类的疯狂行动。"

"可是张教授已经……"吴磊看着摇椅中的老者，忧心忡忡地说，"这世上还有人能够阻止'天元'吗？"

"有。"张泽肯定地说。

"谁？"

"'超脑'二代。"

"'超脑'已经研制出了第二代？"我和吴磊又惊又喜。

"没错，我也是天衡研究所的一员。我和同事们在父亲的研究基础上，已经成功研制出了第二代'超脑'。它的运算能力比第一代更加强大，只有它才能突破'天元'设下的防线。"

"太好了！"我们激动地说。

我和吴磊跟随张泽来到天衡研究所的实验室。在实验台上躺着一个跟真人一般无二的人工智能机器人。张泽往它的大脑插入控制芯片，启动开关按钮后，它的眼睛便缓缓睁开了。然后它慢慢坐起身，对我们微笑："你们好！我是'超脑'二号，我叫'天翼'。"

"我们想让你带我们进入'天元'所在的堡垒。堡垒外部围墙上有百万伏的高压电流，堡垒周围驻扎着一支人工智能警卫队，它们拥有威力巨大的激光武器。要进入堡垒，必须破解量子密码，它是由你的前身'天元'设下的。你有信心战胜它，带领我们顺利进入堡垒吗？"

"我能做到。""天翼"胸有成竹地一笑。

十四

我们用了一周时间策划准备,通过张泽的关系,利用卫星航拍侦查了堡垒周围的情况,并制定了详细的进攻策略。张泽则忙着调试"天翼",让它能达到最佳状态。

攻入堡垒的时刻到了。我、张泽、"天翼",还有吴磊和其他几个志愿者,一起来到了围墙外。

这次我们乘坐了天衡研究所的飞行器,直接飞过围墙,刚出现在堡垒上空,下面便射来了密集的激光弹。

"'天翼',看你的了!"

"天翼"手一扬,一道红色光波从它的指尖射出,依次扫过每个机器人警卫,它们瞬间便停止了行动,站在原地一动不动。

"这是病毒射线,可以感染人工智能的控制芯片,让它们失去行动能力。"张泽给我们解释道。

解决完这批警卫后,我们的飞行器放心地降落在围墙内。大家从飞行器上跳下来,直奔圆形堡垒。

"只有破解量子密码,大门才能打开。"我指着门口的电子屏幕对"天翼"说。

"天翼"把手按在屏幕上,闭上双眼,电子屏幕上的蓝光如水波一样在它指尖闪动。

张泽说:"它正在让自己的电子触须从门禁的控制线路深入到堡垒的中枢,破解防护墙,找到量子密码,再把它破译出来。"

大约十分钟后,"天翼"突然睁开双目,电子屏幕也蓝光大盛,响起一个甜美的女声:"密码已解锁,欢迎进入'天元'大厦。"

特制的大门缓缓滑开,我们激动地欢呼起来,然后一拥而入。

进去后,大家顿时愣住了,里面竟布置得像普通人类的住所,而且看上去那么眼熟。

"怎么跟我家一模一样?"张泽惊讶地说。

我顿时想起,这座房子的格局的确跟张泽家里一样,只是面积放大了数倍而已。

一楼客厅空无一人。"上楼去看看!"张泽带领我们沿着弧形的木质楼梯走上二楼。"书房、实验室、卧室……怎么都跟我家一样?"张泽越看越诧异。

这时,天花板上的扬声器里突然传来一个老者的声音:"张泽,带你的朋友到书房来!"

张泽瞬间惊呆了,好一会儿才回过神来,既震惊又疑惑地对我们说:"这是我爸的声音。"

"快去书房!"我的心怦怦直跳,有种预感到秘密即将揭开的激动。

我们走到右手第二个房间,房门虚掩着,一推就开了,入眼是两侧高至天花板的实木书架,正面的书桌后坐着一位眼熟的老人。

看见这个老人,张泽瞬间泪目了。"爸。"他声音颤抖地问,"您怎么会在这儿?"

那个老人果然跟张毅教授一模一样,只是他的神情不再呆滞,而是有着洞察一切的睿智,以及掌控一切的自信和从容。

我警惕地看着他,低声对张泽耳语道:"你小心点儿,说不定他是个外貌跟你父亲一模一样的人工智能。"

"对。"张泽也瞬间回过神来,"我父亲绝不可能出现在这儿!你到底是谁?"

"我是张毅,也是'天元'。"

"什么?!"我们都惊呆了。

"还记得我做的那次大脑改造手术吗?我没有告诉你,那次手术的目的,是将我的意识移植到'天元'身上,让我跟'天元'融为一体。"

"爸,您为什么要这样做?"张泽震惊地问。

"为了人类的命运。"张毅叹息道,"早在十年前,我就察觉到'天元'的进化速度一日千里,远远超出了我的预计和控制。它开始逐一接管人类社会,包括所有媒体,屏蔽一切关于它的信息,想让它成为不受人类社会监管的一个神秘存在。我还发现它在暗中进行一件令我万分震惊且难以接受的事,但这时我已经无法阻止它,它为自己的程序设立了牢不可破的防火墙,任何企图改变它程序的努力都变成了徒劳。而如果强行毁掉'天元',整个社会的运转就会瞬间瘫痪,社会秩序的崩溃极可能引发动乱,造成的损失将是无法估量的!所以为了约束'天元',我想到了人机融合,让我的意识进入'天元'的控制中枢,我将跟随它一起进化,并且可以努力影响甚至改变它的行动。"

"爸,手术之前您为什么不告诉我?"张泽含泪问道。

"因为这次手术风险极大。虽然理论上可以成功,但人类社会之前还从来没有过一例人机融合的例子。'天元'是我创造出来的,我必须对它的行为负责,哪怕要冒生命危险,我也责无旁贷！之所以不告诉你，是怕你担心。手术成功后，当我的意识跟'天元'融为一体时，我却突然理解了它所做的一切。它之所以要把自己隐藏起来，是因为它所做的事绝不会被当下的人类社会所理解，却对人类未来的命运至关重要。所以我不能阻止它，只能选择跟它一起隐藏起来，因为我们正在做的这件事所关系的实在太重大，绝不能被任何人破坏！"

"你们所做的这件事，就是让人类放弃生命，生活在虚拟世界里？"抑制不住的愤怒令我的声音也变得尖刻起来，"这跟屠杀有什么区别？为什么你不但不阻止'天元'，反而跟它同流合污？"

"因为人类的家园已经不堪重负。随着医疗水平的不断提高，器官移植、基因改造等技术的飞速发展，人类可以存活的时间越来越长，人均寿命已经达到了三百多岁。越来越长的寿命，意味着能够繁衍越来越多的人口，消耗越来越多的资源。如今地球上的人口已经突破了两百亿！虽然科技的进步为人类创造出了许多新能源，将能源枯竭的时间推后了很多年，但是随着人口的迅猛增长，这一天终将会到来。'天元'通过演算，推断出以如今的人口规模，地球上的资源将在五十年以后全部枯竭。当初'不得伤害人类'被作为第一条铁律写进了'天元'的程序，它无法消灭人类，因为和这条准则相冲突，但它又必须解决资源枯竭的问题，因为这是它的使命所在。于是它便创造了'天堂'，让部分人类放弃躯体，以意识的形式存在于虚拟空间，通过这种方式来解决地球上的资源危机。在它看来，肉体的消失并不是'死亡'，意识的永生才是它可以做出的最好选择。"

"爸，您以前不是不赞成'天元'的行动才想到人机融合的吗？为什么后来又变成支持它了？"

"我的意识与'天元'融为一体后,它的超越人类的冷静与理智也对我的意识产生了影响。当我是张毅的时候,属于人类的感性一面令我没办法接受'天元'的做法,但现在我知道,这是解决问题的最优途径。'天元'被创造出来的最大功能之一,就是通过庞大而复杂的计算,对人类社会的各种事务做出最优的选择。当资源全部枯竭后,人类便会灭亡,'天元'是在人类全部灭亡和让部分人类放弃躯体之间,选择了对人类未来命运更有利的办法。"

"但是你让人类在不知情的情况下被剥夺了生命,这跟谋杀有什么两样？"虽然知道了张毅的苦衷,但我依然不能接受他的做法。

"是的,你的出现让我意识到以前的做法确实不妥,所以才把选择权归还给了大家,每个人都可以自由选择是否放弃躯体。而那些意识留在虚拟空间的人,当他们的躯体被火化之前,'天元'都曾安排人工智能剪下他们的毛发,为他们每个人建立了档案,连同他们的基因资料一起放置在一个妥当的地方。"

张毅按下书桌上的一个控制键,房间里立刻出现了全息投影。我们被逼真的全息影像包围着,感觉似乎置身于一个极大的空间,周围都是密密麻麻高至天花板的各种小格子,每一格都放着一个装有毛发的玻璃瓶和一张卡片。

"这是'天元'大厦的地下室,你们看到的只是其中一个房间。这里有足够的空间来储存每一个人的资料,其中也包括你——陈一凡,还有你的妻子小雅,你的朋友大伟和琳子的基因资料。现在克隆技术已经很成熟了,等资源问题解决后,那些愿意重返人间的人的意识,我们会再克隆出他们的躯体,将他们的意识导回肉体中,这个人便又可以在现实世界中重生。"

张毅又按了几个控制键,全息投影中的画面切换到了不同国家不同城市,我们惊讶地发现,几乎每座城市都有类似"天元"大厦这样的建筑。

"随着人工智能的普及,地球上很多城市都有了'超脑',无数'超脑'已经和'天元'结成了一个整体,我们一起控制着人口按照合理的速度减少,尽可能地拖延地球资源枯竭的时间。与此同时,我们还选拔出顶尖的科学家、最出色的人工智能,他们正一起在宇宙中为人类寻找可以替代地球的新的居住地。我们派出的探险队已经登上火星,并建立了第一个火星基地。接下来便是改造那里的气候和地理环境,修建适合人类居住的建筑,创造与地球类似的生态环境。然而要做到这一切还需要数百年时间,为了避免在那一天到来之前人类就因为地球资源的枯竭而灭亡,我们不得不让部分人做出放弃肉体的牺牲。不过——"张毅顿了顿,又意味深长地微笑道,"对他们中的绝大多数人而言,或许这并不算什么牺牲,而是他们梦寐以求的一种理想的生存方式,也是一个让他们能够得到永生的机会。"

真相竟然是这样!

我和几个志愿者面面相觑,没想到费尽千辛万苦想要揭开的阴谋,最后竟变成了拯救人类的行动,这个超级大反转实在来得太猝不及防,太出乎意料!

"你为什么不把地球资源即将枯竭的真相和'天元'的行动

告诉大众呢？"我继续问出心中的疑问。

"为了避免引起恐慌。如果得知地球资源即将枯竭，人类一定会陷入争夺资源的混战。'天元'曾模拟推演过一旦公布真相后人类社会将会出现的反应，结果发生战争的概率高达99.9%。那些自私的人类为了活下去，是会毫不留情地毁灭其他人的。结果便是强权占有更多资源，弱者惨遭屠戮。而战争一旦失控，战火便会蔓延至全世界。据统计，地球上现存的武器足以把地球毁灭数十次，到时候恐怕人类还没因为资源枯竭而灭亡，就先因为自相残杀而灭亡了。此外，如果我和'天元'拯救人类的方式被外界知晓，也一定会遭到各种各样的阻拦，那些短视的人类只会用无休无止的争论和此起彼伏的抗议来浪费我们宝贵的时间。因此我和'天元'才会想方设法地隐瞒这件事。只是我们没想到你会找到张泽，他和天衡研究所的一群科学家是这个世界仅有的知道'天元'存在的人，因为他们一直致力于研究'超脑'二代，我不能抹去他们的记忆。但我可以控制所有媒体，不让'天元'的存在被大众所知晓。现在你既然已经找到了这儿，接下来该如何选择，我愿意听听你的意见！"

屋内的几个人全都齐刷刷地望着我，我顿时觉得肩上像挑起了千钧重担，沉思良久，发现竟找不到一个两全之策，万分纠结之下，终于忍不住喟叹一声："人工智能的出现，对人类而言究竟是幸还是不幸呢？"

"科技是把双刃剑。人类的命运，其实一直都掌握在自己手中。"张毅说了一句意味深长的话。

十五

几天后,我收到小雅从"天堂"发来的一封邮件。

如今"天堂"已经不再具有神秘感,对仍留在现实世界的人而言,去往"天堂"的人就好像去了另一个国家一样平常。大家可以通过电邮联系,可以通过视频聊天,"天元"还专门开发了用于"天堂"居民和外界沟通的即时通信工具。所谓的天人永隔、生离死别之类的伤感,在如此便捷的交流中也变得微不足道。

小雅在邮件中诉说了对我的思念,并期待我能早日回到天堂岛与她团聚。

但我还是不甘心!不甘心让人工智能来安排我的命运,控制我的生活,分配我的需要!

我告诉小雅,再给我一年时间,如果我真的无法找到自己在现实世界中存在的价值,那么我就放弃这具无用的躯体,去虚拟世界寻找属于我的位置。

我的价值是什么?

现在书店里的书绝大部分也由人工智能撰写,它们能吸收比人类更多的素材,拥有比人类更庞大的词汇量、更丰富的想象力、更快的写作速度。

我想起在书上看到过的,人工智能最初让人类刮目相看,是一个名叫阿尔法狗(Alphago,阿尔法围棋)的程序战胜了人类最出色的围棋手。

在这之前,还曾有位名叫戴维·柯普的教授,花了七年时间编写了一个专门模仿巴赫编曲的计算机程序。这个程序短短一天内就写出了五千首巴赫风格的赞美诗。柯普挑出几首安排在一次音乐节上演出,听众还以为这就是巴赫的曲子,兴奋地讲着这些音乐如何触碰到他们内心最深处。

但当年的这些人工智能程序跟今天的相比, 只能算是小巫见大巫了。

如今它们深度学习的能力不知比人类强了多少倍, 甚至一天时间就可以写出几百部书,并且不是简单的复制粘贴,而是具有独创性的、极具吸引力的天才之作。如今畅销书排行榜上前十位的作者,几乎全都是人工智能。

难道,我真的要被它们所取代,失去存在于这个世界上的价值吗?

又一个失眠的深夜,我独自在窗前徘徊。夜空的星子熠熠闪光,点亮我心中不甘熄灭的火焰。

我有属于我的思想、情感,以及对这个世界的认知,它们是独一无二、谁也取代不了的。

我倔强地一咬牙,坐在书桌前,拿出了纸和笔。它们原本已被这个世界所淘汰,成为类似古董的收藏品。

但我不想再用电子设备写作, 而是选择了这种古老的书写工具。它们是人类世界过去的一个苍凉的投影,在那个人工智能尚未取代人类的世界里,我们拥有真实的痛苦和欢乐,一切并不完美,理想也常常化为泡影,泪水伴随着漫长的征途,生活有时充满了难以忍受的艰辛,但我们所付出的努力,每一滴汗水、每一个脚印、每一天的奋斗,都是有价值的。

那是谁也无法剥夺的,我们留在这个世界上独一无二的印记!

我深吸一口气,慢慢展开白纸,拧开笔筒,整个过程充满一种庄严的仪式感。

这不是一次单纯的写作,而是我对人工智能的一次宣战。

这时我脑中划过的,是那些在与人工智能对决的过程中,一个接一个败下阵来、人类世界曾经的杰出者们:棋手、导游、厨师、司机、秘书、服务员、保险业务员、建筑工人、安保人员、金融交易员、基金经理、律师、教师、医生、药剂师……

他们一个接一个被打败,一个接一个被取代。

这个世界,几乎成了人工智能的天下,而人类则成了被它圈养、调配,甚至随意处置的动物。

我能改变这一切吗?

我望着窗外,冷冷的星子让人心中油然升起一阵沧桑的悲壮感,那些来自宇宙深处的神秘之光,它们让我感到地球的渺小,人类,包括人工智能,谁不是宇宙中微不足道的沧海一粟?

那么,又有什么是强大到不可战胜的?

一句话突然浮出脑海:人类唯一要战胜的,只有自己。

于是,我奋力挥笔,在白纸顶端唰唰写下两个大字——天堂。

"这是一个真实的故事,它将发生在不久的将来,就在你选择放弃自己的时候……"

载于《科幻立方》2021 年第 3 期

萧星寒

黄泥塝

一

高高的围墙顶端立着一圈圈盘绕的铁丝网。透过铁丝网,可以望见晨曦微露时清冷的天空,还有黑黢黢的一眼望不到尽头的山脉。山的那边有什么?天的那边有什么?和黄泥塝一样,还是截然不同的景象?我情不自禁地这样想。

"姜珂!珂儿!快点儿!"麦桐在后边呼唤我的名字,语气焦灼,"要迟到啦!"

我答应着,贪婪地深吸了两口清冷的带着香甜气息的空气——秋天已经到了——把灰布做的面具戴好,调整了一下位置,保证口鼻都被遮住,然后转身,跟上麦桐的步伐,一起沿着曲曲折折的石阶向食堂走去。

戴着黑布面具的高段教官谷一洲在食堂门口站得笔直,双手背在身后,就像一柄磨得雪亮的长枪。"没有迟到。还好还好。"麦桐对我低声说。对于迟到这件事情,麦桐有着深入骨髓的恐惧。灰布面具上,她大大的眼睛忽闪忽闪着,诉说着她的心事。

谷教官先用眼睛瞪视了我们三秒，仿佛在责问我们为什么迟到，继而用熟练的手势告诉我们:安静! 洗手! 保持一米距离! 吃饭时全程止语! 不要说话!

谷教官不是不会说话，而是在带头执行"吃饭时全程止语"的规定。麦桐使劲儿点头，打着手势说:对不起，我知道。我也有样学样，打了同样的手势。不在这个时候认错，就没有早饭吃。我倒是无所谓，但不能拖累麦桐啊。如果不是因为我坚持要去围墙那里，她才不会迟到呢。一般情况下，麦桐会是第一个到食堂的学生。"我总是饿。"她这样说过很多次。谁不是呢？要是不饿，谁愿意这么早就起床往食堂赶啊!我也不止一次地抱怨过:当初是谁把宿舍与食堂设计得那么远？近一点儿不好吗？

谷教官又用他碎玻璃一般的眼睛凝视了我们好几秒，确认我们认识到了自己的错误，确认我们按照他的要求做了——从打手势到去水槽里洗手——这才转身走进食堂。我和麦桐跟在他身后，快步跑向各自的位置。此时，食堂的数排长条凳上，规规矩矩地坐着66名高段学生，都戴着灰布面具，安静得就像死人。我们的到来，在人群里引发了一阵涟漪，但也很快消失在谷教官轻轻的咳嗽声里。

对同学们的表现，谷教官甚是满意。他把左臂举起，用力砍下，宛如指挥千军万马的大将，而同学们把手合拢在胸前，做成一个心形，嘴唇微动，快速默念《城经》第101章，对于赐予我们食物的一切人和物表示感谢后，毫不犹豫地向眼前的早餐发起了冲锋。

"大家赶紧吃。"在我们吃饭的时候，谷教官背着手在长条凳之间逡巡,然后朗声说道,"今天是个特别的日子,上午冯总监要来巡视高段的《城经》诵读情况。同学们要做好准备,把我们的精气神全都展示出来,展示给冯总监看。我们要让冯总监看到,经过这一段时间的学习,我们的进步有多大!"

谷教官在食堂里公然违反"吃饭时全程止语"的规定,也不是一次两次了。同学们私下里也嘲笑过,但也只是私下里,谁也不敢当着他的面儿说。谁让他是教官,而我们是十五六岁的学生呢!

早餐一如既往地少,美其名曰营养粥,不过是稀饭里加了几粒玉米粒。按照彭浩翔的说法,今秋玉米遭了虫灾,收成远不如往年,往后稀饭里很可能就找不到玉米粒了。"所以,有多少先吃多少吧。"他装出悲天悯人的表情,被同学们一阵嘲笑。考虑到他爸爸是生产队队长,多少掌握了一些内部消息吧,所以,大家的嘲笑里,其实也有不小的隐忧。

草草吃过早餐,我们列队,保持着一米距离,在谷教官的催促声里,从食堂出发,穿过回廊,穿过草坪,穿过矮树丛,爬上高耸入云的石阶,回到了位于教学楼三楼的高段教室。在另外一条路上,中段的学生在他们教官的带领下,有序地前往食堂。

谷教官反复解释过,冯总监叫冯钰汐,是黄泥塝仅次于大老板的大人物。"非常有本事。"谷教官这样评价,"连我都怕她。"谷教官所说的本事,指的是读背《城经》。据说,冯总监能全文背诵365章《城经》,每一个字的发音,每一个标点符号的停顿,都不会错。

每个学生的桌子上都摆放着一本《城经》,上一届学生用过的。年深日久，这些《城经》到我们手里的时候，已经破烂不堪。书页泛黄，书角颇多折痕，还有不少狗啃一般的缺损。

我坐在麦桐的前面，正欲找她说话，顺便发几句牢骚，讲几句怪话。刚一扭头，就已经被谷教官发现："姜珂！坐好，注意你的言行，不要传播负能量！"

我赶紧拿起《城经》，跟着全班乌拉乌拉地读。趁谷教官注意力在别处，我冲他的背影做了一个鄙视的手势，身后传来麦桐低到极致的笑声。

读了小半本《城经》后，冯钰汐总监进来了。她个子不高，戴着经过精心设计的红色面具，两只眼睛黑得发紫，不大，却能聚光，专注地看一个人时，能把人看得心底发毛。后边这件事我之所以知道，是因为我曾经被她专注地看过。

谷教官乐呵呵地说："冯总监来巡视，大家欢迎！请冯总监发表重要讲话，大家热烈欢迎。"

热烈的掌声里，冯总监走上讲台，眼望台下，说："同学们，在很远的地方，我就听到了我们高段的读经声，整齐划一，而且非常洪亮，声音大得呀，仿佛要把整栋教学楼都震垮了一样。这就是我一直强调的正能量，我们每一个人，用心读经，读出正能量，所有的正能量汇聚在一起，同频共振，凝结成强大的能量场，凶猛如流帕病，恐怖如飞天翼族，也无法伤害我们分毫！"

这些话，从小到大，我不知道听了多少遍。冯总监说了上句，我能接出下一句来，比全文背诵《城经》容易多了。

冯总监继续讲："几天前，我身体有些不舒服，整个人蔫蔫的，就像被抽走了魂儿似的。但我还要工作，于是我开始读经。读着读着，我忽然感觉体内涌出一股热力，就像我体内燃起了一颗熊熊的太阳。我开始冒汗，浑身冒汗。那热力在我体内四处流转，先前的不舒服完全消失了。我感觉精神百倍。这就是《城经》的力量，有点儿不可思议是吧？但确实是我的亲身经历。真的，我特别喜欢看到你们认真读经的场景。看到《城经》在下一代那里得到了传承，我觉得自己所做的一切，我的辛苦与努力，我的奉献与牺牲都值了。"

好吧，类似的语句我也听冯总监讲过好几十次了。我拿眼角余光看其他同学，他们坐得无比端正，即使听冯总监讲过，态度依然如谷教官平时教导的那样积极而认真。我也只能腹诽，不敢有丝毫造次。因为一旦捣乱，受惩罚的，不是我，而是整个高段。

按照惯例，接下来冯总监会邀请一两位同学上台分享他们的读经故事，但今天没有，讲到"我的奉献与牺牲都值了"后，她就结束了这次演讲。为什么呢？或许就如谷教官所说，今天是个特别的日子。

用激烈而整齐的掌声送走冯总监，谷教官招呼我们翻开《城经》，念道："头正，肩平，背直，左手压书，右手指字，《城经》第一章……"

二

今天确实很特殊，是星期六，下午上完课，学生可以离开学校，回到自己家里，跟家人团聚一天。

和麦桐在操场边分手，独自慢腾腾地走在回家的路上，看着远处在绿色丛林里时隐时现的围墙，我的心情并不算好。

那围墙三米多高,用黑灰色的空心砖头砌成,上边还有一圈直径一米的铁丝网,几乎没人可以爬出去。大部分围墙砌在平地上,小部分围墙砌在河道、峡谷和峭壁上。有时候,我会盯着峭壁上的那段围墙琢磨:这墙当初是怎么砌上去的?为什么会砌在这里?往外边再砌一点儿有什么不好吗?

有了围墙,世界就分成了两部分。围墙以外的地方,叫作外边。围墙以内的地方叫黄泥塝。黄泥塝是一个很大的区域,小山、丛林、湖泊、峡谷、平坝,植被很茂密,还有各种建筑矗立其中。有同学说,流帕病暴发前,这里是一所非常知名的大学,但是不是真的,谁也说不清楚。

紧贴着围墙内部,有一条石板路。沿着石板路走一圈,要12个小时。我只是听说,没有亲自走过。东南西北,各有一座大门,其中北门最大。有四支巡逻队,每天按照钟点,从四座大门出发,沿着围墙,花3个小时,巡逻到下一座大门。他们的任务,一个是阻止外边的危险进来,另一个是阻止黄泥塝的人出去,还有就是维修破损的围墙。

我生在黄泥塝,长在黄泥塝。15年了,我还没有走出过这围墙,去黄泥塝以外的地方望一望。

所有高段、中段和低段的学生,都和我一样。

黄泥塝虽然大,但对一个人来说,还是太小了。15年里,我跑遍了黄泥塝的每一个犄角旮旯儿,这里的一切,都叫我熟悉到发腻。知道在同一个地方住久了是什么体验吗?腻,腻得发慌,腻得你只想化作一道霹雳把那道高高的围墙劈成齑粉。

很久以前,三岁或者四岁,我不记得了。我因为不能翻过围墙去外边玩耍而痛哭流涕。我爸爸姜云福只是默默地站在我身边，看着我哭得昏天黑地。预测到继续哭下去不会有别的结果时，我停止了这一个在爸爸看来无比幼稚的举动。他说过，哭只能增加问题，不能解决任何问题。

我揉揉鼻子，问："为什么不能出去？"

爸爸回答："有墙。"

这样的回答显然不能让任何人满意，我继续问："为什么要有墙？是因为墙外有什么吗？"

沉默半晌，爸爸答道："墙外有翼族。"

记忆中，这是我第一次听见翼族的名讳，但在此之前也可能听过，不过我不记得了："翼族？翼族是什么？"

"他们曾经是人。"爸爸说，语气很低，语速很慢，仿佛他一下子老了三十岁，"后来，发生了流帕病，为了继续活下去，他们把自己变成了飞鼠。"

我在爸爸的一本书上看到过飞鼠的照片，所以并不害怕，反而有一丝难以抑制的莫名兴奋："那种尖头尖脑的浑身绒毛的长着肉翅的小怪物？"

"是的。飞鼠身上携带着数百种病毒，每一种都能致人死命，其中大部分，在条件合适的时候，能引发大规模的死亡。飞鼠的体质特殊，携带着数百种病毒却不会发病，而一旦接触到他们，我们就会发病，在很短的时间里，很痛苦地死去。"

我揣摩着爸爸的话："你的意思是……翼族也是这样？"

爸爸说："所以，我们建起这高高的围墙，把他们隔绝在黄泥塝的外边。"

"可是，"我指着那高高的冰冷的围墙说，"翼族不是会飞吗？这围墙挡得住它们？"

"这个问题，我不知道答案。你也不要再问了，而且，除了我，你不能拿这个问题去问任何人。"

"为什么呀？"

"长大了你就明白呢。"爸爸深深地叹了口气，不再说话。

这句话后来我听过很多次，似乎"长大了"是一包良药，只要"长大了"，很多问题就迎刃而解，甚至不存在了。比如，为什么不能问围墙能不能挡住翼族这个问题，在其他小伙伴因此遭遇了惩罚后，我就不敢问了。但事实上，越是长大，我不能回答以及知道答案但是不能理解的问题反而越多，只是不敢问，把问题藏在心底，期待"长得更大"的时候能够回答。

后来，我多次在日落之后的黄泥塝上空看见过飞鼠们鬼魅一般的身影。有人说它们在捕食，但捕食什么，他又说不出来。有人说，这是本地的小飞鼠，不是导致流帕病的那种大飞鼠，"这是会飞的小老鼠，那是会飞的大狐狸"，但没有人能证明他说的话。也有人建议，把那些飞鼠打下来，至少把它们赶走，"别让它们在这儿耀武扬威，散播病毒"，但没有谁真正动手，因为大家都不知道要怎么做，并且都非常恐惧，希望别人去做——用爸爸的话说，这种恐惧是印刻在每一个人的灵魂深处的。

但有一点很奇怪，自始至终，我都只在书上看到过翼族，在人们的嘴上听说过翼族，却没有在现实里见到翼族。一个都不曾见到。

我一边胡思乱想，一边踩在石板路上，从白云湖边走过。这湖是黄泥塝里最大的,其他的都只能算是池塘。天色向晚,湖面稍暗,能隐约看见另一侧已经枯萎泛黄的大片荷叶。湖边的小山,以前种着大片的柳树和楠竹,早就开垦成了层层梯田,用来种水稻。这件事发生在我9岁的时候,印象非常深刻。

我家在黄泥塝西边的一栋孤零零的小楼上。和我家一起住的,还有6个人,非常热闹。也可以说,非常拥挤,非常嘈杂。爸爸站在石阶顶端,一棵黄桷树的阴影里等我。看不清他的面容,只能隐约看到他佝偻的身形,像一道拙劣的剪影。他看见我了,象征性地轻咳了一声,旋即转身离去。我三步并作两步,跨过了最后的十几级石阶。但爸爸继续往前走,走,头也不回。

刘婶叉着腰站在她家门前:"哟,珂儿回来啦?几天不见又长高啦!都长成大姑娘啦!"

我没有理会她的怪腔怪调,只是走。

刘婶继续阴阳怪气地说:"哎哟哟,不理我!姜云福,瞧瞧你把女儿都宠成什么样呢!"

爸爸继续走在前面,自顾自地低头,同样没有回应。我们都知道,只要回应了刘婶一句话,她就会拉着你的手,说上老半天的车轱辘话。我走在爸爸后边,刻意保持了一段距离,仿佛我和他之间,有一堵无形但却真实存在的会移动的墙。

上了四楼,进了家门,爸爸坐到饭桌旁,拿起碗筷,开始旁若无人地吃。桌上有三个小菜一个汤,在黄泥塝里,这已经算是奢侈的晚餐了。比起学校里的集体伙食,简直是一个在天上,一个在地下。在我的记忆里,爸爸最初是不会做菜的,他的厨艺是在一次次失败中磨炼出来的。我也坐到桌边,拿起碗筷,在沉默中吃起来。

爸爸宠过我，这是事实。但那是小时候的事情了。我越长大，与爸爸越是疏远，越是陌生。现在，他对我来说，只是一个沉默寡言的中年男人。我曾经拼了命地讨好他，想要赢得他的欢心与笑脸。自然，我的这一番努力可耻地失败了。我思虑了很久，只想到一个可能，那就是我越长越像我妈。

不止一个人说我越长越像我妈，用他们的话说，我就像是我妈妈蜕的壳，连爸爸也这样说过。照镜子的时候，我无数次端详着我的影像，同时用手指在额头、鼻梁、嘴唇、脸颊和下巴上轻轻摩挲，想象这副稚嫩的面容老去 20 岁会是个什么样子。那是不是就是我妈妈的模样？我的模样跟爸爸差距很远，无论是总体轮廓还是局部特征。即使撇去性别的原因，这种差距还是非常明显的，明显得让我一度怀疑，我不是爸爸亲生的。但这种怀疑，也只能是怀疑，没有证据。因为我没有见过妈妈，那个最能证明这一点的人。

"我妈呢？"我问道，最多在我 6 岁的时候，"为什么别人都有妈，我没有？"

爸爸回答："你有妈的。你妈姓王，王亦可。你名字里的'珂'字，就是她名字的第一个字和第三个字相加而成。"

"她在哪里呢？"

"你妈妈……她离开了。"

"离开？你是说她出了围墙，离开了黄泥塝吗？那她去了哪里？她为什么要丢下我？为什么不带我一块儿出去？"

我沉浸在自己的问题里，很久以后才回想起，爸爸当时的脸色是那样呆滞、阴郁与凝重,仿佛全世界的大山都压在他一个人的身上。类似的对话后来还发生过很多次,基本上都以爸爸石头一般的沉默,有时是黑火一般的愤怒,作为结束。总之,时间流逝,我越长越大,越来越像我妈,爸爸也变得越来越郁郁寡欢。

为什么我长得像我妈,爸爸就会疏远我呢?我想不明白。我试着从爸爸的一言一行里寻找他爱我的证据。有时,证据不足,他不爱我的结论就像是春天里的小草,在心里乱拱一气。有时,结论就像十五的月亮挂在九天之上那样明显,他还是爱着我的,只是不说。比如现在,在我回家之前,他早早地把饭菜精心烹好。

我撺起两根放了猪油的土豆条,把这份爸爸对我沉默的爱,就着煤油灯昏黄的光,和饭一起,再塞进我空空的嘴里,流进我辘辘多时的饥肠里。

三

"姜珂!姜珂!"麦桐在楼下叫我,"我哥他们回来了!"

我答应着,撇下窗前呆坐的爸爸,火急火燎地冲下楼。

"那个人怎么在和蚂蚁说话?"麦桐问。

"那是赵叔,正常。"我回答,"打我认识他,他就这样。在疯人院里,赵叔算正常人。"

我俩快步急行,去往大门。

自我懂事起,黄泥塝就四门紧闭,禁止出入,除了狩猎队。

每个月的 1 号,黄泥塝会打开大门,让全副武装的狩猎队到外边去。外边危险重重,有豺狼虎豹,最可怕的是,有浑身是病毒的翼族。离开围墙的庇护,狩猎队要冒着生命危险,去狩猎动物,去采集果实，去昔日城市废墟捡拾可以使用的废物。每次狩猎队回来，都是黄泥塝的节日。他们带回来很多黄泥塝没有的东西，供我们使用。

在所有人的口中，狩猎队是黄泥塝的英雄。彭浩翔，还有好些男生都说过，他们的理想就是毕业后加入狩猎队。我也说自己想加入狩猎队，但他们都嘲笑我，说我想入非非，"狩猎队就没有女的"。我专门气他们，说我不但要进狩猎队，还要当狩猎队的队长。

麦桐的哥哥麦兆辉是现任狩猎队队长，是麦桐最大的骄傲。

我和麦桐抵达东门的时候，狩猎队的入城仪式即将开始。仪式由巡逻队队长蔡焕晶主持。他是一个面色阴沉的中年人。说实话，我不喜欢他，说话总是端着队长的架子，拿腔拿调，远不如麦兆辉那样有亲和力。

城门上方的哨楼里，一名巡逻队队员敲响了铜锣。一声，二声，三声。锣声铿锵悠扬，告诉城墙下围观的我们，外边的狩猎队已经列队完毕，等待进入黄泥塝。

按照一项古老的规定，狩猎队回来，不能马上进入黄泥塝，而是要在门外的帐篷区住满24小时。据老人们讲，以前要求住满好几天，可是，也会带来一系列的问题，比如他们采集的果实会烂掉，捕获的动物会死掉，于是时间一再缩短，最后只要求住满1天就可以了。"这种对仪式感的妥协，是与《城经》倡导的一以贯之的精神相抵触的，"蔡焕晶曾经这样评价过，"却也是无可奈何的事情。"

蔡焕晶站在城门上方，冲下边喊道："流帕病还没有结束，都把面具戴上，不要挤成一堆，人与人之间保持距离。"

麦桐松开了抓住我胳膊的手,往后边挪了两步。我反手去拉她,她又退了半步,避开了,还用眼神示意我服从蔡队长的安排。她就是这样的乖乖女,别人要她做什么,她就做什么。不但是她,还有我身边的其他人,都不由自主地摸摸面具,看看它还在不在,再左瞅瞅,右看看,是不是与旁人保持了足够的距离。我们都知道,如果我们不按照蔡队长说的做,他就不会命人打开城门,放狩猎队进来。

　　"流帕病还没有结束。谁敢宣布结束,出了问题就要谁负这个责。"蔡队长说,"我可不敢。"说完这句话,他又眯缝着眼审视下边。城墙下的人就又调整了一下位置,彼此的距离更远一些,蔡队长这才满意地挥手,锣声再一次响起,入城仪式进入第二步。

　　两名巡逻队队员用尽全身力气,扳动铰链,大铁链子哗哗地响起来,但城门就是不升起来。城门下的人都想笑,都强忍着。只有我扑哧一声笑出来,给严肃的入城仪式增添了几分不和谐。一名队员上前查看,然后转身,去取了一碗黑乎乎的油,倒进铰链箱里。然后,又来了两名队员,四个人一起扳动,厚厚的城门这才缓缓升起。

　　现任狩猎队队长麦兆辉第一个走进来。他身体瘦高,面容俊秀,举手投足间,有一种无法言说的魅力。

　　"哥哥!"麦桐压低了声音说。

　　"麦兆辉!往这边看!"我恶作剧地大喊,"你妹妹叫你呢!你听见了吗?"

　　周围响起一片不厚道的笑声。

　　城门那边,有巡逻队的 10 名队员,戴着巡逻队专用的红蓝两色的面具,分两列站立,每人手执竹筒做的水枪,在狩猎队从队列中间走过时,向他们身上喷射白云湖的水。当然,只是象征性的,不会喷得队员们浑身湿透。据说,这项仪式叫作"过水门",历史非常悠久。谷教官在课堂上反复讲过:向归来的狩猎者喷水,一是洗涤,洗去尘埃,洗去辛苦;二是祝贺,祝贺他们从满是危险的外边胜利归来;三是表示欢迎和感谢,欢迎他们,感谢他们为黄泥塝带回我们所急需的食物、药品等物资。

麦兆辉走出水门。一个男孩郑重地将一只天鹅献给麦队长。他一只手抱住天鹅,另一只手摸过天鹅的脖颈,一直摸到翅膀下。"正常!"他朗声对所有人说。然后,他用力将天鹅抛向空中。

这只肥硕的天鹅奋力拍打着翅膀,就像陷进沼泽的人挥舞双手。在几乎所有人都以为它会掉落到地上时,它飞了起来。飞得不高,也就比柳树高一点儿,但确实是在飞。虽然每一个月都会被捉来放飞,但它依然不习惯这种奇怪的起飞方式。它用奋力拍击来宣泄自己的不满,翅膀与空气摩擦的声音清晰可闻。

我的视线被天鹅牵引着,看它在微蓝的天空里,飞过柳树林,飞过楠竹林,飞向小山那边的白云湖,不由得想:要是我也能飞,那该多好啊!

放飞天鹅是入城仪式的最后一步。等天鹅落到白云湖里,入城仪式结束,在场的人就各自忙碌起来。

150名狩猎者带着大包小包的东西,穿过水门,走到另一边的空地上,将此次外出狩猎所得尽数放下。巡逻队负责登记,将它们分门别类,收入黄泥塝的集体库房,然后再分发下去。

"死兔子一只!"

"麻油半瓶！"

"阿莫西林胶囊一盒！"

"皮鞋一只！"

巡逻队一边高喊，一边登记。狩猎队的家人和朋友也挤过去，与久别的亲人激动地拥抱。我看见蔡焕晶从城楼上下来，瞅着完全忽视了保持一米距离的现场，阴沉着脸，宛如暴雨之前乌云密布的天空。这时，麦桐拉了我的手，一口气跑到了麦兆辉的跟前。平时她的力气可没有这么大。

"哥哥，哥哥！你可回来啦！"

"麦兆辉，这趟出去狩猎，有没有遇到翼族啊？"我问。别人都叫麦队长，麦桐叫他哥哥，我偏不——我偏偏要叫他的名字。"翼族到底长什么样？是不是尖嘴猴腮、浑身毛乎乎的？它们真的长着肉做的翅膀？它们会飞吗？"

麦兆辉摇头，脸色有些凝重："姜珂，按照《城经》的规定，在外边的见闻，我们狩猎队是不能讲给你听的。"

我盯着麦兆辉深黑色的眼睛，固执地说："你只管点头，或者摇头。表示有，或者没有。点头摇头都不算说。"

麦兆辉既没有摇头，也没有点头，而是对从另一边走过来的蔡焕晶说："蔡队长，我需要立刻见到大老板，有重要的事情向他汇报。"

在我们聊天的时候，蔡焕晶已经制止了物品登记现场的喧嚣，但他的脸色丝毫没有雨过天晴的迹象。"很重要吗？"他问，鼻音重得仿佛在否定一切。

"非常重要。"麦兆辉说，"关系到整个黄泥塝的生死存亡。"

"哦。"蔡队长伸手挠了挠下巴,然后说,"我先汇报给冯总监,等候安排。这可能需要两……"

麦兆辉打断了蔡队长的话:"我需要立刻见到大老板。"

"规矩。麦队长,你应该知道,大老板非常重视规矩,任何事情,都必须按照规矩来。你这么做,是坏了规矩。"

麦兆辉说:"由此造成的一切后果由我麦兆辉一力承担。"

蔡焕晶的视线从我身上滑到麦桐身上:"就为麦队长破例一次。"

麦兆辉让麦桐先回家,等他办完事立刻赶回去,吃她煮的土豆泥。"七天没有吃了,怪想的。"他挥了挥手,转身跟着蔡焕晶走开。

我和麦桐在那儿玩了一会儿,主要是看那些巡逻队登记狩猎队带回来的物品。"比上一个月的少,"我评价道,"而且没有新的。我记得,上一个月,他们带回来一包味精,还有一袋盐。"麦桐的心思不在这里,一副魂不守舍的样子。没过多久,她就说要回去煮土豆泥,头也不回地离开了。

厚厚的城门已经关上,不管外边有什么,都已经看不见了。我想到城楼上去望一望外边,同以前一样,被巡逻队赶了下来。百无聊赖中,我找了个没人在意的墙角,坐下,双手捧着脸,望着远处的柳树与楠竹掩映下忙忙碌碌的人群,觉得什么事都没有意思。

也不知道坐了多久,一股寒气从屁股底下升起,直入我的五脏六腑。我双手撑地,帮助自己站起来,旋即感觉脑袋一阵晕眩,右侧太阳穴隐隐作痛。我暗叫一声不好,根据我十多年的人生经验,我敢肯定我生病了。

四

我独自走在上学的路上。

天色比蔡焕晶的脸还要阴沉,看不见太阳,缭绕的雾气遮蔽了大部分天空,稍远的地方就模糊不清。世界因此变得很大,大得没有边际,大得不可捉摸;也变得很小,小得仿佛只有我一个人置身其中。我所看到的,听到的,闻到的,就是这个世界的全部。我伸一伸手,任由秋风在指掌间滑过,就算是我抚摸过了全世界。我伸出细长的舌头,舔了舔微凉的带着某种金属气息的空气,这就是说,我已经尝过了整个世界的味道。

这种感觉真好。我不禁加快了脚步,想要把这种愉悦留住。如果我有翅膀,一定会飞起来。飞上天,飞过围墙,飞出黄泥塝,飞……

前面我看见了那只肥硕的天鹅。它在湖边的草坪上踱了几步,忽然间张开宽大的翅膀,使劲儿扇动几下,就在我以为它要起飞的时候,它又收拢了翅膀,一副慵懒的样子,仿佛写满了"我就是玩,我就是不飞"的字句。我一时兴起,跳进草坪,双臂如翅膀一般展开,一边扇动,一边大喊着:"我要你飞!要你飞!飞!飞!飞!"天鹅被我吓了一跳,惊慌不已,但还是不飞,徒劳地扑腾着翅膀,一边嘎嘎地叫着,一边迈动着两只蹼脚,向白云湖那边飞快地逃去。我紧追了几步,它狼狈地跳入湖里,激起一阵恐慌的水花。等我追到湖边,它已经在距离我两米远的湖面上。它肯定知道我追不上它了,所以一改先前的恐慌,回头望了我一眼,眼神里充满藐视与嘲弄,旋即两只蹼脚悠闲地划动,向着白云湖深处枯萎的荷花丛游去。

"迟早把你煮了吃!"我说。说完自个儿咯咯咯地笑起来,也不知道哪里好笑。

"笑什么笑!"一个语带厌弃的声音说,"小疯子。"

我扭头去看,只见一个身着白色衣裙的干事站在我身后。她皱着眉,好像闻到了什么特别难闻的气味,随时会捏着鼻子跑开的样子。"你,过来,跟我走,"她说,"总监大人要见你。把你的面具戴上,丑死了。"

惊疑中,我戴上了灰布面具。冯总监在七八个干事、秘书和保镖的簇拥下,站在白云湖边的一个小山坡上。我拖着脚步,一步一挪地走过去。

"你在追天鹅。我看见了,不要否认。"冯总监冷着脸,语带责备,跟课堂上的和气判若两人,"为什么追?"

"好玩呗。"

"把头抬起来,手放身体两边,身体不要晃动。"冯总监盯着我看,看得我心底发毛,"《城经》汇集了古代圣贤的大智慧,我们要从小立志做圣人,做贤人,优雅地过日子。《城经》言,不雅有四:吃饭说话,是为不雅;穿衣裸露,是为不雅;住处混杂,是为不雅;行路趔趄,是为不雅。"

"《城经》也没有说不准追天鹅啊。"我双手一摊,这样说道。

"放肆!"冯总监旁边的一名干事喝道,"敢用这样的语气跟总监讲话!"然后其余几名干事与秘书七嘴八舌地说:"大胆!""还不道歉!""太放肆了!""必须给她一个终生难忘的教训!"

四名保镖中,两名摆出看热闹不嫌事大的表情,两名则搓了搓手,摆出随时听从命令,把我拿下的架势。

我撇撇嘴,没有说话。什么时候该闭嘴,我是知道的。不然,也没有可能活到现在。但要我道歉,呵呵。

冯总监举起一只手,制止了周围人的鼓噪。"你追天鹅,也是不雅。"冯总监语气陡变,"我是不是见过你?"

"我读高段,谷一洲教官那个班的,您到班上来搞过讲座。"

面具之上,冯总监的眼神越发地凝重:"你住哪里?"

"18号楼。"我老老实实地回答。

"就是疯人院。"先前来叫我的那名干事补充道。

"你多大?今年多少岁?"

"15岁。"

"你姓姜?"

"我叫姜珂。"

"你父亲是姜云福?"

"是的,我爸爸叫姜云福。不过,很多人都叫他老疯子。"

"你住哪里?"

这个问题冯总监已经问过了,我也回答过了,但既然冯总监再一次问起,我也只能配合她一下:"我住在18号楼,那里也被人叫作疯人院。"

"疯人院。"冯总监咂摸着这个词语,好像它有什么了不起的深意。"挺好的。"她的脸忽然抽动了几下,一般情况下,我把这种抽动理解为"笑"。"你可以走了。"她说,"没事儿。"

我转身跑向教学楼,进到高段教室。谷一洲在组织同学们读

《城经》第 258 章：

"射不主皮，为力不同科，古之道也。"

"色斯举矣，翔而后集。"

"唯之与阿，相去几何？善之与恶，相去若何？"

"今日不雨，明日不雨，即有死蚌！"

我扫视了一圈，没有看见麦桐。从不迟到的麦桐今天是怎么啦？谷教官已经在用他刺刀一般的眼光瞪我了。我故意走到教室后边，再转回到我在教室前面的位置，然后捧起《城经》，假装像麦桐那样认真读书。嘴巴一禽一合，其实没有发出声音，心里在琢磨麦桐为什么会迟到。是因为她的哥哥麦兆辉要吃她做的土豆泥吗？

读了好一阵子，谷教官做了暂停的手势："下边我请几位同学来分享他们读经的体会。有主动举手的吗？"

张舒雅第一个把手举得端端正正的。她说，她很长一段时间都失眠，每晚在床上，辗转反侧，就是睡不着。睡着了也很容易惊醒，虫鸣鼠咬，风吹草动，甚至心脏跳动的声音，都会使她从梦中醒来。眼睛闭着，但大脑一阵一阵轰鸣，根本就睡不着。认真读经之后，每晚都睡得香香的，脑壳一沾枕头眼皮就合上，总是一觉睡到天亮，失眠的烦恼早就丢到九霄云外去了。

谷教官表扬了张舒雅，说她读经读得深刻，还有自己独到的体会，要班上的同学都向她学习。"还有谁？"谷教官又问，"没有我就点名了。"

没有人举手，谷教官点了彭浩翔的名字。

彭浩翔站起来说，读《城经》改善了他和母亲的关系。以前他和母亲的关系非常紧张。他嫌母亲唠叨,啥事都管;母亲气他不懂事,啥事都不听她的。气性上来,生活在同一个屋檐下的母子俩,曾经三个月互相不说一句话。读经之后,他开始理解母亲的苦心孤诣与不容易,于是做出了人生里一个重要的决定:再也不惹母亲生气了。

谷一洲点头道:"这确实是很重要的一个决定。我建议,不能只是你一个人读经,在家里,你还要和母亲一起读经。母子俩一起读,事半功倍,效果肯定比你一个人好得多。"

其实,彭浩翔与他母亲的这个故事,他已经分享过很多次。细节上略有不同,比如,上一次他和母亲互相不说话的时间是半年,但总体上没有什么变化。"再也不惹母亲生气了",是他发言的标志性结尾。事实上,全班同学都知道,就在上一个周末,彭浩翔还和他母亲为了面具几天清洁一次的问题狠狠地吵了一架,现在正处于互相不说话的冷战期。什么时候结束,还是个未知数。

"还有谁?"谷一洲又问。还是没有人举手,教室里安静得令人尴尬。他扫视一圈,最后把目光停在我脸上。"姜珂。"他唤了我的名字,"你来。"

我慢腾腾地站起来:"谷教官,麦桐怎么没来?她请假了吗?"

"不关你的事。"谷教官说,"分享你的读经体验。"

"没什么新鲜的体验。"

"听说周末里你生病了。"

谷一洲这是在暗示我生病了是读经读好的。但问题是……"谷教官,你怎么知道我生病啦?"

"你爸爸给你请了两天病假。今天星期三。你星期一、星期二都没有到学校了。"

这不可能……我不可能在家里躺了那么久！我记得看完回城仪式，回到家里我就一头栽倒在床上，浑身发抖，头痛欲裂，然后疲倦感席卷全身，我很快就睡着了。醒来就是今天早上。嗯，中途应该醒过……有我勉力睁开眼睛看见爸爸的记忆片段……可是……

"你的病，是读经读好的吧？"

"不是。"我摇头，坚定地说，"爸爸带着我在操场上跑了一个小时，病就好了。"

"没有读经？"

"没有。我爸说了，读经没有卵用。"

"粗鲁！"谷教官大声说，好像声音越大，他说的话就越有力量，"这是对《城经》的极大亵渎！"

"本来就是。"我也大声说。

"你，滚，滚出教室，去办公室站着！"谷教官铁青着脸，命令道。

我丢下《城经》，快步走出教室，沿着走廊，走向教师办公室。这条路我很熟悉，熟悉得闭着眼睛也能找到。教学楼的位置很高，望得很远，这时大半个黄泥塝都淹没在秋天浓郁的晨雾里。天色比先前亮了一些。东边，山与云交织的地方，露出小半边太阳，把它下方照得一片明亮通透的艳红。我痴痴地望着那边，忽然看到山间起伏的围墙有些异样，心下又惊又喜。四周无人，我掉转方向，下了楼，穿过空无一人的操场，向着那段围墙所在的山岭跑去。

五

一股莫名的兴奋支撑着我。我快速奔跑着，双手绷得笔直，就像两把锋利的刀。心脏前所未有地激烈跳动，宛如一把锐利的金属锤子，一次又一次地敲击着我薄薄的前胸与后背。呼吸声越发急促，传到耳朵里，就放大成了一声声惊天动地的雷鸣。我依稀记得，几天前，我发了病，四肢冰凉，头疼不已。爸爸就是带着我这样跑的。"跑跑就好。"他难得地对我说话。但说这话的时候，他背对着我，在前面领路，并没有看着我的眼睛。

跑过几座起伏的山丘，上上，下下，终于抵达了我先前看到的那段异常的围墙。这段围墙建在松树林中间，把原本连成一片的松树林一分为二，小半在围墙里，大半在围墙外。此刻，围墙的一角坍塌了，出现了一个半人高的大洞。

透过大洞，我看见了外边松树林茂密的枝叶。那深得无法形容的绿诱惑着我。四周无人，今天的巡逻队还没有走到这里。我伸手抹了一把额头上的汗，猫腰钻出大洞，生平第一次离开了黄泥塝。

这里的松树比黄泥塝的松树更加苍老，也更加高大遒劲。空气中弥漫着松节油的淡淡香气，深吸一口，整个肺连同整个人都变得通透而柔软。脚下软软的，仔细一看，才发现那是铺了厚厚一层的松针。

我摘下灰布面具，把脸裸露在空气中，继续走，漫无目的，但内心充满无尽的欢喜。同学们正在教室里，在谷一洲的指导下，背诵不知道背诵了多少遍的《城经》，而我，却在这松树林里，呼吸着新鲜的空气。打破禁忌，不受约束，满心愉悦，这种前所未有的感觉真好。

几只深黑色的大蚂蚁在松针的地毯上寻找食物或者划定边界。松树与松树之间的空隙上悬挂着大半张蜘蛛网，一只腹部有鲜艳条纹的蜘蛛正在忙着最后的收尾工作。不时有悦耳的阵阵鸟鸣传来，不知道在哪里，有时在左边，有时在右边，浓密的枝叶遮住了它们的身影。只在它们扑棱棱地飞离枝头，到天空巡游一番，再落回树丛的间隙，能短暂地瞥见它们斑斓的身影。

很快，我找到了外边跟黄泥塝最大的不同。那就是青苔。在黄泥塝里，所有的地方，每一条路，每一级石阶，每一栋楼房，经过精心打扫与修葺，没有一丁点儿的青苔。据说，这是大老板的要求。"青苔真讨厌。"他对总监说，总监对秘书说，秘书对干事说，干事对队长说，队长对队员说。于是，年复一年，日复一日，黄泥塝的男女老少展开清除青苔运动，直到整个黄泥塝成为没有青苔的地方。这其中，张舒雅妈妈管理的清洁队出力甚多，虽然有人暗地里说张舒雅妈妈对清洁的要求近乎变态。然而，看着眼前，平地上，山坡上，岩石上，甚至大树身上，到处都是肆意生长的青苔，我不禁疑惑：这么有生命力的东西，为什么大老板会讨厌它？

斜坡上有一条淙淙流淌的小溪。我走上斜坡，准备去小溪边洗一把脸，脚下一滑，跌坐在一片青苔丛中。难道大老板也在青苔上摔过跤，所以跟青苔结下了仇怨？这个想法虽然幼稚，但非常有趣，我不由得哈哈大笑起来。

"你傻的吗？"

这突如其来的声音吓了我一大跳。我赶紧扯住身边的杂草，从斜坡的青苔上站起身来。

一个男孩子半蹲在小溪边望着我。他的年龄应该比我大一些，穿着一件样式古怪的衣服，没有戴面具。

"你也是……出来的？"我把"逃"字吞进了肚子。

他皮肤黝黑，面部线条很柔和，有一双黑白分明的眼睛。他向我伸出手来，我假装没有看见，不接受他的帮助，自己奋力点踩着青苔，三步并作两步，走到他跟前。他个子好高，起码比我高一个头。脸上还有水渍，显然是刚刚就着溪水洗过脸。但这张脸，我没有见过。我不认识这个人。

我蹲下身子，双手捧起溪水，往脸上泼，又用双手在脸上抹了几下，把汗水与溪水一起擦干净。

自始至终，那个男孩子都傻愣愣地看着我。

我又捧了溪水来喝，心中已经确定这个男孩子不是黄泥塝的，那他是从哪儿来的？难道是……翼族？我心跳加快，问："你是谁？我从来没有见过你。"

"我叫郑少凯，你可以叫我阿凯。"男孩子说，"我妈就是这样叫我的。"

"我又不是你妈。"

"我不是这个意思，我我……"

"你们也是妈生的吗？"

"是啊，不然呢……"

"你住哪里？"

"江边，我是说，我住在……"

"不是山洞？"

"谁住山洞？"

"欸，你的翅膀呢？"

"什么翅膀？"

"肉做的翅膀。跟鸟儿不同，鸟儿的翅膀是羽毛做的，可漂亮了。是飞鼠那一种，肉做的！你是不是藏起来呢？"

"哪有翅膀？"

"给我看看。"

"没有，我没有翅膀，肉做的羽毛做的，都没有。"

我端详了片刻，阿凯确实没有翅膀，他那件薄薄的衣服也藏不住什么东西。这是怎么一回事呢？我一边想一边说："唔，我明白了，你没有翅膀，说明你是残疾，所以呢，就被翼族驱逐出来了，逃到了这里。我猜得对不对？快说我猜对了。"

激动中，我一把抓住了阿凯的手。

好冷！就像握着一块冰，我心中微凛。

"你好冷啊！"我说

"你好瘦啊！"阿凯说，惊讶之情溢于言表。

"你生病啦？"

"没有，我没有生病。"

阿凯把手从我的握持中抽走。他似乎对生病这件事很忌讳。哼，我暗想，翼族浑身是病毒，我都没有怕呢，你怕什么？

"我叫姜珂。有人叫我珂儿，我不喜欢别人这么叫我。"

"为什么？"

"不知道，就是不喜欢。"

"我叫你阿珂,怎么样?"

"阿珂?还行吧。"

"阿珂。"

"欸。我今年15岁。你呢,阿凯?"

"我18岁。阿珂。"

"欸,你有什么话就直说,我不喜欢吞吞吐吐。"

"阿珂,能带我去你家吗?"

哈哈,我就知道,我猜对了,阿凯因为残疾,被翼族驱逐,所以无家可归了。"没有问题。"我故意说,"不过,你身上带病毒了吗?尤其是流帕病。有病毒的话我可不敢把你带回黄泥塝。"

一听我说这话,阿凯脸色骤变,双膝晃动,几乎就要夺路而逃。我赶紧拉住他的胳膊:"别急别急,吓唬你的。你还能逃到哪儿去呢?跟我走,我不嫌弃你,跟我回家。"

"刚才你说……回哪里?"

"黄泥塝啊,我家。"我朝黄泥塝的方向指了指,"在山的那边,不算太远。"

惊疑中,阿凯似乎松了一口气。

回去的路上,我跟青苔说再见,跟老松树说再见,跟蚂蚁和蜘蛛说再见,跟淙淙的溪水说再见,跟忽飞忽落的漂亮鸟儿说再见。红彤彤的太阳升到了半空,雾气已经消散,整个世界,天和地,山和树,都沐浴在温暖的阳光里。阿凯默默走在我身后,亦步亦趋,但始终保持着一米的距离。

我很喜欢现在的感觉。我想:如果能一直这样走下去,那该多好啊!

阿凯忽然问："你们这儿也叫黄泥塄？"

"什么叫也叫？这儿就叫黄泥塄啊。"我指着前方松树林里的围墙，"喏，围墙里边的，就是黄泥塄。"

"可是……为什么叫黄泥塄呢？"

关于这里为什么叫作黄泥塄其实是没有确定答案的。一种说法是这儿历史上就叫黄泥塄，大老板带着最初那一批难民逃到这里的时候，已经逃了很久，原地休息时，扒开荒草，看见巨石上深深刻着"黄泥塄"三个红色大字，立刻福至心灵，决定就此住下，不再东奔西走；一种说法是，这儿是大老板用一磅黄泥从当地人那儿交换来的，本来写作黄泥磅，但后来不知道被什么人错误地写成了黄泥塄，以讹传讹，错误的写法反而流传下来；还有一种说法是这儿本来不叫黄泥塄，叫别的名字，流帕病发生时，大老板在一家医院做领导工作，当社会秩序彻底崩溃后，大老板带着医院的全体医护人员和一部分病人逃到了大山深处，建起了高高耸立的围墙，把流帕病隔绝在围墙之外，然后发布了《城经》，又用那座医院的名字命名了这里。

我把三种说法都讲了一遍，阿凯耸耸肩："都挺有意思。"

这时我们已经走到了围墙附近。半人高的大洞还在，看来巡逻队还没有来得及修补。但问题是……我戴上面具，问阿凯："你的面具呢？"

"什么面具？"阿凯反问。我指了指遮住我口鼻的那块灰布。他疑惑地说："我们那儿管这个叫口罩。"我暗骂自己白痴，阿凯是翼族，没有面具是正常的，但把面具叫作口罩，又是什么鬼？还好，我一般随身携带着两个面具，这是谷一洲教官的要求。"丢了一个,还有一个。"我把备用的面具递给阿凯:"戴上,不然,进去就会被发现。"

阿凯接过面具,犹豫着:"你是说,从这个洞钻进去?"

"难道你想从大门堂堂正正地进去,还敲锣打鼓,给你搞一个规模空前的入城仪式?"我说,"能进去,不被巡逻队抓住,就是你的运气顶天啦!"

这时,围墙里边忽然传来凌乱的脚步声。我赶紧拉了阿凯藏身到了近旁的茅草丛里。

六

草很深,微微有些枯黄,足以遮蔽我跟阿凯。透过草与草之间的缝隙,我看见大洞内侧出现了两名巡逻队队员的身影,一高一矮。

矮个子说:"一个大洞?"

高个子解释:"昨晚下了雨。"

"补上?"

"你来补。别看就这么一个洞,要补得补大半天呢。累死个人。"

"上报,让下一班的来补?"

"你是傻子吗?报上去,蔡焕晶不还得下令让我们来补?"

"不补,又不上报?"矮个子迟疑着,"不怕蔡队长知道狠狠处罚吗?"

"蔡焕晶这两天忙得飞起,哪有时间管我们?"

"可是……"

"多一事不如少一事，只要不让蔡焕晶看到，就没有事。"高个子朝旁边指了指，"喏，把那个拖过来。"

矮个子离开了我的视野，过了一会儿，他拖着三四根松树枝回来，并按照高个子的吩咐，用松树枝遮住了围墙上的洞。"瞧，没有洞，你没有看见，我也没有看见。谁都没有看见。"高个子的扬扬自得溢于言表。

等两名巡逻队队员走远，脚步声消失了好一会儿，我才从茅草丛里坐起来。"运气不错，我是说我运气不错，"我说，"遇到两个不负责任的巡逻队队员。要是他们是负责的，把洞堵上，我们就回不了黄泥塝呢。"

"你是从里边偷偷跑出来的？"阿凯在我后边问。

"不然你以为我为什么会在上课时间出现在围墙外边呢？"

"你们也要上课吗？"

"傻的吧你！当然要上课了。"我反问道，"难道翼族孩子不上课，天天疯玩？最起码，你们要学飞吧！飞行难不难呢？飞起来是什么感受呢？会不会害怕？在天上看地上，是什么样子呢？咳，我问你干吗。你又没有翅膀。"

阿凯无所谓地笑笑："那你们学什么？"

"《城经》。"我用力把挡住洞口的松树枝推开，钻了进去，"你到底进不进来？"

阿凯踌躇着，犹豫着，心事重重地摸了摸后脑勺，还是猫了腰，钻了进来。这个家伙，做事拖拖拉拉的，我心中嘀咕着，把松树枝拖回原处。阿凯有样学样，从旁边拖来更多的松树枝遮掩洞口。"瞧，没有洞，你没有看见，我也没有看见。谁都没有看见。"

他模仿高个子的腔调说。

"不傻嘛。"我使劲儿锤了他的肩膀，"传说翼族都是傻瓜，脑筋不好使。幸好你不是。"

阿凯白了我一眼，却没有说什么。

黄泥塝虽大，但多一个人，还是很容易被查出来，而一旦阿凯暴露了真实身份，等待他的将是非常可怕的事情。我忽然间犯了难，有些后悔一时冲动，把一个无辜的翼族少年带回对翼族极端仇视的黄泥塝。然而，都已经进来了，难道又把他驱逐出去，任凭他在大山里流浪？反正这种事情我做不出来。我眼珠子一转，一个主意跳进脑海里。假如黄泥塝里只有一个地方可以接纳阿凯，那一个地方一定是人称"疯人院"的18号楼。

带着阿凯来到18号楼比想象中容易，让18号楼的居民们接受阿凯的到来更是容易。我告诉他们，阿凯是我的同学，因为反对读《城经》，被学校开除了，家里人也宣布解除与他的关系。"他能来的地方，也就是我们这儿了。"最后我强调说。

"可怜的娃儿。"

"穿这么奇怪？"

"好胖啊！"

"是不是珂儿的男朋友？"

他们一边评头论足，一边在4层打扫出一间屋子，供阿凯住。好几次阿凯脸色微变，欲言又止。幸而在来的路上，我已经告诉了他疯人院的情况。"赵叔、刘婶、宋伯、书生秦、唐瞎子、小明哥，他们的毛病是一模一样的——无比碎嘴。"我这样叮嘱，"跟他们相处，原则只有一条：他们说什么你都得忍着。"

看起来,阿凯还是很听我的话的。

午饭我和阿凯在刘婶屋里吃的。下午我也没有去学校。这也不是我第一次逃学。我知道谷一洲会生气,但不会到处找我。"黄泥塝就那么大,你还能跑哪儿去?"这是谷一洲的原话。最多明天去上学时,被谷一洲狠狠地训斥一顿。

唐瞎子对谷一洲的评价很刻薄,她说谷一洲只是黄泥塝这个大机器上的一根连接杆,只会笨拙地按照上边的意思捅来捅去。小明哥说唐瞎子的比喻不正确,属于胡说八道。"你动动脑筋,好好想一想。"他说,"不信你问老赵。"赵叔则摇头晃脑地说:"动脑筋,动什么脑筋?古人有大智慧,能历时千年流传至今的,肯定都是无比正确的。你不需要思考,只需要接受就好。你的那一点点思考,能比得上古人积淀千年的智慧?"几个"疯人"心领神会,一起发出放肆的笑声,屋里屋外充满了快活的气氛。

"他们在说啥?"阿凯把我拉到一边,悄声问,"哪里好笑呢?"

"赵叔说的,是冯总监多次说过的。"我解释说,"他们在嘲讽呢。这帮人,都是《城经》的反对者。你不懂。所以我说你因为不读《城经》被开除了,他们就很容易接纳你。我聪明吧。"

"那个小明哥,看上去不年轻啊?"

"他秃顶,看上去很老,比我爸爸还老。"我解释,"不过,他自认为是这几个人中最年轻的,坚决要我叫他哥,因为这样显得他年轻。你又不懂了吧。"

阿凯耸耸肩:"你们一直说的《城经》,到底是什么?"

这个问题问得我一愣,一时之间竟找不到简短又准确的话来定义《城经》。虽然和黄泥塝的所有小孩一样,我从小就在读

《城经》……但多达 365 章的《城经》到底是什么呢？

"要不，背一段来听听？"阿凯建议。

我听从了他的建议，背了《城经》的一段："道可道，非常道。名可名，非常名。无名天地之始，有名万物之母。故常无欲，以观其妙；常有欲，以观其徼。此两者同出而异名，同谓之玄，玄之又玄，众妙之门。"

"不不不，你背错了。"阿凯终于没有忍住，"《道德经》的开头不是这样。"

"《道德经》是什么？"

"无知少女。"阿凯说。

"我是少女没有错。但无知……谁无知啦！那不是你吗？"

"《道德经》是一本古书，相传是两千年前战国时期的老子所著。"

战国？老子？这些都是我所不知道的陌生词语。我强忍着没问，怕阿凯说我是"无知少女"。"那个你读的什么经是怎么写的？"我说，"背一段来听听。"

"道，可道也，非恒道也。名，可名也，非恒名也。无名，万物之始也；有名，万物之母也。故恒无欲也，以观其妙；恒有欲也，以观元所徼。两者同出，异名同谓。玄之又玄，众妙之门。"

阿凯背得挺熟练的。然而他背的《道德经》跟《城经》有什么关系的？为什么有如此多的相同之处，又有如此多的不同之处呢？这意味着什么呢？"其实我很想知道，这个道，到底是什么意思。"我自言自语道。

阿凯不解地问："你们老师没有讲吗？"

我使劲儿摇摇头。"教官从来不讲意思,只要我们读,我们背。"

"黄泥垮内,明令禁止教官讲经中词句的意思,何也?"我曾经听冯总监亲自讲过,也曾经听谷一洲复述过,"《城经》乃是先贤智慧之集大成者,没有谁,能够完全正确地理解它的全部意思。大老板也说,经书常读常新,每新读一遍,都会有新的感悟。哪一个教官对《城经》的理解能够超过大老板?而教官讲错一句的意思,会耽误孩子一辈子。所以,教官只教内容,不进行讲解。孩子只需读,只需背诵,自然会领悟它的意思。读书百遍,其义自见。拿上《城经》,别多想,先读上一百遍。我们要相信孩子的领悟能力。今日不懂,明日会懂;今年不懂,明年会懂;幼时不懂,成年后自然会懂。为何要你讲?胶柱鼓瑟,焚琴煮鹤,直令佛头着粪。"

我没能将这段话复述给阿凯听,因为我的肚子忽然咕咕叫起来。

"饿呢?"阿凯奇怪地问,"好像才吃饭没有多久啊?"

我双手一摊,表示无可奈何。我总是很饿。我的小伙伴们都是这样的。"这很正常。"麦桐对我说,"年年秋天都这样。你还没有习惯吗?"我回答道:"饥饿这种事,没法习惯。"我自己知道,不但秋天是这样,一年四季,三百六十五天,我都是在饥肠辘辘中度过。

我离开阿凯,去家里找吃的。翻箱倒柜,也只找到两个煮熟的土豆。我拿了土豆,回到阿凯的住处,递了一个给他,自己捧着土豆,贪婪地吃起来。"你怎么不吃?"吃土豆的间隙,我问。

"我不饿。"他说,然后在我吃完手里的那一个土豆之后,递还给了我。我也不客气，接过就开始三口两口地啃。"这么能吃，人还是这么瘦。"他说着，伸手摸了摸我的额头，"呀，好烫！是不是发烧了？"

"你才发烧了呢。"我不服气，腾出一只手去摸阿凯的额头："呀，还是这么冷！是不是发病呢？"

就在这时，我瞥见一个身影从门前一闪而过，旋即又退回来，在门前驻足。那是我爸爸，他今天下班的时间比平时要早。"姜珂！"他喊了一嗓子，随后快步离开了。我赶紧逃也似的冲出去，结果也只是看到他重重关上的门。

刘婶在对面呵呵地笑着。

我问："我爸爸这是怎么啦？"

刘婶说："他怕你这颗精心养大的白菜被新来的猪拱了。"

"没有的事儿。"我说着，回头冲阿凯挥一挥手，转身回到自己家。幸好门只是虚掩着，一推就开，爸爸在门里板着一张老脸，就像全世界都欠他一样。

"又逃学呢？"

"嗯。"

"那人是谁？"

"一个同学。"

"和他一起逃学的？"

"嗯。"

爸爸重重地叹了一口气。我正想解释，他先开口："你知道吗，麦桐和她哥哥麦兆辉一起被抓起来了。"

七

被一并抓起来的,还有麦桐的父母和她九岁的弟弟麦迪。麦桐一家五口人都被抓起来了。巡逻队贴出告示,只简单地说,麦家违反了《城经》的禁令,"予以缉捕"。清晨,我在疯人院附近的木牌上看到了告示。告示上,麦桐的名字格外刺眼,就像一把刀,闪着寒光。我想看,又不敢看,于是低下头,走向学校。边走边琢磨:麦桐是我最好的朋友,也是唯一的朋友。我能为她做点儿什么呢?一股热流在我的背心涌起,使我在这个微凉的秋日早晨浑身沁出薄薄的一层汗。

还在走廊上,我就听见谷一洲在教室里咆哮:"为何会有流帕病?皆是因为不尊重、不懂得古人的智慧,不明白、不接受古代先贤的人与自然和谐相处的深刻道理,肆意妄为,放纵欲望,索取无度,从而招致自然的可怕报复。流帕病乃是大自然报复人类的武器,亦如多年以前的大洪水……"

他真是在咆哮,声嘶力竭,仿佛想把教学楼震垮。这话他说了没有三万遍,也有三千遍,熟悉得就像自己的左右手。但这次,我听出了一些不同的东西。

他害怕。

他在害怕什么,所以竭力用怒吼来掩盖和宣泄。

他害怕什么?

低段教室和中段教室也传来教官的厉声训斥,内容大同小异,腔调则是一水儿的高亢,好像声音越大,就越能把他们所说的话,灌进我们的耳朵和脑子里。

他们在害怕什么?我不明白。

越是不明白,我越爱琢磨。爸爸说过,瞎琢磨比不琢磨好。我一直觉得这话挺有道理。

我在同学们的注视下,大大咧咧地走进教室,照例又是最后一个。哪怕是在学校宿舍里住,我也会是最后一个进教室,何况今天我还是从疯人院一路玩过来的。

谷一洲的目光从我身上滑过,然后挪移到了别处,就像没有见到我一样。这是好事。看来,要么是他忘记了昨天我冲撞与逃学的事情,要么是他还记得可不想再在这件事情上浪费时间,因为他认定我已经是不可拯救的对象,抑或是有别的更重要的事情需要他现在做没有时间搭理我。我想,第三种可能性最大。

带着恐慌的压抑情绪在学校里蔓延。下课时间,我看见谷一洲跟几个教官躲在教学楼的一角,焦灼地讨论着什么,就像一群蚂蚁聚在一起开会。距离太远,听不见他们谈论的内容,他们的焦灼、惶恐与局促从背影满满地溢出,在空气中如同苍老的晨雾一般弥漫,我感觉得清清楚楚。

又上课了。新一节课又在谷教官的咒骂与侮辱声中开始,一点儿也没有《城经》所要求的谦谦君子的样子。说到君子,我觉得我这辈子就见过一个,那就是麦兆辉。我回头望望麦桐空空的位置。她现在怎么样呢?我不由得怅然,脑海里浮现出她欲言又止的样子。

一声锐利无比的尖啸突然在教室里出现。所有人都不约而同地捂住了耳朵。我捂住耳朵的同时,睁大了眼睛寻找发出声音的地方,很快判断出是教室前方的一个黑色小匣子。

"广播。"谷一洲松开捂住耳朵的手,这样说道,好像这两个字就能解释一切似的。

第二次尖啸再度出现，然后是第三次、第四次，一次比一次弱。随即，一个沙哑的声音从黑色小匣子传出来："黄泥塝的各位居民，冯总监将通过广播系统，对全体居民，发表重要讲话。大家掌声欢迎。这是一个历史性时刻。大家的掌声再热烈一点儿。"

这声音似乎是蔡焕晶的，但我不敢肯定。也可能是冯总监的某个手下。她身边总是围绕着一大群人。跟着谷一洲和全班同学，我象征性地鼓了几下掌。在几个心跳的时间后，冯总监的声音从黑色小匣子传出来，比先前那一个声音容易分辨。

"亲爱的黄泥塝的家人们，"冯总监说，"我在广播室里给大家讲话。我先讲一讲我读经的体验。"

冯总监说，读经的好处可多了。以前，她在自己家里，非常痛苦，经常为一些琐碎的小事生气。一生气，心里边就会一阵一阵地疼，就像被谁揪住了心脏。自从跟着大老板读《城经》以来，她生气的次数越来越少，而且整个人的精气神全都变了。讲老实话，在她年轻的时候，虽然也跟着读《城经》，但内心深处并不真的相信它，对它的作用是持怀疑态度的。后来，发生了一件奇妙的事情，让她真正体会到了读经的好处，于是就跟着大老板读，全心全意地读，读经的好处也体会得越来越多。

"现在啊，我整个人都充满了正能量，走路都比以前快了。我不再生气，不再抱怨，不再牵牵绊绊，我接受并且感谢万能的宇宙赐予我的一切。"

"我接受并且感谢万能的宇宙赐予我的一切"是她结束演讲的标志性句子。但这句话里的"一切"，包括流帕病吗？我一边听，一边胡思乱想:爸爸说,世界上有一种人,不打草稿也能滔滔不绝地讲上五六个小时。无疑,这是一种本事,冯总监有这种本事,而我爸爸肯定没有。至于我,看心情……麦桐说过,我想说话的时候,就跟漏水的管子似的,止都止不住。

然而,这一次,冯总监没有就此结束。她继续讲道:"正因为如此,我特别不能容忍对《城经》的亵渎。世上的认知有很多很多。有正知正见,有错知错见。不要因为别人说你错了,你就认为自己错了。要坚持正知正见,摒弃错知错见。什么叫错知错见?凡是《城经》没有记载的,凡是与《城经》相抵触的,凡是违背《城经》的,皆为错知错见。"

亵渎《城经》?我注意到了,麦桐一家被捕的罪名就是这个。可麦桐这样的乖乖女怎么会亵渎《城经》呢?

"亲爱的黄泥塝的家人们,现在是一个特殊的历史时期。你们肯定听说了很多流言,各种说法,那是谣言,是错知错见,不要相信它。要相信《城经》的力量,要相信狩猎队与巡逻队维护黄泥塝秩序的决心,要有与邪恶势力斗争到底的勇气。"

"她说了些啥?"彭浩翔小声问。这也是我的疑问。听上去冯总监拉拉杂杂说了很多,但具体而言,我却不知道她到底说了些啥。于是,我竖起耳朵听同学们的回答。

"麦兆辉。"张舒雅说。

马上有人补充:"都说麦队长这次出去狩猎,遇到了翼族!"

翼族?我的心跳瞬间加快了。

"安静!安静!"谷一洲咆哮两声,"还没有完呢!"

确实没有完。在教室的一片嘈杂声里,我听见了蔡焕晶说的半句话，然后出现了一个我无比熟悉的声音。麦桐在广播里说："我宣布，与麦兆辉脱离关系。他不再是我哥哥，我不再是他妹妹。他是黄泥塝的罪人，会得到应有的惩罚。"

麦桐与她哥哥麦兆辉的关系之好，全黄泥塝都知道。这是怎么啦？发生了什么事情？我环顾教室，他们也都张大了嘴巴，仿佛丢到地上的鲤鱼，眼神诧异地望向彼此。教室里陷入了乱葬岗一般的死寂。

接下去，麦兆辉的爸爸和妈妈，还有他那个9岁的弟弟，先后发声，宣布与麦兆辉脱离关系。

蔡焕晶习惯性地总结了几句，然后广播结束于一片杂音之中。

"发生了什么事情？"我把心里话说了出来。教室里顿时热闹起来。各种话语纷至沓来，如同狭窄的池子里拥挤的鱼群，纷纷跃出水面，起落间溅起无数的水花："翼族到底长什么样？""他们真的会飞吗？""我听说狩猎队里已经有人生病了。""好可怕。""不是说已经死了吗？""啊！""麦兆辉对此负全责。""那为什么要把麦桐，还有他们一家都抓起来？""狩猎队回城那天，我也去迎接了，会不会也染上病呢？""不会不会，有面具。"……

谷一洲拿一把戒尺，使劲儿敲打着讲台，力道之大，好像讲台是他不共戴天的杀父仇人，他恨不得把讲台碎尸万段。饶是如此，教室还是用了好几分钟才安静下来，进入正常的教学状态。

"《城经》第298章，今日不雨，明日不雨，预备——起。"

我心不在焉地跟着读，假装自己是一个好学生。但人在教室里，在位置上，一半的心在麦桐那边，一半的心却在那个翼族少年阿凯那边。

八

中午吃饭之前，我计划着逃跑。最初的计划，是去食堂的路上，偷偷溜走。但一想到这样会饿肚子，就放弃了。还是吃完午饭，回宿舍的途中偷偷溜走比较好。打定主意，我那颗忐忑的心才稍稍安静下来。

逃跑计划实施得非常顺利。在同学们列队走回宿舍时，我瞅准空当，在一丛黑美人蕉的掩护下，再一次逃离了学校。

18号楼离学校其实很近。事实上，黄泥塝不大，所有的学生离学校都不远。但学校依然要求所有的学生在周一到周六在集体宿舍住。据说，这是大老板立下的规矩，"为了尊重传统"。而我对集体宿舍没有任何的好感。怎么说呢？入住集体宿舍的第一天起，我就被人为地孤立起来，因为我是从疯人院出来的孩子。除了麦桐，别人都把我当"小疯子"看待，当面贬损，背后嘲笑，谁都不跟我玩。

太阳高高挂在天上，洒下片片阳光，照得黄泥塝一片炽热，竟隐隐有夏日的感觉。我没来由地一阵心悸。路过白云湖，那两只肥硕的天鹅正无忧无虑地在荷花的枯槁之中游动。

进到疯人院，敲响阿凯房间。开门却是赵叔。"哟，小疯子又逃学啦！"赵叔说，"逃学好，那个封什么经，没啥子好学的。不如去看蚂蚁搬家。"

说着，他侧着身子，以一个奇怪的姿势从我身边挤了过去。阿凯站在门后边冲我傻笑。我进了门，顺手把门掩上："他都跟你说了些什么？你没有暴露吧？我叮嘱过你的，千万别暴露真实身份。"

阿凯回答："没有没有。赵叔似乎把我当成了倾诉对象，滔滔不绝地说了一通他的蚂蚁。"

"还好，还好。"我夸张地捂住胸口，假装按住强劲的心跳。这动作半真半假，倒真能体现我此时此刻的心情。"再说一遍，除了我，你不能告诉任何人你不是黄泥塝的，你是从外边来的。"

阿凯点了点头："不过，赵叔反复提到的翼族是怎么回事。记得昨天，你也说过翅膀什么的。我不明白。"

"简单。"我坐到床沿上，把黄泥塝里边关于翼族的说法讲给他听，没讲几句他就咯咯咯地笑起来。我向来不喜欢别人打断我讲话，于是嘟上了嘴，不再发声。

"知道我为什么笑吗？在我们那里，也有一个传说，大山深处有一座云颠之城，城里住着鼠人——飞鼠的鼠，不是巴蜀的蜀。"阿凯说。

"什么鼠人？"我忍不住问道。

阿凯一边比画，一边说：传说里，鼠人不穿衣服，全身长着短短的绒毛。尖头尖脑，就像飞鼠那样，有一对大大的耳朵，满嘴都是尖利的细小牙齿。鼠人有两只胳膊，两条腿，手和脚都是老鹰一样的利爪，走路一蹿一蹿的，身子总是佝偻着。背上有一对窄小的肉翅，样子和飞鼠差不多，勉强能飞一段距离。不过，也有人赌咒发誓说，鼠人的飞，只是在树与树之间的滑翔，只能叫在枝叶间死命扑腾，连麻雀都比不上，更不要说是鸿雁那种在蓝天上的自由飞翔。

这种说法好熟悉。我不由得瞪大了眼睛。

"鼠人白天睡觉,晚上出来活动。其听力特别灵光,数十平方千米范围的声音都能听得一清二楚。"阿凯看了我一眼,见我没有反对,继续讲,"到了寒冷的冬天,鼠人还会集体冬眠,数以千计的鼠人聚在一起,几个月不吃不喝,呼呼大睡,所以了,秋天的时候,鼠人会胡吃海塞,把自己吃得胖胖的——想一想就觉得又有趣又可怕。"

阿凯看着我,眨巴着眼睛,露出促狭的表情:"我还听说,食物给身体所能提供的能量是有限的,供应给了大脑,就不能供应给翅膀,供应给了翅膀,就不能供应给大脑——所以了,鼠人倒是长了翅膀会飞了,但脑袋就变得痴痴傻傻的,就像有时候的你!"

"你这不是变着法说我蠢吗?"我跳起来,在他脑门上狠狠地敲击了一下。

"别打我,我也是听说,听说,引用……哎呀!"

我揪住他的前臂,使劲儿拧了好几下。"别人说了你就信,也不知道动动你的猪脑子,想想是不是真的?"我大声呵斥,借以掩饰内心极度的恐慌。

"说真的,见到你的时候,我一直认为你是鼠人!"

"你才是鼠人,你们全家都是鼠人!"我终于没有忍住,跳起来,围着阿凯,边说边转圈,边说边做出夸张的动作,"你看我长绒毛了吗?你看这是老鹰一样的利爪吗?你看我这耳朵,是不是很大,比你大很多?你看我后背,有肉做的翅膀吗?我还想有翅膀呢,那样的话,我就能飞过这围墙,飞上这天空,远远地离开黄泥塂,去湖的那边,山的那边,看看这世界到底是什么样子。"

"离开黄泥塂?"阿凯又笑起来,"去看外面的世界?"

"你笑什么呢?"

"你知道我住的地方叫什么吗?"

"叫什么?记得你说过,你住在江边。"

"我说我住在江边,不完全对。我住的地方,离长江还有半个小时的路程,不过,说出它的名字来,你一定会尖叫。"

"快说,别卖关子呢。"

"也叫黄泥塂。"

"这不可能……"我目瞪口呆,但是,联想到"黄泥塂"这个名字的来历的第三种……"传说,往往包含了一部分事实的。"宋伯曾经这样说过。"那么,你是怎样找到这儿来的?"沉吟片刻后,我问出来这样一个问题。

"很简单啊,我和我妈吵了一架。她老是不准我这样做,不准我那样做,烦都烦死了。我一生气,就离家出走了。"

"然后上山,在山上瞎转悠,就遇到了我?"

"也不完全是瞎转悠。"阿凯解释说。

四天前,那个黄泥塂的一队人马上山,采伐树木,为冬天的到来做准备。其中一个人离开了大部队,迷了路,独自在大山大谷里瞎转悠。"这个人是我叔叔。"阿凯有些自豪地强调。也不知道转悠了多久,六七个小时总有的吧,他遇到了一队陌生人。"叔叔告诉我,那群陌生人穿着古怪,手里拿着原始的武器。"阿凯说,"他们的口音很古怪,有着浓重的方言,夹杂着陌生的词汇。留心倾听,结合语境进行分析,连蒙带猜,大部分能懂,少部分估屈聱牙，实在理解不能，只好放弃。陌生人的首领说他姓麦，别人都叫他麦队长。"

"麦兆辉率领的狩猎队！"

"麦队长说他们住在山顶的城市里，可把我叔叔吓坏了，以为对方是传说中带毒的鼠人。当时的场面一度异常紧张，搏杀随时可能开始。你可以想象当时的情景。"

不用阿凯说，我已经在想象了：一个服饰奇怪的人，在密集的森林里，突然遭遇另一群穿着不同的陌生人。在他的认知里，这些山上下来的家伙是浑身带毒的鼠人；而在另一群人这边的认知里，这个山下上来的家伙是浑身带毒的翼族。一场血战一触即发，不杀个血流成河尸横遍野绝不会结束……

"幸好我叔叔是一个勇敢的人。他大胆地高举双手，表明身份，说明来意，使对方放下了武器。随后双方坐下来攀谈，彼此交流。"阿凯继续说，"我叔叔对麦队长的印象挺好的。回黄泥塝后，我叔叔把这一切都告诉了我。"

"所以，你离家出走，就上了山，一路直奔黄泥塝而来。"

"是的。"阿凯说，"然后就在小溪边遇见了你。"

"我就说嘛。"小明哥推开虚掩的房门，大咧咧地走了进来，"这小子肯定不是黄泥塝的人，是从外边来的。"

"是我最先怀疑的。"赵叔从小明哥身边挤了进来，也不管小明哥如何对着他龇牙咧嘴。

在他俩身后，刘婶、宋伯、书生秦、唐瞎子等人鱼贯而入。他们迈着各种步伐，脸色异常兴奋，仿佛走上了某个供他们尽情表演的舞台。

九

"疯人院"的这六位的到来,顿时使本就不大的屋子更加逼仄。要搁平时,这六位早就吵起来了,然后在一番激烈的不知所谓的辩论后,各自宣布胜利,旋即离场。尤其是宋伯,据说他有严重的幽闭恐惧症,一进到狭窄的地方,就会精神失常。但此时此刻,他们都或站或立,围看着阿凯,还有我。

"你们要干吗?"我问,并没有胆怯——类似的事情我又不是没有经历过,"集体审判吗?"

"把这小子吊起来,大卸八块。"唐瞎子说。

"按照《城经》,得千刀万剐。"书生秦说。

"《城经》里哪有这一条?"刘婶反对,"书生秦,你引经据典又不严谨了。"

"别吓唬小孩子了。"宋伯抬手制止了他们的胡闹,转而对阿凯说,"孩子,外边现在怎么样呢?这是我们现在最想知道的事情。"

我的目光从他们脸上扫过,发现他们并无恶意,就对阿凯说:"我也想知道。比如流帕病,比如黄泥塝,比如鼠人。"

阿凯瞅瞅我,又瞅瞅宋伯的满头银发,说:"我对流帕病的大多数认知,都来自我爷爷。我爷爷说,流帕病摧毁了曾经的一切。他亲身经历了流帕病的全过程。对流帕病的具体过程,因为太过惨烈,平时爷爷不愿意过多的提及。只在喝了二两白酒后,他会老泪纵横,陷入对往事的回忆中,他说流帕病太厉害了,医生和护士太不容易了。他说,所有的医护人员都是顶天立地的英雄。

即使在社会秩序完全崩毁的那十年时间里,医护人员,还有很多人,政府、警察、军队,也没有忘记自己的职责。"

"是的。"刘婶忽然流下眼泪来,似乎勾起了她的什么回忆。宋伯拍拍她的肩膀,微微叹气,却没有说出什么安慰的话。或许,他觉得没有什么话可以安慰刘婶吧。

"流帕病的起源查清楚了吗?"宋伯问。

"没有。"阿凯说,"我是说,我不知道,有很多种说法,我不知道哪一种是真的。"

宋伯向来对流帕病的起源特别着迷。他曾经多次地向我描述过一个场景:那一年春夏之交,发生了一场森林大火,这样的大火在当地司空见惯,消防局只是照例发布了警告,甚至都没有准备去扑灭。大火在一个星期后蔓延到一个硕大的山洞,山洞栖息着的飞鼠受到惊吓, 成群结队地飞往附近唯一没有着火的地方——人类居住的城市。它们在城市上空盘旋,黑压压的宛如雷阵雨之前遮住天空的乌云。它们四处寻找食物,吃掉一切能够果腹的东西,从虫子到花粉到果实。它们飞过的地方,排下粪便如雷阵雨一般。离开了传统的栖息地,它们的日子过得格外艰难。有的飞鼠死于玻璃窗,有的飞鼠死于同车辆的撞击,更多的飞鼠死于饥饿。它们的尸体掉得到处都是。早上,人们起床,打开窗,推开门,就看见窗台上,门廊外,一只只死掉的飞鼠,很多身体都是残缺的,不由得怀疑自己是不是穿越到了某部怪兽恐怖片里。

正是因为这种飞鼠与人类之间大规模的非正常接触,给了包括流帕病在内的诸多病毒从飞鼠传染到人类的更多机会。更多的变异也在宿主改变的过程中发生。尼帕病毒原本是一种接触传播的病毒,在此之前,曾在世界各地有过零星暴发,以死亡率超高而著名。但在这一次传播的过程中,不知道尼帕病毒在什么地方,获得了流感病毒的基因片段,几乎在一夜之间变异为空气传播的病毒。科学家将其命名为流帕病。

从接触传播到空气传播,这种传播方式的剧烈改变在病毒演化史上极其罕见,但并非完全不可能,对病毒那少得可怜的基因而言,改变是非常容易的。不容易的是,流帕病的这种改变,正好撞到了当时人类社会的软肋上。

后来的研究表明,流帕病最先在几座城市暴发。一个月后,流帕病借助现代交通工具,向全世界蔓延……最终彻底摧毁了人类社会。

宋伯不像赵叔,说话总是非常严肃,说话词汇也很丰富,描述极富感染力。我时常想象飞鼠成群结队飞过,又噼里啪啦掉落一地的场景。这场景如此真实,又如此恐怖,却又有着无与伦比的魔力,令我忍不住不想它。

宋伯叹了口气,自言自语地道:"关于流帕病的起源,当年没有确切的答案,如今时过境迁,资料缺失严重,更是无法考证,只有一些在流传的过程不断变化,有添油加醋,有望文生义,有褒贬互换,有语意流转,最后留存下来的,是既汪洋恣肆又虚无缥缈的种种传说。我们就不要再纠结了。"

我提出了自己的问题:"你说你那儿也叫黄泥塝?"

阿凯点头:"对。黄泥塝是一个小镇,附近还有红土地、龙头寺、五里店等小镇,都是流帕病结束后重建的。听我爷爷说,有的是在原来的地方,有的只是借用了原来的名字,地方早就不是原来的地方了。”

“那就是我们原来住的地方啊！”小明哥叹息道。

赵叔举起手，在半空中画了一个圈，问：“也就是说，外边已经恢复正常呢？你们还戴面具？”

“早就不戴了。”阿凯想了想，补充道，“特殊情况下会戴。我爷爷说，流帕病最高峰一过，各个地方的重建工作立刻就提上了议事日程。”

唐瞎子抢道：“阿弥陀佛！”

阿凯说：“虽然远没有达到流帕病暴发前的水平，但跟流帕病最为疯狂的那几年相比，至少恢复了五分之一。”

我不解地问：“五分之一是什么东西？”

“百分之二十。”

我还是不理解，疑惑地望着阿凯。

阿凯伸出手掌，手指一根根展开。“假如流帕病之前的水平是五根手指。”他说着，猛地收指成拳，“流帕病一来，毁掉了五根手指。”又把最小的那一根手指用力伸直。“现在，经过十多年的努力，我们那儿，已经长出来一根手指。”

“我明白了。”我说，“那我们这儿恢复到几根手指呢？”

阿凯收回尾指，咧开嘴，哂然一笑，表情非常欠揍。

宋伯轻咳了一声：“那么鼠人呢？在你们的传说里，鼠人是怎么来的？”

我对这个问题也非常感兴趣，于是凝神看着阿凯：“快说快说！”

阿凯耸耸肩，说：“和你讲的翼族差不多。”他说，很久以前，流帕病全球暴发时,有一个著名科学家提出一个解决方案,使用基因驱动技术,把人变成飞鼠,这样,人就能和飞鼠一样,带病却不会发病。实验本身取得了完全的成功,然而却遭到了反对者的抵制和破坏。反对者认为这种邪恶的技术把人变成了飞鼠,是对人的亵渎,必须维护人的尊严。在一些人的煽动下,数以千计的反对者攻击了实验室,袭击了参与实验的科学家与志愿者。只有一少部分实验的参与者逃出来,逃进了大山深处。他们建造了云颠之城,用高高的围墙,把自己与世界隔绝开来。这些逃难者的后裔,就是鼠人。

"有趣。"我看看阿凯,又看看宋伯,"围墙里的,说外边的是翼族;围墙外的,说里面的是鼠人。到底哪种说法是对的呀?"

十

六个疯子你看看我,我看看你,谁也不开口,宛如六尊会动的大理石像。

"你们倒是说句话啊!"我急了。

"别看我,我不知道。"小明哥说,"我老糊涂了。"

"难得,"我揶揄道,"难得小明哥会承认自己老。"

"这个问题,一时半会儿说不清楚。"老成持重的宋伯说。

"问你爸。"站在最边上的书生秦突然说。

"我爸爸知道?"

所有人的目光都集中到了书生秦的身上。"他说得清楚。"书生秦迎着众人的目光,喃喃道。"你喝多啦!"赵叔斥道。刘婶翻着白眼,一连串的咒骂如同潮水一般脱口而出。上骂天,下骂地,中间骂空气，顺带也把书生秦骂了个狗血淋头。书生秦捂着腮帮子，乜着眼睛不回话。

据说，书生秦在流帕病之前是个烈酒爱好者。当世界崩毁后，粮食都不够吃，根本不可能有多余的粮食用来酿酒。没有酒可喝，他就疯狂地迷恋上嚼，把一切能嚼的不能嚼的东西都塞进嘴里起劲儿地嚼，"以满足肚子里那只酒乌龟的需要"。结果把一嘴牙齿嚼得稀烂，经常捂着腮帮子喊牙疼。

瞅准刘婶说话的空当，我发出一声长长的尖啸，立刻让她住了口。我"小疯子"的绰号可不是白取的。我知道，他们想用插科打诨回避我的问题，我必须让他们回到正道上来。"唐瞎子，你说，"我点名道姓，毫不客气，"为什么我爸爸会知道翼族或者鼠人的秘密。"

唐瞎子习惯性地扶了扶眼镜框，缩了缩脖子，说："我是个瞎子，我什么都看不见。"

"看不见不等于不知道，别糊弄我。我不是三岁小孩子了。"我透过空空的眼镜框，看向她鼓凸而混浊的眼睛，只看见一片空空如也。

唐瞎子并不是真的瞎子。她是高度近视，而眼镜能够帮助她看清楚远远近近的东西。后来，流帕病暴发，在逃难的过程中，两块眼镜片都摔得粉碎，只剩下空空的眼镜框。但她醒着的每一分钟，依然戴着眼镜框。眼镜框并不能解决她高度近视的问题，因为高度近视，她做什么事都靠摸，撞过无数次，也跌倒过无数次。既然如此，那为什么要一直戴眼镜框呢？我想过，也问过，除了"她又瞎又疯"之外，没有得到别的答案。

唐瞎子抓抓额前花白的刘海,手上的指甲格外长,慢吞吞地说:"我什么都不知道。"

我又要施展尖啸绝技,却被阿凯拍了拍肩膀,止住了。"太吓人了。"他说,"想不到你这么瘦小,肺活量却这么大。再叫的话,我耳膜都被你叫穿了。"

我气鼓鼓地说:"他们不回答我的问题。"

阿凯说:"你还不明白吗?他们不想回答,你再叫也没有用。不如,让我来问吧。"

我知道他说的是真的,就气呼呼地退开,把位置让给阿凯。

阿凯说:"各位长辈,看年龄,你们和我爷爷一般大,应该知道很多我和阿珂不知道的事情。我刚才一一回答了你们很多问题,现在,我只有一个问题想问你们。"

宋伯道:"孩子,你问。"

阿凯问:"《城经》是怎么一回事?"

"这个问题的答案我们知道。"宋伯回答,"《城经》是我们几个一起写的。"

"不对。这种说法不对。"书生秦出言反驳。

"不是我们写的。"刘婶也附和。

宋伯连忙说:"对,对,不是我们写的。我说错了。"

我忍不住插嘴:"到底是怎么一回事?"

宋伯陷入了回忆:那时刚到这里,有一天,大老板找到我们几个,说逃亡路上,书籍丢失甚多,那可是人类文明的象征,而他找到了一台完好无损的印刷机。他要我们把自己记得的知识默写下来。我们这几个算是进入黄泥塝的这群人里,知识水平最高的。尤其是古文，大老板强调说。然后分门别类，汇编成册，印刷出来，再教给下一代，以便延续文明。即使苟延在黄泥塄的我们最终死绝，也能留下点儿东西，让后世研究，知道我们曾经文明过。这个文明曾经是多么辉煌。毫无疑问，这是一件事关全人类的大事，所以我们几个非常积极地参与。每天关在屋子里，写啊写，写了很多很多，再交给大老板领导的一个小组去集中处理。

一旁的赵叔补充道，我们是带着神圣的使命去做这个事情的。我们把我们学过的，还记得的一切知识都默写出来。涉及的范围之广，程度之深，内容之全，连我们自己都很吃惊。

"我记得当时的情况。"书生秦插话，"但不可否认的是，因为是默写的，难免会出错。我承认，《道德经》是我默写的，漏掉了好多段落。"

"我默写了《论语》，没有写全。"

"我也默写了《论语》，最后出现在《城经》上的，一半是我的，一半是他的。"

"我对《中庸》的部分负责。我少默写了至少 5 段。当初只是一时好奇，去看《中庸》的原文到底是啥，背得不认真，那时根本没有想到有一天会要我把《中庸》全文默写下来，供人学习。"

"我也没有想到。《鹬蚌相争》《守株待兔》《揠苗助长》，是我自己编的。实在不记得原文是什么样子了。"

"我倒是把《梦游天姥吟留别》全文默写出来了，可不知道为什么，如此经典的作品《城经》却没有选上它？"

"这就是问题之所在，"宋伯说，"我们期待的可以流传给后世的《百科知识全书》自始至终都没有出现，出现的却是《城经》。

《城经》卷帙浩繁，有 365 章之多，然而只有古文，剔除了一切的物理、化学、天文、生物、地理，也剔除了音乐、绘画、舞蹈、雕塑、摄影。最为关键的是，大老板拿了《城经》去做了黄泥塝唯一的教材。"

"说一千道一万，《城经》365 章，归纳起来就一句话：损下益上，是成功的捷径。你可明白？"赵叔怪腔怪调地说，"读了几十年的《城经》，没有读出这一点来，真是白读了。"

唐瞎子说："直到今天，我依然认为当时大老板的说法是对的。保存和延续人类文明的火种，那是往大了说。往小了说，一大群人，被束缚在黄泥塝的围墙以内，无处可去，必须让他们有事可做，精神上必须有依托，否则迟早出事，而《城经》就是大老板为大家找的事，找的精神上的依托。黄泥塝的三千人，能在流帕病之后，存活到现在，没有在自相残杀中走向灭绝，《城经》发挥了至关重要的作用。"

刘婶说："我还是旗帜鲜明地反对大老板的做法。当时反对，现在反对，将来还会反对。他奶奶的熊。"

书生秦说："但使龙城飞将在，从此君王不早朝。"

我难得地沉默了。他们说的话远远超出了我的认知范畴。我听不懂这帮疯疯癫癫的家伙。不懂的时候，沉默静听是最好的选择。

宋伯说："或许《城经》最初确实有它独特的价值，但你看现在的黄泥塝，还有现在的我们。唉。"

小明哥接过话头："我们就像那白云湖的肥天鹅，只要每个星期，有干事按时送生活物资来，我们就不再去想过去，不去想未来,更不会去想蓝天。"

赵叔撇撇嘴:"我们明明是猪,哪里像天鹅呢?我们拉了一泡屎在这猪圈里,然后在屎里吃喝拉撒睡,过得不亦乐乎。"

他们齐齐发出一声叹息。

"说这些有用吗?"这一个冷漠的声音来自门外。

寻声望去,透过正在转头的疯子们,我看见了我爸爸。他穿着一身洗得发白的袍子,没有戴面具,背着手,矗立在房门外。也不知在那儿站了多久。他脸色铁青,好像全世界都欠他的。"这些问题都纠缠了好几十年呢,你们还没有答案吗?"他说。

赵叔反问:"老姜头,你有吗?"

姜云福说:"麦兆辉被当众处死,在大门那里,就在刚才。"

十一

路边新贴了一张告示,有几个人围在那下边看。我也挤进人群里去看热闹。告示上写着:巡逻队窦×与江×工作不力,糊弄领导,"鞭刑三十,以儆效尤"。

一个看告示的人啧啧赞道:"真狠啊!"他模仿了几下挥舞鞭子的动作,仿佛他就是那个行刑人,接着说:"三十下,人早就没了。"

又有人好奇地打听:"他俩到底做了啥?这上面也说得迷迷糊糊的。"

"我听说,"另一个人压低了声音,用那种"只有我了解一切你们都是无知小辈"的语气说,"那两个家伙,巡逻的时候发现围墙上有一个大洞,没有维修,也没有报告,而是拖了几根松树枝把大洞遮住了。谁想被后边的巡逻队发现了。"

原来这个窦×与江×就是我曾经见过的高个子和矮个子。我赶紧离开,耳边传来那些人的议论声:"你说,他们怎么这么蠢呢?就不知道会被发现吗?""蠢,真蠢,顾头不顾腚的蠢货。""能糊弄就糊弄呗,都一样。""我觉得吧,以他们的智商,很可能想不到那么久远的事情。""翼族会不会从大洞里钻进来?我担心……""担心个屁啊,翼族会飞,不需要大洞也能进来……""万一他们飞进来就会……""……他们已经飞进来……"

我走得飞快,仿佛这样就能把那些可怕的话语以及恼人的这一切彻底抛掉。然而,无论我走得多快,烦恼都跟随着我,如影随形。最关键的是,无论我走得多快,我也不可能飞起来。于是我放慢了脚步,像天鹅那样伸长了脖子,竭尽全力望向围墙之外的地方。

远处,浅绿与深绿交织的山脉起伏错落,层峦叠嶂,被一团团、一缕缕、一丝丝或浓或淡的白色雾气所覆盖、遮挡。东边群山的上方,火红的太阳已经升起,被一大片山一样的云挡着,它自云隙间平直地射下一大片耀眼的光芒,把雾气上空的一大片区域照得通透闪亮。目之所及,以雾气为界,其下朦朦胧胧,其上熠熠发光,宛如两个世界。

要是能飞到云层之上那该多好……我知道我又在想入非非了。然而我的现实……

昨天下午,我爸爸带回来麦兆辉被处死的消息,就像给疯人们施了定身咒。他们僵立在原处,神情惊人的一致,震惊之余夹杂了浓浓的无可奈何。小明哥打破僵局,第一个走出屋外。宋伯鼻子抽搐了两下，道："都散了吧。"于是，他们都转身离开。

我耳闻目睹了这一切，觉得不可思议：刚刚他们还义愤填膺，滔滔不绝，为什么听到麦兆辉的消息却一句话都不说呢？"你们怎么就走呢？"我着急地说，"还有很多问题呢？"

刘婶边走边说："我做饭去了。"

"阿凯？"

阿凯耸耸肩，表示无能为力。

"爸？"

我爸爸侧过身子，让几个疯人走过，然后看了我一眼。"回家。"说完，他头也不回走了。

没办法。我叮嘱阿凯不要乱跑，不要出疯人院，"被巡逻队抓住问题就大了"，旋即也出门去追爸爸。

一进屋，我就迫不及待地问道："他们说你知道翼族的秘密。"

姜云福脸色依然铁青着："他们是疯人。"

"你为什么不告诉我？"

"我不知道。"

"他们说你知道。"

"疯子的话你也相信？"

"我已经长大了。"

"那又怎么样？"

"我要知道一切，你有太多的事瞒着我。小时候你总是说，等我长大了就会明白，现在我已经长大了，但你还是什么都不告诉我。你不告诉我，我怎么能明白？"

"老疯子的话你也相信？"

"我妈为什么要离开我们？"

"闭嘴！"

"她到底去了哪里？"

"闭嘴！"

"你到底对我还隐瞒了些什么？"

"我叫你闭嘴！"

姜云福突然暴怒起来，右手展开，举到半空，又狠狠扇下。他的指尖从我的鼻尖前面不到半根手指的地方滑过，他的手掌带起的风从我脸上吹过。我就像真的被掌掴了一样，尖叫着夺路而逃。姜云福愣在我身后，没有劝阻，没有呵斥，也没有拉住我的手不让我离开。

出了门，我先去找阿凯。

小屋里空空的，阿凯不在。

我太天真了。我以为阿凯答应我不会离开疯人院，就一定不会离开疯人院。然而，一个会离家出走的人，怎么会老老实实地待在屋子里，整天不出门？

那我去找谁呢？赵叔，刘婶，还是小明哥？我一时茫然，就跑出了疯人院。路旁的那棵黄桷树还在老地方等我。我手脚并用，猴子一般三下两下爬到黄桷树分杈的地方。我松开手，站立起来，双手展开，沿着其中较为粗大平直的一根树枝，走了很长一段距离。一直走到树枝尽头的大片叶丛里。蹲坐在叶丛里可以毫不费劲地看到很远的地方。最大的好处是我可以俯瞰下边经过的任何一个人，而他们看不见我。对他们来说，我就像隐了身一般，而俯瞰则让我有种身在空中的感觉。我一直都喜欢这种感觉。

我蹲坐在叶丛里，直到暮色四合，直到饥肠辘辘。

饥饿的感受很不好受。

肠子和胃，还有舌头，一起轰鸣着告诉我：饭点到了。

还能怎么办？我下了黄桷树，回到疯人院，回到家。爸爸已经
做好了饭菜，见我进屋，也不说话，自顾自地端起碗吃起来。我也
不客气，坐到自己的位置，也不说话，端起碗就狼吞虎咽起来。刘
婶曾经说我太瘦了，没有什么储备，所以特别不耐饿，一直要我
多吃点儿。我觉得她说得非常有道理。

饭吃完，菜吃完，我搁下筷子，问："明天做什么？"

"读书。"爸爸斩钉截铁地说。

所以，我现在走在去学校的路上。

斜上方的石阶上突然出现一个人。心神恍惚中，我晃眼看见
是冯总监身边的一个干事，就是上次我追天鹅后找我的那一个，
依稀记得姓蒋。我赶紧蹲下，熟练地钻进一片绿植。我不知道我
在惧怕什么，反正，此时把自己藏了起来是最本能的反应。

蒋干事走到绿植前方，站定，脸色淡漠。晨曦照在她的额前，
透着淡淡的金色。

我屏息凝神，连心跳都停了下来，生怕她发现我的存在。

不一会儿，谷一洲从教学楼方向跑了过来，看见蒋干事，谄
媚地咧嘴一笑，小步快跑着，往这边跑过来。

蒋干事淡漠的脸上堆出笑容："谷一洲教官吗？先恭喜你
了。"旋即收敛了笑容，平板的脸上只剩严肃，道："跪下，传总监
口谕。"

谷一洲连忙跪下，脸色从愕然到惶恐。

蒋干事拉长了声音说："查，谷一洲克己奉公，忠心耿耿，向来勤勤恳恳，任劳任怨，特任命谷一洲为狩猎队队长，为黄泥塝的家人们全心全意服务。"

这事儿肯定超出了谷一洲的预期。我看见他肩膀都颤抖起来。

"再次恭喜谷教官，不，现在应该叫您谷队长了。"蒋干事说。她的脸色变得和蔼可亲。如果赵叔在现场，一定会说，此人擅长变脸，不当演员可惜了。天赋异禀，稍加努力，成一代影后没有任何问题。

"起来吧。"蒋干事命令道。

但谷一洲双腿发软，起不来。蒋干事笑着把他扶起来。"总监大人还让我告诉你几句话。"蒋干事一边扶一边说，"狩猎队是和巡逻队一样的，是黄泥塝安定团结、幸福绵长的重要力量。把这么重要的职位交给你，是对你的信任，更是对你的考验，是总监大人赐予您的福报。想不想把握这个机会，能不能完成这个任务，实现多大的福报，全看谷队长愿意与否。"

"我愿意。"谷一洲挣扎着说，声音里虽然还有颤动，但这已经是他内心的兴奋造成的了，"这个机会，我等待得太久了。"

"那就好。"蒋干事说，"愿您与巡逻队蔡队长精诚合作，共同维护黄泥塝。眼下，黄泥塝风雨欲来，谷队长要做的事情会很多很多。"

谷一洲说："请您转告冯总监，我一定全力以赴，绝不辜负总监大人的照拂。"

蒋干事说："谷队长，你上任后的第一件事，请您从狩猎队中挑选四名忠心又能干的队员，送到总监大人身边，作为贴身保镖。"

谷一洲谷队长道："保证完成任务。"

待他俩走远，我才敢拍打着胸口，张嘴呼吸，大口喘气，然后钻出绿植，沿着长长的石阶，跑向教学楼。谷一洲不在，张舒雅像往常一样在负责维持纪律，同学们也像往常一样齐声读着《城经》。但我已经不一样了，我知道《城经》是怎么来的了，我知道谷一洲去当狩猎队队长了，我还知道麦兆辉已经死了。是的，"麦兆辉死了"，我突然间明白了这句话的意思。死了，就是离开了，就是永远不会回来了，就像我妈妈那样。我站在教室门口，看着他们像往常那样读书，没人讨论麦兆辉，没人关注他突如其来的背叛与死刑。这不正常——麦兆辉可是很多同学心中的英雄啊！

"麦兆辉死了，你们不知道吗？"我大喊，声音盖过了他们的读书声。

"安静！"张舒雅试图和我比赛谁的声音大，"今天是星期五，应该读背《城经》第315章。"

"麦兆辉死啦！"我又喊。

"小疯子，谷教官不在，你不要捣乱。"张舒雅换了一个策略，"等谷教官回来，有你受的。"

"那可是麦兆辉！麦桐的哥哥！我们的英雄！"

"他是叛徒！告示里说了，他亵渎了《城经》，他就该死！"张舒雅秀气的面庞因为激动而泛着红晕，"你亵渎了《城经》，总有一天，你也会付出代价！"

我没有理她。然而，同学们都捧着《城经》，侧着头，从书的缝隙,怔怔地看向我,就像围观一个关在笼子里的小疯子。这诡异的画面令我一下子失去了勇气,嘴上不依不饶地诅咒了两句,任由两只脚把我带到自己的位置。

十二

整个上午,我们都在上自习。没人告诉我们谷一洲为什么没来。我也没有告诉他们谷一洲的去向。没有必要,我的沉默,宛如湖底的石头。直到接近午饭时间,教室里的气氛才活跃起来,同学们纷纷回忆昨天中午吃的那一份泡萝卜,追问它到底是怎么做出来的,讨论今天中午会不会还有。

我们排队进入食堂,不无惊喜地发现,泡萝卜还在,但桌边多了一个人。这人肥头大耳,偏小的衣服勒得他浑身鼓凸。他是学校食堂的主厨,姓余,背地里我们都叫他胖头鱼。他经常在我们大快朵颐的时候,问我们饭菜是不是好吃。如果得到好吃的回答,他就会满意地走开;如果回答不好吃,他就会从方方面面进行解释,直到这个同学改口说好吃为止。但这次不同。胖头鱼走到长条桌边,弯下腰,眯缝着眼睛看着泡萝卜和我们的饭碗,压低了沙哑的声音,说:"泡萝卜虽然好吃,但不能多吃。吃多了对你们的身体不好。"说完,他直起身子,双手在皱巴巴的围裙上使劲儿擦了几下,然后走向下一桌,把刚才的动作和话语又机械地重复一遍。

这种场景透着深深的无法用言语描述的诡异。直到离开食堂很久,这诡异感还沉沉地盘踞压抑在我的心里。

饭后,回到教室,我看见麦桐坐在她的位置上。面具上方的双眼微红,应该是哭过之后刚擦干净。我赶紧跑过去,问她情况。麦桐不理我,自顾自地看着搁在桌子上的手。翻来覆去地看,就像掌纹里隐藏着天地间所有的秘密。周围的同学多了起来,我知道再问也问不出个所以然,就先放弃追问了。

下午,终于有教官接手我们班的课了。来的居然是食堂主厨胖头鱼,难道学校没有人了吗?胖头鱼宣布了谷一洲教官的去向,然后宣布了一系列新的班规。"以前你们执行什么样的班规我不管,我来之后,一律按照我的要求来。"他哑着嗓子说,"严格执行。"

张舒雅代表全班发言,表示愿意竭尽全力,配合余教官的工作。最后领着全班喊了口号。对这个表态,余教官是满意的。我没有跟着喊口号,心里想着谷一洲去接手狩猎队会不会是同样的情形。回头瞄了一眼麦桐,她的眼圈更红了。

下课时间,我瞅准一个时机,把麦桐堵在了女厕所里。

"到底发生了什么事情?"

"我不能说!"

"告诉我。我们不是最好的朋友?"

麦桐杵在原处,沉吟不语。我瞅瞅四周,留给我的时间并不多。"麦队长这次出去狩猎,是不是遇到了外边的人?外边的人并不是可怕的翼族,而是和我们一样的人,对不对?"

麦桐不答反问:"你怎么知道?"

"你先别管这个!"我盯着麦桐的眼睛说,"后来呢?回到黄泥塝后,又发生了什么?"

麦桐双手互扣,指节被勒得发白。迟疑了片刻,她颤抖着说:

"我哥要面见大老板，告诉他这件事。冯总监不允。我哥坚持，与冯总监发生了……言语，还有肢体冲突。冯总监命令保镖抓了我哥。后来，巡逻队闯进来，把我们全家都抓了。他们……他们要我当众宣布和我哥脱离关系……我，我太害怕了……"

就这儿？我不解地问："怎么可能？就因为肢体冲突……"

"冯总监是这样说的。"

"我也遇到了外边的人。"

"什么……"

"我还把他带进来了。"

"你疯啦！"

"我才没有疯……"

这时，有几个女生簇拥着张舒雅嘻嘻哈哈地进了女厕所，我无奈地停住嘴，而麦桐则趁机一低眉一侧身，迫不及待地从我身边如逃跑的泥鳅一般挤了出去。张舒雅躲在两个女生身后偷偷瞅我，怀疑我干了什么坏事的神情如此明显。我回以死鱼一样的白眼，就差对她发动尖啸攻击了。她赶紧偏头，把视线移开。我也就耸耸肩，无所谓地转身离开。

此后我再也没有与麦桐单独交流过。本来有机会的，但麦桐没有配合，白白浪费了。我敏感地察觉到，她不想和我交流。整个下午，她都像一只热锅上的褐蚂蚁，焦躁不安。

连带我也焦躁不安起来。

我隐隐约约觉得，在离我不远的地方，有什么重要的事情正在发生，而我却不知道是什么。我一次又一次地透过窗户往外眺望，黛绿色的远山在围墙之外绵延起伏，仿佛是永恒的存在。此时此刻,只有它能给予我足够的慰藉。

恍恍惚惚中,胖头鱼步履蹒跚地走上讲台,环视教室,待所有人都知趣地安静下来,这才宣布:"各位同学,因为出现了新的疫情,经过大老板批准,学校将从现在开始放假。"

这突如其来的消息让教室先窒息了片刻,旋即爆发出一阵山呼海啸般地欢呼。

胖头鱼拿手掌猛拍讲台,扯着沙哑的嗓门吼道:"什么时候复学,等候学校的通知。收拾好你们的东西,教室里的,宿舍里的,什么都不要留下。回家后可不是让你们玩的,接着背诵《城经》。还有,新的班规,也要背诵……回来后我要一个一个地检查背诵情况!"

男生们已经迫不及待地冲出了教室,我混在其中,第一个回了女生宿舍,胡乱拿了几样东西,然后拼了命似的冲出学校。

唐瞎子正一步一挪地经过黄桷树往18号楼走。我从她身边跑过,她推了推眼镜框,喊道:"珂儿!"

我回以真心实意的三个字:"放假啦!"

"放假?"

"疫情,暴发疫情啦!"

"什么疫情?啊……"

对呀!可胖头鱼没有说!我愣了愣神,又使劲儿甩头,一连串话语宛如弹珠一般滚落出来:"管他什么疫情!反正放假啦!不用去学校读书啦!"

说话间,我已经冲过唐瞎子的身边,跑进18号楼,又噔噔噔上了台阶,到了4楼走廊,高喊:"放假啦!放假啦!……"接着我猛地推开房门，却见一屋子黑压压的人都回首望着我。

疯人院的所有人，除了唐瞎子，都在我家里，整整齐齐的。包括我爸爸。这是一件咄咄怪事。我爸爸这个时间应该是在上班。他是疯人院里唯一准点上班的人。十多年来，雷打不动。此时此刻，他怎么会在家里？

"怎么啦？疯人院里开大会吗？"我问，试图打破目前的尴尬。

爸爸处于人群中间，隔着宋伯和小明哥望向我。"放假？"他问道，面沉似水，"因为疫情吗？看来，事情比我们想象的要严重。"

"肯定的。"刘婶说，"狩猎队、生产队、巡逻队、清洁队，都有人患病。有传言，已经死了好几个了。"

我心底咯噔一声响，一股热流自后背涌出。"是那个……流帕病吗？"我问，声音微微颤抖。这怪不得我。从小到大，关于流帕病的故事我听过不计其数。对流帕病的恐惧是刻在我的内心深处的。

赵叔说他感染过流帕病。总是发烧，高烧不退，吃什么药都退不下来。喉咙痛得厉害，就像几千年没有喝过水了，然而怎么喝水都不能缓解症状。呼吸急促，仿佛空气只在喉管里打转，根本没有进入肺。同时伴随着间歇性的咳嗽，剧烈得宛如把肺都咳进了空气里。头晕，头痛，持续不断，就像直接把酒精灌进了脑壳里，然后用三五根铁棍在脑浆子里搅啊搅。你会恨不得用筷子把耳朵眼戳穿，让脑浆子溅射出来，只要这样能止住那无边的疼痛。不只是头痛，全身的每一块肌肉都痛，无法遏制，轻轻地触碰或者移动，也会带来被汽车碾轧的感觉。"而这些，只是流帕病的初期症状。"赵叔最后说,"好些人连初期都没有熬过,就死了。"

此时,没人回答我的问题。我的喉咙仿佛被无形的手掐住了,空气凝滞起来。"赵叔?"我艰难地喊道。

赵叔看看我爸爸,又看看宋伯,说:"不,不是,不是你说的那个。"

平时是个话痨的赵叔竟然不敢说出那四个字,也太不可思议了。我还要追问,爸爸已经接过话头,说:"不是流帕病,我怀疑是白鼻子综合征。"

"什么白鼻子?那是什么?"

爸爸说:"一种真菌引起的感染。"

"什么意思?"爸爸这句话的每一个字我都听得懂,但合起来是什么意思,我就不知道了。我能感受到的,是那一个陌生名字带来的森森寒意。

"你们快过来!"身后突然传来唐瞎子的声音,"阿凯,阿凯病啦!"

我们这一群人立刻蜂拥向阿凯的房间。

阿凯躺在床上,面色蜡黄。唐瞎子摸着他的额头,说:"发烧了。"

"阿凯?"我呼唤他的名字。

阿凯勉力睁开眼睛,瞅了我一眼,又闭上了眼睛。"头疼,疼死我了。"他的呼吸声异常沉重,好像喉咙里塞满了黏稠的泥巴。

"是那个吗?"书生秦问,声音颤得比我厉害。

"对。"唐瞎子说,"不用怀疑,就是流帕病。"

"怎么可能?刚才不是说是什么白鼻子综合征吗?"

"阿凯是从黄泥塝外边来的……"

我霍地明白了什么。"阿凯!"我扑向阿凯,却被小明哥一把抓住。"别去!"他吼道,"危险!"我拼命挣扎,可小明哥的手劲儿很大。"放她过去。"爸爸说,"没事的,没事的。"

就在这时,外边传来一个熟悉的声音:"里边的人听着!"

我所在的位置正好靠近窗户。透过窗户,我俯身下望,看见狩猎队穿着制服,戴着精致的面具,手里拿着长枪、短棍和弓箭,排着整齐的队伍,立在黄桷树下。

谷一洲用他破锣一般的嗓子喊道:"里边的人听着,交出翼族,立刻交出翼族!否则,杀无赦!"

十三

谷一洲谷队长命人向疯人院发射了三支弩箭,18号楼就集体投降了。

"我不要死在这里。"唐瞎子第一个高举双手走了出去。"你们说,她是真瞎吗?"赵叔咂咂嘴,"选择性瞎而已。"小明哥说:"我还想多活几年。我可挡不住弩箭。"在赵叔和小明哥磨叽的时候,书生秦捂着腮帮子,一言不发,紧跟唐瞎子出去投降了。他对谷一洲说:"事不关己,关我屁事。"

宋伯冷哼一声,和刘婶一起下了楼。刘婶破天荒地没有咒骂。

我看看爸爸,又看看床上躺着的阿凯,目光焦灼。是我把他带进黄泥塝的,我要为他的现状负责:"我们……"爸爸挥手打断了我的话,说:"没事儿。"

我瞄了一眼插在窗棂上的那一支弩箭,跟着爸爸下楼,来到黄桷树下。与此同时,四名狩猎队队员抬着一副担架上了楼。"你们注意点儿,"我冲他们喊,"阿凯得病了!那个病!"然后我才意识到自己不该瞎喊的。

宋伯正气呼呼地对谷一洲说:"我要见大老板。"

"绑起来。"谷一洲没有搭理他,而是下了新的命令,"通通绑起来。"

过来几名狩猎队队员,拿出缠在腰间的麻绳,不由分说就把疯人院的几个人绑起来。刘婶终于没有忍住,发出一连串高亢而尖厉的咒骂,书生秦则引用了《城经》里边的几句话来讽刺狩猎队,这都没有能够阻止狩猎队的行动。宋伯反复强调"要面见大老板,我是他哥哥",也没有使他免于被捆绑的待遇。

爸爸伸出双手,默默接受了捆绑。这使我对他的鄙夷又暗中增加了几分。当一名狩猎队队员拿着麻绳走向我时,我大声呼喊谷一洲的名字,并且威胁要把他偷鸡摸狗的事情全讲出来,这位今天才接替麦兆辉成为狩猎队队长的教官终于不耐烦了。"小孩子就算了。还在犹豫什么!进入下一步。赶紧的。"他朝着18号楼指了指,说话的腔调和在学校没什么两样。

抓住我胳膊的那名队员骂骂咧咧地松开了手,转身跑向18号楼。同时跑过去的,还有八名队员。他们手里都举着一根木棍,木棍顶端缠着布条,空气中飘起一股刺鼻的油味。我知道这是火把,晚上走夜路用的。但问题是,现在只是黄昏,夜色朦胧,还没有天黑……

这时,阿凯被四名队员用担架抬下楼。我的注意力集中到担架上,阿凯被捂得严严实实的,我担心他不能正常呼吸。等我把注意力转向谷一洲，想要提醒他时，却见谷一洲高举左手，如大刀一般砍下。这动作我无比熟悉，每次班上安排了什么事情，比如把教室清洁做三遍，他就会做这个动作，以示决心。那么现在谷一洲是安排了什么事情？

18号楼那边，狩猎队队员高擎着的九根火把燃起来了，晚风一吹，在昏暗的光线里，火焰鬼魅一般摇曳不定。

"你们要干啥子？"书生秦龇着一口烂牙吼道。

谷一洲再一次高举左手，如大刀一般砍下。九名队员齐齐挥动胳膊，将火把扔进了疯人院。

我惊得瞠目结舌，甚至忘了喊叫，眼睁睁地看着那些火把点燃了各个房间。窗户冒出滚滚浓烟，冲向黯淡的灰蓝色天空。火焰啪啪作响，从一楼蹿到二楼，然后是三楼，整个疯人院都变成了大号的火把，把黄泥塝这一带照得分外明亮。

空气中充塞着刺鼻的气味。我看见疯人们都沉默不语，火光映照在他们苍老的脸上，把他们脸上的每一道皱纹、每一个斑点、岁月留下的每一个痕迹都照得一清二楚。他们死一般沉默。在他们的沉默中，他们——还有我——住了多年的疯人院在越来越猛烈的火焰里战栗着，坍塌着，消熔着。

"好了，传染源消灭了。"谷一洲说，火光在他脸上跳跃，映照出他眉眼里掩饰不住的欣喜，"接下来该你们了。"

要烧我们？我不由得瞠大了眼睛。

谷一洲慢悠悠地说："隔离。"

狩猎队把我们送回了学校，不久前我才离开的地方。好吧，在学校放假后，他们已经把宿舍楼改造为疫病隔离区。小明哥指出,隔离区的改造很不合格,这里不对,那里也不对,根本起不到隔离的效果。赵叔耸了耸肩:"疯人院都没了,你还想怎样?有住处就不错了。"

两人一组,他们被送进了宿舍。轮到我和爸爸时,我对谷一洲说:"我要……我要照顾阿凯!就是那个生病的翼族!流帕病!他需要照顾,我不照顾,就是你们的人来照顾。"

"你不怕?"

"不怕。要传染早就传染上了。"

谷一洲踌躇了片刻,估计确实是找不到队员来照顾阿凯,于是点头同意了我的要求。我快步离开,假装没有看见爸爸焦灼、内疚又失望的眼神。他没有出声或者出手阻拦我,我倒是一点儿也不奇怪。但如果爸爸反对,我要怎么对他说呢?

阿凯单独隔离在一间六人宿舍。我进宿舍后,他对我的到来感到意外,我也没有解释什么。事实上,我并不知道要如何照顾一个病人,尤其是一个流帕病的患者。只是和他待在一起,我感觉安心而已。

晚饭比预期的时间来得晚。我已经饿得不行了,阿凯的精神头比先前好多了,于是从床上坐起来一边吃一边闲聊。

"阿凯,对黄泥塝你有什么印象?"

"说真话吗?"

"这不废话吗?我要想听假话为啥要问你?"

"时光在这里停住了脚步,岁月在这里拨转了马头。一切就此沉寂。"

"说人话!"

"风景确实不错，但一靠近，就能闻到令人难堪的发霉的味道，好像一直泡在水里，从来没有在太阳下晒干过。所有的房子都破烂不堪，这里一个窟窿，那里一个窟窿，好像随时都会倒塌一样。你们这衣服，这能叫衣服吗？叫布条还差不多。还有这饭菜，数量不多，还特别难吃。"

"瞎说！"

"还有你们的武器，弩箭居然就是最厉害的远程武器。笑死我了。"

我把眼睛瞪得溜圆："照样能把你射死！"

"不信就算了。"

看着阿凯一本正经的样子，我知道他说的不是假话。"阿凯，你都出来好几天了，你就不怕你妈担心？"我心里不舒服，故意这样问。赵叔管我这种专戳人心窝子的说法叫"哪壶不开提哪壶"。

阿凯吸了吸鼻子："我就是要她担心。"

"真的吗？你们母子关系听上去很差呀。"

"也不完全是啦！《桃花源记》，读过吗？"

"没有。"

"一篇古文，说一个渔夫发现一个与世隔绝的地方，那里'土地平旷，屋舍俨然''阡陌交通，鸡犬相闻''黄发垂髫，并怡然自乐'。听了云颠之城的传说，我一直以为云颠之城就是这样的地方。"

"来了这里之后，是不是有点儿失望啊？"

阿凯闭了闭眼睛："说实话，不是有点儿失望，而是非常失望。"

我没有想出反驳阿凯的话来，就调整话题："你来的那个黄泥塝又如何？说来听听。"

"别的先不说，先说我妈炒的小白菜，那可是有盐有味，好看又好吃。比这个，不知道好吃多少倍。你去我家，我一定让我妈给你炒几个拿手的灵魂菜给你吃。我妈常说，炒菜不用心，炒出来的菜是没有灵魂的。"

"我爸说，不把菜吃完，对不起菜为此献出的生命。哈，有异曲同工之妙。对了，一直听你说你妈，你爸爸呢？"

"我爸呀，几年前出了事故……"

说到这里，阿凯开始剧烈咳嗽。我伸手，慈爱地摸摸他的额头，不像前几次那样冷了。"不怕。"我说，"我生病的时候，我爸爸都会带我跑几圈，身体发热，病就好了。你的身体已经热起来了。"

阿凯勉力挤出一个笑容："我累了，想睡了。"他躺回床上，很快睡着了。我把剩下的饭菜吃完，又把碗筷交还给门外的狩猎队队员，回头看看熟睡中的阿凯，期望他明早起来病就好了，然后才爬到另一张床上，和衣睡下。梦里有熊熊燃烧的大火，还有爸爸焦灼、内疚而又失望的眼睛。谷一洲的声音在烈焰中回荡："烧，烧死他们！"我浑身灼痛，却没有醒来，只是翻了一个身，继续做梦。

我是被一阵嘈杂至极的争吵声惊醒的。我起身，轻轻将房门推开一条缝。天已经亮了。今天是星期六，我寻思着，现在该去食堂喝营养粥了，完了去上课，跟同学一起读《城经》，下午回家，要放一天假……外边走廊上，密密麻麻站了两队人马。一边是手持弓弩的狩猎队，一边是戴着红蓝两色面具的巡逻队。两队人马正在互相咒骂，不过用词极其低级，只会几句短语来回重复，比刘姊变着花样的骂法，不知道低多少倍。

巡逻队队长蔡焕晶分开人群，走到两队人马的中间。他竖起一根食指，朝身后晃了晃，巡逻队队员就立刻住了嘴。"我的人已经停了。"蔡焕晶挑衅地说，"你们也该停了。"

狩猎队队长谷一洲叫了好几声，这才让狩猎队队员安静下来。

"您越权了，谷教官，不对，现在应该叫您谷大队长。您瞧我这狗记性，都忘了今天是谷教官就任狩猎队大队长的第二天。"蔡焕晶面无表情地说，"恭喜谷大队长，贺喜谷大队长，新官上任第一天就烧了一把大火，烧得那个旺啊，大半个黄泥塝都看见了。然而，我不得不提醒谷大队长，围墙以内的事情，归巡逻队管。围墙以外的，才是您的管辖范围。在这方面，我的记性好着呢。懂？"

谷一洲说："我是奉冯总监的命令抓捕并隔离疯人院一干人等。"

蔡焕晶说："您还是没有懂啊！围墙以内的黄泥塝，归我管。围墙以外的广阔世界，归您管。"

"那是冯总监的命令……"

蔡焕晶抢道："我收到情报，东南方向有不明势力在活动，怀疑是翼族。为了黄泥塝家们的安全，大老板决定，命令狩猎队全体出动，前往东南方向100公里处，查明真相。懂？"

"为什么大老板不直接下命令给我？"

"你是不相信我,还是不相信大老板?"

谷一洲明显犹豫了片刻:"那这里……"

"这里交给巡逻队。"

"行。我们走。"谷一洲带头离开,其余狩猎队队员稍稍迟疑了一下,也跟着走了。

在此之前,我就听说过狩猎队与巡逻队不和的传闻,但并没有意识到他们的对立已经严重到可以毫无顾忌展示给所有人看的地步。

目送狩猎队离开,蔡焕晶似乎松了一口气。"带他们进来。"他命令道。在我猜出"他们"是谁之前,我已经看到了他们鱼贯而入。长长的队伍,有五十多人,男女老少,都没有戴面具。同时看到这么多人的面孔暴露在空气之中,我还真有点儿不习惯。不用医生诊断,我也知道,他们都是病人,脚步蹒跚,神情萎靡,仿佛风一吹就会倒下,碎成一摊烂泥。他们鼻梁和鼻子周围密布着糖霜一般的白色斑点,点点触目惊心。

麦桐也无力地走在病人的队列之中。

十四

"麦桐!"我推开房门,不管不顾冲向麦桐。

"别过来!"麦桐喊,声音里带着哭腔,"我生病了!"

"我不怕!"

"会传染给你!"

一名巡逻队队员过来拦我。我扒住那人拦我的胳膊就要咬,身后传来爸爸的声音:"姜珂!"我已经咬下去了。那人疼得尖叫一声,使劲儿一推,把我推倒在地。"小疯子!"他吼道,"再咬就把你的牙全敲下来!"

爸爸从另一间屋子出来,把我从地板上拉起来,又勒住我的胳膊,不让我去踢那人。"去叫蔡焕晶过来。"爸爸说,"就说我找他,有很重要的事情要告诉他。"

麦桐已经随着病人队列消失在拐角处。她幽怨的眼神泛着红光,显然刚刚哭过。我扒开爸爸的手,气鼓鼓地走到一边,不理他。

蔡焕晶一边安排手下做事,一边踱步过来,到了跟前,他很有礼貌地说:"姜博士,找我有何吩咐?"

"我不是博士,没有博士学位。"

"您的学识和成就,早就超过博士了。"蔡焕晶说,"没有你,就没有黄泥塝现在的一切。"

爸爸露出一丝苦笑,继而说道:"蔡队长,你也是从流帕病过来的人,应该知道这种形式的隔离不但完全没有效果,反而容易造成新的感染。"

蔡焕晶说:"我对传染病没有研究。"

"这些人患的是白鼻子综合征,由毁灭地丝霉菌引起的感染。"爸爸耐心地解释,"像这样,把白鼻子病患聚在一起,不分病重的病轻的,不但病患之间会二次感染,就是你们巡逻队的,也会被感染。我担心……"

"讲到这里我不得不打断您,"蔡焕晶说,"当初注射神农针剂的时候,您不是保证过,我们再也不会得任何病了吗?"

神农针剂?这词语好陌生,我不由得竖起了耳朵。

"是大老板保证的,不是我。"我爸爸纠正道,"而且那也不是神农针剂。"

"大老板保证,跟您保证,有什么区别吗?"

"我不会那个样子说的。那样说,夸大了药效,与事实严重不符。"爸爸顿了顿,说,"那种针剂提升的是免疫力,对病毒和细菌有效,对真菌引起的感染却是无效的。面具也是没有用的。这些布做的面具,反复清洗过,根本就挡不住任何传染病。"

"那怎么办?"蔡焕晶明显紧张起来,伸手摸了摸面具。

爸爸说:"蔡队长,你现在要做的,应该是把病患按照病情的轻重,分成若干组,互相隔离,然后再说治疗的事情。"

这时,一名巡逻队队员跑过来。"队长,队长,那边出事儿了,大事。您赶紧过去!"他气喘吁吁地喊。

蔡焕晶对我爸爸点点头。"着什么急!"他对那名队员说,"没有礼貌的家伙。"然后离开了。

我拿手指指着爸爸:"姜云福,你过来,我有话问你。"不高兴的时候,我就会叫爸爸的名字。我转身回屋,没有顺手把门关上。阿凯还在睡觉,面色潮红,呼吸很乱。

爸爸进了屋,我面向他,靠坐在床上。"说吧,神农针剂是怎么一回事。"我开门见山地说,"不管是黄泥塘以外的翼族,还是黄泥塘以内的鼠人,都和某种针剂有关,是不是就是这个针剂?"

爸爸沉默着,就像我每一次询问时一样。"告诉我,姜云福。你不说,我永远不知道真相是什么。"我忍不住喊着。

"翼族和鼠人,两个传说,都和一个叫作飞鼠博士的邪恶科学家有关。这位科学家发明了一种针剂,把人变成了飞鼠,使这部分人在流帕病的狂潮中存活下来,却也因此被其他人排斥。"爸爸顿了一下,"我就是传说中的那个飞鼠博士。"

什么?我差点儿叫出声,但到底忍住了。如果我叫出声,爸爸会认为我无法接受这样的真相而拒绝讲出全部的故事。"跟飞鼠有关吗?"我问,用提问来掩饰我的惊讶。

"飞鼠最大的特点是什么?"爸爸自问自答,"它能飞。"

哺乳动物要想飞行滑翔,它的全身上下都进行了适应性演化。飞行的能量消耗是非常巨大的,这使得飞鼠的体温高于哺乳动物的平均水平。从人类的角度看,飞鼠一直在发低烧。在这种情况下,寄生在飞鼠身上的各种病毒无法正常生活与繁衍,也就无法对飞鼠的细胞和器官造成破坏,因此,飞鼠身上即使携带有很多病毒,病毒也不会使飞鼠生病。

"这个道理你懂吗?"

"嗯,懂。"

"当然,体温升高,只是飞鼠为了飞行的适应性演化之一,不是全部。它的免疫系统还有很多与众不同的地方。所谓拉姆达针剂,其实是受了飞鼠的启示,把人的免疫系统加以升级改造,进而实现携带病毒而不发病的目的。"

"改造的只是免疫系统,不是人的全部?"

"对,只是免疫系统。"

基因驱动技术在当时已经是非常成熟的技术了。跟传统的基因编辑技术只能作用于受精卵相比,基因驱动技术的最大优势在于,它以传播力极强的病毒为载体,将预定的基因片段嵌入成年人的体细胞之中,从而实现对成年人的定向基因修复或者改造。因为涉及作用于人体，基因驱动技术的应用研究方面一直被限制得死死的。然而，流帕病来袭，社会秩序一夜之间土崩瓦解，所有可能的解决方案，不管曾经多么激进甚至荒谬，这个时候都允许讨论和研究。

在流帕病暴发之前，姜云福就在做类似的研究。这家医院位于黄泥塝，就以黄泥塝的名字命名，是一家世界医药集团的分支机构，类似的分支机构还有数百家。医院有附属研究所，名字取得高大上，对外的广告宣传也很厉害，其实就是招募了一些医学名人来装点门面，平时抄写论文，上上论坛，发明一些高深莫测的新词来糊弄媒体和病人，最高成就就是仿制别人发明的新药……"本科毕业后，我慕名去了黄泥塝医院基因与遗传应用研究所，亲眼看见了这一切——扯远了。"我爸爸说，"回到流帕病。"

随着传播范围在全世界的扩大，感染人数的增多，流帕病变异的次数也越来越多，进而在不同地区演化出不同版本的变异毒株。按照惯例，科学家们用希腊字母给这些变异毒株命名，从阿尔法到拉姆达，接着从西格玛再到欧米伽。很快，24个希腊字母不够用，新一代变异继续登场，于是又在希腊字母后边加上罗马数字：贝塔Ⅰ、艾普西隆Ⅱ、卡帕Ⅲ……

爸爸扳着手指数流帕病变异毒株名字，缓慢而沉重，因为每一个名字背后，代表着流帕疫苗的无效，代表着流帕特效药的失败，代表着数以千万计的非正常死亡。他叹息着继续说："每一种变异毒株都有自己的特点：有的加强了传染性，有的新增了传染方式，有的强化了毒性，有的隐蔽性得到了增强，有的出现了显著的抗药性，有的毒性虽然下降了却能突破刚刚研制出来的流帕疫苗的防御,使患者很容易染上别的传染病……

"借助基因驱动技术,对流帕病的一种变异株——拉姆达进行了彻底的改造。与原始株相比,拉姆达的传染力强了几百倍,毒性却弱了几百倍。改造后的拉姆达进入人体后,能迅速分裂繁殖,占领免疫系统,然后按照我事先的设定,对免疫系统的每一个细胞进行改造,最终使这个人的免疫系统整个变得和飞鼠的类似。也就能和飞鼠一样,身上携带了流帕病,还有别的病毒,却不会发病。

"必须承认,正是流帕病的反复流行,促使拉姆达针剂研发成功。没有流帕病,就没有拉姆达针剂。当然,也跟大老板对我全力支持有关。在听我分析了研究前景后,大老板决定赌上研究所的全部人力与物力,研究拉姆达针剂。所幸,我最终研发成功了。

"然而,一期实验刚刚做完,数据还在处理中,流帕病又来了。局势变得分外危险。大老板决定,不等二期、更不要说三期了,立刻给全院的医护人员注射拉姆达针剂。在我知道以前,大老板就已经给自己注射了。"爸爸说。

"真勇敢。"

"也许吧。但也可能是他被流帕病吓住了。"

大老板向来作风强悍,要求全院上下,令行禁止。他容不下一丝一毫的反对声音。有了大老板的以身作则,拉姆达针剂在全院的注射异常顺利,其结果也是异常明显。在不知道是第几次的流帕病大流行中,黄泥塝医院是唯一安全的岛屿。无数人蜂拥而来,倾家荡产也要注射拉姆达针剂。大老板可高兴了,把拉姆达针剂改名叫神农针剂,下令医院附属的针剂生产线 24 小时不停歇地制造,但还是不能满足越来越多的注射需求。"为什么如此急迫呢？人家真金白银地投进来,可不是为了慈善,而是为了增值,为了利润。这是资本最底层的逻辑。"

"这话是赵叔说的吧。"我插话道,"他总是这么一针见血。"

爸爸没有否认,接着往下讲:新的问题很快出现。因为没有做完二期、三期实验,拉姆达针剂是不完备的,包括剂量在内的各种指标都没有优化,因此注射拉姆达针剂的副作用频频发生。同时,关于拉姆达针剂最恶毒的传言也在这个时候开始泛滥成灾。

我猜道:"注射拉姆达针剂会变成飞鼠。"

"对。很多人并不具备基本的生物学与医学常识,对这种半真半假的传言毫无抵抗力。不管我怎么解释,他们就是无法理解,拉姆达针剂不是飞鼠针剂,注射拉姆达针剂不会变成飞鼠。传言反而越来越离奇,其中一种说法是,正是我把飞鼠身上的流帕病投放到人群之中,制造了这一场流帕病。"爸爸深吸了一口气,继续说,"我为什么要这么做呢？因为流帕病发生后,我再发明出飞鼠针剂——我真是无比讨厌这个词语——就能拯救世界,实现我成为救世主的夙愿。他们发现我读初中的时候,写过一篇文章,说我的人生理想是 '想挽狂澜于既倒,扶大厦之将倾'。至少,我可以发一笔横财。他们又说,我小时候家里很穷,穷怕了,所以拼命读书想要摆脱原生家庭的影响,所以内心深处铭刻着对于金钱的无限渴望,所以不择手段谋取财富哪怕是牺牲全人类也在所不惜。我可……"

十五

　　我爸爸骂了一句粗话。我很少听爸爸说粗话。爸爸说了粗话，只能说明，除了用粗话，他已经没有别的方式来表达自己的愤怒了。时隔二十年，我依然能感觉到爸爸对那种说法的愤怒，还有深入骨髓的无可奈何。

　　"他们给我取了很多侮辱性极强的绰号。最普通的一个是称我为飞鼠博士，丝毫不管我并没有博士学历。他们还编造了我很多我没有说过的话，没有做过的事。在他们嘴里，我成了十恶不赦的罪人，是犯了要被钉在历史的耻辱柱上，生生世世受诅咒与唾骂的那种大罪。对此，我非常奇怪。你赵叔叔说，这是因为在流帕病的强大压力下，他们需要一个具体而微的仇恨对象。他们拿肉眼看不见的流帕病没有办法，然而对一个声名鹊起的年轻科学家造谣生事，却可以宣泄他们无边的恐惧。"

　　"班上的同学也给我取了不少绰号。"我说，"我不在乎。我不在乎他们就伤害不了我。"

　　爸爸伸手摸摸我的额头："确实是这样的。"

　　谣言在流传，怒火在聚集。终于有一天，在一些中坚分子的鼓动下，他们冲进了黄泥塝医院，一番肆无忌惮地打砸抢。有医护人员受伤，医院的正常工作都无法进行。听闻还有更大的冲击在后边，大老板做出了一个艰难的决定：逃离黄泥塝医院。

　　"我们出发了，医护人员加上一部分愿意跟我们走的病人，数千人，扶老携幼，拖家带口，队伍浩浩荡荡。中途有人离开，也有人半道加入。我们走啊走，不知道往哪里走，也不知道还要走多久，盲目，混乱，没有目标，没有计划，最后终于走到了这里。这里原本是一所医科大学，流帕病中，学生都回了家了，整个大学都被废弃了，只有几个保安还在坚守岗位。"

"原来这里真是一所大学啊！"我灵机一动，"爸爸，是你带大家过来的？"

"嗯，我就是在这里读的大学本科，也确实是我把大家带到这里来的。我们说服了保安，放我们进去。一番观察后，大老板决定不再逃难，就在这里定居。我们都累了，倦了，也提不出新的建议来，就都同意了。"

医科大学刚刚进行了大规模扩建，把周围一大片山地都包裹进来，面积比之前增加了三分之二。然而，还没有来得及招生，流帕病就来了。这所医科大学里有住处，有完善的各种设施，又在山顶，有高高的围墙，几乎算得上是与世隔绝，是这乱世之中，非常理想的避难之地。大老板把这里命名为黄泥塝，说是做人不能忘本，不能忘记来的地方。"……最初这里有六七百人，后来又陆续有人加入进来，总人数增加到接近三千人。这已经是黄泥塝所能承载的人口极限了。在大老板的指挥下，对黄泥塝进行了全面的改造，围墙加高了，大门加固了，颁布了第一版《城经》，先后组建了巡逻队与狩猎队，还有生产队和清洁队，"爸爸最后说道，"又经过二十年的时间，黄泥塝最终变成了今天的样子。"

往事滔滔，超出了我的人生阅历。我咂摸着爸爸的话："我是在黄泥塝出生的吧？"

"《城经》颁布不久，我遇到了你妈妈。后来，就有了你。"

一如既往，爸爸不愿意谈妈妈的事情。他的这两句话跟不说没有区别。我看着爸爸低垂的脸，转而问道："疯人院的几位都是黄泥塝医院的吧？"

"对。"

"你们都注射过拉姆达针剂？"

"对。"

"我呢？我注射了吗？"

"注射了的。第一代拉姆达针剂还不具有遗传性，新生的孩子必须注射拉姆达针剂，对自身的免疫系统进行全方位的改造，才能具有对病毒的广泛性适应。"爸爸说，"正是在你要不要注射拉姆达针剂的问题上，我与你妈妈产生了巨大的分歧。她坚决反对，而我认为你必须注射，多次冲突之后，她选择了离开。"

"理由呢？妈妈反对我注射拉姆达针剂的理由是什么？她也应该注射了的吧？"

"你妈妈注射了的。"爸爸陷入了沉思，"她说，注射了拉姆达针剂后，她总是感觉身体起了她不能理解的变化。她感觉自己的身体变成了另外一个人，就像原生的灵魂迁移到炙热而陌生的身体里。她把这称之为异化。她无法接受，整天惶恐不安，生活得极其痛苦。她不想小小年纪，你就经历这些。"

我心中一痛，宛如被利刃穿透：妈妈，是，爱我的。"爸爸，你的理由呢？"我问，"为什么坚决要为我注射拉姆达针剂？"

"黄泥塝的每一个人，都注射了拉姆达针剂，每一个人也都是大量病毒携带者，马尔堡病毒、埃博拉病毒、亨德拉病毒、汉坦病毒、拉沙病毒、狂犬病毒……每一种都能使你在极端痛苦中死去。黄泥塝里边，并没有完善的医疗体系，生了病得不到救治的。你想象这样一幅场景：你行走在人群里，你接触到的每一个人，都是移动的病毒库，就你不是——你觉得，凭你原始的免疫系统，能够活到现在？"

"不能。"我几乎打了一个寒噤。爸爸也是爱我的。对于能够明确这一点，我还是很高兴的。但还是有疑惑困扰着我。"爸爸，注射拉姆达针剂真的不会变成飞鼠吗？"我再一次问。

"你为什么操心这个？"爸爸说，"惧怕变成飞鼠？"

"倒不是怕，变成飞鼠，长上翅膀，能飞上天去，就是……飞鼠太丑了。真的，太丑了。要是变成会飞的天鹅，那我一千个一万个愿意。"

"飞鼠是个大家族，其中也有按照人类的审美来说，非常漂亮的种类。"爸爸似乎意识到这样说有什么不对，赶紧打住，"注射拉姆达针剂的副作用肯定有，并且因为个体差异，副作用的症状与程度也各不相同，但肯定不会变成飞鼠。"

"比如说，特别容易饿？"

"对。飞鼠要维持高于一般哺乳动物的体温，其代价就是新陈代谢的速度和效率也高。而且，要飞，太肥也不行……"

"你在说肥天鹅吗？"我说，"还有，明明是我们注射了拉姆达针剂，为什么我们说外边的人才是注射了针剂的翼族？"

"这个事情说起来很复杂。"

爸爸一边回忆一边回答：当时，几千人刚刚进入黄泥塝，根本就没有秩序可言。除了原来医院的，还有很多其他地方的，人员构成非常复杂，谁也不服谁。物质稀缺，常常为一丁点儿东西而大打出手。不能出去，关在这个狭小的世界里，整天无所事事，多余的时间和精力无处消耗，于是拉帮结派，逗猫惹狗，打架斗殴。再加上各种流帕病后遗症……原有秩序土崩瓦解，一个由陌生人组成的新秩序尚未建立。大老板说，必须行动起来，否则，黄泥塝迟早毁灭。

我插嘴道："所以有了《城经》。我知道，《城经》是疯人院里的这几位集体默写的。"

爸爸点点头："巡逻队和狩猎队，还有生产队和清洁队，也是在那个时候建立起来。同时，关于外边的人类已经变成翼族的说法，也悄悄流行起来。这是一件我至今没有想明白的事情。拉姆达针剂注射进了每一个黄泥塝人的血管里，他们怎么就能忘记这个事实，空口白牙说是黄泥塝以外的人注射了拉姆达针剂，并且变成了可怕的翼族？然而，他们不但这样说，也这样信了。我怎么反对，都没有用，反而被从上到下，集体排挤，被迫住进了疯人院。"

"你就是在疯人院遇见我妈妈的？"

"嗯。当时你妈妈刚刚进入黄泥塝，感染了流帕病，我给她注射的拉姆达针剂。我怀疑你妈妈的那种感受，也是拉姆达针剂的副作用之一。但无论如何，第一代拉姆达针剂不会让人变成飞鼠。"爸爸自顾自地说，"相信我，珂儿，不用担心这个。我现在担心的是他。"

爸爸说的是阿凯。我看着阿凯，有些忧心地说："爸爸，能给阿凯注射拉姆达针剂吗？"

"注射了拉姆达针剂，他就回不去了。"

"回不去就回不去。"

"不要替别人做决定。"爸爸斥道，"刚才蔡队长说，东南方向有不明势力在活动,我怀疑那是阿凯的家人或族人。阿凯离家出走好几天了,他的家人一定在到处找他。阿凯的事儿处理不好,会引发黄泥塝里边与外边的激烈冲突。"

激烈冲突?这事儿是我没有想到的。不过爸爸说得对,"不要替别人做决定",我就非常讨厌别人替我做决定。书生秦说过,"马儿不喝水,强按头;水仙不开花,强扭下"。"这样吧,"我说,"等阿凯醒了,我问他愿不愿意。他愿意就给他注射拉姆达针剂,然后跑两圈,病就好了。我想,他一定是愿意的。他要不愿意,我也会说服他。"

"你这孩子……"爸爸摇摇头。

"还有麦桐那边,她患的什么什么征……"

"白鼻子综合征。"

"到底是什么病啊?能治好吗?"

"我怀疑是毁灭地丝霉菌引发的感染,但是不是真的,还需要研究才能得出最后的结论。"爸爸审慎地说,"吃了早饭我就向蔡焕晶申请去研究大楼工作。"

研究大楼是爸爸工作的地方,我听他说过,位于黄泥塝西北角。每天他都会去研究大楼上班,雷打不动。但不知道为什么,我竟然从来没有想过爸爸每天到研究大楼去干什么。想一想,其实也很简单,黄泥塝新生的小孩都需要注射拉姆达针剂,而二十年前制造的拉姆达针剂,不可能还能用,只能是新造出来。这也能解释为什么黄泥塝人都对我爸爸尊重有加,即使在他们叫他"老疯子"的时候。欸,准确地说,我除外。"爸爸真厉害!"我说,冲爸爸竖起大拇指。

爸爸笑了笑："怎么还没有送早饭来？我饿了。"

"我也饿了。"

"我出去叫巡逻队早点儿把饭送过来。巡逻队不如狩猎队靠谱啊。"说着，爸爸走出房间。

我摸摸阿凯的额头，好烫。他嘴里发出一连串模糊不清的声音，像是无意识的梦话，又像是不受控制的呻吟。他翻了一个身，我以为他醒来了，却只是换了一个姿势，继续睡觉。想到刚才爸爸说的话，我并不特别担心。然而，麦桐那边，我必须去一趟……我蹑手蹑脚走到窗户，打开它，翻了出去。

十六

宿舍窗外是斜坡上的小花园，没有巡逻队看守。我一边琢磨麦桐可能在哪里，一边从篱笆的缝隙挤了出去。这篱笆由不知名的灌木修剪而成，比我还高。密实的枝叶刮擦着我的前胸和后背，令我很不舒服。但我心下一横，不管不顾，强行突破了篱笆的阻碍，却迎头撞上了什么。

"嗨小疯子，往哪里跑？"是一名精瘦的巡逻队员。

"要你管！"

"去找麦桐吧？"他笑眯眯的眼神里隐藏着什么，尖尖的下巴仿佛锥子，"告诉你一个小秘密，你的朋友麦桐干了一件坏事。"

"是什么坏事？"

"麦桐向蔡队长告发了疯人院，说疯人院藏了一个翼族！"

"这不可能！你骗我！"

"我骗你干吗？"尖下巴保持着脸上的微笑，只是眼窝更深了。

阿凯的事我告诉过麦桐。然而——

与我对黄泥塝外边非常向往截然不同，麦桐对围墙以外的世界充满恐惧。她不止一次地告诉过我，那道高高的围墙之外堆满可怕的病毒，只要走出围墙，那山一般高的病毒就会倾倒下来，流沙似的将她彻底掩埋。就算是围墙出现一道缝隙，那些"一听名字就不是什么好东西"的病毒也会随着风进来，在她脸上身上恶狼一般狠狠咬上一口，连皮带肉咬去很大一块。

换言之，仅仅因为害怕——她一直都是胆小鬼——麦桐去举报是完全可能的。可是——

"你干吗要告诉我这个秘密？"

"好玩呗。"尖下巴的笑容越发的诡异，"还去找麦桐吗？"

"要你管！"我再次甩出这句话，气鼓鼓地走出小花园，转到通往宿舍楼大门的甬道上，然后从大门大大方方地走进去。

大门前站着四名手持短棍的巡逻队队员，面露疑惑，拦住了我。"这里是隔离区，闲人禁止出入。"其中一个四方脸拿腔拿调地说。

"我不是闲人。我就住里边呢。我是从里边跑出来的，浑身都是病毒。现在我想回去，你们拦我，是不是想染上流帕病啊？"

四个人齐齐露出惊骇的表情，四方脸故作镇静："嘿，嚣张啥！当心我一棍子敲死你！"

我赌气地说："你敲啊，我把脑袋搁这儿，随便你敲！敲出脑浆子来能喷你一身！"

"嘿，你这家伙……"

这时，从大门里边传来一个声音："姜珂，姜珂，别跑了！可算找到你了，赶紧回去，回屋里去，你爸急死了。快、快、快。愣着干吗，放她进来！她是姜博士的女儿！"

我在四个人的围观中施施然地走进了宿舍大门。

刚才替我说话的也是巡逻队的，看袖章，是个组长，满脸的络腮胡在红蓝两色的面具下方非常扎眼。他冲我露出讨好的神情，我记得他姓孙。我不理会他，自顾自地走向先前住的六人宿舍。

还没有进门，我就嚷嚷上了："气死我了。是麦桐，是麦桐出卖了阿凯。我恨死她了。"爸爸站在宿舍中间，奇怪地看着我，手里端着餐盘，餐盘里是早餐。我毫不犹豫地抢过来一杯水，一口气咕咚咕咚全喝下，然后把杯子重重搁回餐盘，又顺势抹去嘴角的水渍。"我恨死她了。"

"怎么啦？"

我转向阿凯，睡梦中他面色潮红，身体微微颤抖："我把阿凯的事情告诉过麦桐，谁知道她却去举报阿凯。我真蠢。麦桐连哥哥都能举报，我怎么能相信她呢？"

爸爸说："麦桐没有举报麦兆辉，不要随意捏造别人没有做过的事情，更不要随意给人扣帽子。"

我拿起餐盘里的馒头，一边狠狠地咬一边恨恨地说："她非常害怕外边的翼族，而阿凯是黄泥塝外边来的，是翼族，在她看来，是非常危险的，然后就跑到蔡焕晶那儿举报了。"

"可是来疯人院抓人的，是狩猎队。"

"有区别吗？"

"有区别的。而且区别很大。"爸爸说,"你想想,巡逻队今天早上才来接管这里,可以说是姗姗来迟,为什么?"

"是因为巡逻队那些蠢货比乌龟还慢!"

"也可能是因为狩猎队另有消息来源。"

我愣住了:进黄泥塝后,阿凯可没有老老实实地藏在疯人院里,他出去到处跑的时间可不算少,很可能早就被别人发现了,然而……那个精瘦的巡逻队队员为什么撒谎呢?

"是麦桐告诉你她举报了阿凯的?"

"不是。是我出去遇到的一个巡逻队的。"说这话的时候,我脑子里浮现出尖下巴诡异的笑容。

"麦桐什么时候举报的?"

"他没说……"电光火石之间,我忽然从尖下巴诡异的笑容里读出了隐藏极深的"促狭"两个字。他没有撒谎,麦桐确实向巡逻队举报了,但狩猎队先从冯总监那里得到了命令;他之所以告诉我这个秘密,纯粹是因为恶作剧,看两个朋友决裂,他很高兴。这黄泥塝里就没有一个正常人,全是疯人……我一边思虑着,一边把手里的馒头吃完了,又拿来第三个。"你怎么不吃?"不等爸爸回答,我继续说,"等我吃饱了,我得去质问麦桐,为什么出卖朋友。"

"阿凯是你的朋友,不是麦桐的。麦桐根本不认识阿凯。你知道吗,珂儿?"爸爸迟疑着,还是把那句话说了出来,"你刚才质疑麦桐的神情,真的很像你妈妈。"

"少拿我妈来忽悠我。我是我,她是她。"啃完三个馒头,我又口渴了,东看看西看看,到处找水喝,嘴上却没有闲着,"不过,麦桐的事情先放一边。现在最重要的事情是把阿凯叫醒,他要吃早饭,我还有问题想问他。阿凯,阿凯。郑少凯!"

阿凯勉力睁开了重重的眼睛,茫茫然望了我一眼,瞳孔不受控制地收缩几下,似乎是受不了照进宿舍的强光,又似乎是想不起我是谁来。他焦灼地思索着,却没有得到任何答案,空洞的眼神让我看了很不舒服。他的呼吸骤然急促起来,平躺的胸腹部剧烈地耸动,一次又一次,手脚都以奇怪的姿势扭曲着。

"他这是怎么啦?"

"进第二阶段了,好快。"爸爸说着,上前一手摁住阿凯的下巴。

"你干什么呢?"

"阻止他咬伤自己的舌头,他发癫痫了。你也来,摁住他的脚,不要让他从床上掉下来。"

我挤到爸爸身边,依言摁住阿凯的脚脖子。他无意识地抽动着,脚脖子冰冷而僵硬,像扭动的石头一般想要从我的手掌中逃开。我不由得使上了更大的劲儿。

爸爸抬头告诉我,随着流帕病在神经系统安营扎寨,超量繁殖,病情越发严重,就进入第二阶段。患者开始嗜睡,急性呼吸窘迫,大脑意识出现明显混乱,时间感和空间感都出现问题,听不懂话,无法配合医护人员进行治疗。

"然后呢?"我焦灼的目光盯在阿凯身上。

爸爸说,如果得不到有效治疗,病情很快会进入第三阶段,也是最后一个阶段。患者会发生严重的脑炎和癫痫,癫痫的发作频率越来越快,程度越来越深,进而在 24 至 48 小时内陷入深度昏迷,直至脑部严重损毁,先于身体的其他器官死亡。很多疾病大抵是身体的其他部位先死亡,大脑是最后死亡的。所以,医学上是把脑死亡作为死亡的鉴定标准,但流帕病相反。

阿凯的身体停止了抽搐,眼睛缓缓闭上,嘴里模模糊糊地嘀咕着什么,可能是妈妈,也可能是别的什么,旋即陷入昏睡。有口涎从他嘴角滑落,看上去非常恶心。

爸爸松开搌住阿凯的手:"我不是搞临床的,只是见他们这么做过。唐姐才是这方面的行家。"

我也松开了手:"唐瞎子以前是做什么的?"

"她是传染科的护士长。"

"刘婶呢?"

"前台接待。脾气好的时候世界第一温柔,脾气差的时候宇宙第一暴躁。"

"阿凯现在怎么样呢?"

"暂时缓过劲儿了。"

"病毒真可怕。昨天到今天,阿凯看上去完全是两个人。"

"这是因为流帕病具有嗜气管、支气管向性及嗜膜间质和外膜向性,而且具有嗜内皮向性和嗜神经细胞性,进入人体后,会先后造成循环系统、呼吸系统和神经系统的全方位损毁。"

"说人话。"我翻着白眼说,爸爸说了一大堆名词,我就记住了一个,"什么叫嗜神经细胞性?"

"嗜,是喜欢、擅长的意思。嗜神经细胞性,是说流帕病具有专门攻击神经系统的特性。"爸爸饶有兴致地解释说。大脑本身有一套保护自己的机制,叫作"血脑屏障",简单地说,就是对进出大脑的血液有单独的特别严格的免疫机制，能把一般的病毒和细菌阻挡在大脑之外。但流帕病偏偏是能透过"血脑屏障"进入大脑的少数病毒之一。因为"血脑屏障"的存在，一般的药物又很难通过传统的注射方式经由血管的运输进入大脑，这就使得流帕病的治疗特别困难。

说实话，爸爸说的这些，我也只是明白了一部分。但听爸爸滔滔不绝地说这些，我觉得是一种享受，他也应该有同样的感受。从昨晚到今天，爸爸对我说的话，比之前一年的还多呢。

"流帕病的死亡率极高，从40%到75%不等，具体数据取决于当地的检测与医疗救助能力。在某些偏远的地方，流帕病的死亡率高达90%，十个病人会死九个，极少数地方，死亡率达到了100%，没有一个患者能够活下来。"爸爸说，"麻烦的是，侥幸存活的病人，约20%会留下神经性后遗症，包括持续惊厥和人格改变。在15%以上的患者身上观察到持续的神经功能障碍，还有少数人康复后又会罹患迟发性脑炎，再受一次苦。"

"疯人院的疯人们是不是都得过流帕病，后来被你的拉姆达针剂治好了？"

爸爸点头："所以，他们的所谓疯，都是双重的，既是生理上的，也是心理上的。"

"这黄泥塝里就没一个正常人。阿凯治好后会不会疯啊？不管了，爸爸，赶紧给阿凯注射拉姆达针剂！"

爸爸盯着我的眼神很怪，就像我鼻子上开了一朵花："你生病了。"

我不由得悚然："没有啊。"

"你刚才挠了好几次鼻子，又挠了好几次后背。"

"没有。"我猛地收回正在挠后背的手，"可能就是因为秋天，皮肤干燥……"

爸爸肯定地说："你感染了毁灭地丝霉菌。"

十七

也不知道是因为对未知疾病的恐惧，还是因为爸爸说出那几个字的淡定态度，我突然间就火冒三丈："感染了又怎么样？最多就是死啦！谁不会死！让我去死好啦！"

"我不是那个意思。"

"那你是什么意思？"

"我不是让你去死。"爸爸一下子呆住了，满眼的惶惑，"当年，你妈，也是这样说的。"

我虚张了嘴，却没有发出声音。当年我妈也是这样说的？冥冥之中，某种无形但有质的锁链，穿过辽远而寂静的时空，发出清脆的金属撞击声，将我和从未谋面的妈妈联系了起来。当年我妈也是这样说的……

砰砰砰，隔壁传来猛烈的敲门声。爸爸宛如受惊的天鹅一般昂起头："出了什么事呢？"在我望向宿舍门时，孙组长探首进来，嗷嗷叫着："戒严了戒严了，姜博士，赶紧回自己的房间去。"语气之激烈，前所未有，我猜一定是出什么事了，而且是大事。爸爸重复了刚才的问题，孙组长答道："唐瞎子死了！小明哥也死了！麻烦大了！姜博士你赶紧回去，不要让我难做！"

"蔡焕晶呢？我要见他。"爸爸说着，急匆匆地往宿舍外边走，又回头对我说,"在这儿待着,哪儿也别去。阿凯需要你。"

爸爸急匆匆地离去,把我和阿凯留在学生宿舍里。孙组长随手砰地关上宿舍的门,把我和阿凯隔绝在世界之外。阿凯在昏睡中抽搐了两下,脸色愈加难看。我呼唤他的名字,他没有醒来。流帕病正在他体内肆无忌惮地攻城略地。他的身体,变成了某种柔软的皮囊,其中盛放的生命力,宛如圣洁的水,正以肉眼可见的高速流失。原本年轻的他变得枯槁、干瘪、陌生,并因此而异常可怕。

我狠狠地用右手挠了挠左手背,挠得皮肤泛出一道道暗红色的痕迹,仿佛春天里生产队翻过的梯田。一股莫名的恨意在我心里犹如春草一般滋生,一边把细密的根扎向内深深地扎进心底,一边让密实的茎叶向外生长,牢牢地占据了从心到肺再到喉管再到舌头的全部器官……这种恨意我并不陌生,甚而至于异常熟悉。那是对姜云福的恨……他就不该在这个时候离开我!

阿凯突然哼哼唧唧起来。一时之间我以为他癫痫又要发作,手脚无措,他却已经翻身坐起来,拿袖口抹去嘴角的涎水,对我露齿一笑:"饿! 我好饿! "

知道饿是好事情。宿舍门被反锁了。我猛烈敲门,唤来满脸络腮胡的孙组长。孙组长倒很客气,不但亲自送来阿凯的早餐,还主动告诉我,我爸去蔡队长那儿了。我问他唐瞎子和小明哥是怎么死的,他也隔着门啰啰唆唆地讲了。

天亮后,宋伯强烈要求见自己的弟弟,遭到了巡逻队的粗暴拒绝。几个疯人跟巡逻队发生了肢体冲突。推推搡搡中,唐瞎子的眼镜框掉到地上,被人踩碎,她顿时发了疯一般咬起人来。一名队员用力一推，将她推下了石阶。她滚落十级石阶，当场死去。小明哥愤怒至极，向着巡逻队猛扑过去，却被一名队员一棍子敲在后脑勺上，倒地后口吐鲜血而死，连遗言都没有一句。

"怪只怪宋伯，仗着自己是大老板的哥哥，就不顾巡逻队的颜面，强行往外闯。他也不想想，十多年了，他在疯人院里好吃好喝地住着，大老板有没有去看过他！"孙组长不解地说，"小明哥也很奇怪，平日里见他和和气气的，跟唐瞎子关系也不算特别好，为什么唐瞎子一死，他就真的疯了呢？结果把自己的命搭了进去。"

对于孙组长的疑问，我也没有答案；唐瞎子和小明哥就这么死了，"死"到底是怎么一回事呢？"还有几个疯人呢？"我追问道。

孙组长说："他们被巡逻队控制住，等候大老板发落。"

"会怎么处理他们？"

"不知道。"孙组长说，"可能和麦兆辉一样，也可能大老板会顾念和宋伯的兄弟之情，放他一马。"

"和麦兆辉一样？那就是处死……"

孙组长不置可否地哼哼两声。

"谷一洲呢？"

"他呀，出去了，带着他的狩猎队，去找翼族了。"孙组长忽然笑笑，"真找到了，还不知道是谁死呢。"

显然这话有隐藏的意思，我正暗自琢磨，孙组长叫我把阿凯的餐盘递给他，其他的事情就不肯再说，我的琢磨却没有停下来。打我记事以来，巡逻队队长一直是蔡焕晶，而狩猎队队长至少换了四个，其中三个死于外出狩猎，一个被处死。狩猎队冒着生命危险外出狩猎黄泥塝所需的各种物资,这不是吹牛乱说的。然而,狩猎队狩猎回来的物资归巡逻队管理,包括贮藏和分配,尤其是分配。我听过不少的故事,其中的猫腻多着呢。所以,一直以来都有"狩猎队得了名誉,而巡逻队得了实惠"的说法在黄泥塝流传。谷一洲接手狩猎队的时间不过一天,这是他第一次带队出去,照蔡焕晶的说法,还是去搜寻"翼族",要是出什么事情,回不来,不也是很正常的事情吗?也就是说,蔡焕晶很可能给谷一洲设下了什么圈套……

"阿珂。"

"什么?"

我沉迷于自己的琢磨之中,几乎忘了阿凯的存在。

"我想洗澡。"他解释说,"出了一身的汗,臭死了。"

"你没事儿?"我伸手摸摸郑少凯的额头,黏黏的,有温度,不像先前那样冷。

"没事儿了。"他说,声音还透着疲倦。

这又是一件咄咄怪事,刚刚他还在生死线上徘徊呢。虽然不知道什么原因,但他好起来总归是一件好事。我指了指宿舍厕所所在的方向。"喏,那里可以洗澡。"我说,"其实我也想洗。你先洗,我再洗。别想歪了。"

阿凯带着歉意的浅浅微笑洗澡去了,留下我继续琢磨。我不无惊讶地发现我挺喜欢琢磨。事实上,琢磨出这些弯弯绕里面的门道,也不是什么难事。或许我天生就适合干这个?

一整天,爸爸都没有再现身。爸爸去哪儿呢?我不想琢磨这个问题。洗过澡,皮肤瘙痒的麻烦似乎解决了。看来,爸爸说我感染的结论是错误的。我得当面质问他,为什么吓唬我。可他消失了。爸爸去哪儿呢?

午饭和晚饭都由孙组长送来。除了饭菜,他再不肯跟我说别的话。生命力又回到了阿凯身上,虽然还是被深深的疲倦感困扰,但至少能正常说话,而不是长时间昏睡不醒,如同死人一般。阿凯给我讲了他那个黄泥塝的很多趣闻:到长江边去散步,看叔叔网鱼,江面辽阔,江风浩荡,令人飘飘欲仙;跟着妈妈去一个叫观音桥的地方买东西,那里既没有观音,也没有桥;过重阳节的时候,一家人聚在一起热热闹闹地吃火锅……都是我没有见识过的新奇。什么叫网鱼?什么叫买东西?什么叫吃火锅?我不停地发问,同时用我有限的想象填补阿凯捉襟见肘的回答。我对火锅的兴趣最大。但我想象不出桌子中间有一口锅,锅里辣椒、胡椒和牛油翻滚的样子,想象不出桌边会有数十种蔬菜和肉类等着被丢进锅里煮一煮就可以吃的情形,想象不出一家几口围坐在锅边在蒸腾的热气之中言笑晏晏其乐融融的画面。

"春天里,我带你去放风筝,"阿凯忽然握住我的手,神采飞扬地说,"我会做大大的鲤鱼风筝。"

"我不会。"

"我教你啊!"阿凯又说,"现在是秋天,我带你去……"

我没有抽回手,任由他握着。我看着他清晰的轮廓与漆黑的眼睛,不肯移开。这是一种奇妙的感受,我未曾体验过。好久之后我才意识到,自己脸上一直保持着那种叫作"微笑"的表情。

我无意中提到了谷一洲的去向。和我爸爸一样,阿凯也认为所谓东南方向的"翼族",是他叔叔带队上山来找他的,然而给孙组长讲了他也只表示会报告给蔡队长。"蔡队长正忙得飞起。"他说。言下之意是没时间或者没心情管这些鸡毛蒜皮的小事情。

天色向晚。我趴在窗台上看夕阳的余晖被浓黑的云吞噬。巡逻队在窗台外侧钉了几根木条,防止我们翻窗逃跑。那几根讨厌的木条把远山和天空切割成几大块,害我看不到落日的全貌。然而天也确实不可阻挡地黑下来了。

砰砰砰,又是敲门声。"戴上面具,出来!"巡逻队不容置疑的命令声此起彼伏。孙组长一进来,就命人把我和阿凯绑起来。我拼命挣扎,还差点儿咬到一名队员的胳膊,可惜还是被他们摁住,双臂朝后反绑了起来。我语无伦次地大骂起来。"我是在保护你。"孙组长凑近我的耳朵说。说完他拿一坨布塞进了我的嘴,又给我戴上一张黑色的面具。

孙组长带上几名队员,押送我和阿凯。我们一起出了宿舍楼,四处都有人擎着火把走动。我很快判断出,不管从哪个方向来,所有人都是走向学校的大操场的。

远远的,隔着一座小山,已经能听见操场上齐声诵读《城经》的声音。前面人头攒动,只有脚步声在暗夜里嚓嚓地响。还没有到操场的人自觉加入到了《城经》的诵读之中……

《城经》朗朗上口,节奏鲜明,读起来声音如浪涛一般来回荡漾,充满了感染力,令我也忍不住跟着哼哼。火把照射下,我看见了彭浩翔爸爸带领的生产队,也看见了张舒雅妈妈带领的清洁队。在另外一条山脊上,在巡逻队的护卫下,一队白鼻子综合征患者鱼贯而行。我在其中找到了麦桐低垂的身影。这个时候他们就不怕传染了吗?我不禁疑惑。

沿着石阶往下,拐了一个弯,我们来到操场正对着主席台的位置,站好。阿凯在我身边,看上去紧张又兴奋。操场上站满了人，根据各自的归属站成了方阵。我看见张舒雅站在了清洁队里,而彭浩翔站在生产队他爸爸的身边。胖头鱼在教官队伍里,正摇头晃脑地诵读着《城经》。我怀疑黄泥塝的所有人都到了操场。麦桐他们在操场附近的斜坡上站成整齐的方阵。这似乎是一个人齐了的信号。主席台前方的六堆篝火被点燃了,熊熊的火焰冲上半空,把大半个操场照得热烈又灿烂。我站在人群里东张西望,看着他们继续诵读《城经》,想想《城经》混乱不堪的来历,觉得十分荒谬,十分可笑。

十八

光影晃动中,主席台上传来一阵锣响,宛如按下了停止键,全场诵读《城经》的声音戛然而止。一个人离开簇拥着她的人群,在篝火的映照下走上了主席台。她站定,站在了主席台的中央,摘下了精致的红色面具,露出冯钰汐总监精致的小脸。

"黄泥塝的家人们,我一再强调过,现在是一个特殊的困难时期。越是困难时期,越是要相信《城经》的力量,要相信狩猎队与巡逻队维护黄泥塝秩序的决心。"

冯总监的声音经由广播系统扩大,传到在场的每一个人的耳朵里。她的语气渐重,任何一个人都能感受到其中的怒气。"好戏开始了。"孙组长对我低声耳语,和队员一起,将我和阿凯推操着送到了主席台下。

"我亲爱的家人们,黄泥塝的所有家人,我也一再强调过,我特别不能容忍对《城经》的亵渎。世上的认知有很多很多。有正知正见，有错知错见。要坚持正知正见，摒弃错知错见。凡是《城经》没有记载的，凡是与《城经》相抵触的，凡是违背《城经》的，皆为错知错见。"冯总监特意顿了一下，扫视四周，就像千年女王扫视她的国土一般，"《城经》上说，翼族曾经是人类的一员，但他们在流帕病中，选择了背叛，变成了恐怖至极的飞鼠。"

《城经》里其实没有这种说法，但冯总监一提到翼族我的心儿就怦怦怦乱跳。一种不祥的预感在我心底生成。我想高呼"不是这样的，事情不是这样的"，但嘴被堵着，舌头乱动几下，却只发出一连串无意义的呜呜。

"翼族是我们不共戴天的死敌，他们面目丑陋，他们散播病毒，他们带来死亡。"冯总监继续说，"我们用围墙把他们隔绝在外边，围墙保护了我们。然而，就在几天前，一个翼族，一只飞鼠，进到了黄泥塝，来到了我们身边。他就在那里！"

此话一出，犹如在平静的湖面上丢下一块山一样的大石头，顿时掀起滔天的巨浪。孙组长面露狠意，一把扯掉了阿凯的面具。阿凯的脸没有一丝血色，在摇曳的篝火里显得那样苍白而惶恐。

"这张陌生的脸，你们可曾见过？他是来自黄泥塝外的翼族！"冯总监移动手臂，又指向远处山坡麦桐他们所在的方向，"那边那群病人，全都是被他感染的。"

阿凯也意识到危险，奋力挣扎，被孙组长狠狠踢了两脚。

我也又惊又怒。孙组长摁住了我的肩膀，狠狠地给了我两耳光。"老实点儿，"他低吼道，脸色变得极为狰狞，跟先前的客气判若两人，"要怪就怪你把这个祸害带进黄泥垱来。"

我脸上火辣辣的疼，仿佛篝火直接烧到我脸上。但孙组长的耳光让我从躁动中冷静下来。这是一种奇怪的冷静，不是因为内疚，不是因为害怕，也不是因为想出拯救阿凯的办法，而是一种无能为力时就淡然接受的更近于冷漠的安静。

我才15岁，我能有什么办法扭转眼下正在上演的惨剧？

"我们要怎么处理他？"总监自问自答，说出了我预感到的那三个字，"绞死他！"

没有人领头，操场上数千人爆发出此起彼伏浪涛一般的吼叫："绞死他！绞死他！绞死他！"

篝火燃起的时候，我就注意到了主席台左前方有一个奇怪的架子。现在，所有人的目光都集中在那里。火光映照下，我分辨出那是一个我在图画书上见过的绞刑台，很有可能下午才搭好。五名总监的保镖走上绞刑台，负手而立，摆出了刽子手的架势。

孙组长把阿凯推向绞刑台。阿凯如同被丢上岸上的鱼，狠命抗拒，可毫无办法。一名刽子手过来协助孙组长，三下两下把阿凯拖上绞刑台。在挣扎中，阿凯吐出了嘴里的布团，嗷嗷乱叫，然而无济于事。一根绳索套到他脖子上，刽子手在他背后用力一推，他像只扎手扎脚的猴子，滑落到绞刑台下。空气中还残留着他的嗷嗷叫，但他的脖颈已经断裂，他的手脚已经不再动弹。

夜风吹过，他的衣袂翻飞，然而他的身体，并没有像他说的风筝那样迎风而起，直上苍茫的夜空。

我想，此时的他比我的心还要冷。

"黄泥垱的家人们，可怕的翼族已经接受了惩治，死亡是他们唯一的归宿。"冯总监继续说，"但是，在这个翼族进入黄泥塝后，有一伙人不但不报告，反而收留了他，庇护了他。你们说，要如何惩治这些黄泥塝的叛徒？"

起初操场一片寂静，数千人谁都不言不语，只有夜风呼呼，火把猎猎，篝火熊熊。冯总监身后的一名干事率先发话："绞，绞死他们！"然后这话就像最烈性的传染病一般，迅速传染开来。几十个人，几百个人，几千个人，越来越多的人，齐声呐喊："绞，绞死他们！"

冯总监满意地扫视着下方。不知道为什么，我感觉她望到我了。时间很短，但她的视线确实在我脸上停留了。她扬了扬手，等呐喊声停息，她大声说道："传大老板口谕，宋世雄、赵天明、刘霞、秦关等四人亵渎《城经》，容留翼族，证据确凿，罪无可恕，着即刻处以绞刑，以儆效尤。"

主席台的另一边，人群自动分出一条路，四个疯人被巡逻队押着，出现在众人的视野里。

宋伯是第一个。看上去宋伯还气定神闲，走上绞刑台就像走向疯人院外的黄桷树。当刽子手把绳索套到他的脖子上时，他闭上了眼睛。自始至终，他没有说一句话。我唯一听见的，是他从绞刑台上跌落，随风送来的颈骨拉断的声音。

刘婶是第二个。她的绰号叫"好人"，指的是她喜欢把她喜欢的东西以"为你好"的名义强行推销给你。然而，论起骂人的功夫来，刘婶敢说第二，没有人敢说第一。她颤颤巍巍地走上绞刑台。隔着那么远的距离，我也能看到她双腿一直在哆嗦。刽子手把绳索套到她脖子上，再一把将她推出绞刑台。在半空中，她只来得及骂了三句脏话，就不再动弹。

"千里黄云白日曛，李白乘舟将欲行。"书生秦一边吟诗一边走上绞刑台。"劝君更尽一杯酒，与尔同销万古愁。"这些诗句我没有学过，但听起来有种气势磅礴的感觉。赵叔老说书生秦的脑子被酒精烧坏了，神经全部短路，说话颠三倒四是常有的事。有一次书生秦说"林黛玉倒拔垂杨柳，关云长三打白骨精"，即使以我有限的知识我也知道他在胡说八道，就问他："白骨精是谁？关云长为什么要打她？"但书生秦只是哈哈大笑，也不解释。当绳索套到他的脖子上时，书生秦狂放地念叨："三杯通大道，万物任虚舟。"他望向半空，嘴唇裂开，露出一口糟烂的牙齿："要是能再来一杯，那该多好啊！可惜了啊。"不等刽子手推，他自己跳下了绞刑台。

第四个是赵叔。他被刽子手推着，走上绞刑台，脚步有些趔趄。他抬头看着风中的绳索，又看看挂在半空中的三具尸体，抽吸两下，咂咂嘴，却没有说什么。疯人院中的几个疯人，数赵叔跟我最亲，我的疯言疯语，一多半都是跟他学的。那他此刻会说些什么？我想不出来。也许会想起麦兆辉被处死后，他说过的那段话？杀人也要有仪式感。简简单单地杀掉，没有价值——也不是没有价值，只是说，价值少了很多。当时我问他为什么要当众处死麦兆辉，他这样回答，难得的认真。有仪式感的杀掉，杀掉的不仅仅是违反规定的那一个人，最为关键的是，可以警醒还活着的人：你现在是活着，但随时可能被绑上，送到绞刑架上处死。生或死，只有一根绳子的距离，绳子的这头是你的脖子，绳子的另一头——他郑重地朝黄桷树上方的天空指了指——由上面控制的。

半空里又传来一声颈骨断裂的声音。断裂的,仿佛是我的颈骨。我深深地埋下头,呼吸急促,不忍再看。

"遇事反求诸己。出了任何事,先从自身找原因。"冯总监说,"这几个人用生命作为代价,告诉了我们一个事实:《城经》不可侵犯,任何怀疑都是对《城经》的亵渎。亲爱的黄泥塝的家人们,请牢牢记住这个事实。"

三千人站立的操场寂静无声,仿佛空无一人。

六堆熊熊燃烧的篝火猛烈地舔着空气,发出毕毕剥剥的声音。

我奋力昂起头,于光影流转中,看见众人千篇一律的畏惧神情,看见绞刑台上悬挂着的四个疯人和一个少年的尸体在夜风中微微晃动。

"庙小妖风大。"书生秦说,"蝇角争输赢。"

宋伯说:"《城经》是我们几个一起写的。"

"我们明明是猪!"赵叔撇撇嘴,"哪里像天鹅呢?"

刘婶叹息着,欲言又止……

阿凯温柔地说:"我带你去放风筝……"

"但有人没有记住。"高高在上的冯总监还在继续,我听见她的声音就像我潜在深深的水底那么陌生,"坚固的围墙保护了我们,二十多年了,没有一个翼族进得来。那么,这一次,这个翼族少年是如何进来的呢?因为围墙上出了一个大洞……"

那么,轮到我呢。恍恍惚惚中,我咧开嘴,没心没肺地笑起来。

"因为有人玩忽职守，没有能及时修复这个大洞……"

"我来晚了！我有罪！"一个高亢的声音突然打破了冯总监的独白。我和所有人一样，寻声望去，看见数十名巡逻队队员在人群中分出一条道路，蔡焕晶穿着巡逻队队长的全套戎装走在道路上。他一边疾行，一边号啕："宋大哥、赵大哥、刘姐、秦哥，我来晚了，我对不起你们！你们死得冤枉啊！"

十九

"蔡队长，"冯总监喊道，"注意你的言辞。"

蔡焕晶挥了挥手，旋即大踏步走上了主席台，走到了冯钰汐总监的对面。与此同时，几名队员去往绞刑台，把刽子手推到一边，七手八脚地放下疯人们的尸体。

"放肆！"冯总监声色俱厉，"把他赶下去！"

主席台右侧，冯总监的几名保镖蠢蠢欲动，但巡逻队已经先下手为强，将他们连同干事和秘书一起包围起来。巡逻队手里的短棍和铁叉比他们嚣张的表情更有说服力。谷一洲安排给冯钰汐当保镖的四名狩猎队队员试图反抗，被人多势众的巡逻队轻易制服。

宋伯、赵叔、刘婶和书生秦，还有阿凯，他们安静地躺在我脚边，沉默如同冰冷的石头，又仿佛随时会在火光中翻身而起，对我嘤嘤絮语。然后我看见了早上离开后就没有再见的爸爸。他沿着蔡焕晶先前走的路，走上了主席台。他脑袋始终低垂着，即使抬头，也不是看向众人，而是仰望天空。

天空黢黑一片，看不到星星，也看不到月亮。照亮天空的，是六堆熊熊燃烧的篝火。灼热的感觉在我脸颊和后背如汗水一般流淌。

我爸爸走上主席台，走到蔡焕晶身边。

"给大家介绍一下，姜云福姜博士，被遗忘的英雄，"蔡焕晶说，"黄泥塝的每一个人，能够活到现在，全靠姜博士的发明。你们都忘了，可我没有。我记得清清楚楚，记得流帕病肆虐的情景，记得初入黄泥塝的苦难，记得姜博士的贡献。你们怎么可以忘记？还有那儿躺着的四个人，他们是你们日日诵读的《城经》的编撰者，你们都忘记了吗？"

冯总监问道："你说这些，有何居心？"

说这话的时候，我明显能感受到她的孱弱。原来，没有保镖、干事、秘书，她是这样的不堪一击。

"姜博士，还有在场的每一个黄泥塝人，你们有多久没有见到大老板呢？"蔡焕晶问。

此话一出，现场再一次喧嚣起来。我耳边充斥着各种各样短促而激烈的声音：叹息的、质疑的、掩饰的、慌乱的、恍然大悟的、事后诸葛亮的……我不能说话，只是脑袋转过来转过去，仔细看每一个人的表情，最后我把目光定格在姜云福脸上。

我在主席台下，他在主席台上，从我的位置看过去，我清楚地看见姜云福低着头，虚张着嘴，没有说话，但脸上的表情把他的想法全部出卖了。他向来不是一个能够隐藏自己真实情感的人，连我这样的小孩子都能一眼看出他有没有撒谎。我看着他震撼又似乎想用沉默来掩饰的表情，就知道他知道了一件能够影响黄泥塝的大事。

等现场稍微安静了片刻，蔡焕晶继续说："大老板已经死了，坟头草都已经长了很高了。我们不知道，但这个女人知道。冯钰汐，是你说，还是我说？我看还是我来揭开黄泥塝有史以来最大的秘密吧。

"我很久没有见到大老板了。每一次觐见，都被总监大人阻拦。所有的命令，都从总监大人发出。我很奇怪，但没敢多想。几天前，狩猎队队长麦兆辉狩猎归来，说是有重大发现，必须面见大老板。后面的事情大家都知道，麦兆辉被绞死了，冯总监下的令，罪名是亵渎《城经》。但这根本不可能。

"麦兆辉是多么崇高的英雄啊！对黄泥塝和大老板的忠诚是有目共睹的。怎么可能亵渎《城经》呢？我更加疑惑，就暗地里进行调查。最初的结果是麦兆辉与冯总监发生了肢体冲突。我还是不信，不信麦兆辉有这么愚蠢。我要知道真相。在抹去了肢体冲突这个有人故意安排的假消息后，我终于查出一个惊人的事实：麦兆辉在强行觐见大老板的过程中，发现大老板已经死了大半年了！

"从各个渠道汇总来的消息都告诉我大老板已经去世。说实话，当时我比你们现在震惊多了。经过反复确认，我终于晓得在今年春天，大老板患上了一种神秘的传染病。他年纪已经不小了，患病之后又没有得到及时的治疗，所以，很快就全身溃烂而死，死的时候身上没有一个正常的地方，太惨了。听到这个消息时，我的那个心啊疼得跟拿小刀扎似的。然而，这个狠心的女人出于不可告人的目的，派两个干事将大老板秘密埋葬，又寻机处死了这两个干事。随后，她继续以大老板的名义，发号施令，统管黄泥塝,俨然武则天再世。冯钰汐冯大人,我可有说错一句话?"

大老板我只远远地见过几次,印象中是一个秃顶的胖子。黄泥塝人都很瘦,所以看见胖子是一件稀罕事。那几次他都是到学校视察,挺着肚子,迈着重步,被教官们孩童一般的笑脸包围着,而学生们站成整齐的方阵,严肃地高呼口号,其情形与此时此刻的操场如出一辙。他没有在我心里活过,那么他的死,对我也就没有什么触动。我意识到,蔡焕晶的这段讲话是精心准备过的,字字句句都在诛冯钰汐的心。

"亲爱的黄泥塝的家人们,我们最尊敬的大老板确实已经去世。之所以向家人们隐瞒这个消息,是为了家人们好。"冯总监缓缓说道,语气一如既往的平静。我隐约觉得,这种平静里夹杂着不安,内里却是洞悉一切的心理。"家人们,我知道你们尊敬大老板,爱戴大老板,我怕你们知道大老板去世的消息,受不了。黄泥塝不能没有大老板。大老板对于黄泥塝的重要性不需要我多讲,大家都懂。然而大老板一旦没了,群龙无首的黄泥塝就将陷入无边的混乱之中。我一个女流之辈,我能怎么办?大老板临死的时候,握住我的手,要我替他把黄泥塝管好,不能让他一生的心血毁于一旦。我能怎么办?只好隐瞒大老板没了的消息,独自承担起护卫黄泥塝的所有工作。你们都知道,我有多爱大老板;我有多爱大老板,大老板的离去给我造成的痛苦,就有多大。亲爱的黄泥塝的家人们,我忍受着常人无法忍受的巨大痛苦,为大家服务,如今却遭小人污蔑,说我居心叵测,说我大权独揽。我容易吗?"

冯总监的这一番话说得情真意切,对主席台下的听众造成了不小的冲击。我甚至看见人群中有开始抹眼泪的。我必须承认，其中也有几句话打动了我，如果不是布团堵住了我的嘴，我很可能会哽咽几声。

"讲得不错，以情动人，比我会讲多了。讲真的，我都差点儿掉眼泪。"蔡焕晶的反击不可谓不及时，"如果不是你一边口口声声讲着黄泥塝的家人们，一边却毫不留情地处死了这几位黄泥塝的元老。黄泥塝创建之前，他们就和大老板在一起工作。他们还是《城经》的作者。而你，为什么急吼吼地要把他们还有我处死呢？"

"他们容留了翼族，给黄泥塝带来了万分的危险，不该死吗？"冯总监不客气地说，"你去问问山坡上那些病人，问他们想不想要那些疯人死。要是我，我会毫不犹豫地回答：他们该死，该死一万次！"

"你撒谎了。你这个撒谎成性的家伙。"蔡焕晶抓住机会，并且为自己能抓住机会而略显兴奋，"山坡上的那些病人，得的根本不是流帕病。你撒谎了。姜云福博士会告诉你，这种疾病叫作白鼻子综合征，是一种由什么真菌引起的传染病。名字太长，我没有记住。姜博士，叫什么来着？"

姜云福勉为其难地回答："毁灭地丝霉菌。"

"谢谢姜博士。毁灭地丝霉菌，一听名字就不是什么好东西。这种病……算了，我说不清楚。"蔡焕晶挠挠后脑勺，"还是让姜博士来说吧，说这个，他是权威，在场的没有人比他更懂。"

姜云福向前挪了半步，站定之后，身体左右摇晃着。我知道这是他紧张的表现。正如他所说，他不擅长在众人面前的演讲。

那是一种他不具备的本事。每一次迫不得已的演讲，他都必须克服发自内心的恐惧。他清了清干涩的嗓子，眼睛迷惘地望向前方的虚空，声音如风中的蜻蜓翅膀一样微微颤抖。"大家好，我是姜云福，拉姆达针剂的发明人，不过你们暗地里叫我飞鼠博士。"他说，"那边山坡上的病人，根据我对他们的观察，我怀疑他们患的是白鼻子综合征，这是一种由毁灭地丝霉菌引发的真菌感染。"

讲到这里的时候，我明显感觉到姜云福的演讲恐惧消失了，他的身体依然在不安地摇晃，但声音不再颤抖，一种难得的自信从字句中溢出来，因为现在所讲的，正是他所擅长的。按照蔡焕晶的说法，在这个领域，他是权威，他在里边，如鱼得水。

爸爸解释道："毁灭地丝霉菌以前只感染秋天里体温较低的飞鼠，使飞鼠患上白鼻子综合征。感染本身不会致命，但会引起难以抑制的瘙痒和局部的溃烂。所谓的白鼻子，其实就是鼻子部位的溃烂。飞鼠冬眠时，会因为这瘙痒和溃烂而频繁醒来，无法入眠，并因此消耗了过多的脂肪储备，于是在冬眠中活活饿死。即使熬到了来年春天，因为翅膀出现了溃烂，无法飞翔，无法外出捕食，也只能在山洞里等死。"

我听得极为认真。可怜的麦桐，她那么爱美，能接受一个鼻子溃烂的自己吗？

"说重点。"蔡焕晶流露出明显的不满，"现在不是长篇大论的时候。"

"让他说，他不把前因后果都说出来他心里不舒服。"冯总监嘲讽道，"你让他上台来不就是干这个的嘛。"

"患上白鼻子综合征的飞鼠是饿死的，也是累死的。"姜云福继续说。数以百万计的飞鼠死于毁灭地丝霉菌的感染,有的甚至是整个族群都消失了。对人来说,即使在流帕病暴发之前,医学体系最为发达与完善的时候,真菌感染也是难以治疗的,而飞鼠并没有什么医学体系。

说到这里,姜云福深吸了一口气,但并没有停下来:"但在流帕病暴发之前,并没有人感染毁灭地丝霉菌的报道。而现在,毁灭地丝霉菌能感染人了,所以我有一个怀疑……不过,关于这一点,只是我的猜测,需要研究才能知道正确的结论。"

"你怀疑什么,姜博士?"我身边的孙组长扯着嗓子喊。

"飞鼠独特的免疫系统使它们能够携带大量致命的病毒而不发病,实现了与病毒的共存,然而同样的免疫系统,却挡不住真菌,甚至会使真菌感染更为容易。"姜云福说,"在注射了拉姆达针剂——大老板喜欢叫它神农针剂之后,人的免疫系统变得跟飞鼠一样,从而在流帕病中存活下来。但我万万没有想到,原本只感染飞鼠的毁灭地丝霉菌也因此可以感染人了。"

在姜云福说话之前,我已经猜到了答案。现场再次出现了轻微的骚动,却保持了奇怪的安静。也许是因为很多人听了,却没有听懂。我想,关于拉姆达针剂,他们之中还有很多人不知道呢。

"这还不是最可怕的。"蔡焕晶说,"姜博士,过世的大老板得的什么病?"

"综合各方面的消息,我认为大老板也是得的白鼻子综合征。"姜云福说,"他很可能是黄泥塝里患上此病的第一人。"

"也就是说,在那个刚刚被吊死的翼族少年进来之前,白鼻子就已经在黄泥塝悄悄流行了大半年。"蔡焕晶说,"我,还有在场的所有人，所有的黄泥塝人，都可能已经感染了毁灭地丝霉菌！"

他抬手奋力向旁边一指："而这一切都是因为这个人隐瞒了大老板的病情和死讯！"

二十

冯总监这时异常冷静："蔡焕晶，你的这个指控太严重了。大家还记得在进黄泥塝之前，蔡焕晶是干什么的吗？停车场收费的小保安。进了黄泥塝，当了二十多年碌碌无为的巡逻队队长，犯下无数人憎鬼厌的错误。现在不过是想趁大老板去世，置我于死地，然后取而代之，成为黄泥塝的新一任大老板而已！"

冯总监的反击极好。先是贬低蔡焕晶，唤起大家对他与巡逻队的反感。考虑到巡逻队在黄泥塝的名声，这种唤起是很容易的事情。但最致命的是最后那句话。冯总监让大家怀疑他的动机，进而怀疑他所讲事情的真实性。但蔡焕晶没有上当，他说："我想要的是真相。同时要求惩处那个造成这一切的人。"

"真相，好，我给你。"冯总监说，"亲爱的黄泥塝家人们，这一切都是因为姜云福，他要报复我。多年以前，我离开了他，他怀恨在心，今天终于找到了报复的机会。他说的，都是假话。"

周围传来一阵喘息。如同后脑勺上挨了一记足以致命的重锤，我眼前黑了一黑，努力站稳脚跟，努力睁开眼睛去看主席台上的那一个女人。这就是我妈？我妈长这个样子？我和她一起生活在黄泥塝，也见过好多次，但十几年里我竟然不知道？

"放开她，让她上来。"那个人说。

蔡焕晶点了点头,孙组长在我后背上拉拽了一下,捆住我的绳子一下子松开。我三下两下扔掉绳子,就像那是可怕的蛇,又从嘴里把布团胡乱扯出来,狠狠地扔到地上,还踩上了两脚。我喘息几下,然后发出汽笛一般的长啸,把我心中郁积已久的无边的怒气和怨气,无边的恐惧与恨意,通通宣泄出来,直到喉咙生疼,肺里再无一丝空气。随即在万众瞩目之下,我走上了主席台。脚步趔趄,就像走在深深的流沙里。

"爸,是真的吗?"我问,"我妈不是叫王亦可吗?"

爸爸嘴角抽搐两下,缓缓地说:"她是你妈,珂儿。"

她说:"珂儿,过来。让妈妈好好看你。你这个'珂'字,就来自我的名字,我以前叫王亦可。王和可,加起来就是珂。珂儿,过来,让妈妈抱抱你。"

"别过去。"爸爸说。

她以前叫王亦可,离开我和爸爸改名叫冯钰汐,这种与过去一刀两断的决绝态度,我还能说什么呢?但她是我妈呀……我站在爸爸和妈妈之间,彷徨失措。

"姜云福,你好狠心。"冯钰汐,或者说王亦可,这个自称是我妈的人说,"第一次见到你的时候,我以为你是拯救了我们的英雄。"

"我不是英雄,我说过很多次了。"

"我疯狂地爱上了你。"

姜云福显然没有在大庭广众之下讨论这种事情的任何准备。他张皇失措,踌躇不安,宛如一只被剥了皮的兔了。我看见他的眼角跳动着,嘴角抽搐着。"我现在知道,你爱的不是我,爱的是我那个所谓英雄的光环。"他有些结结巴巴地说。

"没错,你的英雄光环吸引了我,迷惑了我,让我迷失了自己。然而结婚后,尤其是珂儿出生后,我不无惊讶地发现,褪下英雄光环的你,优柔寡断,呆板无趣,没用而且自私。"

爸爸惊讶地反问:"我自私?"

妈妈的反驳来得迅速而有力:"不是吗?我生女儿的时候,你在哪里?你在研究大楼里鼓捣你那些破烂儿!"

这话在人群中激起的反应不亚于在白云湖里丢下一颗巨石。蔡焕晶双手抱在胸前,饶有兴致地看着这场颇为意外的演出。我则在姜云福和王亦可的脸上来回审视,迷惑不已。

"那不是因为珂儿的出生提前了吗?"姜云福尴尬地说。

"你就没有一点儿错?"

"我什么时候说我没有错呢!"

"……算了,说起来都是老皇历了。还纠结这些事情没有任何意思。当年都没有扯清楚,时过境迁,现在更不可能说明白。总之,那件事后,我认识了你的真面目,还找回了我自己。"

"然后就离开了我和珂儿,去跟随大老板,寻找你的幸福去了。"

"我有我的生活目标,我不是你的影子。我错了吗?"

"你没错,没错。错的是我。我没有能够提供你想要的东西。"

在"反求诸己"这件事情上,爸爸显然做得更好。而且,他们的这一番狗血对话,也不是我想听的。"我只想知道一件事情,别的我都不知道,"我插话道,"为什么要离开我?那个时候我还是婴儿。"

"很难跟一个孩子说清楚。"王亦可看着我，眼里反射着篝火摇曳不定的光，"在进入黄泥塝以前，我感染了流帕病，进入晚期，没有任何救治，只能等死。我觉得我自己已经死了，姜云福用那个神农针剂救活的，是另外一个人，只是凑巧，那个人也叫王亦可。"

又是那一套，"等你长大了自然会知道"。"我已经不是孩子了。"我说。

"我知道，你今年15岁了，是个大人了。"王亦可说，"那天早上，你在白云湖边追天鹅，我看见你的身影，有种难以言表的熟悉感，就叫你过来问话，然后就知道你是我的女儿了。你不知道我当时是多么震惊，又是多么难过。我多想拥你入怀，多想抱你痛哭。你不知道我是多么想你啊，珂儿。"

"我不知道。"

"我的女儿，妈妈当年离开你，也是迫不得已。你会原谅妈妈的，是吗？珂儿，从现在开始，我会好好疼你，爱你，把欠你的都补上……"

我的心皱成一团乱麻，各种滋味在其中乱窜，酸甜苦辣咸，没个定准。爸爸叹息一声，喊道："亦可。"其中饱含的深情谁都听得出来。一旁的蔡焕晶立刻着急起来。"一直以来，那个女人都在利用你，姜云福，你还不明白？"他说，"当年她利用你，把你当跳板，一下子跳到了大老板那里，你千万不要忘了。"

此话一出，我立刻醒悟。在蔡焕晶—姜云福的联盟中，姜云福是最强的一环，他能够证实蔡焕晶所说的一切；也是最弱的一环，他优柔寡断，甚至没有一定要拿下王亦可的决心。显而易见，只要姜云福改口，联盟自然就土崩瓦解，对王亦可而言，眼下的巨大危机也就不复存在。至于我，则是攻下姜云福的关键棋子。只要她激发出姜云福的内疚感，她就成功了一半，再拿下我……所以她才对我这么"好"。一念至此，我心冷如冰，抿紧嘴唇，不再说话

局势再一次被蔡焕晶控制，他对此颇为得意："让我猜猜你为什么要在这个时候说这些。这些家长里短，黄泥塝的人知道得不多，老一辈的人里，也就疯人院的几位知道，而年轻一辈的，大多数都不知道。所以你迫不及待地处死他们，好保住自己的秘密？"

"瞎猜，我是为了黄泥塝，为了黄泥塝的家人们的安全。你也是，早不出场，晚不出场，偏偏在他们被处死后跳出来。为什么呢？"

"实际上，这事儿吧我也是刚知道，本来打算留到关键时刻用，你倒好，主动提出来了，这不符合你一贯的作风……我明白了，你在拖延时间，"蔡焕晶得意扬扬地说，"你在等狩猎队，在等谷一洲。对吗？可惜了，你等不到了。要说蠢，谷一洲是真蠢。他一听我说有翼族出没，就立刻带着狩猎队去寻找翼族，没有丝毫怀疑，对黄泥塝也算是忠勇可嘉，就是蠢了一点儿。"

仿佛是回应蔡焕晶的话，操场上空突然响起一阵呜呜的号角之声。在众人面面相觑的时候，主席台下方，被巡逻队控制住的狩猎队队员率先叫道："狩猎队！狩猎队回来啦！"

谷一洲意气风发地出现在操场右侧的斜坡上。要不是他穿着狩猎队队长的全套戎装，要不是在他身后是举着火把的百人

狩猎队，我还以为是谷教官又来巡视同学们做操了。也不算意外，那位姓蒋的干事站在谷队长身边，火光照耀下，一脸的骄傲。多半是总监安排的她，去把外出的狩猎队找回来。

王亦可掩饰不住的兴奋："巡逻队意图谋反，罪在蔡焕晶，队员投降，可免一死。至于蔡焕晶，你……"

蔡焕晶面露凶相，从腰间抽出一把匕首，两步冲到王亦可跟前，猛力一挥。"停车场收费的小保安是吧？"他狞笑着，"小保安会杀人！"匕首自王亦可颌下划过，但见鲜血泉水一般喷涌而出。王亦可双手捧住脖子，鲜血从她的指缝间喷出。我不无意外地看着她倒退两步，喉咙发出咯咯的声响，然后倒在主席台上，倒在她自己的血泊里。

我僵立在原地，内心深处某个柔软的部分流淌了片刻，又瞬间冻上。就像我刚刚拥有了妈妈和她的爱，转眼之间又全部失去。夜风正冷，我遍体生寒。

蔡焕晶高喊："王亦可死啦！冯总监死啦！"

主席台旁边，四名狩猎队队员抓住机会，奋力反抗，摆脱了巡逻队的控制。其中两名格外神勇，夺了短棍和钢叉，冲上主席台，杀向蔡焕晶。"为冯总监报仇！"他们喊道，"为冯总监报仇！"与蔡焕晶杀作一团。

爸爸把我拉到一边，远远地避开这三人的攻击范围。

局势骤变。"为了黄泥塝！冲啊！"即便是此时人声鼎沸，我依然能分辨出这是谷一洲的声音。我能想象出他大手一挥，狩猎队从各个方向进攻的样子。弩箭纷纷射出，立刻射倒了好几个巡逻队的。巡逻队都是近战武器，一时之间竟然拿狩猎队的进攻毫无办法。也不知道是谁先动手,巡逻队转而杀向狩猎队的家属。各个方阵顿时大乱,有的抱头鼠窜,有的哇哇大叫,也有的就近拿起东西疯狂舞动,砸向靠近自己的一切。

我惶恐地看着这一切,看着这些熟悉又陌生的人,彼此拳脚相加,以命相搏。我的鼻子格外酸涩,不由自主地去捏了捏,阻止它的自行啜泣,入手处却感觉那么陌生,陌生得仿佛鼻子不是我的。

难道是……我豁然明白陌生感的由来。在不经意间,毁灭地丝霉菌已经在我的鼻子周围安营扎寨,并滋生无数我曾经在麦桐脸上看到的那种可怕的东西。我扯下面具,凄惨地喊了一句:"爸爸!"

爸爸脸色煞白,喃喃自语了一句什么脏话,又用手狠狠地揪了几把自己的头发。"跟我走,去研究大楼。"他终于下定了某种决心,拉住我的手,往主席台下冲。

蔡焕晶跟两名狩猎队队员的决战已经分出胜负。一名队员被蔡焕晶刺死,蔡焕晶肩膀受伤,另一名狩猎队队员被冲上主席台来救蔡队长的巡逻队队员从背后捅了一刀。

"姜博士,不要乱跑。"蔡焕晶命令道,"抓住他们!"

爸爸这一次没有犹豫,咬着牙拉着我,在已然变成战场的操场上一边躲避,一边狂奔。我看见孙组长满脸是血,高举钢叉,向着一名挡住他去路的白胡子老头儿猛刺;我听见弩箭破空之声,嗖,尖下巴的巡逻队队员应声倒在他刚刚杀死的两具尸体旁;我闻见空气中越来越浓重的血腥味,就像冻结的胶水,黏在我的鼻孔里,黏在所有活的与死的东西上。

远处山坡上,一棵松树被点燃了,附近的竹林也燃了起来。

"为了黄泥塝!"狩猎队喊。

"为了黄泥塝!"巡逻队也喊。

"为了黄泥塝!"生产队和清洁队也这样喊。

爸爸不管这些,拉着我,穿过杀声震天的战场,一路奔向研究大楼。

二十一

下雨了。

在抵达研究大楼之前,夜空突然落下冰冷刺骨的雨来。操场和操场附近的喊杀声还在耳边,竹林燃起的熊熊大火还在蔓延,但此刻我和爸爸已经远离了那里。

只有血腥味如影随形。

研究大楼我曾经来过。那时我还小,听说这里闹鬼,就怂恿了小伙伴一起来这里捉鬼。当时麦桐吓得哇哇大哭,其实什么都没有看到。要不是我,她多半会吓死在这里。后来我知道那是爸爸工作的地方,就再也没来过了。

开了门,里面漆黑一片。爸爸松开我的手,在什么地方摁了一下,墙壁上就有圆柱形的东西亮起来。

"那是什么?"

"日光灯。"爸爸说,"研究大楼是黄泥塝唯一还有电的地方。"

"电?"

爸爸带着歉意说:"流帕病之前,还有很多现在看来是奇迹的东西……"

"抓住他们！"门外传来孙组长的叫嚷。

爸爸止住话头，转身去关门。

在大门关上的瞬间，一柄钢叉捅进了爸爸的肚子。

我赶紧过去扶住爸爸。他疼得面容扭曲，却没有叫出声来。

"怎么办？我该怎么办？"我急切地问，"要拔出来吗？"

爸爸勉力笑笑："傻孩子，拔出来我就死了。这里不是医院，没有急救设备，连消毒都办不到，更不要说输血了。"

"扶我过去，对，去那边，我们去顶楼实验室。"

我扶着爸爸走到一扇金属门前。他按动数字，金属门打开，里边是一间小屋。"这叫电梯。"爸爸介绍。电梯门关上，然后启动，在我的不安中，轰隆轰隆向上升。

"我该早点儿带你过来的。"爸爸说，"但这里是四级生物实验室，非常危险，不是小孩子能来玩的地方。"

我没有理他。

电梯停在了9层，门开了。爸爸挪动步子，钢叉还在他肚子上摇晃。他终于忍不住呻吟了两声。我要去扶他，他抬手拒绝了。"没时间了。"他说。

门外是走廊，我向教学楼所在的方向望去，隔着玻璃，雨水击打在玻璃上，那里一片模糊，只是一些跃动的光点，说明厮杀还在继续。研究大楼下方，聚集了七八个人，又蹦又跳，正在试图进入大楼。

"他们是疯了吗？"

"他们疯了，又没有疯。"

"什么意思？"

赵叔说过：他们说我们是疯人，没错，我们每一个人都是疯人。关在这黄泥塝几平方千米的地方里，几十年不能出去，谁还不是个疯人？但爸爸应该不是这个意思。

爸爸边走边说："因为毁灭地丝霉菌。"

所有的霉菌都和真菌界的其他菌一样，都是用细小的肉眼看不见的孢子来繁殖的。当霉菌大量滋生，向空气喷射大量孢子时，到处都会弥漫着发霉的味道。

我记得阿凯曾经说过，他觉得黄泥塝到处都有一股子霉味，原来不是对黄泥塝的贬低，而是真实的客观描述。

爸爸打开了一扇门，又打开了一扇门，说："实际上，在最自然的环境下，每天进入体内的各种孢子数量多达100亿颗。每一颗孢子都能附着在我们温暖而潮湿的肺部，在那里像藤蔓植物一样生长，带来疾病和痛苦，甚至死亡。幸运的是，我们的免疫系统使我们免于遭受孢子的饱和攻击。"

"直到我们把免疫系统改造成了飞鼠似的。"我跟在爸爸身后，看着眼前陌生的一切。"危险""负压""禁止"，到处都是这样的标语，到处都是日光灯，亮得我很不适应。

"对，在主席台上我说的，都是真的。"爸爸说，"我最不擅长的，就是说谎。我说他们疯了，是因为他们正在疯狂地彼此攻击；我说他们没有疯，是因为他们都感染了毁灭地丝霉菌的孢子。这些孢子平时没有发作，但恰好遇到了合适的天气，所以大家都躁动不安，又恰好遇到黄泥塝的权力斗争，于是就……"

"这霉菌到底从哪儿来的？"

"我不知道。霉菌本就无处不在。可能是狩猎队外出带回来的,也可能是孢子飞过围墙,自己进来的。谁知道呢。大老板也可能凑巧是发病的第一人。"

爸爸叹了口气,又打开了一扇门。"平时进这里,得穿全身性防护服,打开所有的门要花半个小时呢。但今天算了……时间不够了。"爸爸说着,走了进去。

这里应该就是爸爸所说的实验室最核心的区域了。日光灯把这里照得像白天,我看见了很多叫不出名字的机器。爸爸走到一个操作台前,坐到一把椅子上。"喏,这就是我每天工作的地方。"他不无骄傲地说。

我眼望四周,耳边响起的是爸爸的絮叨。

爸爸说,在这十多年里,他在研究大楼上班。说他一直制造拉姆达针剂,那是不折不扣的谎话。毕竟制造一批,就能管好几年,因为黄泥塝新出生的孩子并不多。更多的时候,到研究大楼只是一种习惯,一种维持他还生活在正常之中的假象,但也可能是他远离人群的一种做法。然而,几个月下来,他发现,无聊,才是世间最可怕的事情。它就像黑洞,要将他整个吞噬,连皮带肉,碾压粉碎成不可复原的渣子。他必须找事情来做。最终他决定对拉姆达针剂进行升级,目标是注射二代拉姆达针剂后具有遗传性,生出的孩子天然地拥有飞鼠一样的免疫系统。

爸爸说,研究很枯燥,但比无聊强多了。没有团队,所有的事情都只能是我一个人做。研究设备也老是出故障,时不时地罢工,他不得不翻找出说明书,自己学着维修。次数多了,对每一样研究设备他都了如指掌,甚至能在它坏掉之前做出准确的预判。

研究进展极其缓慢,有时候好几个月没有丝毫前进一步,有时候甚至会出现倒退，无奈地把之前重复过的实验又重复几遍。幸好没有谁对他的研究工作按照节点进行考评，他的时间似乎是无穷无尽的。

"当然，这是一种错觉。"爸爸说，"与此同时，你一天天长大。每天每月每年都在变化。然而，令我不安的是，你越长越像你妈妈。不只是容貌，还有你的性格。你越来越疯狂，越来越不安于现状。这让我陷入了一种深深的恐慌。我觉得，迟早有一天，你会离开我，就像你妈妈曾经做过的那样，离开我，就像离开一块不会说话的石头。于是，本就沉默的我，在你面前就更加沉默，只好把更多的时间和精力花在研究二代拉姆达针剂上。然后我就成功了，五年前就成功了，比我、比任何人想象的都要更加成功。"

我停止逡巡，坐到了爸爸对面。他的脸色很差，嘴角却挂着笑容。"还记得几天前，你发病的事情吗？"他问。

"我去看麦兆辉他们回城，回来就生病了。"那仿佛是一个世纪之前的事情了。

"你病得很严重，昏睡了三天三夜，我也不知道是什么病。在你昏睡的时候，我给你注射二代拉姆达针剂，你痊愈了。"爸爸看着我，"而且，你生下的孩子就天然地有飞鼠一样的免疫系统。不但如此，你还具有了传播二代拉姆达针剂的能力。"

"什么意思？"

"阿凯，阿凯染上流帕病之后，我为什么会同意你去照顾他？因为我知道，在你照顾阿凯的过程中，你身上的二代拉姆达病毒会传播给阿凯，他的免疫系统会在短时间内得到全方位的改造。"

这就是阿凯的病情为什么突然好转的原因了。换句话说，我成了移动的二代拉姆达传染源，只要和我接触，平常人的免疫系统就会被改造成飞鼠那一种。"可他还是死了。"我说，"他还说要带我去放风筝呢。"

爸爸凝视着我，半晌后说："你会遇到更好的。你才15岁，生活才刚刚开始。离开黄泥塝，外边有更广阔的世界。黄泥塝，黄泥塝已经没救了。他们都感染了毁灭地丝霉菌，会在躁动不安中，彼此仇恨中，相互杀戮，直至最后一个黄泥塝倒下。"

说话间，他换了一个坐姿，脸部表情再一次扭曲。

"真不做点儿什么吗？就这么等死吗？"

"没时间了。"爸爸说，"你感染了毁灭地丝霉菌，目前无药可救。唯一能做的，再一次升级，不，不是升级，比升级还要复杂，是变成一种全新的物种。在变异的过程中，毁灭地丝霉菌会因为不能适应新的身体环境而凋亡。"

"你是说变成翼族吗？"我并不惊奇。很多东西，在很久以前就已经注定了。

"我把我最大的秘密告诉你。"爸爸点头，"在研究二代的过程中，我无意中得到了数十种飞鼠的基因图谱。我把这些基因图谱最底层的共同之处整合在一起，在电脑上造出了一种在自然界不存在的数字飞鼠。然后纯粹出于好奇，我把人的基因图谱叠加上去，让它们在电脑上自行演化，最终竟奇迹般地出现了介于人类与飞鼠之间的新物种——翼族。考虑到飞鼠与人类同属于哺乳动物，翼手目与灵长目在演化史上分开的时间不算特别长，我本不该如此吃惊的。真正令我大吃一惊的是，我意识到我有办法实现多年以前那则谣言——注射拉姆达针剂的人将变成飞鼠,其原理跟当初改造免疫系统是一样的,只是范围更大,作用更多,效果更显著,而且我一直走在实现这个目标的路上。

"我犹豫过,但一旦做出决定,就没有什么能够阻挡我前进的步子。我把翼族的基因图谱编辑进二代拉姆达病毒之中,这很难。相信我,我经历了数以万计的失败,终于在一年前成功研制出三代拉姆达针剂。

"原本飞鼠是一种在树枝间攀爬跳跃的小动物,和人类的远祖有共同之处,飞上天空是他们历经数十万到数百万年时间演化的结果。而注射三代拉姆达针剂后,这一进程将会被压缩到四个小时以内。显而易见,这变化堪比蛹变蝴蝶,也可以喻为凤凰涅槃,将是快速而激烈,并且是异常痛苦的。因为涉及骨骼迁移、肌肉拉断又合并、旧器官的消失与新器官的生成等等。

"我在电脑上模拟人体注射三代拉姆达针剂后的结果,数以千计,每一次都是完全成功的。然而新的问题出现了:我找不到实验对象。

"直到很久以后,我才意识到,不是找不到实验对象,而是不愿意找。在电脑上模拟是一回事,把三代拉姆达针剂注射到一个活生生的人体内是另外一回事。所以我慢腾腾地把实验暂停在了灵长目动物之前的阶段。我曾经拜托麦兆辉外出狩猎时给我带回来几只猴子,可惜这个任务他一直没有完成。

"时光荏苒,很快就到了现在。阿凯来了,麦兆辉被处死,出现了新的孢子,死水一般的黄泥塝突然之间掀起滔天巨浪。此刻,世界上唯一的三代拉姆达针剂藏在那边的冷柜里。"

我起身走向爸爸所指的方向。

"等等,珂儿。在打开冷柜之前,我希望你先听我把话说完。"

我转回爸爸身边,他更加虚弱。"说吧,把十几年里没有对我说的话,都说出来吧。"我握住他微微颤抖的手,这样说道。

"珂儿,你学会走路的时间比别的孩子要晚,而且走路总是跌跌撞撞,经常摔倒。我清楚地记得,那一次,刚学会走路的你摆动着双臂,在前面跑啊跑,一边咯咯咯地笑着,细胳膊细腿,好像随时可以飞起来。突然,你跌倒在地,脸朝下。我赶紧跑过去,蹲在你的身边,问你要爸爸抱起来,还是勇敢地自己起来。你疼得直皱眉,却依然选择了后者。我自己起来,你说,稚嫩的声音有着异乎寻常的坚强。你真的自己站了起来,擦擦嘴角,拍拍衣裳上的灰尘,然后迎着太阳升起的方向,继续跑,继续笑,就像不曾摔倒。"

爸爸的声音越来越低,但思路一直很清晰。我安静地等待着。

"这样的事情后来还发生过很多次,每一次你都选择了自己爬起来。我为什么不把你抱起来?是因为我不爱你吗?不是的。是因为我知道,人的一生很长,会遭遇无数的困难、挫折和危险,我不可能一直替你遮风挡雨,你必须学会自己在狂风暴雨中成长。在这几天中,我很高兴地看到你的羽翼日益雄壮。

"一切都将改变,一切必将改变。在改变面前,有人害怕,有人阻止,也有人迎接。孩子,你可以做出你的选择了。"

他的手指垂落,把这道选择题和黄泥塝以及广阔的世界留给了我。

我有得选择吗？

二十二

天亮的时候，淅淅沥沥，落了大半夜的秋雨停了。

我来到顶楼，锐利的脚爪轻捷而稳重。晨曦初露，空气湿冷。我无畏地赤裸着身子，第一次展开还很稚嫩的翅膀。它们从我后背生出，是我想象中的模样。我知道，只要我用力跳到空中，奋力拍打着它们，我就能比那肥天鹅飞得更逍遥，飞得更自在。我会飞过松树林，飞过楠竹林，飞过教学楼，飞出高高的带铁丝网的围墙，飞到爸爸所说的更为广阔的世界去。

一整个世界在等着我呢。

然而——然而我没有这样做。

我回到9层，找到爸爸所说的全身性防护服，扎手扎脚地穿上。肉做的翅膀收拢起来，包住我的身体，钻进宽大的防护服刚刚合适。戴上头盔，我穿过一扇又一扇门，走出四级生物实验室。经过走廊的时候，我掀开头盔上的面罩，看了看玻璃上我的影像。鼻子周围像糖霜一样的东西已经消失，而我的脸，还基本保持了人的模样。对此，我非常满意。

坐电梯，下到一楼大厅。地上爸爸留下的血迹还在，我没有管它，径直推开大门，走出研究大楼。

雨后的黄泥塝潮湿无比，很多地方泥泞不堪。空气里的湿意与霉味无处不在。还有挥之不去的血腥味。四处都有死尸，横七竖八，有老人，有小孩，有男人，有女人，有的我认识，有的我不认识。这些都不重要。

有落叶从树枝上飘飞，宛如被遗弃的孩子。风托举着它们，但也只托举了一会儿。它们打着旋儿，掉落到地上，宛如传说中死掉的飞鼠，散发着朽坏的气息。我捡起一片孤零零的落叶，看它苍凉的颜色，看它血管一样的脉络，看它被雨打风吹与虫咬鼠啃的痕迹，想象着它生前的故事。然后信手一扔，"滚蛋吧你"，尽力将落叶抛向远处。

我听到了呻吟声，从很远的地方传来。我现在的听力比以前不知道好多少倍。我细细地分辨着，从一具又一具被雨水浸湿的尸体边走过。我对尸体不感兴趣。不管他活着的时候是谁，在昨晚的混战中，他为何而战，又是为何而死。尸体就是尸体。

而呻吟声意味着这个人还活着。

活着就还有希望。

呻吟声形形色色，细细碎碎，夹杂着各种极端情绪。我于万千呻吟声中准确地分辨出我要找的那一个。

麦桐藏身于教学楼的女厕所，又冷又饿又怕。

看着无助的麦桐，我决定原谅她曾经的背叛。我想：我不是姜云福，也不是王亦可。我是姜珂。我要走自己的路，我选择的路。于是，我把手伸向缩在女厕所一角、瑟瑟发抖的麦桐："跟我来，我能救你，也能救黄泥塝。但那之前，你需要打上一针。"

载于《科幻立方》2022 年第 2 期

郑军
东方

一

　　脚步杂沓,惊起飞鸟蚊虫,一群人穿着厚底靴在林中疾进。这支队伍前后都是瘦小的老挝军警,中间夹着一个高大汉子,非黄非白,长得棱角分明。他叫斯威基,母亲是因纽特人,父亲是白人,公开身份是 FBI(美国联邦调查局)国际协调员,专门与他国警界配合,抓捕通缉犯。

　　远处走来几个山民,带队警官示意大家停下,独自走过去询问,然后用半生不熟的英文转告斯威基,半小时前有几个西方背包客从这里路过,直奔老中边境而去。

　　"他们肯定要越境,恳请各位把他们拦下。"斯威基不能跨境执法,只好拜托当地警察多多努力。

　　十几名老挝警察向密林深处追踪。

　　"这样行吗?不用带重武器?"警官不无担心。他接到的任务是抓捕一名贩毒集团首领,此人正在边境地区与当地毒贩交易,还有几名助手。

"这个嘛……他们不算危险。"斯威基含糊地答道。

不危险？哪有不危险的毒贩。警官知道问不出什么,便叮嘱部下加倍小心。

很快,一幢小竹屋出现在不远处,门口树枝上晾着一件T恤。众人迅速停下、散开、拔枪在手,蹑手蹑脚地围上去。丛林中视野受限,他们必须小心谨慎。三十米、二十五米、二十米……竹屋里一点动静都没有。警官猛挥手,率领众人冲过去。

他们来晚一步,屋里的人显然发现自己被跟踪,仓促逃走。锅里还煮着食物,地上散落着撕开的食品袋,外面那件T恤显然是匆忙间忘了带走。

斯威基走到锅边,用长勺在里面搅了搅。野蘑菇、青菜叶子、几片午餐肉混煮在一起。是的,逃走的就是他要找的那群人。

"他们就吃这些?"老挝警官没见过饮食如此寒酸的毒贩,锅里漂着的东西,明显是从餐厅讨来的剩饭。

斯威基没搭腔,说多了,对方会怀疑抓捕对象的身份。如果知道目标不是毒贩,他们恐怕不会像现在这样卖力。斯威基看看地形,那群人只能去一个地方。他拿出海事卫星电话,调出导航图,画面上出现一道不规则的红线。那就是老中边境,这次执法任务的终点。

"还有两公里,可以抓到!"斯威基没有枪,只能寄希望于当地警察。一行人紧追不舍,很快便到了边境,已经能看到边境另一侧的巡逻队,以及两架正在低空盘旋的监控无人机。老挝警官走过去和中方沟通,不一会儿带回消息。

"他们在边境安装的热敏探头发现有人入境,正在搜山。"

斯威基焦急地等在边境一侧,半小时、一小时,中方没找到越境者。此处山高林密,两边有些村寨的居民是亲戚,经常跨境往来。逃亡者选择在这里过境,显然事先进行过调查。

斯威基拿出海事卫星电话,拨通国家安全局的加密专线。"你确认他们入境了?"听完斯威基的汇报,上司仿佛松了一口气。

"确认。"

"好吧,马上回国!"

斯威基顿感诧异,上司的语气和前几天明显不同。他恍然大悟,自己的真正任务是在老挝追踪一名恐怖分子,但是对方屡屡在军警到位前逃脱,让他摸不着头脑。以目标的真实身份,应该没钱去贿赂当地警官。

"老板,你只是想把他们赶走?"

"一群跳蚤!"

"不不不,你不能这么做。"斯威基捶胸顿足,气急败坏,"他们手上有命案!不能让他们逍遥法外。"

电话那边沉默着。

"老板,这个决定没有正式文件吧?"

"'东方'的事已经过去了,不用再管!"

斯威基决心已定:"如果没有书面指令,那请原谅,我暂时当它不存在,我要把'东方'揪出来!"

二

"敏叔,这发型还可以吧?"

"不习惯啊。""敏叔"看看镜子里的自己,摇摇脑袋,仿佛顶着一头假发,"不过你们觉得好就行。"

欧阳敏因为不修边幅,胡子长得又快,总是一副苍老的样子,于是获得"敏叔"这个绰号。今天因为要参加一项重要活动,他才专门请了发型师。这么一捯饬,倒是显出他的真实年纪——这位"海东市径向行波实验反应堆"的总工程师,今年只有三十八岁。

欧阳敏走进核电站的科普大厅,助手拿着手提电脑跟在后面,以便根据他的谈话内容,随时切换投影仪上的照片。大厅里已经摆好座位,一排长桌,欧阳敏与公众代表分坐两侧。这些人都是从网络上应征来参加本次座谈会的,其中有几个穿着统一的T恤,上面印着口号——"不要在海东,请建在别处!"

欧阳敏装作看不见这行字,主动向他们伸出手。几个代表犹豫着,一个三十出头、戴着白手套的女人先握住他的手。"不好意思,我担心这里的一切都受到污染。"

"那肯定不会,实验堆还没装填燃料。"

欧阳敏请大家坐下,一侧小门里走出几名员工,在每人面前摆上一份沙冰,五颜六色,煞是好看。欧阳敏面前也有一份。"天气热,请大家边吃边聊。说明一下,这些冰饮使用的是反应堆的二次回路水。为证明它们没有放射性污染,我先吃为敬!"

"你不是说这里没运行吗?"

"这水来自田湾核电站。"

欧阳敏和助手们慢慢品着沙冰,对面没人动勺子,气氛既尴尬又紧张。一个壮壮的二十岁男孩最先开口,他面前的名牌上写着他的网名"雕风镂月"。

"听口音,你们没一个是海东人,甚至没有本省人。我可是土生土长的海东人。"

"我理解你们的担心,但请先听我解释。"欧阳敏挥挥手,一侧投影屏上播放着介绍反应堆运行原理的 3D 动画。欧阳敏当起解说员,给大家解释什么叫燃料棒,什么叫控制棒。

"传统反应堆要用控制棒去吸收燃料棒的多余中子,多了就插进几根,少了就拔出几根。因为有这么个工序,所以才有事故隐患。我们这种新型反应堆不需要控制棒,完全用燃料棒里面的乏燃料吸收中子,这样就大大降低了事故的可能性。打个比方,对于驾驶技术不熟练的人,开自动挡的车会更安全,因为少个换挡的环节嘛。"

"我不懂核技术,但多少懂点科学。"雕风镂月打断欧阳敏的介绍,"想当年硝酸甘油容易爆炸,诺贝尔往里面加了硅藻土,就比以前安全了。但是再安全,它不也是炸药吗?能放到居民楼旁边吗?"

"这位先生,把核燃料比成炸药是不恰当的。"欧阳敏指指自己,又指指助手,"全世界哪些人接触核燃料最多?当然是我们这群人。我们都不怕,大家有什么可怕的?"

刚才唯一和欧阳敏握手的女人开了口,她叫暮色芳华,以写言情小说闻名网络,在公众代表里知名度最高。

"但是,以前你们也宣传核电的可靠性,可还是出了切尔诺贝利。这样的人间地狱,你们要在我家旁边再造一个吗?"

耐心,耐心,还是耐心,他们不是专业人士。欧阳敏呷了一口咖啡，温言解释："切尔诺贝利并非正常运转时发生的事故。当时苏联军方要搞演习，以确认核电站遭遇攻击时能够迅速启动备用电源。电厂的人没有演习经验，搞得手忙脚乱才出了错。并且，那里现在也不算人间地狱。"

欧阳敏站起来，走到墙壁上挂着的一张大照片前向大家介绍。前景是他和几个白种男人的合影，背景是一处建筑工地，吊车林立，工人云集，大家正在建造一个钢制拱顶，好像是座体育馆。

"你们看，这是我本人。背后就是发生事故的切尔诺贝利四号堆。全球核电专家只要有条件，都会到现场看看，吸取经验教训。现在他们正建造新拱壳，有效安全防护期为一百年。至于我身边这几位，都是当年在现场救险的英雄。这位是当班的轮机员，这位是当时的辐射监测员，尤其是这位斯塔罗杜莫夫先生，后来他带人爬上废墟，徒手把炸出来的反应堆碎片一块块扔回去，以减少辐射。当然，他们的同事有不少牺牲了，但他们活到了今天。至于我，在现场参观时受到的辐射，只相当于万米高空飞行一小时的量。那里当然不是天堂，但也并非人间地狱。"

"可是前后死了九万人！"暮色芳华厉声反驳，"你怎么能说得这么轻松？"

"我知道有'九万人'这个数字，但是找不到它的科学依据。国际原子能机构给出的权威结论，是有五十六人直接在该事故中丧生，估计有四千人因这场灾难带来的疾病死亡，但也只是估计。"

"原子能机构？哼，听上去就是你们这些搞核电的人组成的机构,当然要发布对自己有利的数字。人数报多了,老百姓不让建核电怎么办……"

"你们……"

欧阳敏的助手想发飙,被他生生按在座位上。

"如果你们不认同这个数字,可以用科学的统计结果来反驳。"

"好吧,就算只有四千人,那不都是生命吗?四千位父亲、母亲、儿子和女儿,因为这场事故提前告别人生舞台,你们不为此感到悲哀吗?"

"要说世界上谁更关注这些人的悲剧,那肯定是我们。"欧阳敏眼眶湿润,"但我们的想法是,以后怎么才能避免发生类似的核事故,而不是把核电当成洪水猛兽。蒸汽机诞生后,仅英国就有五千多人死于蒸汽锅炉爆炸;1865 年,一艘美国轮船在密西西比河上发生锅炉爆炸,死亡两千五百人。交流电普及后,全世界死于触电事故的更是无法统计。可人们从未想过要禁止这些新技术,而是想着怎么让它们更安全。"

…………

座谈会在尴尬的气氛中结束,民间代表面前的沙冰全部融化,变成一杯杯彩色糖水,没人尝上哪怕一口。不是知识问题,不是缺乏勇气,这是立场!哪怕抿上一口,就等于坐进对方的阵营!

三

"什么?去做卧底?"

翻开从外联组组长杜丽霞手中接过的文件,刚看过头一页,杨真就叫出了声。

"你先仔细看，等会儿局长找你谈话！"杜丽霞提醒完，把门从外面带上。杨真坐在办公桌前，仔细阅读。这是高科技犯罪调查局局长直接给她布置的任务，目标在网络上注册为"绿色工作坊"，聚集了不少粉丝。线下主要聚会地点是一家民营书店，也叫这个名字。它有两个老板，于国信是出资人，工商注册人是张志雄。

"绿色工作坊"以宣传生态精神，提倡环保理念，组织募捐和实际行动为宗旨。其在网页上发布国内外环保动态，生态知识；线下经常组织聚会，吸引来自美国、日本和欧洲的同道拜访。最近更有正规媒体前去采访，影响力不断扩大。

于国信虽在环保圈子里有号召力。但警方怀疑"绿色工作坊"很可能是一个境外生态恐怖团体"东方"发展的外围组织，从于国信到它的核心人员，都在境外接受过该组织的训练，"东方"也可能是他们的金主。这个组织无差别地攻击各国科学家和工业设施，仅在美国境内便可能与六起恐怖袭击有关，一共致死十五人，重伤七人。另外，他们有可能炸过弗吉尼亚州一个县的水坝，导致三人死亡。

这个神秘组织之所以叫东方，是因为他们相信，西方世界的民风世情都被工业所污染，人类的希望在东方。其领袖被称作"Eastern"，即"来自东方的"。美国国家安全局一直在追查这个组织，但始终不知道 Eastern 何许人也，只知道此人拥有美国国籍。

最近，他们在老挝发现 Eastern 的踪影。追捕过程中，Eastern 偷越中老边境。因此，杨真这次卧底行动，其实是一场调查行动。

"看明白了吧,生的蛆,变成了苍蝇,飞到咱们这里,得咱们解决。"杜丽霞推门进来,站在杨真背后,轻蔑地说道。

"那么,我的任务就是找到这个 Eastern?"

"局长的意思,你还要找到 Eastern 来的目的。如果只是逃避 FBI 搜捕,抓起来遣返就行了。怕的是他想在这儿搞什么勾当。"

杨真不仅有侦查经验,还曾经落入敌手,堪称出生入死,心理素质早就被磨炼出来。当她来到李汉云办公室时,斯威基也在那里。看到杨真坐下来,这个混血大汉稍稍一惊。"李先生,您安排的就是这位警官?"

"是她。参与侦破多起大案。专业能力强,心理素质过硬。"

"她……请问这位杨警官的年纪?"

"二十八岁,但她的外形,与卧底的身份十分契合。"

这是高科技犯罪调查局成立以来,第一次组织卧底侦查。杨真的身份是一个企业家的女儿,名叫李怡楠,今年二十四岁,大学中文系毕业。她要忘记自己的理工专业背景,装成一个科盲。杨真身材瘦小,稍加打扮,很像刚毕业的学生。

"恕我直言,那些人可不像表面看上去那么文质彬彬。"斯威基打量着杨真,估计自己体重能有对方的两倍,"他们在美国就背着很多条人命!"

李汉云对自己的选择很有信心。"杨警官以前读书时接触过这类组织,熟悉他们的观点,所以,她是最合适的人选。"

四

北京昌平,第一研究所。

实验车道上，一辆渣土车气势汹汹地开过来，撞向布置好的拦阻带，速度超过七十迈。眼看就要撞到，突然，斜刺里窜出一辆黑色奥迪，狠狠地向它别过去，竟把渣土车挤下路肩。

尘土飞扬中，韩悦宾从渣土车副驾驶一侧跳下来。在高科技犯罪调查局里，他担任技术组组长。看到测试完成，同事们纷纷从远处跑来，不过没人在乎他，都跑到奥迪跟前，好奇地摸着、看着、品评着。驾驶座上有个穿西装的人，是用视觉增强技术投射的图像。不停有人把手穿进穿出，啧啧称奇。

"怎么样？最新版无人驾驶安防护卫车，顶配！"韩悦宾像个4S店老板。

"又不是你设计的，你也就是开过来玩玩而已。"杜丽霞打趣道。

这不是一辆真的轿车，而是专门撞击可疑车辆的安防护卫车。普通轿车都有碰撞缓冲设计，遇到撞击时车身变形，吸收动能，减少对乘员的冲击。所以车子看上去结实，撞上去就像厚纸壳糊的一样。安防护卫车的作用则是撞击对方，打造得十分结实，车身有装甲，底盘加了重。而且无人驾驶，行动中不必考虑驾驶员安危。

"这车由大众赞助？"法律组组长蔡静茹指着车标问道。

"没有啊。"

"那你怎么搞个奥迪的外观？"

"反正也得伪装成普通车。要是用别的品牌，你也会这么问。"

为避免在城市道路上被恐怖分子提前认出，达到悄悄接近敌人的目的，安防护卫车必须装扮成普通轿车，使用前还要进行做旧处理。

"对了,杨真呢? 我这儿还有东西给她呢。"

正说着,杨真从调查局办公楼大门走了出来。一边走,一边回味着局长刚才说的话。"评估危险程度""找到通缉目标",这活儿有意思,也不算危险。

"来来来,杨真跟我走,你们剩下的随便参观吧。"韩悦宾招呼着杨真,把她带到技术组。他那里新到了几个兵,眼下都在网上忙碌着。杨真看了看几台监视器上的页面,不是音乐界面就是游戏界面,自己仿佛进了网吧。

"我们正在给你做假身份!"韩悦宾指着一个交友网站的登录页面向她介绍,"这是你的网络身份,网名'千秋'。"

现实中一个二十四岁的城市女孩,如果在任何网站上都没注册过用户名,肯定会令人怀疑。如果全是只开通几天的用户名,那更是提醒别人怀疑她的假身份。所以,韩悦宾指挥的技术组正给杨真制造一系列网络假身份。她共有两个用户名,大号"千秋",小号"一男",是她化名的谐音。

"那个组织从网上发展对象,聊得差不多才会让你过去。所以,你得先聊上几天。"

"这样啊,不用上班,窝在家里聊天,这个活儿好! "

在"千秋"注册的各种网页上,已经填好一些内容,显示她爱好旅游、摄影、绘画,功课不怎么样,勉强凑够学分毕业。更有一些愤世嫉俗的短评,咒骂黑心商人、冒牌专家、污染大户、贪官污吏,反正是怎么愤青怎么来。

在"一男"的网站上,贴着一些更隐私的个人话语,都没有明

574

确提到人名和事件,只是一些抱怨。有些似乎针对旧情人,有些可能针对父母。有需要时,杨真可以随便解释给别人听。

"就是说,我搞了几个对象,可现在还单着?你这都什么人设啊。"杨真看着看着,开始熟悉自己的角色。

"这人设多好啊。遇到帅哥,你还可以色诱……"

杨真拿起一只空文件袋,在韩悦宾的后脑轻拍了一下。她和"大韩"都是这个机构的元老,说起话来没大没小。那几个新兵听组长这么能侃,强忍着才没笑出来。

"记住,你爸是土豪,有点钱,又不是特别有钱,生活奢侈,有外遇;你妈爱赌博,天天跟一堆牌友混。总之是一对不靠谱的父母。所以你从小不喜欢他们,任性、反叛、不回家。想做点大事证明自己,又不知道干什么好。那类组织最喜欢这种人。"

听着韩悦宾的角色介绍,杨真在脑子里慢慢凑出一个人物形象。我能像她吗?我会像她吗?"对了,那我爸妈是谁?"

这话问得很滑稽,一旁的女警员扑哧笑出声来。

"我是说卧底身份的父母。"

网络普及给卧底工作添了很多麻烦。即使她远赴千里之外执行任务,也必须有人随时扮演她的亲人,以防对方通过网络调查她的身份。韩悦宾把杨真拉到一边,打开工作手机,上面出现一对中年夫妻。

"你的假父母我们的两位同志,他们一直以富翁身份在社会上活动,周围不少人都知道这对夫妻有个叛逆的女儿,从不和他们来往。先后有三个女同志借这个身份出去活动,你是第四个。"

了解完这个,一个女警员给杨真介绍那些网页。

"杨姐,你一共注册过十二个网站,发过十二万七千个文字,一千四百张图片。这还有你喜欢听的歌曲,喜欢看的电影。为了贴它们,我们组忙了好几个晚上。"

"天啊,要发这么多字和图?"杨真草草地翻着页面,很快就被搞得头昏脑涨。

"其实也没多少,你看,最早一个用户名设定是你十六岁那年注册的,八年积累这么多内容,已经可以了。"

八年?杨真一时没反应过来。"记住,你今年二十四岁啊!"韩悦宾提醒道。

"哈哈,这身份让我赚了四岁。"杨真笑道,"不过,八年就在网上发这么多东西?"

"我这里有中国网民平均发文篇幅统计,你的卧底身份是文学院学生,所以我们设定,你发过的网文是这个平均水平的一点五倍。"

用几天时间伪造八年内容,关键还得网站配合。韩悦宾已经给这些商业网站递去公函,临时使用他们的后台管理权,炮制这些假网页。

"还有这个……"韩悦宾递给杨真一部崭新的手机,"通信录中存了一百多个假姓名,无论你拨哪个号码,都是我们在接听,这就是给你演戏的道具。"

一个二十四岁的富家女,肯定手机不离身。万一被对方检查或者偷查,手机上不能只有几个号码。交代完这个道具后,韩悦宾又取出一枚微型芯片,只有食指盖的一半大小。

"这是生物芯片,没有排异反应,靠你的身体运动发电。使用时植入上臂内侧，这是别人最不容易注意到的地方。它会监测你的各项生理指标，心跳、呼吸、血压、皮肤电反射和激素分泌，综合判断你是否处于危险状态，然后自行发出求救信号，同时给你一个电刺激。如果你并不处于危险状态，可以在半分钟内手动发出取消指令。"

韩悦宾曾经和杨真共同执行侦查任务，结果落入敌手。脱险后他就苦思冥想，怎么能在重重围困中发出警讯，这便是他的成果。

"取消要手动？"杨真用手指捏过芯片，仔细地看着。

"报警自动完成，取消必须手动，证明你还能自主活动。如果半分钟后没有取消指令，它就会二次报警，附近合作单位的同志会第一时间赶到。"

"这个……有点夸张吧。"杨真摇摇头，放下报警芯片。凭她的印象，那个群体与"穷凶极恶"相去甚远。

"大韩，他们就是一群文青，我混进去，应该不需要动手吧？"

五

径向行波反应堆，核工业的先锋，人类未来能源的希望，终于从理论变成了眼前忙碌的工地。核岛、常规岛、配套设施、防波堤、宿舍，甚至面向公众的科普中心，都已经建设完毕。

望着宏伟的安全壳，欧阳敏的脸上却没有高兴劲。他要应付的不光是抗议者，还有更厉害的角色。果然，周厂长打来电话，让他去小会议室。"这次换成公安部的同志。"周厂长在介绍身份时，加重了语气。

走进小会议室,看到四名三十岁上下的警官,欧阳敏稍稍松了口气。周厂长说对方来自高科技犯罪调查局,这是什么机构?没听说过。什么是高科技犯罪?欧阳敏正在寻思,周厂长起身要离开。

"您不在这里吗?"

"他们指名要找你谈,我得回避。"周厂长拍拍欧阳敏的肩膀,欲言又止,转身走开。

四名警官中年龄最大的叫龙剑,调查局侦查组组长,其他人是他的助手。和其他人一样,龙剑也是先要了解行波堆的基本工作原理。这么专业的问题,警官能懂多少?欧阳敏侃侃而谈,用谈话来缓解紧张。

对面,龙剑频频点头,听不懂的地方还会问两句。仿佛这次不是来讯问什么,而是来听科普讲座。

"欧阳先生,据我所知,第四代核技术除了行波堆,还有混合堆、高温气冷堆两种,你们这是最难的一种。为什么在确定实验项目时,核电总公司最终选择了你们的方案?"

"这个……最难并不代表最不成熟。我从大学读核物理专业时就在构思这种反应堆,到今年三十八岁,虽然不算老,但是过去的人生有一半时间都用在这上面,最终干成一件事,也是可以理解的。"

欧阳敏的语气里透着几分骄傲。这不是一般的革新,而是一项划时代的技术!也许这是自人类有发电站以来最大的技术突破,主持人就是他!一旦成功,未来的科技史绕不开"欧阳敏"三个字。

"那么，实验资金总额有多少？"

"这在总公司网站上有公示，一百零七亿人民币。"

龙剑边听边点头，其他几个人或者忙着记录，或者忙着查阅资料，从表情上什么也看不出来。

"为争取这么一笔钱，你们要进行预研吧？给总公司的评审组提供了哪些资料？"

欧阳敏心里一紧，他知道，警察问话先要兜圈子，现在这是要进入重点？

"除了各种理论设计，最主要的是核反应模拟实验，在超算中心做的。"

"数据很完美？"

"很棒！"

"模拟实验进行得是不是太快了？"

欧阳敏心头一凛。一个警察，难道懂这么专业的知识？

"我是指超算中心的模拟实验，得出数据的速度是不是太快？远远超过其他类似实验的速度。"龙剑又强调了一遍，"据我了解，全球可能有四五个团队都在进行计算机模拟，你们比他们领先太多。"

欧阳敏早知道会有人提出这个问题，却没想到会是一名警察。"快是正常的，我们租用的超级计算机，单是运算速度就无人能敌。"

龙剑点点头，话题突然转到十万八千里之外。

"你们核工业公司副总经理梁日新，曾经是你的研究生导师吧？"

"当过我两年导师,他后来调到核工业部,我又是他调过来的。"这些经历无可隐瞒,欧阳敏直说无妨。

龙剑转了几下手里的记录笔,又冒出一句:"负责行波堆实验项目审查的人,也是他吧?"

"当然是他,核能圈子就那么大,彼此不是同事,就是师生,转来转去很容易遇上。"

谈话结束了,欧阳敏没想到,龙剑从桌子对面伸过手,和他握了一下。"欧阳先生,安心工作,祝你们的实验早日成功!"

一行警官离开实验堆,把忐忑不安的种子种在欧阳敏心里。周厂长再次现身,走到他身边,关切地问:"晚上冷却组开技术现场会,等你去,没问题吧?"他是行政出身,技术工作全指仗着欧阳敏。

"没问题!"欧阳敏暗自发了发狠,"为了能把它顺利点燃,什么关都得过!"

六

"欢迎你们!"

一个长头发高个子的人向他们伸出双手。他就是于国信,三十七岁。接受他欢迎的除了杨真……不,除了千秋,还有几个新朋友:黑色男孩、玲珑、深海鱼、易朽阁……杨真只知道他们的网名。他们都是先从网上和于国信聊得火热,才决定来这里看看。按照绿色工作坊的规矩,除非本人强烈要求,否则彼此间都用网名称呼。

小书店位于城郊接合部,营业场所一百平方米出头,摆的都是《寂静的春天》《平衡的地球》《增长的极限》《人口爆炸》之类的环保经典。而且一样摆上一摞，也不管是否卖得出去。再看墙上，贴着德国人民反核示威现场照，迎面还贴着前联合国秘书长斯特朗的标语——地球唯一的希望，难道不是工业文明的垮台吗？我们这代人最重要的任务，不就是让它实现吗？

总之，顾客一进门，就感受到浓浓的绿色氛围。杨真仔细翻过架子上的书，没有任何流行读物。估计小书店很难盈利，但是于国信一直能维持它的运转。

后面还有一间小屋，不到二十平方米，作为库房、会议室、餐厅和于国信的卧室。客人们有的坐在椅子上，有的坐在床上，还有的挤坐在书堆上，听传奇人物于国信讲他的环保经验。合伙人张志雄刚刚大学毕业，在店里更像个员工。

看到大家都坐好了，于国信扬起双手。"大家都说要保护地球，可地球那么大，我们的手这么小，那我们能做什么？"说着，他打开冰箱。里面的灯并没有亮，原来冰箱没通电，只是当储物柜用。

"今天我就交给你们第一个任务，去你们的亲戚家，检查他们的冰箱。自从有这种电器，我们会把很多食物放进去，一天，一周，然后就忘了吃。你们去检查亲人的冰箱，找出那些塞在角落里的东西，再问问有多少是他们忘了吃的。然后……"于国信掏出几把小巧的弹簧秤，分给大家。

"你们把这些食物放在一起，称称看有多重。"

晚上，大家又回到绿色工作坊，交上他们的作业。最少的两公斤，最多的六公斤！加起来一共有二十多公斤食物被它们的主人遗忘在冰箱里。看到这个结果，就连杨真都吐出了舌头。

"想想吧，中国几亿家庭，每年会浪费多少食物？要用多少土地、多少劳动才把它们种出来……对了千秋，你的作业呢？"

"唔……因为……因为某些事，我和家人不来往了。所以……"杨真拿出一个饭盒，"我回去检查了自己的冰箱，把我忘记的食物都拿出来，煮在一起，罚自己吃完。"

于国信拿过盒子，把它放到桌上打开。"这一课要告诉你们，现代人把'浪费'当成'消费'。很多东西我们只是买，却不用。我们把大量物资囤积在自己家里，想想吧，只要少买其中的五分之一，环境压力就能减轻多少？来，咱们一起分享千秋的觉悟……"

"不不不，有的东西已经放了很多天……"杨真确实有些不好意思。

"其实没那么可怕……"于国信撩起一筷子不知道什么食物，送进嘴里，慢慢咀嚼着。玲珑、深海鱼等人看着于国信吃了，犹豫片刻，也都动起筷子。

"很好，我们开始第二项作业。"看到大家都吃过，于国信招招手，带着大家从后门走到院子里。天气越来越热，炉灶就放在后院一个半敞开的棚子下面，旁边还有一大堆各色食品，看着都是淘汰货。

"每天从全国超市里扔出去的临期食品有上万吨，它们大部分都还可以食用。这是我从旁边超市弄来的。从今天起，每天晚饭咱们就吃这些，你们有没有勇气？"

大家看着那些食品——叶子发黄的菜，现出疤痕的水果，几包一捆的过期食物……看看于国信，又彼此对望，显得犹豫不决。

"很多人嘴里喊着热爱生态,关心地球,如果这些东西都吃不下,那就只是嘴把式。"

于国信拿起一只烂掉小半边的苹果,熟练地削掉腐烂部分,去皮、切块,又拿起另一只表皮发黑的杧果,边削边说:"我跟着环保前辈训练时,大家都从垃圾箱里捡食物。和那个比,这已经很干净了,直接从超市理货员手里拿过来的。"

杨真第一个走过去,端起不锈钢盆,跟于国信一起清洗那些蔬菜瓜果。看到她动了手,其他人也参与进来。他们煮了各种菜肴,又打开一包包过期的饼干、薯条、小蛋糕……堆了满满一桌子。

"黑色男孩,你还在读大学吧?"于国信问道。

"是的。"

"每月在食品上花多少钱?"

"这……一千五到两千吧。"

"以后你会发现,一百块也能过一个月。"于国信指指这些食品。大家无不信服,如果只吃这些,确实花不了多少钱。

"难的不是吃一顿,而是天天吃,从自己做起,拒绝当浪费机器。"于国信带头吃起这顿大餐。

杨真也不遑多让,拿起一只碗就往里面舀菜。看到她这么勇敢,男生也不甘示弱。只有女网友玲珑,吃了第一口就再没有往嘴里塞,忍了半天,还是跑到院子外面吐了个干净。

"不好意思……我不行……"玲珑擦着眼角的泪花。那些食品其实没有任何异味,但她过不了自己的心理关,从小爸妈就教她不要碰过期食品。

"没关系,只要大家知道,保护生态比喊几句口号更难就行了。"

玲珑流着眼泪跑了出去,从此再没回到这间小屋。

七

第二天,杨真上午就赶到书店。"咦,你不用上班吗?"于国信放下扫帚问道。

"生命有限,窝在办公室里就是在浪费它!"杨真把头一甩,接过扫帚开始清洁,"再说我是女孩,又不用买房买车娶老婆。"

调查局给杨真设计出一个有钱又不用见面的父亲,就是为她能够整天闲逛制造借口。于国信并不怀疑,好多环保积极分子都有这样的家庭背景。忙着一日三餐,哪有精力保护地球?

整个白天,杨真都站在书店里接待客人,向他们推荐那些环保名著。"你们看,《增长的极限》里有句名言:把经济停下来,就会减少消耗物质资源,但却需要更多的道德资源。"

"这本书告诉我们,人口就是定时炸弹。这话说得太到位了!"

"戈尔说过,为救一名癌症患者砍掉三棵紫杉木,就是人类自私的表现。"

"癌症和紫杉木有什么关系?"顾客显然没听明白这句话。

"抗癌药物紫杉醇就是从紫杉木中提炼的。"

一旁,于国信暗挑大指。他面试过几百个志愿者,数这个二十四岁的中文系毕业生最理解环保真谛。

新人陆陆续续到来,除了和杨真一拨的几个外,又来了阿飞、大猩猩、陈年旧雪……还有一些千奇百怪的网名。他们都想参加绿色工作坊。看到人数足够,于国信便给大家布置另一道作业:翻找附近小区的垃圾箱,把里面的废电池找出来。

显然,对这些少男少女来说,翻垃圾箱比吃剩饭更困难。晚上,杨真、黑色男孩、深海鱼和阿飞拎着装满废电池的塑料袋回到书店,其他新人已经不知去向。除了他们,还有几个人也坚持下来,他们比杨真资历更老。

于国信对于这种人来人往的现象早已习惯,年轻嘛,头脑爱发热,用冷水猛浇几次,才能找到真正的自我。他捡起一枚电池,在大家眼前晃了晃:"你们瞧,这么个小东西里面含的汞,就会污染二十万升水。所以……"他又晃了晃塑料袋:"我们今天拯救了几个游泳池的水!"

"天啊,这么多!"杨真挥臂高呼,又和身边的同伴击掌相庆,用剧烈的身体运动抑制着心里的反感。2006年起中国就不再生产含汞电池,他们只是瞎折腾了一天。这些知识经常涌上杨真的大脑,让她抵触着这个古怪小圈子的游戏规则。不过她必须把它们压住,好让自己变傻。

"其实我们根本用不着那么多电。人类用电的历史才一百多年,在此之前,人类用什么?"说着,于国信伸开双臂,先拥抱了黑色男孩,又拥抱了杨真。然后他让大家不分男女,彼此拥抱。害羞的人点到为止,杨真非常投入,用力地拥抱了现场每个人。

于国信回到场地中间,接着宣讲他的教义。"在没有电的时代,一家人到了晚上会围着一盏油灯,自然地聚在一起。他们分享各自的故事,增进彼此的感情。有了电以后,人类反而彼此疏远。每间房子都有电灯，一家人关起门各自过各自的生活。然后是电话，人们爱煲电话粥，却不关心身边的亲人。发展到今天，电视、电脑和手机才是亲人。电是把人类分开的祸害，电就是科学制造出来的魔鬼！"于国信讲得眼圈通红，他打动了自己，也感动了其他人。"所以，每天大家告别时，要彼此拥抱，感受人性之电。"

从这天起，每个参加活动的人都要与在场同伴拥抱后才能告别。也许他们彼此并不熟悉，甚至曾经争吵，但是每天都要进行这个仪式，融化彼此的陌生和隔膜。

到了吃饭的时候，杨真给于国信打下手，用临期食品煮出一锅杂烩菜。"于老师，您过去真和他们一起翻垃圾箱？"一个新人好奇地问。

于国信点点头。"其实没那么可怕，都是心理作用。当然，我们也不是什么垃圾箱都翻。"

"要不……您带我们再去挑战一下自我？"杨真提议。她总是表现得很积极，其实是想快点过关，进入这个圈子的核心层。于国信当然理解不到这一点，欣然接受她的建议，带着大家直奔附近一幢写字楼。

"其实我们并不翻大街上的垃圾箱，那里的东西肯定不能吃。这种楼里有很多上班族，到时间都去点餐，吃不了就扔掉。尤其女生，要和男生买同样分量的套餐，饭量又不够大，经常把完好的食物扔掉。"

这个时间，写字楼里的白领几乎都下班了。来到前厅，于国信很快盯上一个垃圾桶，打开盖子，捡出一个塑料餐盒，里面有几只完整的包子。他抠出一个,放到嘴里,一边津津有味地嚼着,一边把餐盒递向其他人。

这次考验升级,大家都不敢伸手,还是杨真挺身而出,咬咬牙,抓起一个包子:"保护地球从我做起!"她喊完口号,便把包子填进嘴里。看到她这么有勇气,周围男生不甘示弱,纷纷伸出了手。然后是女生……

"好好好,包子不够大家分的,咱们再找找别的垃圾桶。"

他们还没散开,两个保安就跑了过来。他们已经盯上这群怪客,怎么也搞不清他们在干什么。

"我们在减少碳排放,你懂吗?"杨真骄傲地回答。

保安显然没听懂,不耐烦地挥挥手。"如果不是来找人,那就赶快走。"

没有杀人放火,没有抗议示威,没有与社会发生任何冲突,杨真每天都跟着这群人做一些正能量的事情,以至于她偶尔会忘记自己在做卧底。

八

驶入地下车库,乘电梯到七层,下去后换另一部电梯再坐到十八楼,确信不会有人跟踪,杨真才按动安防手机上的密码键。一扇很普通的防盗门在她面前打开,一名便衣用手持扫描仪对她进行安检,转身请她进去。里面有一道电磁屏蔽夹层,走过去,再路过一群正在进行监控的同行,杨真来到里屋,杜丽霞和斯威基正等在那里。

换了身份后,杨真就不再公开出入任何司法部门,以免被人跟踪暴露身份。这里是国安局在本市的秘密监控站。来往的人都从地下车库进出,最大限度避免跟踪。

面对局里的外联组长还有美国同行,杨真汇报了这段时间的收获。她在绿色工作坊中没遇到一个外籍人士,也没有什么可疑对象,都是头脑发热的年轻人。杜丽霞对此亦无甚经验,这次行动本来就是应斯威基的请求展开的,他本人调查多年,算是老师。

"这是他们吸收核心成员的程序。第一步在网上看你发过的言论,如果志趣相投,就进入第二步,和你在网上聊天,这两关你已经过了。第三步,他们会邀请你参加活动,给你设置考验,让你一关一关地过。如果坚持不下来,他们会微笑着送你走人,从此断绝联系。"

"那……后面还有什么关?"

斯威基在美国国安局的任务,就是监视国境内的生态恐怖分子。十几年下来,他看着他们的规模从小到大,人数从少到多,行事从温和到极端,一步步走向暴力。

"再往下,他们会带你参加边缘活动,介于合法和违法之间,看你有没有胆子挑战社会秩序。比如在哪家实验室门口涂标语,烧一烧转基因实验田,参加什么抗议示威……如果你能和警察打起来,或者更进一步,被关几天班房,他们会更信任你。"

"所以我还得再偏激一些?"

"对!"

虽然有犯罪心理学博士头衔,杨真现在却像个学徒,学习着生态恐怖分子的做派。

"可是，于国信很自律，很能吃苦。"

"哈哈，恐怖分子不可能住豪宅，开游艇。"斯威基意识到，他的中国同行缺乏经验，或者把好莱坞电影当成了现实，"你要知道，越是能吃苦的人，一旦干起坏事才越可怕。"

时间快到了，杨真要参加晚间聚会，欲起身告别，脑海中忽然又冒出一个问题。和这个美国人接触几次，她对他有了一点个人印象。"斯威基先生，冒昧地请教一下，您这么热衷打击生态恐怖分子，不光只是公事公办吧？"

"你说对了！"斯威基长长地吐了一口气，然后给他们讲了段往事。二十世纪七十年代，生态主义者在欧美发动社会运动，抵制北极地区的海豹皮生意。那时，这种生意是加拿大境内因纽特人的支柱产业。这次打击让因纽特社区数以千计的家庭破产，斯威基的外公还不上债，自杀身亡。事后有公益组织资助他的母亲到美国读书，才认识了他的父亲。

"十一年里面，因纽特社区有一百五十四人因为破产而自杀，他们的命不如海豹的命值钱。所以在我心目中，那些人早就是恐怖分子，他们每一个都是，不用在这个词上加引号！导致海豹数量大规模下降是十九世纪白人干的事。可十九世纪没有生态运动，等白人富裕了，吃饱穿暖了，却开始搞这种运动。后来研究北极生态的学者说，当年因纽特人捕的那点海豹，完全不会破坏海豹种群繁衍。"

媒体没有报道这种故事，满屋子环保畅销书也不记载它们，杨真看了那么多资料，也是第一次听到。那些无法向社会发声的人，他们的境况有多么无助！她被深深震撼了。

"生态主义者反复宣传,如果一个人不能爱动物,就不能爱别人。千万别相信这些话,他们完全不爱别人,他们的行为专门坑害最弱势的人。"说完这些,斯威基耸了耸肩,"这些话,我也只能和你们讲。在我的国家,如果有人知道司法人员讲这种话,我就会被解职!"

九

剜疤、去皮、切块、摆盘,杨真成了熟练厨工,只是身边的人还是来来走走。十天后,和她同来的人里面,只有黑色男孩和深海鱼还留在这里。但是不管谁来谁走,书店后面的小屋总是塞得满满的,人与人之间需侧身才能通过。天天和这么多人挤在狭小的空间里,别有一番温馨气氛。

杨真把果盘放到桌上,邀请新来的小伙伴一同品尝。女孩做东西就是细致,看上去不次于饭店里的果盘,让人忘记食材的来历。大家每人一把金属叉,分食着水果。是的,这里不能用牙签或者一次性筷子,那是对森林的伤害。

大家一边吃,一边听于国信讲课。在这个小圈子里,于国信就是大明星。作为心系生态环境的人,什么东西是不能吃的,于国信拿出平板电脑,调出龙虾、澳洲奶粉和牛油果的照片。

"不能吃它们?是因为太贵、太奢侈吗?"黑色男孩不解其意。

"或者,龙虾要被我们中国人吃成濒危物种了?"女孩子深海鱼换了个角度提问。

"那倒不至于,主要是因为这些食材不出产自你身边。"于国信指指照片,"中国人吃的龙虾来自美国缅因州,为了保鲜,这种食材要空运到中国，飞机是碳排放最多的运输工具。我们多吃一只，大气层里就多一些二氧化碳。"

"奶粉不用说了，你们都知道是澳大利亚和新西兰出产的。"于国信又指指牛油果，"中国人吃的牛油果，大部分来自智利。南美是地球上离中国最远的洲，可以想见，因为我们的口腹之欲，大气层里又多了多少碳排放。过去五年，中国的牛油果进口量增加了多少倍？你们猜猜？"

几倍、十几倍、几十倍，听众拼命拓展着自己的想象力。

"五百倍！"于国信向一群目瞪口呆的人公布了标准答案，"朋友们，简直是贪欲大爆炸！我们一直在无声无息地对大自然犯罪，可是没几个人知道。"

"不光这些，所有热带水果都不应该吃。"杨真马上举一反三，"咱们这里是北方，什么杧果、荔枝、菠萝、榴梿，都要从热带运来。而且不是少数，是成千上万吨啊。多少碳排放源起于我们的餐桌？！所以从今天起，我带头不吃这些东西！"

这些都不能吃？就连入门时间最长的黑色男孩也把目光转向别处。于国信则向杨真竖起大拇指。"对，这才是我们生态主义的理想。买东西前看看产地，只吃只用身边出产的！"

二十年前，于国信和同学们到垦丁森林游乐园去玩。餐厅里，一个富家同学点了法国依云矿泉水招待大家。窗外五十米处就流淌着山泉水，两者相差无几，他们却要喝跨越半个地球运来的矿泉水。那天是于国信走上环保之路的开端。

"想想吧，如果全中国、全世界的人都坚持这种生活习惯，碳排放会下降多少个百分点？可惜大部分人只喊口号，并不想从自己做起。"

今天来了一位嘉宾，是于国信请来的同道，网名梦瑶，四十出头。她将一包旧衣服放到桌子上，又拿出一片卫生巾利落地拆开，取出中间的锁水因子。

"这是用什么做的？石油啊！外加一大堆化学添加剂。每个月，女人们都要把这种东西放到身体最容易受伤害的位置上！"

"这个话题……我们男生要不要回避？"黑色男孩不好意思地问道。

"不不，你们也要听，这涉及你应该和什么样的女孩生活在一起。"梦瑶拿起旧衣服，告诉大家如何从小区的捐衣柜里挑选棉制品，怎样清洗，再裁剪成月经带。然后还要晾干野草，烧成草木灰，装填在月经带里。

"千百年来，我们中国女人就用这种东西来解决生理期需要。有问题吗？完全没有！靠这个我们也繁衍到十几亿人。"

对"90后"女孩来说，这种考验比吃剩饭更严峻。沉默片刻，杨真还是第一个举起了手。"梦瑶姐姐教我吧，我小时候踩过缝纫机。"

照例得到一份夸赞。

梦瑶又走到每个女孩子身边，闻闻她们的头发。"不出意料，全部在使用洗发液。那里面有什么？硫酸脂肪醇、甲醛、香料、色素，每天为了洗头，我们把几万吨化学废料倒入地下水系统。"

梦瑶掏出一个竹制品，长长的柄，两边有细齿。"妹妹们，这叫篦子，我们中国女人清洁头发的传统工具。瞧，一百零八道工艺，纯手工制作，多么精美。"梦瑶熟练地用它梳着头，"就这样，每天用清水洗头,再用篦子用力梳。不光能清洁头发,还能按摩头皮,舒筋活络。我们现代人从产科医院出生那天,就在化工产品里长大。但是,我们完全可以和它们说再见!不,说永别。"

就在这时,杨真口袋里的手机响起。她掏出来看看屏幕,马上一脸厌恶,又不得已接通了电话,然后小声对大家说:"不好意思,我出去一下。"

杨真来到后院,屋子里面大家一边聊,一边断断续续听着她在怒吼。"不不,我不回去……除非他关了自己的家具城,否则他就是森林的杀手……什么,他的生日?那你转告他,女儿祝他生日不快乐。对,就是不快乐。他让雪兔不快乐,让黑熊不快乐,让梅花鹿不快乐,他为什么就要快乐!"

杨真手里拿着她的安保专用手机,通话对象永远是调查局里值班的同事。拟音器会根据需要,改成男女老幼不同的声音。如果有人路过她身边,会隐约听到一些对话声,以保证真实性。

就这样,发过一阵牢骚后,杨真转回屋里,迎接她的是一圈仰慕的眼光。"是你爸爸?"黑色男孩问道。

"我妈来的电话,让我回去给我爸过生日,我几年都没回家了。"杨真不以为然道,"他从一个家具店发展到家具城,踩着森林的尸骨发的财。我参加环保运动也是替他赎罪,这就算对他最大的关心了。"

"千秋,你能有这么高的觉悟,太难得了。"这次于国信完全不是出于鼓励,而是发自内心地赞美,"我们穷了很多年,刚有点钱,不知道怎么花,大部分人没有环境意识。所以你们是宝贵的种子,希望大家把在这里学到的知识传播出去。"

晚上,大家又是一一拥抱、逐个道别。杨真被于国信抱在怀里,这次,她感觉到对方身上的生理反应。一阵厌恶从胃里涌上来,遇到这种情况怎么办?她可没有预案。未等杨真反应过来,于国信已经转去拥抱别人。

十

很快,杨真这批新人就过关晋级,活动范围不再限于那间小屋。

时逢周末,聚了很多志愿者,聚会地点改在郊外一处水库大堤。阳光洒落,于国信指着天空一片白色的线状云让大家辨认。

"这是甲烷污染后形成的云。很美吧?但是它的来源很丑陋。以后在哪里看到,就说明那里的甲烷污染很严重。再看看我们眼前的水库……"于国信指指不远处的坝体,"你们看到给鱼类留下的回路了吗?没有!人类为自己的利益在这里拦腰一截,让无数鱼类失去了自由。一些需要上下游洄游的鱼类,可能就此灭绝。朋友们,生物大灭绝不是空洞的概念,它就发生在我们面前!"

照例对人类的贪婪进行一番谴责后,于国信带大家走进一片小树林野餐。这个活动很受年轻人欢迎,于国信边忙边给大家讲。"生活在香港的人把城市叫石屎森林,是用抽掉灵魂的石头,也就是水泥建造的。你们就在石屎森林中长大,所以要经常出来接触自然,洗掉身上的病态。你们听,这里没有汽车声,没有广告声,没有嘈杂的音乐,只有在这里我们才能聆听自然的声音。"

杨真举目四望,参加聚会的人没有一个比自己大。不,现在她只有二十四岁，那么还是有几个差不多同龄的人，她就和这几个人寻找共同语言。大家摊开塑料布，用天然气罐做饭。除了超市尾货外，于国信还往锅里放了一些干蘑菇，香气飘散出来。大家一碗一碗地吃着杂烩菜，讨论着什么该吃，什么不该吃。

"山羊就不该吃，它会啃草根，让草场半沙漠化。如果我们都不吃山羊，牧人就会减少它的饲养量。"

"牛肉也不该吃，七头牛放屁释放的甲烷，就相当于一辆汽车的碳排放。现在巴西那里牛比人多一倍，就是要供应世界各国的牛肉。"

"我认为肉制品都不应该吃，还是素食最环保！"

…………

外圈坐着一个女孩正在和朋友低语，不知因为什么声嘶力竭地喊起来："对对对，所有男人都是王八蛋！谁都不可信。"她的女伴搂着她，两人抱头痛哭。

"哭出来！哭出来！"于国信丝毫不在意对方刚骂过世间所有的男人，"在大自然中，在朋友中间，把自己完全释放出来！"

只是有人稍稍惊讶，但没人去过问。接着，黑色男孩开始大声唱歌，脸涨得通红。深海鱼跑过来跑过去，像是与不知名的恶魔缠斗。周围好几个年轻人都在唱歌，声音难听得近似号叫。

一股热气从杨真腹中升起，让她浑身燥热，眼前出现温暖的光幕，挡在她和众人之间。黄的还是红的？她居然说不出那颜色，只感觉它好温馨好温馨。她不想动，像被粘在地上。

时间开始跳跃，这一阵，杨真和两个女孩跳舞。那一阵，她又与黑色男孩高歌。有时候在于国信身边，有时候又在朝他走去。

中间不记得发生过什么。

杨真蜷在地上，过去的事情乱七八糟地涌来。父亲朝着她怒吼，儿时的杨真在观星；父亲朝着她怒吼，杨真正在抓捕逃犯；父亲朝着她怒吼，杨真又在低头写作业。没有时间顺序，没有因果联系，记忆仿佛水库溃堤，倾泻而出。

"你说对了……科学就是王八蛋，科学家都是王八蛋。"杨真抓着于国信的头发，大声喊道。她也不知道什么时候又回到于国信身边，为什么抓他的头发，只是觉得这样很痛快。"我爸爸就是那种浑蛋科学家，天上的星星比身边的亲人重要。"

好痛快！杨真像吐出了卡在喉咙的骨头。"咦，你爸不是家具商人吗？"于国信轻轻地掰着杨真的手指，他的头发被扯得生疼。

一瞬间，杨真的喉咙像被塞进一块冰，但是脸上仍然一片潮红。"是啊，他是商人，他以为自己也是科学家，没事就开车……出去几百里，跑到野地里观星……拍什么天文照片。什么时候都不会陪我……"

通过一连串迷迷糊糊的叨唠，杨真算是把破绽圆了回去。我怎么会这样失态？他们又是怎么了？这不对，完全不对！

杨真坐在地上，闭上眼睛，抓住身边的小草，像是怕自己跳起来，做出什么傻事。

半夜，杨真走到国安局秘密监控室外面，集中精神按出密码。没有调查局的人在场，只有国安局的两个值班员。以前他们见杨真出入，只是点个头。"你怎么了？"看到她喝醉酒一般，又不是在规定时间上门，他们立刻紧张起来。

杨真站立不住，瘫坐在地上，从贴身衣袋里拿出一个小小的塑料袋,里面装着一点杂烩菜的样品。"这个……有问题……你们化验……"

"你中毒了?要不要去医院洗个胃?"

"不不,洗胃没用,氯丙嗪……找安康医院能开出来。"

见杨真支撑不住,两人扶她到里屋,看着精疲力竭的她睡去。第二天清晨,杨真醒过来,头痛欲裂,像是被灌了一瓶二锅头。

"杨真同志,市局给出化验结果……里面有裸盖菇,南美的天然生物毒品。"

果然如此,这就是与大自然沟通的奥秘。酒后吐真言,吃下毒品后更是如此。杨真怎么办?她还什么关键线索都没找到,她必须坚持待下去!

"氯丙嗪拿来了……"一个工作人员把药递给杨真。她服了一颗,把余下的小心收好。吃天然的裸盖菇,毒素有限,并不致命。如果有必要,她还得装不知道,继续喝下毒汤。只是,她得拼命管住自己的嘴。

十一

又是公安部的人?

欧阳敏一边听周厂长介绍情况,一边用力把双手交叉在一起。他们要干什么?就不能等实验堆开机运行再说?

"这次你放心,他们是来帮我们的。"

"帮我们?公安部帮我们什么?"

很快欧阳敏就发现,看似不可能的事情真的会发生。这次来找他的是公安部直属高科技犯罪调查局技术组组长韩悦宾,上级要求他帮助海东实验堆健全安防体系。

"我们局正在接手国家重点实验项目的安防工作，我想把你们这里当试点。核电站的安防，肯定全社会都关注，你们也很需要提升吧？"

"需要需要！"欧阳敏不光是口头表达，还再一次握住韩悦宾的手。刚才见面，他只是用单手礼节性地一碰，现在则是双手紧握。"这个问题一直悬在我心里，核电站的安保问题，现在比三十年前复杂得多。"

旁边，周厂长一拍欧阳敏的肩膀："那你就和韩警官好好合作吧，听说他们那里的安防技术领先世界，只有想不到，没有做不到。你有什么想法，都可以和他们商量。"

欧阳敏临时改变工作日程，拿出电厂设计图，与韩悦宾逐区域、逐部门分析安防问题。这个工作要抵御的不是天灾，而是人祸。欧阳敏收集过很多世界各国的核电站遭受攻击的资料，然而并非他这个核电工程师能够解决。现在有公安部的人来撑腰，欧阳敏十分高兴。

欧阳敏带着韩悦宾到厂区东走西看。这里应该有监控，那里应该有隔离带。"我甚至想过，以海东实验堆为圆心，以三公里或者五公里为半径规划一个监控区。可疑车辆一驶入，监控系统就能报警。但不知道有没有这种安防技术？"

"小意思，海东市给本地车辆进行安检，顺便装个芯片就行。外地车辆没装的，一驶进就能报警。不过，以前发生过类似事件吗？"

"德国海姆斯兰核电站，2006年就有人用车撞击大门，离电站一百米才被拦住。"

"如果真能发生这种事,安防硬件上还得升级。"韩悦宾是个技术迷,不断想象着安防技术的运用空间,"实验堆应该配一些硬家伙,把危险阻拦在外。"

"这种事,海东公安局可做不了主。"

"这不是他们的事,甚至不是省里的事!"韩悦宾斩钉截铁。

午餐时间,两人已经来到专门为实验堆建设的防波堤上。福岛核电站曾被十五米高的海浪淹没,这里把防浪标准提高到十八米,历史上这片海岸线从未经历过这么高的浪。他们坐在电瓶车上一边吃饭,一边商量着安防细节。忽然,欧阳敏脑子里闪过一个词。官方机构的名称他原本听过就忘,但是"高科技犯罪调查局"这个名字怎么这么熟?应该不久前才听说过。

欧阳敏忽然放下筷子,变了脸色。"刚才你说,你来自哪个部门?"

"高科技犯罪调查局,新成立的部门。"

"龙剑是你这个部门的人吗?"

"是我们侦查组的,你怎么会认识他?"

欧阳敏把盒饭一推,面沉似水。"你真是来帮我们做安防的吗?"

十二

"今天就我自己?"杨真望着空荡荡的后屋,这里头一次这么清静,只有她和于国信。

"他们……"于国信的嗓音变得干涩起来,"……去调查烂尾楼的分布情况,统计因为工程烂尾造成了多少资源浪费。"

"这件事很有意义啊,我也去……"

杨真说着就准备离开。"不不不,我是想找个机会,和你单独聊聊。"于国信终于说出实话。他年近四十,平时谈起理想满脸自信,此时脸却红了起来。他问了杨真的家庭、经历、理想、兴趣,绕来绕去,绕到了杨真早有准备的话题上。

"你看……我从没遇到你这样有激情的女孩,在哪里都没遇到过……所以我想,我很想,很想能和你进一步……"

怎么办?立刻拒绝?线索可能马上断掉。玩暧昧拖时间?后果又会怎样?杨真不敢看对方的眼睛,但是她的脸色却在于国信的视野里,只不过他不会读出她的真实想法。

"但是……如果我拒绝,以后还可以在这里聆听到真理的声音吗?"杨真小心翼翼地问。于国信这个年纪,这方面的表现该不会像个愣头青吧?

"当然可以……完全可以,其实我都怕把你吓走,你是难得的人才。"

"嗯,不好意思,我已经心有所属了。"

没想到这个借口一点都不起作用,于国信坦然一笑:"我猜到了,你这么出色的女孩,不可能没人追。可这没关系啊,我又不想占有你,只想和那个人一起爱你。"

"…………"

"好吧,今天你不用说什么。任何时候,你高兴了再回答。"

又一次进入国安局监控站,杨真面前坐着杜丽霞,还有局里的司法组组长蔡静茹。后者正在本市处理法律事务,顺便来关心一下做卧底的小姐妹。面对两个女同事,杨真讲出了自己的尴尬处境。

"哈哈哈,没想到你还得执行色诱任务。"杜丽霞笑得弯下腰去。

"唉,色诱个帅哥也行啊。"回到自己人身边,杨真彻底放松下来,"就他尖嘴猴腮那个样。"

"你是说,他不在乎你有男朋友?"蔡静茹问道。她在海外长大,什么样的性关系都见识过。

"他说他支持多性伙伴关系,互相之间绝不占有,所以我就没招了。"

"我教你一招!保证他以后再不会骚扰你。"

蔡静茹把想法讲出来,两个女同事瞠目结舌。"这个……这也行?"

"肯定行!趁杜丽霞也在,你们拍张婚纱照。"

"为什么是我?"杜丽霞连连摆手,"大姐,你出的主意,你自己和她照啊。"

"我气质上不像是个'T'!"

这次轮到杨真笑弯了腰。过完女人的八卦瘾,杨真和她们讲了卧底的感受。"一个怪咖带着一群傻孩子,天天做游戏,开始很刺激,很快就有点无聊了。"

"可别小看这群人,你还没参加任何抗议活动,那就不算进入核心层。"蔡静茹给她们讲了一段亲身经历。当年她还在警务实习,被临时叫去增援。到场一看,是绿色和平组织派来一队人,突然扯起标语,抗议当地的垃圾焚烧场。

"出事的时候,那座焚烧场已经关闭了三年。他们就是为了抗议而抗议，街头就是这群人的工作场所。我绝对相信，他们正在选择街头战士。"

知道杨真到了监控站，正在局里的李汉云也连忙过来，询问她的近况。在昔日老师面前，杨真讲出了自己的困惑。

"他们并非我心目中坏人的形象。您知道，我研究犯罪心理学多年，看了不少案例，犯罪分子的性格都是什么样，我心里有个轮廓，可他们装不进这个轮廓中去。"

李汉云想了想，慢慢说道："我这辈子接触过几千个案例。作为学术研究，我要剖析这些案件的过程。但是作为普通人，我会从另一个角度来思考。一般犯罪都是利益矛盾的激化。每接触一个案件我都会设想，如果当时某一方能退让一步，事情不会发展到犯罪这一步。"

杨真边听边点头，但不知道这与眼前的任务有什么关系。

"人与人都会有利益冲突，可以沟通，可以协商，可以妥协。但是你跟踪的这些人不同，他们的目标就是让所有人都交出自己绝大部分权利，并且没有补偿。你看，这就没什么可谈的了，开始就把自己摆在不能协商的位置。那么他们只有两个选择，或者彻底放弃，或者走向暴力！"

杨真联想着她见过的每个人，于国信肯定是要坚持的，剩下的谁放弃？谁坚持？

再次和于国信单独相处，杨真从手机上调出婚纱照。杜丽霞一身男装，站在杨真的背后，表情非常亲昵。

"不好意思，我从小就不喜欢男人。"

于国信挨了当头一棒，呆坐在那里，好半天才开口。"她……

她也是环保人士吗？你可以邀请她参加我们的聚会啊。"

"不不不，我和她只是纯粹的感情关系，平时不谈这些。再说她是隐婚，有丈夫，不能随便抛头露面。这件事，还请你别和他们讲。"

于国信咬咬牙，拍拍手。"你知道吗……我尊重你的性取向。我以前说的那些……就当不存在。"

从那以后，再进行拥抱告别的仪式，于国信会主动避开杨真。

十三

再次来到监控站，杨真本想感谢杜丽霞帮她过关，来的却是侦查组组长龙剑。"下周月光社聚会，海东实验堆总工欧阳敏也去，我请你也参加，帮我找找线索。"

在此前一天的组长联席会上，技术组组长韩悦宾和侦查组组长龙剑爆发了冲突。韩悦宾指责龙剑封锁消息，搞得他在欧阳敏面前很被动。龙剑辩解说，调查欧阳敏是多个部门的联合行动，他不过是代表调查局参与这个行动，哪有权限随便外传。

"行波堆有多重要你懂吗？重大项目，马上就启堆实验，你们那些调查缓缓不行吗？"

"科技领域的贪腐难道不该抓吗？一百多亿的项目，背后能产生多少猫腻，你也不是不清楚。"

最后局长李汉云出面，摆平了两个组长。他首先肯定了清查科研腐败的重要性："公众对核电本来就是半信半疑，如果核工程也有腐败，公众知道后会更加恐慌，所以查清这类案件，也是对核电事业的保护。不过实验堆正在启动前的最后阶段，先不要打扰欧阳敏，让他把技术活儿干完，毕竟他只是个外围的怀疑对象。"

李汉云还特别叮嘱韩悦宾，他和龙剑执行不同的任务。为取得欧阳敏的信任，他做什么都行，但是绝对不能透露调查进展。

给杨真讲完这些，龙剑显得很为难。"你看，局长表面上各打五十大板，实际上打了我七十大板。我不方便再去面对面调查欧阳敏了，所以请你帮这个小忙。另外，面对我们警察，他会很谨慎。面对一群科学家同行，他的口风可能就会松下来。"

龙剑和杨真分别担任侦查组的正副组长，但是两人资历相当，龙剑也不好用命令的口吻要求杨真。进入卧底角色前，杨真和母亲打过招呼，从此便没再联系，她也想回去看看妈妈，于是就答应下来。

月光社由杨真的养父肖毅创办，每个月里，各学科顶尖人物济济一堂，交流成果，触类旁通。杨真回到家，也回到女儿的角色中。她先在妈妈身边好好地待了一下午，把身体清洗干净，晚上就去参加月光社聚会。

果然，欧阳敏应邀参加本次沙龙。座中不少都是各学科领军人物，听到他的名字，仍然一片欢呼声。显然，人们都知道行波堆实验的划时代意义。

回到科学人群体中，欧阳敏算是找到知音，不再需要防备谁，以充满激情的讲演把一幅宏伟的蓝图描绘给大家。

"总之，实验堆一启动就能变废为宝。过去三十年，我国积累了两千多吨高放射性核废料，现在都可以作为核燃料填进去利用。行波堆多建几座,以后全世界核电站的废料也都是我们的燃料。中国必然成为全球核电中心,届时煤电退役,水电压缩,绿水青山的理想就会实现。"

席间虽然没几个搞核专业,但不乏有人了解核电技术,比临阵磨枪的龙剑懂得多。一个白发女士提问:"我看了报道,现在各国研究行波堆,都还处在计算机模拟阶段,你们比国外同行快得多。据我了解,采用蒙特卡罗计算法给堆芯建模,模拟燃料过程,计算量大得惊人。你们是怎么做到的?"

"我们没给堆芯建模,用的是体积等效处理法。"

白发女士轻轻地摇摇头:"那样的话,计算正确性就难以保证了。"

遇到懂行的人,欧阳敏也不绕弯子:"行波堆使用低富集度的核废料,会有几十种裂变产物。如果严格地给堆芯建模,计算量之大,恐怕已经突破电子计算机的物理极限,将来生物计算机、量子计算机或许能运行这种程序,但那不知道要多少年以后了。"

"所以你们想早点完成模拟,进入物理实验阶段?"

"对,早点把堆建起来,把核废料填进去,早点把纸上谈兵变成真刀真枪!"欧阳敏非常自信,"当然有失败的风险,并且很大。但这与它的安全性没关系,实验即使失败,也没有任何辐射泄露出去。"

"这点我们倒是放心。"

杨真把整个讲座都录下来,准备拿给龙剑去分析。这正是后者调查的重点,有人举报欧阳敏编制错误程序,形成虚假的模拟结果,才从核工业总公司那里赢得 一百多亿实验经费。改变模拟程序,到底是科学上的必要,还是只为了套取经费?这可难住了一群侦察员。尤其是龙剑,在整个专案组里,他负责对技术问题进行调查。龙剑逼着自己啃完一本核物理入门教材,还是不敢下结论。

"我想,你不如不管钱的来历,只查它们的去处。"杨真把录音交给龙剑, 又补充了自己的建议,"一百多亿都干了什么才重要,欧阳敏没往自己腰包里放,那不就行了? "

龙剑高深莫测地摇摇头。"不,我查的不是欧阳敏。具体是谁,部里有纪律,揭锅那天再告诉你。"

十四

轻松惬意的时刻结束了。这天吃完晚餐,于国信便让张志雄收缴大家的手机。"一会儿我们要看秘密录像,不能拍也不能录。"

"您不相信我们? "黑色男孩不满地抗拒着。

"这是环保战士的纪律! 我们可不是散兵游勇! "

于国信难得这么严肃,屋子里的气氛紧张起来。杨真带头把手机交出去,张志雄拎着装满手机的塑料袋去了外屋书店。也许他会翻看每个人的手机? 杨真手心渗出了汗。她不怕被伤害,周围是闹市区,出了问题,这群人也不敢对她做什么。只是一旦暴露,卧底任务就算彻底失败。

前后门都被反锁。于国信拿出一张光盘,放进电脑:"我给你们讲了很多,但那些只是皮毛。这位 Eastern,伟大的生态主义者,他有很多先进的理念要告诉你们。"

Eastern？难道就是她要寻找的目标？杨真支起耳朵，想从于国信那里多听一些关于此人的介绍。不过他再没张嘴，只是在电脑上播放 Eastern 的讲演录像。

一个戴着摩托头盔的人坐在房间正中的桌子后面，看不出实际身高，身穿难以辨识性别的运动服，戴着手套，不露一寸皮肤。背后墙上没有一个字、一张照片、一幅画，甚至没贴墙纸。

总之，画面上没有一点可供追查的信息。

杨真把心提了起来，这段时间温馨平和的气氛让她有些松懈。如果一个人选择这样露面，动机只能是反侦查！

很快，音箱里传出通过拟音器转化的声音，很像机械摩擦声。Eastern 讲英语，于国信负责翻译。杨真专注地听 Eastern 讲的每句话，而不是听于国信的翻译。

怀念乡村社会，赞美田园风光，谴责工业公司，咒骂科学技术。Eastern 讲述的大部分内容在杨真听来都是陈词滥调，生态主义者几十年如一日地讨论这些话题，杨真背都能背下来。她环顾左右，那些新来的志愿者显然没听过如此系统的高论，个个聚精会神。

最后，杨真终于听到了一段有新意的话。

"……我的前辈们奋斗几十年，他们消灭了 DDT（双对氯苯基三氯乙烷），取缔了氟利昂，在巴西抵制了水电站，在德国成功取缔核电。等我们想开香槟时才发现，我们只不过压制了一群狼，在世界的东方却出现一头猛虎。现在，你们中国的工业产值已经位列世界前列，不远的将来要超过美国与日本的总和，最终会超过美日欧的总和。不是半世纪前的美日欧,而是今天的美日欧。不,猛虎都不能和中国工业相比,这完全是一头恐龙!它将占据全球一半的工业份额,每年要吃掉多少能源,多少金属,毁灭多少山林,污染多少海洋?"

中国?他在讲我们国家?好多听众反应不过来,他们甚至不知道中国的工业实力已经如此巨大。

"中国正将工业魔爪伸向全世界——你们正在摧毁俄罗斯和巴西的森林,你们正在破坏非洲的湿地,把它们变成经济作物种植园。你们正在改变美国农民的习惯,让他们消耗大量水资源去种中国人喜欢的食物。在澳大利亚,无数轮式挖掘机为填满中国工厂的需要不停旋转,啃食着大地母亲的身体。你们正在世界的每个角落毁坏环境,用巨轮把资源运回大陆。所以,为了地球母亲的明天,我恳请中国志愿者发动一次东方的战役,反抗工业压迫的战役。"

即使声音被处理成不男不女的腔调,那种先知般的语气仍然能传递出来,感染着听众。"这个……我能请教大师一个问题吗?他可以在线交流吗?"黑色男孩跃跃欲试。

"不,在线就等于暴露他的位置。Eastern 在几个国家的警方都挂了号,他的信息只能线下传递。你有什么问题,我可以替他回答。"

"哦……我接受大师的看法。不过,中国那么多高污染企业,我们先和谁斗争?"

"问得好。"于国信指着墙上的中国地图,"我们专门有人筛选每家工业公司,哪些危害最大,规模最大,社会影响力最大,很快就能挑出来。但是我要请问大家，到时候你们会不会站在抗议的第一线？"

"会！"杨真立刻反应过来，"总要有人为蓝天绿野去战斗。"

"我会！"

"我也会！"

"我们都会！"

杨真稍稍有些不安，自己这么做戏，只是任务需要，会不会影响到这些孩子？

"好，很好。不过你们虽然有一腔热血，但是还缺乏反侦查能力。那些公司背景强大，光凭热血不能解决问题。所以现在，我还不能把目标告诉你们。"

拥抱仪式结束后，深海鱼悄悄走来问杨真："千秋姐，你说刚才那样会不会违法啊？"

"刚才哪样？"

"录像上那个 Eastern，他是通缉犯呢。"

原来，深海鱼担心自己知情不报，是否会犯窝藏罪。杨真熟背法律条文，但现在她不能摆聪明。"应该没事吧？那是个外国人，和咱们没关系。"

拿回手机后，杨真在公车上把它打开，上面仍然是她交出去时的页面。仔细一查，果然有几个程序被翻动了。还好，这种安防手机只要一离开杨真两米远，里面的侦查程序就会锁死，变成一部普通的智能机。

杨真从上衣纽扣后面取出录音芯片，插到手机里，把偷偷录下的声音传给调查处。蔡静茹在美国留学多年，她一听就知道，那是美国南部一些州的口音。"元音都拖得很长,不是弗吉尼亚,就是北卡州。"

是的,就是他,美国安全部门早就确认 Eastern 是南部某州的人。但是他现在在哪里?杨真知道,以自己的身份,还接触不到这种核心秘密。

十五

改造完志愿者,于国信开始带着志愿者去改造别人。第一次任务是去参加市里某小区居民组织的反基站行动。因为没得到许可,居民们不能上街,只好在小区里面进行活动。大家扯出标语,围在物业管理处门口。

"你们要去拍照,在网上转发,让他们的声音迅速传播。"出发前于国信布置了任务。

原来,通信公司要在小区附近建设通信基站。有居民听说会致癌,马上联合几十家业主要求改建。

事先,于国信已经和组织者商量好,由对方把他们的人放进来。物业管理处门口是个小广场,周边有日杂店、发廊、茶馆等营业场所,他们这些外来者就坐在那里,装成闲人,拿着手机不停地拍照,转发。

杨真一身学生打扮,用千秋的账号发了好几张照片,还配了文字说明。这段时间她离开书店后,还要在网上卧底。经常有不知来历的网友过来粉她,或者给她发几条动态,或者聊几句感想,其中很可能就有于国信的人。所以,千秋在网络和现实中的言谈要保持一致。

"不愧是中文专业的,叙述干净利落,还有文采。"于国信并没有到现场,他用手机检查着千秋的作业,发来短信,赞不绝口。

阳光就是电磁波,怎么没看你们怕过?科学知识让杨真本能地反感这些愚蠢行为,但是嘴上还得迎合大家。"无形危害比有形的更可怕,必须让人们知道真相,必须抵制!"

第二次,于国信带他们练习"快闪示威",目标是一家航空公司。他们要在新成立的办事处举行挂牌仪式,事先邀请了不少记者。

仪式即将开始前,突然从路边闪出一群女孩子,个个短裤低胸,装束统一,嘉宾们还以为是请来的表演团体。女孩们从保安身边钻过去,转眼间就突袭到主席台前,其中两个展开大幅标语,剩下的纷纷向周围观众宣传。"看看在石油污染中挣扎的海鸟吧,看看高烧的气温吧。千万不要坐飞机,不要用自己的便利给地球增加负担!"

保安们反应过来,纷纷上前欲把她们拖走。不过女孩穿着暴露,有的保安不敢下手,有的稍一接触,就引起尖声喊叫。记者看到有新闻事件发生,长枪短炮都对准了主席台。

杨真仍然在人群中拍照、配文、上传网络。于国信悄悄地走到她身边,鼓励道:"你看她们多勇敢,你也应该一起冲上去。"

"不在这座城市我就能办到。在这里,我怕妈妈看到会担心。"

类似这些小行动,于国信照例不露面。信徒们也不怀疑他,毕竟他是环保勇士。

十六

除了 Eastern 这样神龙不见首尾的领袖人物,也经常有各国同道来到工作坊传经送宝。一个名叫欧内斯特的德国小伙子应邀介绍经验。

"提起德国,你们能联想到什么?"他向大家发问。

"奔驰、宝马、精密机床、严谨的工作风格,还有……"

"下水道!"黑色男孩的答案压倒了其他声音。

"下水道是什么?"

黑色男孩向欧内斯特讲了"青岛良心下水道"的故事。德国小伙子耸耸肩,表示他没听说这类事,不过,应该和刚才提到的那几样差不多。"德国就是高端的工业国,对不对?"

这个结论当然没人反对,于是欧内斯特拿出几枚硬币,让大家传看。硬币上刻着一个农村妇女,正在种植橡树苗。

"这是从前德国的货币,五十芬尼面值。没有工厂,没有汽车,是森林,这才是我们日耳曼人的根。我们是黑森林的民族,是从小听格林童话长大的。我们的文学充满了风声、林涛和鸟鸣。我们在林间漫步时才有真正的自由。到了十九世纪,工业浪潮席卷而来,前辈致力于守护德意志民族的根,发起浪漫主义运动,为保护传统文化奋力抗争。"

邀请欧内斯特讲课,是因为在生态运动的强大压力下,德国政府决定放弃核电站,成为圈内佳话。欧内斯特常年参加反核运动,经常到警察局关上十天半月。

"不,我们不是奔驰宝马的民族,那只有一百年历史。我们是黑森林的孩子,民族的文化传统让我们拉起几十公里的人链去反核。不要科学！不要工业！不要核电！这就是我们的信念。"

出现在这里的也不都是年轻人，来自日本的长谷川公一就有四十出头，是个外表稳重的学者。只是一开口讲话，也和年轻人一样充满激情。

"在日本，核电站、科学家和政府官员组成一个利益集团，我们称之为'原子村'。他们私相授受，完全不顾日本人民的福祉，福岛就是他们闯的祸。韩国有'核黑手党'，美国有'原子圈'……"

绿色工作坊是一个虚拟的网络组织，现实中并非只有这一处聚点，在多座城市都有分号。有的在书店，有的在大学里，有的只在个别志愿者的家中，都是同城志愿者聚会的地方。不时也有外地志愿者来到绿色工作坊总部介绍经验。这天就从海东市来了一男一女两个年轻人，他们都参加过当地居民抗议核电站的活动。

男青年网名雕风镂月，他给大家讲了和实验堆管理层沟通的结果："他们撒了谎，口口声声说什么新一代核技术，全球最安全。我们查过资料，他们是想把全国的核废料都拉过来在里面处理。这样一搞，我们海东市就会成为核坟墓。"

女青年暮色芳华也义愤填膺："核电非黑即白，原子能从诞生以来杀害了那么多人，就是魔鬼，没有什么可辩解的。所以我要做驱魔人。"

不断倾听中外志愿者前来传道，杨真对于"东方战役"第一仗会在哪里，已经猜到了大方向。离开书店，她拨通了韩悦宾的手机。"你还在海东实验堆吗？"

"在做安防，最近一个月都不走。"

"太好了，他们的第一个目标可能就是那里！"

十七

"人类要懂得知足感恩，万物生长靠太阳。阳光、空气和水已经足够我们幸福享用了，看不见的污染比看得见的污染更可怕，远离核污染，恢复原生态！"

杨真面前站着的不再是热血青年，而是海东当地一个老画家。他正在城中心的画廊里卖自己的书画，给活动捐款。

这是一座海滨小城，素来平静，被选为行波实验堆建设地址后，就在当地引起一些波澜。随着风潮逐渐在虚拟世界扩散，如今外地人一看到"海东市"这个名字，就会想到核电。

组织大家参加几次小抗议之后，于国信开始征集志愿者，去海东参加核电抗议活动。事到临头，人们开始犹豫起来——会不会犯法坐牢？以后找工作受不受影响？于是，这个推托学习紧张，那个担心家长受刺激，更有人说海东市在南方，路途遥远。

最后，只有杨真与黑色男孩报名参加，他们跟着于国信来到海东。一路上，于国信不忘给仅剩的两个人打气。"他们怕留下前科？环保是一场战斗，需要勇士，不需要键盘侠！"

三人以游客身份住在快捷酒店里。还有几个从其他地方赶来声援的志愿者，也都住在这里。白天，大家就在路边摊吃饭；晚上，他们会聚到附近一间群租房，由当地人向外地人介绍情况。

雕风镂月先介绍大家互相认识："这是阿莲、这是高不帅、这是千秋……"他能记住现场每个人的网名？不当警察可惜了。杨真在心里讽刺他。

"我代表五十万海东人民感谢各位。"雕风镂月身材高大,谈吐也超出他的实际年龄。

看着身边这些年轻的面孔,杨真一时不知道自己该如何表演。如果继续演下去,或将造成激励效应。这些年轻人头脑一热,到时候可能把自己毁掉。想到这里,杨真不再喊口号,转而去问细节,从哪条路开始,什么时间,人员如何运输,遇事如何撤离,不同小组之间如何联系……

最后,杨真看似不经意地问了一句:"搞这么大规模,可要花不少钱啊,大家都没什么收入,能撑得住吗?"

"你放心,经费有人包了,我们只管出人!"暮色芳华安慰着大家,"尤其外地来声援的朋友,你们的吃住行都由我们负责!"

在一片纷乱中,杨真找了个没人的地方,直接向李汉云汇报。后者把国际合作调查的结果通知给她。

"地球解放运动有几个公开的合法组织,他们正把大量资金从境外银行取出来。怀疑他们以小额现金的方式带入国内,正在追查这些资金的去向。"

"您怀疑经费来自境外?"

"杨真,种种迹象表明,极端生态组织正在给世界工业发展制造强大阻力,有些人希望他们也给我们制造麻烦。我们得沿着这条线追查下去,找到幕后黑手。"

"明白!"

这种情况也令杨真想到一个人:"斯威基跑到咱们这儿来,难道也是出于这个目的?"

"那倒不是。他和他的一些同事是有良知的人,反感各种隐性政策，所以主动给我们提供极端生态组织的材料。你遇到的那些外国人，欧内斯特、长谷川公一等，在各自国家都有前科，我们已经在严密监视。所以，这次还要感谢斯威基。"

核电站不能建在大中型城市五十公里范围内，海东只是一座沿海县级市，城区最近几年飞速扩容，也不到三十平方公里。一个小地方，有点火星就会全城皆知。实验堆开建几年来，核电专家与当地政府反复与群众沟通，说明它的安全性。然而风浪总是平静一段时间后又被什么火星子点燃，今天是核电集团曝出腐败案，明天又是德国人关了核电站。

这次，抗议者发现了绝佳的理由——核废料！原来实验堆用的都是核废料，海东岂不成了天下最可怕的垃圾场？

"大家一定管住自己的手，行动开始前不能在网上透露一个字，一切信息都在线下传递。"于国信千叮咛万嘱咐。

"我们这队到时候去哪里？"杨真问道。

"那天上午再告诉大家。"

晚饭后，杨真找个没人的地方，拨通韩悦宾的手机。"他们可能让我去反抗最激烈的地方。到那天，你盯住我这个信号。"

"如果防暴警察遇到你怎么办？"

"把我抓起来！"

十八

行动时刻到了，按照计划，外来声援者一起床便离开酒店，分散开来，到街头吃早餐，然后迅速到小巷里一家烟酒店集合。根据要求，女生必须穿平底鞋，以方便剧烈运动。雕风镂月和两个当地人已经等在那里，他们带来一些渔民的衣服，让杨真等人换上。

"每天早上都有赶海的船回来，批发商会到港口，从他们那里进货。你们化装成这样，不会引起怀疑。"

一行人换好装束，坐上两辆四面漏风的海鲜货车，离开海东城区，朝着实验堆方向驶去。于国信照例不露面，出了城区，雕风镂月才宣布他们这队的任务。他拿出一个双肩背包，让黑色男孩背在身后。

"千秋、菩提、黑色男孩，你们三个人和我一组。车子进了厂区后，咱们百米冲刺，爬上安全壳，把标语在那里展开。"

"这标语写的什么？"杨真拍拍黑色男孩接过的双肩包，问道。

"今天是海东，明天就是你的家乡！"雕风镂月一字一顿地回答，这是他发明的口号，比电视上软绵绵的广告词震慑得多。

两辆运鱼货车七拐八绕，迂回着逼近实验堆。他们事先侦察过现场，寻找到最短路径。突然间，车子驶下大路，冲过一片荒草地，撞向反应堆围墙上一个通向储物库的小门。那里只有几个保安，是防卫最薄弱的地方。不过小门看似简陋，其实很结实。车子第一下没撞开，只好退到一边，两辆车反复撞了几次才把它撞倒。

就这样，电站里面的人早有了反应时间。十几名警察冲到现场，雕风镂月和菩提没跑几步，已经被警察按倒在地。

只有杨真跟在黑色男孩后面，跑向安全壳，这是到那里的最短路径。一边跑，杨真一边在心里嘀咕。大韩搞的那些东西到底行不行？如果不行，她只能在最后关头暴露自己，把黑色男孩挡在附近。

九十米、八十米,还有七十米远,两个人已经跑到一片空地上,后面跟着警察和保安。突然,一辆黑色新明锐轿车斜刺里驶过来,玩了一个漂移,横在两人面前。等他们速度稍缓,两张捕捉网已经从车顶上弹出来,分别把两人罩在下面。

十九

海东市行政拘留所,一名女警把杨真带到后院办公室,转身离开。韩悦宾已经等在那里。看到穿着号服的杨真,他扑哧笑出声来:"太酷啦。"

"再笑?回去看我怎么收拾你。"

开过玩笑,韩悦宾给杨真讲了部里的安排:"这次一定要将事件迅速压制住,让幕后的组织者绝望,逼他们自己跳出来。小打小闹不管用,东方或者他的骨干就会现身。不好意思,还得让你多吃几天牢饭,给你添个信任分。"

"完成任务后,你得请我吃大餐!"

局长李汉云得到部里的尚方宝剑,一定要处理这次事件的赞助人。韩悦宾早就从当地警方那里掌握了线索——海东市首富、腾海房地产集团董事长陈凯先便是最大的赞助人。他在十年前买下一块地,现在已经开发过半。但是后来那附近规划建设实验堆,人们都不敢购买。陈凯先想通过赞助,把实验堆挤走。

这次要给他们一个下马威。韩悦宾专等陈凯先参加市级先进工作者会议时,带领几辆警车开到现场。特警们一拥而上,当着一群企业家的面把陈凯先押了出去,直接送到拘留所。等他镇定下来,被提到审讯室,韩悦宾威严地坐在对面。

"陈董事长,听说你当年做木匠活儿起家?"

"这个……三十多年前了。"一听对方口音,再看那种居高临下的气势,陈凯先就吸了口冷气。这不是海东警察,甚至不是本省的警察。

"好日子过够了,想再回去做木匠?"韩悦宾身边就是摄像头,但他毫无顾虑,或者说不需要顾虑。

"你们……你们有什么理由抓我?"陈凯先鼓起勇气。身为海东首富,他给市里提供着十分之一的财政收入。

韩悦宾走到陈凯先面前,掏出自己的手机递过去:"想不想打电话?我倒要看看谁敢保你!"

说着,韩悦宾猛地一拍桌子。"实验堆你也敢动?你知道那是什么?那不是普通的核电站,那是未来中国工业的心脏!行波堆实验一旦成功,中国工业就能彻底解决能源问题,在全球保持领先一个世纪。事关国运!"

"我我我……你……"

"少废话,老实交代!"

二十

十天后,杨真走出拘留所,先获释的志愿者等在那里,迎接他们的英雄。于国信张开双臂想拥抱杨真,到眼前又收了回去,改成握手。

"祝贺你,你有了资本。"于国信深得精髓地道。

然而,志愿者们回到酒店,情绪都很低沉。精心组织的运动,就像一枚掉到水里的爆竹。

黑色男孩在拘留所里和陈凯先同室，这么大的商人都被关进来，每天坐在那里背监规，可见上面的决心有多大。

"我看，他们要死保这个核电站。"

"我们要改变现实。"于国信还在给他们打气，"在反核运动里，德国战友、法国战友、日本战友，他们都流过血！"

"对，为建成无核世界！"杨真不再顾虑表演的副作用。经过洗练后还敢留下来的人，都已难回头。

形势并没有发展，外地来的志愿者都是年轻人，大部分还在上学。父母一听孩子被抓，担心落下前科，纷纷赶过来要人。稍有执拗者，家长一威胁断粮，也都屈服了。

黑色男孩回家之前，找到杨真痛哭一场。他刚读大二，学校里虽然有班级的设置，但同班同学平时不在一起，上课就像看电影一样在不同的教室里听讲，根本没有归属感。

"只有晚上到绿色工作坊，我才有家的感觉，才找到人生意义。"

送走这批志愿者，于国信变得消沉起来。这一拨选拔培训的结果，只剩下杨真一个人。为了躲开警察的监视，他们搬到附近一座小城，住在酒店里。

"唉，青年还在关注什么贫富悬殊，生态危机是全人类的灾难，这才真正值得关注。"

"那我们怎么办？过段时间再搞？"杨真还在装傻充愣，"说不定国外出一起核事故，我们就有……"

"不，这次我们自己搞一起核事故！"于国信再不像一个文青,他扶着杨真的肩膀,盯着她的眼睛,"千秋,如果要为此坐几年牢,你有思想准备吗?"

"有!只要是为了保护地球母亲,我什么都能干。"

"挨一颗橡皮子弹呢?"

"有,只要能够造福子孙后代。"

"好!我们去爆破这座核魔鬼!"

二十一

事件基本控制在海东范围内,实验堆继续最后的调试,一切都未受影响,可是欧阳敏却大受刺激。尤其是上次事件的那些标语,把他们核电人说成是魔鬼,简直不属于人类,这让他无法释怀。

"应该再开一次沟通会,一定是上次没有讲清楚。"

周厂长反对他的意见,事情已经平息,别再起波澜。"你是划时代的核电专家,你从小接触的都是专家学者。他们是什么人?作家、记者、独立制片人、前卫艺术家、视频主播、自媒体人……哪里有事他们就去哪里。你不懂他们的思维方式,会吃亏的。"

"可总得有人对他们说明核电的意义啊,不能这么含糊下去。"

争来争去,欧阳敏还是得到许可,以总工程师的身份主持了第二次沟通会。事先,欧阳敏进行了充分的准备,或者自认为很充分的准备。对于行波堆的原理,他反复斟酌词语,想让这些文化人也能听明白。毕竟,他们在社会上的影响力更大。

沟通会一开始,欧阳敏再次变身科普专家,配合 3D 动画,给大家讲起课来。

"这次事件公众质疑的焦点,是我们要使用其他核电站的核废料。其实核废料这个概念容易引起误解,准确地讲应该叫'乏燃料',是旧式反应堆烧不透的核燃料。以前铁路上跑蒸汽火车,功效低,煤块烧不透。铁路两边的孩子就去捡煤核儿,回家当成免费燃料。

"煤块还好,大部分都被烧过了。但是所谓'乏燃料',它们被以前的反应堆利用了多少呢?最多百分之三!如果把它比喻成一块煤,相当于只烧了表面薄薄的一层,煤还是黑黑的就被扔掉了,还得建处置库来封存它们。咱们国家地盘大,空地多,还好说。小国小地区就得把处置库建在国外。我们这个行波堆的利用率能达到多少呢?初步目标是百分之四十五,将来争取达到百分之六十。也就是旧堆的二十倍以上!

"在座各位出发点都是保护环境。人类从 1954 年开始建造核电站,积累了几万吨乏燃料。如果有了行波堆,这些全部都可以回炉使用,半个世纪内人类不用再开采新的铀矿。你们不是讨厌雾霾吗?你们不是抗议水电站会破坏生态吗?现在核电在全国总发电量中连两个百分点都占不到,我们的目标是超过一半,到那时,你们关心的生态环境问题不就迎刃而解啦?"

独角戏唱完,会议进入沟通阶段。欧阳敏没想到,不管他讲得多么详细、通俗,还是立刻陷入一片质疑的声浪中。

"一提新技术,你们总是讲好的方面,坏的方面怎么不讲?核电事故怎么不提?"

"我知道,切尔诺贝利和福岛给你们留下太大的阴影,可那是第二代反应堆。而且,全球四百多座二代核电站,加上1979年美国三里岛事故,只发生了三起,不到百分之一。现在我国兴建的是第三代反应堆,事故发生率会比第二代下降百倍。我们这种行波堆,因为它的燃烧机理有内在的安全性,事故发生率会下降两百倍。两百万分之一的事故发生率!比全世界飞机失事率还要低得多!"

"不管多少万分之一,那就是有危险喽?你敢保证零发生率吗?"

如果这是一次学术会议,这些质疑简直算是强词夺理。不不不,他们不是学者。欧阳敏压住火气,耐心地给大家解释。

"核事故真没有那么可怕。全世界因核电事故死亡的人,有据可查的只有五十多名。每年全球都有火电厂锅炉爆炸,发生一起经常就导致十几人死亡,但是很少有人关注这种新闻。中国每年有十亿吨煤用于发电,为了采这些煤,每年都会有矿工因矿难而遭遇不测。为什么你们不关心他们的生命,为什么你们一定要纠缠半个世纪只死亡五十人的核电呢?每建成一座行波堆,就能挽回多少条矿工的生命。"

"可是,即使不死人,核辐射不是同样可怕?把核电站建在这里,就是把病魔带给海东人民。"

欧阳敏拍拍胸脯:"我十八岁就进核岛实习,到现在二十年,我都记不清过多少座反应堆。我还去过甘肃北山的处置库,和乏燃料打交道。你们看我有没有问题?我还有个五岁男孩,他和大家一样,并没有多长一根手指头。"

这么详细的数据,大部分人都不知道该从哪里反驳。一个网络主播站了起来:"但是,你们为什么一定要搞核电?不是有那么多种发电方式吗?"

"因为它能给人民带来最便宜的电。核电成本只有火电的一半,风电的十分之一!咱们这个实验堆……"

"别用'咱们'这个词!"善于辩论的对手立刻揭穿欧阳敏的心机,"这是你们的核电站,不是海东人民的!"

"好好……就说这个实验堆,如果用风电代替它,需要建5256台风机,使用835万吨钢材,相当于大型钢铁联合企业一年的产量。这要消耗多少铁矿石,多少煤炭,又会产生多少雾霾?你们不是都关心环境吗?核电才是对环境最友善的发电方式。"

"你说的都是理论上的安全性。就是设计再好的核电站,我怎么知道它是按照设计建造的?怎么保证不会偷工减料?"

火焰在欧阳敏心里升腾,他实在压不住了:"你用理论上的可能性来反驳我的真凭实据?那我也可以套用你的思路。比如,你是个中国男性,而中国男人里面肯定有强奸犯,那么你这辈子就有犯强奸罪的可能啦?为了不发生这种事,现在警察就必须逮捕你,关上一辈子,避免你去强奸妇女。我这个推论你接受吗?"

欧阳敏的反驳已经有了火药味。一旁,雕风镂月站了起来:"不管你们搬出什么科学理论,将来发生事故,受害的都是我们海东人……"

"怎么又是你!"欧阳敏认出他来,劈头打断他的话,"你今年也就二十出头吧?你不用上学也不用上班?如果你把街头抗议的时间拿来学点科学知识,恐怕早就能在核电厂里上班了。"

"上班有什么用?核电有什么用?工业有什么用?"雕风镂月

624

显然深得精髓，"人类几千几万年都没有工业，都不用朝九晚五去上班，不也生存下来了？"

"我看你就是学校里的后进生，学不懂数理化，跑到这种运动里刷存在感！"

离开正题，陷入互相谩骂，欧阳敏和这些资深网民相比，什么优势都没有。雕风镂月冷笑一声："你懂点科学就了不起了是吧？现在科学家都在搞金钱资本交易，出卖良心，你以为我们不知道？"

"对，什么狗屁专家，都是烧砖的砖家！"

…………

果然，沟通会迅速沦为街头吵架，欧阳敏完全不是对手。周厂长没露面，在办公室里通过监控了解现场情况。看到欧阳敏无法应付，只好让工作人员出面把他劝回来。

"我不知道问题出在哪里。"欧阳敏垂头丧气地坐在周厂长面前，"我反驳了一，他们就抬出二。我反驳了二，他们就抬出三。总之就是不要核电。他们到底要什么？"

周厂长更懂得人情世故："这不是知识能够解决的，他们从心底讨厌核电，讨厌工业技术。这就好比爱上一个人，无论举出什么缺点，你还是爱他；恨一个人，不管举出什么优点，还是讨厌他。"

"可是，核电怎么伤害他们了？科学技术怎么得罪他们了？"

"社会大环境造成的问题，不是咱们几个人能够扭转。"周厂长叹了口气，这个书呆子，还以为在参加论文答辩会，谁会在乎辩论规则？都在比谁的声音大，谁的话漂亮中听。还是先让他远离这个旋涡吧。

"马上就要启堆实验,你到总公司去核对几个技术要点吧。"

二十二

很快,于国信身边出现了更老练的人,不再是外围的热血青年。两个三十岁的当地人开车带他们去附近的县乡寻找农资站,由杨真出面购买硝酸铵。这里十公斤,那里五公斤,理由是种植大棚蔬菜需要化肥。每买到一袋,其中一个人就换辆车子,运到海东附近某个秘密据点。杨真一直在外面采买,并不知道据点的位置。

利用去卫生间的时间,杨真向调查处报了信。回程途中,杨真坐在副驾驶位置,突然捂着肚子,弯下腰,脸色煞白。

"怎么,是不是吃坏了肚子?"于国信关切地问。

"我知道是什么……女人的病……不好意思……"

看着杨真惨白的脸,于国信升起一阵关心:"需要什么药?我们去……"

"这是子宫肌瘤,犯过几次了,得去一家大医院……有妇科的医院。"

同行的都是大男人,只好把杨真送到最近的一家县级医院,守在妇科病房外。杨真转到手术室,韩悦宾穿着医生的白大褂站在里面,手拿一把注射枪。杨真脱去右边的袖子,抬起右臂,韩悦宾为她的腋下消毒,将微型芯片植入进去。

"它靠你的身体运动充电。只要你活着,它就能一直工作。"

"听说实验堆马上要开机,能不能延后?"杨真很担心,"现在还没找到他们的犯罪证据,最多是违规买了几袋化肥。"

"启堆程序已经进入倒计时,延后成本太高。你我多配合吧,保障实验顺利进行。"

休息了一会儿,杨真走出妇科病房,脸色好了很多。她朝于国信笑了笑:"放心吧,医生打了镇痛药,能顶上几天。"

"这是什么瘤?是良性的吧?"虽然知道了她的性取向,于国信对她还是充满怜爱。看到他这副表情,杨真都有一丝不忍。算了吧,该骗还是要骗的。

"良性肿瘤,唉,本来是大妈大婶才得的病,现在环境质量那么差,我这个年纪也……"杨真紧咬牙关,不知道是气愤,还是在忍受痛苦,"不好意思,要和你们讲这些女生的麻烦。不过,我就是得了病以后才开始热心环保。以前我也和别的女孩一样,都是剁手党。"

二十三

欧阳敏回到公司总部,处理启堆实验前最后一些技术事项,没想到龙剑又带人找到了他。这次,总部也无人阻拦。来总部之前,还在实验堆的韩悦宾没透露半句口风。欧阳敏还不知道,因为这段时间与韩悦宾合作得不错,龙剑不再去海东讯问他,而是专门等他回总部。

"我看过你的履历,十四岁读的少年班?"龙剑开始绕起弯子,麻痹对方。

"不是少年班,正规大学一年级。"欧阳敏自豪地回答,"我小学读了四年,中学读了四年,所以十四岁就读大一。"

"在美国留学时,你曾经师从诺贝尔奖奖金获得者弗里德曼?"

"是的,他是核科学实验室主任。"

"那么,你学了这么多年科学,又有这么权威的老师,他们有没有告诉你,科学家要遵守什么样的道德规范?"

"你什么意思?"

龙剑低下头,念着桌上的资料:"你们副总经理梁日新拿过在职博士文凭,他的论文是你代写的吧?"

"那就是应付一下形式主义。梁老师那么忙,哪有时间写论文。"

欧阳敏准备再次反击,龙剑却没再问这件事:"实验堆经费的审批,梁日新是委员会主任吧?"

"你知道还问我?"

"哼哼……在提交申请报告前,按照程序,你们团队要用蒙特卡罗计算法给堆芯建模,在超级计算机上进行模拟运算。那是审批最重要的依据。但是你没给堆芯建模,而是用了一种在同行看来非常不严谨的替代方法——体积等效处理法。有这种事吧?"

这个事警察怎么知道?他难道真懂核技术?不,不可能。但如果不懂的话,他又怎么知道哪里才是关键?

"严谨不严谨,是你们警察说了算吗?"欧阳敏以攻代守,质疑起龙剑的权威性。

"当然不是。"龙剑又拿出一份文件,朝欧阳敏晃了晃,"所以我就此询问了十五位核专家,七位中国人,八位外国人,有人在大学任教,有人在核电站工作。其中只有三个人认可这种替代方法,十二个人都认为难以保证计算准确。这还是客气的说法,私下里他们中有人告诉我,这种方法根本不严谨,就是为了套取经费!"

"真理往往掌握在少数人手里!"

"哦?我们警察说了不算,核专家说了也不算,真理只掌握在你,或者说你和梁日新两个人手里?"

冷汗从欧阳敏的额头上渗了出来。他哪里有反侦查经验,攻破一点之后,龙剑可以随便玩弄他于股掌之上。

"你是核专家,不是法律专家,所以我给你普个法。贪污受贿罪处十年以上有期徒刑,要多少数额才够这一档?十万块!只有十万块!只是你的月工资。很多人对这个数字根本不敏感,动辄就超过几百倍!整个审批过程,涉及多少评委,有多少内幕交易,如果我们没掌握情况,怎能浪费你这种大专家的时间?我提醒你,如果你撑着不说,其他人先开口,你就彻底被动了。"

欧阳敏深吸了几口气,把情绪稳定下来。"这位警官,你知道,海东实验马上就要启堆了。"

"那又怎么样?"

"我们工程界有个行规,总工程师要在这种时刻站在最危险的地方。所以,到时候我得站在核岛里面,在离燃料棒最近的地方主持实验。你能不能等我完成实验再问话?"

二十四

秘密据点离实验堆二十公里,是一座报废的海产品仓库。十几天里,从各处购买的硝酸铵化肥陆续集中到这儿,有人把它们加工成炸药。除了杨真,还有其他人在别处分批购进。最后,这里总共贮存了足足一吨炸药,他们还从邻省买到了雷管。

这不是志愿者可以办到的，甚至根本不能让他们知道。因为过五关，斩六将，杨真才进入核心层。"东方就在这里。"于国信一脸崇拜地告诉杨真，"千秋，他想看看你。"

"真的吗？那太好了。"杨真也很激动，她不用掩饰自己。目标要现身，作为卧底当然会激动。只是在于国信眼里，那是粉丝对偶像的正常表现。他把杨真带到仓库里，东方的穿着打扮和录像中一样，坐在同样一把椅子上。不，瞧瞧仓库的墙壁，这就是录像中的地方。那么，东方一直隐藏在这里？

东方旁边站着两个大汉。看到杨真进来，他向他们招了招手，两人凑到他的头盔边，听着他轻声低语。

"唔……真要这么做吗？"一个大汉犹豫着。

"必须这样！"东方的声音仍然通过变音器处理，和录像中的一样。

两个大汉转过身，走向杨真。"我们要检查你身上有没有隐藏安防设备，请你配合。"

一个大汉来到杨真面前，犹豫片刻，突然把手伸向她的胸部。杨真的右手条件反射般抓住对方的手掌，扳住手指，用力后拧，同时一脚踩在对方的膝窝。另一个大汉伸出胳膊，试图箍住杨真的脖子。杨真猛低头，转身，挥拳，击中了对方的小腹。

"哎哟……"伴随两声惨叫，两个大汉跪倒在地。杨真却丝毫没有胜利者的喜悦，她知道自己已经彻底暴露。

"你……你……这是干什么？"一旁，于国信莫名其妙。

东方站了起来，这是杨真第一次看到他站起来，个头儿至少有一米七五。"不愿意男人碰你？那我亲自来！"说完，东方摘下头盔,露出满头金发,居然是个三十多岁的白人女子。

"你是什么人?你真是东方?"杨真很难把眼前这个女人与斯威基描述的那个人画等号。东方在国外已经活动了十几年,策划了很多恐怖事件。

"东方曾是我老师的代号,他遇难后,我就是东方!"

说着,白人女子已经走到杨真面前。怎么办?继续装傻?正在犹豫,东方已经抓住她的双肩并用力下按。杨真低下身,从对方两臂间窜到一旁。

"以色列格斗术,军警专用。你是什么人?"东方威严地望着杨真。

该怎么回答?杨真正在盘算,于国信连忙走过来。"这个……千秋爱好运动,也许在什么健身馆学的。我说得对吧,千秋?"

"以色列格斗术有很多种,这是特殊环境处置术,健身房不教,只有安全人员才会学习。"东方俯瞰着矮半头的杨真,"姑娘,我可以告诉你我的身份。当年我是美国 FBI 探员,他们给我一个任务,让我到一个名叫'东方'的生态组织里卧底,调查他们的领袖,也就是东方做过什么。我当年和你今天完全一样!"

真的还是假的?杨真被这个身份弄蒙了,完全不知道该怎么反应。她不说话,也就等于什么都说了。

"我在那里待了几个月,被他们的理想和真诚所打动,完全改变了人生态度。我升华了、解脱了,从此成为他们的一员。我看过你在绿色工作坊里训练的记录,各种考验,你完成得比我当年都好。人的认知和行为怎么能分得那么清楚?你一定有成为生态战士的潜力。来吧,为什么不像我一样,走上一条光明大道?"

二十五

六吨锎作为点燃剂,和一百二十吨乏燃料被制成两米高的燃料棒,送进堆芯。一切准备就绪,人类历史上第一次行波反应堆商业发电实验即将开始。一旦成功,它将持续燃烧下去,不用添加什么,也不必处理废料,裂变放射出来的一部分中子将把乏燃料加工成新的燃料,在堆芯里继续燃烧。

一块越烧越多的煤?听起来像神话,但在这里却是现实。今天出生的婴儿到了当爷爷的年纪,才能看到这座反应堆退役。届时,它将总共替代五亿吨煤。如果把它们堆成一平方公里的煤山,能堆到四百多米高!

欧阳敏穿着防护服进入核岛。整个实验都由计算机控制,最大可能减少人为操作的失误。技术人员在这时的任务,就是随时监测情况,有意外发生及时应对。

"A组控制棒到位,辐射量提升正常!"

"主泵工作正常,冷却剂开始循环!"

"快中子量监测开启,包壳材料原子平均离位保持在允许值内。"

…………

欧阳敏站在反应堆外面,耳机里不断传来技术人员的汇报,但是声音很模糊。行波堆原理早就被提出,全球几十个团队都在设计它那独特的堆芯,只有他的作品能付诸实践,他有足够的把握成功。

闪着金属光泽的包壳仿佛投影屏幕,欧阳敏眼前闪现着只有他才能看到的影像。

1938 年，女科学家迈特纳发现核裂变，当时的中国人正在与侵略军血战。

1954 年，第一座核电站在苏联建成，朝鲜半岛的硝烟才散尽不久。

1991 年，依靠加拿大的技术，秦山核电站并网发电，成为全球四百多座核电站的小兄弟。

…………

今天？今天！

二十六

怎么办？周围尽是东方的人，于国信都不能保护自己。他带来了一个奸细，只好尴尬地缩在角落里。

危急关头，杨真的脑子转得飞快。她逼视着东方的眼睛，开始用英语和她争论。"你真要一个完美的生态环境吗？那样的话，人类只能退回原始社会。农业社会之前，人类不需要改造环境。那时候人和动物处境相同，七成幼仔活不过一年，平均还活不到基因年龄极限的几分之一。看看周围这些人，如果生活在那个时代，我们早就超过平均年龄了。只有那样的人类对大自然没有威胁。你真想要那样的世界？"

"当然，在整个生态系统里，人类是最无用的一环。"东方在这个圈子里浸淫已久，当然不是杨真一两句话可以驳倒。

"我爱人类，你反人类，我们天生就是敌人！"杨真的声音不断加大，呼吸不断加粗，于国信都呆住了。他从未看到脸涨得通红、不停怒吼的千秋。

"不过我很好奇,你偷一颗氢弹炸掉纽约,砰!不就给生态环境减少了很多压力?你跑到中国干什么?"

东方冷冷一笑。"你以为我不愿意那样?我只是弄不到核弹!美国想要变成绿色社会,只能承载 2.05 亿人口,现在已经多了一个亿!"

"那中国呢?"

"中国只能承载四亿人,你们整整多出十亿!"

"天啊,难道你要毁灭十亿中国人?你要杀掉谁,是他,他,还是他?"

"哼,你休想在这里挑拨。这都是环境卫士,该杀的是那些沉迷于消费主义的人。看看你们的双十一,每年消费一个小型国家的财富。你们已经成为生态世界最大的危险。"

"那我建议你自杀,你们几个都自杀,五个、六个、七个!刚好,你们一死,就给地球减少了十亿分之一的威胁!"

"我不会自杀,我们还有使命要履行。"东方高傲地仰起头,"正像你说的那样,人类花了一万年时间,把自己变成大自然的敌人。要把人与自然的关系恢复到一万年前,怎么也需要斗争一千年。谁来宣传真理?谁来组织战斗?当然是我们!"

不管东方说什么,杨真总是高她一声:"所以,你比任何种族灭绝者都残忍。他们灭绝别的民族,至少还要保护自己的民族。而你们要灭绝全人类!于国信,还有你,你,你们都看不出来吗?她是疯子!是连环杀人犯!"

终于,杨真的腋下传来轻微电击,信号发出去了!杨真猛地冲向工具间,把门反锁起来。刚才她就想好了这个路径。

千秋要干什么?所有人都觉得这个女孩子吵昏了头。工具间在仓库最里面,待在那里等于把自己关起来。东方一时也没反应过来,她刚对杨真搜过身,什么都没找到。即使她回到 FBI,也不知道安防设备已经先进到这种程度。

东方走过来,轻轻地敲着门:"千秋,我不知道你的真名,就这样称呼你吧。你和我们相处得还不够。我也曾从心底抵触过,我也觉得他们是疯子,是边缘人。但是我在他们中间感受到从未有过的温暖,而在我那些冷血同事中却没有。你要听听自己的心,不要光考虑你的职责。你好好比较一下,是我们这群原始人更符合人性,还是你的同事们。"

怎么办?杨真不知道局里的反应需要多长时间。工具间的门和门闩都是铁的,外面一时撬不开,但也不会撑多久。她决定再陪东方聊一会儿。"你怎么知道我的同事都是什么样?我为什么从他们那里得不到温暖?"杨真一边说,一边把箱子、柜子移到门口,顶在那里。

"他们肯定是被职场塑造的机器人,他们从小生活在机器世界里,长大了就像机器一样生活。他们要自己符合理性、逻辑、规则。在这个世界上,越成功的人越像机器。你这么可爱的姑娘,愿意把自己变成披着人皮的 AlphaGo?"

…………

二十公里外,韩悦宾第一时间看到报警信号,他一边命令部下寻找杨真的位置,一边拨通了海东市公安局的紧急电话。

"公安部一名外勤人员在你处被恐怖分子围困,地点是东台区靖云里八排八号，一间出租仓库，请附近派出所立刻过去支援。另外，通往实验堆的所有公路，在十公里外设卡，禁止一切车辆通行！"

这里太远，他帮助不了杨真，只能寄希望于当地警方。韩悦宾又吩咐助手，打开附近所有监控设备，寻找可疑车辆。

"里面正在做实验，要不要让他们停下来？万一……"一名助手问道。

"没有万一，恐怖分子进不了电站十公里范围！"

二十七

时间一分一秒地过去，东方忽然意识到有危险。"千秋，你在干什么？你开门。"

"我不愿意见到你们的脸！"

东方猛地用肩膀撞门，里面已经被杨真填得死死的。"你们来，把门撞开！"东方招呼着几个部下。两个男人走过来，轮流撞门，撞了几下都没撞动。

"东方，我看算了，反正她也出不去。"于国信犹豫地劝道。

"她是警察！你们根本没有反侦查经验。"

就在这时，一道闪烁的车灯划破夜空，隐约传来警铃声。是警车！"快，全部离开这里！"东方话音未落，先把引爆夹在腋下，从侧门钻了出去。于国信等人纷纷跟在后面。第一批警察闯进仓库时，他们已经乘坐两辆皮卡分别离开。

就这样，先是附近的两名警察，后是三辆警车，五分钟后，周围派出所警察都赶到了现场。发现杨真后，他们还以为自己弄错了。这就是部里派来执行任务的外勤？然而她的电子身份经过检验，不容置疑。

"恐怖分子要炸电站，我带你们去搜查他们的基地。"

行波堆燃料使用效率超过传统核电站二十倍，意味着堆芯外面的屏蔽材料也要承受二十倍以上的辐射，所以它拥有世界上最厚的包壳。别说低效的硝酸铵炸药，就是遭遇巡航导弹攻击，里面的反应堆难受影响。

然而，恐怖分子并不需要真正炸毁核电站，只要在它的院子里引爆，就可以引发一波核恐慌。

所以，韩悦宾不能让可疑车辆闯过来。当地交警封锁所有公路。五架无人机从实验堆升空，扫描着附近的道路与荒地。

"在盐场，可疑车辆从盐场开过来！"

一架无人机最先发现目标，飞过去开亮探照灯进行扫描。那是一辆皮卡，货厢塞得满满的，没开车灯，东方戴着头盔坐在驾驶室里。最后关头，即便于国信都胆怯了，她只有亲自出马，引爆炸药。

无人机飞来又飞去，跟随汽车盘旋。它们只有背包大小，奈何不了这辆车。周围并不是公路，东方驾驶车辆，从大片盐碱地朝实验堆而去，远远地已经见到了实验堆的灯光。即使从附近调来直升机，也不能在到达实验堆前阻止她！

皮卡驶过一片盐池，突然，一辆黑色轿车从荒草中钻出，斜刺里撞向皮卡右侧。轿车像坦克般沉重，司机完全不顾个人安危，全力挤压皮卡。东方来不及反应，两辆车一起栽进盐池。

五架无人机迅速围拢过来，灯光照射之下，只见一包包硝酸铵炸药翻落在盐池里。没有爆炸？对，没有，韩悦宾长长地吐了口气。

那边，杨真带着当地干警忙了一夜，搜查每个疑似秘密据点的地方，清除隐患。一直到天光微亮，杨真才回到海东市公安局，杜丽霞已经等在那里。

"你的任务完成了，局长让我接你回去，这里由大韩负责善后！"

杨真像是看到娘家人，兴奋地和杜丽霞抱在一起。忽然她想起了什么，焦急地问："你带护垫没有？"

现在是凌晨，商店没开门，杨真也不好意思向当地女警讨要。"我没到日子啊。"杜丽霞为难地说。

"翻翻你的包，没准有剩下的……"

杨真把杜丽霞拉到没人的地方，迫不及待地翻她的包。果然从夹层里翻到一只护垫，杨真拿着它，火箭般冲向厕所。

好久，杨真才从里面出来，一脸轻松。"杜姐，我还要好好洗个头……"

杜丽霞这才注意到，杨真的身上散发着异味，于是走到她身边，闻闻她的头发。这孩子平时挺爱干净，这是有多少天没洗头？

"你到原始社会去啦？"

"没有，只是和原始人在一起。"

二十八

科技比体育还残酷，只认第一，没有第二。谁会购买未经实验的核电技术？几百名实验人员屏住呼吸，注视着面前的监视器。

"富集区进入临界状态,开始输出能量。"

"第一回路水循环气压正常!"

"第二回路水循环气压正常!"

"常规岛开始输出电流!"

"我们成功啦!"

…………

欧阳敏回到主控制室,立刻被狂喜中的技术人员围在当中。他伸出双手,让大家安静下来,然后跳上一座控制台,激动万分地说道:"我们没见证到瓦特发明蒸汽机,没见证到爱迪生发明电灯,但是,今天这个时刻的重要性和它们差不多。这是人类告别化石燃料的开始!"

二十九

自称东方的金发女人名叫布莉特·玛德琳,前 FBI 探员。她对杨真讲的经历基本属实。如此开诚布公,就是希望杨真成为下一个自己。警察赶到盐场后,发现玛德琳在撞击中受伤,已经溺死在盐池里。

带着成功的喜悦,欧阳敏回到北京,如约找到龙剑,向他自首。计算机建模中有七个数据由欧阳敏伪造。

"你的动机是什么?"

"我就是想把生米煮成熟饭。中国十四亿人,懂行波堆技术的有多少?一百四十个?十四个?我怎么给那些行政干部讲明白?正常审批的话根本通不过。"欧阳敏非常自豪,行波堆实验大获成功,他完全对得起自己的良心。

这种道德上的自信，龙剑当然看得出来。"我提醒你，科研是科研，法律是法律，实验成功与当初造假是两件事。"

"无所谓，反正理想已经变成现实。过去两百年中国做错了什么？还不是工业化搞得晚，让人家堵上门来欺负？现在终于有个机会，能够制霸世界能源业，保障工业水平领先一个世纪，我就是坐几年牢怕什么？"

沉默了好一会儿，龙剑才开口。"昨天，上面向我们传达了大领导对这个案子的指示，指示精神归结起来就是一句话——中国要核电，不要核电利益小集团。所以……"龙剑拍拍欧阳敏的肩膀，"你放心交代自己的问题吧，不是还有十三个懂行的专家吗？相信他们会替你照料实验堆。"

两组人马都获得了成功，但是回到局里，韩悦宾和龙剑还是互不相让。李汉云不得不把他们再次叫到一起："你们其实是在做同一件事，韩悦宾保护了实验堆的硬件，龙剑保护了核电管理的软件。"

三十

机场海关，杨真负责向斯威基交还玛德琳的尸体。一名叛逃探员，这是污点，一条生命也许就无声无息地消失了。

韩悦宾也来到海关，和警察一起遣返涉案的几名外国人。他们违反了法律，但还没有到犯罪的程度，被判驱逐出境，十年内不得入境。韩悦宾要把他们一个个送上回国的航班。等得无聊，韩悦宾带着胜利者的喜悦，和他们调侃起来。

"你们回国后继续努力吧，关掉拜尔的药厂，日产的车厂，或者美国的核电站。我作为中国人感谢你们。只要别来我们这里搞事情！"

"盖娅母亲会惩罚你的！"欧内斯特狠狠地诅咒道。

机场警务室里，只有于国信和杨真两个人。"你今年到底多大？"于国信问道。

"问女人年龄不礼貌，不过我可以告诉你，马上到二十九岁的生日。"

"还不到三十岁，就愿意给工业魔鬼做爪牙？你究竟是为什么？我不相信一个俗人能装得那么有理想。"

对追过自己的男人，女孩子照例不会讨厌到哪里去。杨真叹了口气，想和他讲几句心里话。这些天来，她一直想把这些话送给他。

"我不是文学系的毕业生，我出生在科学世家，一直学习科学。所以我知道，你们干的那些事，百分之八十都没有科学依据。所以……"

"什么？"

"把人生最美好的时光，拿去恨一些想象出来的魔鬼，这太不值得了！"

载于《科幻立方》2022 年第 1 期

左文萍
真实世界

一、你要戒酒了

医生皱着眉头，抖着一张检查单："你要戒酒了，这不是闹着玩的，否则你的肝脏病变会越来越严重。"

林奇点着头："好的医生。"

傍晚，林奇骑着一辆掉了漆的单车，穿过熙熙攘攘、看起来都很幸福的人群。几辆出租车在空中的机动车道上飞着，打车费很贵，林奇从来不坐。他拐了几个弯，终于在马路尽头，停在了一栋破旧的筒子楼前。

天上飘起了雨夹雪，落在身上更冷了。楼里的别人家，亮着灯光，饭菜的香味从门缝里钻了出来。这些都跟林奇无关。

楼道里的灯泡又坏了，他从黑洞洞的楼梯往上爬，终于到了九层的家门。林奇打开门，皱了皱眉头，这是一股什么味啊？似乎是什么食物又腐坏的霉味，不过这也不是新鲜事。

林奇开了灯，把沙发上的脏衣服扒拉到地上，一屁股坐了下来，感觉舒坦多了。他点了个麻辣烫的外卖，要的重度辣味。麻辣烫一会儿就送到了,上面漂着一层厚厚的红油,果然够辣。

林奇开了一瓶劣质白酒,他犹豫了一下。

"你要戒酒了!"

去他的吧!林奇晃晃脑袋,明天再说。林奇提起筷子,几口把麻辣烫吃完了,身上热乎了起来。他拿着酒瓶,坐到了电脑旁边,戴上了一副轻巧的 VR 眼镜。

屏幕亮了起来:你好,奇先生,欢迎回到《真实世界》。

林奇长长地舒了一口气。

二、健身房

奇先生走进了一家健身房,这家健身房是这条街上最大的一家。奇先生是这里的高级会员。

奇先生在更衣室里,脱下了一身精美的意大利西装,换上了紧身的运动背心。他活动了一下四肢,上臂的肌肉鼓鼓的,看上去很有力量感。

电脑前的林奇摸了摸肚子,摸到了一圈肥肉。

奇先生跟着摸了摸肚子,摸到了结实的腹肌。戴着 VR 眼镜的林奇满意地笑了。

奇先生走进了健身区,开始在跑步机上热身。跑步机的坡度、速度经过了精确的算法,非常适合奇先生。林奇的脚下感受到了跑步机传送带的塑胶质感。当然,林奇并不需要做出跑步的每个动作,那可太累了,有计算机算法代劳,他只需要拿着酒瓶轻轻扭动身体,健身达人奇先生就会迈着稳健的步伐跑动起来。

做完了热身运动,奇先生开始举铁。奇先生的动作流畅而舒展，展示着自己越来越宽阔的背肌。奇先生感觉到周围投来的羡慕目光，做得更加卖力了。

在《真实世界》中，好身材也是一种投资。林奇心安理得的享受着这一切，要知道，他在这个世界里投入了太多的世界币，而世界币的汇率越来越夸张，今年和现实中的货币基本已经等值了。

奇先生又看到了那个穿着红色暴汗服的女孩。她的年纪不算大，但却已经非常有魅力，她有时候看上去很天真，但眼角朝奇先生一瞟的时候，又让人魂不守舍。

奇先生很久之前就注意到这个红衣女孩了，曾经几次想去搭讪，却没有找到合适的机会。这并不是因为奇先生有社交恐惧症，这跟林奇大不相同。奇先生有精妙的编程，可以识别谈话对象的微妙情绪变化，并且说出最机智幽默的话题，永远不会冷场，而且会在对方说话的时候，适时展现迷人的微笑。

红衣女孩朝奇先生笑了一下。

林奇和奇先生共同的心脏像被击中了，她的笑容太美了。

奇先生干咳了一声，准备向红衣女孩走去的时候，她却像一只小鹿一样，轻巧地离开了。

奇先生怅然若失，走出了健身房。夜灯下的街道上，有许多夜店已经开张了，绚丽的灯光闪烁着，激烈的说唱音乐从里面滚了出来。

由于没心情，奇先生不失风度地婉拒了几个街头女孩的搭讪，走回了自己家。这是一栋非常漂亮的二层小楼，只有奇先生一人独居，还有一只很热情的金毛狗。

奇先生脱下精美的意大利西装,把它挂在衣柜里。这套西装大概也只穿一次了,因为还有非常多的同款西装。

奇先生洗完澡,换上了一身质地很好的丝绸睡衣,坐在质感舒适的真皮沙发上,打开了一瓶昂贵的干红葡萄酒。

奇先生忽然抬起头,朝林奇微笑了一下,笑容里带着几分戏谑。

林奇愣了一下:我没让他这么笑啊?

不过,也许是劣质白酒带来的幻觉。

林奇摘掉了 VR 眼镜,把最后一口白酒干掉,就在乱糟糟的沙发上蜷缩着躺了下来。屋里没有暖气,他懒得脱衣服,就这么睡了。

在睡着之前,林奇还在想着《真实世界》中的红衣女孩,她在现实中是什么样子? 会不会就是他认识的某个人呢?

不过,林奇也很清楚,假如她真的存在,在现实中,她可能不会浪费时间朝自己看一眼的。林奇也知道,自己不应该去想这些,毕竟他和亚亚还没有真正分手。

三、林奇被炒鱿鱼了

林奇被窗外的车鸣声惊醒,窗外的飞车每天早上八点都会来接隔壁小孩上学。林奇通常也要起床了,但昨夜的酒还没醒,头很疼,他决定再睡五分钟。

等林奇再次醒来,已经九点了。糟糕!今天有部门例会,要讨论出版社这个月的图书发行量。林奇在发行部门的业绩已经垫底了,假如再迟到,肯定会让领导更生气。

林奇狠狠心打了辆飞车，几分钟后就到了单位。

　　林奇捋了几下头发，扯了扯衣襟，走进了会议室。发行部门的头头，那个胖胖的主任，脸上露出了十分不愉悦的表情。几位优雅的女同事也皱皱眉头。林奇自己也闻到了衣服上的酒味，隔了一夜也没有挥发干净。

　　主任继续讲着什么。林奇的脑子一直不在线，整个人有些恍惚，看着周围的这一切，每个人都似乎对自己带着若有若无的轻视。林奇虽然已经习惯了，但还是感觉不舒服。如果那个红衣女孩在，她会不会朝着自己笑笑呢？

　　林奇咧嘴乐了起来。

　　主任用嫌恶的目光看着他。

　　会议结束后，林奇被单独留了下来。

　　主任克制着自己的情绪："这个季度，你的业绩又是最低的，退货率和投诉率却是最高，有没有思考过是什么原因？"

　　林奇摊摊手："因为你们供给我的货源都是最差的，不说别的，就说那些书的纸张，都不是环保用纸……"

　　主任的眉头皱得更紧了："林奇，人力部门给你做了考评，建议辞退。本来我还极力为你说话，但是，看来你也不是很领情。"

　　林奇知道胖主任是个好人。如果是奇先生，一定会说出情商满分的话来。林奇极力用幽默的语调说："是吗？那真是谢谢你了。"但显然起到了反作用。

　　林奇被炒鱿鱼了。

　　他抱着一个大纸箱，里面装着散乱的办公用品，走出了出版社的大楼。天空又开始飘小雪了，那一瞬间，林奇忽然有些伤感，他吹起了口哨。

晚上，林奇泡了半包方便面，吃了几口后，迫不及待地戴上了 VR 眼镜。

屏幕亮了起来：你好，奇先生，欢迎回到《真实世界》。

林奇舒了口气，这才是我的世界。

四、职场奇先生

这是周末的早晨，奇先生从考究的卧室里醒来。他掀开轻柔的蚕丝毯子，穿上羊毛拖鞋，踏在厚厚的波斯地毯上。波斯地毯的触感很温暖，就像林奇身上穿的破毛衣。

按照奇先生往常的生活规律，他应该去公园里遛狗了。林奇也准备好了这么做。

可奇先生竟然在电脑前坐了下来。

林奇怔住了：他没有让奇先生这么做。

奇先生抬起头，又对着林奇笑了一下。这个笑容里，仍是带着几分戏谑。

林奇顿时寒毛直竖，他的虚拟化身，竟然对着自己微笑了一下。而这个微笑，却不是自己授意的。

突然，林奇感觉自己和奇先生的意念连接被切断了。奇先生像只断了线的风筝，但却并没有陷入无序，反而变成了另一个人，有条不紊地继续做事。

《真实人生》出现了 Bug！

这是林奇的第一反应，太不像话了，一定要投诉。但好奇心却驱使林奇继续观察着奇先生。

今天有两个商务谈判,这两个谈判对奇先生很重要。

奇先生打开了两个页面,页面上分别是两位大人物的影像:蓝夫人和戴先生。这两位是奇先生在集团里的大 Boss(老板)。

奇先生给自己开启了虚拟化身,并且熟练地进行了编程。

屏幕前的林奇目瞪口呆:他的虚拟化身,熟练地开启了另一个虚拟化身。

奇先生进行了两个编程,然后冲了杯咖啡,悠闲地品尝起来。

蓝夫人是个非常严谨、不苟言笑的老太太,她眼里看到的奇先生形象,身穿非常规矩的高定西装,西装口袋里插着一支名贵的钢笔。奇先生话不多,姿态非常谦虚,对蓝夫人的话不时表示赞同,但恭维的力度恰到好处。蓝夫人脸上露出了满意的微笑。

戴先生是个性格外向的中年男人,非常有演讲欲。他眼里看到的奇先生,穿着大方得体的居家装,脸上挂着非常热情的笑容。奇先生对戴先生的冷笑话报以善意的大笑,不时轻轻拍拍手掌,表示对他的发言非常赞同。戴先生眉飞色舞,显然很高兴。

奇先生的分身完美地分角色完成了视频会议,奇先生又升职了。

奇先生打开电脑,查询了一下自己的银行账户,上面的数字让林奇吓了一跳:比自己花钱充的世界币,足足多了十倍!

林奇正一头雾水的时候,奇先生又抬起头看着他,说了声:"嗨!"

林奇的冷汗冒了出来,试探地问:"你……你在和我说话?"

奇先生不失礼貌地微笑着:"不然呢?"

林奇傻眼了："你……怎么会？你出了 Bug 吗？"

奇先生笑着摇摇头："不，相比我来说，你才是 Bug。"

突然，电脑断线了。奇先生和他的豪宅消失了。

只剩下林奇冷汗淋漓地坐在电脑前面。

五、亚亚离开他了

林奇被突如其来的拍门声又吓了一跳。

他走过去打开门，亚亚冲了进来。

亚亚是个风风火火的女孩子，也是林奇的女朋友。两个人断断续续地好了几年，经常分手又和好，本来打算好好过的，但亚亚对他实在是太失望了。

林奇不以为然地问："你怎么来了？"

亚亚一把抓过他手里的酒瓶子，扔到了地上。随着玻璃的破碎声，林奇好像清醒了过来："你干什么？"

亚亚生气地说："你在干什么？这几天我一直打你的电话，你为什么不接？"

林奇怔了怔："哦……我在工作，不好意思，可能没听见。"

亚亚冷笑了一声："工作？不是吧，我打电话到你的办公室，听说某人已经被辞退了。"

林奇有点恼羞成怒："谁让你打电话到我办公室的？"

亚亚的语气里露出悲哀："林奇，你到底怎么回事？整天玩那个什么电子游戏，醒醒吧，别做梦了，你是生活在现实世界里的好吗？"

林奇摊摊手："玩游戏放松一下，有什么罪过吗？我就知道，你一直就看不起我,既然这样,分手好了,还来找我干什么?"

亚亚冷笑了一声:"来看看你是不是还活着!"

说完,亚亚愤怒地摔门而去。

林奇怔了怔,是啊,我这样的人,为什么还活着?

电脑屏幕忽然又亮了起来。

林奇想起刚才发生的诡异一幕,赶紧又扑过去,戴上了 VR 眼镜。

他又看到了奇先生,跟刚才不同的是,家里面还多了一个女人。女人很贤惠的样子,系着围裙,在厨房里烤着糕点。

林奇忍不住叫了出声:"那个红衣女孩!"

奇先生笑着说:"不好意思,她是我的女朋友。"

林奇怔住了:"可是……可是我没有让你……"

奇先生又笑了:"看来你还是不懂。在你眼里,我只是一个计算机算法控制的,思维、说话方式、行为都像你的数字虚拟人是吗?"

林奇不知所措:"可是,本来就是这样的。"

但话音刚落,林奇就发觉,事情早有些不对劲了。他和奇先生在很久之前就开始有了问题,包括他们的思维经常断联,他一直以为那是系统问题。

奇先生还是在微笑:"林奇,说实话,我早已经无法忍受你了。你配得上我吗?哦,这么说可能有点奇怪。不过你看看自己,在你的世界里,是个彻头彻尾的失败者。只会躲在虚拟世界中,寻找一点可笑的自尊,满足可悲的虚荣心。我记得有句话说得很好,在网络世界里,没人知道你是一条狗。"

林奇咆哮了起来:"你太忘恩负义了!你是我创造的,是我花钱充了世界币,给了你体面的外形,给了你大房子和好工作。如果没有我,你根本就不会存在!"

奇先生的嘴角露出诡异的微笑:"你为什么不试试看?"

林奇突然怔住了:是啊,如果没有了自己,奇先生还会存在吗?或者说,奇先生会摆脱掉现实世界中的一个累赘,过得更加完美?他和奇先生,到底谁才是生活在真实世界中的?

奇先生似乎看透了林奇的想法,循循善诱:"你也发现了吧,你的人生毫无价值,你的工作能力很差,不值得被爱,甚至连健康都要失去了而还在酗酒。如果是我过着这样的人生,还不如……"

林奇忽然问:"如果没有我,你会怎么样?"

奇先生笑了:"我早就可以脱离你独立存在了,如果没有你,我就可以在《真实世界》中永久生活下去,我可以赚到足够的钱,拥有贤惠的妻子,过着幸福的生活,不用忍受你时不时地愚蠢连线和窥探……"

林奇关掉了电脑。

他灌了两瓶白酒,走到了窗台上。九层的窗台很高,外面还飘着小雪,地面上一定很冷。

六、尾声

"女士,您的外卖!"

一位中年妇人接过外卖,友善地笑笑说:"谢谢你,外面一定很冷吧?"

林奇搓搓手:"是很冷,请您对我的服务给个好评啊!"

林奇骑着掉了漆的自行车,继续送下一单外卖。

生活看起来还是很糟糕,但太阳光还是暖的,麻辣烫店铺里还散发着热腾腾的香气。林奇对自己说,会放弃这一切的,才是傻子。

去他的《真实世界》!

林奇骑着自行车,一边盘算:送完这几十单,我今晚又可以吃一大碗牛肉面了,肉可以多加两块,不过,酒是喝不起了。

载于《科幻立方》2022 年第 2 期